U0863824

长篇小说

一个民国杀手的《十月围城》

民国杀手

民国十大杀手的神秘传奇

吉力◎著

西苑出版社
XI YUAN PUBLISHING HOUSE

图书在版编目（CIP）数据

民国杀手/吉力著. — 北京：西苑出版社，2015.11

ISBN 978-7-5151-0529-1

Ⅰ. ①民… Ⅱ. ①吉… Ⅲ. ①长篇小说—中国—当代
Ⅳ. ①I247.5

中国版本图书馆 CIP 数据核字(2015)第 256883 号

民国杀手

作　　者	吉力
责任编辑	雷燕青
开　　本	710 毫米×1000 毫米 1/16
印　　张	20
字　　数	360 千字
版　　次	2016 年 1 月第 1 版 2016 年 1 月第 1 次印刷
印　　刷	北京市通州运河印刷厂
书　　号	ISBN 978-7-5151-0529-1
定　　价	38.00 元

出版发行	西苑出版社 北京市朝阳区利泽东二路 3 号 100102
发 行 部	（010）84254364
编 辑 部	（010）84250838
总 编 室	（010）64228516
网　　址	http://www.jccb.com.cn
电子邮箱	jinchengchuban@163.com
法律顾问	陈鹰律师事务所 （010）64970501

001

下午五点半，项鸣高坐在中央公园的长椅上，手捧一张《京报》，看起来悠闲自在，实际上神经紧绷，时下最轰动的新闻是四十九岁的通缉要犯孙文和二十二岁的宋庆龄在东京举行结婚典礼，却也没有引起他的关注，冰冷而犀利的目光正越过报纸上沿瞟向西北方向。

中央公园的前身是明清两朝的社稷坛，即皇帝祭祀土地神和谷神的场所。民国三年，也就是去年，在交通部长朱启钤的倡导下，历经各方募集资金，修葺改造，正式辟为公园。

公园的主体是汉白玉高台上的古坛庙，坛台中央的江山石及方位对应的五色坛土保持着原有风貌。此外坛区周围通过挖湖筑桥，堆土垒石，先后营造了不少胜景，比如水榭长廊，投壶亭，长青园等等，尤其今年刚落成的唐花坞，玻璃顶的燕翅建筑下铺设地炕，利用人工加温的方法延续花期，算得上京城园艺界的一项特殊技艺。

然而项鸣高根本无心流连观赏，作为军政执法处的密探，他此刻的首要任务就是盯梢。

目标人物是不远处的一位中年男子，白面微须，身材消瘦而挺拔，头戴一顶灰呢礼帽，穿着一件藏青色风衣，脚上是一双锃亮的三接头皮鞋。左手拿着一根显示绅士风范的司的克（手杖），右手轻轻揽在一名妙龄女郎的柳腰上。那女郎眉目秀丽，风姿妖娆，一袭月白色的宽袖夹袄剪裁得极其合体，深紫色的百褶裙款款摇曳。

虽说民国以来的风气日渐开化，这一对男女的亲昵形迹还是超乎寻常，或是缓步游走，如影相随，或者驻足观望，指点品评，似乎完全沉浸在一份柔情蜜意里，丝毫没有察觉到自己的举止正处于严密监控下。

项鸣高的视线紧紧跟随，眼看着两人绕过松柏交翠亭，走向坛庙东南的来今雨轩。来今雨轩是一所闻名京华的俱乐部，内设餐厅茶座，因为格局别致，环境幽雅，建成伊始就成为达官显贵和社会名流的聚集地，门头牌匾上的四个大字还是出自“东海相国”徐世昌的手笔。

目标人物进入餐厅，项鸣高随即更换位置，来到附近的一座假山旁，借助两株海棠树的遮掩继续窥望。站定不久，一个清道夫出现在假山侧面，手执苕帚簸箕清扫着地上的落叶，却不时左顾右盼，看看四周无人，三步并作两步地接近海棠树。

“什么情况？”项鸣高压低声音问，身姿保持不动。

“坐在东边第三张台子，点了胭脂鹅脯，枣泥山药糕，冬菜包子，鸡皮虾丸汤，外加一壶花雕。他俩不停地说笑聊天，没怎么动筷子。”“清道夫”语速极快地回答。

此人也是安插在公园内的密探，正在按照要求报告监视对象的即时表现，观察入微的程度近乎夸张。但项鸣高认为，任何细枝末节都可能反映出目标人物的进一步动向，为防止意外发生，必须充分掌握。

“叫那么多东西又不吃，什么意思？”项鸣高轻轻皱眉。

“不奇怪，”“清道夫”笑道，“喜欢拽词儿的人管这叫做‘秀色可餐’，让我和那么个标致小娘儿们坐在一起，只怕也没心惦记吃喝了。”

“别做梦了，云吉班的头牌可不比大杂院里的‘暗门子’，你攒上半年的薪饷也不够给她打一次‘茶围’的。”项鸣高说。“云吉班”是八大胡同里头等的风月人家，其中的花魁自然身价高昂，虽不至于“三百两银子喝杯茶就走”，但普通的寻芳客还是莫可企及。

“嗬，我天生的碎催命，也不想吃什么天鹅肉。”“清道夫”颇有自知之明，“只不过耗了大半天饿得腿软，里面有小赵盯着，咱们是不是先去垫巴一顿。”

“不行，”项鸣高拒绝，“这地方人来人往，稍有疏忽就可能办砸了差事，还是老实守着吧。”

“唉，您可真对得起自己的名号。”“清道夫”无奈摇头，逡巡而去。

项鸣高原是大兴县的一名捕快，宣统二年调入京师警察厅，当时有一件震动朝野的珠宝失窃案，嫌疑目标确定为江洋大盗“九尾狐”杜飞，该犯行踪诡秘，擅长乔装脱困，警方的围捕行动屡屡扑空。眼见无迹可寻，缉查人员心气涣散，项鸣高却不肯放弃，他凭借着敏锐的嗅觉发掘线索，穷追不舍，从北京一路赶到通州，最终将准备沿运河南逃的杜飞人赃并获。此案告破，项鸣高一下子誉满九城，不但被破格擢升，还因为姓名的谐音得到了一个响亮的绰号“橡皮膏”。

项鸣高听得出手下人的怨气，但更清楚肩头的责任重大，寻常的跟梢任务不会委派他这样的高级探员出马，何况又是执法处长亲自交办，自然不容有一丝懈怠。

一个钟头过后，餐厅门口陆续有食客进出，其中一个年轻人慢吞吞地走下台阶，掏出一块手帕轻轻擦嘴。这人就是刚才“清道夫”提起的“小赵”，他的动作暗示着目标人物将要离开。果然，紧接着那对气度不凡的男女步出餐厅，施施然走上假山西面的一条小路。

这是去往公园大门的方向，项鸣高旋即小声吩咐“清道夫”，“快，通知老马备车！”

说完他和小赵分行两侧，远远地跟在目标后面。这段路程不长，那对男女也无异常举动，只是没走几步，也许是感觉到秋意寒凉，那男子把衣领高高竖起，又掏出一副墨晶眼镜戴上，而后继续前进，不一会儿出了公园。

公园门口相当热闹，除了络绎不绝的游人，还有高声吆卖的烟贩和零食摊，以及一群坐在街边等活儿的人力车夫。看到穿风衣的男子携伴走来，两名头顶毡帽的车夫很机灵地迎了上去，那男子随口交待几句，和女郎分别坐上车子相继向南而去。

人力车刚走，一部没挂牌照的黑色汽车开了过来，项鸣高和小赵立刻上车，循着人力车的路线缓缓行驶，随后出来的"清道夫"则跨上一辆脚踏车沿着路边跟进。

预备下不同的交通工具也是项鸣高事先的部署，目的是为防止监视对象利用狭窄街巷摆脱跟踪。但这份担心似乎多余，那两辆人力车始终只在平直的大道上行进，速度不紧不慢，几经周转，来到繁华无比的王府井大街，停在一间"鑫昌记"裁缝店门口。

项鸣高的汽车停靠在对面街角，看到那对男女下车入内，车夫却留在原地等候，估计不会耽搁太久，只是店铺的橱窗后被衣架遮挡，无法观察到里面的情形，小赵主动请示："我进去看看？"

"嗯……不必。"项鸣高刚要答应，转念一想又有不妥，他知道眼前的"鑫昌记"是一家宁波人开办的"红帮"裁缝店，主营面料优良的各式洋服，专为上层人士服务。而自己和手下虽是便装，却都是形似贩夫走卒的粗布衣裤，一看就不像这里的顾客，贸然闯入势必引起猜疑，于是决定只在街面守候，并关照"清道夫"留意店铺后门。

"才下过馆子又来置装，捧一个红姑娘真像掉进了无底洞。"坐在汽车后座的小赵大发感慨。

项鸣高没有理会，看看天色渐晚，两人量体裁衣的时间似乎稍显拖沓，正要有所行动，却见窗外的一名车夫霍然起身，也像是等得颇不耐烦，愣头愣脑地走进店门。

项鸣高静观其变，工夫不大，那车夫又匆忙退出，仿佛遭到了呵斥，佝偻着腰不迭回到车前，一副窝囊受气的模样。紧接着那位妙龄丽人步出店外，仪态优雅地坐上车子。然后是穿风衣的中年男子，一边出门一边还回身叮嘱着什么。

人力车再次启程，项鸣高的心里略微安稳，命司机继续尾随。起初安然如故，但等到上了东长安街，行进至东单附近，前面的两辆人力车忽然分道扬镳，女子乘坐的车子向南拐弯，男子的车子则转向北面。

"怎么办？"小赵急问。

"别管那女的了，盯住男的要紧。"项鸣高当机立断，无法兼顾的前提下，自然是确保首要目标不出差错。

然而此时男子的车子明显加速，顺着东单北大街直趋灯市口，项鸣高只得不断督促司机老马。“贴近些，再贴近些……”

“再近可就要露馅了。”老马提醒道。

项鸣高不由得踌躇，跟踪的要诀是“宁丢毋醒”，何况上峰曾告诫，鉴于对方身份极高，执行任务的过程尽量隐秘，以免造成尴尬局面。可是定睛察看，前面的人力车夫就像是上足了发条，迈开大步越跑越快，而且不断折向东北，奔着朝阳门而去。

难道已经“醒”了？项鸣高心中生疑，想起当年追捕“九尾狐”的情节，嫌犯正是遁出东城，伪装成客商赶赴通州码头，倘若混入川流不息的漕船，寻觅起来就如同海底捞针了。而执法处长给自己的死命令是，一旦目标有出逃迹象，必须不惜一切代价阻止。

再也顾不上是否暴露了，项鸣高喝令老马猛踩油门，又招呼窗外配合行动的“清道夫”，从小路斜插过去包抄堵截，必要时可以鸣枪示警。

于是秘密的盯梢演化成公开的追逐，前面车铃振振，后面引擎轰鸣，路上的行人惶然闪避，被撞翻的果食摊不知凡几。眼见追兵逼近，正在干面胡同飞奔的人力车陡然向北拐进一条小巷，狭窄的道路不容汽车行驶，项鸣高等人连忙弃车徒步跟进，一边追赶一边大声喊话：“将军，将军，请停车，我有话说……”

“将军”和车夫都充耳不闻，车子继续向前疾行，即将通过胡同口时，却猝不及防地和一辆横向冲来的脚踏车撞在一起，来者正是迂回封堵的“清道夫”。这一撞力道甚猛，“清道夫”飞出丈余外当场昏死，另一方也人仰车翻，损伤严重。车夫挣扎着爬起，还想扶助着“将军”逃离，却被项鸣高一枪射中大腿，惨叫着栽倒，那“将军”也似乎无力再跑，踉跄了几步跌坐在地。

“将军，您何苦要跑呢，唉，真不该搞成这个样子……”项鸣高赶过去搀扶，走到近前却不禁傻眼了，因为他看到对方的墨镜已经掉落，露出了一张完全陌生的面孔。

“你是什么人？”项鸣高厉声道。

“我还想问你们是什么人呢，无缘无故追我干什么？”那人喘息着苦笑。

项鸣高不免发怔，方才经历的场景片断在脑海一一掠过，看来目标人物早有预谋脱逃，最初怡然自得的游园进餐全是假象，为的是麻痹跟踪人员的警惕，接下来进入“鑫昌记”裁缝店，趁机和一名身材脸型相仿的车夫换装，由于先前已有墨镜衣领的遮挡，仓促间很难识别真伪，等到替身露出马脚，扮作车夫中途改道的真正目标早已不知去向。

好一计“金蝉脱壳”，项鸣高懊丧之余，更多的还是恐慌，一把揪住假冒者的衣领，厉声问道：“浑蛋，快说人在哪呢？”

002

项鸣高的惊惧并非夸张，因为没过多久，关于他失职的消息就已经“上达天听”。

居仁堂后的延寿斋里，难得清闲的大总统袁世凯正和机要局长张一麟对弈，听到京畿军政执法处长雷震春的报告陡然一惊，险些跌落了手里的一只成化窑青瓷茶碗。

“你说什么？”他微微仰头，双眉紧蹙，“蔡松坡跑了？”

“是的。”

“会不会是临时外出，你们搞错了呢？”

“不会，”雷震春强调，“临时外出就犯不上搞那样的花招了，事后我的人前往棉花胡同蔡府查看，早已是人去屋空；又上八大胡同‘云吉班’打听他相好的下落，同样也没了踪影，这一切足以确定是蓄意潜逃。”

“唉，世风日下，人心大变了。”袁世凯摇头感喟，满脸失望。

招致他烦恼的这个人物，也就是项鸣高跟丢的目标名叫蔡锷，字松坡，湖南宝庆人，光绪二十四年考入长沙时务学堂，师从梁启超；二十六年东渡日本，就读于陆军士官学校，因为成绩突出，思想进步，与同学蒋方震、张孝准被称为“中国士官三杰”。四年后毕业归国，先后在湖南、广西、云南等省教练新军，由于讲解精辟，远见高识，深得官兵敬重，被誉为“人中吕布，马中赤兔”。宣统三年，出任云南新军十九镇三十七协协统，当年十月，辛亥革命爆发，蔡锷在滇积极响应，密约同志刘云峰、李根源、唐继尧等人举行起义，成功后被公推为云南都督。就职时他年仅二十九岁，却已经显示出卓越不凡的才干，期间整顿财政，精简军队，兴办教育，开发实业，使得云南呈现出一派生机勃勃的气象。

说起蔡锷与袁世凯的交往，有一个相当融洽的开局，当初南北和谈之际，本着维护统一的目的，蔡锷曾大力支持袁世凯定都北京，并致电称颂对方“宏才伟略，群望所归”。民国二年，孙中山发动“二次革命”，面对国民党人的声讨，蔡锷也多次发表公开声明替袁辩护，坚决反对以武力解决争端。

袁世凯对蔡锷也是由衷赏识，民国二年末特发总统令调其入京，任命为全国经界局督办。民国三年成立将军府，又加封蔡锷昭威将军衔，而且不止一次地对周围的人讲过：“北洋的将领大多显出暮气，蔡松坡锐意进取，目光远大，才真正是国家的栋梁。”

一段看似恩深义厚的关系竟致破裂，袁世凯的惋惜沮丧还在其次，当务之急是弄清蔡锷的去向以及意图。

“很明显是去云南，”雷震春分析道，“蔡锷自进京后，一直和西南的故交旧部保持着联系，年初以来与唐继尧的往来书信更多。”

“哦，说些什么内容？”袁世凯很在意地问。

“都是密电往来，事后销毁痕迹，根本无从打探。”雷震春说，“但可想而知不是什么光明正大的事情，否则也用不着这样诡秘。”

如此推断合乎情理，袁世凯也越发忧心忡忡，“二次革命”被摧垮后，全国大部分地区均已纳入北洋军的控制范围，尚未宾服的只剩下广西和云贵川四省。尤其值得重视的是云南的唐继尧，也是一位出身日本士官学校的年轻将才，当初随蔡锷反清起义，之后接任云南都督兼民政长，表面上虽然附属中央政府，接受开武将军的职衔，实际上却拥兵自重，独霸西陲。如果蔡锷同他沆瀣一气，寻衅滋事，凭两人在西南数省的威望与实力，势必形成心腹大患。

犹自沉吟不决，刚才在旁边“观棋不语”的大公子袁克定忽发议论，“唉，当断不断，必受其乱，这倒让我想起了杨皙子提过的一则先秦典故。”

“什么典故?”袁世凯问，杨皙子即被他称为“旷代逸才”的杨度，是清末民初声名大噪的“宪政专家”，现今是“筹安会”理事长。

“魏相公叔痤病重，魏惠王前去探视，并咨询丞相的接替人选。”袁克定慢条斯理地讲，“公叔痤说：我的中庶子卫鞅年少有奇才，大王可将国事托付给他，魏惠王不以为然。公叔痤又说：如果大王不用他，就请把他杀掉，免得日后被别国所用。魏惠王表面答应，却仍没放在心上。事后卫鞅投奔秦国，为秦孝公重用，从此变法革新，使得秦国国力大增，并在十几年后击败了魏国，确立了霸主地位，而卫鞅也就是后来名垂青史的法家代表人物商鞅。”

袁世凯默然意会，知道儿子是拿“商鞅逃秦”的故事讥评自己以往对蔡锷的态度过于优柔寡断，不等他有所表示，张一麐先提出了异议。“如果是借古喻今，大爷用这个典故似乎很不恰当，战国时代的魏秦互为敌国，如今的云南毕竟是中央政权统辖下的省份，应该晓之大义，以德平服，岂可彼此猜忌，同室操戈，更不该为此产生残害人才的念头。”

“嗐，什么叫以德平服？”袁克定嗤之以鼻，“前两年孙文、黄兴跳出来抢班夺权的时候，怎么不见你去晓之大义？对待那些居心叵测的人绝不能姑息迁就，不然就是养虎遗患，张局长，我看你是读书读呆了吧。”

几句抢白让张一麐脸皮胀得通红，讷讷不知所措，袁世凯怫然作色，呵斥儿子：“放肆，怎么敢这样子对仲仁先生说话？”

袁克定怔了一下，想起父亲自小站练兵起就有一条铁打不动的驭人原则，拿枪的绝不能压过拿笔的，如今自己奉命编练“模范团”，大概也属于武将之列。

而身为前清进士的张一麟追随父亲多年，向来深受优待，刚才的话确实有些孟浪了。于是他急忙起身，诚惶诚恐地鞠躬致歉：“仲老，我失言了，千万恕罪。”

由于袁克定一条腿是跛的，动作太猛以致身体歪斜，滑稽的样子活似戏台上插科打诨的丑角，但张一麟却没有半分笑意，因为他此刻更关注的是袁世凯对蔡锷出走一事的举措。

“仲仁的话没错，目前以安定大局为要，破坏和平就是国家的罪人。”袁世凯缓缓表态，喊着儿子的名字。“云台，这件事你和雷处长斟酌办理吧，最好及早联系上蔡松坡，把情况调查清楚，有什么意见和要求不妨坦诚交流，没必要走极端路线嘛。”

一番话讲得含糊不明，张一麟难以领悟要诀，但接下来袁克定和雷震春商议公事，自己在场似乎不便，于是就从棋桌旁站起向主人提出了告辞。

张一麟回到家里，发现有客来访，是一个比自己小十几岁的吴县同乡，名叫况梦非，两人称得上忘年交，关系好到主人不在也可穿堂入室的地步。

“咦，不是陪大总统下棋去了，怎么没有留饭？”正在书房里手捧一卷的况梦非看到张一麟进来，略感诧异地问。

“突发变故，只怕大总统本人也无心饮啖了，哪还有兴致招待客人？”张一麟说，吩咐听差把晚饭开到书房里，并特意关照预备几样家乡酒菜，打算同老友小酌几杯。

“宦海风波朝夕万变，苦形劳神未必自保，这也是我当年放弃踏上仕途的理由。”况梦非说，意态闲豫地喝了口花雕，又夹起一块盐水鸭放进嘴里慢慢咀嚼。

两人结识之初，张一麟在袁世凯幕府担任文案，因见这位小同乡谈吐隽妙，才思敏捷，又写得一手好文章，就有心向上峰举荐，替他谋求一份前程。然而况梦非声称受不惯拘束，谢绝了对方的美意。民国以后，袁世凯成为大总统，张一麟也水涨船高官居显要，况梦非仍是一介布衣，平日除了替报馆捉笔赚取稿费，就是游历天下，体察四方风情，倒也活得潇洒自在。而性情的区别和地位的差异并没有影响到他们的交谊，只要况梦非人在京城，就会时常来张宅拜会，两人把酒清谈，或者吟诗作赋，或者评议时政，对彼此而言都是极惬意的事情。

“时局艰危，总要有人出来做事，不可能都像你一样当闲云野鹤。”张一麟啜了口酒轻轻叹道。

“看来仲老真的遇见棘手的难题了？”况梦非试探着问。

“不是我，是项城，”张一麟说，袁世凯是河南项城人，为避尊讳属下常用地名代称。介绍完蔡锷出走的情形，他又苦思不解地感慨道：“蔡松坡我也熟悉，虽然英气内敛，心机深沉，却也不失敦厚友善，项城待他一向不薄，何苦做此偏激的举动呢。”

“哦，您说说看，怎么个不薄法儿？”

“委以重任还不能说明吗，经界局督办加‘昭威将军’衔，这在‘威’字号将军中排位第一，非北洋系的军人获此殊荣绝对罕见，而且项城还曾提议蔡松坡出任陆军部长呢。”张一麟说。

“经界局是干什么的？丈量土地，填报表格。蔡将军是什么人？不世出的军事奇才，让一匹嘶风追月的骏马干一头拉磨驴子的活儿，这还叫重用？相对于威震边疆的云南都督，将军府的名号不过徒有其表，更别说那个口惠而实不至的陆军部长了。”况梦非不屑一顾。

“不不，陆军部长的事确实提上过议程，只因蔡松坡后来一味沉湎声色，才暂时搁置不谈。”张一麟辩解道。

“您指的是小凤仙吧？”

“是呀，‘设想英雄垂暮日，温柔不住住何乡？’可惜松坡过早就陷入了温柔乡，或许是少小忧苦，抵御不了京都的繁华绮丽吧。”张一麟惋叹。大约一年前，蔡锷偶尔认识了“云吉班”的头牌小凤仙，当即就一见倾心，继而香花供养，双栖双飞。可惜由于形迹过于张扬，以致“后院失火”，原配夫人与蔡锷大打饥荒，最后甚至向法庭申诉离婚。名将和名妓的风流韵事是各家小报争相发掘的素材，经过渲染越发闹得家喻户晓，但毕竟也是有玷官常的过失，于是有所耳闻的袁大总统不免失望叹惜，还曾经嘱咐蔡锷在日本时的好友杨度多加规劝。

“呵，这正是蔡将军的高明之处，若非如此，如何能顺利逃脱樊篱？”况梦非说。

“什么，你说这不过是‘障眼法’吗？”张一麟惊问。

“当然，蔡将军看起来尊荣富贵，实际上的处境和首义元勋黎元洪以及当代弥衡、章太炎一样，都属于军政执法处的一级监视对象。所以他才摆出一幅醇酒妇人、胸无大志的姿态，无非是为了迷惑那帮鹰犬的视线。”

张一麟沉默不语，“一级监视”的名目他没有听过，却很清楚雷朝彦，也就是军政执法处长雷震春的做派，盯踪刺密、滥施暴力的行径近似明朝厂卫，令人深恶痛绝。但在他看来，雷震春对蔡锷的苛刻不一定出自袁世凯的授意，而是缘于一种无可化解的嫉恨，记得年初将军府授衔，雷震春自觉弹压“二次革命”功勋卓著，不料所获“震威将军”的名号却排在蔡锷之后，当时就愤愤不平，大发牢骚。反观蔡锷，既得袁世凯偏爱，就更应该克己奉公，奋发向上，为什么非要苦心孤诣地“逃”出京城呢。

“答案其实很简单，”况梦非说，“蔡将军预感到新生的共和制度即将被颠覆，不愿做附逆的顺臣。”

“你指的是眼下变更国体的议论么，不过捕风捉影罢了。”张一麟说，“我一直伴随项城左右，从来也没听他讲过一句想要称帝的话。”

“在这种微妙关头，‘观其行’远比‘听其言’更加重要。去年冬至的‘祭天大典'您也参加了，遍阅世界历史，试问哪一位共和制国家的元首有这样的排场？'祝片'上的具衔写的是'代表中华民国国民袁世凯'，谁知他默祷的时候是不是自称'子臣'呢。"况梦非脸上挂着讥嘲的微笑，"呵呵，您大概也听过'西山十戾'吧，想起'蛤蟆祭天'的比喻着实惟妙惟肖。"

张一麟回忆起去年岁末的祭天大典，袁大总统头顶九梁冠样"爵弁"，身穿十二团蓝色礼服，两侧陪祭官全体佩戴"斋戒牌"，一切仿照清朝遗制，确实有些不伦不类。提到"西山十戾"，是北京百姓中广为流传的一个说法，即用十种动物作为清朝以来十个重要人物的象征，具体有熊、獾、鹗、狼、驴、猪、蟒、猴、狐、蛤蟆，分别对应的是多尔衮、洪承畴、吴三桂、和绅、海兰察、年羹尧、曾国藩、张之洞、慈禧太后，袁世凯。袁世凯之所以被比作"蛤蟆"，大概是因为五短身材，体态肥壮，走路八字脚的缘故。

但作为谨饬君子，张一麟并不认同此类恶谑。"诛心之论不足为凭，市井流言就更不值一笑了。"

"那好，咱就说些更显著的事实，"况梦非侃侃而道，"先从年初古德诺博士在《亚细亚报》上发表的文章谈起，他声称中国范围内，君主制优于共和制，一个来自世界上最大共和国美国的宪政专家作此言论是不是令人费解？但想想他政府顾问的身份，其中的奥妙也就不言而喻了。紧接着是杨度发起的'筹安会'，宗旨美其名曰'筹一国之治安'，但明眼人都看得出这不过是复辟帝制的舆论工具，随后的好戏更热闹了，各地名流请愿团进京，军人联名请求变更国体，如果没有一个强有力的幕后推手，怎么可能形成如此甚嚣尘上的局面？"

"哎，凡事不能只看表象，既然号称民主共和国家，言论和结党自由就理所应当，杨皙子痴迷君主立宪路人皆知，为此成立一个学理研究组织也不足为奇。至于请愿团进京、联名上书之类，不可否认项城周围存在一些指望着攀龙附凤的野心家，但只要他本人拿定主意，到头来所有的鼓噪谬论都会平息。"张一麟很耐心地辩解，忽然压低声音，"透露给你一段秘闻吧，今年夏天梁卓如偕同冯华甫专程入京，就恢复帝制的问题咨询项城，当时我也在场，记得项城的原话是：'古今中外的帝王子孙都没有好下场，天下最愚蠢的事情莫过于当皇帝了，我已经牺牲了自己，岂忍再遗祸子孙？'"

"哈，这叫什么秘闻？"况梦非忍俊不禁，"关于大总统答复梁启超和冯国璋的这段谈话早登在上海的报纸上了，只怕就是讲给您这样的忠厚长者听的。"

张一麟微微一愣，然后郑重地说，"不管怎样，项城的表态还算坚决，我们也就没必要把前景想得太糟。就事论事，如果云台公子能够及时劝回松坡，彼此消弭误解，才是国家之福。"

"您想得也太天真了，"况梦非苦笑着摇头，随即脸色也变得沉凝，"以为接下来会上演一幕《萧何月下追韩信》吗？错了，等待蔡将军的只会是千难万险的《过昭关》。"

003

晨曦初透，挑着货担的傅雁尘走在古北口镇的河西街上，虽然单薄的夹衣已经抵挡不住深秋的寒意，却也能领略到一种清新爽朗的感受。

“小傅，这么早就去送货，担子里装的什么呀？”路边的丁老满豆腐坊刚刚开门，睡眼惺忪的掌柜一边出来卸门板，一边和傅雁尘打招呼。

“毛栗子。”傅雁尘停下脚步，笑吟吟答道。

“嚯，‘康记’一次进这么多货，看样子有大买卖了。”丁老满咂舌称羡。

“这不快年底了吗，过几天‘药王庙’有个会，估计要来不少关外的客商，所以老板嘱咐多备点货。”傅雁尘说。

“你老板的算盘真精，”丁老满说，“可别让他只顾着自己赚钱，忘了照应伙计，你年纪也不小了，早该张罗着成个家了。对了，你来镇上快三年了吧，就没有中意的姑娘？”

傅雁尘无言以对，只是报以矜持的微笑，这时丁老满的妻子出门倒水，埋怨丈夫说：“别在这儿犯‘话痨’了，净耽误人家干正事。”

丁老满顿口不言，回头归置门板，傅雁尘向两人道别继续前行。其实，老丁的打探虽然唐突，也并未引起他的不快，小镇人口稀少，民风淳朴，街坊邻里间几乎没有隐秘可言，彼此不经意的寒暄问候总显得格外亲热，而这种恬和平静的境遇正是傅雁尘所渴求的。

可惜这份安宁很快就被打破了，当他走到附近的十字街口，耳边突然传来一阵急促的马蹄声，紧接着看到一匹快马自南向北疾驰而来，马背上有一名黑衣短打的精壮汉子，转眼已到面前。

幸亏清早行人不多，不然在小镇狭窄的街面上，这种横冲直撞的骑法非常危险。傅雁尘向西面的街道移动脚步，做出尽量避让的姿态，不料那黑衣人却猛然一拽缰绳，调转马头斜刺冲来，这一下傅雁尘没有回旋的余地，为了免遭重创，本能地把挑担挡在身前。当扁担的端角几乎触及马身，就听“希律律”一声嘶鸣，那匹马戛然而止，两只前蹄高高上扬，将马背上的黑衣汉子掀翻在地。

“狗日的，走路没长眼睛呀。”那汉子起身破口大骂。

“我以为您要朝北去呢……”傅雁尘赔着笑说。

“浑蛋，我要朝哪去还得事先请示你嘛。”那汉子越发懊恼，上前劈面就是一记耳光，打得傅雁尘一个趔趄，肩上的担子掉落下来，里面的毛栗子滚了满地。

野蛮的行径立刻引起旁观者的不平，包括丁老满在内的几个路人相继围拢过来，纷纷指责抗议。“你也太不讲道理了，明明自己转弯太猛才会落马，怎么还敢动手打人？”

“都他妈的少废话，”黑衣汉子一声暴喝，伸手揪住傅雁尘的衣领，“你们问他，刚才是谁的错？”

几个人的目光投向脸上伤痕宛然的傅雁尘，打算等他诉说冤屈后继续声援，谁知他踌躇了一下，平心静气地说：“对不住这位大哥，刚才是我站错了地方。”

众人大失所望，但更惊诧的是黑衣人得寸进尺的叫嚣。“好，既然是你不对，就跪下来给我磕头认错，这件事才算拉倒。”

丁老满等人群情激愤，本要指责干预，但看到黑衣人身材魁伟，一副凶神恶煞的模样，而且腰际鼓鼓囊囊，似乎还揣着武器。于是都不免犹豫，再次回望傅雁尘，期望他表现出义正词严的气概。

然而，傅雁尘似乎毫无抗争的意图，甚至连脸色都没有变化，就双膝一软直挺挺地跪下，恭恭敬敬地磕了个头。

黑衣人得意大笑，跨上马离开，看着蹲在地上收拾货担的傅雁尘，围观的路人除了同情也不无轻蔑，只是不便当面讥嘲，叹息了一会儿就四下散去。

“太窝囊了，”回家后的丁老满犹自感慨，对妻子说，“小傅这小伙儿哪点都好，识文断字，勤快能干，人也长得体面，怎么就没一点血性呢？本来还想说给咱家三丫头当女婿，看这样子还是算了吧。”

“你一个卖豆腐的充什么硬气，”他的妻子不以为然，“韩信当年还受过胯下之辱呢，后来不是也封侯了。如今这个乱世道，少一点血性说不定就能多走一步好运呢。”

丁妻把丈夫排揎得闷声不响，但她不会想到，接下来等待傅雁尘的并非好运。

挑着担子来到“康记山货铺”，傅雁尘发现大门虚掩，屋内一片狼藉，四下不见老板的人影。他顿感蹊跷，近来因为大量收货，老板康孝成总会早起在店里忙碌，何以今天如此反常？

纳闷之际，忽听后院围墙外传来几声痛苦的呻吟，他连忙放下货担从后门出去，只见眼前尘土飞扬，一匹快马朝着西南方向驰去，马背上的骑手正是刚才盛气凌人的黑衣汉子，身后还驮着康孝成。

是抢劫？还是绑票？傅雁尘惊疑不定，但无论如何，念在康老板几年收容的情分上，自己也不能袖手旁观，而且前方不远有一片密林，穿过去就是通过京城的官道，于是他撒腿狂追，唯恐来不及拦阻。

不料黑衣人进入树林后忽然放缓行速，左转右拐来到一处相对开阔的地方，将双臂被缚的康孝成放在地上，还没有下一步动作，傅雁尘已经飞奔赶来。

“喂，大哥，有话好说，我老板年纪大了，禁不住这么折腾。”他喘息着请求，眼睛的余光打量着四周的环境，瞥见旁边有一株枝杈粗大的古槐，树后停着一辆马车，却不见车夫的身影，但车厢前后布帘严密，不知其中是否藏有黑衣人的同伙。

黑衣人先是一愣，看清来人后又不由得发笑，“你小子怎么又冒出来了？来的也好，见识一下‘义和号’催账的手段，回去也替我们扬扬名。”

“义和号？老板……这到底是为什么？”傅雁尘浑然不解，征询的目光投向康孝成。

“唉，还不是为了那个作孽的畜生！”康孝成痛心疾首简述了几句，原来，他的儿子康立文在京城滥赌，欠下巨额高利贷后逃之夭夭，所以赌场的人打听到原籍前来追讨。

“老板，好汉不吃眼前亏，不如先凑够钱过了这一关再说。”傅雁尘急切建议，担心生性节俭的康孝成不肯舍财。

“四万多块的亏空，我倾家荡产也还不上呀。”康孝成愁眉锁眼。

傅雁尘倒吸了口凉气，暗忖，这可真叫溺爱成害，中年丧妻的康孝成仅有一子，从小娇惯无比，本指望他长大后继承祖业，但念过几年新式学堂的康立文不甘困守山乡，一心向往大城市的繁华。于是康孝成辗转求告，最终替他在北京谋得一份卫生局的差事，谁知康立文不图上进，居然染上赌博的恶习，而且手面如此豪阔，已经远远超出老父的承受能力。

犹自叹息无奈，却见黑衣人从马鞍上取下一卷麻绳，随手一掷，末端打好活结的绳圈不偏不倚地套上了康孝成的脖子，然后用力一拉，绳圈顿时收紧。

傅雁尘大惊失色，“不就是讨债吗，怎么还要取人性命？”

“这不是命，只是预收的利息，不动点真格的，他那小崽子也不知道厉害。”黑衣人漠然道，再次扬起右手，麻绳的另一端已经掠过上前方的树杈。强劲的臂力令人侧目，但更惊奇的还是绳子绕过树杈垂落，下方那辆马车的后厢布帘突然掀开一道缝隙，一只手悄无声息地伸出，恰好接住了绳头。

这样的配合看似轻巧，却需要力量方位都拿捏得分毫不差，但傅雁尘顾不上称叹，因为随着那只“神秘的手”拽住绳子，马车已然缓缓启动，康孝成的双脚渐渐离地，情势危险至极。

他心急如焚，正要上前搭救，却被黑衣人横马挡住，手中握着一把驳壳枪冷笑道：“就凭你那几根软骨头也敢强出头？老实待着吧。”

傅雁尘稍作迟疑，而那边的康孝成整个人已悬在半空，面皮青紫，双腿乱蹬，眼看就要被活活吊死。他的眼里闪过一丝阴冷的光芒，沉声道：“我也不愿出头，但有句话必须提醒你。”

“什么？”黑衣人皱眉问。

“遇到欺人太甚的恶棍，软骨头有时候也会变得硬起来。”傅雁尘话音未落，人已经逼近马前，黑衣人吃了一惊，刚想勾动扳机，却觉得手腕一阵生疼，五指不由自主地松脱，枪已经到了对方手里，随即耳畔传来一下脆响，康孝成头顶的麻绳应声断开。

从夺枪到发射，黑衣人根本没看清是怎么回事，不禁震骇莫名，却又被迅猛劈来的一掌切中了左边脖颈，当时就不省人事从马上滚落。

解决了黑衣人，傅雁尘没有丝毫怠慢，一边催促刚刚脱险的康孝成快跑，一边健步如飞冲到了那辆马车旁，用手中的枪管挑开布帘，却不由得呆住了。盘坐车厢内的是一个鬓发微白的中年男人，脸上的笑容自己再熟悉不过。

“奇大人，怎么是您？”傅雁尘如堕云雾，一时不知所措。

“呵呵，‘大人’这个称呼已经不时兴了，小傅，你让我找得好苦。”中年男人缓缓下车，把手里的半截麻绳丢在地上。

此人叫做奇士修，和傅雁尘渊源深厚，提起这话要追溯到光绪末年，当时傅雁尘考入保定陆军学堂，因为表现优异又被调入禁卫新军训练营，担任禁军北翼统制兼教官的就是奇士修。

两人分别虽然只有短短三年，但其间桑苍巨变，时过境迁，所以再度重逢颇有一种恍若隔世的感受，而回望树林间康孝成仓皇逃离的背影，傅雁尘又似有所悟，“刚才那一切都是做戏？”

“权当是一次测试吧，对于你来说也并不新鲜。”奇士修微笑。

这话没错，当初被选入禁卫新军后，傅雁尘除了接受各种严酷的训练，面临最多的就是花样翻新的测试。那么，“测试的结果您还满意吗？”

“一如既往地满意。”奇士修说。

“为了一个没有意义的结果，让康老板遭这么大罪，实在划不来。”傅雁尘皱眉道。

“康老板不一定这么想，”奇士修说，“两百块大洋的报酬抵得上他一年的收入了，再多受点罪也不在话下，倒是你窝在这穷乡僻壤比较可惜。”

“没那么严重吧，这里总算还是京兆地方，北望长城，燕山叠翠，‘犹去西楼二千里，行人到此莫思家。’”傅雁尘轻声吟咏着欧阳修途径古北口的题诗。

“真过上啸傲林泉的隐士生活也就罢了，可是一个山货铺的小伙计，只怕也没空享受什么闲情逸致吧。”奇士修笑道。

“日子清苦点无所谓，最重要的是能够活得坦然自在。”傅雁尘说着，目光渐渐暗淡下来，和故人相见虽然不乏几分欣喜，但许多不愿回想的尘封记忆又像挥之不去的氤氲迷雾在脑海里弥漫升腾。

“没想到过去了这么久，你对往事还是耿耿于怀。”奇士修轻叹。

“那是因为往事不堪回首。”傅雁尘说。

“没必要如此消沉，”奇士修婉言劝解，“你书读得好，总不会忘记孟子‘苦其心志，劳其筋骨’的明训，当你历尽磨难，终于恢复自由身，也许正是施展抱负的大好时机。”

“抱负？”傅雁尘惨然一笑，“提起这个字眼我就不寒而栗，当年立志军事救国，谁知却被锻造成了一件杀人工具；想要恪守酬恩报德的承诺，却又无力保障恩公的安危；已经下定决心成为殉葬品，不料最终赔上的却是心爱人的性命。唉，我似乎从没有走对过一步路，而我的意愿也似乎从没有实现的时候。”

“你的话过于偏激了，”奇士修感喟道，“在这闹哄哄的乱世，是非曲直哪有定论？改朝换代的当口，宗室亲贵力保大清理所当然，只不过气数已尽，无可挽回。你替‘宗社党’效命，本是为了报答知遇之恩，说来也不失国士之风……”

“奇先生，”傅雁尘突然打断了他的话，并如其所愿改了称呼，“您煞费苦心找到我，不仅仅是为了叙旧吧？”

“你的戒心也太重了，”奇士修讪笑，“我还没有讲明来意，何必摆出一副如临大敌的样子？”

“您的来意不讲也清楚，因为我明白自己能够充任什么角色，但只要我还记得芸珠的临终遗言，就绝不会重蹈覆辙。”傅雁尘漠然道。芸珠是他爱妻的芳名，两人情深意厚，堪称佳偶，只因傅雁尘涉足险途，这段姻缘注定不能长久。他永远不会忘记那锥心泣血的场面，身中两弹的芸珠奄奄一息地倒在自己怀里，翕动着苍白的嘴唇，费尽全力留下最后的一句话：“答应我，千万不要报仇……”

“芸珠是个好女人，只可怜红颜薄命。”奇士修也是那幕惨景的见证者，能够感受得出对方眼中的哀痛。“正因为她这句话，你才选择了避世离俗的生活吧。”

“没错，我曾在芸珠的坟前立誓，从此再不沾染那些杀人的勾当。”傅雁尘笃定道。

“如果是救人呢？”奇士修悠悠道。

“救人？”傅雁尘大出意外，犹豫了一下问，“救什么人？”

“听说过蔡锷吗？”奇士修反问。

“当然，”傅雁尘脱口道，“共和名将谁不知道？”

“有一点你恐怕不知道，目前蔡将军的处境岌岌可危，甚至比你当年四处躲避追杀的情形更加凶险。”奇士修说，看到傅雁尘面露困惑，就要言不烦地讲述了蔡锷出逃的始末缘由，以及袁克定会同雷震春实施追捕的严峻形势。“从昨夜开始，一张天罗地网已经悄然铺开，目的就是为了阻止蔡将军活着进入云南。”

傅雁尘听罢震惊不已，却也不无疑问。“半天前发生的事情，又是未曾公开的内幕，您何以了如指掌？”

“是这样，”奇士修说，“进入民国后，前清的禁卫新军也改头换面，除了遣返回乡的八旗子弟，大部分被民国政府陆军部吸纳，我就在其中之列，起先供职于军务司三科，去年又被调入‘模范团’担任中方参事官。”

继而又解释“模范团”，是袁克定效仿其父小站练兵模式所成立的一支军官教导团，礼聘德国丁克满少校、法国白礼苏中校研究兵学，本部设在北海，团址位于北京西城旃檀寺。

原来在“太子爷”手下当差，难怪对时局洞若观火，傅雁尘轻笑：“您可真是左右逢源，到哪里都能得到重用。”

“正因为忝居要位，我才更加认清袁氏父子的本心，”奇士修并未介意对方的讥嘲口吻，郑重其事地说：“如果能为国为民做一份贡献，也算是替旧日的冥顽不灵赎一番罪孽，只是这样的志愿凭我一己之力无法完成，所以就想到了你。”

“为什么是我？”傅雁尘质问。

“此次行动军政执法处和‘模范团’派遣大批高手出马，不少人是你当年打过交道的对头，应该熟悉他们的实力强弱和行事作风，所谓‘知己知彼，百战不殆’，想要帮助蔡将军突破重重封锁，放眼天下似乎再没有比你更合适的人选了。”奇士修满脸期许地说。

“说了半天还不是重操旧业，”傅雁尘冷笑，“只怕我要让您失望了。”

“这怎么能叫重操旧业？”奇士修凝眉反驳，“以前你违心杀人是迫于私义，如今援手救人是出于公心，两者岂可相提并论。何况以你的学识和见解，眼看着新生的共和国体面临践踏，难道竟能无动于衷？”

“心如已灰木，身似不系舟，谁爱做皇帝，谁爱当总统，跟我有什么关系呢。”傅雁尘答道。

语气颓废至极，奇士修一时无言以对，犹自茫然，却见刚才被击昏的那名黑衣人已经苏醒，从地上站起，揉着脖子缓缓走来，脸上再没有凶蛮的表情，而换做一副诚恳敬慕的神色。

“这是我的得力助手罗景宽，”奇士修替双方引见，“景宽，这一位是……”

“不必介绍，‘霹雳手’名不虚传，今天我算是开了眼了。”罗景宽上前一步扑通跪倒，毕恭毕敬地向傅雁尘磕了两个头。

“这是干什么？”傅雁尘始料不及，连忙避让。

“我为先前的冒犯赔礼。”罗景宽说。

若非他提醒，傅雁尘似乎已经淡忘了早晨街头的无端受辱，当即微微笑道：“一个头换来两个头，你可是吃亏了。”

“不亏，”罗景宽正色道，“听奇长官讲，你一掌至少可以劈碎五块青砖，要不是刚才手下留情，我的脖子早就像折断的甘蔗了。”

“奇先生有护犊情节，对于自己训练出的弟子总是不吝溢美之词。”傅雁尘笑道。

“话不能这么说，‘杀手榜’上的排名可不是凭空吹出来的。”罗景宽说。

清末民初风云变幻，各方势力争逐倾轧，暗杀事件层出不穷，不少身怀绝技的刺客应运而生，于是有位署名“广闻子”的小报记者，将当时风头最劲的一批人归结汇总，排出了一个“杀手榜”，并根据各人的威慑力及事迹的影响不断更新调整。因为身手灵活枪法精准，傅雁尘被冠以“霹雳手”的名号，排名始终高居前五位。

“无聊文人的编排不足为信，真正的高手是不会显山露水的。”傅雁尘收敛笑容，似乎从来没有以此为荣。

“傅大哥别谦虚了，不管怎样，能够跟你合作是我的荣幸。”

“你还是别荣幸了，我并没有跟谁共事的打算。”傅雁尘淡淡道。

“怎么，”罗景宽愕然回望奇士修，“不是说凭您和傅大哥的交情，只要找得到人，就一定能说服他出山嘛。”

“唉，星移斗转，物是人非，谁曾想到以前的至交故友如今变得比诸葛亮还矫情呢。”奇士修无奈道，近乎乞求的眼神盯向傅雁尘，“可惜我已经没有三顾茅庐的空闲了，掩护蔡将军出逃的义士昨天被捕，如果熬不住酷刑泄露了消息，情况就糟不可言了。”

“那您更没有必要在我身上浪费时间了。”傅雁尘断然道。

奇士修呆立片刻，只得摇头叹息，“好吧，既然你如此决绝，只好由我来勉为其难了。”

说着招呼罗景宽上马，自己也走向马车前，也许是心情沮丧的缘故，步履显得格外蹒跚。

但傅雁尘清楚另有其因，当初奇士修曾拼死救助自己脱困，一枚弹片至今留在体内，于是忍不住关切地问道：“奇先生，您腰上的伤恢复得怎么样了？”

“不要紧，只不过阴雨天气偶尔发作。”奇士修牵过缰绳上车，即将启程之际，忽然又扭过头来说：“对了，明年清明你最好上西山看看，那里的草长得挺快，如果我没能过去，你就自己动手清理一下吧。”

芸珠的坟茔就在西山，下葬后傅雁尘因为亡命天涯，一直没有前去祭扫，看来这些年奇士修始终不忘维护，而他刚才的话颇有诀别的意味，可见舍身赴险的决心十足。

奇士修说完就驱车离去，罗景宽紧随其后，只留下傅雁尘怔怔地站在原地，沉郁的目光里闪烁着几许纠结和悸动。

穿过树林，奇士修和罗景宽车马并行，罗景宽怅然叹道：“这一趟跑得不值，白白耽搁了一夜功夫。”

“先别气馁，事情还有转机，要知道磨刀不误砍柴工，一旦小傅加入，我们的胜算提高的不止一倍。”奇士修说。

“差点被闭门羹噎死，真不知您的信心从哪里来？”罗景宽莫名其妙，看到奇士修有意控制车速，仿佛成竹在胸的样子。

“看来你察人入微的眼力还欠些火候，”奇士修微笑，“早上那出把戏你觉得只为检验小傅的枪法和身手吗？错了，其实我更想探试的是他的本性，仔细琢磨一下，甘愿忍辱负重的前提下，却没有失去急人之难的热忱，足可证明他的一颗心并没有完全麻木。”

罗景宽暗自回想，恍然顿悟，只是仍有疑虑，“可是，傅大哥回绝得斩钉截铁，看不出有什么通融的余地呀。”

“这不难理解，一个人遭遇过太多的伤心痛苦，重新回到旧环境总不免经历一番艰辛的抉择。”

“唉，不知道抉择的过程需要多久？”

“应该不会很久，”奇士修似乎也没有把握，左顾右盼之际，眉梢忽然掠过一丝喜色，“看，我的话没错吧。”

罗景宽顺着他的目光望去，只见一条身影在旁边的树林间迅捷移动，几个兔起鹘落就冲上了官道，稳稳当当地拦在车马前方。

来人自然是傅雁尘，奇士修抑制不住兴奋，停下马车笑道：“谢天谢地，你回心转意的时刻还不算太迟。”

“本来我主意已定，”傅雁尘似笑非笑，“只不过转念一想，你们逼得我现形，这地方已经待不住了，既然要走，走得远些又何妨呢。”

004

持续奔波了一整夜，雷震春风风火火地赶回军政执法处的办公室，来不及喝口茶润润喉咙，就忙着听取特务科长崔凤举的汇报。

“火车站和各个城门的哨卡早已部署完毕，对于旅社、饭庄以及茶馆澡堂的搜查正在进行，目标人物亲朋好友的行踪也都在监控中，如果人还在城里，迟早会露出马脚。”崔凤举是个大嗓门，讲起话来中气十足。

“要是人已经出城了呢？”

“那也跑不掉，只要电告沿途军警及时拦截就是了。”崔凤举信心饱满，铺开一张新版的“中华民国全图”指点陈述，“看，目标的去向不是设定为云南吗？那么预计的出逃路线应该是从京汉路南下，抵达汉口换船西行，然后从宜宾上岸……”

“慢点，”雷震春打断了他的话，“这条路线你是怎么琢磨出来的？”

“哦，眼下从北京到云南，这是最简便直接的走法儿。”

“猪脑子！”雷震春勃然大怒，“要知道蔡锷这次是潜逃，不是赶着回家娶媳妇，人家为了摆脱盯梢都煞费苦心，还会选择什么简便直接的路线？拜托你机灵点好不好，等会儿‘瘸子大爷’来了，你让我怎么交待？”

挨了训斥的崔凤举脸色青白不定，但随即两眼乱眨，后脚跟“咔噔”一碰，雷震春不禁诧异，顺着他的目光回望，顿感头皮发紧，原来不知什么时候，扶着手杖的袁克定已经站在办公室门口。

“大爷，我……”雷震春喉头发干，支吾难言。

“没关系，这样的昵称我也听得多了。”袁克定神情自若，在一名随从的陪同下缓步入内。

雷震春依然惶惶不安，仿佛被捉奸在床的感觉挥之不去，袁克定只得婉言安抚：“别紧张呀，雷处长，我腿瘸心不瘸，紧要关头不会为一些细枝末节分神的，咱们还是集中精力办事吧。”

“是，是，”雷震春连声应承，“下面我来介绍一下刚拟定的追捕方案。”

“我不听方案，只看结果，”袁克定说，“目前蔡锷的逃亡线路确定了么？”

“还没……”

“协助他逃跑的同伙不是落网了吗，这么久还没有拿到口供？”袁克定质问。

民国杀手

“那小子是个硬茬，人都打得脱形了，就是死不开口。”崔凤举代为回答，配合蔡锷出逃的两人都已抓捕到案，其中的“车夫”由于中枪失血过多而死，另一名“顶替者”还在讯问中。

“呵呵，摧残皮肉很容易，关键是摧垮意志。”袁克定身边的随从忽然笑咪咪地开口，继而哈着腰请示，“大爷，要不我来试试？”

“嗯，时间不多，你可得抓紧点。”袁克定点头应允。

“明白，一顿饭的功夫就行了。”那人轻松表示，回头关照崔凤举，“劳驾您带我去审讯室吧。”

崔凤举犹豫着领人出门，雷震春更是面露狐疑，因为看那随从生得圆头圆脑，低眉顺眼，一件粗布棉袄陈旧不堪，如果肩头多一根扁担，活脱脱就像一个沿街叫卖的小贩，这样的角色居然敢在威风八面的执法处大言不惭，实在令人难以置信。

他的表情被袁克定看在眼里，斜睨着问：“雷处长好像有点瞧不上我的人嘛。”

“噢，不，”雷震春讪笑着解释，“我只是看这位兄弟慈眉善目的，恐怕镇不住那些亡命徒。”

“这就叫人不可貌相，”袁克定说，“你大概猜不到，他那副笑脸曾经夺去了多少条命。”

雷震春不禁发怔，似乎突然想起了什么，脸色倏尔一变。

武坤，直隶南皮人，这就是那名“顶替者”的真实身份，也是此刻为止军政执法处掌握的仅有信息。

不可能得到更多了，武坤心中默念，接收这项任务前，他已经设想过将要面临的各种危险，而看到“车夫”毙命，他也清楚了危险的极限，于是暗想，先行的弟兄就是榜样，即便同上黄泉路，自己也要做一个铮铮铁汉。

横下心来，痛苦的感觉就容易克服，皮鞭、烙铁、老虎櫈……不到十个小时，他已经饱尝了七八种酷刑，人也昏死过去五次，却始终守口如瓶，直到第六次醒来，看见了一张笑容可掬的圆脸。

阴森恐怖的审讯室里出现这样的面孔，并不比铁树开花更多见，武坤也心生蹊跷，不由得张开双眼盯着对方。

“执法处的老爷们也忒狠了点，”笑脸人走到刑床前，看着反绑仰卧的武坤摇头叹息，“这个样子一定很难受，不如换个舒坦的姿势，来，哥儿几位搭把手。”

语气听起来和蔼可亲，不料实际上变本加厉，在他的招呼下，崔凤举及两名行刑的军警将武坤拽起来，双腿绑上绳索，直挺挺地倒吊在旁边铁架上，头顶距地面足有半人多高。

看来是个笑里藏刀的恶人，武坤横眉厉斥："有什么花样尽管使出来吧，打死我也不会多说一句。"

"嘿，还是个急性子，我也没问您什么呀，先稳住神儿吧。"那人悠悠笑道，随即拿起一把苕帚在屋子里扫起地来。

他的动作又轻又慢，一边和崔凤举等人聊着闲话，若无其事的模样俨然晨起洒扫庭院的居家好男人。古怪的举止不仅令军警们发蒙，倒挂在铁架上的武坤也越发迷惑，只是随着时间流逝，气血倒涌，接近模糊的意识已经无法做出判断。

"以前只听说南皮是个出太监的地方，没想到也会出这么有种的人吧。遇到硬汉注定完不成差事，与其累得腰酸背痛，不如设法找点乐子呢。"笑脸人絮絮叨叨，忽然指向已然面皮紫胀，两眼凸睁的武坤，"比如此刻吧，瞧，这一对眼珠里已经灌满了鲜血，只要轻轻一杵，我们就能看到一幅好像喇叭花绽放般的奇妙景象。"

残酷至极的刑法居然用轻描淡写的口吻描述，这让见惯了血腥暴力的崔凤举等人也不寒而栗。武坤更是感到一股阴冷之气直贯体内，只见笑脸人手中多了一枚银针，缓缓靠近自己，他眼角周围的肌肉不自觉地抖动起来。"你要干什么，你……你究竟是什么人？"

"哦，鄙姓唐，"那人含笑回答，"因为生就一张大众脸，所以不少人都会有面熟的感觉。"

武坤神昏意乱，头脑中陡然闪过一念，禁不住嘶声道："你是……唐乐天！？"

"呵，您还真是见多识广，连我这样的小人物也听说过。"那人笑道。

崔凤举和两名军警也相顾变色，"唐乐天"这个名字非同小可，位居清末民初"杀手榜"前列，因为外貌和善而手段凶残，被人称作"笑面无常"，据说他出身狱吏世家，精通明清以来各种惨无人道的酷刑，落在他手里的"猎物"往往被折磨得生不如死。

"好了，言归正传吧，"唐乐天一手托住武坤倒垂的脑袋，一手捻着银针相准位置，然后回头笑道："以前我见过的'喇叭花'最多开出四尺远，今天这副身胚的分量够足，估计至少喷出去六尺，崔科长要不要和我打个赌？"

不等崔凤举吱声，武坤已是毛骨悚然，汗出如浆。野蛮粗暴的拷打或许能激起英勇无畏的气概，而形同儿戏的摧残却让人的顽强斗志逐渐瓦解。虽然唐乐天自始至终没有一句逼供，但他的言谈举止无时无刻不透出一股慑人心魄的气息，武坤感受到了平生未有的恐惧，当那枚尖利的银针几乎触及自己的眼睑，忍不住撕心裂肺地呼喊："住手，我招，什么都招——"

"蔡锷逃去了天津？"袁克定追问，"具体什么地方？"

"具体的崔科长还在录口供，"唐乐天回禀，"执法处的弟兄们忙了整宿，这份头功让给他们得了。”

“功成弗居是难得的品质，”袁克定赞赏道，“不过你也躲不得懒，紧要关头还用得上你这块好钢。”

“是。”唐乐天矜持应答。

“这家伙的身份已经确定了吗？”袁克定又问。

“嗯，他是‘白龙会’的人。”

“怎么又扯出了帮会？”袁克定皱眉。

“无非是效仿孟尝君利用鸡鸣狗盗之辈过函关的故事，”从门外走进的雷震春接口分析，蔡锷的云南旧部蓄谋接老长官出逃，但在军警的严格监控下难以得逞，为避免暴露形迹，就想到了求助本地的帮会势力。“白龙会”是近二十年来活跃于京畿地区的最大帮会组织，其成员多为贩夫走卒，引车卖浆者，因此在街面上眼线密布，门路繁多，无疑是配合潜逃的最佳援手。“他们的老大叫做蓝锦川，行八，江湖人称蓝八爷……”

“先别管什么蓝八蓝九，”袁克定摆了摆手，“说说咱们得到的口供究竟有几分可信吧。”

“可信度很高，”雷震春说，“抛开老唐的手段不提，武坤的供述也正好符合蔡锷近期的活动轨迹，据我手下人报告，这三个月里他总共去过五趟天津。”

“他去干什么？”

“赌钱。”雷震春说，因为袁大总统明令禁赌，各部官员不敢公然违抗，于是天津的租界就成了民国新贵们消解赌癖的后花园。其中以交通系首脑，素有“财神”之称的梁士诒为代表，每逢周末包几节头等卧车直赴津门，酒肉征逐之余不分昼夜地展开豪赌，又常常呼朋唤友，结伴凑兴，许多回蔡锷带着小凤仙应邀前往。

“哼，”袁克定冷笑，“今天看来，他故作荒嬉之态不过是玩韬光养晦的把戏，这次的逃跑计划很可能就是在天津制定的。”

“没错，蔡锷出京的第一站就是天津。”雷震春说，“行动人员已经遴选就绪，为了激励士气，大爷是不是先做一番训示？”

这一下拍得恰到好处，本来军政执法处不归袁克定辖制，但雷震春清楚，自从出任“模范团”团长的职位，居高临下发表训话就成了“瘸子大爷”的新癖好。果然，袁克定欣然应允，在雷震春的引领下走进隔壁一间宽敞的屋子。

以崔凤举为首的十余名密探整装待发，看到上司驾临齐刷刷地挺胸肃立，显得斗志昂扬的样子。

“看起来都很精神嘛，希望差事也能办得漂亮。”袁克定先鼓励了一句，随即峻然告诫，“任务的重要性我就不谈了，只想强调一下规则，常言道重赏之下必有勇夫，但我认为重罚之下的勇夫更多。所以，从即日起各位的贵宝眷都由执法处暂时监管，等到大家凯旋归来，就是和亲人重逢欢聚的时刻。”

如果铩羽而归又怎样？即使言犹未尽，众人也能深刻意会，不由得悚然变色，栗栗危惧。而最紧张的要数雷震春，因为他非常明白，凭自己的地位虽然不会面临家属被羁押的难堪，但万一任务失败，付出的代价只怕比手下人更加惨重，思前想后惶惶不安，直到崔凤举等探员辞行启程，整个人还没有缓过神来。

袁克定还以为他在琢磨部署细节，拍了拍肩膀慰勉道：“这段日子我忙得不可开交，坐镇老营就全靠雷处长了，有什么需要尽管开口。”

“为国效命我义不容辞，”雷震春慨然道，又委婉表示，“只是大主意还请大爷来拿，老实说大总统的口谕有些隐晦，不知道把事情做到哪一步才让他老人家满意。”

“在官场摸爬滚打了几十年，怎么连这点悟性也没有？”袁克定揶揄道，“这件事要想功德圆满，只要记住一点，那就是机密。”

雷震春默然忖度了一下，说：“懂了，蔡某人秘密出逃，咱就教他秘密消失。”

“正确，”袁克定点头道，“其实清除目标的行动并不困难，如何把握时机才是学问，所以负责盯踪的人员极其关键，你那里有可靠的么？”

“有，稽查队的项鸣高。”雷震春说。

“就是昨天跟丢人的那位？”袁克定问。

“是的，昨天是一时失误，我给他一个戴罪立功的机会。”

“算了吧，有些机会转瞬即逝，一次把握不住就意味着彻底失败。”袁克定摇头否决，沉吟了一下说：“刚好我手边有一个人选，这回应该能派上用场。”

“项鸣高可是追踪的行家呀，这些年来破案无数，还有个绰号叫‘橡皮膏’……”雷震春还想替手下争取。

“可惜这贴‘橡皮膏’已经失效了，”袁克定嗤之以鼻，“我可以保证，跟我推荐的人比较，姓项的顶多算一只土鳖。”

005

上午九点左右，罗景宽出现在北京南城，跨下马换成了一部黑色汽车，坐在副驾驶位上的是傅雁尘。

越过珠市口西大街，向北拐进陕西巷，傅雁尘的目光像一把细密的篦子扫视着车窗外的环境，和他的专注不同，罗景宽多少显得心不在焉，以至于途径胡同口西侧的“德寿堂”药店时，险些撞倒了一个烤白薯的小贩。

“当心，”傅雁尘提醒，看到他惘然若失，不由得发问：“你没事吧？”

“没事……”罗景宽支吾道。

鉴貌辨色，傅雁尘淡淡一笑，“你大概认为我们走这一遭纯属多余吧。”

一语道破心事，罗景宽老实承认，“嗯，我只是觉得咱们应该直奔天津。”

这个结论来自奇士修返京后所得的内部情报，执法处正调兵遣将赶往天津，大概是被捕的武坤已经招供。若想及时实施救助，当务之急自然是追去天津，不料傅雁尘却吩咐来到了陕西巷。艳帜高张的“云吉班”就在这里，此行的唯一理由或许是查访蔡将军的红颜知己小凤仙，可是，蔡锷昨日出逃的同时小凤仙也芳踪杳渺，军警反复搜寻都没有结果，再度尝试还能有什么收获？

由于奇士修事先告诫，行动期间要绝对服从傅雁尘的指令，所以罗景宽虽然困惑，也不敢质疑反驳，甚至没有征询商榷的机会，因为他感觉傅雁尘并不是个健谈的人，从古北口返程的路上几乎一言不发，除了研究奇士修提供的相关背景资料，就是斜靠在车厢内闭目养神，似乎从没有与合作伙伴交流意见的打算。

“看得出你一肚子官司，只不过我暂时没空解释，”瞥见“云吉班”的招牌，傅雁尘匆匆对罗景宽说：“车子停好跟我来吧。”

京城的烟花胜地首推前门大栅栏一带的八大胡同，八大胡同的精华场所又数陕西巷，头等的“清吟小班”大都集中于此，如果继续评判，以前独领风骚的是赛金花的香巢“上林仙馆”，如今则是捧红了小凤仙的“云吉班”。

按照惯例，勾栏人家的热闹光景通常从黄昏开始，华灯初上，莺歌燕舞，达官富贾趋之若鹜，酒酣耳热之际清算着无数风流孽债，而到了次日凌晨直至正午前，欢场冤家们大多偃旗息鼓拥衾高卧，会出现一个相对宁静的时段。傅雁尘选择这个间隙上门就有避免人多眼杂的盘算，谁知刚刚走进“云吉班”，耳边就传来阵阵喧哗。

绕过照壁，看到几个仆佣打扮的人来往奔走，正从北侧一座跨院向外搬东西，大到衣柜铜床，小到粉盒手炉，横七竖八地摆放在天井中央。傅雁尘莫名其妙，正自犹疑，有个手捧痰桶的仆人经过招呼道："两位先生，今儿个我们歇业，找乐子的话换别家吧。"

"我们不找乐子，劳驾请你们老板出来。"傅雁尘掏出一张证件递到他眼前。

接受任务以后，奇士修和傅雁尘曾明确分工，前者贴近高层掌握追捕动态，后者实施具体营救，罗景宽则起辅助联络的作用。同时奇士修负责提供相应的装备，武器经费之外，另有各种便于行动的官方证件，此刻傅雁尘亮出的是一张税务局的执法证。

那仆人显然是认识字的，诚惶诚恐说了句"稍待"就向北边跨院跑去。不一会儿就听院内有人嚷道："真是屋漏偏逢连阴雨，前两天不是刚缴完税嘛，又来搞什么名堂？"

虽是一句牢骚，但声音甜嫩绵软，犹如春莺婉啼，令人心神一荡，傅雁尘默想，难怪"云吉班"驰名九城，莫非当家的鸨母就是一位绝色佳人？不料等到真容出现，几乎吓了他一跳，只见眼前的妇人年过五十，生得一张既丑且怪的马脸，上面的脂粉都有些挂不住的样子。

傅雁尘暗自好笑，这就是典型的"隔壁西施"吧。通过介绍得知对方正是此间的本家春芍老五，于是编造了一个借口，说是有人检举"云吉班"瞒报税款，自己奉命前来核查。

"哪个挨千刀的乱嚼舌根，我们可是一向奉公守法的。"春芍老五气愤不已。

"空口无凭，最好拿出点证据说服我。"傅雁尘说。

春芍老五无奈，只得吩咐手下取来一摞账表，因傅罗两人不肯进屋，又命人搬来桌椅，敬奉烟茶，就在正厅外的廊檐下进行审查。看着傅雁尘煞有介事地翻看帐簿，罗景宽越发一头雾水，根本猜不透他的用意何在。同样惶惑的还有春芍老五，由于要应付"官差"不便走远，却又惦记着方才的未了之事，举止之间难免显得局促不安。

这时北跨院的搬运工作已经结束，大小家什堆积如山，有人过来请示进一步安排。

"看老刘到了没有，赶紧装车拉走。"春芍老五说。下人领命而去，不一会儿西面偏门开启，一个身材敦实的汉子拉进来一辆平板大车，在照壁附近停下。

眼见众人开始装车，傅雁尘像是不经意地发问："今天是宜于搬迁的日子吗，大早上就这么折腾，也不怕搅了客人的好梦？"

"嗐，捅了那么大娄子，哪还会有生意？我忙里忙外地费了半天劲，还不是为了去去晦气。"春芍老五大念苦经，虽未细谈，傅雁尘也能弄清楚了眼前兴师动众的起因。自从昨日小凤仙配合蔡锷出逃，"云吉班"就交上了厄运，军政执法处三番五次前来滋扰，反复搜查之外，又把平日和小凤仙相熟的几位姑娘带回去审问了半夜，最后花钱疏通才把人保了出来。但经此一闹，原本红火的买卖顿时萧条，从昨晚开始，除了几拨不明身份的人上门恐吓，几乎再也没有客人光顾。春芍老五惊惶之余更加气恼，追根溯源自然归咎于不见踪影的小凤仙，于是决定将她房内的日常用品统统变卖，一来为了弥补打点关系的损失，二来也为消除所有不祥的痕迹。

看到地上的家具器皿大多精巧雅致，应该不乏主人的心爱之物，春芍老五的处置未免草率决绝，傅雁尘感慨道："昨天还是众星捧月的'摇钱树'，转眼间就成了避之不及的'瘟神'，我算是知道什么叫做世态炎凉了。"

春芍老五听出了言外之意，撇着嘴回应，"您不知道养一个头牌需要多大开销吧，如果只会招灾惹祸，就怨不得我刻薄了。谁都清楚吃我们这碗饭多不容易，本来也不是什么讲仁义的行当。"

"嗯，明白，婊子无情，戏子无义。"傅雁尘淡淡道。

这分明是当着和尚骂秃驴，春芍老五一张马脸拉得更长了，没好气地说："账本看完了吗，如果没毛病就请回驾吧，我实在没工夫陪您逗闷子。"

"遗憾得很，我还真发现了点问题，"傅雁尘手指帐簿不紧不慢地说，"近期的局票签收登记和姑娘们实际'出条子'的次数明显不符，你怎么解释？"

所谓"局票"即客人召唤妓女所用的字条，大致格式是"某某君叫某某姑娘至某地点侍酒勿延"，妓女应召称为"出条子"。按规定妓院收到的局票应该明确记载，作为核实盈利照章纳税的依据。

"不可能，我们这么大的场面犯不上偷滑藏奸，不信您可以挨个向姑娘们打听，票底缺漏的话她们也不会答应呀。"春芍老五争辩。

傅雁尘知道，局票记录也是妓女和本家月底分账的凭证，可是，"如果出条子的人没有回来，是不是就给你留下作弊的机会了？"

"您这话怎么讲？"春芍老五惊诧道。

"上个月凤仙姑娘两次陪蔡督办去了天津，这上面为什么没有反映？你大概认为她一去不返，也就乐得省一笔开支，但别忘了，军政执法处的监控记录可是一丝不苟，容不得你蒙混过关。"

春芍老五神情错愕，像是突然想起小凤仙和蔡锷的行踪长期处于军警的监视下，自己浑水摸鱼的企图完全行不通。迟疑了片刻，换了一副肉麻的谄笑靠近傅雁尘。"一时疏忽也不必较真儿，亏欠的税款直接补给您不成吗？"

说话的同时手里攥着一卷钞票塞了过来，傅雁尘拒之不收，"我看起来像个财迷吗？"

"不像，"春芍老五嗲声轻笑，"不过总得让我尽一份孝心。我们这里刚到了两名扬州姑娘，条儿顺盘儿亮，皮肤嫩得掐出水来，不然请你尝尝鲜？"

"多谢美意，可惜我吃饱饭来的。"傅雁尘说着，眼睛却一直留意前方的装车过程，看到两个仆人正抬着一口红漆木箱，他的目光不由得一动。

春芍老五的笑容变得僵硬，禁不住怨怼道："我在陕西巷混了十几年，就没见过您这么油盐不进的人，山不转水转，何苦把事情做绝呢。"

"其实这件事未必不可通融，就看你懂不懂得对症下药了。"傅雁尘忽然放缓了语气。

"哦，请您老明示？"

"最近我乔迁新居，总买不到合适的家具，我见那口箱子的做工很地道，拉去旧货行也卖不上价，不如送给我做个人情吧。"

在旁人看来，这位"税务官"的眼皮子未免太浅，而满足这种要求也毫不费事，不料春芍老五侧目望去，神色顿显局促不安，好像即将失去的是什么难以割舍的心肝宝贝。

古怪的表情坚定了傅雁尘内心的推测，当即故作轻松的笑道："如果没有异议，我这趟差事就算结束了，咱们各得所需，皆大欢喜。"

他一边说，一边起身向天井走去，罗景宽紧随其后。

"哎……"春芍老五急于阻拦，却又不知如何开口，抓耳挠腮的样子简直比她申报贞节牌坊还要为难。举足无措之际，忽听西侧偏门"咣当"作响，风风火火闯进了两个彪形大汉。

他俩粗衣短打，身手矫健，一望便知是帮会人物，而腰带上用白丝线绣制的飞龙图案也印证了这一点。为首的汉子左面颊有一道深深的疤痕，进门后环顾四周，气势汹汹，仿佛满院站着的都是自己的杀父仇人，最后目光落在春芍老五身上。

"邱二爷，什么风把您给吹来了？"春芍老五赔笑致意，神色越发窘困。

"那小贱人还没回来？"邱二冷冷问。

"没有，她惹了那么大麻烦，只怕早就远走高飞了。再说军警整夜守在街上，她也不可能回来自投罗网呀。"春芍老五答道。

邱二顿口不语，继续左右察看，阴冷严峻的模样令人发憷。罗景宽也心生悚惕，暗想，这两人什么来头？他口中的"小贱人"指的可是小凤仙？犹自猜疑，忽然感觉衣角被人轻扯一下，随即听到傅雁尘极低的声音，"去发动车子，打开行李箱。"

罗景宽目色一凛，趁着两名壮汉的注意力还在别处，便迅速退后一步，沿着照壁后方悄然溜走。这时邱二再次向春芍老五发话："蓝八爷交待过，事情了结前任何人不许离开'云吉班'，你好像全当耳旁风了，眼下整得是哪一出？"

"没敢违背八爷的话呀，但我们也得为以后的日子打算吧，人不能出门，丢掉点东西都不行吗？"春芍老五愁眉苦脸地诉说了处理家具的缘由。

这次邱二倒没有苛求，只是吩咐同伴道："仔细查一下这些东西，当心有什么猫腻。"

于是两人分别动手，逐次翻检板车上下的家具器皿，在场众人都噤若寒蝉，但等到邱二走近那口红漆木箱时，傅雁尘却抢先挡在前面。"抱歉，这是我的私人物品，应该不在两位的搜查范围。"

邱二一愣，"你是什么人？"

傅雁尘尚未吱声，春芍老五已经代为介绍了他的身份。听说是政府官员，邱二的张狂气焰有所收敛，却又疑惑难解。"来逛窑子怎么还带着口箱子？"

"箱子是我托老板订做的，今天正好抽空来取，这一点不奇怪吧。"傅雁尘泰然道。

看到邱二投来征询的眼神，春芍老五纵然极不情愿，却担心出现更加严重的后果，只得点头作证。

"既然这样我就不得罪了，你请自便吧。"邱二嘴上说得客气，脚下却迈步上前，一只手伸向箱子上的铜锁。

他的动作很快，不料傅雁尘更快，倏尔抓住了他的手腕，顺势横向一带，迫使他整个人偏离了木箱。

"什么贵重玩意儿，看一眼也不行？"邱二质问。

"没什么贵重的，只是你没资格查看。"傅雁尘漠然道。

这一下邱二恼羞成怒，恶狠狠地说："本来不想跟官面儿上的人作对，你这么不识抬举，就休怪我无礼了。"

话音刚落，抡出一拳劈面砸来，傅雁尘扬臂一格，对方随即踹出一脚，傅雁尘又纵身闪过。旁边的仆佣杂役惊呼失色，纷纷四散躲避。

厮打了三五回合，傅雁尘发现邱二的"谭腿"功底相当了得，攻势迅疾，力道刚猛，而另一名同伙也加入战团，拳来腿往，步步紧逼。于是他不愿缠斗，先是连出几拳击退两人，忽然侧身挥掌朝着平板车的车把重重一拍，只听一声闷响，车上的那只红漆木箱竟被震得飞起起八尺高。

这一手功夫看得众人瞠目结舌，更加叫绝的是，箱子下坠后居然稳稳地落在傅雁尘的肩头，他一手托住箱底的同时，另一只手里变戏法似的多出了一支手枪。

邱二不禁呆住，但脸上并没有流露出太多怯惧之色，稍作犹豫后冷笑道："如果你还想走出这条巷子，最好不要开枪。"

"如果你还想活命，最好不要跟过来。"傅雁尘针锋相对地回应，扛着箱子慢慢倒退，退至照壁旁身形一晃，拔腿向门外跑去。

来到街上，傅雁尘一边高喊"景宽，快开车！"一边大步冲了过去，取下肩头的木箱，几乎是掷进了事先开启的行李箱内。这时邱二和同伴也追出了"云吉班”，傅雁尘来不及钻进已经行驶的汽车，就飞身踩上车门外侧的踏板，而后甩手连发数枪。

子弹连续射入邱二身前的地面，砖屑四溅之间，两人“跳大神”似地蹦跶闪躲，等到枪声停歇，再看汽车已是望尘莫及了。

但傅雁尘没有丝毫松懈，因为他凭直觉判断，在这条不足半里的小巷里或许还有潜藏的危机。果然，贴着车身四下寻望，一个疑点映入眼帘，来时遇见的烤白薯小贩，何以把摊位挪到了北边？胡同南端的珠市口人流量更大，这么做岂不是舍本逐末？一念未了，汽车已经靠近，那小贩把手伸进面前的泥炉，但掏出来的并非白薯，而是一枚黑黝黝的东西。

“炸弹！”傅雁尘触目惊心，不等他扬起手臂就断然勾动扳机，一枪正中肘弯，炸弹顺着衣袖滑下的刹那汽车也刚好路过。轰然巨响就在十步开外，血肉横飞之际，硝烟气浪席卷而来，车窗玻璃碎裂，轮毂盖脱落，若不是死死抓住车门把手，傅雁尘几乎被掀翻在地，罗景宽更是不敢怠慢，猛踩油门，汽车引擎发出刺耳的轰鸣直奔铁树斜街疾驰而去。

一口气开到东城边的僻静角落，罗景宽才停下汽车，喘息着开门出来，看到傅雁尘正从踏板上跳下，虽然烟尘满面的样子略显狼狈，神色之间却镇定如初，甚至嘴角还挂着一丝满足的微笑。

“刚才真够刺激的，”罗景宽心有余悸地叹道。

“如果花街柳巷总是这么险象环生，也许今后洁身自好的人就会增多了。”傅雁尘说。

“危险我不在乎，就怕蒙在鼓里，老实说我对今天的事情全无头绪，此刻是不是可以揭开谜底了？”罗景宽说。

“答案就在后面的箱子里，你去看看吧。”傅雁尘轻笑。

罗景宽懵懵懂懂地走向车后，取下那只神秘的红漆木箱，扭断铜锁打开箱盖，不由得越发疑惑。

狭小的木箱内居然藏着一个年轻女人，双目紧闭，一动不动，蜷曲的身体仿佛一只午后在食盘边打盹的家猫。

“人还活着吧？”傅雁尘问。

罗景宽探摸鼻息，女人的呼吸平稳正常，大概是因为刚才的剧烈震荡而导致昏迷。只是“这又不是小凤仙，咱们大费周章的把她弄来干什么？”

“因为她是除了小凤仙外，最有可能了解蔡将军行踪的人。”傅雁尘说。

“哦？”罗景宽莫名所以。

“你不是自称做过很多功课吗？”傅雁尘说，“对于目标人物的近期动态有几分掌握？”

“根据执法处的密报，蔡将军近期多次去过天津，”罗景宽说，“如今看来，他表面上陪着一帮高官吃喝玩乐，实际上趁着军警在租界行动受限，暗中和‘白龙会’或云南方面联络，可以确定他离京的去向就是天津，这一点也符合武坤的供述，所以我才急着赶过去。”

“急着赶过去干吗？”傅雁尘斜睨轻笑，“在偌大的天津城里找一个人并不比海底捞针更容易，如果总是跟在军警身后捕风捉影，恐怕到头来只有替人收尸的份儿。我们必须深入挖掘线索，才有可能抢占先机。”

“这个女人就是新的线索吗？她和蔡将军有什么关系？”罗景宽问。

“应该没有关系，”傅雁尘说，“但她和小凤仙的交情非同寻常，否则也不会连续三次出现在天津了。”

“啊，想起来了，最近小凤仙陪蔡将军去天津，总是带着一个‘云吉班’的小姐妹同行，花名好像叫什么‘千日红’。”罗景宽确定了箱中女子的身份，也明白了傅雁尘的用心，既然蔡锷的出逃部署在天津完成，配合行动的小凤仙自然洞悉底蕴，而朝夕相处的千日红或多或少也会知道一些内情，只要她肯和盘托出，就是一条实施营救的捷径。但疑虑难消的是，“这么重要的环节执法处的密探怎么会视而不见？你又是怎么猜到人就藏在箱子里呢？”

“并非他们疏忽，只不过更多的注意力都放在蔡将军和小凤仙身上，尤其当武坤招供，追捕的重点已经移向天津。即便如此，也没有忘记安排守株待兔的后手，街边那个请我们吃‘炸弹白薯’的小贩就是证明。”傅雁尘解释，“看破箱子里的玄机纯属巧合，为保密起见，小凤仙的出逃日期不会告知千日红，事发后军警即刻赶去‘云吉班’，千日红没准儿还来不及脱身，纵然躲过一时搜索，终非长久之计，何况本家春芍老五也不肯收容一个‘隐患’，自然要设法送她出门。冒充查账的时候我一直在观察搬运的过程，留意到这口箱子分量不轻，于是不免生疑，娼家老鸨大多是吝啬鬼，别的家具器皿都已经事先腾空，为什么这口箱子装得满满当当？”

“不用说是想‘暗度陈仓’了，傅大哥果然心细如发。”罗景宽钦佩不已。“找到这么个‘知情者’，我们已经比对手棋先一招了。”

“先不要盲目乐观，还不知道这个‘知情者’是不是个好相与的人呢……”傅雁尘说到一半，脸色骤变，失声喊道：“快闪开！”

原来就在两人交谈的间隙，箱子里的千日红已然苏醒，手执一柄寒光闪闪的匕首冲着背身站立的罗景宽猛刺过来。多亏傅雁尘眼明手快，提醒的同时一把推开罗景宽，却见刀锋已逼近自己面前。

由于对方全力一搏，来势异常凌厉。侥幸脱险的罗景宽惊心侧目，眼看傅雁尘躲不开这一刀，但意想不到的是，他的上半身忽然直挺挺地后仰，与下肢形成了一个不可思议的角度，刀尖擦着鼻尖划过的瞬间，迅即捉住千日红的手臂反向一扭。随着一声痛苦的娇呼，千日红的匕首掉落，人也摔倒在木箱旁边。

傅雁尘一脚踩住匕首，回头问道："景宽，没伤着你吧？"

"没，"罗景宽咂舌道，"只是惊着我了，真不敢相信，你的小腰怎么练得比天桥耍杂技的'美女蛇'还软。"

傅雁尘淡淡一笑没有理会，转身关注偷袭未遂的千日红。只见她散乱的秀发下是一张标准的鹅蛋脸，五官称不上十分美艳，却搭配得格外协调，尤其一双清澈的双眸，惶恐不安间透出几许机巧灵动，而且神态宜喜宜嗔，即使横眉立目，看起来也并不令人生厌。

"'云吉班'好歹也算温柔乡里的顶尖人家，怎么调教出来的女人比孙二娘还狠？"傅雁尘摇头苦笑。

"反正过不去这一关，不如跟你们拼个鱼死网破。"千日红愤然道。

"你好象断定我们要伤害你，"傅雁尘说，"如果是那样，你还能活着离开陕西巷吗？"

"难道你们不是执法处的人？"千日红质疑。

"执法处的人还会对你这么客气？"

千日红想想不错，执法处的军警素以张扬跋扈著称，平时没事还要寻衅滋扰，一旦有上峰催办的差事更是穷凶极恶，只怕没必要跟自己多费口舌，但是，"你们帮我逃离封锁，仅仅是出于一片慈悲心肠？"

"当然不是，咱还没熟到那一步。"傅雁尘坦言，"找你出来是为达成一项协议。"

"什么协议？"

"你帮我查出蔡将军的行踪……"

没等他说完，千日红匆匆打断，"这可办不到，我只是陪着阿凤姐去了两趟天津，他们的事情我一点不清楚呀。"

"一点不清楚的话，军警密探也不会为你日夜蹲守了。"傅雁尘说，"还有邱二，据说是'白龙会'在京城的大头目，亲自上门探访，大概不会是因为垂涎你的美色吧。"

千日红无可推诿，颓然叹道："也不知造什么孽了，我不过一个供人消遣的玩意儿，怎么就平白无故卷进了这场是非？"

"嗯，昨天还春风得意比肩头牌，今天就成了黑白两道追杀的目标，这样的境遇确实糟糕。"傅雁尘说，"但凡事要往好的方面想，至少你此刻还有两条路可以选择。"

"哪两条路？"

"第一，跟我合作，条件是我尽力确保你的安全，事成后还会重酬相谢。"

条件虽然优厚，但千日红显然不愿牵扯进来，踌躇了一下问："第二呢？"

“第二，你可以碰碰运气，如果能够躲过军警和帮会的追踪，也许就能避免酷刑拷打或毁尸灭口的下场。”

罗景宽暗自好笑，傅雁尘倒是循循善诱，温婉平和的口吻反而比直接问“要死要活？”更能让听者分晓利害。果然，千日红的脸色青白不定，长长的睫毛一阵乱眨，最后愁苦而无奈地表示：“好吧，我跟你走。”

006

天津日租界正式成立于光绪二十九年，由于位处英、法租界和天津老城之间，而且日本政府不禁烟赌，纵容娼业，使得本地区很快发展成为一个畸形繁荣的娱乐中心。其间店铺林立，烟馆赌场云集，挑灯挂牌的妓院不下两百家，是为京津豪客趋之若鹜的销金窝。

傅雁尘赶到这里接近下午三点，同行的还有罗景宽和千日红。照罗景宽的意思，面对前途难料的情势，反应迅敏是起码的准则，对于千日红只须问清口供即可，没必要带个累赘在身边。傅雁尘却有不同看法，认为千日红此时好比惊弓之鸟，惶急中难免遗忘细节，也许身临其境有助她恢复记忆。再者，风尘女子惯常信口雌黄，万一她所言不实，现场验证还来得及转圜纠错。

据千日红交待，蔡锷每次来津总是下榻于闸口街的东方饭店，该饭店内设中西餐馆，豪华赌坊，蔡锷忙于和达官显宦酬酢周旋，常常通宵达旦做“竹城游”。小凤仙不耐烦那些乌烟瘴气的场合，便会和小姐妹千日红自行消遣，两人购物看戏，形影不离，甚至比在“云吉班”的时候还要亲密。而就在联床夜话之际，千日红无意间听到了一些隐秘，比如小凤仙曾幽怨感叹，自己的一片痴心终将无从着落，似乎暗示着蔡将军不日就要远行。此外还透露过一则内情，蔡锷在本地的德义楼饭店另有一间长包套房。

这条情报引起傅雁尘的极度重视，包了房间却没去住，其中的奥妙不言自喻，蔡锷利用纵兴赌场的假象做遮掩，乘隙密谋出逃方案，德义楼的房间正是联络处，大概也是离京后的接应点。推算时间，蔡锷脱身接近一整天，不可能在一个固定地方长久滞留，但即使已经转移，仓促间也难保出现疏漏，尽量搜集线索不仅能够判断出蔡锷的去向，也可以通过清除痕迹避免军警的追踪。

行动的要诀还是一个“快”字，虽然军警密探可能提前到达，傅雁尘却并不担心，他相信武坤只是个负责掩护的小角色，不见得清楚蔡锷的具体中转地点，如果执法处只依据先前掌握的资料，此刻多半在东方饭店进行排查，而自己直奔重点，足以扭转迟到的劣势。

德义楼是一座钢骨水泥的西洋建筑，高耸在旭街的知名标志四面钟旁边，由于是日商开办，傅雁尘随身所带的证件起不到作用，只得先扮作客人入住伺机行事。

因为是一家高档饭店，傅雁尘特意换了副行头，西服革履，面料挺括，又替千日红买了套时下流行的“文明新装”，窄而修长的呢绒高领衫袄，下配一条罗兰紫洋绸长裙，衬得她原本骨肉匀停的身段越发婷婷玉立，小鸟依人似地陪在傅雁尘旁边，俨然一对蜜月中的豪门望族小夫妻，而魁梧矫健的罗景宽则是听差兼保镖的样子。

“先生要几间房？打算住多少日子？”柜台后的大堂经理恭敬询问，中分头修整得极其光溜，估计苍蝇也无法落脚。

“要一间朝阳的套房，至于住几天，得看我的手风顺不顺了。喏，先给你放点定金。”傅雁尘大咧咧地说，随手递过去一张汇丰银行的支票。

看到上面的数额，经理不禁眉开眼笑，心想又有“肥猪拱门”，只要伺候的周详，一笔可观收入怕是少不了，当下奉承道：“先生印堂发亮，一看就财运亨通，我再替您安排一个舒适的房间，准保旗开得胜。”

一面办理手续，一面吩咐侍者迎请，除了两个搬送行李的男仆，另有一名身穿和服的年轻女郎，上前深鞠一躬，口中娇滴滴地问候：“康尼奇瓦，都走哟娄西库。”

这个日本女子负责引领主顾，也是饭店招徕生意的噱头，姿色虽然平平，身材却妖冶妩媚，尤其胸前波涛汹涌，蔚为壮观，引来不少男宾热辣的目光，看着她摇摇欲坠的模样，大家不禁暗自猜想，是否应该在背后的“伊达结”内装填一些沙袋之类，才能够保持身体平衡？

接下来荒唐的事情发生了，别人的绮念都埋在心里，罗景宽却似乎按捺不住一股莫名的冲动，当那女子刚刚直起腰肢，突然鬼使神差地凑了过去，伸手在她的大胸脯上使劲揉弄了一把。

那女子吓得失声尖叫，不迭退后，周围的人无不眼张失落，或者惊诧，或者尴尬，或者不怀好意地偷笑，而反应最强烈的是傅雁尘。

“不开眼的混帐，你昏了头了，一辈子没见过女人吗？”也许因为跟班的轻薄莽撞让自己丢了面子，傅雁尘火冒三丈，厉声斥骂之外还动了拳脚。

罗景宽像是猛然意识到闯了祸，胀红了面孔认错告饶，傅雁尘却不肯罢休，只顾劈头盖脸地责打，罗景宽痛叫着躲避到柜台后，场面混乱不堪。

大堂经理原本有几分懊恼，但见傅雁尘嫉恶如仇且毫不护短，也就不再追究，倒怕他出手太重伤了人不好收拾，忙和两名侍者上前拦阻，好说歹说才劝得他息怒。

突如其来的变故令千日红有些发懵，似乎从没想到，看起来一派斯文的傅雁尘居然也会暴跳如雷，于是心里难免紧张，去房间的路上束手束脚，唯恐引起他的不快。

然而，等到进房关门，走廊上侍者的脚步声渐渐远去，却见傅雁尘脸上的激愤之色倏尔消失，取而代之是一种镇静自若的神情。

“怎么样，”他微笑着问罗景宽，“日本娘儿们的手感还不错？”

罗景宽也一改愧悔不安的表情，苦笑着摇头，“嗐，不比挨饿的时候抓两个白面馒头更有意思。”

“呵呵，”傅雁尘忍俊不禁，但很快收敛笑容，“东西得手了么？”

“当然，否则也对不起你那一顿暴揍了。”罗景宽说着，从衣袖里掏出一卷纸簿，铺展打开，上面既有排列成行的名单，也有标注清晰的数字，看起来似乎是一本登记册。

“哦，”千日红恍然大悟，脱口道：“原来你们刚才是在演双簧呀，就是为了趁乱顺手牵羊。”

“嘘，”罗景宽做了个噤声的手势，笑着反问：“我看上去像是一个下流胚吗？”

千日红煞有介事地打量了他几眼，说：“不贴标签还真看不出来。”

罗景宽假意恼怒，狞笑着张开双手伸向她的胸前，“那就更像一点吧。”

“想要揩我的油可不容易。”千日红吃吃笑着，穿花蝴蝶似地来回躲闪，不料脚下一个拌蒜，猛不防撞到了傅雁尘身上。

“软玉温香抱满怀”，傅雁尘却没有趁机“揩油”的兴致，托住她的腰肢轻轻一推，淡淡道：“安生点吧，现在不是打情骂俏的时候。”

千日红吐了下舌头退立一旁，罗景宽也不敢继续调侃，只见傅雁尘匆匆翻阅登记册，不消片刻就浏览完毕，他发现德义楼生意兴隆，入住率接近八成，而且长包房也有十几间。

“奇怪，怎么没有今天退房的？”罗景宽勾着头看，他认为蔡锷昨日出京后顶多在天津逗留一夜，根据结账的情况就能够判断出曾经入住的房间。

“这么大的出逃计划会尽量不留痕迹，怎么可能在乎几个房钱？”傅雁尘提醒说，随即布置任务，两人分头核实包房住客的身份，利用排除法确定要找的房间，“切记不要引起别人的注意，稍晚一会儿回来碰面。”

“是。”罗景宽奉命唯谨，千日红怯生生地问，“我该做些什么？”

傅雁尘看了看她，说：“你的打扮十足像个大家闺秀，但你知道大家闺秀都具备哪些条件吗？”

“切，”千日红不屑地说，“不就是足不出户，口是心非，讲起话来像蚊子哼哼吗？”

“很好，”傅雁尘说，“你试着做到第一点就行了。”

时间紧迫，又不可张扬，无疑加大了查询的难度，好在寻幽探秘是杀手的基本功，大约一个半钟头过后，包房客人的情况已经初步明晰。

其中包括三家商业代表，两位来津游玩的白俄贵族，一名被三井洋行老板包养的朝鲜情妇，甚至还有一个化名潜匿的通缉犯，而最符合目标特点的是二零六房间，登记的客人姓萧，具体来历不详，因为几乎所有的侍应杂役都没有见过他的真容，只说偶尔会看到屋内的灯光彻夜通明。

行踪如此诡秘，莫非就是蔡锷？傅雁尘暗自揣测，正要做进一步的甄别，不曾想又遇到了一点波折。

二零六房在饭店东南末端，相隔不远是一段楼梯拐角走廊，因此和毗邻的三间套房处于一个相对封闭的位置，环境幽静又便于出入，似乎更加印证了住客的别有用心。

傅雁尘从楼梯口下来东转，发现二零六隔壁的二零四房门虚掩，里面似乎有人在说话，他正想悄无声息地通过，却见那间房门忽然开启，一名穿着褐色皮衣的彪形大汉横向一步拦在面前，并且很机警地带紧了身后的房门。

“喂，干啥呢？”大汉低声喝问，听起来是东北口音。

“我来找个朋友。”傅雁尘随口道。

“这几间房被我们包了，没你的朋友。”大汉冷冷地说。

“我指的是二零六的萧先生。”傅雁尘强调，据他的调查，二零四以及对面的两间房确实被一家“源通贸易公司”包租，但若和二零六没有关联，就不该干涉外人的探访，然而那大汉的态度蛮横，“二零六好多天没人住了，你有什么事去柜台上留言吧。”

看意思是不想让自己靠近这一段走廊，傅雁尘不免疑惑，但转念考虑，如果采取暴力手段，行动的隐秘性就会大打折扣，最好暂时回避另做打算，于是装作怯懦的样子赔笑离开。

上楼返回自己的房间，先一步进门的罗景宽报告了一个意外情况，“千日红不见了。”

“坏了，”傅雁尘皱眉，千日红的出走是个不小的麻烦，因为感觉她尚有内情没有吐露，一旦被遍布租界的军警捕获，局势就会变得糟不可言。

“对付这种不安分的窑姐儿不能客气，事先就该把她捆起来。”罗景宽忿然道。

“此刻放‘马后炮’已经没意义，还是先弄清这个‘源通公司’是什么路数吧。”傅雁尘简述了刚才遭遇阻挠的情形。

“会不会是蔡将军的朋友？”罗景宽说。

“是倒不要紧了，”傅雁尘沉吟道，假设是蔡锷的朋友，把一个临时中转站搞得戒备森严反而惹人注目，但若是袁氏的鹰犬，何以这么快就锁定了藏匿点？苦思冥想之际，视线偶尔瞟向了南侧卧室，看到其间有一扇宽大的落地窗，窗外是一座布局典雅的露台，茶几摇椅无不精致，四周的雕花栏杆上还点缀着几盆随风摇曳的秋海棠。

傅雁尘心中一动，迈步走了过去，拉开落地窗来到露台，贴近围栏俯身观察，眉梢不自禁地浮现一抹喜色。

“真是‘无心插柳柳成荫’，咱们这间房算是选对了。”他冲着紧随其后的罗景宽小声说。

罗景宽顺势望去，顿时意会，他们所住的三零二房与二零六房的露台同在一个立面，当中虽然隔着一间二零四，身手敏捷的人却可以借助突出的边檐攀援过去，然后通过落地窗进入房内。

眼前的问题是，德义楼东侧是一片开阔地，不远处可见栉次鳞比的民居，要想潜踪匿行，必须等到夜幕降临。另外，如何避免惊动二零四的房客也是难点。

罗景宽正自琢磨不定，却看到傅雁尘再次低头，目光直勾勾地盯向二零四房一扇半开的窗户，只见一缕缕白色烟雾顺窗冒出，随风飘至三楼。

“什么味儿？”罗景宽吸了吸鼻子，闻到了一股淡淡的甜香。

“是鸦片，”傅雁尘说，“看来碰上了一家大‘土庄’。”

天津日租界是“瘾君子”的天堂，零售烟摊遍布大街小巷，为了逃避当局抽取“特业税”，不少烟贩都会干一些“挂羊头卖狗肉”的勾当，尤其大量批发的货主更是乘伪使诈，花样繁多，或是在民宅商铺里修造夹墙隔板，或是以正行生意做掩护进驻高级旅馆，凡此窝点都被称作“土庄”。德义楼内原本设有舒适豪华的烟馆，二零四的客人却宁肯包了三间套房吞云吐雾，加上小心谨慎的做派，显然是正在“验货”的烟贩。

走私烟贩大致分为两类，一是与黑道勾结的地头蛇，二是来自山海关外的军官或土匪，傅雁尘见过的皮衣汉子似乎属于后者。这些人唯利是图，一旦事发又穷凶极恶，而且大多配备武器，所以轻易招惹不得。

“癞蛤蟆跳脚面，不咬人膈应人，”罗景宽悻悻道，“总得想什么法子把他们支开才好。”

“硬干不行，”傅雁尘沉着地说，“先去餐厅等着吧，也许到时候就有办法了。”

“你这语气酷似诸葛亮，”罗景宽质疑，“怎么就肯定他们会去餐厅？”

“诸葛亮的本事不外乎见微知著，”傅雁尘轻笑，“刚才你也路过餐厅两趟，难道就没有留意到门口的菜牌？”

德义楼的餐厅中西合璧，富丽堂皇，今晚推出的的主菜是一道“西施舌”。

这道菜的材料是一种叫做“沙蛤”的海贝，呈厚实的三角形，打开外壳，内藏一条晶莹的白肉，宛若半截美女的舌头，所以得了个极香艳的名字。

“那些东北土狍子正忙着发财，不知道有没有功夫讲究口腹之欲。”来到餐厅点过菜，罗景宽似乎仍有顾虑。

“只要不是白痴，赚了钱就懂得享受。”傅雁尘说，“听说这里的大厨手艺高明，烹制的‘西施舌汤菜’号称天下第一鲜。”

果然，不一会儿侍者端上青瓷汤盆，罗景宽盛了半碗品尝，只觉得肉质细嫩，汤汁爽滑，不由得咂舌称叹，“嘿，味道没得说，就算是喝完了被绑上法场我也认了。”

“这样的说法倒和当年苏学士吃河豚后的赞誉有异曲同工之妙。”傅雁尘笑道，相传苏东坡谪居常州时，有人做了河豚请他品题，席间他埋头大嚼，不置一词，主人正不知所措，却见他忽然放下筷子，悠悠叹道：“也值得一死。”

餐厅逐渐热闹起来，客人们纷纷就座，服装整洁的堂倌穿梭招呼，二零四的烟贩迟迟没有出现，罗景宽难免焦灼，傅雁尘却并不担心，因为他已看到相邻不远的一张桌子空无一人，想必是事先预定。

不出所料，一盆汤还没喝完，就见六七个满脸匪气的男子昂然直入，走到那张空桌前团团围坐，和傅雁尘打过照面的皮衣大汉也在其中。

傅雁尘察言观色，注意到这几人神情愉悦，谈笑风生，估计是刚刚圆满完成一宗交易，而负责“把风”的皮衣汉子同来餐厅，说明房间内的警备已经解除，只需设法将他们暂时拖住，就可以从容进入二零六房。默忖了片刻，傅雁尘悄悄对罗景宽说：“一群人眼看着垂涎三尺的美味到不了嘴里，你认为会有什么反应？”

“肯定像被踩了尾巴的猫一样嗷嗷直叫。”罗景宽笑道，无须明言，他已清楚傅雁尘的意图，烟贩们进入餐厅自然是冲“西施舌”而来，当侍者即将端菜上桌，如果不巧被人侧面一撞，鲜美的汤汁倾盆洒落，那帮望眼欲穿的东北汉子势必懊恼至极，咆哮责难导致场面混乱，傅雁尘便可趁机开溜。“放心，讨好人的事做不来，败人兴致我最在行了。”

主意已定，冷眼旁观，那些人就着冷碟喝了会儿酒，就急不可待地催促主菜，餐厅领班不敢怠慢，当即命人通知后厨，时候不长，堂倌捧着一盆香气扑鼻的鲜汤恭恭敬敬地走来。

罗景宽若无其事地起身，打算依计而行，然而没等他靠近堂倌，却先听到烟贩的桌子上响起一声厉喝，“妈拉个巴子的，这地方闹贼了。”

一喊之下四座皆惊，罗景宽也不由得停步回望，只见那帮人纷纷站起，一边破口咒骂，一边左顾右盼。领班忙上前询问，才知道他们当中的某人忽然发现少了件随身携带的东西，据说是一包很贵重的“货”。

“您嘞别上火，保不齐落在房间里了，回头找找看吧。”领班说。

“少扯犊子，进门后我摸口袋还在呢，一定是刚刚在这里丢的。”一名黑脸汉子气冲冲地说，转头吩咐同伴，“小海，老疙瘩，你俩守住门口，挨个儿搜！”

领班顿时慌了神儿，苦求拦阻，“您可不能胡来呀，在这里吃饭的都是些体面人。”

“这年头偷鸡摸狗的体面人也太多了，别怕，只要大家把兜里的东西掏出来，俺们弟兄就不会动粗。”对方不由分说地推开领班，强有力的一挥手，几名同伙迅即拉开架势开始搜查。

餐厅里不乏衣冠楚楚的缙绅富贾，平日里前呼后拥，威风凛凛，但面对一帮凶相毕露的莽汉，却都敢怒不敢言，怯懦者甚至主动翻开衣袋自陈清白，也有被吓得花容失色的女宾在嘤嘤哭泣。

嘈杂之际罗景宽投来征询的一瞥，请示如何应对突发的变故，傅雁尘报以安抚的目光，在他看来，眼前的局面未尝不是好事，如果烟贩查出窃贼，免不了一番纠缠扭打，倒省得罗景宽出头搅闹了。

一念未了，面前已多了一条高大身影，正是在二楼见过的那个皮衣大汉。

“怎么着，”皮衣汉子冷冷道，“你自己动手还是我来？”

“你忙前忙后的已经够辛苦了，还是我来吧。”傅雁尘微笑说，脾气温顺得像一位吃斋念佛的居士，故作配合的姿态也是为了避免暴露夹藏的武器。

不料，当他不假思索地掏出口袋里的东西放在桌子上，却听那大汉怒叱道：“这是什么！？”

傅雁尘低头看去不禁错愕，原来自己放在桌上的除了房间钥匙，整叠钞票，手帕火机之外，居然还有一个肥皂盒大小的锡纸包，纸包的一角已经破损，露出了乌黑细亮的内层，明眼人一见就认得出是上等烟膏。

“这东西不是我的……”傅雁尘喃喃道。

“知道不是你的，”那大汉拿起锡纸包喝斥，“我要问的是，东西怎么会在你身上？”

这问题傅雁尘也茫然无绪，一路上保持警觉，没想到被人贴身栽赃竟毫不知情，究竟是谁把烟膏放在自己口袋里的呢？但无论如何，原先羁绊对方的计划已经泡汤。

“怪不得刚才你在走廊鬼鬼祟祟地游逛，想来是早就起了贼心了。”皮衣大汉断然定论，另外几名烟贩也相继围拢过来，其中为首的黑脸汉子上前揪住傅雁尘的衣领，“浑蛋，上个月我们也少了两包‘货’，大概都是你动的手脚吧，走，咱们换个地方说道说道。”

谁知拽了两下傅雁尘却岿然不动，黑脸汉子恼羞成怒，从腰间掣出一把手枪抵在傅雁尘胸前，“看来你还挺犟，非得逼我动真格的吗？”

“没必要动真格，其实事情在这里也能说清楚的。”傅雁尘苦笑着摇头，一半出于自嘲，一半是在告诫附近的罗景宽不可妄动。

“怎么说清楚？”黑脸汉子迷惑于他的出奇镇静。

“看好了——”傅雁尘刚刚开口，身形陡然一晃，一条臂膀犹如蟒蛇般的勒紧了黑脸大汉的脖子，而且手中多出一柄薄刃小刀，横向贴在他的喉结处。那汉子惊悚莫名，想要挣扎开枪，扳机却像生锈似的纹丝不动。垂眼察看，才发现扳机圈内被傅雁尘另一只手的两根指头死死勾住。一切发生得太快，周围的几名烟贩目瞪口呆，但因首领受制，又都不敢轻易施救。

“明白了吧，”傅雁尘凑在黑脸汉子耳边说，“如果我惦记上你们的‘货’，直接拿也不费事，还用得着偷吗？”

黑脸汉子勉强点点头，嘶声道：“你打算怎样？”

“没什么打算，”傅雁尘说，“只不过替你的处境担忧，刚才我看见领班躲进吧台打电话，你们还不赶紧收手，等下东洋警察赶来麻烦就大了。”

这话不是虚声恐吓，租界内的警署就在相距不远的宫岛街，一旦被他们查获未曾缴税的烟土，相应的惩罚将非常严厉。黑脸汉子如梦初醒，握枪的手指渐渐松弛，又眨眼示意同伴把那包“货”藏起。

几乎与此同时，餐厅门口进来两个趾高气扬的巡警，深蓝色制服，硬檐帽上加一道白布圈，这也是日租界警署被称作“白帽衙门”的缘故。

“什么人闹事？统统给我带走！”领头的警察操着生硬的汉语，走到傅雁尘等人的面前，挥动着一根警棍指点盘诘。

黑脸汉子刚把手枪塞进口袋，神色未免紧张，讷讷不知所云，傅雁尘微笑应答：“老总误会了，没有人闹事，我们几个朋友聚会小酌，饭后争着结账，嚷嚷得动静大了点，不信您找领班来问。”

解释之余他亲热地拍着黑脸汉子的肩膀，手中的小刀早已不知去向。这个说法倒也符合中国人的常态，那警察已有几分相信，喊来领班求证，领班也随声附和，一则不愿扩大事态影响生意，二则也不敢过分得罪眼前背景复杂的人物。

“下次报案前先搞清楚，警察的时间也很宝贵，不能浪费在你们这些无聊的人身上。”那警察大发牢骚。

“老总息怒，不会让您白跑腿的，我这位朋友最讲义气了。”傅雁尘说，轻笑着搡了黑脸汉子一把。“黑哥，既然你抢着做东，不如连两位警官一起请了，也算对他们的勤勉奉公表示一番敬意。”

“嗯哪，好好。”黑脸汉子讪笑着答应，笑容却像被浆糊硬生生地刷上去似的。

007

从餐厅出来夜色已浓，临机应变摆脱了烟贩的骚扰并没有让傅雁尘沾沾自喜，那只隐藏在身后的“黑手”仿佛一团迷雾萦绕眼前，到底是什么人嫁祸自己？其用意又何在？他浑然不解，却也来不及深思，因为耽搁了不少工夫，对于二零六房的侦查必须尽快付诸实施。

于是叮嘱罗景宽在楼梯拐角守候，监视二楼走廊内的动向，他立刻赶回自己的房间，健步直趋露台。

俯瞰楼下灯火阑珊，细听也没有任何声响，傅雁尘悄悄翻过栏杆，看准二零四露台的位置，两脚猛然一蹬，整个人就像振翅滑翔的大鸟扑了过去，双手恰好抓住露台栏杆下檐，继而向上撑起身体，准备踩着栏杆外缘绕过。

谁知刚刚移动半步，却见原本漆黑一片的二零四房突然亮起灯光，紧接着听到落地窗开启的声音。傅雁尘一惊，随即松手后仰下坠，仅凭双足勾住栏杆，如同一只倒挂的蝙蝠。露台上传来了脚步声，忽左忽右，像是有人在四下察看。傅雁尘屏住呼吸，尽量使悬在半空的身体保持垂直。

幸亏栏杆边一盆吊兰的遮掩，傅雁尘的形迹躲过了巡查的目光，等到脚步声退向房内时，他又听到了两个人的对话。

“什么东西？”有人在屋内发问。

“什么也没看见，大概是野猫路过吧。”巡视的人回答。

“甭疑神疑鬼了，抓紧收拾东西撤，七点半以前必须赶到老龙头。”

屋里人的声音虽然不大，却使得傅雁尘心中一动，刚才接触的烟贩似乎都来自东北，此人却是一口标准的“京片子”，而且语调竟有几分耳熟，只是一时又想不起来在哪里听过。另外，两人的交谈内容也颇蹊跷，但傅雁尘已无暇揣摩，因为他感觉自己的双脚微微发麻，再不调整姿态就会陷入危险。

等到屋内归于沉寂，他立刻翻身上来，稍作喘息后继续侧移，手脚并用扒着楼层间的缝隙，终于爬上了二零六的露台。靠近紧闭的落地窗，侧耳倾听阒然无闻，傅雁尘掏出小刀撬开门锁，闪身进入房内。

迅速走动一遍，确定偌大的套房空无一人，傅雁尘把所有的绒布窗帘放下，这才揿开打火机逐屋勘查，客厅的茶几上横七竖八摆放着一套茶具，触摸茶壶余温尚在，似乎不久前还有人在此待过，然而无意间在茶几表面抹了一下，手上竟沾染了不少灰尘，傅雁尘不由得感觉奇怪。

接下来走进卧室，宽大的铜床上寝具也凌乱不整，掀开被褥并无异常，傅雁尘把枕头抓起来捏搓几下，拿到鼻端闻了闻，眉头不禁微微皱起，只是思绪尚未明晰，视线又被床头柜吸引。

床头柜上有一架电话，话筒却掉在机座一侧，像是匆匆接听后随手一撂的样子。旁边还有一本饭店提供的便笺，粗看一片空白，细看上面依稀有些凹痕，大概是笔力残留的印迹，但在昏暗的光线下难以辨识。

傅雁尘把第一页撕下，轻轻折叠放进口袋，抬头四顾又有意外发现，按照常理两边的床头柜应该比例相当，但见另外一侧的柜子尺寸明显偏大，走过去扯掉上面的罩布，原来竟是一只保险箱。

房间内隐藏着保险箱，正好印证了秘密据点的特征，蔡锷的出逃计划不大可能形诸于文字，但万一有什么重要书信或电稿遗留在此，也能反映出目标人物的行踪。如果置之不理，落在军警手上就后患无穷。

傅雁尘以前接受过解锁的训练，本以为轻易就可以打开箱子，然而刚上手就发觉并不简单，眼前的保险箱是英国著名厂商 Chubb 的新型产品，使用的是最先进的转盘密码锁技术，开启这类箱子需要敏感的听觉及超强的心算能力，绝佳的运气也必不可少。

一般来讲，越是困难重重，收获的希望也就越大，于是傅雁尘不肯放弃，蹲下身子全神贯注的开始尝试，经过一番努力，居然成功破解了两道密码，接着对付第三组密码，他小心翼翼地转动外盘，耳朵紧贴箱壁，静静等待着严丝合缝的一下轻响。

可是，预想中的声音还没有响起，房间门口却先传来一阵杂乱的的脚步声。傅雁尘陡然心惊，立即熄灭打火机站起，情急之下钻进了浴室边的衣橱，关闭木门的同时也听到房间大门应声而开。

按照约定，遇到紧急情况，在楼梯间守望的罗景宽应当提前招呼，但刚才何以没有丝毫警示？傅雁尘诧异之余，初步判断进来了至少五六个人，听他们蹑手蹑脚四处翻检的动静，应该不会是此间的主人，而且彼此间的交谈声音也压得极低。

“只有十分钟时间，招子都放亮点！”一人轻声吩咐，严厉的口吻像是个带队的首领。

“犯不上心急火燎吧，人早跑没影了，还怕他杀个‘回马枪’？”有人提出不同意见。

“你就是个缺心眼，”首领怒斥，“没发现餐厅里有两个小鬼子警察？撞见咱们在租借办差，啰嗦起来你去支应？”

两三句对话令傅雁尘心知肚明，想不到执法处的军警这么快就赶到了，原以为武坤不会掌握这个隐蔽地方，难道自己的推断失误？正在疑惑不解，却听到有脚步声逼近衣橱，一双手似乎已经搭在门把上。

傅雁尘尽量把身体挤进角落，又握紧子弹上膛的手枪，准备迎接图穷匕见的一刻。就在衣橱将被拉开的刹那，有人忽然轻唤：“崔头儿，快来看，这儿有一个保险箱。”

衣橱门把的手缩了回去，军警的注意力齐聚卧室，有人嘀咕道：“开这玩意儿挺费劲，也不知道里面有没有要紧东西？”

“有没有都得打开看看，”被称作“崔头儿”的人说，“幸亏我有先见之明，把设备科的小李带来了。”

“小李”大概是个开锁的行家，此时有了用武之地，在众人的围绕下埋头拨弄了片刻，只听“咔嚓”一响，崔头儿兴奋地嚷道:“得了。”

傅雁尘看不见外面的情形，却听得到保险箱手柄转动的声音，心中默忖，倘若军警开箱后有所查获，自己理应冲出去拼夺，以寡敌众能有几分胜算？不料他的考虑还没有结果，耳边就响起平地春雷般的一声裂爆。

剧烈的冲击充斥着房间，刺鼻的硫磺火石气味弥漫开来，要不是身处墙壁和衣橱的夹角，傅雁尘也不可能躲过这场灾劫。当他摇摇晃晃地从破损变形的衣橱中出来，触目可及的是满地的残肢断臂，有一两人尚在痛苦呻吟，但看受伤的程度显然已经无法救治。

他不免心有余悸，假如刚才军警进来的时间稍迟一点，保险箱里的炸弹恐怕就归自己独享了。震骇之际他的意识依然清醒，知道此地不可久留，连忙从滚滚的硝烟中撤离房间。

上楼时发现倒地昏迷的罗景宽，这才明白了他失责的原因，看来那帮军警行事作风相当缜密，进房以前首先清查环境，于是袭击了充当“暗哨”的罗景宽。

将罗景宽背回三零二房，揉弄了几下苏醒过来，想起楼梯间的遭遇罗景宽大感沮丧，“真够倒霉的，人都没看清就挨了一闷棍。”

“军警不敢在租界里滥杀，你已经烧高香了。”傅雁尘说，“什么叫真倒霉？一天之内两次险些被炸飞。”

“怎么回事？”罗景宽问。

傅雁尘简述了在二零六房的惊险经历，罗景宽叹道：“这也算是出其不意的断后高招，可惜对我们而言，关于蔡将军的行踪线索就全毁了。”

“也不尽然，”傅雁尘说，取出了那张从二零六床头柜上撕下的便笺，转身找来一支铅笔，铺开纸页均匀涂抹，随着笔尖轻轻划过，纸上渐渐呈现出一行字符。“马可波罗广场 1147”

马可波罗广场位处意大利租界，1147 又是什么意思？罗景宽猜测道；“会不会是门牌号？”

“那广场周边不过几幢西洋别墅，门牌号也用不了这么大的数字。”傅雁尘沉吟着，忽然想起在二零四房外听到的话，“老龙头”在天津特指火车东站，而马可波罗广场与车站也近在咫尺，那么两者之间是否存在着某些关联？“打电话到火车站问问。”

拨通电话，很快就有了答案，原来 1147 是一列天津开往上海的车次序号，发车时间就在今晚八点十分。

“纸上记录的应该是取票的地点，”罗景宽拿起那张便笺说，“看来蔡将军打算乘火车南下。”

这一点傅雁尘也表示认同，只是“在二零四房间讲话的究竟是什么人？他们匆匆赶往车站又出于什么目的？”

“什么目的追过去不就明白了，”罗景宽看着手表说，“已经七点十五了，马上走还来得及。”

眼前的情势似乎别无选择，本以为正好趁乱离开饭店，不曾想下了楼才知道并不容易。虽然二零六的爆炸引起了火灾，楼梯走廊上尽是惊惶奔逃的客人，但饭店的应急措施非常完备，临时开辟了几条通道，有条不紊的安排客人疏散，并在第一时间找来了消防队，架起水龙开始扑火。更令人意外的是，德义楼前辟出一片空地供客人歇脚，却又在外围拉起一条封锁线，由警察维持秩序禁止人员随意逾越。

询问原因，说是德义楼的客人多是身携重金的达官富贾，加强警戒是为了防止有人浑水摸鱼实施扒窃，另外，放置炸弹属于重大恶性案件，警方也须在住客中展开调查。

考虑得如此周详，倒真不愧大饭店的招牌，看到警察已经在催促客人排队登记，傅雁尘小声叮嘱罗景宽；“楼后停有专门接送客人的马车，你拿着行李混过去，十分钟内等不到我就先走。”

“为什么不一起走？”

“一起走目标太大，也许这里还有执法处的密探，我留下引开他们的视线，然后去车站月台与你会合。”

“好吧。”罗景宽点头领命。

目送他的背影离去，傅雁尘忽然感觉附近的人群中投来一道异样的眼光，仿佛鹰隼紧盯猎物般的犀利。定睛望去，一个头戴黑色礼帽帽沿压得极低的瘦小男子迅即转身，由于光线昏暗，环境噪杂，傅雁尘没有看清面貌。

傅雁尘心中悚剔，迈步走了过去，试图找到暗中监视自己的人，然而东张西望不见踪影，戴礼帽的男子竟像会隐身术似的瞬间消失。茫然四顾之际，目光又被大堂内的一幕场景所吸引。

柜台边有两个身着和服的男人经过，估计是刚从楼梯口出来，相比于其他客人的仓皇无措，他们的步履格外从容，似乎对楼里发生的爆炸事件毫不在意。更令傅雁尘纳闷的是，日本男子由于习惯屈膝而坐，行走时往往下盘沉坠，而且多有罗圈腿的迹象，但从这两人身上看不到类似的特征，尤其走在前面的中年男子，个头虽然不高，却显得英姿挺拔，举手投足无不符合标准的军人仪态，只是脸上罩着一副宽大的墨镜，五官模样难以辨识。另一人胡须花白年岁颇长，但昂首阔步之间透出一种不同寻常的雄健矫捷，他的身后背着一个长条形木匣，紧随着那名中年男子，时而环顾左右，像是担负着护卫的责任。傅雁尘还注意到，他的和服并不合身，黑五纹的下襟明显偏短，另外照例踏着木屐的脚上居然穿了一双内联升的布鞋，看起来多少有些不伦不类。

时下风气开化，租界内崇尚外国服饰者并不少见，但以这两人的气度风范，应该不属于那些浅薄媚俗之辈，那么又是什么路数呢？傅雁尘抑制不住心底的好奇，看那两人在柜台边稍作逗留，大堂经理匆匆赶来，神色郑重地与中年男子简短交流几句，便领着他们朝走廊西侧快步走去。

这个细节更令人费解，饭店里的各色主顾都被强行请到楼前躲避风险，为什么这两人可以不受约束？怀着重重疑惑，傅雁尘决定探明究竟，但在返回大堂时遭到了警察拦截，说是灭火及清查工作尚未结束，暂时禁止客人入内。

傅雁尘谎称有重要药品丢在房内，必须即刻取来服用，婉言恳求外加一卷钞票的惠赠，警察终于高抬贵手。走进大堂，顺着那两人离开的方向追寻过去，走廊尽头墙面阻隔，看似别无出路，但仔细观察右侧楼梯旁有一扇虚掩的房门，上前推开进入，发现是一个洗衣房，衣架间曲径通幽，直至西南角一道小门，拉开小门眼前顿时开阔，原来已经到了德义楼外。

这道偏门大概是饭店为方便运送货物所设，却也成了匿影潜行者的绝佳通道，傅雁尘走下楼梯判断方位，看到东北向是围墙圈起的后院，包括马厩、库房及职员宿舍等，并无隐蔽性可言，而西南面的一条小路则可以去往旭街，然后即可任意转徙。

没错，就是西南方向，傅雁尘暗中确认，脚下也没有怠慢，试图尽快找到那两个和服男子的踪迹，但没走几步，忽听旁边的小巷里传来一声极压抑的呼喊，“求求你，不要——”

喊了半句就戛然而止，像是被人堵住了嘴巴，但短促的声音让傅雁尘凛然动容，是千日红！

循声望去，影影绰绰看见小巷拐角有两三个人扭在一处，其中被摁倒在地苦苦挣扎的正是擅自外出的千日红。傅雁尘不假思索地冲了过去，挥拳击倒一人，紧接着横扫一腿，正中另一人的腰眼，趁对方负痛弯身，拉起千日红就往外跑。

还没跑出巷口，忽然感觉面前疾风袭来，傅雁尘迅即躲闪，一把寒光闪闪的飞刀几乎贴着他的脖颈掠过。千日红吓得连声尖叫，傅雁尘也惊出一头冷汗，抬头看又有两人拦住去路，为首的竟是上午在“云吉班”遭遇过的邱二。

“真叫冤家路窄，”邱二冷笑道，“从北京到天津，税务官的手伸得够长的。”

傅雁尘不禁一愣，因为他猛然分辨出来，这声音就是自己刚才在二零四房外听到的。因为协助蔡锷的关系，“白龙会”成员出现在德义楼并不奇怪，但潜入烟贩的房间又是怎么回事？面对来者不善的邱二已经无暇细想，只能尽量心平气和地开口道：“邱二爷没必要跟我过不去，走在一条道上的不见得都是冤家。”

“别在这花言巧语，是不是冤家，还能瞒得过我这双‘光棍眼’么。”邱二毫无通融之意。

“光棍眼，赛夹剪”，傅雁尘被这个自诩精明的老江湖气得哭笑不得，无奈地轻叹：“你确信能挡得住我吗？”

“知道你小子挺难缠，”邱二说，“不过最好认清形势，德义楼前尽是白帽警察，只怕你还不敢开枪。再说你又放不下英雄救美的念头，以一敌四能有几成机会？”

傅雁尘脸色微变，知道这番话绝不是虚张声势，虽然自己的一只手下意识地摸向腰间，却也并没有拔枪射击的冲动，招来警察的围捕倒在其次，关键是他从没想过要对这些并非仇敌的人大开杀戒。若仅凭徒手格斗，他又领教过邱二的功夫，单独较量已经吃力，何况再加上三名同伙，就算能逞一时之勇侥幸逃脱，想要带走千日红也万万办不到。

看着邱二及同伴揎臂抡拳，虎视眈眈，而刚才挟制千日红的两人也起身靠近，渐成合围之势，傅雁尘正焦灼不安，耳边突然响起一下尖锐而短促的口哨声。

傅雁尘心头一振，这是不久前和罗景宽约定的示警暗号，当时因故未能发出，此刻听到也是意外之喜，于是他悄悄捏了捏千日红的手腕，侧脸轻问：“你有多重？”

深陷危厄之际居然还在关注女人的身体，千日红诧异不已，却也不敢违拗，支支吾吾地说：“应该不到两袋面吧……”

“噢，”傅雁尘点点头，像是掌握了什么重要的秘诀。邱二开口讥嘲道：“你的心也够大的呀，死到临头还顾得上卿卿我我？”

“我没那么多情，”傅雁尘讪笑道，“只是刚想通了一个道理，做人不能钻牛角尖，否则就是自讨苦吃。好吧，既然邱二爷容不下这个女人，不如我替你解决了。”

他的语速不快，邱二却懵懂不解，迟疑中又听到一阵急促的马蹄声纷沓而至，其间还夹杂着车轮滚滚的响动。邱二预感到不妙，正要回头察看，只见傅雁尘突然将千日红拦腰抱起，横跨一步奋力朝巷口方向抛去。

与此同时，一辆红漆四轮豪华马车刚好通过巷口，失声惊叫的千日红稳稳当当地落在丝绒铺垫的后座上。一系列过程拿捏得恰到好处，仿佛经过精确计算，邱二等人看得目瞪口呆，但没等他们反应过来，傅雁尘已经冲向巷口，先使了一个肘锤击倒了迎面拦截的一人，继而发足狂奔了几步，纵身向前扑去，双手勾住车座后沿。

驾车的人自然是罗景宽，感觉傅雁尘已经翻身进了车座，越发扬鞭策马，两匹脚力极健的“菊花青”撒腿飞跑，转眼之间已将邱二等人远远甩开。

冲出小路驶上大街，傅雁尘得以稍稍喘息，而秀发散乱的千日红惊魂未定，抚弄着自己的肩膀悻悻埋怨；“缺德鬼，真把我当面袋扔呀，怎么不事先打个招呼，害得人家全身骨头都散架了。”

“如果你肯听招呼，也不会闹出这么多事了。”傅雁尘淡淡道。

这是指责她不遵嘱咐离开房间，千日红不服气地嚷道：“我一个胡同里的姑娘，偏要学做什么大户人家的小姐，这不是赶鸭子上架吗？”

傅雁尘摇头苦笑，问：“你是怎么被邱二他们捉住的？”

“还不是晦气呗，”千日红唉声叹气，“我在屋里闷得发慌，就想出门看场电影，谁知刚刚离开大楼，就被两个混蛋捂住嘴巴拖进了小巷，多亏你来的够快，不然注定落一个遭人先奸后杀的下场。”

“你下楼的时候没有遇见别的人吗？”傅雁尘又问。

“没有。”千日红回答得很干脆。

没有就不对了，傅雁尘倏尔凝眉，正要进一步究诘，却听前面的罗景宽惶急提醒：“糟糕，咱们可能来不及了。”

傅雁尘低头看表，已将近七点三刻，距离发车不到半个钟头，之前还有两道关卡，凭着随身携带的证件应该不会受阻，但接下来去往车站，按部就班地购票登车，时间是无论如何也不够用了。

“怎么办？”罗景宽催问。

“别担心，”傅雁尘思索了一下泰然道：“上车的方式有很多，不一定非得通过车站。”

罗景宽一时摸不着头脑，却也顾不上刨根问底，只能全神贯注的操纵缰绳，挥动马鞭，当下穿街过巷，风驰电掣，如同京城小南顶“跑马赛车会”上的竞技高手。

可惜所剩的时间毕竟太仓促，等到接近老龙头广场，手表上的时针也指向了八点，罗景宽正自焦灼，却听傅雁尘断然道：“右拐，从火神庙插进去。”

罗景宽依令而行，转向的同时也明白了傅雁尘的意图，老龙头车站位处季家楼、火神庙两村附近，如果从村落间穿过，即可避免进站买票安检等诸多环节，最大限度地弥补时差。

马车纵横驱驰，渐次绕过了候车房、公事房，站台仓库等鳞次栉比的建筑，最后沿着一条村口小路冲上铁道边沿，这时听到汽笛鸣响，迎面看见一列火车正缓缓出站。

“是这辆车吗？”罗景宽问道，继续驾车前行。

“错不了，”傅雁尘留意到火车厢壁上车牌字样，提醒道：“动作麻利点，机会只有一次。”

“是，”罗景宽大声答道，驱车来到火车末节，恰好看见负责发信号的乘务员进入车厢，于是猛然刹住马车，三人迅即跳下，奔向尚未提速的火车。

罗景宽首先带着行李爬上车尾平台，傅雁尘紧接着一跃而上，但轮到千日红时，也许是因为过度紧张，刚刚登上平台边的踏板，竟不小心踩住了自己的长裙下摆，禁不住脚下一滑就要向后摔倒，幸好被眼疾手快的傅雁尘一把拽住。

出乎意料的是，傅雁尘并没有顺势拉她上来，手上的力道用到一半忽然停止，以致千日红身体后倾，只有一只脚尖勉强够到踏板边缘，若非臂膀被抓住，随时都有掉落的危险。

“你发什么神经，快拉我上去呀。”千日红惊慌叫喊。

“拉你上来可以，”傅雁尘沉声道，“但要先回答我两个问题。”

“什么问题？”

“‘白龙会’的人去‘云吉班’找你可以解释为补偏救弊，但如果成功护送蔡将军撤离天津，你也就失去了泄密的条件。可是，为什么在时间紧迫的前提下，邱二还一定要置你于死地？”

“不清楚呀，我一个见识短浅的女人，总是被一帮心狠手辣的亡命徒纠缠，自己也觉得倒霉透顶呢。”千日红的语气堪比窦娥。

“哼，太客气了，”傅雁尘冷笑，“也许正因为你见识到了非同寻常的内幕，邱二才会死不放手吧。”

“哪还有什么内幕？我知道的不都告诉你了嘛。”千日红嚷道。

“但你并没有说实话，”傅雁尘斥责，“自称从没到过德义楼，却能在不经询问的情况下通过洗衣房的侧门，这一点难道不奇怪吗？”

“你是刚从乡下来的‘老赶儿’吧，京城各大饭店的洗衣房都另外开门，这有什么奇怪的呀。”千日红反驳。

“好一副伶俐口齿，看来你是不愿跟我继续合作了。”傅雁尘失望叹气，作势松手。

千日红的身体陡然下坠了数寸，不由得骇然失色，尖叫道：“你要干什么？”

“既然你热衷于胡编乱造，我也就没必要遵守先前的协定了。”傅雁尘峻然道，言下之意不再履行确保她安全的承诺。

千日红自然明确目前的处境，耳边的风声呼啸而过，火车的速度越来越快，一旦对方撒手，自己鲜花一般的娇躯就会跌向坚硬的枕木碎石，纵然不死也免不了终生残废。思前想后惊心悼胆，禁不住嘶声告饶：“够了，拉我上去吧，我还有话说！”

008

怔怔地靠在柔软的座位上，千日红感觉神昏意乱，人生境遇转换之快让她有些无所适从，十五分钟前还差点丧命车底，此刻却俨然贵宾般地坐进了一间宽敞舒适的包厢，实在琢磨不透，何以这趟火车的车长对傅雁尘如此厚爱，非但对违规登车的行为熟视无睹，反而极热情地提供了预留的包厢，甚至连补票手续都没有办理。

千日红不知道，傅雁尘出示了一张“交通部津浦管理局巡查员”的证件，在车长看来好比钦差驾临，自然格外巴结。

打发走了车长，吩咐罗景宽前去刺探消息，傅雁尘返回包厢，一言不发地坐在千日红对面，目光沉凝冷峻。

千日红被盯得心里发毛，嗫嚅道：“你要吃了我不成？”

“我没那么好的胃口，”傅雁尘说，“不过，如果你接下来的交待还是信口开河，我保证刚才没有发生的坠车事件真实上演。”

千日红的脸上流露出怯惧之色，颤声道：“别……那么凶，我讲实话好了。我以前确实去过德义楼，只是因为一时好奇心起……”

她缓缓陈述，半月前的一个周末，蔡锷和一帮公府政要携酒征花作津门游，千日红受小凤仙之邀也同行前往。下榻东方饭店后，蔡锷忙于应酬，千日红照例陪小凤仙消磨，她们在一家山东菜馆吃了午饭，本来约好去逛商场，谁知饭后小凤仙忽然想起，要去书店替蔡将军买一本新版的《乃木大将传》，请千日红先行一步，稍晚在商场汇合。

起初千日红不以为意，但走不多远偶尔回眸又不免纳闷，因为发现小凤仙并非朝着书店方向行进，而且身侧有一名年轻男子若即若离地跟随着，从时而对望点头的情形判断两人明显认识，却又装作形同陌路，形迹异常诡秘。

千日红顿生疑惑，立刻掉头尾随，眼看着着他们从闸口街转向旭街，最后双双进入德义楼饭店的二零六房间。这一下千日红禁不住浮想联翩，原以为小凤仙对蔡锷情有独钟，何尝料到还有如此招蜂引蝶的行径？那个年轻男子又是何许人，敢割蔡督办的“靴腰子”也算是色胆包天，如果把这段风流故事透露给专登香屑绯闻的《群强报》，一笔可观的资料费肯定少不了。

本着近乎阴暗的心理，千日红蹑手蹑脚地扒在房门外“听壁脚”，但让她失望的是，屋内并没有传出类似婉转娇吟的床笫寻欢动静，只是隐约听到了两个人的对话。

“什么内容？”傅雁尘问。

“阿凤姐的语调很低沉，只听她说了句‘一切拜托何先生了，千万当心’，”千日红道，“那个姓何的声音还算清晰，讲了不少安慰的话，其中提到了礼拜二的申报启事栏，说什么要留意上面的一行字。”

“哪个礼拜二？上面的什么字？”傅雁尘追问。

“哪个礼拜二就不知道了，上面的字嘛……”千日红微微仰头，仿佛在努力回想，“哦，好像是‘顺缘增长，六时吉祥’。”

“顺缘增长，六时吉祥”，这句很普通的佛家祝福语还有什么特别的含义？傅雁尘参悟不透，但经过缜密忖思，却不难推测出事情的原貌，蔡锷抵津后看似逍遥快活，实际上却在筹划着出逃之计，因为要提防军警跟踪监视，所以时而会委派小凤仙与朋友秘密会晤，这也正是千日红无意间看到的一幕。关于《申报》上的启事，应该是蔡锷到达上海后与接应人员的联络暗号。

“和小凤仙见面的‘何先生’你看清楚了吗，长得什么样子？”傅雁尘说。

“看清了，”千日红轻轻抛来一瞥，略显迟疑地答道：“老实说，那小伙儿的模样比你英俊多了。”

“你只说特征，不需要比较。”傅雁尘板起面孔。

“他的皮肤白皙，看起来却很健康，高挺的鼻梁，眼睛大而有神，走起路来腰杆笔直，显得充满自信的样子，总之是女人一见就忘不掉的那类男人。”千日红细致描述，嘴角浮现一抹笑意，像是在追忆一位朝思暮想的恋人。

“这一点我相信，你的口水已经快流出来了。”傅雁尘淡淡道，“说说接下来发生的事吧。”

“接下来我的厄运就开始了，”千日红继续供述，她在房间外窥探了片刻，听到屋内有脚步声走动，急忙躲进楼梯拐角，继而看到小凤仙只身出门。千日红仍旧悄悄跟随，小凤仙并未从饭店正门离开，而是另辟蹊径，选择了西南角洗衣房的一道侧门。千日红亦步亦趋，还没走出楼后的小巷，忽听身边一声暴喝，只见“白龙会”的邱二手持利刃猛然冲来，就要将她当场格杀。

千日红魂飞魄散，挣扎尖叫，被惊动的小凤仙掉头赶来，制止邱二的同时询问原委。千日红声称刚才分手后本想直赴商场，却发现身边所带现金不多，就打算向小凤仙借一些，谁知一路追随到德义楼却不见人影，在大堂内彷徨四顾了片刻，等到小凤仙下楼才又跟了上来，没有及时招呼也并非恶意，只不过想和好姐妹开个玩笑。

“阿凤姐毕竟通情达理，听了我的话就不再追究，回到京城也一如常态。”千日红说，“但那个邱二一直阴魂不散地找我麻烦，简直是前世的冤孽。”

傅雁尘心想，与其说小凤仙通情达理，不如说是沉着冷静，暗通款曲的过程需要保持低调，岂可节外生枝制造命案，而邱二的连续追杀则是亡羊补牢的举措。

“好好想想有什么教训可以吸取吧，如果一开始你就老老实实的跟我合作，至少在德义楼的险情能够避免。”傅雁尘说。

“‘男人话算数，母猪能上树，’这是我入行多年的唯一心得。”千日红不服气地撇嘴，“你口口声声说保证我的安全，事后还有重赏，但我不久前差点去见阎王，而且至今也没看到一毛钱，凭什么叫我相信你呢。”

“你今晚的遭遇纯属咎由自取，至于钱，你看这些做定金够不够？”傅雁尘说着，从衣袋里掏出一张花花绿绿的纸头递了过来。

千日红展开看，顿时眼前一亮，那是一张汇丰银行的支票，上面写着“凭票照付银圆一千元整。”

“没想到您的手面还真阔气，”千日红喜笑盈腮地拿起支票，随即却微蹙眉头叹道，“谁知道有没有命花这钱呢，眼下是个什么阵势，我可还没弄清楚呢。”

“凭你阅人无数的经验，认为眼前是怎么回事呢？”傅雁尘反问。

“听姐妹们私下议论，”千日红犹豫着回答，“说是袁大总统又要做皇帝了，想提拔蔡将军当‘兵部尚书’，没料到蔡将军不买账，非得跑去南方搞共和。”

“意思大致不差，”傅雁尘顺着她的口吻说，“想必你也清楚‘抗旨不尊’是什么后果吧。”

“自然是‘满门抄斩’了，”千日红神情沉重，“所以掩护蔡将军出走的阿凤姐才会受到官府追查，最可怜的是，连我这样不相干的外人也在劫难逃。”

“运势天定，既然无法改变，不如坦然面对。”傅雁尘安抚道，“平心而论，你愿意看到蔡将军惨遭截杀吗？”

“不，”千日红摇头道，“都说蔡将军是国家的栋梁之材，这些我不懂，只凭我以往的印象，一个温和友善的男人也不该死于非命。退一步讲，就算不忍看到阿凤姐伤心的份上，我也会祝祷蔡将军化险为夷。”

“很好，”傅雁尘满意地说，“这样一来我们的合作基础就比那张支票更牢靠了。”

“没那么乐观吧，”千日红并不认同，“我还不知道你什么底细呢？”

提起“底细”傅雁尘未免难堪，由于近年来“杀手榜”被渲染得妇孺皆知，上面的名号常常被用来吓唬孩子，如果实言相告或许引起对方的惶恐，于是含糊道：“底细并不重要，你只记住我是来帮助蔡将军的人就够了。”

“哦，”千日红踌躇了一下问，“你确信我也能帮得上忙吗？”

“首先你要自己确信，”傅雁尘说，“毫无用处的人是不可能成为追杀目标的。”

千日红咀嚼着话里的深意，正要有所表示，却见包厢门忽然被拉开，罗景宽闪身入内。

“怎么样？”傅雁尘问。

罗景宽看了一眼千日红，欲言又止，傅雁尘摆摆手打消他的顾虑，“有话直说吧。”

“唉，看来又得干沙里淘金的活儿了。”罗景宽叹道，据他了解的情况，本趟列车共有十四节，包括车头后加挂的水煤车，九节硬座、两节包厢，以及行李邮件、餐车等，结构庞杂之外人数众多，连同司务人员差不多上千。而且硬座车厢拥挤混乱，吵闹不堪，豪华包车各自关门，难窥堂奥，加上每逢停车又有乘客流动，想要在此锁定一个目标实在棘手。

“只图轻松就不必离开德义楼了，”傅雁尘说，“其实形势也没那么糟，如果蔡锷在这趟车上，抵达上海以前中途下车的可能性就不大，在一个相对封闭的环境，时间和人手还算充裕，只要细心搜寻，也并非没有机会。”

“你我两个也称得上人手充裕？”罗景宽迷惑道。

“你也太目中无人了吧，”傅雁尘微笑，“居然没留意眼前还有一位花枝招展的美女？”

不止罗景宽诧异，千日红也深感意外，想不到自己一个弱质女流竟被视作行动人员，虽然心存疑惧，但见傅雁尘坚定的神色以及鼓励的目光，回绝的话最终也没有出口。

于是具体分工，硬座车厢范围广泛，鱼龙混杂，巡视起来颇耗精力，由傅雁尘和罗景宽分段查看。两节包厢大多房门合闭，贸然闯入势必引起怀疑，但若一个容貌姣好的女宾出面或许可以避免无谓的纠纷，因此千日红责无旁贷，最后又约定了过一小时回来碰头。

傅罗两人相继离去，千日红也开始执行任务，沿着包厢边的走廊缓步前行，依次观察着各间房的动静。虽说是勉强接受的差事，但她很快发觉，寻幽探秘实在是女人的天性，一旦投入就得心应手，甚至还能获得一份新鲜刺激的感受，不消片刻，整节车厢八间包房的情形已被她悉数掌握，只是其中并没有蔡锷的踪迹。

继而去往另一节车厢，第一间房门虚掩，里面有一对洋人夫妇正在喁喁低语，瞥见两人如假包换的金发碧眼，千日红压根没有停步，径直走向了第二间。连续敲门无人应答，千日红不免奇怪，抓住门把轻轻一拉，却见一个男人纹丝不动地站在眼前。

千日红吃了一惊，但看到他圆头圆脑，满脸堆笑，紧张的情绪又趋于平静，灵动的目光飞快的扫向房内，倒也没有发现异常。

“有事吗？”那男人问道。

“咦，福寿茶庄的钱老板不在这间呀。”千日红故作纳闷状，这是事先预备的借口。

“你是找姓钱的老板还是有钱的老板？”那男子皮里阳秋地笑了笑。

千日红懵懂质问，“你什么意思？”

“我的意思，”那男人不紧不慢地说，“旅程漫漫百无聊赖，哪个男人不想采一朵野花点缀寂寞？你与其拐弯抹角地打探行市，不如明码标价来得爽快呢。”

千日红先是一呆，随即醒悟，看来刚才逐间敲门的形迹已经落入对方眼中，而且认定自己是一只随车兜揽皮肉生意的流莺，当时不禁面色通红，恼羞成怒地叱道：“满嘴胡吣什么呢，回家叫你妈明码标价吧。”

骂完转身就跑，急于摆脱色鬼的骚扰，不料因为慌不择路，在车厢连接处一头撞在了某人的肩膀上，那人发出一声短促的惊呼，手中的书报跌落在地，连忙弯腰拾捡。

“真对不起，”千日红惶然致歉，但等到那人直起腰来，却立刻错愕莫名，因为她看到了一张白皙英俊的面孔，正是当初密会小凤仙的“何先生”。

“没关系的，小姐干吗这么慌张？”何先生微微笑道。

“我找不到餐车的位置，”千日红随口敷衍。

“噢，请跟我来吧，正好我也要去那里。”何先生说。

蔼然可亲的邀请让人无法拒绝，何况又符合调查方向，千日红不假思索地答应了。也许单调的旅途能够激发食欲，当他们结伴进入餐车，发现虽然已经过了饭点，在此据案大嚼的客人仍然不少，四下观望，空闲的桌子只剩下两三张。

“小姐自己用餐还是在等人？”何先生问。

“我一个人。”

“干脆一起吧，这顿我来做东。”何先生说。

“那就不好意思了。”千日红欣然点头，含笑道谢。于是相对就座，点过饭菜后相互请教姓名，何先生的全名叫作何觉云，千日红自然不便报花名，只是声称姓乔。

“何先生在哪里高就，这次要去什么地方？”千日红问，似乎还没有忘记自己的职责。

“我刚接到了了上海沪成中学的聘书，这一趟是前去就任。”

“难怪气度脱俗，原来是一位教书育人的先生呀。”千日红赞道。

“‘若有水田三百亩，来年不做猢狲王’，无非混口饭吃罢了。”何觉云自嘲般地笑道，“乔小姐要去哪里？”

“也是上海，去探望生病的姑母。”千日红信口编造。

“世道不太平，一个女人独自出门要格外当心。”何觉云说。

望着那片关切的目光，千日红的胸臆间油然腾起一股暖流，禁不住眼波荡漾，红晕满腮，轻柔地说道：“本来我也挺担心，但遇到何先生以后，忽然发现孤身上路也并不可怕，不知道什么原因，见你的第一面开始，我完全没有生疏隔膜的感觉，就像是彼此早就熟悉，约好了来乘这趟车似的。”

“呵呵，似曾相识的感觉我也有，只是还不够明确，”何觉云悠悠笑道，“但可以明确的是，我的一位朋友你以前一定见过。”

“谁？”千日红一愣。

“瞧，那不是来了？”何觉云冲着前方轻轻努嘴。

千日红蓦然回头，脸色顿时煞白，她看见餐车入口出现了两个男人，为首的是“白龙会”的邱二，正气势汹汹地朝这边走来。

“我没说错吧，既然你热衷叙旧，邱二爷应该是最合适的人选。”何觉云冷笑着，就要伸手来捉千日红的臂膀。

“混蛋，你耍我！”千日红切齿怒叱，使尽全力甩出一掌，猝不及防的何觉云被打得眼冒金星，咧嘴直叫。她趁机跑开，可惜过道狭隘，侍者和旅客来往阻隔，一时难以脱身，扭头再看邱二已经越来越近了。

千日红心慌意乱，不明白何觉云是如何识破自己并通知同伴的，却很清楚，如果再度落到邱二手里生还的希望就极其渺茫了。无奈逃离困难，只得先设法延缓危机，情急之下她左顾右盼，突然看到身旁的餐桌后坐着一个圆头圆脑的食客，似乎就是在包厢内碰见的那个把自己当作流娼的男人。

千日红心思一动，当即凑上前去说：“先生，我想通了，二十元怎么样？”

这是回应刚才“明码标价”的提议，二十元在“清吟小班”里算是不低的消费，但那男人稍作迟疑，脸上又露出招牌似的微笑，把餐具推到一边说：“价钱很公道，成交了。”

“春宵苦短，咱们赶紧回房交易吧。”千日红催促道。

“哈，这么猴急相的女人我以前还从没见过呢。”圆脸男人忍俊不禁，随即却轻轻皱眉，“慢着，你刚才在那边大呼小叫，别不是跟人有什么瓜葛吧，最好先搞清楚了，免得到时候空欢喜一场。”

说着缓缓站起转过身来，千日红焦灼不堪，不知如何劝阻，却又目睹了一幕不可思议的场景。本来何觉云和邱二等人正朝这边逼近，但看清了圆脸男人的相貌时，却又无不面露悚惧，驻足不前，仿佛那张笑容可掬的脸就是魔鬼的面具。

“几位好朋友过来谈谈吧，大家没必要为了女人闹别扭。”圆脸男人的语气温和无比。

但何觉云等人更加局促不安，一面开始退后，一面机警地左顾右盼，好像整节车厢已成了危机四伏的陷阱。千日红莫名所以，困惑的目光也忍不住左右打量，忽然发现吧台附近有两三位客人神情诡异，虎视眈眈。

难怪圆脸男人从容不迫，原来餐车内还有同党，只是他们究竟是什么人，与何觉云一伙又有什么过节？千日红百思不解，恍惚间感觉车身微微震颤了几下，车速似乎正大幅减缓。

果然，车轮碾压铁轨的隆隆声响越发拖沓，火车的速度也越来越慢，等到完全停车的一刹那，忽听何觉云大喊一声："二爷，快撤——"

邱二及同伴应声向后猛冲，与此同时那几位怪异的"乘客"起身拦截，双方拳来脚往展开厮打，原本欢声笑语的车厢内成了鸡飞狗跳的全武行，吓得那些正常用餐的客人仓皇躲避，乱作一团。

邱二两人虽然不落下风，却明显不肯恋战，搏斗之余继续退后，眼看接近已然开启的车门。但位于车厢中段的何觉云处境就不妙了，身后通道严重拥堵，身前不远又是严阵以待的圆脸男人，连千日红都怀疑他插翅难逃。

谁知当圆脸男人刚刚迈进一步，何觉云突然扑向旁边，两只手准确地抓住了车窗下沿卡槽，奋力向上一提。随着车窗拉开，冷风灌入，他迅即后撤一步，身体陡然腾跃翻滚，双足朝前脊背贴着餐台蹿出车外，所有的动作一气呵成，又不失洒脱，滑过车窗的情形就像西洋马戏中"炮打活人"，看得周围的乘客咂舌惊呼，甚至千日红的的眼光中也掩饰不住激赏的意味。

"嚯，好厉害呀，"圆脸男人始料不及，赶到窗边探望，已经不见何觉云的踪影，再看车厢尽头的邱二等人也冲出车外，他瞄了一眼路灯下的站牌，不由得喃喃感叹，"真邪门，难道到了沧县地头，人人的腿脚都会变得利索？"

原来火车到站沧县，这里是久负盛名的习武之乡，武术大家层出不穷，近二十年来风头最健的当数威震北道的"大刀王五"。

千日红无意触景生情，正想趁机溜走，却被圆脸男人回身拦住，笑眯眯地询问："我有点奇怪，这么个身手漂亮的俊小伙儿，刚才你怎么就愣没瞧上呢。"

千日红支吾回答："长得俊顶什么用，舍不得花钱还想占便宜，我可不是开善堂的。"

"呵呵，没错，"圆脸男人笑道，"什么时候都不能以貌取人，尤其这种小白脸，没有一个好心眼。"

他的话刚出口，身后忽然传来一个清晰的声音，"长着一张笑脸的人也不见得有好心眼吧。"

抬头看去，说话的人正是傅雁尘，千日红不禁感到惊喜，但更觉诧异的是圆脸男人的神情变化，虽然还保持着微笑，腮边的肌肉却在微微颤抖，目光中也闪动着一丝悚惧。

"早知道这次你也在趟浑水，"圆脸男人故作轻松地笑道，"没想到这么快就见面了，看来咱们弟兄善缘不浅嘛。"

"少套近乎，我和你谈不上交情。"傅雁尘漠然道。

"嘿嘿，是我高攀不起。老实讲，总是跟你作对头，我的心里也很不是滋味。”圆脸男人其词若憾地说。

傅雁尘没有理会对方的装腔作势，内心有一层疑惑油然而生，于是目光游移寻觅，偶尔瞥见过道左侧有一个戴礼帽的瘦小男人背向独坐，他忽然想起了德义楼前的情景，不由得如梦初醒，冷笑道：“怪不得你说早就知道我的行踪，原来是有一双‘鬼眼’替你探路。”

圆脸男人讪笑不语，戴礼帽的男人倏尔回过头来，干瘦的面孔毫无表情，细长的眼里透出一股阴冷之气，紧盯着傅雁尘说：“咱俩也谈不上交情，寒暄的话就没必要说了吧。”

“免了，我也没兴致拉家常，还是直奔主题吧，两位联手出马，是不是自认已经稳操胜券了？”傅雁尘说。

“呵呵，哪敢那么嚣张，”圆脸男人谦恭笑道，“你那一双手快得让人绝望，我们哥俩加起来也未必讨得便宜，幸运的是，投鼠忌器是一种很别扭的心理，或许能成为我们掌控局面的优势。”

说着他轻轻揽住千日红的腰肢，脸上的神色洋洋自得。他们的交谈隐晦不明，周边的乘客根本摸不着头脑，事实上也无暇关注，突发变故令众人惊慌万状，纷纷向两侧奔逃，不一会儿散了大半。千日红受到挟制无法抽身，虽然也如坐云雾，却能感觉到车厢内的气氛极度压抑，圆脸男人和那个戴礼帽的怪客似乎正以自己为质准备向傅雁尘发难，彼此间的眼神对峙犹如刀锋般犀利。

僵立了足有两分钟，傅雁尘忽然摇头苦笑，“明知我没有怜香惜玉的嗜好，还要拿一个女人做挡箭牌，你们的表现是不是有点太滑稽了？”

“想糊弄我们没那么容易，”圆脸男人笑道，“既然你这一趟也是来玩命的，不可能随随便便带一个女人在身边当累赘。况且，如果你没有顾虑，也就不会站在那里跟我们废话连篇了。”

傅雁尘的脸色微变，随即又恢复了平静，轻轻叹道：“几年不见，你鉴貌辨色的功夫越来越深了，居然一眼就看出了我的顾虑。没错，我是有点担心，如果放开手脚陪两位唱对台戏，即将赶来的铁路警察恐怕不会袖手旁观吧。”

这句话与其说是表白心迹，更像是郑重警告。圆脸男人不由得收敛笑容，与戴礼帽的男人匆匆对望了一下，虽未言语，但彼此的神色明显透出不肯招惹警方的意愿。

就在这时候，车厢门口一阵喧哗，五六名身穿黑色制服的警察在车长的率领下蜂拥而至，向餐厅领班询问情况却得不到明确答复，只说几个肇事者已经下车逃窜，车长勒令两名警察前去查看，自己带着其余人四下寻视维持秩序，没走几步看到了傅雁尘，立刻呈现一副拘谨惭惶的表情。

“傅先生没受什么伤害吧。”车长殷切致意。

“受伤害的是我一顿美味的晚餐。”傅雁尘望着身边杯盘狼藉的餐台说。

“这个好办，等下我略备薄酒替您压惊。”车长一脸谄笑，在他看来，其他乘客的安危都无所谓，确保“交通部巡查员”的精神愉快才是要务，否则回头奏上一本，自己一只绝好的饭碗就有可能被打碎。

“好意心领，”傅雁尘道了句谢，而后不紧不慢地说，“经他们一折腾，我也没兴致享受口腹之欲了，准备早点陪太太休息。唉，能不能睡得安稳，就要仰仗车长的关照了。”

这番话绵里藏针，似乎有责备车上治安状况恶劣的意思，车长越发不安，拍着胸脯表示：“放心吧，我这就派人护送您和太太回包厢，并在附近加强警备，保证两位安享美梦。”

“承情不尽，”傅雁尘满意地点点头，冲着千日红温柔道：“这下你不再埋怨旅程艰难了吧，早就说过，我命里总有贵人扶助。”

“你就是我命里的贵人。”千日红笑语嫣然，款款上前挽住傅雁尘的臂弯。

眼看失去了对人质的控制，圆脸男人和同伴却无计可施，只得佯装无事地呆立一边，当傅雁尘携千日红在警察的陪同下缓缓经过身旁，圆脸男人忽然微笑低语：“傅先生，夜里风大，当心着凉呀。”

“多谢提醒，两位也各自珍重吧。”傅雁尘淡淡回应道，径直向餐车门口走去。

回到包厢内，傅雁尘如释重负般地长舒了口气，额头上隐约可见一层细汗，千日红不免讶异：“印象中你的胆子并不小，怎么看起来比我还害怕？”

“无知者无畏，”傅雁尘沉声道：“也许你没有意识到，刚才离死只差一步。”

千日红难以置信地问：“这么夸张呀，那两个到底是什么人？”

不等傅雁尘回答，忽听房门轻响三声，稍作间隔又是两声，宛如小鸡啄米，这是事先约定的暗号，拉开门果然是一脸惶急的罗景宽。

“傅大哥，”他气喘吁吁地关上门说，“我看到邱二和几个人厮打着跑向车尾，咱们是不是也该去凑一份热闹？”

“省省吧，你还嫌车上的热闹不够吗。”傅雁尘当即否决。

“可是，车马上就要开了，难道眼看着线索再次中断？”罗景宽质疑，事实上他的话音未落，火车已经缓缓启动。

“别紧张，邱二他们不会错过开车时间的，再说你今晚的主要对手也不是他们。”傅雁尘说。

“还有什么人？”

“唐乐天加上杜瞳，够不够你招呼的？”傅雁尘反问。

“你说的是‘笑面无常’唐乐天和‘鬼眼’杜瞳吗？”罗景宽瞪大了眼睛。

“当然，谁愿意和两个杀人魔王重名？”傅雁尘说。

罗景宽倒吸冷气，千日红也愀然变色，傅雁尘最初谈到的名字她还没在意，随后罗景宽提起的绰号却如雷贯耳。

“原来餐车里那两个是‘杀手榜’上的人，”她不禁心有余悸，难怪傅雁尘刚才如临大敌，但转念之间又有些疑惑，因为忽然回忆起，当唐乐天和杜瞳面对傅雁尘的时候似乎更加惧惮，那么傅雁尘又是何许人？苦思细想，依稀记得“手快”的话，沉吟了片刻恍然醒悟，忍不住脱口道：“啊，我知道了，你就是‘霹雳手’傅雁尘！”

傅雁尘没有吱声，罗景宽轻轻笑道：“亲眼见到传奇人物，感觉是不是很兴奋？”

“可不是嘛，兴奋得简直有点毛骨悚然了。”千日红半真半假地回答。

“言归正传吧，”傅雁尘打断他们的调侃，“说说你是怎么被唐乐天缠上的？”

千日红源源本本地陈述了一遍，听到和小凤仙密会过的“何先生”也在车上，傅雁尘微皱眉头，“难道蔡锷的部属把这趟车当作了接应场所？”

“火车上人员流动频繁，便于掩藏身份，倒是个不错的交接地点。”罗景宽说，“只是我有点搞不懂，唐乐天他们的消息怎么这样灵通？”

“他们的消息渠道有两条，”傅雁尘说，“第一，被捕的武坤了解的内幕比预计中的更加详实，是他向军警提供的情报。”

“‘白龙会’的门徒号称都是铮铮铁汉，看来不过浪得虚名。”罗景宽鄙薄叹道。

“唐乐天的残忍手段超乎寻常，也许只有死人才能保守秘密。”傅雁尘说。

“但是，如果一个负责转移视线的底层行动人员也能掌握具体方案，蔡锷的出逃计划也太不严谨了吧。”罗景宽仍表示怀疑。

“那就是第二条，”傅雁尘说，“今晚在德义楼前，杜瞳一直混在疏散的人群里，大概留意到我们的谈话，从中获得了线索。”

“当时我俩说话的声音那么小，他怎么可能听到？”罗景宽纳闷道。

“杜瞳为什么被叫做‘鬼眼’，”傅雁尘说，“除了目光锐利，还拥有一项独门绝技，就是‘读唇术’。”

“什么是‘读唇术’？”千日红问插嘴问。

“就是通过口型解读谈话内容，不必近距离接触也能洞察目标人物的动向。”傅雁尘解释。

“被这种人盯上，岂不是阴魂附体？”千日红骇然。

“所以当务之急是抢在他前面确定目标的位置，”傅雁尘说，转头问罗景宽，“刚才的排查什么结果？”

“我只看了三节车厢，没有什么异常发现。”罗景宽答道。

汇总统计，除去傅雁尘巡视的五节硬座及千日红探访的一节多包厢，只剩下车尾的两节硬座和小部分包厢未曾勘察。

“工作量不大，用不了多久就能完事儿。”罗景宽说。

“没那么简单，”傅雁尘告诫，“唐乐天和杜瞳也掺合进来，咱们的困难就成倍增加了，想要保证行动的隐秘性，恐怕还得费些周折。”

紧接着分析情势，亟待搜寻的区域位于列车后半段，目前看来也是唐杜两人及其同党的活动范围，一旦再度遭遇，导致冲突火并倒在其次，让他们顺藤摸瓜找到蔡锷的行踪就全面被动了。

“剩下的几间包厢交给我吧，”罗景宽说，“我跟那俩家伙没打过招面，应该不会引起注意。”

“怎么没有，别忘了在旭街‘鬼眼’杜瞳暗中瞻仰过你的尊容的，”傅雁尘提醒，但转念忖度，“他们不大可能窝在包厢里守株待兔，你去试试也无妨，但一定要多加小心。”

“是，”罗景宽领命，又问：“其余那两节硬卧怎么办？”

“那两节车厢我去查看，”傅雁尘说，“等车到了济南站我们再设法会合。”

“我呢，”千日红翘首发问：“是不是又得留下来当淑女？”

“此刻这间房相对最安全，奔波了一天你也该歇歇了。”傅雁尘说。

“有些问题想不明白，我怎么可能睡得着？”千日红蛾眉紧蹙。

“什么问题？”

“车长承诺过加强防护措施，这会儿包厢两头八成就有警察守卫。你抛下一个娇滴滴的太太外出游逛，难道就不怕招来人家的怀疑？”

傅雁尘目光闪烁，随即微笑着夸赞：“经过一番历练确实不同，你的脑筋也变得灵光了。”

“哼，你以为我只配做一只毫无主见的花瓶吗？”千日红越发睥睨自若。

“岂敢，”傅雁尘笑道，伸手指向旁边紧闭的车窗，“不过，你看看这是什么？”

“窗户嘛，怎么……”千日红一愣。

“难道它在你眼里只能用来欣赏风景吗？”傅雁尘说。

千日红尚自迷惑，傅雁尘已经用行动给出了答案，除了欣赏风景，车窗还可以当作迂回穿插的通道，只见他灵猿般敏捷地钻出窗户，手足并用攀向车顶，千日红惊奇得合不拢嘴。

但傅雁尘的感受绝非表现出的一样轻巧自如，刚刚爬上车顶，就被一股劲风刮得仰面摔倒，幸亏及时抓住了一只圆形顶盖，才没有翻落车下。

稍作喘息后极目四望，一轮皎月悬挂半空，铁道两侧的田庄树木像是镀上了一层薄薄的清辉，如此静夜最适宜围炉畅饮，但若在驰骋的火车上冒险就另当别论了，尤其还要面对初冬时分刺骨的寒风。

“大概这就是自己坎坷命运的真实写照吧，”傅雁尘苦笑摇头，却也顾不上怨天尤人，慢慢起身向目标移动，在摇摆颠簸的车顶上前进与在地面上行走完全两个概念，必须时刻集中精神保持步调的协调，特别跨越两节车厢交接处，稍有差失就会万劫不复。

终于来到了车尾，为了尽量避免打草惊蛇，傅雁尘并没有下去车里，而是通过逐次掀开车厢上方的顶盖反复窥测，只是这种做法未免繁琐，另外，为了不惊动车厢里的乘客，开合顶盖的动作需要格外轻缓，这对将近冻僵的双手也是一个艰难的考验。

然而，观察了大半截车厢后，傅雁尘发觉效果并不理想，首先顶盖直径狭小，向下看视角存在盲区，车厢内的情形不可能一览无遗。其次，此时夜已深沉，下面的乘客大多在垂头打盹，有些人还把帽子罩在脸上，根本无法辨认面貌特征。

傅雁尘扣上一只顶盖，正想另做打算，忽然感觉后腰被一件硬物抵住，同时听到一个短促而阴冷的声音：“举手，起身！”

傅雁尘陡然一惊，也不免懊恼于自己的迟钝，怎么连近在咫尺的危险竟毫无察觉，大概是因为刚才过于专注，或是耳边风声呼啸的缘故吧。无论如何，面对可能是枪管的威逼下，暂时也惟有屈从。

于是他缓缓站起抬高双臂，一只手随即从后面伸来，极其麻利地上下摸索，把自己随身武器统统搜去扔掉，包括腰间的马牌手枪、备用弹夹，以及藏在靴页子里的一把薄刃快刀。

“向前走，”身后的人喝令。

傅雁尘一边挪动脚步，一边思忖着应对之计，走不多远，随着车身的动荡，他的脚下突然一个趔趄险些滑倒。

“老实点，别乱动！”身后人厉呵。

“下面的火车在飞跑，我怎么可能不动？”傅雁尘抗辩，“如果嫌我不守规矩，尽管开枪好了。”

“想死很容易，”身后的人说，“待会儿就可以成全你，不过要在老唐和你谈过心以后。”

傅雁尘心里一沉，不用说此人也是执法处的密探，一旦把自己交给唐乐天，即使无从泄露蔡锷的行踪，答应过奇士修的任务也就宣告终结了，因为他很清楚，接受“笑面无常”的讯问如同游历鬼门关，就算侥幸不死，也会完全丧失行动能力。

焦灼之下，他的脚步越发不稳，踉踉跄跄的仿佛醉酒，身后的人大怒，斥骂之余用手中的枪柄砸向傅雁尘的肩膀。

不料傅雁尘等的就是这一下，听到疾风逼近，他也判断出了对方持枪的方位，迅即缩肩转身，猛然捣出一拳，紧接着又飞出一脚。

那人肘弯麻骨中拳，痛呼一声手枪掉落，但傅雁尘的一脚却像踢在了一堵夯实的墙上，震得自己向后翻倒，起身再看，只见眼前的偷袭者身材不高，却显得膀阔腰圆，一件粗布棉袄的领口敞开，露出一大片健硕的胸肌，虬髯密布的脸上神情凶恶，额头偏左有一个凸起的肉瘤，在月光下尤为恐怖。

傅雁尘心思一动，脱口道："'独角兽'毕横？"

那人的鼻孔哼了一声，像是很无奈地叹道："长着一张特点鲜明的面孔实在不幸，想要隐姓埋名都不可能。"

傅雁尘眉头一皱，毕横也是"杀手榜"上赫赫有名的人物，因为天生异相，力大无比，所以被称作"独角兽"。

"记得你一向独来独往，不受约束，怎么也甘心做起了袁家的走狗？"傅雁尘疑问。

"我甘心做的是大洋的走狗，只要价钱合适，管他'圆家'还是'方家'。"毕横厚颜无耻地答道。

"你有把握做成这一单买卖吗？"傅雁尘后撤一步，摆开迎敌的架势。

"人人知道'霹雳手'拔枪飞快，百步穿杨，本来我心里还有点嘀咕，但现在你无枪可拔，我的生意恐怕就好做多了。"毕横冷笑着向前迈进。

事已至此别无选择，傅雁尘低吼一声挥拳冲来，毕横挺身应战。刚刚交手傅雁尘就感到不妙，毕横无愧于"兽"的称号，出招凶悍，气势威猛，而且自身健壮得如同钢筋铁骨，具备超强的抗击能力。厮斗了没几回合傅雁尘已渐落下风，如果在开阔地带还能闪转周旋，可惜车顶范围细狭，又需要时刻保持身体平衡，稍不留意就漏出破绽，被对方一个抱摔撂倒，而后泰山压顶般的扑过来。

被骑在身下的傅雁尘犹自顽抗，毕横一时难以制服，便放弃了生擒的初衷。

"既然你不愿去见老唐，我也不勉强你了。"他恶狠狠地说："你小子在'杀手榜'上的排名不是高出我两位吗？今天就让它掉个个儿，也让咱往后的行市涨一涨。"

说完抽出一把明晃晃的匕首，向下直刺傅雁尘的咽喉。傅雁尘攥紧他的手腕拼命阻挡，一场生死较量随即开始，傅雁尘的力气不如毕横，重压之下又无可躲避，眼看着刀尖一寸寸接近，就要抵住不停抖动的喉结。

隆隆的车轮声在风中回荡，仿佛一连串绝望的悲叹，傅雁尘几乎已经闻到了死亡的气息。命悬一线之际，眼前忽然掠过一丝光芒，定睛细看，原来是毕横的匕首在月光的映照下反射所致，光影斑驳的刀面上依稀闪动着一个黄色的亮点，同时耳边听到汽笛长鸣。

黄灯闪烁，汽笛鸣响，这是火车进入隧道前的信号，傅雁尘转念之间计上心头，一面继续挣扎，一面凝目观察刀面上的阴影判断火车的进程，就在即将冲入隧道的前一刻，他忽然脑袋一偏，腾出一只手抓向毕横的面孔，毕横惊骇后仰，傅雁尘乘隙屈起双腿，使尽全力来了一招“兔子蹬鹰。”猝不及防的毕横被踹的身子腾空，还没有落下，已经贴上了隧道口上方冰冷坚硬的岩石。

傅雁尘精疲力竭地躺在车顶，除了一声沉闷的撞击声，并没有听到毕横的惨叫，但他心里非常明白，今后“独角兽”的名字可以从“杀手榜”上勾掉了。

009

傅雁尘终于完成了对两节硬座车厢的仔细搜寻，包括开水间和厕所都没有放过，结果却一无所获。

失望之余他不禁迷惑，没发现蔡锷的下落犹可理解，毕竟还有大半节包厢的情形尚未查明，但为什么不见邱二等人的踪影？不久前他们分明跑向车尾，难道根本没有再次上车？可是，所有的迹象表明蔡锷已然登车，负责护卫的“白龙会”成员怎么可能轻易逃走？如果说是调虎离山之计，但真正的老虎唐杜二人并没有上钩，弃车而去岂不是失去了意义。

琢磨不透，却也无暇深思，因为随着车速再度渐缓，济南站就快到了，按约定他要去和罗景宽碰面，另有一事也不可轻忽，那就是必须返回包厢补充武器，否则抵御威胁的能力就会大打折扣。

于是等火车停下，他迅速跨出车门，顺着站台边沿来到自己的包厢外，看见千日红果然遵照嘱咐未曾关闭车窗。然而当他攀援入内打开壁灯，又不由得呆住，那个刁钻灵怪的小娼妇再次不知去向了。

正在气恼不已，门外传来了间隔两段的六下轻响，打开门走进了罗景宽，却是一身乘务员的装束。

“怎么这打扮？”傅雁尘问。

“津浦局的制服太土气，真对不起我这副好身材。”罗景宽解释，因为夜沉，包厢各房均已紧闭，逐间敲门就算不引起客人的反感，也会招致两侧巡警的怀疑，于是他决定改头换面，偷了乘务员的衣帽借口验票进行查探。

“够机灵，”傅雁尘夸了一句，“有什么发现吗？”

“没有。”罗景宽摇头。

“怪事，两拨人马转眼消失不见，这趟车有什么魔力不成？”傅雁尘自语似地说，一面取出行囊解开，奇士修提供的装备相当齐全，除了他惯使的“马牌橹子”，长短匕首，一副强力弓弩，另有两支柯尔特左轮和一支俗称“快慢机”的毛瑟手枪，此外米尔斯式菠萝手雷及各类弹药也预备了不少。

傅雁尘扫视一眼，先后拿起马牌手枪和快慢机塞在腋下和腰后，又捡了两颗手雷和若干弹夹装进衣袋。

罗景宽纳闷道：“你要发动战争吗？干吗带这么多？”

“有备无患，谁知道车上来了多少杀手。”傅雁尘简略讲了刚才遭遇“独角兽”的经历。

罗景宽不免惊异，顺手也挑了一些枪弹放在身上，却又若有隐忧地说：“兵精粮足，总得有用武之地才行，就怕连对手都不知道在哪里。”

“别担心，是冤家总会聚头，唐乐天他们可没工夫一直玩捉迷藏……”傅雁尘话说到一半忽然顿口，眼睛直勾勾地盯向窗外。

罗景宽顺着他的目光望去，站台上灯光昏黄，陆续有人向火车走来，其中一位步履匆忙且瞻前顾后，半夜乘车的旅客本来就少，这副失魂落魄的样子格外显眼，但是济南是大站，开车时间还早，何必如此慌张？而仔细辨认，行走姿态竟有几分熟悉。

“那不是千日红吧？”罗景宽疑惑道，难以置信她会出现在进站的旅客中。

“就是她，”傅雁尘肯定道，“走，去看看这小娘们儿又搞什么花样？”

说完开窗跳出车外，罗景宽紧随其后。千日红还在不远处仓促奔走，虽然不停地左右张望，却仍未留意到两人已经快步追来，直到被拍了一下肩膀才猛然警觉，她大惊失色，回身看清了傅雁尘，一声尖叫才没有发出。

“你属猴的吗，不拿根绳子拴住，就不能老实待一会儿。”傅雁尘沉下脸来责备。

“我再多待一会儿，恐怕就只能是死人了。”千日红委屈道。

“怎么回事？”

“还不是你的老友想你了呗。”千日红进一步说明，傅雁尘爬上车顶后，她独自在包厢里守候，虽然心中惴惴不安，却禁不起倦意袭扰，歪倒在床上闭目养神，谁知即将入梦的时候，却被走廊上一阵异响惊醒，她忍不住打开一道门缝察看，只见一个侍者模样的人正借送水之名挨屋敲门，如果无人应答就自行开门入内，而转侧间露出的消瘦面孔吓得千日红头皮发麻，因为此人竟是“鬼眼”杜瞳。

她连忙缩头关门，却明白一层木板根本挡不住杜瞳的进犯，随着脚步声越发接近，她的一颗心也提到了嗓子眼。焦灼之际恰好火车进站，她仿佛抓到了救命稻草，立刻扑向窗边，不等火车完全停稳就开窗跳下，落地后又怕杜瞳发现自己的踪迹，就想跑进车站躲避。然而刚到了检票口，却又看见十几个形迹诡秘的人迎面走来，她怀疑是军警方面的援兵，便又掉头回返在站台边流窜，随后就遇见了傅罗两人。

“你快成了惊弓之鸟了，”罗景宽讥笑，“杜瞳他们始终没下车，怎么可能通知济南的军警？”

“怎么不可能，”傅雁尘反驳，“你忘了火车上有通讯室吗？一旦杜瞳他们确认跟踪方向无误，就会不惜亮出官方身份，勒令车长发报要求增援。”

罗景宽微微点头，暗想，要求增援的起因大概始于餐车上的狭路相逢，即便唐乐天和杜瞳恶名远播，面对傅雁尘的争锋也未免心存忌惮，只是“不知道他们此刻发现目标了没有？”

“应该没有，”傅雁尘说，“否则杜瞳也不会在包厢里苦苦寻觅了。”

“唉，遗憾的是咱们也毫无进展，”罗景宽叹道，“蔡将军究竟藏在哪里，怎么就是找不出来呢？”

“或许还是找得不够细致吧。”

“还不够细致？”罗景宽不以为然，“这趟车咱俩走个来回，凡是人待的地方都没落下。”

傅雁尘听了这句话眯起双眼，沉思着喃喃低语：“如果不是人待的地方呢……”

罗景宽闻言也微微发怔，继而思路豁然开朗，两人对视了一下，几乎同时脱口道：“邮件车——”

偶发的灵感推测出蔡锷的去向，傅雁尘和罗景宽都相信在当前的形势下，邮件车厢是一个最佳的藏匿地点，他们要做的只是抢在杀手前面占据有利位置。

主意既定，难以安排的是千日红，在她看来，本次列车遍布暗礁险滩，所以坚决不肯独自留守。

“我们可是去拼命，带个累赘在身边不是自找麻烦。”罗景宽说。

“那我管不着，你们把我拉下水，就别想图省心，再说我也不一定是累赘吧。”千日红瞪着傅雁尘，完全一副“嫁鸡随鸡，嫁狗随狗”的口吻。

傅雁尘无言以对，事实上也没空商讨，邮件车位于火车前列，想在开车前赶去，又要提防军警的跟踪，必须即刻投入行动。于是他不再多说，招呼罗景宽和千日红钻过车底，沿着站台另一侧铁道边缘快步飞奔，刚刚接近头节硬座车厢，就听到了发车的汽笛长鸣。

在铁轮“咣当咣当”的滚动声里，三人陆续登上车，虽然跑得气喘吁吁，却也不得片刻停歇，因为想要真正抵达目标，还需穿越一节车厢的过道。

也许是神昏意乱的缘故，千日红前进的时候，一个小心结结实实踩上了旁边乘客的脚面。

“对不起，我没留神……”千日红涨红了面孔道歉。

“没关系，是我坐的位置太靠外了。”那乘客微笑道。

一团和气的反应使得千日红越发内疚，又问：“先生的脚不碍事吧？”

“不碍事，太太请自便吧。”

千日红连声致谢，跟随着傅雁尘来到车厢前端，犹自感慨不已，“谁说硬座车厢里都是缺调失教的下等人，彬彬有礼的君子也有不少嘛。”

傅雁尘却冷冷道：“即便是君子，半夜三更也应该犯困吧。”

千日红不禁一呆，恍然想到，此时车内鼾声四起，绝大多数乘客都处在睡眠状态，相形之下刚才那人言语便给，头脑清醒，似乎有些反常了。蓦然回首，却见被踩脚的客人已经起身，正朝车厢另一端走去，而且步伐越来越快，不一会儿就消失在过道尽头。

“果然没安好心，”千日红暗想，却又纳闷傅雁尘的无动于衷，“你怎么不追呢？”

“没必要在这种小喽罗身上浪费体力，再说他肯定还会回来。”傅雁尘说，吩咐罗景宽打开车门。

头节硬座车厢和邮件车之间没有通道，当中相隔是一个三面围栏的平台，仅供三人勉强容身，进去邮件车的路径只有两条，一是手脚并用沿着厢壁外侧开启车门，二是攀上车顶找寻入口。

比较而言第二种方式难度略逊，但在千日红眼里无疑是畏途，当罗景宽踩着栏杆一跃而上，她踯躅不前地看着傅雁尘说：“这么高，我是不是就别上了。”

“不行，”傅雁尘说，“你明明看到报信的人跑掉，还想在这里坐以待毙吗？”

“你把车门关紧，我躲在这下面，不见得被他们发现。”千日红指着平台一侧的踏板说。

“冒什么傻气，”傅雁尘苦笑，“别说唐乐天他们一定会破门而出，就算看不见你，等会儿火车加速，你很快就变成冻鸡了。”

千日红知道他说得没错，在车厢外站了片刻，已经感觉到寒风凛冽，浑身颤栗，时候长了势必活活冻死，只是仰望车顶仍显得犹豫不决。

“现在你承认自己是累赘了吧。”傅雁尘轻轻叹气。

不料这句话音刚落，千日红当即蛾眉倒竖，一言不发地蹲下来，伸手用力把洋绸长裙撕破几处，将散碎的绸条分别绑扎在小腿上，继而腾身踩住栏杆，抓住邮件车顶的厢沿攀援而上，所有的动作轻盈而敏捷，甚至拒绝了傅雁尘和罗景宽的协助。

傅雁尘不由得刮目相看，暗自欣喜“激将法”奏效，但等随后登上车顶，稍觉轻松的情绪就一扫而空，原来他看到邮件车的上方平整封密，并没有顶盖之类的渠道可供出入，也就是说，想要下到车里，只能选择厢壁外侧的那扇铁门。

自上而下接近车门原本不易，何况火车还在行驶之中，傅雁尘正感到棘手，罗景宽自告奋勇地表示：“我先下。”

然而，就在他来到车顶边沿，卧倒身体刚刚跨出一条腿，忽听“砰砰”两响，紧接着火花飞溅，子弹擦过车顶发出尖锐刺耳的啸叫，险些中枪的罗景宽翻滚躲避，幸亏有傅雁尘的拉拽才没有掉下车去。

傅雁尘抓住罗景宽的同时回头，瞥见两条身影正从硬座车厢的顶部迅速奔来，他一边喝令千日红伏下，一边拔枪射击，那两条身影应声摔下火车，但随后车厢末端又有人影冒出，缩头弓腰形同鬼魅般地逼近，傅雁尘只得连续发射，四五声枪响后，对面的人或是栽落车下，或是惶急撤退，一时不敢再轻举妄动。

短暂的平静后，忽听邮件车和硬座车之间的结合部传来几声干笑，“呵呵，‘霹雳手’果然了得，只不过困在车顶喝西北风的滋味也不好受吧。”

傅雁尘听出是唐乐天的声音，看来他已经到达了硬座车外的平台。

“西北风的滋味让人神清气爽，总比当缩头乌龟感觉痛快。”傅雁尘朗声回应。

“嘿，居然想诱我上去当活靶子。”唐乐天笑道，“放心，我会满足你的，记得‘马牌橹子’里有十三发子弹，刚才听你打了七枪，估计用不了多久，咱哥俩就会见面了。”

言外之意很明显，他将指使手下持续进攻，等到傅雁尘的弹药耗尽自己再发动致命一击。

“那就来吧，看你们还想白搭上几条命。”傅雁尘冷笑着，掏出腰后的驳壳枪连发两弹。

“嚯，真够下本钱的，二十响的‘盒子炮’也带来了。”唐乐天满含惊讶与无奈地叹息。

不知是慑于火力威猛，还是退后另谋对策，平台方向突然间没了动静。但傅雁尘不敢掉以轻心，他不清楚车上到底来了多少密探杀手，一旦对方发起强攻，自己和罗景宽即便弹药充足，也难免凶多吉少，因为平坦的车顶毫无遮蔽，加上寒风肆虐，根本不可能坚守太久。

打量身边的同伴，罗景宽还算斗志昂扬，匍匐握枪监视着邮件车的后方，千日红由于衣着单薄，早已冻得蜷缩一团，牙齿打战的声音清晰可闻，傅雁尘不假思索地脱下外套，随手罩在她的身上。

一件外套增加的厚度有限，千日红却感觉一股莫名的暖流在胸臆间涌动，想要开口称谢，却又不知如何措辞，最后只得顾左右而言它，“刚才枪开得像炒豆似的，怎么不见车上的警察露面？”

“别指望警察来救你了，执法处的人办差，他们只会提供方便。”傅雁尘说着，心头也闪过一丝疑惑，如果蔡锷等人就藏在邮件车里，刚才枪声大作，他们不可能听不到，但身下的车厢内为什么毫无反应，难道是在静守待变，还是自己判断失误？

无论如何，都得下去看个究竟，因为情况不明，这回他决定亲自查探，于是把驳壳枪交给罗景宽，令其掩护断后，随即来到车顶前端，先下到邮件车和水煤车的结合部，然后沿着厢壁一点点朝车门方向挪动。

这是一次极其险恶的行程，寒彻肌骨的劲风刮得人摇摇欲坠，车身上浅而窄的沟槽对于指力又是艰巨的考验，更勘忧虑的是，倘若车厢末端的杀手探出身子开枪阻击，自己就没有一点闪避的余地。

万幸的是后一种威胁最终没有出现，当他历尽辛苦接近车门，扳动把手后用脚蹬开一道三尺宽的缝隙，却没有贸然进入，而是凑到门边压低嗓音喊了几声：“蔡将军，蔡将军……”

车厢内并无应答，傅雁尘也顾不得多想，纵身跃进车内，顺势倒地翻滚，随即拔枪警戒。然而眼前漆黑一团，不辨景象，傅雁尘摸索着在门后找到电灯开关，揿开后四下观察，却不见一个人影，触目所及只是堆积如山的邮件包和大宗行李。

费了半天周折还是搞错了？傅雁尘不由得发愣，但想起两名搭档还在车顶受冻，也就没再耽搁，他用枪柄在车门上沿轻磕三下，向罗景宽发送讯号。不一会儿车顶垂下来千日红瑟瑟发抖的双腿，他上前抱住接入车内，然后又如法炮制接应罗景宽下来。

关上车门稍作喘息，罗景宽和千日红有着同样的困惑，“蔡将军怎么不在这里？”

傅雁尘茫然摇头，沉吟着分析，“或许他们预料到军警的步步紧逼，所以事先做了严密的布置，躲在了一个常人难以想象的地方。”

“可是，”罗景宽说，“车上的空间毕竟有限，我们几乎全都搜遍了，怎么还是找不到呢？”

“车上的空间有限，人的行止进退却没有受到限制，我们的搜寻并不是反复进行，如果对方相应地变换藏匿地点，很可能就会失之交臂。”傅雁尘说。

罗景宽懵懵懂懂地点点头，感觉这种推论虽然成立，却也未免有几分牵强。千日红显然对他们的交谈兴趣不大，经历了一番酷寒和威逼交织的双重磨难，好容易来到一处相对温暖而安全的环境，紧绷的神经顿时松弛下来，只想舒舒服服地躺倒休息片刻。

她找到一块摆放邮包的草垫坐下，身子懒洋洋地向后靠去，谁知那摞半人高的邮包竟虚不受力，呼啦一下倒塌散落。千日红吃了一惊，懊恼地咒骂了一句，不料这个细节引起了傅雁尘的猜疑。因为按照常理，为避免颠簸受损，车站会将行李邮包尽量码放得整齐瓷实，何以这些包裹如此松垮，难道开车以后被人搬动过？

想到这里上前查看，果然发现另有蹊跷，那堆邮包后显然被人腾空，辟出一条曲折隐蔽的夹道，顺着夹道来到车厢的西南角，三人立刻震骇不已。

紧贴厢壁的邮包上仰卧着一具尸体，胸口一把匕首深没至柄，尚未干涸的鲜血浸透了整个前襟，他的四肢已然僵硬，五官扭曲变形，突睁的双眼满含惊恐。

“这不是……邱二吗？”千日红颤声道，却没有听到回应，扭头看去，又不禁莫名诧异。只见傅雁尘额头上冷汗涔涔，脸色蜡黄，目光散乱，身体微微发抖，竟仿佛站立不稳的样子。

这副神情也落在罗景宽眼里，忍不住问："傅大哥，你不要紧吧？"

"呃，没事。"傅雁尘支吾道，事实上这种症状由来已三年，从爱妻惨死的那一夜起，此后只要近距离目睹血腥场面，他就会眩晕心悸，难以支撑，必须深吸几口气，才能遏制住呕吐的感觉。

"邱二从车尾乘隙返回车头，倒也符合你刚才的推断，"罗景宽说，"可是，军警密探还在身后，他又是死在什么人的手里？"

"军警密探散布在整列车上，不可能集中行动，而且如今的蔡将军是众矢之的，或许还有第三方力量介入追杀。"傅雁尘说。

"第三方力量？"

"除了执法处和'模范团'下属的杀手，在高额悬赏的诱惑下，毕横之流的职业刺客也会参与进来。另外……"傅雁尘瞥了一眼邱二的尸身，"邱二临死前的表情惊疑万分，也不排除同道间内讧的因素。"

罗景宽微微点头，千日红却愀然变色，眼睛盯着邱二，仿佛不可思议的样子。

"邱二进入邮件车的目的应该和蔡将军有关，或者是提前探路，或者是负责转移，可惜我们来迟了一步。"罗景宽说。

"不迟，即便我们找不到蔡锷将军，能够拖住唐乐天一伙，也算是功德圆满了。"傅雁尘说。

"嗯，就是不知道能拖多久。"罗景宽表示同意，又一次感觉车速变缓，不由得提醒道："泰安快到了。"

车到泰安站，罗景宽正准备上前查验车门是否关紧，不料傅雁尘抢先一步将车门拉开了一道缝隙。

"这是干什么，开门揖盗？"罗景宽大惑不解。

"守在这么坚固的铁皮房里，你还以为他们会冲进来送死吗？"傅雁尘说。

罗景宽暗自揣摩，车厢三面封闭，持枪躲在唯一的出口旁，确实有"一夫当关"之势，除非用炸药爆破，对方想要攻入必定付出惨重代价，只是"唐乐天那些人不会因为暂时困难，就对咱们坐视不顾吧。"

"当然不会，"傅雁尘说，"他们一定另打主意，想想看，最可怕的招数是什么？"

罗景宽挠头细想，当门外地面上的阴影在眼前掠过，猛然醒悟道："如果先从外面把门封死，然后不论纵火还是放毒，咱们可都成了瓮中之鳖了。"

"没错，所以千万不能让他们靠近车门。"

罗景宽心领神会，机警地拔出手枪紧贴门后，时刻提防着来犯之敌。然而傅雁尘预判中的情形并未出现，站台上虽然传来寥落的人语和脚步声，但直到再次发车，邮件车厢的周围也没有什么异常动静。

“啥意思，那帮家伙该不是睡觉去了吧。”罗景宽摸不着头脑。

“心怀鬼胎的人怎么睡得着？唐乐天和杜瞳可不是省油的灯，别忘了去上海的路还长呢。”傅雁尘说。

“说的是，这会儿他们按兵不动，不知道在憋什么坏水呢。”罗景宽面含隐忧。

“不要胡思乱想，趁他们的阴谋诡计还没酝酿成熟，不如抓紧时间养养精神。”傅雁尘说着拉紧车门，靠在一摞邮包前闭目假寐。

火车疾驰的过程中遭遇侵袭的可能性不大，是一个难得的休整机会，只不过对千日红而言注定是不眠之夜，从繁华绮丽的风月场沦落到险象环生的境地，巨大的反差让她根本无法适应，想到身边不远处邱二冰冷的尸体，以及尚未解除的重重杀机，所有的倦意便一扫而空。

单调的车轮声加剧了恐惧，她急于打破车厢里沉闷的氛围，但见傅雁尘眼观鼻鼻观心，一副老僧入定的神态，又不敢随意打搅，于是挨近罗景宽搭讪起来。

“看你今晚的表现也很威猛，你在‘杀手榜’上的排名多少位？”她问。

“第七位。”罗景宽随口道。

“请问雅号是？”

“‘夺命太岁’罗景宽。”罗景宽煞有介事地说。

“噢，”千日红目露敬畏，但转念忖思，忽然又讶异道：“不对呀，‘杀手榜’前十位从没听过这个名号嘛。”

“名字太多，也许你记不清了。”

“记不清？那好，我把最新一期的排名背给你听，第十位‘过江龙’薛让、第九位‘独角兽’毕横、第八位‘鬼眼’杜瞳、第七位‘飞天蝎子’皇甫笙、第六位‘双响炮’申玉延、第五位‘笑面无常’唐乐天、第四位‘门神’沙威、第三位‘霹雳手’傅雁尘、第二位‘刀卷风’、第一位‘催命符’……”千日红张口道来，中间几乎没有停顿。

罗景宽瞠目结舌，“太夸张了，居然倒背如流。”

“这有什么稀罕，广闻子的‘杀手榜’每次更新排名，《东方早报》都会卖得脱销，你大概不知道吧，平时胡同里的姐妹还把杀手的名号做成叶子牌在酒桌上玩游戏呢。”千日红说。

罗景宽越发惊奇，虽然他也清楚，自从署名“广闻子”的记者在《东方早报》上开设专栏，“杀手榜”的威名就流传南北，以前他还认为那些喋血传奇只会引起男人的兴趣，没料到在灯红酒绿的勾栏人家也耳熟能详，可见其影响深入而广泛，想到这里既羡慕又遗憾地叹息：“看来杀手的名头已经妇孺皆知，想要冒充是不行的，唉，可惜我道行还浅，至今没有上榜。”

“这有什么可遗憾的，”沉默已久的傅雁尘忽然开口，“你以为是金榜题名？充其量只是一些茶余饭后的笑料。”

“名满天下，谤亦随之，作为一个成名高手被人说长论短也很正常。”罗景宽说。

“刺客的行当里，虚名张扬的人根本算不上真正的高手。”傅雁尘说。

罗景宽微微一愣，千日红也若有所思，回想了一下说：“这话没错，‘杀手榜’上的排名不单看实力，也和处事风格有关，通常名次越高的人形迹也越神秘，比如前两位的‘刀卷风’和‘催命符’，甚至没人知道他们的真实名姓。”

“傅大哥总该知道吧？”罗景宽问。

“我三年多没看过报纸了，‘催命符’的名号还是第一次听到。”傅雁尘说，“至于‘刀卷风’，应该是‘白龙会’的老大蓝八爷。”

“蓝八爷？”罗景宽和千日红俱是一惊，“白龙会”大当家蓝锦川名震江湖，他们自然也不陌生，只因报纸上从未披露，谁也不会把号令群雄的帮会首脑和孤胆行刺的杀手联系到一起。

“广闻子编纂的‘杀手榜’里，估计蓝八爷是唯一使用冷兵器的人。”傅雁尘说，“当年庚子之变，八国联军逼近北京，蓝八爷夜闯廊坊军营，一把苗刀舞得风雨不透，连斩了二十九名洋人，其中一个还是英国远东舰队司令西摩尔中将的贴身副官。”

“嘿，过瘾，”罗景宽翘指赞道，千日红插口问：“蓝八爷是苗族人吗，怎么用得是苗刀？”

罗景宽“噗嗤”笑了，说：“典型的望文生义，照你这意思，吃回锅肉的肯定是回族，只有满族人家的孩子才能过满月呗。”

千日红不免窘困无语，傅雁尘解释道：“其实苗刀是古老的汉族武器，因为刀身修长形似禾苗才有这样的称谓，相传从前都作为御林军的佩刀，在明朝大将戚继光的改进下尤为发扬光大。据说蓝八爷的刀法极其精湛，砍撩削挂，身发飞快，气势如虹，甚至能挡住迎面射来的子弹。”

“怪不得被叫作‘刀卷风’，”千日红咂舌轻叹，又感到几分纳闷，“既然这么厉害，又曾经位列‘杀手榜’头名，为什么广闻子从来没有细致介绍过呢。”

“这就归结于个人的品行了，蓝八爷虽然干出了惊世壮举，却是一派‘事了拂衣去，深藏身与名’的侠客风范，此后不但自己绝口不提，也禁止门下徒众四处宣扬。广闻子作为一介文士，搜集材料全靠打探街谈巷议，既然消息来源阻断，就只能凭着民间流传的只言片语、信笔渲染了。不过，当初他肯将蓝八爷列居榜首，也算是名副其实。”傅雁尘侃侃而道。

“哦，”千日红点点头又问，“可是，你又是怎么了解底细的？”

“也是一段巧合，当初蓝八爷潜入洋人兵营时，曾经得到聂士成部一名哨官的协助，多年以后，这名哨官恰好和我同在禁卫新军效力，并成了无话不谈的朋友。”傅雁尘说。

千日红恍然明悟，罗景宽说；“这次‘白龙会’公然对抗官府，想必出自蓝八爷的授意，不知他老人家亲自出马了没有？”

傅雁尘闻言目光一闪，似乎猛然想起了什么，仓促间又理不出头绪，犹豫了一下说：“我想会吧，蓝八爷行事严谨，却不等于明哲保身，只要认定了是非曲直就义无反顾，所以说，‘杀手榜’上并不都是穷凶极恶的歹人。”

“嗯，我觉得你就不像歹人。”千日红应声道。

傅雁尘淡淡苦笑，说：“你身上还披着我的外套，随口奉承一句也合乎情理。”

千日红不免忸怩，想要立即脱下外套，又怕显得太小气，一时有点手足无措，幸亏傅雁尘没有继续揶揄。于是交谈接着进行，仍然围绕着“杀手榜”的话题，千日红和罗景宽有一搭没一搭的提问，见多识广的傅雁尘透露了不少掌故逸闻，品评感叹之际，时间也在匆匆流逝。

依次过了兖州、临城、徐州，车厢外始终没有反常迹象，而三人的疲乏程度已接近临界点，纵使悬疑犹存，却也暗自估计对方大概不会在车上动手，所以当火车再度靠站，傅雁尘虽然依旧打开车门警戒，却也未曾设想险情出现。

不料，当天边的一抹曙光刚刚映入眼帘，车厢的前后左右甚至包括顶端，忽然传来了纷杂急促的脚步声。

莫非敌人要大举进攻？傅雁尘和罗景宽顿时警醒，子弹上膛紧贴车门，随即听到车厢两端响起沉闷的敲击声，傅雁尘心中困惑，正想拉大门缝查探究竟，近在咫尺的车门外又传来了唐乐天的桀桀笑声。

“呵呵，傅老弟，邮件车的条件太简陋，昨天夜里没有睡踏实吧？”

“我睡得很好，倒是你比较可怜，主子交待的差事没办妥当，就算躺在包房的软床上也只有辗转反侧的份儿吧。”傅雁尘说着，枪口直抵门沿。

“唉，拿人钱财，与人消灾，吃这碗饭挺难的。”唐乐天仿佛感慨万千，“看在同行的面儿上，不如咱们做个交易吧。”

“什么交易？”

“你打开车门让我交差，我情愿将全部花红转赠，大家不伤和气，岂不两全其美？”

“亏你还是江湖上的名角儿，居然能讲出这么下贱的话。”傅雁尘鄙夷道，“再说你何必惺惺作态，就算我不同意交易，你也已经摆好了阵势，放马过来就是了。”

“哪有那么轻巧，”唐乐天苦笑，“你像个立马当阳桥的猛张飞一样守在门后，我可不想贸然送死。”

“哼，你这种亡命徒还有怕死的时候？”

“惭愧呀，年纪越大，胆子反而越小了，年初我刚讨了房姨太太，正想多过几天好日子呢。”唐乐天说。

“谁家的女儿嫁给你，真不知道造了几辈子的孽了……”傅雁尘嘲讽道，话说一半又忽然顿口，心中默忖，对方如此饶舌，难道是想乘伪使诈出奇制胜？

然而屏息聆听，车外并没有异常响动，刚才的敲击声也已经消失，唐乐天却仍在絮叨，直到火车缓缓启动也没有停止。

“人生苦短，退一步海阔天空，犯得上钻牛角尖吗？”唐乐天喋喋不休，跟着车小跑了几步，见傅雁尘不再理睬，像是极无奈地叹了口气，“看来你是铁了心了，好吧，惹不起咱躲得起，后会有期。”

说完便没了动静，傅雁尘暗自生疑，小心翼翼地透过门缝向外张望，不由得越发惊奇，只见七八条身影匆忙奔向出站口，惶惶如丧家之犬，其中包括唐乐天和杜瞳。

“就这么撤走了？”凑近观察的罗景宽也莫名其妙。

傅雁尘无从回答，虽然感觉唐乐天不可能中途罢手，但眼前的情形又不知如何解释。

“是不是想玩‘瞒天过海’，”罗景宽分析，“先制造撤离的假相让我们放松戒备，然后再悄悄上车实施偷袭？”

“追赶已经开动的火车空耗体力，也不见得有什么实际效果，唐乐天他们不至于这么蠢。”傅雁尘说。

“那又是为什么呢，总不会争着下车去吃‘符离鸡’了吧。”罗景宽怅然叹道。

傅雁尘蹙眉不语，千日红开口道：“嗨，何必胡乱猜疑，也许他们真的知难而退了呢。”

“如果这么好打发，唐乐天和杜瞳永远也进不了‘杀手榜’的前十位。”傅雁尘说。

几种推测都不成立，三人的议论渐渐中止，耳边只能听到滚滚的车轮声，而且似乎节奏越来越快，颠簸之际傅雁尘心里一动，问：“景宽，刚才你提到了‘符离鸡’，上一站过得是宿县吗？”

“是呀，宿县符离集的烧鸡天下驰名，当年乾隆爷南巡的时候品尝后也赞不绝口。”罗景宽说。

“这么说下一站是蚌埠……”傅雁尘无意抚今怀古，只顾垂头琢磨，沉思了许久神色突变，喃喃道：“太恶毒了。”

“怎么回事？”罗景宽和千日红急问。

“知道上一站唐乐天为什么废话连篇吗？”傅雁尘说，“那是在分散我的注意力，以免发现他们暗中做手脚，如果不出所料，这节车厢前后两端的对接挂钩都已经被锁死了。”

罗景宽不解，“假如他们认准了目标人物就在邮件车里，为什么不直接发动攻击，何必多此一举呢。”

“因为我们占据了有利位置，强攻势必付出惨重代价，所以他们就想出了一个阴损无比的法子。”傅雁尘说。

“什么法子？”

“听说过蚌埠铁桥吗？”傅雁尘反问。

“当然，”罗景宽说，“千里淮河第一桥，再过一会儿就该到了吧。”

“是的，”傅雁尘说，“但你知道火车经过钢铁结构的桥梁必须提前减速吗？”

罗景宽茫然，千日红脱口道：“知道，是为了防止产生共振，造成事故。”

傅雁尘微微诧异地瞄了她一眼，点头道：“没错，你们感觉一下此刻的车速如何？”

车身摇晃越发强烈，不必仔细感受也能察觉到火车开得越来越快，罗景宽奇怪道：“前面的司机是不是吃错药了？”

“你以为待在驾驶室里的还会是铁路局的人？”傅雁尘说，“只怕早在宿县站就被军警密探换掉了。”

“他们换掉司机干什么？”

“换掉司机后拼命添煤加速，这意图还不明显吗？”傅雁尘说。

“他们是想制造车祸？”罗景宽惊道，却又有疑问，“可是，火车高速过桥一定会翻车吗？万一车上的工作人员发觉不对头，就不会采取紧急制动措施？”

“他们费了半夜功夫密谋策划，各种环节自然做了周密部署，已经不容我们再抱侥幸心理了。”傅雁尘说，首先，在限速路段超速已经埋下重大隐患，唐乐天等人从宿县下去也并非撤离，而是改乘其他交通工具抵达大桥，提前损毁路轨或是放置阻碍物，以确保火车脱轨侧翻。其次，邮件车两端已被固定，里面的人即使察觉到危险也无法和车头脱离，跳下飞驰的列车更是自取死路。此外，如果工作人员启用紧急刹车反而正中他们的下怀，因为当火车持续高速行驶的时候，车轮的横向力猛然增大更可能引起车身颠覆。

罗景宽和千日红悚然变色，眼前浮现出即将发生的惨景，火车在凄厉的啸叫声中脱轨翻滚，车厢撞断铁桥的护栏坠落冰冷的淮河，血肉模糊的乘客或者浮尸急流，或者被抛在路边苟延残喘，唐乐天一干人提枪来回搜检，就像是查验一网刚刚被捕捞上岸的鱼虾。

“简直毫无心肝，为了达到罪恶目的，竟然不惜让上千无辜的人成为陪葬品。”罗景宽切齿愤盈，千日红也眼张失落，惊惧万分。

“气愤解决不了问题，想要活命还是赶紧做点什么吧。”傅雁尘起身拉开车门，吩咐罗景宽说：“你在这里守着，我去车头看看，一旦车速降下来，你俩必须马上离开车厢。”

不等罗景宽答应，傅雁尘已探身门外，沿着车厢外壁向前挪动。此时天色大亮，视线良好，但由于车速过快造成车身不停震动，抓扣踩跨比先前更加困难，可惜别无选择，唯有咬牙坚持，最后用了一刻钟的时间才到达邮件车与煤车的结合部。

低头察看，两节车厢对接的挂钩上果然被一只拇指粗细的铁环横向圈牢，伸手拉拽纹丝不动，傅雁尘只得放弃，继而打算通过煤车接近车头。谁知刚刚登上煤车顶端，正准备攀越高耸的煤堆，忽听“啪啪”连响，两颗子弹从对面射来，几乎擦着他的耳边飞过。

傅雁尘立刻伏下身体，借助煤堆的遮蔽观望，随风飘散的蒸汽白雾里，影影绰绰看见煤车前端冒出了半拉脑袋。

看来留在车上的军警至少两人，一人负责疯狂加速，另一人扼守着去往驾驶室的通道。傅雁尘揆情度势，强行进攻毫无胜算，因为自己身处顶风的位置，放眼白烟弥漫，根本看不清射击目标，贸然挺进只能成为对方的活靶子。

情急之下他高声呼喊：“兄弟，快停车吧，不要再执行这样歹毒的命令了，就算你们不在乎全车人的生死，难道自己的命就不值钱了吗？”

“少在这啰嗦，就是因为咱的命值了钱了，才愿意拉着你们上黄泉路呢。”对面的人叫道，随即又连发数枪。

子弹射中煤堆，打得煤块开裂碎屑四溅，崩在脸上如刀割般生疼，傅雁尘不迭躲避，连滚带爬地从车顶落回原处。

他不禁无奈叹息，其实早该想到，接受这种类似飞蛾投火任务的人事先一定得到过重金允诺，对于利令智昏者，再多的忠言劝告也是白费口舌。

时间越发紧迫，抓住车厢边沿向前眺望，依稀可以看见蚌埠铁桥的轮廓，这也预示着车毁人亡的悲剧随时可能发生。傅雁尘心急如火，却又无计可施，懊丧之余忽然感觉紧贴厢壁的身体被什么东西硌了一下，摸索查看才知道装在裤袋里的两只手雷。

他先是心头一振，接着又陷入怅惘，因为横亘在面前煤车是个阻碍，顶端的火力压制却无法排除，如果在此直接抛投，无论从哪个角度也难以确保命中目标，而若一旦失手，恐怕就再没有半点扭转危局的机会了。

困心衡虑之际，他的目光也四处搜寻，无意间瞥见脚下的挂钩后有两个凹槽，他尝试着把手雷嵌入，没想到居然严丝合缝。这一下他大喜过望，默默祈祷，但愿这两颗“铁菠萝”威力十足，能够炸断挂钩使车厢分离。

然而，当他固定好手雷拉掉弦环，才猛然意识到自己根本没有安全撤离的空隙，但引信已开始“滋滋”作响，不可能再有丝毫的犹豫，于是他顾不得多想，横跨一步挪至车边，闭上双眼奋力纵身一跃。

傅雁尘孤注一掷的同时，罗景宽和千日红也在承受着煎熬，随着车速接近极限，车身抖动的如同一个“打摆子”的病人，隐约听到前方几声枪响后，期待中的结果却迟迟没有出现，罗景宽终于按捺不住焦灼的心绪，决定前去查探支援，但没等脚迈出车门，耳边就传来一声震耳欲聋的巨响。

罗景宽和千日红当即被强烈的震荡掀翻在邮包上，继而感觉车速骤降，紧接着又在一阵刺耳的摩擦声中向后滑动。罗景宽不知道发生了什么，却还记得傅雁尘的嘱咐，不等火车停稳，就拉起千日红跳出车厢。

落地后左顾右盼，整列火车像一条被斩首的长蛇，除了“蛇头”在白雾中继续蹿向前方，躯干部分渐渐瘫趴在路轨上。罗景宽已经明白了停车的原因，但跑到邮件车前察看，却不见傅雁尘的身影，他不禁五内如焚，在附近奔走呼号，却始终没有回应。

“会不会爆炸的时候没来得及跳车……”协助寻找的千日红猜测。

如果这种假设成真，也就意味着人已经被炸得粉身碎骨，无迹可寻，罗景宽黯然悲叹，“傅大哥太可惜了，救了一车人的命，自己却落得个尸骨无存。”

千日红也流露出几许感伤，刚想开口宽慰两句，忽听身后传来一阵响动，蓦然回头，只见满面煤灰血污的傅雁尘正从路边的草丛里缓缓站起。

“傅大哥，你不要紧吧。”罗景宽惊喜不已，冲上前扶持。

“唉，当挨炸成了习惯，想被炸死也没那么容易。”傅雁尘苦笑着挺直身体，凝望着已经完全停下的火车，悠悠叹道：“如果蔡将军真的在这趟车上，只怕准点到不了上海了。”

010

津浦线上演惊心动魄的一幕时，中南海居仁堂的延庆楼上，袁世凯正在享用早餐。

虽然已是“天下一人”，大总统的饮馔排场却算不上讲究，只不过食量宏大超乎寻常，一顿早饭能吃下二三十个白煮鸡蛋，外加两笼蒸糕，一海碗鸡丝汤面。而且有一个习惯常年不变，那就是一边据案大嚼，一边随手翻阅着当天的报纸。

浏览之际一篇文章引起了他的注意，标题是“浅议当今中国之国体”，文中先以纯学理的角度探讨了各种国体的优劣，又指出“东方民族普遍智识低下，轻率实行共和制必无善果。”随即引入中国局势，说是“数年以来，中国的立宪政治已打下基础，当有天皇贵胄出来统御民心。就现制而论，总统继承问题尚无解决，各项规章大法也并不完满。一旦总统卸任，各方势力难免因争权逐利而酿成祸乱。”所以主张“与其东施效颦尝试共和制，不如果断改回君主制度以绝隐患。”

袁世凯目光一凛，定睛细看，原来是一份《顺天时报》。他知道这份报纸的主办方是日本外务省，创刊于光绪二十七年，目前在华北地区发行量最大，只是不清楚文章中的意思有几分出自日本当局？

“爹，吃完了再看吧，一会儿面就凉了。”侍立在侧的袁克定提醒发呆的父亲。

“噢，”袁世凯回过神来，索性推开了半碗鸡丝面，用毛巾擦了擦嘴说：“云台，我来考考你，身为一个国家元首，最该密切关注的几件事是什么？”

“首先是军事，”袁克定脱口答道，“其次是财政和外交。”

“嗯，还有呢。”

“还有？”其实袁克定已经明确答案，却装作一脸懵懂的样子，略带惭愧地说：“还有什么就不清楚了，请您教诲。”

“舆论！”袁世凯用手指点了点桌上的报纸，语气相当郑重。

“哦，”袁克定释然点头，却又不以为然地表示，“我认为所谓的舆论不过是糊弄平民百姓的手段，还不能成为当政者时刻牵挂的要务。”

“错了，”袁世凯反驳道，“看来你的认识还不够深刻，对了，莫理循你熟不熟？”

“还行吧，上礼拜我还请他去便宜坊吃过一顿烤鸭。”袁克定说，莫理循全名乔治·厄内斯特·莫理循，是一位澳大利亚出生的苏格兰人，曾任《泰晤士报》驻华记者，如今受聘为民国总统府的政治顾问。

“我来讲一段莫理循的往事吧，”袁世凯缓缓追述，庚子年后，当“八国联军”中其余国家的部队陆续撤离，单独入侵东北的俄军却迟迟不退，同时俄国加紧修筑西伯利亚铁路，并悍然成立了以旅顺为中心的远东总督区，继而又侵占奉天。时任《泰晤士报》驻京首席记者的莫理循通过分析判断，敏锐察觉出俄国试图霸占东北全境的野心，出于对英国在华利益的考虑，他不能容忍如此状况发展下去，就利用报纸版面大造声势，发动了一场遏制俄国影响的风潮，并呼吁日本与俄国对决以寻求制衡，最终竟促成了光绪三十年“日俄战争”的爆发。

“怪不得后来许多人把日俄战争称作‘莫理循的战争’，果然不无道理。”袁克定恍然感喟。

“能够以一己之力挑起政争，可见在当前的世界上，舆论的作用绝不容小觑。”袁世凯说。

“明白，”袁克定恭敬应承，心中却暗自欣喜，依照父亲对新闻报道的重视程度，证明自己唱筹量沙的举措并没有白费，于是仿佛触类旁通似地指着桌上的《顺天时报》说：“既然这样，如今的舆论风向日趋明晰，咱们是不是也该顺应潮流？”

话说得曲折委婉，袁世凯却心若明镜，他深知在推行帝制的过程中，表现最热衷的人有两个，一个是痴迷君主立宪的杨度，一个就是自己的长子了。但他有一套安身立命的原则，凡遇重大抉择，自己的态度就好比最后的王牌，不到关键时刻绝不肯轻易暴露，这种高深莫测的性情曾经帮他化解过无数危机，其中就包括戊戌政潮和辛亥年前后的沧桑巨变。所以，面对儿子的征询他未置可否，慢条斯理地说：“抛开舆论不提，你认为眼下我们在其他方面做的怎么样呢？”

其他方面自然指的是外交财政及军事，袁克定沉吟了一下说：“外交方面的形势还是乐观的，东西方列强分别以日本和英国为代表，日本问题在上半年已经得到解决，接下来会进入一个相对的稳定期；至于英国，您和朱尔典几十年的交情，想必一切都好商量吧。”

袁世凯的鼻孔轻轻哼了一声，只凭把私交和国务混为一谈，他也不会觉得儿子的见识高明。朱尔典是英国驻华公使，和自己确实交往甚笃，但并不等于就可以随时得到英国政府的支持，至少也不会无偿支持。再说日本问题“得到解决”的背后付出的代价又何其惨痛，五项二十一条的密约丧权辱国，当政府迫于压力接受日本要求的那一天，全国教育联合会定为“国耻日”，一时民情激愤，万夫所指。

那段日子他寝食难安，沮丧无助的境遇好比从春帆楼归来后的李鸿章，至今想起仍如芒在背，而袁克定的话题已经转向财政，“民国肇始，百废待兴，加上去年起兵戡乱，财力的匮乏无可避免。但随着农商部积极推动实业发展，各项税制趋于完备，相信经济面貌会逐步改善。当然，前提是中央到地方的政令必须行之有效，这就需要选择一个符合国情的体制。”

这几句话空泛笼统，袁世凯兴味索然地打断道：“那么军事呢，说说军事吧。”

“军事格局就更明朗了，”袁克定踌躇满志，“自从剿灭了孙文逆党，长江下游地区陆续平定，国家也基本实现了统一。前不久段芝贵发起的军人推戴书，列名签字的将军有十五人之多，应该算是人心归附的明证。”

“现在谈统一还早，”袁世凯说，“西南诸省和中央貌合神离，安抚之外更须防范。再说那份名单我也看过，根本不能当作衡量人心的标准，蔡锷不是也签名了吗，但是此刻他人在哪里？”

“蔡锷出逃是个意外，但也不值得大惊小怪，”袁克定说，“退一万步讲，就算他返归旧部密谋篡逆，凭着边陲偏狭之地和单薄实力，还能掀起多大风浪不成？”

“这话不对，”袁世凯断然批驳，“几年前，武昌工程营里的一声枪响在军机处的王公大臣看来也无足轻重，哪会想到短短两月内就引发了十数省宣布独立，从而彻底颠覆了大清朝接近三百年的统治。所以，疥癣之疾酿成心腹大患不过指顾间事，无论是个人的运势还是国家的前途，成败兴亡往往取决于轻微的疏漏。”

望着父亲沉肃的神情，袁克定仿佛豁然醒悟，当时打定了主意，简单敷衍了几句欠身退下。返回延庆楼后自己的居所，远远望见院外一条人影在低头徘徊，走进看原来是杨度。

“咦，皙子，你怎么在这里？”袁克定略感惊讶。

“大总统用过早饭了吧？”杨度反问。

“刚刚用完，有什么事吗？”

“唔，今天真够冷的。”杨度答非所问，不住地跺脚搓手，表情很不自然。

袁克定越发奇怪，杨度为人伉爽，向来心直口快，今天何以显得犹疑不决，而且以他的地位，觐见总统可以径直登堂入室，何必先拐到自己的福禄局前驻足观望，惶恐不安的样子竟像个初识天颜的微末小吏。

“皙子，有话不妨直说，凭咱们的交情，不该有什么碍口的地方吧。”袁克定安抚道。

“好吧，”杨度说，“云台，我来问你，因为蔡锷出走，大总统是不是对我有很深的意见？”

“何出此言？”袁克定一怔。

“当初在日本的时候，我和蔡松坡确实有过一段私谊，但这并不能影响我毕生的追求。”杨度振振有词，“大总统不能为了一些潜在的变数，就开始怀疑我的政治主张不够坚决吧。”

“这话从何说起？”

“昨天我呈交‘筹安会’的议政报告请求批复，大总统居然置之不理，而且我还听说，日前国会事务局密电各政府机构，销毁了一切有关恢复帝制的文件。看起来竟和光绪三十三年‘预备立宪’的情形一样，我这边苦心孤诣，到头来却是竹篮打水，真叫人泄气。”杨度愁叹。

“嗨，多虑了，”袁克定笑着宽慰，“以你的聪明才智，怎么会被眼前的表象迷惑呢，仔细想想，迄今为止，你几时听老爷子亲口说过反对帝制的话？”

杨度凝神回想果然如此，可是，“咱们忙得热火朝天，大总统却始终一副盘马弯弓的姿态，究竟是为什么？”

袁克定似笑非笑地宕开一笔，“前几天我去太平园会朋友，‘红豆馆主’串演的周公瑾活灵活现，当时站在帐外眺望曹营水寨，忽然旗角掠过脸前，他大叫一声仰面跌倒，随即忧郁成疾，你知道是为什么吧？”

这么浅显的问题自然难不住博古通今的杨度，张口答道，“万事俱备，只欠东风嘛……”刚说了一句突然醒悟，“你的意思，大总统之所以瞻前顾后，是出于对现状的一份忧虑？”

“没错，”袁克定说，“他老人家一辈子谨慎，改弦易辙的当口，如果还存在着‘后院起火’的可能，他是不会轻易表明态度的。”

毋庸置疑，蔡锷出逃就是这层隐患的直接原因，杨度若有所思地点点头，问道：“下一步怎么办？”

“好办，”袁克定胸有成竹地说，“消弭后患的事情由我来做，你只管按照既定章程放手干吧，水到渠成的时候就快到来，保证不会埋没了你的‘旷代逸才’。”

因为深感责任重大，袁克定顾不得上“模范团”例行巡视，就直接驱车前往军政执法处，走进处长办公室，刚好赶上雷震春在审阅前方反馈的消息。

“怎么样？”袁克定问。

“情况没有预计的顺利，”雷震春把电文递给袁克定，想起追随多年的部下崔凤举一去无回，忍不住皱眉伤叹：“唉，出师未捷身先死，长使英雄泪满襟……”

“别拽词了，”袁克定匆匆看过电文，不满意地说，“搞得鸡飞狗跳却一无所获，你不是说派去的都是好手吗，怎么上来就吃一个大亏。”

“关键是线索不对路，”雷震春说，“看来从武坤这种小人物嘴里挖不出切实的情报。”

“挖不出真的，还能挖不出假的，他是不是一开始就故意引我们入彀呢？”袁克定喃喃猜测。

“不会吧，”雷震春愕然抬头，“那小子受了那么多苦，又经过老唐亲自讯问，还敢不说实话？”

“这可保不齐，那些帮会门徒奸猾诡诈，不能以常理判断。”

这么说来雷震春也不免生疑，立即传命布置刑房，准备重新提审武坤，不料片刻后得到报告，刚刚发现武坤已在囚室自杀身亡。

“手脚不都带着镣铐吗，怎么可能自杀成功？”雷震春惊问。

前去验视的军警回禀，武坤咬住自己的舌头用天灵盖猛撞墙壁，结果因舌断血流不止而毙命。

雷震春和袁克定相顾失色，震骇之余也彻底清醒，武坤在被捕时不但抱定必死决心，而且也做好了诱使军警上当的准备，之所以甘愿受一番折磨，一则替同党争取时间，二则佯作熬刑不过再招供更加令人信以为真。

“也不知蔡松坡使了什么笼络手段，竟让这帮下九流的莽汉如此卖命。”袁克定悻悻叹息。

“‘白龙会’人数虽多，毕竟都是乌合之众，让我担心的是这次他们找来了真正的高手帮忙。”雷震春说。

“什么样的高手？”

“大爷没留意到电报上这个名字吗？”雷震春指着电文说。

“傅雁尘？”袁克定扶着金丝边眼镜细看，“有点印象……好像也是‘杀手榜’上的人吧。”

“不错。”雷震春点头。

“没什么紧张的，”袁克定说，“成立‘模范团’之初，‘杀手榜’上的厉害角色我也收纳了不少，难道还对付不了这一个？”

“你指的是老唐和杜瞳吧，”雷震春说，“这两人当然也不含糊，但实际情况是，他们在‘杀手榜’的排位始终没有超越过傅雁尘，而且以往的交锋纪录也从未占优。就在三四年前，‘霹雳手’的名号不知会让多少人闻风丧胆呢。”

“是吗？”袁克定眉头一拧，说，“那两年我因为坠马摔伤了腿，一直闭门休养，随后又去德国求治，所以对风靡一时的‘杀手榜’相当隔膜，你给我说说，这个傅雁尘究竟是什么人？”

“嗯，”雷震春领命，“想要讲清他的来历，不得不先提起另一个人。”

“谁？”

“良弼。”

“哦？”这个名字袁克定并不陌生，说来也是动荡年代的风云人物。良弼，爱新觉罗氏，清太祖努尔哈赤胞侄巩阿岱的七世孙，光绪二十九年毕业于日本陆军士官学校，回国后历任陆军部学司副使、司长，修订法律馆咨议官，宣统元年擢升禁卫军训练大臣。因为才情卓越，素有大志，与载泽、端方、恩铭、铁良并称“满洲五虎”。

“辛亥年间，共和浪潮席卷全国，”雷震春说，“良弼不甘心王朝覆灭的命运，就联合小恭王溥伟和铁良等人成立了‘君主立宪维持会’，也就是俗称的‘宗社党’。他们组织了秘密训练营，极力维护帝制，反对南北和谈，不惜以暗杀、绑架等极端手段搅乱时局。”

“明白了，傅雁尘就是‘宗社党’豢养的刺客。”

“是的，”雷震春说，“当初‘宗社党’的抗争相当疯狂，傅雁尘因为神勇异常，在‘杀手榜’上也大出风头。只是清廷大势已去，随着良弼被革命党人刺杀，清帝颁布退位诏书，‘宗社党’作鸟兽散，傅雁尘也在三年前不知去向了。”

“失踪了三年，怎么又突然冒出来跟我们作对？”袁克定怅然。

“如果他早被蔡锷收用，参与了密谋已久的逃亡计划倒也并不可怕，但如果是临时重金征召就麻烦了。”雷震春说。

“什么意思？”袁克定不解。

“想想看，追杀令的制定不过两天功夫，也一直在悄悄执行，傅雁尘却能准确地出现在抓捕第一线，这一点意味着什么？”雷震春说。

“你是说，”袁克定惊呼，“咱们内部有人泄密，把行动方案透露给了对方？”

“这一层不可不防，”雷震春说，“果真属实的话，以后的行动可就举步维艰了。”

“嗯，你提醒的很及时，我会立即安排彻查。”袁克定面色凝重，“不过，正面扭转不利局势也是当前的重点。朝彦，我知道你和蔡松坡向来不对付，难道在例行的监控以外，事前就没有布置一两招先手？”

“呃，其实我和蔡某人也没什么过节，主要是看不惯他恃宠而骄的样子……”雷震春的神态多少有些扭捏，因为名爵稍逊，他对蔡锷的嫉恨人所共知，但若承认曾经为此暗施冷箭，未免显得心胸狭窄人品低劣。

“没什么可难为情的，既然咱俩搭班唱这一出戏，彼此间就该推心置腹。”袁克定劝导。

“是，”雷震春恭顺应承，继而坦白，“半年前我确实安插过一条伏线，意在掌握蔡锷的不轨企图，可惜此人资历尚浅，还不能接触到潜逃计划的核心机密，为了避免暴露破绽，我也一直任其自行发展，暂时还没有恢复联络。”

“眼下正是联络的时机，蔡锷正在用人之际，也许你的奇兵已经派上用场了。很好，有了这样的铺垫，往后的局面就容易控制了。”袁克定神情振奋，又说，“现在先分析一下蔡锷此刻的位置吧，以便指导老唐他们加紧应对。”

“我在想，”雷震春沉吟着说，“凭着‘霹雳手’傅雁尘的实力，单纯当作疑兵似乎大材小用了，所以……”

“所以蔡锷必定不离左右，”袁克定接口道：“咱们之前的追踪方向并没有错，只需适当调整战术即可。”

“就是这个意思，”雷震春欣然附和，没等进一步阐述，桌上的电话铃忽然响了，抓起话筒接听了几句，脸色随即大变。

“怎么回事？”袁克定问。

“错了，全错了，”雷震春颓然叹息，“看来姓蔡的比咱们想象中的更加狡猾。”

况梦非独自走在前门外的煤市街上，忽听身后传来一下急促的刹车声，不由得回头看去，只见一部黑色汽车停在不远处，车门打开，从后座走下了一个容貌清癯的男人，正是自己的同乡前辈机要局长张一麐。

“仲老，您这是要去哪里公干吗？”况梦非含笑致意。

“哦，我刚去徐菊老府上给一份公函盖章，凑巧路过这里。”张一麐说。

“徐菊老”即国务卿徐世昌，况梦非说道：“‘当朝相国’不坐镇庙堂，似乎有失勤勉奉公的风范呀。”

“菊老身染微恙，所以才在家里批示公文。”张一麐解释。

“恐怕和段总长一样，得的也是‘政治病’吧。”况梦非轻笑，段总长就是“北洋之虎”段琪瑞，民国后署理陆军部总长，加衔建威上将军，几个月前因病辞职，目前隐居在西山。

“不提这些，”张一麐岔开话题，“我正想找你谈谈，这会儿得不得空？”

“本来我打算上东安市场买两本书，既然仲老召唤，就改天再去吧。”况梦非说。

伫立街头不便从容交流，张一麐抬头张望有了主意，“午饭时间也到了，‘致美斋’就在前面，不如咱们边吃边聊？”

“太好了，这几天我正惦记着‘四吃鱼’呢。”况梦非欣然答应。

于是张一麐让司机自行开车返回，和况梦非一道走进“致美斋”，特意关照跑堂找了一间清静雅座，点了几样佐酒佳肴，清炒虾仁、烩两鸡丝，当然还少不了本店的招牌菜“四吃鱼”。

看着张一麐兴致勃勃地张罗，况梦非不免好奇，问道：“仲老今日春风满面，丝毫不见案牍劳神之苦，莫非遇到了什么喜事？”

“呵，说是喜事也成，”张一麐笑道，“小况，你评议时政的论调虽然苛刻，却也不乏独到的见解，所以自从前日一叙，我也一直忧怀难释。不过，照这两天的事态发展，你的推断似乎并不准确。”

所谓“推断”自然指的是袁世凯称帝一事，况梦非不慌不忙地替他斟满酒，说，“看样子您找到了什么有利旁证了？”

“你晓得吗？”张一麟举杯轻啜，压低声音说，“大总统近来对‘筹安会’的态度越来越冷淡，对那些名目繁多的‘请愿团’也置若罔闻，而且已经下令各机构销毁了所有关于恢复帝制的文件了。”

“嗨，仲老身居枢要，应该透过现象看本质，怎么会被一些表面文章蒙蔽了双眼？”况梦非不屑地微笑。

“话不能这么说吧，”张一麟反驳，“‘筹安会’可是鼓吹帝制的大本营，项城主动疏远，还不算立场鲜明吗？”

“人与人相处的关系很玄妙，除了貌合神离，还有一种心照不宣。”况梦非说，“位于石驸马大街的‘筹安会’天天车水马龙，大摆筵宴，气派甚至盖过了附近象桥房的参众两院。想想看，包括杨度在内的那几位发起人虽然名头响亮，却也并非富商巨贾，如果没一个强有力的支持者，怎么可能铺开这么大的排场？”

张一麟闻言一愣，问：“莫非你在暗示，‘筹安会’的经费出自政府？”

“国体改变在所难免，政府和个人有什么区别？”况梦非说，“‘筹安会’顶多是一通开戏锣鼓，起的作用是烘托声势，只不过眼下的场面还没有完全安顿妥当，所以主角犹抱琵琶半遮面。”

“什么还没安顿妥当？”张一麟不解。

“袁世凯生性谨慎，黄袍加身以前，总要把一切羁绊清除干净。”况梦非侃侃分析道，“外部形势对他来讲压力不大，英美态度暧昧，确保有利可图的前提下并不喜欢干涉别国内政，日本方面更没问题，‘二十一条’根本就是换取帝制的保证。自从去年国民党被打垮，首脑纷纷逃亡海外，目前让他担忧的只有国内局面了，而追随多年的亲信不予捧场也令他感到头疼。”

“哦，何以见得？”

“我听到一个秘闻，前些日子各省将军联名密呈‘推戴书’，请大总统速正帝位，人数多达十五位，大有四海归心的气势。可是，与袁氏关系极深的定武上将军张勋和宣武上将军冯国璋却不曾列名，这种情形是不是值得玩味？”况梦非说，“徐世昌自小站练兵起，一向以足智多谋，勇于任事著称，但从今年五月被委命国务卿后，为什么忽然表现得消极懈怠，碌碌无为。再说段琪瑞，想必您近来也上西山探望过，难道没从他古怪的病因里体察到几分深意？”

张一麟默然思忖，似有所悟，喃喃道：“段合肥确实不像大病的样子，而且他对袁云台颇有微词，我曾听他发过一句牢骚：‘好好的一个团体，为什么非要拆散了不可？’”

“合肥”的称呼在二十年前指李鸿章，今日则指段琪瑞。况梦非会意笑道：

“这个‘团体’说的就是北洋了，他耿耿于怀的是袁克定抽调陆军部精锐组建‘模范团’的事情，但究其根本，‘瘸子大爷’另起炉灶又是谁的指使？老部属离心离德，袁世凯自然不敢大意，或是笼络安抚，或是转移权力，诸事妥帖以前一定尽量谨言慎行，何况蔡锷的出走仿佛头顶利刃高悬，此时此刻他更不会轻举妄动了。”

“不对，”张一麐摇手否定，“你知道蔡松坡此刻在什么地方吗，其实这也是我来找你的原因……”

话刚说一半，门帘挑动，跑堂端着主菜进来，张一麐连忙改口，就着红烧头尾、糖醋瓦块、酱汁中段、糟溜鱼片的“四吃鱼”殷勤劝饮，但况梦非的食欲显然被强烈的好奇心掩盖，胡乱喝了两杯酒，挟了一片鱼肉放在嘴里，看到跑堂离去，就迫不及待地追问：“蔡将军在哪里？”

“在日本，”张一麐压低声音说，前日蔡锷离京后的确去了天津，却不是设想中的那样坐火车南下，而是在昨夜搭乘一艘名作“山东丸”的货轮东渡日本。今天上午，总统府收到一封蔡锷发自天津德义楼的信函，上书“入秋以来喉痛失音，诸症并作，请求赴日就医，以求病体早愈，再图报效。”袁世凯阅后也作了批示，“着给假两月，另派员代理职务。”

况梦非听罢并不吃惊，只是如释重负地舒了口气，轻轻笑道，“又一个生病的，如今可真是年灾月厄呀。”

“无论如何，蔡锷离京不过是为了求医，而且仍恪守着下属的本分，和大总统之间并无隔阂，或许我们以前的猜疑都是杞人忧天。”张一麐说。

“唉，仲老，您自幼就有神童之称，怎么经过几十年宦海沉浮，头脑反而变得简单了？”况梦非苦笑，“蔡将军如果只是单纯的求医，何必整一出‘先斩后奏’？如果他担心当面告假得不到批准，其中的原因又是什么？一纸信函的递交与批复之间，已经预示着一代奸雄和豪杰的斗法正式展开，袁总统看似沉着，实际上军政执法处的追杀行动从未停歇，您人概想不到，这一天一夜里，津浦沿线发生了多少惊险激烈的事情吧。”

“发生什么事了？”

“德义楼爆炸四死两伤，淮河桥前火车险些脱轨……可惜我不是‘马大嗓’，细节渲染得不够绘声绘色。”

“马大嗓”是驰名京畿地区的说书艺人马悦卿，一部《大隋唐》讲得极其出彩，况梦非纵然不及，简要的介绍已令张一麐目瞪口呆，同时不免纳闷，“巨祸频生，连我这机要局长还不清楚，你是怎么知道的？”

“执法处封锁消息，您闷在鼓里也正常。至于我嘛，”况梦非自矜地一笑，“没听过报人在西洋被称作‘无冕之王’吗，我在各地的眼线不比那些军警密探少。”

“噢，”张一麟释然，但转念之间又有疑问，“刚才你提到的唐乐天和杜瞳，名字好象很耳熟，究竟是什么人？”

“我再提一个人您就想起来了，”况梦非说，“光绪三十一年，五大臣奉旨出洋考察宪政，结果在正阳门车站遭遇炸弹袭击，刺客当场殒命，却开启了一段杀机四伏的历史。”

“你说的是吴樾和他的《暗杀时代》吧。”张一麟记忆犹新，十年前，鉴于形势所迫，清廷决定预备立宪，并委派以载泽、端方、绍英、徐世昌、戴鸿慈为首的五大臣出国考察，不料尚未启程就逢不测，刺客系革命党人吴樾。当时朝廷责成直隶总督袁世凯彻查凶手同伙，势必严加惩处，担任幕僚的张一麟曾提议不可株连过甚，以免激化矛盾。

吴樾的行刺虽然没有成功，造成的影响却无比震撼，尤其他生前著述的一本《暗杀时代》广为传播，其中提到“暗杀为因，革命为果，今日之时代，非革命之时代，实暗杀之时代也。”由此掀起了全国范围内的暴力行刺风潮。短短数年，杨卓林刺端方，徐锡麟刺恩铭，汪精卫刺载沣，彭家珍刺良弼，暗杀事件层出不穷，清廷上下人心惶惶，间接加速了覆灭的进程，而一大批刺客应运而生，成为百姓街谈巷议的话题，继而报纸上又出现了一个“杀手榜”，将各路杀手汇总排位，渲染刻画，更是近年来众口评说的热点。

“啊，我知道了，这两个都是‘杀手榜’上的人。”张一麟恍然道，随即又提出疑问，“‘笑面无常’唐乐天和‘鬼眼’杜瞳也算成名已久的高手，如果说他们为执法处所用，怎么会轻易犯下南辕北辙的失误？”

“那是因为蔡将军声东击西的安排格外巧妙，除了‘白龙会’的掩护，还有一个名头更响的人物做诱饵，由不得他们不中计。”况梦非说。

“什么人？”

“‘霹雳手’傅雁尘的名字您应该更不陌生吧。”

“不陌生，”张一麟应声道，“‘杀手榜’上排位第三的刺客嘛，似乎已经失踪很多年了。”

“没错，‘宗社党’覆灭后，傅雁尘也随即销声匿迹，这次重新出山，或许预示着江湖上将要掀起一番大波澜。”况梦非说。

“对了，”张一麟忽然说，“当初我曾经翻看过卷宗，对此人的背景多少有些了解，奇怪的是，一个受过新式学堂教育，思想开明的年轻人，怎么甘心给一帮负隅顽抗的满清贵族卖命？”

“这就要从他和良弼的渊源谈起了……”况梦非缓缓开口，光绪二十五年，寄籍湖北的良弼被选送日本留学，启程前曾入京小住，有次和朋友在大栅栏西街的玉壶春茶楼小聚，听到隔壁桌子有几个少年在评议时局，其中一个不过十六七岁，生得眉目俊朗，骨骼清奇，而且话锋犀利，见地独到，举手投足间又透出一种超出年纪的沉稳干练。良弼抱负远大，当时就十分注意延揽人才，于是主动上前问候，得知对方刚刚就读于京师大学堂，匆匆一晤虽未详谈，良弼却留下了极深的印象，并牢牢记住了一个名字——傅雁尘。

良弼东渡的第二年，也就是令所有中国人悲痛羞耻的庚子年，出身书香门第的傅雁尘蒙受了无妄之灾。八国联军攻陷京城，傅雁尘举家逃亡，不料途中被流寇洗劫，父母因惊吓过度相继病故，等到后来重返京城，发现老宅早就毁于战火，京师大学堂也已停办，衣食无忧的公子哥仿佛一夜间沦为颠连无告的弃儿，凄苦万状的感受难以言喻。

飘泊流浪的日子持续了两年多，直到有一天良弼忽然出现在面前。学成归来的良弼已经升任练兵处学司监督，并主持保定陆军学堂事务，招收学员的时候想起了曾有一面之缘的小朋友，于是费尽周折打探到他的下落。

深陷困顿的傅雁尘本来已经失去了生活的方向，良弼的激励和资助又让他重燃希望，顺利考入陆军学堂后，通过发奋求学和刻苦训练，很快就成为同辈中的佼佼者，继而被选入禁卫新军接受进一步的“深造”。

傅雁尘投身军旅，也是本着“军事报国”的初衷，但自从调入禁卫新军，之前学习的布阵、测绘、驻垒及战术理论就统统搁置，专门进行射击、格斗、侦查、潜伏等科目的培训。训练的过程极其艰苦，教官的配备也属一流，既有久历行伍的神机营将领，也有退役的德国陆军狙击专家，还有一些精通布设陷阱，遇险脱困的能人异士。渐渐地，他发觉自己的行迹已经脱离了正规军人的范畴，而正在被锻造成一件锋利的杀人工具。

良弼对傅雁尘不止简单的赏识，各方面的关怀照顾也是无微不至。当初傅雁尘手边拮据，只得将父母草草收殓下葬，此事一直引以为憾，良弼获悉立即慷慨解囊，供他重修坟茔以尽孝道。此外因见他孤苦无依，又嘱咐内眷牵线搭桥，替他撮合了一门满意的婚事。

然而，随着两人越发亲密，傅雁尘心头的困扰也越发强烈，因为凭他的智识，不难认定腐朽的大清帝国必然覆灭，良弼的苦心孤诣已是徒劳，尤其最后组织的秘密训练营，更加反应出困兽犹斗的悲凉，但鉴于对方的恩深义厚，又不忍反驳违拗，只得言听计从地执行各项指令。

武昌起义后的南北议和期间，也是“宗社党”挣扎顽抗的激烈阶段，所要对付的除了不共戴天的革命党人，还有居心叵测的北洋将领，也包括屈节背叛的满清官吏，争斗角逐之际，作为得力干将的傅雁尘自然树敌无数。其实从接手任务开始，他就意识到杀业太重必遭恶报，也早就做好了随时赴死的准备，只是没有料到，这份报应竟是赔上爱妻的性命。

妻子遭仇家所害，加上恩公良弼被革命党人彭家珍刺杀，使得傅雁尘心灰意冷，一夜之间不知去向，直到两天前重新出现，江湖上关于他已经殉情自尽的传言才不攻而破。

一番讲述用了足足半个钟头，张一麟听得感喟不已，却也颇觉诧异，“你怎么会对一名负案累累的杀手如此熟悉，就像在谈一个交往多年的老街坊。”

“除了神龙见首不见尾的‘刀卷风’和‘催命符’，傅雁尘一直是‘杀手榜’上的顶尖人物，广闻子也不惜浓墨重彩的描述以飨读者，您平日公务繁忙，哪有工夫留意这些草莽逸闻。”况梦非说。

张一麟懵懵懂懂地点点头，蹙眉叹道：“我一向反对以暴力血腥手段解决争端，可惜从来无力改变现状，照你的分析，唐乐天他们既然在执行密令，势必紧追不舍，难道紧接着也会跑去日本？”

“不会，”况梦非说，“军警密探连在租界办差都尽量掩藏形迹，又怎么敢去外国本土撒野，否则早就向那些流亡海外的国民党人下手了。再说，如果蔡将军滞留日本，反倒遂了他们的心愿，更不会轻举妄动的。”

“在你看来，蔡松坡不可能久居日本吧。”

“当然，”况梦非说，“蔡将军壮志凌云，已经冲破藩篱，岂肯蛰伏退避，而唐乐天之流此刻的任务就是中途截杀，阻止他重返旧部。”

“看来一场角逐争斗在所难免了，”张一麟忧思满面，“你判断下一步的交锋地点会在哪里？”

况梦非沉吟片刻，脱口道：“上海。”

011

站在五楼的窗台后，外滩的热闹景象尽收眼底，俯望黄浦江上穿梭游弋的航船，傅雁尘的思绪也飘忽不定。

他所在的汇中饭店是上海开埠以来屈指可数的恢宏建筑，外观呈意大利文艺复兴时代风格，朝东的立面贴以白砖，每层之间又以红砖勾勒腰线，看起来格外醒目。

汇中饭店不但是富商巨贾的光顾场所，也是许多重大历史事件的见证地，宣统元年，万国禁烟大会在这里举办，出席会议的包括英国、美国、法国、德国、俄国、日本、荷兰、暹罗等国，当时大清国的代表是两江总督端方。两年后，孙中山被迎请归国，在此被推举为南京临时政府大总统，演讲中提出了“革命尚未成功，同志仍须努力”的著名口号。

“尚未成功……仍须努力，”傅雁尘默默念叨着，或许因为他不是革命党人，所以体会不出其中奋发自勉的含义，更主要的原因，自从他出道以来始终都是仰俯由人，力求完成使命之外，已经习惯于平静地等待。

罗景宽显然没有足够的耐性，在房间里来回晃荡，坐立不安，走热了泡茶解渴，却又被水烫得呲牙咧嘴，气得他连声咒骂，险些把茶杯扔在地板上。

傅雁尘回身，轻轻笑道：“看你烦躁的样子，活脱脱像个被夫家遗弃的小媳妇。”

“真被遗弃倒也罢了，就怕担个虚名守活寡。”罗景宽悻悻道。

“没你说得那么可怜吧。”傅雁尘忍俊不禁。

“你的心真够宽的，咱们在火车上被耍得团团转，还不算窝囊吗？”罗景宽说。

傅雁尘明白他的意思，津浦线上出生入死，结果据后来奇士修反馈的情报，蔡锷当初根本没有上车，而是乘船东渡日本，想想似乎有点冤枉，但是“正因为我们的介入，这条‘疑兵之计’才显得更加可信，从而使军警密探形迹败露，侧面配合了蔡将军的出逃行动，说起来也是一件功劳。”

“好，不谈这些，就说现在吧，我们来上海已经两个礼拜了，整天吃饱了睡，睡足了吃，究竟要熬到什么时候？”罗景宽说。

“这就要看什么时候有事可做了，你应该清楚，此刻在上海潜伏守望的不止咱们一方。”傅雁尘说，还是奇士修传来的内情，唐乐天和杜瞳等官派杀手在铁路上遇挫后并未放弃，而是顺势南下，在上海布控设防。想必也是出于袁克定和雷震春的权衡商议，认定无论是中途转向，还是接洽旧部，上海都是蔡锷归国的必经之地。

“万一判断不准确呢，既然蔡将军可以布置假象引诱追捕者误入歧途，事后寄出的请假信为什么不会是‘障眼法’？”罗景宽说。

“你是说他既没有上车，也没有登船，而是另辟蹊径……”傅雁尘皱紧眉头，但寻思了一下断然道，“绝不会。”

“为什么？”

因为傅雁尘忽然回忆起离开天津时的情景，在德义楼里瞥见那两个身穿和服的神秘男子，应该就包括即将登船的蔡锷，但以他的深沉缜密，不愿列举未经证实的理由，稍加忖度后说：“执法处的军警不敢公然在海外动手，但也会利用各种渠道安插耳目，所以蔡将军是否东渡也不难确定。等着吧，今天不是跟奇先生联络的日子吗，估计到时候就有更切实的消息。”

“好歹有吧，不然我浑身的骨头都要生锈了。”罗景宽说。

“难得的休整机会，为什么不知道珍惜呢，十里洋场，繁华似锦，你看千日红多懂得享受。”傅雁尘笑道，自从住进汇中饭店，由于暂时没有任务，千日红每天逛商店，下馆子，看电影，简直乐不思蜀。

“没心没肺的小娼妇，大概头一回来上海吧。”罗景宽不屑道。

不料话音刚落，房门应声而开，千日红提着大包小包进来，张口嚷道：“背后说人是非当心舌头上长疮。”

罗景宽讪笑不语，傅雁尘说，“你这么大手大脚，用不了多久，给你的钱就花光了。”

“没法子，四五间商行年底让利酬宾，有便宜不占实在过意不去。嗨，我也盘算好了，等这桩事了结，我在上海找个合适人家嫁了，最好就落户在南京路上……”千日红眉飞色舞地说着，一边把手里的东西放下，各式货包以外，还有一份饭店提供的当日《申报》。

“楼下看门的‘红头阿三’除了气味重些，各方面都符合条件，回头我替你提亲吧。”罗景宽打趣道。

千日红脸色发白，反唇相讥，“街角那个垃圾婆除了满脸麻子一头虱子，跟你也很般配，下次我直接把她领你房里去。”

两人只顾斗嘴，傅雁尘却不发一言，伸手拿起那份报纸展开。千日红在火车上曾经透露，何觉云密会小凤仙时提过一个联络方式，就是刊登在报纸上的启事暗语，只不过因为蔡锷去往了日本，千日红和罗景宽都怀疑这条线索的真实性，因而从未放在心上。但在傅雁尘看来，即便当初千日红的尾随窥探事先被察觉，小凤仙他们也没必要刻意误导一个不相干的局外人，因此并不能排除这条信息的价值，于是来到上海后他时刻警醒，就算自己不出门，也会关照同伴领取当天的

《申报》。

头版大幅报道的仍是情势激烈的欧战烽火，德军强攻普热米什尔，迫使俄军退至里加湾。傅雁尘匆匆一瞥就翻到末页，随着上海风气开化，市面兴旺，报章上的广告也日益丰富，大至城区扩建，道路更名，小到商铺开业，婚庆典礼，品类繁多无所不有。傅雁尘逐次浏览，并没有发现什么特别之处，就在他以为和往常一样毫无所获时，一则格式新奇的启事引起了他的注意。

那是一个私人举办寿筵的声明，占用的版面却比旁边先施公司百货大楼奠基通告还大，而且四周点缀着精巧的曼陀罗花朵，庄重中不乏意趣，最关键的是，粗体正文之外的边角还印着一行娟秀小楷，竟是“顺缘增长，六时吉祥”八个字。

傅雁尘心里一动，打断了还在喋喋不休的罗景宽和千日红，“别闹了，都过来一下。”

两人立刻收声，凑过来察看，那篇启事的措辞谦敬而典雅，具体意思是，罗迦陵女士寿诞之喜，因此“洒扫庭院，洁治桃觞”，恭请各界知交好友光临，时间定于两日后晚七点，地点就在静安寺路的爱俪园，署名人是哈同。

“今天礼拜几？”傅雁尘问。

“礼拜二。”罗景宽答道。

“这就对了，喏，你们看——”傅雁尘指着那八个字。

罗景宽凝目审视，若有所悟，千日红却显得极度诧异，脱口惊呼：“啊，怎么会这样……”

语气未免古怪，傅雁尘抬头问：“难道这些和你听到的内容不符吗？”

“噢，不，”千日红的神色略显慌张，迟疑了一下说，“我只是觉得，就算蔡将军要和部下在上海会合，为什么不挑一个更隐秘的地方，偏偏选在人家做寿的时候碰头，就不怕人多眼杂暴露了身份？”

“这层顾虑纯属多余，什么叫大隐于市？闹中取静？蔡将军在天津已经玩过一回‘灯下黑’，这次未必不会故技重施，所以当务之急是弄清他的大致行踪。”傅雁尘说着看了看手表，催促罗景宽道：“时间不早了，你是不是也该下楼溜达一圈了？”

“呃……好。”罗景宽先是一怔，随即意会，转身离开房间。

千日红莫名其妙，却也懒得打听，低头看着报纸出神，过了一会儿悠悠发问：“这个哈同是什么人呀，给媳妇过个生日居然整这么大动静。”

这下轮到傅雁尘纳闷，瞠目道：“你可别对我说，在上海待了半个月，居然还没听过哈同的名字。”

“我必须要听过吗，难道他是本地的城隍爷？”

“他可比城隍厉害多了，连你最爱逛的南京路，一半也是他家的产业。”傅雁尘说。

“真的吗，”千日红惊问，“快给我说说，他到底是何方神圣？”

“他是个英籍犹太人，四十年前来到中国……”傅雁尘要言不烦地介绍，哈同自幼贫苦，只身闯荡上海时几乎一文不名，他最早在沙逊洋行担任门卫杂役，就把同是犹太人的老板当作自己的奋斗榜样。光绪十年中法战争爆发，上海地价大跌，哈同趁机钻营取巧，大量吃进地皮。战后随着租界扩张，地价暴涨，哈同一夜发迹，两度跻身租界工部局董事，同时独立创办洋行，开发马路，建造房屋，经营的生意无不大发利市，最终积财无数，成为万众瞩目的“远东首富”。

“发了这么大财还没忘替老婆祝寿，看来这个洋鬼子的良心还不坏。”千日红说。

“那是因为他娶了个有‘帮夫运’的老婆。”傅雁尘接着述说，哈同的妻子是一名中法混血儿，童年双亲亡故，由别人抚养，由于生活所迫，曾经做过佣人、卖花女，甚至沦落勾栏，但因生性泼辣，机智过人，使得哈同一见钟情。两人新婚不久，上海的洋商侨民因为战事纷纷外逃，哈同也有意南下香港躲避，罗迦陵却看准了千载难逢的良机，鼓励丈夫收购地产，而且变卖首饰大力支持。哈同就此发迹，发达后自然饮水思源，十几年前他在静安寺路建造了一座极尽奢华的私家园林，从两人的名字里各选一字，取名“爱俪园”（哈同名叫欧司爱，其妻本名俪蕤），也算是夫妻感情深笃的见证。

“也就是他要请客的地方吧。”千日红说。

“没错，”傅雁尘说，“爱俪园俗称‘哈同花园’，占地将近二百亩，据说造价高达七十万两白银，园内亭台楼阁，雕梁画栋，是当今上海滩的一大景观。”

“难怪十里洋场被叫作‘冒险家的乐园，’”千日红啧啧感叹，“两个出身卑微的人居然成就这么大的事业，实在称得上一段传奇。”

“所以身处逆境永远不必气馁，说起来哈同夫人也曾是你的同行，通过努力不也修成了正果？”傅雁尘说。

“真无聊，干嘛扯上我？”千日红忽然懊恼不已，“你不就是瞧不起胡同里的姑娘嘛，老实说我干得如鱼得水，这辈子都不打算改行了。”

这脾气发得好没来由，傅雁尘不由得愣住，看到她横眉立目的神态，又觉得有几分奇怪，但仓促之际未及深思，只是淡淡苦笑了一下。

一个钟头过后，罗景宽匆匆赶回，带回了一封奇士修如约发来的电报底稿，取出密码本破译，得到了一份相当详尽的讯息。

不出所料，执法处果然派遣人手在日本侦缉刺探，通过调查得知，蔡锷曾经在东京会晤了国民党魁首孙文，但因孙文的住所极其隐秘，而且有“黑龙会”会长头山满提供的严密保护，密探无法接近，只有在外围搜罗情报，最后捕获了一条确实的线索，蔡锷已于两日前乘客轮驶离横滨港，目的地正是上海。

“横滨到上海大约四天航程，哈同夫人的寿宴定于两天后，日期刚好吻合，毫无疑问，爱俪园就是蔡将军和接应人见面的地方。”傅雁尘说着，抬头看了罗景宽一眼，“你不是抱怨闲得发慌吗，接下来有事做了。”

“只有一个笼统的地点，”罗景宽却又感到为难，“其他情况一概不知，我们该从何入手呢？”

“如果轻而易举就能摆平，奇先生也不会费尽周折把我从山里挖出来了。”傅雁尘说，“凡事要朝好的方面想，目前掌握的线索虽然不多，至少比竞争对手领先一步，何况留给我们‘踩点’的时间也够充裕。”

“嗯，该怎么干我听你吩咐。”罗景宽抖擞精神道。

傅雁尘沉吟了片刻，缓缓道：“咱们分头行事，你收拾得体面一点，装作谈生意的样子去哈同花园转转，乘机打听关于寿宴的规模、仪式流程以及保安措施，我去查找印刷请帖的地方，了解一下那天客人的状况。”

“报纸上已经登过启事了，怎么还会有请帖？”罗景宽迷惑。

“就算哈同慷慨仗义，也不可能把三教九流都招进家门，再说作为富甲一方的大亨，也不会缺乏安全防范的意识。”傅雁尘说，“所以我估计报上的启事只是针对泛泛之交，真正有身份的客人还须具折恭请，另做安排。”

“哦，”罗景宽点点头说，“没准儿通过客人名单就能发现蔡将军来上海后的踪迹呢。”

“这倒不敢奢望，”傅雁尘说，“但确定了招待贵宾的场所，也许可以推测出蔡将军和部下会面的位置。”

“明白了。”罗景宽豁然开朗，立即准备动身，千日红迟疑着问：“我是不是又得留守空房？”

“想得挺美，你以为自己是来度假的吗。”傅雁尘说。

“唉，我就知道天下没有白拿的银子，赶紧派活儿吧。”千日红叹道。

“你的任务还是逛街，只不过比前几天的范围扩大了。”傅雁尘说，之前对她的出行虽然未加约束，出于警惕却限定了活动半径不许越过南京路，而此刻的交代是，去往“爱俪园”周边的静安寺路和哈同路，观察是否有可疑人员出现。“如果看到熟悉的面孔，比如你在火车上见过的军警杀手或何觉云等人，就马上回来报告，应该不算难吧。”

“也不是什么美差，”千日红撇了撇嘴，“且不说大冷的天上街喝西北风多可怜，万一被那些人先看到我，恐怕就要去阴曹地府报告了。”

“经过津浦线上的考验，你也不算新手了，难道事先就不会乔装改扮一下？”傅雁尘笑道，“你可以去做个刘海儿遮眼的新式发型，再带上一顶配有面纱的西洋帽子，然后躲在黄包车里，就不怕被人认出来了。”

“好吧，”千日红勉强答应，却又着重强调，“怎么说我也是在冒险，化妆的开销和车马费你得另算啊。”

生就一张清秀动人的俏脸，偏偏一身俗不可耐的习气，傅雁尘顿觉扫兴，却也无可奈何，只有掏出一叠钞票递了过去。

于是各自出门，傍晚时分傅雁尘回到饭店，只见西装笔挺的罗景宽坐在客厅的沙发上，手捧着一包生煎包正吃得津津有味，看到傅雁尘含糊不清地说，“饿得顶不住，买点东西垫垫饥，要不要尝尝？”

“我不饿，你请便吧，”傅雁尘说，看了看手表又自语道：“怎么这时候千日红还没回来，不会遇见什么麻烦了吧。”

“不会，那小蹄子一定是假公济私，满世界闲逛去了。”罗景宽说着又接连向嘴里塞了几只生煎包，双腮鼓起，顺嘴流油。

傅雁尘不由得乐了，说，“幸好你的吃相没被外人看到，穿得这么讲究却大嚼街边零食，‘望之不似人君’嘛。”

“嗨，装洋蒜我也会。”罗景宽放下食物，从衣袋里掏出一副墨镜戴上，又摸出半只哈瓦那雪茄叼在嘴里，煞有介事地说，“谁敢说咱不像个腰缠万贯的小开？”

傅雁尘笑了笑，说：“看样子下午的生意谈得还不错？”

“洋行买办认定我是个有潜力的主顾，恨不得当时就拜把子，交谈间透露了不少内幕。”罗景宽详细转述，哈同夫人的祝寿典仪极为隆重，因为法号“太隆居士”的罗迦陵是虔诚的佛教徒，庆生的过程也少不了浓厚的佛教色彩，寿诞当日先是祭拜父母亡灵，接着在园内的频迦精舍拈香祈愿，由五十名高僧念诵《地藏经》，继而举行放生仪式，包括九百条金鱼和九百只鸽子。开筵期间另有品目繁多的助兴节目，既有中式的锣鼓舞狮，也有西式的管弦奏乐，园中的天演界剧场还会上演两出“文明戏”，及至午夜，还会燃放烟火烘托气氛。再说客人方面，“你判断得没错，当天的客人分为三等，末等是毫不相干的贫苦民众，只要上门说句吉祥话或者念声佛号，即可在爱俪园外的路边享用流水席；次等是哈同手下的职员及普通商业伙伴，可以进入外园水心草庐就座，本帮菜为主的席面也相对讲究；头等的待遇规格最高，直接迎入内园参与典礼，品尝各种美酒佳肴，客人的身份地位也不得了，有租界工部局董事，外国使节，南北高僧、文化名流，上海的富商巨绅，以及各省督军代表等等，你大概想不到吧，甚至逊清小朝廷也派了王公贝子前来拜寿。”

“怎么想不到，你忘了我以前替什么人效力了？罗迦陵曾被隆裕太后的母亲认作义女，还曾受封为正一品夫人。”傅雁尘说，“爱俪园贵客如云，估计防卫措施也不会马虎吧。”

“当然，”罗景宽说，“西区捕房抽调大批巡警探员，负责在周边街道和外园维持秩序。内园则由哈同雇请的保镖严加守护，据说个个膂力过人，剽悍勇猛，而且外来客人进入重要区域前，必须先接受一种仪器的检验。”

“什么仪器？”

“好像叫什么金属探测仪，德国造的，只要被它在身上扫一遍，一根铁丝也别想带进去。”

“这么厉害，”傅雁尘不免惊奇。

“还有更厉害的，”罗景宽说，“你知道是园内的保镖领班是哪个吗？”

“哪个？”

“‘门神’沙威。”

“是他，”傅雁尘微微变色，沙威也是“杀手榜”上的名角儿，早年负案累累，杀人无数，有一次遭官府围捕，锒铛入狱，但不知什么缘故居然逃脱了死罪。也许是绝境重生的感悟，出狱后的沙威居然洗心革面，再也没干过接单索命的勾当，为谋生计只是投靠豪门富户看家护院，由于身怀绝技，化解了多起绑票抢劫事件，使得委托方安枕无忧，因此得了个“门神”的称号。如果把其他杀手比作利矛，沙威无疑就是一面坚盾，无论出于什么原因，要在他监控的范围内有所图谋都非易事。

“眼前还谈不到对付沙威，”罗景宽说，“先想想怎么进去内园吧。”

“这个没必要担心，我们已经是受邀嘉宾了。”傅雁尘说着掏出两张印制精美的请柬。

罗景宽打开看，洒金梅花笺上写着“恭请江苏省实业司长卓毅臣先生携眷光临”，另一张是“南京警务处长宋黎”，下面注明“点石斋印书局承制”，不用说是傅雁尘下午的筹备成果。

“这三人的情形最适合我们冒充，而且一路同行，也住在汇中饭店，回头你去招呼一下，确保他们寿筵当天不会出现。”傅雁尘说。

“好办，我会让他们饱睡两天。”罗景宽说，“有了通行证，剩下的就是怎样避开沙威了。”

“错了，”傅雁尘纠正道，“偌大的园子避开一个人还不简单，我们的难题是如何及时地找到一个人。”

罗景宽稍加思量，也有同感，“是啊，那地方实在大得夸张，听说主要景点就不下六十处，像什么渭川百亩、黄海涛声、大好河山、七宝莲池，第一次进去还真怕晕头转向……”

“所以，”傅雁尘断然道，“进去之前，我们要设法拿到爱俪园的设计蓝图。”

罗景宽的武断推论冤枉了千日红，其实离开饭店后她并没忘记自己的职责，始终坐着一辆黄包车在爱俪园外缓缓巡视。

沿着静安寺路和哈同路反复兜圈，陆续途经爱文义路、南阳路、安南路、福煦路，鳞次栉比的建筑在眼前呈现，行色匆匆的人影相继掠过，枝叶凋零的法国梧桐在路边伫立，冬日的街景无可留恋，越发显得这项工作枯燥乏味，不但千日红感觉无聊，连前面奔跑的人力车夫也有些不耐其烦。

“太太，到地方了没有？”

“没呢，接着走吧。”

“侬到底要去哪里呀，已经过了快两个钟头了。”车夫气喘吁吁地追问。

“你急什么，怕我不给车钱吗？”千日红说。

“不是啦，铜佃好赚事体难做，侬瞧阿拉的一双腿瘦得皮包骨头，不停歇地跑下去只怕吃不消。”车夫扭头咧着嘴抱怨，不老实的目光却在千日红胸前溜溜一转。

千日红原本已打算中止任务，看见他猥亵的眼神，又不禁心生憎恶，厉声叱道：“皮包骨头？我看包的是贱骨头吧。拉不上座儿抱怨运气不好，接了活儿又嫌远怕累，是不是好吃好喝把你供起来才算称心？接着朝前跑吧，再啰嗦我喊巡捕过来跟你理论。”

一顿排揎如雷霆发作，车夫顿时哑口无言，耷拉着脑袋径直前行，或许赌气的缘故，他的步伐越来越快，心里只恨路面过于平整，不能把身后的“母夜叉”颠得散架。

没想到这层龃龉酿成了祸端，当黄包车经过一条弄堂口时，恰好有一名中年汉子从里面走出，忽见车子冲来已不及躲避，只得抬臂做了个保护动作。

不知什么原因，黄包车猛然向一侧倾斜，为了保持平衡，车夫拼命控制车杆，却又收不住脚，最后踉跄着蹭到了路旁的一根电线杆上，车子虽然没事，肩膀却着实撞得不轻。

车夫疼得大呼小叫，定睛望去，那汉子穿一件粗布棉袄，圆头圆脑容貌憨实，像是个刚刚进城讨生活的乡下人，他的满腔怨气顿时有了发泄对象。“赤佬，走路没长眼睛呀。”

平心而论，这起事故完全归咎于车夫跑得太快，开口谩骂纯属无理取闹，遇到性情刚直的人势必引发更激烈的冲突。不料那汉子竟是绝好的脾气，赔笑着连声致歉，“真对不起，没伤着您吧。”

车夫毕竟不是习惯作威作福的人，看到对方逆来顺受，自己倒有些难为情，却又忽然想起，车座上的千日红半天没有动静，如果有什么闪失就麻烦了，于是慌忙凑上前探视：“太太不要紧吧？”

事实上千日红毫发未损，噤若寒蝉完全是出于惊恐，因为事发后她一眼认出，弄堂口出来的人正是“笑面无常”唐乐天。看到车夫还在跟一个杀人恶魔饶舌，她不禁暗自捏了把汗，但也庆幸事先遵照傅雁尘的嘱咐修饰改扮，一时还没被识破，面对车夫的征询她大气也不敢出，只是惶急地摆了摆手，又向前一指。

车夫不免奇怪，一个伶牙俐齿的女人何以忽然三缄其口，却也明白了她的意思，拉起车子继续赶路，但因肩头隐隐作痛，脚下明显放慢。

千日红焦灼万分，又不便大声催促，只得悄悄地回头张望，谁知这一望更加糟糕，她的目光刚好和仍在路旁伫立的唐乐天对个正着，只见那张貌似忠厚的笑脸上笑意更浓，并且已开始迈步向这边走来。

千日红越发竦惧不安，冲着车夫低喝道：“再快点，我多加钱给你。”

“阿拉的膀子生疼，想快也快不了，太太不满意的话，干脆去坐铛铛车好了。”车夫嘟囔了一句。

他口中的“铛铛车”即上海主要路段常见的有轨电车，说来也巧，话刚讲完，耳畔就传来一阵“铛铛”响，正是电车提醒行人避让的铃铛声，紧接着看到一辆电车从身后驶来，千日红灵机一动，当即吩咐停车，不等车夫放下车杆，就起身跳了下去，随手把一卷钞票丢在车座上，三步并作两步地奔向旁边的电车。

登车购票，去往头等厢就座，隔着后窗察看街上的情形，只见唐乐天若即若离地尾随了一段，像是犹豫不定的样子，最后转身走进了路边的一家挂着“西湖春”招牌的茶楼。

总算摆脱了威胁，千日红如蒙大赦地松了口气，缓缓坐直了身体，谁知平稳的心境并未维持多久，等到电车拐弯，又有乘客上来，其中一人向售票员说：“徐家汇一张，谢谢。”

好熟悉的声音，千日红翘首窥望，不由得又是一惊，因为她看到了一张白皙清俊的面庞，赫然就是在火车上遭遇过的何觉云。

千日红暗暗叫苦，都说上海是当今国内最大的城市，为什么几个冤家轮番让自己碰上？虽然何觉云不一定是敌人，但津浦线上的复杂冲突三言两语难以解释，出于慎重考虑，他会不会对自己痛下杀手？

想到这里神昏意乱，瞥见那帅小伙一步步走向车尾，赶紧把衣领竖起，帽沿尽量压低，把自己包裹得像个疟疾发作的病人。何觉云似乎并没留意到她的存在，找了个空位坐下，拿出一张报纸展开浏览。

由于两人的座位近在咫尺，千日红更加如坐针毡，好容易熬到下一站，慌忙起身向门边挤去，却因魂不守舍，脚下拌蒜，趔趄着险些栽倒，幸好被何觉云伸手扶住，“当心点，太太。”

按理说千日红应该婉言致谢，但胆颤心虚的她哪敢开口，触电似地挣开何觉云的手，不顾一切地冲下车门。

本来逐渐浓重的暮色是掩护撤离的理想条件，可惜她的反常举止已经引起了怀疑，走不多远偶尔回头，发现何觉云也下车跟了过来。

千日红神情大变，疾步快走，何觉云却如影随形，紧追不舍。仓皇间瞥见街对面有一条小巷，而路上正有一部汽车开来，她先是向马路中心移动，趁车身经过的一刹那撒腿猛跑，径直闯进对面的巷口，七拐八绕了许久，听到后面已没有声响，估计甩开了跟踪才放缓脚步。

辗转摸索了片刻，终于找到另外的出路，然而等她刚刚踏上通往大街的过道，却不防横向闪出一条身影，拦腰将她紧紧抱住。

借助路灯的光亮她认出何觉云英俊的面孔，没来得及呼叫嘴巴就被对方用双唇封得严严实实。

这一吻如饥似渴，足足持续了两分钟，千日红奋力挣脱，扬手便打，却被何觉云一把捉住，轻轻笑道："还要打？火车上的那一巴掌不够过瘾吗？"

千日红忽然也笑了，脸上的惊悸之色一扫而光，取而代之一副娇羞温柔的神态，假意懊恼地嗔怪道："你想害死我呀，亲得人家都喘不过气来了。"

"没办法，久旱逢甘霖就是这个反应，我都忘了咱们多久没有亲热了。"何觉云笑道，继而提出疑问，"为什么一见面就跑，难道假戏真做成了习惯？"

"上车前我撞见了唐乐天，所以不确定身后是不是有尾巴。"千日红解释。

"哦，"何觉云收敛笑容，蹙眉道："你一个姑娘家，整天在穷凶极恶的杀手间周旋，处境也太危险了。"

"也没那么严重，"千日红说，"我并不是他们真正的目标，顶多算一条可供利用的线索。"

"这样反而更可怕，那些家伙嗜杀成性，为了掩藏行踪，过河拆桥、毁尸灭迹是惯用手段……"何觉云忧心忡忡。

"所以我要随时体现自己的价值，不会一下子亮出底牌。"千日红浅浅一笑。

"稍有闪失就性命攸关，亏你还能笑得出来。"何觉云埋怨道，又怅然叹息，"只恨我资历太浅，不能替你分担更多的责任。"

"不要这么说，我们的任务异常艰巨，每一道环节都不容忽视，其实你已经做得很出色了，而且眼下还有一项工作交给你。"

"哦，"何觉云精神一振，"是不是接头人出现了？"

"还没有，"千日红说，"不过却出现了一个消除隐患的良机。"

"什么良机？"

"说起来也是一个不可思议的巧合，"千日红像是感觉好笑似地摇了摇头，反问道："你听过关于哈同夫人做寿的事情吗？"

"当然，"何觉云说，"这件事沸沸扬扬，恐怕整个上海滩的人都知道了。"

"那么，"千日红的眼里闪动着一丝狡黠的笑意，"如果把富丽堂皇的爱俪园变成杀手们玉石俱焚的坟场，是不是就更热闹了？"

当晚十一点左右，傅雁尘俯卧在一座重檐歇山的大殿顶端，机敏锐利的目光仿佛林间觅食的猫头鹰。

他所在的地方是距上海数百里外的江天禅寺，也就是俗称的"金山寺"。放在风和日丽的白天，这里绝对是个适宜观光游览的好去处，不但山势逶迤、江天一色的景致引人入胜，还有太多的古迹逸闻值得回味，比如白娘子水漫金山、梁红玉击鼓抗金，岳武穆金山详梦等等，可惜此刻银月如钩，夜风似刀，傅雁尘没有半分追思怀古的雅兴，全部的注意力集中于大殿侧下方的一间禅房。

禅房的窗纸上印衬着一条模糊的身影，正是傅雁尘试图拜访的目标，也是本寺的方丈——宗仰法师，俗名黄浩舜，别号乌目山僧，十六岁剃度，二十岁受戒，其间精研佛理，醉心诗画，并涉猎金石园林等诸多技艺，短短数载卓然成家，博得“诗僧”之誉。此后他愤于清廷腐败，萌发献身济世之志，会同章太炎，蔡元培等发起“中国教育会”，继而组建“爱国学社”，宣扬革命思想，致力拯救危亡。光绪二十九年，因“苏报”案发，章太炎、邹容被捕，他营救未成反遭通缉，被迫避难日本，与孙中山一见如故，回国后成为同盟会在江浙地区的重要联络人，“革命和尚”的雅号不胫而走。后来武昌首义爆发，他又募捐协助陈其美策划上海光复，孙中山从海外归来，也是他亲自前往吴淞口迎候。

当然，引起傅雁尘兴趣的并非这些极具传奇色彩的经历，而是他与哈同夫人的一段善缘，光绪十八年，犹太富商哈同携夫人罗迦陵前来金山寺进香，崇信沙门的罗迦陵敬慕宗仰法师高德，当场皈依，执弟子礼，又请至上海主讲佛经。数年后，宗仰由日本归国，又受到罗迦陵的委托，全面主持设计建造爱俪园，他的构思别具匠心，以仿《红楼梦》大观园为主，西洋建筑为辅，历时六年造成了一座楼台辉煌，景观幽雅的豪华园林。随后应邀在园内特辟“频迦精舍”，讲授梵典，弘扬佛法，并发起组织规模浩大的《大藏经》校勘工作，直到今年初秋，始终心系国家的宗仰法师感念时局动荡，事不可为，才黯然辞别上海，重返镇江金山寺。

赶来镇江的路上，傅雁尘也经过一番盘算，鉴于自己执行的是秘密使命，不可能开诚布公地讨要蓝图，如果编造一套托词诈取，恐怕阅历丰富的宗仰也不会轻信。反复掂量，唯有采用胁迫手段，但拘忌不安的是，在他的刺客生涯里，还从没针对吃斋念佛的方外之人实施暴力，何况又是一位德劭望重的高僧。

然而情势所逼，也顾不得许多了，只求行动尽量温婉平和，让对方少受些惊吓。于是混入寺内，傅雁尘并未急于下手，暮鼓声尽，香客离散之际，他伺机潜伏在大雄宝殿上，等到和尚们晚课结束，四下归于沉寂，他才狸猫似地从房檐翻落，蹑手蹑脚地接近首座禅房。

房外倾听毫无动静，轻轻推开并未上闩的屋门，看到面容清减的宗仰盘膝坐在禅床上，旁边的木几上一灯如豆，摆放着笔墨书籍及一套茶具，对面的墙上除了供奉着佛龛，另外悬挂着三五幅清新脱俗的字画，西北角有一个楼梯口，似乎通向一层阁楼。

傅雁尘拔出手枪，一个箭步冲到面前，正要低声威喝，却不禁一呆。只见宗仰双目合闭，神容恬淡，像是处于沉睡状态，又仿佛陷入冥想，总之对身外事物毫无牵念，也就根本感觉不到恐惧的存在。

傅雁尘犹豫不决，正不知如何唤醒，却听到一个舒缓的声音，“寒夜客来茶当酒，施主要不要尝尝今年新摘的龙井？”

说话的人自然是宗仰，而且他的双眼并未张开，一只手已经缓缓伸向茶壶。傅雁尘不免讶异，暗想，难道这就是“开天目”的境界，却又淡淡苦笑道：“请法师看看我的样子，像是来喝茶的吗？”

宗仰遽尔睁眼，看到乌洞洞的枪管，似乎微微一怔，轻声问：“施主有何贵干？”

“别紧张，我绝对不会伤害法师，只不过来求取一件东西。”

傅雁尘说完，就发觉这句告慰格外多余，因为从宗仰的眼光里看不出任何惊骇的意味，语气也依然平静。“一个四大皆空的出家人，有什么东西值得施主挂怀呢？”

“一张图，”傅雁尘又强调，“上海爱俪园的设计蓝图。”

“哦，”宗仰顿口不语，眉尖轻蹙，眼光闪动，似乎在考虑着应对之策。为避免节外生枝，傅雁尘抬枪提醒，“法师不必推诿搪塞，之前我已经打听过了，因为爱俪园是您的得意杰作，所以设计图纸一直没有丢弃。”

“施主多心了，佛门弟子不打诳语，图纸就存放在阁楼上，如果需要，你自己去拿好了。”宗仰坦然道。

傅雁尘心想，倘若自己只顾取图，难保这老和尚不会呼救示警，当即以命令的口吻说：“烦请法师移步，随我一起上楼。”

宗仰会意一笑，从容下床，在傅雁尘的挟制下走向楼梯。两人拾阶而上进入阁楼，宗仰点燃一盏油灯，只见眼前空间狭窄，除了一面开窗，其余三面皆是高耸的书柜，其中满是经卷典籍。宗仰来到东面的书柜前，柜顶有一只方形棕箱，他试图伸手取下箱子，却因身高不足难以如愿，随即左顾右盼，像是要找寻什么垫脚的物件。

“在这箱子里吗，我来吧。”傅雁尘说，请宗仰让过一边，径自来到柜前，踮起脚尖抓住箱子的提手一拉。

然而意想不到的事发生了，他的一拽之力不不很大，却听到“啪哒”一声异响，脚下的楼板忽然下陷数寸，紧接着有两条绳索将脚踝缠住，没等他有所反应，面前的书柜接连弹出几道张屈有致的木质构件，同时将他的手臂腰腹夹紧。

傅雁尘大惊失色，慌忙挣扎，不料那些梨木制成的机括格外牢固，几经摇撼纹丝不动，整个人仿佛被八爪鱼捕获的弱小虾贝，虽然枪还握在手里，却因手腕被箍而失去了作用。

“不必做无用功了，这套机关源自鲁班古法，纵然李元霸重生也休想挣脱。”宗仰迈步上前，不紧不慢地说，“早年我预备这个是为了应付清廷的鹰犬，谁知直到今天才派上用场。”

太大意了，对方看似顺从合作，原来一开始就布置好了圈套，傅雁尘暗暗失悔，颓然叹道，“法师打算把我送交官府吗，还是游街示众？”

“不会，出家人不受官府役使，也不惊扰百姓，面对问题也有不同的解决方式。”宗仰说，看到傅雁尘懵懂不解，又补充道：“请放心，先前你声明不会伤害我，我自然也不会为难你，只不过要让你明白一些‘君子爱财，取之有道’的事理。”

傅雁尘似有所悟，问道：“法师认为我讨要图纸的目的是为了盗取财物？”

“除此以外我想不出别的理由，哈同先生家资丰厚，免不了让人垂涎三尺，唉，一念贪心起，百万障门开。”宗仰说，“好在一切众生皆有佛性，看你眉目端正，也像是个有慧根的，只须假以时日，或许就能迷途知返，去除邪念。”

傅雁尘明白了，他是要把自己强留寺内，以佛法点拨感化，这可比押送官府更加麻烦，当即急切道：“不行，我还有要紧的事办，没功夫陪您谈经论道。”

“后天是太隆居士的寿诞庆典，你怕错过了混水摸鱼的良机吗？”宗仰摇头冷笑。

“不，”傅雁尘脱口争辩，“我是怕蔡将军落入危险境地。”

“哪个蔡将军？”

“蔡锷。”

宗仰倏尔动容，追问：“究竟是怎么回事？”

形格势禁，傅雁尘别无选择，只得把自己的任务简明扼要的陈述一遍，宗仰听罢神色变化不定，既有震惊，也有几分抑制不住的欣喜，沉默了片刻叹道：“‘二次革命’失败，孙先生逃亡日本，我还以为袁氏独裁局面已定，想不到还有松坡将军这样的仁人志士。”

一面感慨，一面温和征询：“施主尊姓大名？”

傅雁尘如实相告，宗杨越发惊奇：“莫非大名鼎鼎的‘霹雳手’？”

“惭愧，正是区区。”

宗仰轻轻点头，走近书柜，手伸到一层隔板下方用力一揿，傅雁尘身上的木质扣锁骤然解开收缩，脚下的楼板也恢复了原状。宗仰又打开旁边的柜门，取出一束卷轴，双手递给傅雁尘。“这就是爱俪园的设计详图，但愿能助一臂之力，我会在此替施主焚香祝祷。”

事态转变得太快，傅雁尘反而有些无所适从，手捧卷轴喃喃发问：“只凭我红口白舌一番话，法师就敢确信不疑，是不是有点太草率了。”

“见微知著，没必要把简单的事情复杂化。”宗仰眼中闪烁着睿智的光芒，悠悠笑道：“试想，一个威名远扬的杀手，身上却不带丝毫杀气，我凭什么不相信你救人的初衷？”

012

将近凌晨傅雁尘返回上海，长途奔波困乏至极，一头栽倒在床上昏沉睡去，直到日上三竿才醒来，洗漱完毕走出房间，看到罗景宽和千日红已经在客厅坐守待命。

“这一趟怎么样？”罗景宽问候道。

“不虚此行。”傅雁尘说着，将随身携带的那束卷轴放在茶几上展开，招呼罗景宽上前观看，只见图中线条清晰，布局合理，馆阁楼台错落有致，尺寸比例标注详细，尚未亲临，已能感觉到非凡的气派。

“宗仰法师果然是胸有沟壑，”傅雁尘赞叹了一句，随即根据图纸推测蔡锷可能出现的方位，以及进园后的进退行止，罗景宽专注倾听，时而提出一些个人意见，千日红却好像漠不关心，只顾站在一面穿衣镜前搔首弄姿。

这副态度引起傅雁尘的反感，斜睨着责备：“没兴趣是不是？别忘了明晚你也会出现在寿宴上。”

“明晚出现的人多了，各种意外都可能发生，在这里纸上谈兵顶什么用？”千日红反诘。

话里似乎有话，傅雁尘想起她昨日迟迟未归，不由得问：“看样子你昨天的巡查颇有收获？”

“收获大了，差点暴尸街头。”千日红心有余悸的讲述了遭遇唐乐天的情形，极尽渲染了自己摆脱追踪的过程，当然，与何觉云相会一节绝口未提。

“你最后见唐乐天是在哪里？”傅雁尘追问。

“福煦路，我看到他走进一家‘西湖春’茶楼。”

傅雁尘微微蹙眉，福煦路距离爱俪园不远，唐乐天的露面预示着什么，如果说蔡锷和部下接洽的讯息已经被密探截获，事先的谋划布置便没那么简单了，思索了片刻，他收起图纸对罗景宽说：“行动方案回头再谈，请柬上的三位嘉宾住在几楼？”

他指的是准备冒充的那两男一女，罗景宽说：“住在四楼北段，这会儿就让他们休息吗？”

“太早了容易出问题，”傅雁尘说，“你去盯紧点，看他们都接触了哪些人，晚些时候再动手吧。”

“是。”罗景宽领命离去。

“我呢，照旧当巡街御史？”千日红踌躇着请示。

“比巡街更有趣，”傅雁尘上下打量她一眼，“明晚你作为司长夫人出席宴会，这身打扮不够体面，走，我陪你去挑几件行头。”

这种要求正合口味，千日红欣然应允，随即起身出门。因为时间有限，找裁缝现做已经来不及，于是只去成衣店选购，沿着南京路西行，接连光顾了五六家铺子，千日红发现傅雁尘陪女人逛街颇有耐性，而且手面也格外大方，挑买了两套价格不菲的海派洋装后，居然又提出再买一些首饰，说是“好马要配好鞍”。

意外之喜千日红自然不会拒绝，但也需要付出辗转奔走的辛苦，进出两家银楼，收获了三四件别致的首饰后，未免腿脚酸软，饥渴难忍，而傅雁尘又及时把她领入一家“田园”咖啡馆休息用餐。

坐在靠窗的座位上，享受着浓香扑鼻的咖啡和可口的法式糕点，千日红异常满足，暗叹，这么善解人意的男人简直可遇不可求。然而，刚把一块松甜草莓派塞进嘴里，她的神色微微一变，因为透过明亮的玻璃窗，忽然看到了街对面“西湖春”茶楼的招牌。

“这是在福煦路上？”她匆匆问。

“看来你的机灵劲全用在讨价还价上了，转了半天怎么连路名都没注意。”傅雁尘轻轻笑道。

千日红无心调笑，紧张道：“你明知道可怕的对头就在附近，为什么还要来这里？”

“有对手不可怕，可怕的是不清楚他们下一步想干什么。”傅雁尘淡淡道，用敏锐的目光观察着窗外。

千日红质问：“来这里开一顿洋荤就清楚了吗……”

谁知话没说完，突然感觉桌面下自己的腿被傅雁尘急促的碰了一下，随即听他笑眯眯地说：“草莓派不好吃，我去替你换一份。”

说着起身去往吧台，不一会儿亲自端来一盘巧克力小面包，千日红一头雾水，正要开口询问，却又发现盘子边缘放着一张小纸条，上面一行字清晰入目：“吃东西，别乱讲话”

千日红越发困惑，却又不敢作声，只见傅雁尘一边若无其事地吃喝，一边东拉西扯地说着话，内容好似漫无边际，却又时而涉及一个地名“十六铺码头”。比如“十六铺码头龙蛇混杂，明晚你就不要去了。”“等我办完了十六铺码头的事情，陪你好好玩两天。”

千日红意识到，这些话显然不是对自己说的，那么又是冲谁呢？悄然顾盼，左右并没有客人，当视线不经意地投向咖啡馆外，依稀望见对面茶楼二层窗后有一条枯瘦的身影。

千日红心头一动，稍加思忖，顿时豁然开朗，原来傅雁尘这趟出门就是为了设法接近对手，怕自己怯惧退缩才借故购衣添妆。毋庸置疑，傅雁尘已经察觉出对方的存在，自言自语就是说给他们听的，确切来讲是“看”，因为凭一瞥的印象，千日红可以断定此刻躲在“西湖春”茶楼的就是那个能够解读唇语的“鬼眼”杜瞳。

千日红明白，大概傅雁尘认为密探杀手不愿在租界轻易发难，所以才冒险使用诱敌之计，十六铺码头是沿江通往内地的起点，推说蔡锷由此中转也合乎情理，如果唐杜之流误入歧途，明晚傅雁尘就可以从容赴宴了。

算盘打得不错，可惜晚了一步，千日红心里冷笑，昨天她已经关照过何觉云，务必制造蔡锷前往爱俪园的假象，好让两方杀手正面遭遇。

万一何觉云还没有安排就绪，杜瞳对傅雁尘的引诱信以为真呢，千日红转念之间又不免担忧，因为和同伴约定的会面时间没到，切实的情况还无法了解。

事关重大，必须排除任何意外，她默默告诫自己，埋头吃喝的同时琢磨着补救的办法，等到进餐结束，傅雁尘张罗付账之际，她忽然挺胸抬头，尽量使面孔偏向窗户一侧，极其迅速地说了句话。

严格意义上称不上“说话”，因为她只不过动了动嘴，却没有发出半点声音，而口型表达的内容是：“不是说蔡将军在爱俪园吗，你跑去十六铺干啥？”

千日红相信，对面的“鬼眼”读懂了自己的唇语，一定会另做打算，看着浑然不觉的傅雁尘缓缓离座，仿佛智珠在握的样子，她不由得感觉滑稽，头脑里只想到一句话：“饶你奸似鬼，喝了洗脚水。”

走出咖啡馆，千日红佯装百思不解地打探询问，傅雁尘简单说明了一番，她越发显得吃惊，“你明知杀手就在茶楼，还敢傻坐在对面，不是找死吗？”

“别紧张，他们最想置于死地的不是你我，”傅雁尘安抚道，又补充一句说，“不过，被他们缠上了也麻烦。”

言下之意是尽快设法摆脱，但做起来也并不轻松，两人先叫了一辆黄包车朝西北疾行，在苏州河边的戈登路下车，换乘电力车向南，抵达法租界的霞飞路后，下车买票进入一家戏院，半出戏没完就从侧门溜出，沿跑马场重返公共租界，其间又更换了两次交通工具，回到饭店已是下午四点。

“这下子安心了吧。”傅雁尘说。

“嗯，连我自己都晕头转向了，谁还能跟得上。”千日红微微喘息着说，进入大堂前又从旁边的报童手里买了份当天的《申报》。

傅雁尘不免奇怪，“这几天买报纸上瘾了？”

“回房里也是无聊，还能指望一个不懂风情的人陪我解闷？”千日红斜睨一眼，径直向电梯间走去。

莫名其妙的反诘弄得傅雁尘无所适从，只得苦笑着丢开不提，然而进房不久，千日红表现得更加反常，突然声称新买的衣服都不合适，必须回去调换。

“在店里不是都试过了么，当时怎么不说？”傅雁尘说。

“在店里我没敢仔细挑拣，怕你厌烦了不肯掏钱。”千日红辩解。

“不过是滥竽充数，凑合一下算了。”

“充数也得像那么回事吧，”千日红拿着新买的衣服逐次品评，“这套洋装长裙颜色太素，跟新买的首饰根本不搭调，穿起来一定被人笑话老土。这件改良旗袍就更差劲了，看，两边的分衩恨不得开到肋条上，司长夫人总该庄重一点吧，你怕人家不知道我是胡同里的姑娘？”

说得头头是道，傅雁尘十分无奈，只是今天刚和杜瞳打过招面，此刻再上街有暴露行踪的危险，何况还惦记着罗景宽的情况，不愿多此一举。

“嗐，不用你陪着，”千日红像是看穿了他的心思，“我一个人出门目标更小，别担心了，我速去速回，不会给人看到的。”

略作忖度，傅雁尘感觉也没有必要违拗，于是点头应允。但他没有想到，千日红的吹毛求疵纯属借口，急于外出的真正原因是看到了《申报》上的一则信息。

那是登在报纸中缝的一条不起眼的寻人启事，“惠远表弟，家叔抵沪，下榻华美旅社，渴盼相见，表兄允诚。”

这条启事暗藏深意，千日红心知肚明，搭车直赴摩西路上的华美旅社，进门后向守柜台的伙计打听：“有位做药材生意的高先生住哪间房？”

“二零五。”

千日红正要上楼，却被伙计拦住，“房里没人，高先生下午就出去了。”

“几时回来？”千日红驻足问。

“不晓得，你要是愿意就在门房等好了。”

千日红不禁怅然，哪有功夫等？且不说延迟不归会引起傅雁尘的怀疑，看看墙上的挂钟已接近四点半，与何觉云约见的时间也快到了。沉吟了片刻她又问：“对了，高先生有没有留下口信或便条之类？”

“有一封留给惠远表弟的信。”伙计翻检着柜台后的抽屉。

“噢，就是给我的，快拿来吧。”千日红兴奋道，伙计却关紧抽屉，摆出一副深闭固拒的态度。“表弟应该是男的吧，我们得替客人负责。”

“高先生的表弟抽不开身，我是他的弟媳，事情很紧急，请你通融一下。”千日红解释。

“有什么证明吗？”伙计漠然道。

“这些证明够不够充分？”千日红掏出一卷钞票递过去。

“够了，足够了。”伙计顿时眉开眼笑，取出信交给千日红。

拆封察看，信上只有短短的一句话：“表弟见字如晤，家叔身体安康，勿念。”

用的仍是隐语，意思却无从参详，千日红也顾不得多想，收起信纸匆匆离去，前往九江路南面的圣三一堂，这座上海最恢宏的基督教堂东侧有一片幽静的花园，树木掩映加上附近钟楼阴影笼罩，是秘密会面的绝佳场所。

何觉云已经在一张长椅上等候，看到千日红走来面露喜色，同时机警地打量着周边的环境。

“放心，安全。”千日红说，“你那边怎么样了？”

“幸不辱命，”何觉云微笑道，“我和‘白龙会’的弟兄们布置了一个骗局，相信那帮密探明晚会按时赶去爱俪园的。”

“哦，”千日红轻轻颔首，不置可否，何觉云未免诧异，问道：“出什么问题了吗？”

“还不清楚，事先设定的联络环节不大顺利，让我有一点不祥的预感。”千日红若有隐忧地皱紧蛾眉。

“接头人出现了？怎么说的？”何觉云问。

“他没有如约见面，留下的讯息又莫名其妙，不知道临时有什么变化。”千日红拿出了那封信。

何觉云接过来看，起初也揣摩不透，但用手指在纸背捻摸了一下，脸上又掠过一抹笑意。“看来你这么伶俐的姑娘也有犯迷糊的时候，在公共场合传递消息，对方怎么可能没有防止泄密的考虑？”

千日红犹自发怔，只听他提醒一声，“快看！”当即展开信纸，掏出一支打火机揿出火苗，在下方缓缓移动，随着温度升高，信纸的空白处有一行浅褐色的字迹逐渐显现。

千日红恍然大悟，这种隐形书信的原理再简单不过，普通的糖水即可完成，自己怎么会没想到呢，可见临机制宜的经验还有欠缺，但自责未已，脸色忽然大变，因为她已经看清了密信的内容。

“及早摆脱险境，明晚爱俪园会合。”

“糟了，中转站居然是爱俪园！”千日红顿足惊叫，弄巧成拙的懊丧加上进退失据的焦灼，化作一股急火直扑心头。

何觉云理解她的感受，本想调虎离山，却变成了引狼入室，如何不愁苦万状？于是柔声劝抚道：“先别慌，好好盘算一下，也许还有回旋的余地。”

“哪还有余地，”千日红泫然欲泣，“只怪我自作聪明，双方杀手都已经确定行动的方向了。”

“那也不意味着彻底绝望，”何觉云沉思了片刻说，“想想看，目前我们至少还占据三点有利因素。”

“哪三点？”

“首先爱俪园的防范措施严密，杀手们又不敢张扬，想要达到目的并不简单。其次，你和‘霹雳手’一起入园，随时掌握着他的动向，也便于我们相应地调整对策。”

似乎言之有理，但千日红意犹未足，追问道：“还有呢？”

“最后一点更重要，”何觉云说，“刚才你去接头，对方退房了没有？”

“好像还没。”

“这就好办了，”何觉云说，“保留房间说明还有折返的可能，派人守候那里，只要他在一天之内露面，就可以及时通报险情了。”

“没错，这件事就拜托你了。”千日红转悲为喜，欣慰笑道，“当初你请求加入计划时我还犹豫不决，嗨，险些埋没了一位审思明辨的英才。”

“接受教训吧，”何觉云也笑道，“以后我再有请求，你可不要迟疑了。”

“还有什么请求？”

“参加你的婚礼呀，”何觉云说，“附加条件是我当新郎。”

“讨厌，”千日红忍俊不禁，笑颜如花，何觉云趁势揽过她的腰肢，试图一亲芳泽。千日红眼波流动，并无拒绝之意，可惜没等一吻送上，耳畔忽然传来一阵清越激荡的声音。

那是教堂的八音大钟在鸣奏报时，“叮当”六响，千日红慌忙挣脱何觉云的怀抱，说：“不好，时间太晚了，我必须赶紧回去。”

“真扫兴，”何觉云失望叹息，仰头提醒，“你总得告诉我接头人的住址吧。”

返回饭店前还有一件事必须处理，就是去南京西路更换衣服，否则无法向傅雁尘交待。千日红马不停蹄地赶到服装店，应付差事似地调换完毕扭头就跑，看得店员满腹狐疑，不明白为什么眼前衣着鲜亮的少妇行为举止竟像一个仓皇脱离现场的扒手。

天色已经昏暗，千日红疾步前行，没走多远就察觉异常，她装作提鞋蹲下来侧身回望，蓦然瞥见一条身影不迭向路边的悬铃木后躲避。

“糟糕，被人盯上了。”她暗自叫苦，起身左顾右盼，发现马路斜对面的匹克影戏院门口聚集着不少等候入场的观众，她灵机一动，匆忙跑了过去，打算混进人群趁乱脱身。谁知刚刚接近戏院，人群中突然走出一个瘦高男子，灰色西服的衣领竖起，头上的礼帽压得极低，一把攥住了她的手腕。

千日红陡然一惊，看来盯梢者不止一人，莫非自己的行迹早已暴露？情急之下她厉声高喊，“非礼——”

她的目的很明确，用尖叫引来众人的围观干涉，没准就能化解危机。果然，附近已有人侧目关注，也有人被正义感驱使着挺身而出，但那瘦高男子的反应更加机敏，仿佛万般无奈的恳求道：“太太，你这是何苦，有什么话回家商量不行？”

原来是小两口闹别扭，众人当即踯躅不前，千日红还想声辩，却被瘦高男子不由分说地搂住，连拉带拽地拖向一边，同时低声警告："再敢乱叫，我保证你的小蛮腰上多出一个血窟窿。"

这绝不是虚言恐吓，千日红能够感觉到后腰被什么硬物顶得生疼，不用说是一支手枪。于是她不敢作声，被挟制着掉头走去，跨过马路，看到另一名跟踪者正在悬铃木旁等待，得意的笑容在霓虹招牌的映照下若隐若现。

一旦被他们绑走，面临的生死考验倒在其次，肩负的使命只怕就半途而废。千日红五内如焚，正不知如何抗争，忽听身后一声闷响，倏尔回头，只见瘦高男子已经瘫倒在地，似乎在刹那间遭到了沉重一击。

事先毫无征兆，出招如此凌厉，除了"霹雳手"还有谁？千日红一念甫动，已经被傅雁尘拉住手臂，轻声道："快跟我来。"

说完朝东南方向飞跑，越过一道街口，拐入一条弄堂。千日红一边奔跑一边胡思乱想，傅雁尘怎么会及时出现，应该是见自己迟迟未归才出门接应，但如果之前的行踪也被他察觉，一切岂不就穿帮了？因为情势紧迫，已来不及谋划应对之计，只求尽早过了眼前这一关。

可是，实现这份愿望也不容易，跟着傅雁尘东绕西转，千日红已经明白了他的意图，大概想如法炮制白天的策略，兜一个大圈子甩掉尾巴。不料这次的效果并不灵光，身后的"尾巴"无比执着，并且陆续又增加了两三人，接连经过敬义坊、西庙弄、联吉里等居民区，那些追踪者仍如影随形。而当他们横穿一条小巷，准备朝法租界方向逃逸，有一辆黑色汽车在对面巷口戛然而止，随着开合车门的声音"嘭嘭"作响，又有四名彪形大汉直扑过来。

"你的爱美之心发作的真不合时宜，这下子捅了马蜂窝了。"傅雁尘摇头叹息，看着千日红手里的服装袋说。

千日红无可反驳，回头张望惊呼道："他们上来了。"

傅雁尘贴近一座宅院边，眼见追兵逼来，挥拳飞腿打翻了两人，领着千日红撤入一条狭窄的过道，没走几步又遇拦截，他顺手抄起一户人家支撑雨篷的白蜡杆，接连扫倒三人，护卫着千日红钻进另一条过道。

就这样在石库门之间的夹缝左冲右撞，几番突围都没成功，惶恐和焦虑之外，体力消耗也接近了极限，而且令千日红不解的是，傅雁尘宁肯挥舞棍棒或徒手搏斗，也始终不曾动用随身携带的武器。

"你的手枪留着下崽儿呀，为什么不用？"她气喘吁吁地质疑。

"我一支枪解决不掉这么多人，反而会把巡捕招来。"傅雁尘说。

千日红恍然意会，不无庆幸地说："好在他们同样不敢开枪，大家赌运气吧。"

然而话没说完，忽听"噗噗"轻响，两发子弹从西面飞来，其中一发擦着她的头顶射入身后的墙壁，她吓得魂飞魄散，似乎也猛然想起，世上还有一种叫消音器的东西。

傅雁尘立刻拉着她向东奔逃，几经辗转来到一处三岔口，根据方位推断朝南应该能够通向大路，但北边的过道里已有脚步声传来，身后的追赶者也越来越近，或许因为夜色朦胧，出于谨慎考虑才没有蜂拥而上。

“怎么办？”千日红低声问。

傅雁尘环顾四周后说：“等我引开他们的注意力，你就拼命向南跑，不论发生什么事也别停下。”

紧接着他从附近人家的窗台上取下一只泡菜坛，拿掉坛盖将白蜡杆的一头插进坛口，看准方向一挑一甩，只听“哗啦”一声，菜坛在北边路口旁摔得粉碎，相应而起的是四五下无声手枪的射击声，千日红也趁此机会冲进了南面的巷口。

傅雁尘也不敢耽搁，大步上前抡起白蜡杆敲掉一人的手枪，接着奋力一掷，正中另一人的面门，然后转身跑入南巷。

但没跑多远就放慢了脚步，他发现千日红竟呆呆的站在前面，而原因一目了然，这根本是一条死胡同。

三面高耸的围墙水泄不通，若不借助工具难以翻越，何况时间上也不允许，巷口的脚步声已经纷沓而至，六神无主的傅雁尘带着千日红退到南墙边，绝望叹道：“这次你没必要问我该怎么办了吧。”

“不问了，”千日红也万念俱灰，“除了等死，你也说不出别的答案。”

事实如此，虽然傅雁尘拔出了手枪，却已经无济于事，胡同内没有任何遮蔽，对方只要守住巷口，无需瞄准就可以将他们乱枪射杀。

于是当低沉的枪声再度响起，两人都下意识地闭上了双眼，不料听到的却是对面的痛呼跌倒声，睁眼察看，原来连续鸣响的枪声竟是从身后的墙顶发出的，目标正是巷口的堵截者，而且枪法精准无比，那些人没等还击就纷纷中弹，死伤惨重。同时，一根绳索从墙上坠下，有人轻唤道：“快上来。”

这可是真正的救命稻草，傅雁尘没有丝毫犹豫，协助着千日红攀援而上。登上墙顶，看到一名蒙面汉子正持枪掩护，又开了几枪后领着傅雁尘两人向东南方向撤离，依次跨越两三户房顶，相继跳落地面，又通过一个弄堂，来到了一条接近外滩的马路边。

总算是化险为夷，傅雁尘走到蒙面人面前抱拳施礼，恳切致意：“多谢好汉拔刀相助，不知道何以为报……”

“呵呵，”蒙面人笑着打断了他的话，“用词够拽的，看来田岚云的《水浒传》没少听嘛。”

傅雁尘先是一愣，继而心念一动，一把扯下对方的面罩，惊喜莫名地叫道：“玉彦，真的是你！”

申玉彦，绰号“双响炮”，“杀手榜”上最新排名第六位。

劫后余生之际，千日红多了一份惊奇感受，因为又有缘目睹一位江湖名角儿的真容，想不到摘去面罩的申玉彦竟是一幅文弱书生的模样，眉宇间流露出的忧郁气质，活似“鸳鸯蝴蝶派”小说里刚刚失恋的男主人公。

傅雁尘则完全沉浸在无法言喻的喜悦中，大难不死本属万幸，何况加上“他乡遇故知”。当初同在“宗社党”麾下效命，他和申玉彦的交情历经了血与火的淬炼，远远超过了一般的同袍之谊，久别重逢的激动，大概惟有开怀痛饮才能平复。

所以回到饭店就招呼侍者安排酒菜，与老友闲话契阔，谁知不识趣的千日红也坐过来凑热闹，傅雁尘忍不住瞟了她一眼。

“看什么，”千日红不服气地说，“皇帝不差饿兵，我也大半天水米没沾牙了。”

“别误会，”傅雁尘说，“我的意思，你最好拿些东西回房吃，省得等下我俩酒后失德，你招架不住。”

千日红顿时感觉不自在，取过食盘胡乱捡了些素饺豆包之类匆匆离去。申玉彦不由得笑了，缓缓打量着三卧一厅的宽敞套房，对傅雁尘说：“你们两个住这么大房子，也太奢侈了吧。”

“还有一位弟兄出门办事，今晚就不回来了。”下午离开饭店前傅雁尘关照罗景宽，搞定请柬上的嘉宾后就势在附近监守，以防不速之客察觉破绽，说着斟满一杯酒递给申玉彦，“咱们最后一次见面还在三年前吧。”

“四年了，”申玉彦更正道，啜了口酒说，“我脱离‘宗社党’的时间比你要早。”

“对了，”傅雁尘说，“记得当时你迷恋一位堂子里的姑娘，后来终成眷属了没有？”

“逢场作戏罢了，”申玉彦的眼里掠过一丝浓重的伤感，黯然道：“我们这样的人根本不配成家，没有牵挂才会忘记恐惧，否则注定成不了成功的杀手，这一点在你身上体现得还不够淋漓尽致吗。”

“说得没错，我就是个彻头彻尾的失败者。”傅雁尘凄楚道，虽然自己在“杀手榜”上大名鼎鼎，现实中的遭遇却和本人的意志永远相悖，且不说报国图强的理想已成了缥缈往事，恩公的被刺和爱妻的惨死也让他悲痛难释。

“许多事情你得想开些，芸珠的死当然可惜，但毕竟和你拥有过一段美满的姻缘，相信即使在九泉之下她也无怨无悔。”申玉彦婉言道，“至于良弼大人的结局，完全是大清气运衰败的映照，和你个人扯不上关系。”

“不，清朝亡国不等于良大人必死，只恨当初我分身乏术，辜负了良夫人的重托。”傅雁尘愧疚不安地说，良弼的夫人名叫宛苏，是一位伉爽不让须眉的女人，早年曾陪丈夫东渡日本求学，归国后尽心辅助，表里相济，对于良弼赏识的部属也施恩布德，而且多了一份细致的关怀，傅雁尘和芸珠的婚事就是她一手操办。辛亥年间，“宗社党”已无力回天，良弼因态度强硬成了众矢之的，当时宛苏身怀六甲，回乡待产前郑重委托傅雁尘，请他贴身警卫，确保良弼的安全。傅雁尘一诺无辞，不料事到临头出了纰漏，他先是得到芸珠遇险的消息，赶往营救又被仇家追杀，等他终于摆脱了羁绊，最后面对的却是双重的打击，妻子被害的同时也传来了良弼丧命的噩耗。

“后来你见过良夫人吗？”申玉彦问。

“没有，托人打探也毫无结果，唉，想要当面谢罪也没有机会。”傅雁尘叹道。

“天意使然，你也不必一味自责，”申玉彦宽慰道，“伤痛的回忆就让它随风而逝吧，咱们是不是换个轻松的话题？”

“时乖命蹇，轻松的感觉好像这辈子跟我无缘了。”傅雁尘颓然道，忽然又想起什么，问：“你这些年是怎么过的，又是怎么找到我的？”

“我早看出‘宗社党’没有前途，又不像你那样受恩义束缚，所以选择了及时离去。只是多年来除了杀人别无长技，想要安身立命也不容易，不过是随波逐流罢了。”申玉彦简略概括，似乎境况也不大如意，“找到你就简单了，‘霹雳手’重现江湖，报上早已渲染得绘声绘色，只要顺藤摸瓜就是了。”

“啊，哪张报纸上登过？”

“就是推出‘杀手榜’的那份《东方早报》。”

傅雁尘不禁愕然，因为无论自己还是军警密探，行动的先决条件都是潜踪匿影，为什么没等接近目标就被报界识破。那么，“报上对我出山的目的是怎么说的？”

“没有具体定论，但通过支离破碎的线索，再结合当前的微妙局势，也不难推测出你此行的意图。”申玉彦说，脸色忽然变得沉凝，“小傅，老实说，这次你是不是要刺杀蔡锷？”

傅雁尘一愣，稍微思索也就不难理解，看来报馆对自己的任务并不清楚，只不过根据德义楼或津浦线上的蛛丝马迹捕风捉影，申玉彦凭借这些报道追查到自己的行踪，基于以往的印象，又适逢蔡锷出逃引起的广泛猜疑，才会得出如此判断。想到这里他不免觉得好笑，悠然反问：“如果是的话怎样？”

“是的话你就太糊涂了，”申玉彦蹙眉道，“乱世谋生艰难，也许收钱取命是一名杀手的无奈，但千万不要介入残酷无情的政治纷争，否则不论成败都无法自保，关于这点的前车之鉴还不够多吗？何况，蔡将军是万民敬仰的英雄人物，难道你真敢冒天下之大不韪？”

看他苦口婆心的样子，绝对是爱人以德的劝诫，傅雁尘感动之余也不再掩饰。“放心吧，玉彦，杀手的名头我早就腻味了，所以这次决定反其道而行之。”

申玉彦眉头一紧，若有所悟，“你的意思，这次是为了救人？”

“没错，也算是洗脱一点早年的罪孽吧。”傅雁尘故作神秘地笑道，“你能猜得出这次行动出于谁的指使吗？”

“猜不出，这种内幕应该属于高度机密，你最好也别告诉我，我只知道你没有重蹈覆辙就足够了。”申玉彦淡然道。

傅雁尘诧异，“难道你不想留下来帮我？”

“不是不想，而是救人远比杀人困难得多，我怕自己无能为力。”申玉彦说。

“言过其实了吧。”傅雁尘说。

“一点不过，”申玉彦加重了语气，“以前我们奉令杀人，只需确定目标伺机动手即可，不管对方的戒备如何森严，也似乎总能找到突破的途径，这就是所谓的百密一疏吧。但如果这层保护网由你来编织，情况岂不正好相反，尤其救助一位众人觊觎的目标，除了正面交锋的对手，潜在的威胁也无处不在，甚至包括你的合作伙伴，都有可能是刺客的同党。一个人的精力总归有限，谁又能够自始至终保持清醒呢，更重要的一点，行刺失败可以卷土重来，但若救护失败，就再也没有机会弥补了。”

傅雁尘脸色微变，揆情度理，这番话并非夸张，之前只顾寻找目标，似乎对事态演变及周遭处境缺乏缜密的审视推敲，仔细回忆，自从接受任务以来，险象环生的过程中确实存在着许多难以解释的疑点，比如，自己在德义楼餐厅内被栽赃是何人所为？津浦线上，唐乐天等人更晚到达行李车厢，“白龙会”的邱二又是被谁所杀？再者，今天下午分明已经摆脱了杜瞳的追踪，怎么千日红出门不久又被盯上，莫非军警密探已经掌握了自己的栖身范围？

苦思之际想起了申玉彦的提醒，他不禁悚然心惊，假如身边果真潜藏着心怀叵测的奸细，情势就糟不可言了。罗景宽是奇士修委派的助手，看起来也机警忠实，应该不会有什么问题，难道竟是那个浅薄俗气的勾栏女？

一念至此，忽然瞥见斜对面的房间缓缓开启一道门缝，千日红正探头探脑地向外窥望，傅雁尘心思一动，招了招手说：“你过来。”

千日红翩然而至，仰着脸问道：“又不嫌我碍事了？”

“闷酒喝着没乐趣，”傅雁尘仿佛醺然半醉，含糊不清地说，“把你们‘清吟小班’好曲子唱两首助助兴。”

“对不住，伺候不了两位，”千日红冷笑，“我要是会唱曲儿，早像阿凤姐那样当头牌了。”

“这么说是卖身不卖艺了，”傅雁尘笑道，“好吧，今晚咱们来个‘倒浇烛’，试试你床上的功夫怎么样。”

说着一把将她拽进怀里，就要上下其手，千日红吓得花容失色，尖叫着拼命挣脱，牙缝里恨恨地骂了声“下作”，扭头跑回房间，仓皇的样子就像是躲避洪水猛兽。

申玉彦忍不住哈哈大笑，傅雁尘却一脸郑重地低声说：“玉彦，看来我的身边隐患重重，请你务必帮一帮我。”

申玉彦收敛了笑容，“可是，我能帮上什么忙呢？”

“至少你能救我的命，”傅雁尘说，又添满一杯酒端起，“如果你不愿看着我再次陷入绝境，就请干了这杯。”

申玉彦目光闪烁，像是犹豫不决，但拒绝的话迟迟没说出口，最终抓过酒杯一饮而尽。

013

时光如梭，转眼到了第二天中午，面临无可预测的前景，傅雁尘总觉得各方面的准备还不完善。

关于内部或许存在的奸细问题，因为缺乏有力的佐证，一切还停留在臆测阶段，如果清肃手段不当势必自乱阵脚，只能先在心底绷紧一根弦，随着行动展开而相机应变。

再来研究“爱俪园”的布局，宗仰法师的蓝图浩繁精细，想在短时间熟记断无可能，那幅卷轴又不便携带，惟有临摹一张草图藏在身上，而完全复制也不现实，揣度分析，假设蔡锷进入园中，一定会躲在重点戒备的地带，根据收集的情报判断，招待贵宾的区域集中在哈同夫妇的住所附近。但在选择性地描绘之际发觉一点蹊跷，贵宾区的红叶村、涌云楼之间一道代表路径的线条居然深入建筑内，而且末端曲折蜿蜒，竟延伸至一面并没有门户的围墙外。这种情形太不合理，莫非是宗仰的失误？但如此宏制巨作必然经过反复斟酌，出现败笔的几率似乎极小。傅雁尘百思不解，只得照样誊抄。

接着布置任务，冒险救人的过程中武器配备必不可少，但内园一片金属探测仪封锁的禁区成为阻碍，因此由罗景宽夹带枪支，事先藏匿在外园一处隐蔽地点。进入内园，傅雁尘负责搜寻目标，寻机保护撤离，申玉彦则守在出口接应断后。至于千日红，除了充当请柬上的“司长夫人”，本来还有甄别可疑人物的职责，现因本身也属可疑之列，已经不能再抱指望，但傅雁尘考虑将其单独留下更加不妥，结伴同行反而容易控制。

这份心思千日红完全没有察觉，此刻她的全部挂念都在何觉云身上。昨日约定，一旦何觉云顺利和接头人见面，就会及时给自己发出通知，具体方式是在饭店楼前的电线杆上贴一张治风湿的祖传秘方广告。

然而事出意外，今早起来傅雁尘就神色严峻地宣布，为防止行踪再次暴露，天黑以前任何人都不许离开房间。这一下千日红慌了手脚，想要故技重施溜出门外，又恐被傅雁尘看出破绽，于是坐困愁城，心烦意乱，绕室彷徨之际不停地喝水，然后借故如厕打开盥洗间的窗户，俯瞰楼下试图获得一丝讯息，谁知所在位置角度不对，纵然把脖子抻得像挂炉烤鸭也无济于事。

在煎熬中等待，终于捱到了天色暗淡，傅雁尘下令出发，千日红急不可耐地走在最前面。下了电梯步出大堂，果然瞥见路边的的电线杆上有一张新贴的广告，她心中暗喜，但接近细看又大失所望，广告上确实印着“祖传秘方”的字样，下面的内容却是“包治花柳”。

没有信号，意味着何觉云尚未警示接头人，千日红不禁忧心如焚，犹自局促不安，申玉彦开着一部黑色凯迪拉克汽车停靠路边。

这就是那位江苏实业司长的座驾，得到“照顾”的车主人夫妇及同伴正在房间酣睡。傅雁尘吩咐大家上车，却没有驶往爱俪园方向，反而朝着外滩开去，围着“华人与狗不得入内”的黄埔公园兜绕一圈，继而折向北行，又穿过几条街道，一刻钟后才转向目的地。

千日红明白，傅雁尘多此一举，为的是迷惑可能出现的盯梢者。进入静安寺路口，车窗外沸反盈天，原来三等的流水宴已经开席，成百上千的市井小民围坐在马路两旁的大棚下，箸下如飞，笑语不绝，与其说是替园内的女寿星高兴，更像是为平白得到了一顿饱饭开心。傅雁尘三人趁乱下车，申玉彦继续行驶，消失在络绎不绝的人群里。

径直来到张灯结彩的爱俪园正门，早有执事人员笑脸相迎，看过请柬知道是头等嘉宾，越发毕恭毕敬。傅雁尘表现得明理识相，主动走近门边的礼案填写礼单，然后由罗景宽呈上四色礼品，其实也是实业司长事先准备的江苏土仪，包括南京云锦，苏州刺绣，碧螺春茶以及宜兴紫砂壶等，此时正好借花献佛。

接着被人带领着向内园走去，虽然夜幕降下，但因为灯光通明，高堂广厦一览无遗，而周遭的亭台池沼若隐若现，更显得深阔幽远。傅雁尘无心流连，行进中观察着园子里的防卫部署，发现各条道路均有捕房的探员出没巡视。

迤逦进入内园，衣着光鲜的男女宾客三五成群，彼此寒暄问候，夹杂着不同国家的语言，司礼接待方面换成哈同夫妇的诸多养子，温婉致谢之余，引导着众人走向铺排就绪的宴会厅。此外执役的仆佣也面貌一新，轻手轻脚地在层楼叠榭间穿梭，连一声咳嗽声也听不到，其中一些头戴瓜皮帽脑后垂辫的人分外惹眼，傅雁尘知道，那是逊清朝廷赏赐给罗迦陵的一批太监。

琼楼玉宇，贵人如云，表面上看起来平静祥和，傅雁尘却能够感觉到一股外松内紧的气氛，附近的楼前树后似乎随处暗藏着机警的目光，而且在通向几座宴会场馆的入口，几名精壮汉子正友善而严格地替客人验身，手里拿着一件长条形东西，大概就是那种先进的金属探测仪。

傅雁尘放缓了脚步，像是不经意地问身边的执事，“天演剧场的文明戏几点开始，都有什么节目？”

“已经开始了，”执事答道，“有张剑秋的《大观园》，林俊生的《茶花女》，还有红牡丹的《摩登姑娘》……”

不等他说完，傅雁尘转向罗景宽笑道，“呵，宋老弟，这下子正对你的胃口，你不是一直惦记着红牡丹吗，可惜赶不上开宴了。”

罗景宽明白，这是给自己找一个趁机放置武器的借口，当即装成资深戏迷说："能够看到红牡丹，比吃什么山珍海味都过瘾，卓司长，卓太太，两位先请吧，我去饱饱眼福再来。"

说着请执事指点方向，心痒难耐似地匆匆离去。傅雁尘和千日红则顺利通过探测仪的检验，进入头等贵宾汇聚的区域。

贵宾区的范围也相当宽泛，涵盖了五六座风格各异的建筑，既有拱顶长柱的哥特式豪宅，也有雕梁画栋的中式院落，席面也分为西餐和宴菜，供华洋有别的客人各自选择，另有留声机播放的曼妙乐曲点缀助兴。

豪门盛宴也是上流社会的交际舞台，离座敬酒的情形比比皆是，其中也有男主人哈同的身影，只是还没见到寿星本人的真容。傅雁尘正好借此四处游走寻找目标，尚未有所收获，却先察觉随行的千日红神色张皇，举止迟钝，仿佛魂不守舍的样子。

"怎么无精打采的？"傅雁尘低声责问，"以前你也算见过世面，不应该这样怯场吧。"

千日红稍微一愣，随即撇嘴道："管那么多干嘛，反正今晚我不过是个摆设，等你完事就滚蛋了。"

傅雁尘不禁气恼，却也无暇争辩，继续探查寻望，凭着一份明察秋毫的眼力，很快就窥破了一丝端倪。

贵宾区的馆舍庭院大多灯火辉煌，人影幢幢，唯独东北方向的一座二层小楼黯淡无光，人迹罕至，如果该处没准备设宴款客，何必纳入禁区增加警戒负担？如果说同属接待场所，为什么又如此静谧隐蔽，与周边环境格格不入。掏出身上的草图查看，那座楼名为"涌云"，也并非园主人的起居重地，想起蓝图上那条无法破解的线条，顿时疑窦丛生。

然而等他刚要迈步走过去，却忽然发现通往涌云楼的曲径边有一座八角亭，亭子里泥塑木雕般的肃立一人，借助附近微弱的光亮，可见他生得肩宽背阔，须发虬结，宛如一尊岿然不动的镇宅石狮。

"'门神'沙威！？"傅雁尘迅即得出判断，既然园内第一高手在此监守，涌云楼就显得更不寻常了，他盘算了一下，拉过千日红小声道："谁说你只是摆设？眼前就有个任务必须靠你完成。"

"什么任务？"

"看到亭子里那个人吗，"傅雁尘悄然指点，"你去把他引开，咱们就算两清了。"

"素不相识，我怎么引开他呀？"千日红表示为难。

"以前去'云吉班'的客人都是熟面孔？别忘了勾搭男人是你的基本功。"傅雁尘反诘道。

民国杀手

千日红越发焦虑不安，进入爱俪园后，她的本意是寸步不离傅雁尘，以便随时掌握局势，谁知对方竟要自己发挥“行业特长”前去调虎离山。而且她也认出，站在亭子里的正是“门神”沙威，向来以防守严密著称，怎么可能轻易上当？自己招灾惹祸倒不要紧，怕的是脱离视线的傅雁尘趁机接近目标。

一边移动脚步，一边暗自伤神，情急之下忽然想到一个主意，既然无可推诿，何不将计就计，把沙威引至傅雁尘身旁，岂不比自己的监控更加有效。

于是加快步伐走进亭子，像是冷不防地撞见沙威，轻呼道，“咦，怎么还有个人躲在这里？”

“太太，我是园内的下人，负责贵宾区的保卫。”沙威沉声道，恭敬中带着几分冷峻。

“原来在值班呀。嘿，这套制服真漂亮，配上你的身材更显得威武了。”千日红涎着脸奉承道，说完连自己都嫌肉麻，更觉得羞愧的是，沙威丝毫不为所动，平淡的目光仿佛在注视着一具行尸走肉。

千日红仍不甘心，继续搭讪道：“整晚上站在这里一定很无聊吧。”

沙威开始未予理睬，然后用质问的语气说：“太太，寿筵还没有结束，您怎么先离席了。”

“咳，听那帮臭男人夸夸其谈有什么意思，不如出来透点新鲜空气，欣赏一下美妙的月色……”千日红说着缓缓抬头，话说一半就傻眼了，夜空中浮云密布，哪有月亮的影子？

沙威似乎没有留意她的窘态，漠然道：“园子里风大，您还是快回房里吧。”

与其说是奉劝，听起来更像是在警告，千日红却茫然四顾，“刚才走得太急，记不清回去的路了，劳驾你送我一程。”

沙威问：“您从什么地方出来的？”

“红叶村。”千日红心想，只要对方答应，自己就可以按计行事。

沙威微微蹙眉，像是在犹豫是否离开岗位，但忖度未已，却见一名手下匆匆跑来报告：“沙老大，出意外了。”

“在哪里？”

“厨房。”

沙威神色顿变，如此高规格的盛宴，厨房的安全自然是重中之重，之前他特意安排人手加强戒备，每道菜从出锅到上桌经过层层检验，怎么还有纰漏出现？当时他顾不得细问，更没工夫招呼千日红，只是临行前撂了句话：“太太，红叶村在西南方向，路口都有当差的仆人，您请自便吧。”

大步流星赶到厨房，立刻有下属回禀详情，说是因为庖丁提出筵席的材料不足，午后又临时采买了一批，进货渠道也严格把关，没想到在料理的过程中突然发现几只火腿暗藏玄机。

“看，就是这些。”一名保镖指着案板散落的火腿。

沙威上前检视，只见外皮干整，瘦多肥少，表面看是标准的极品京华腿，但稍加翻动就察觉有异，火腿居然早已被一分为二剖开过，而且在内部挖出若干沟槽，事后又粘合成一体。沙威拿出自己的手枪放进空槽，刚好严丝合缝。

“坏了。”他心里一沉，看来有人趁购菜之机夹带武器，并且已在开宴之前偷偷取走。查验统计，做过手脚的火腿共有三只，也就是说，至少有三名武装人员混入了贵宾区。

“要不要通知各个宴厅进行搜查？”有人请示。

“不行，那些名流阔佬有的是钱，没有的是胆，张扬开来一定惊慌失措，局面更不容易控制。”沙威说，盘算了一下调整部署，“首先确保两位主人的安全，再从外围抽调力量进入宴厅，分三人一组带着探测仪秘密搜寻，发现可疑人物立即扣押。”

说到“可疑人物”，他的头脑中忽然掠过一条身影，忙问：“刚才在红叶村，谁见过一个鹅蛋脸，眼神灵活，穿粉色洋装的女人？”

“我见过，”有人回答，“好像是江苏什么司长的夫人。”

“去叫验关的鲁振标过来。”沙威吩咐。

鲁振标旋即赶来，腋下夹着一本册簿，上面是贵宾区客人的出入登记，以及沙威事先特意搜集的个人资料，包括身高体重五官特征等，为的是防止有人鱼目混珠图谋不轨。

“今晚客人的情况都正常吗？”沙威问，拿过册簿逐页翻阅。

“一切正常。”鲁振标挺胸答道，话音没落就见沙威指点着册簿冷笑，“怎么可能正常，经过你检查的女人竟然变得年轻貌美，也算是独门绝技了吧。”

鲁振标不免错愕，顺着沙威的指尖望去，看到了一行注释：“江苏实业司长夫人姚秀芬 年纪四十三 身矮体胖 操常熟方言”。他眼张失落，印象里的“司长夫人”确实与资料不符，难道当初只顾盯着漂亮面孔而一时走神？

“沙老大，我这就去把她找出来！”他惶急道。

“不必了，你还是省点力气回乡下种地吧。”

鲁振标悚然色变，明白这是正式通知自己“卷铺盖”，他哭丧着脸还想乞求宽恕，却见沙威早已转身出门。

千日红骚扰沙威的时候，傅雁尘躲过几拨执勤的保镖，借着游廊树影的遮蔽迅速来到涌云楼外。楼内有几间屋子亮着灯光，由于窗帘紧闭难以窥视，楼前正门有四人肃立，另有两人手持电筒来回巡逻。

防备异常严谨，越发证实了先前的推断，只是如何在不惊动守卫的情形下潜入楼里？傅雁尘暗自揣摩，不由得又想起图上那条奇怪的标识，也许通过线条的指引可以另辟蹊径，于是翻出图纸四下找寻，辗转了一圈却又失望了，对应的方位根本没有道路，而是一座椭圆形的花房。

莫非真是宗仰法师的笔误？傅雁尘感觉不可思议，犹自猜疑不定，一束手电筒的光芒突然射了过来。他连忙低身闪避，光束沿着头顶划过，紧接着又摇曳着由远及近逼来。

光束后是两名巡查的保镖，傅雁尘沿着花房边缘的草丛后撤，退到一条回廊上却发现无路可走，因为后面是一片开阔地，继续移动势必暴露形迹。

傅雁尘本来打算完成任务的过程尽量不使用武力，但眼见情势紧急，也顾不得许多了。他藏在一根廊柱后，静候着保镖接近，琢磨着从哪个角度出手，才能同时将两人解决。谁知意念甫动，却先听到一股衣袂挟风的声响，探头察看，一条人影从回廊的檐顶腾空飞下，饿鹰捕食般地扑向两名保镖。

保镖甚至没做出反应就被双双踢中太阳穴，像两只抽掉牵绳的布袋玩偶栽倒在地，而袭击者没有丝毫怠慢，几个兔起鹘落，朝涌云楼方向蹿去。傅雁尘没看清他的面目，只觉得背影瘦窄，竟似“鬼眼”杜瞳。

杜瞳怎么会来这里？在咖啡馆的引诱之计为什么没有奏效？傅雁尘迷惑不解，刚想追踪阻截，却听到回廊后传出纷杂的脚步声，又有四五名制服鲜明的保镖从南面匆匆赶来。

他不知道，这是厨房出事后沙威加派各处的机动人员，却又面临了一道难题，他所在的位置正处在来人的视野内，孤身游荡难免引起怀疑，但若原路回撤也来不及，何况附近草地里还躺着两名昏死的保镖。

进退维谷之际，又有一阵零乱的脚步声清晰入耳，继而看到回廊一侧走来一个穿深色旗袍的女人，虽然步伐跌跌撞撞，却掩饰不住身材婀娜多姿，风摆荷叶似地走到傅雁尘身旁，忽然脚下拌蒜，踉跄着向前摔倒。

眼疾手快的傅雁尘一把将她扶住，一股浓重的酒气扑鼻而来，此刻那几名保镖已经走近，晃动着电筒向回廊里探照。傅雁尘趁势把女人揽入怀里，温存而不无责备地说：“早就劝你不要喝这么多，为什么总是不听话呢。”

那女人身子轻扭，含混不清咕哝了一句就绵软无力地偎在傅雁尘肩头。手执电筒的保镖们尚在迟疑，傅雁尘拉下脸来喝斥道：“乱照什么，没见过女人闹酒吗？”

打量着两人服饰华贵，举止自然，应该在受邀嘉宾之列，大概是席间溜出来偷情的一对野鸳鸯。保镖们不敢造次，关闭电筒继续向涌云楼走去。

傅雁尘如释重负，正要尾随跟上，却被那女人一伸手勾住了脖子，像是满怀期望地祈求道：“汝康，带着我私奔吧。”

傅雁尘不由得苦笑：“我不是汝康。”

那女人倏尔直起身子，略微踌躇地望着傅雁尘，一张白嫩的面孔极其秀美，加上几分醉态，越发显得眼波朦胧，风情万种。

本以为她会立刻挣脱，不料接下来的口吻依然坚决，“不管你是谁，请带着我私奔吧。”

傅雁尘不禁怔住，支吾道：“太太，这要求恐怕办不到，你我素昧平生……”

“什么，你不认识我？”那女人愁眉锁眼，嗔怨中带着依恋，“我是筱艳宝呀，多少个缠绵的夜晚，多少海誓山盟的承诺，难道你都不记得了？”

换作平时，这些话一定会被误认是有人在排练“文明戏”的台词，但见筱艳宝花容惨淡，声音嘶哑，泫然欲泣的柔弱模样绝非矫情造作，似乎任何一个心肠软的男人都不可能无动于衷。

偏巧傅雁尘的心肠就够软，虽然急务缠身，也不忍随意将她丢下，于是用手在她背部轻抚了一会儿，试图替她消解醉意，同时温和询问。“你的家人在哪里？我送你过去。”

“没有爱哪有家呀，”筱艳宝凄然道：“汝康，你也明白我每天度日如年，为什么不肯带我一起走呢。我保证今后再也不贪图享乐，再也不乱发脾气，一心一意陪你过完这辈子好不好？”

傅雁尘摇头暗叹，看来又是一个薄命红颜，也不知陷入了怎样的感情纠葛，无奈之下顺着她的语气说：“我答应你，不过此刻我处境危险，等你酒醒了我们再从长计议好不好？”

言毕不由分说地把她搀起，缓缓走下回廊，朝着灯光通明的西南方走去。本指望折返几步，将筱艳宝托付给路过的仆役后自行脱身，没想到刚刚绕过一座水池，迎面步履如飞地赶来一人。

看到傅雁尘两人出现，那人骤然收住脚步，仿佛始料不及的样子，而傅雁尘更是震骇不已，因为来者正是“鬼眼”杜瞳。

沙威从厨房出来，搜寻的目标已经非常明确，经过进一步查实，那位所谓的“司长夫人”还有两位同伴，卓司长和宋处长，而且也莫名其妙地不知去向，三人刚好和夹带进园的武器数目相符，想必绝不仅仅是巧合。

寿筵进行到一半，各处餐厅气氛正浓，穿梭其中的沙威目光如猎犬般机敏，但走遍了所有场馆也一无所获。望着那些酒酣耳热的嘉宾，他不禁惘然若失，却又坚信一点，携枪混入禁区的人绝不是为了捉迷藏，而万一发生不测，自己“门神”的名号就算毁于一旦了。

“每个出口添派的人都到位了吧。”他心神不安地询问手下。

“到位了，从外围补充的人手也在分组巡查。”

“烟水湾那边谁负责？”

“放心吧，老赵领着四个人过去了，准保万无一失。”

越是如此说，沙威反而感觉越不踏实，因为凭他久历风霜的经验，知道天底下根本就没有万无一失的事情，“烟水湾”是禁区西南角的一大片池沼，周边亭桥错落，地势复杂，四五个人的守卫力量似乎稍显单薄，考虑了片刻，他决定亲自前往察看。

来到烟水湾，放眼灯火阑珊，波光隐现，左顾右盼却不见一人。沙威顿时疑惑，老赵向来是个很得力的手下，关键时刻怎么会擅离职守？游走观望之际，东侧一座九曲桥头突然闪动一条身影，他迈开健步奔了过去，那条身影试图躲入桥底，却因水深不敢涉足，只得尽量缩头伛背，但粉色的洋装已经暴露无遗。

“出来吧，桥底下是看不到美妙月光的。”沙威持枪在手，挺立桥头。

桥下的人正是千日红，在这里出现既有原因也属意外，本来她设想把沙威引去傅雁尘出没的方向，由于突发变故未能如愿，于是自己查找目标，却在途中遭遇了行踪诡秘的杜瞳。她尾随盯梢险些被识破，只好拐上九曲桥，想要另寻出路赶去涌云楼，谁知过了桥竟是一座湖心岛，不得已退了回来，却又遭遇了查岗的沙威。

“嘿，沙老大，这么巧呀。”千日红从桥底走上来，脸上的轻松表情并非作假，实际上在她见过的“杀手榜”人物里，沙威的名头虽大，对自己的威胁度却最小。

“少跟我嘻皮笑脸，”沙威冷冷道，“今晚进园什么目的？你是现在就交待呢，还是等会儿到捕房再说。”

“干嘛去捕房，直接告诉你好了，就怕你不相信。”千日红说。

“嗯，你说吧。”

“老实讲，我今晚是来协助你工作的。”千日红一本正经地说。

“哼，”沙威嗤之以鼻，“我宁肯相信公鸡下蛋，也不信你的鬼话。”

“千真万确，我可以证明给你看呀。”千日红说。

“怎么证明？”

“估计你已经查证过宾客名单，冒充我‘丈夫’的那个人才是真正的危险分子，我带你去找他如何？”千日红说。

沙威不觉动容，但以他的生性谨慎，终究难以置信对方在没有压力的前提下就轻易反戈，当即喝斥道：“别在这耍花样了，麻利跟我走，有话还是对着专业人士讲吧。”

言下之意要把她押回去接受讯问，千日红不免焦灼，皮肉受苦倒无所谓，耽误了时间也许就错过了阻遏祸事的机会。但争辩无济于事，想要逃脱又被沙威伸手捉住，坚硬有力的五指好比一柄铁钳。

心急如焚之际，身旁的桥栏后突然冒出一人，用枪抵住沙威的左肋，低喝道："别动，把枪丢掉。"

沙威一怔，虽然并无惧色，但要害被制，也只能依言照办。

千日红原本喜出望外，但等看清了来人的面目，心中的庆幸瞬间化作惊悚，只见唐乐天迅即跨过桥栏，脸上得笑容依然令人不寒而栗。

"我一直奇怪，当年叱咤风云的沙老大怎么会沦落成一条看门狗，原来是智力退化得太快，居然连真假话也分不出来了。"唐乐天嘲弄着沙威，又转向千日红说，"我相信你的话，只不过对你那'丈夫'不感兴趣，更关心的是他要寻找的目标。"

"你还是关心一下自己的死活吧，园子里到处都是武装保镖，我不认为你的妄想能够得逞。"千日红凛然道。

"哈，几天没见，你这小蹄子也变得豪横了？"唐乐天像是颇感意外，"别担心，我会让你如实开口的，而且不必假手于人，因为咱本身就是专业人士。"

说着笑吟吟地从怀里掏出一卷麻绳，不知是想先把沙威绑起来，还是即刻对千日红实施酷刑。然而他刚刚把绳子抖开，沙威的右腿突然弹出，正中他握枪的肘弯。唐乐天臂膀一麻，手枪脱落，沙威不等落地就一把抓住，继而欺身上前。

唐乐天拉开架势搏斗，无奈拳脚功夫根本不敌沙威，三两个回合就被压制在桥栏上，腰部以上弯向栏外，几乎喘不过气来。

"这会儿你尝到看门狗的厉害了吧。"沙威轻蔑道，用夺来的手枪顶住唐乐天的肩头，似乎感觉枪把有一些油腻。

"确实厉害，"唐乐天的面色已经发青，却仍然保持着笑容，"但我对你的评语也一点没错。"

"什么意思？"沙威质问。

"如果不是智力退化，你就应该想到，我在对付'门神'的时候，怎么可能没有后备方案？"

沙威不禁愣住，暗想，如果对方只是虚张声势，性命交关的时刻怎么还能笑得出来？视线游移，忽然发现唐乐天身下的水面有一丝异样，波光粼粼间阴影浮动，好像有一只凸起的竹管。

"水里有人！"沙威大惊，刚想有所反应，就听到一声细微而凌厉的轻响，一枚银光闪闪的尖针从水底激射而出，深深贯入他的眉心。

沙威的身体摇晃了一下，随即重重跌倒。唐乐天冲着桥下笑道："喂，老薛，没有憋坏你吧，'过江龙'的名号真不是吹出来的。"

"少废话，这一条命不是白送的，回头你把账目给我算清了。"水面上冒出一颗脑袋，闷声闷气地说了句话，立即又潜入水里，随着波纹动荡，似乎游向了别处。

"'过江龙'薛让！"千日红不禁心惊，又一名"杀手榜"上的角色出现了。

形势转变得的太快，她甚至来不及思考，等到意识不妙，正要撒腿奔逃，却早被唐乐天拦住了去路，阴恻恻地笑道："别慌着跑嘛，咱们还没谈完心呢。"

仓促间撞见杜瞳，傅雁尘的疑惑多于惊诧，难道"鬼眼"还有分身术，刚才分明看到他突袭保镖赶去涌云楼，怎么眨眼工夫又出现在这里？

两人相距不过七八步，默然对望了片刻，杜瞳嘶声开口："姓傅的，到了一较高低的时候了，怎么还不拔枪？"

"这场较量有些不大对等，"傅雁尘微微笑道，"如果眼神可以杀人，恐怕我已经死了。如果比拔枪的话，我就不妨显示一点礼让的风度了。"

杜瞳脸色一变，明白这不是夸夸其谈，"霹雳手"出枪之快江湖皆知，即便自己先动手也未必占得上风，这么近的距离稍有迟误，导致的结果必定是中弹身亡。犹自忐忑不安，留意到傅雁尘身旁的俏丽女人神容委顿，摇摇欲坠，仿佛醉意迷离的样子，傅雁尘伸手尽量将她扶稳，关切之情自然流露。

"我的手确实没你快，但好在身边没有累赘，"杜瞳冷笑道，"既然要分神照顾自己的女伴，想必你的成名绝技也会大打折扣吧。"

"呵，亏你还以眼力毒辣著称，仔细看看这是我的女伴吗？这不过是晚宴上的一朵交际花，想不到除了可以帮我浑水摸鱼，紧急关头还能充当'肉盾'。"傅雁尘轻松笑道，作势将筱艳宝向前一推。筱艳宝仪态慵懒地迈动两步，又歪歪斜斜地退了回去，娇滴滴地嚷道："讨厌，我才不要吃'炖肉'。"

"肉盾"居然听成"炖肉"，足见已经喝得神志不清。杜瞳定睛端详，发现她果然不是先前陪伴傅雁尘左右的千日红，莫非真是宴会上临时勾搭的交际花？思前想后心又不甘，他的一只手悄然伸向放枪的口袋，却又陡然瞥见，不知不觉间傅雁尘的右手也抬到腰部位置，而且两指弯曲，大有一触即发之势。杜瞳倒吸一口冷气，立刻停止了动作。

傅雁尘表面气定神闲，事实上早已心乱如麻，推算时间，罗景宽早该返回贵宾区了，迟迟不见踪影难道出了意外？如果两个人在场，即使没有武器也可以互为援奥，应付敌情更有把握。但此刻自己身无寸铁，一旦杜瞳硬着头皮拔出枪来，这出"空城计"就唱不下去了。

僵持的状态又持续了两分钟，紧张沉凝的气氛令人窒息，杜瞳像是终于失去了耐性，一只手再次伸向衣袋，但刚刚摸到枪柄，就听到一阵纷沓的脚步声传来。

紧接着从水池南面的灌木林后转出一大群人，从服饰装束上看身份各异，既有珠光宝气的绅士淑女，也有身披袈裟的僧尼，还有引导扈从的仆役保镖，人数足有二三十名，本来谈笑风生地向涌云楼走去，看到对峙的杜傅等人不由得一怔，一名保镖模样的人上前问道："你们在这里干什么？"

杜瞳和傅雁尘都无从回答，筱艳宝则是小声咕哝，不知所云。保镖正要进一步质询，却被身后一个女人截住了话头。

“小胡，讲话客气些，”那女人温和地开口，“不用说这三位朋友也是来听照空法师谈经的，你只管前面带路吧。”

循声望去，说话的女人五十余岁，体态已经发福，穿一件翻毛领的蓝花窄袖长袄，下配绛红色长裙。浓密的头发在脑后梳成一个元宝髻，虽然貌不惊人，但神情颇具威仪，尤其一双明亮的大眼睛熠熠生光，透射出一股阅尽沧桑的睿智练达。

沉稳的语气加上矜贵的气度，傅雁尘立即断定，此人就是爱俪园的女主人，当晚的寿星罗迦陵。看到保镖作出肃请的手势，傅雁尘乐得顺水推舟，一来避免了和对手短兵相接，二来也可以借机混进涌云楼，只不过潜在的威胁仍然存在，因为杜瞳也趁势加入了人群，右手还牢牢地插在口袋里。

不一会儿到达涌云楼，通过大家的交谈傅雁尘得知，原来这些人是一部分受邀嘉宾，饱啖快饮之际，因为了解罗迦陵是著名的“太隆居士”，也纷纷表达了虔心向佛的意愿，并期望得到深刻点拨。当然，一半是发自肺腑，也有一半是出于趋炎附势的考虑。罗迦陵来者不拒，但旨酒佳肴间不便谈经论法，于是请来了在园内频迦精舍坐禅的照空法师，选择了涌云楼为大家讲解一部《地藏菩萨本愿经》。

楼内一层是宽敞的大厅，除了正北方向一架红木漆画屏风外几乎一览无余。照空法师的讲坛就设在屏风前，婢仆忙着布置香案，摆放坐垫，罗迦陵乘隙与客人品茶闲聊，话题自然围绕着寿筵，答谢之余表示招待不周。

“夫人过谦了，这一场宴会盛况空前，身临其境的人都会倍感荣幸。”一位油光满面的中年胖子说，“如果非得挑出什么缺憾，也许就是因为您的过分慷慨而招致的隐患。”

“哦，这话什么意思？”

“夫人乐善好施，盼望与民同乐，对客人的甄选也不够严谨，这样三教九流都可以接近爱俪园，万一混进来一两个歹徒岂不是大煞风景。要知道如今外界并不太平，行刺事件时有发生，以您和哈同先生的身家地位，安全问题不得不格外重视。”中年胖子煞有介事地说。

“您是担心园子里闹刺客呀，呵呵，多虑了。我不敢自称功德圆满，但平日也注重修业行善，估计没什么化解不开的仇人。如果是图财，都知道我丈夫名下多是不动产，总不可能偷走一块地皮。如果出于政治目的，刺客更不会在今晚下手了，宴席上随处可见洋商代表和工部局首脑，稍有差失就会酿成国际争端，相信没有一方势力愿意自惹麻烦。”罗迦陵和颜悦色地评述，末了忽然侧目望向旁边的傅雁尘，悠悠笑道：“这位先生，您对此有什么看法吗？”

傅雁尘不由得愣住，刚才就觉得这番话意味深长，原来弦外之音竟是弹给自己听的，难道罗迦陵已经有所怀疑，才做此绵里藏针的规劝。

“夫人明见，在这普天同庆的夜晚，我想也不会有人敢来寻衅滋事。”傅雁尘慌忙敷衍，局促之外难免有一丝好笑，罗迦陵的精明还不够透彻，至少没有分清谁才是真正包藏祸心的人。

想到这里目光游动，不料一瞥之下骤然心惊，一直在视线范围内的杜瞳已经不知去向。毋庸置疑，他趁自己应答罗迦陵的时候悄然溜掉，继而在楼内展开刺探。

被他抢先找到目标就糟了，傅雁尘心中急切，还没想到脱身之计，只听醒木轻拍，照空法师的宣讲正式开始了。“南无本师释迦牟尼佛！南无阿弥陀佛！南无地藏王菩萨！无上甚深微妙法，百千万劫难遭遇。我今见闻得受持，愿解如来真实义……”

随着照空念诵佛号，朗声读经，大厅里的善男信女也盘膝端坐，专注聆听，始终伴随傅雁尘身旁的筱艳宝忽然嘀咕了一句：“咦，前面那秃驴在啰嗦什么呀？”

庄重场合出此不敬之语简直是佛头着粪，即使她声音不大，口齿含混，也引来了数人的回顾怒视。傅雁尘尴尬不已，却又立刻有了主意，诚惶诚恐地禀告罗迦陵：“实在抱歉，内人不胜酒力，再坐下去只怕亵渎佛法，不知道附近有没有一个休息的地方。”

看到筱艳宝媚眼惺忪，醉态可掬，罗迦陵摇头轻叹：“酒极则乱，乐极生悲，今后还是劝太太少饮吧。哦，二楼就有客房，你们可以先上去歇一歇。”

傅雁尘不迭致谢，搀起筱艳宝由仆人引领着来到二楼，进入一间客房，小心翼翼地把筱艳宝扶到一张松软的铜床上，体贴入微的样子像足一个好丈夫，以至识趣的仆人也不愿过多打搅，端茶倒水后就欠身告退。

这一下机会来了，傅雁尘已经观察过，负责警卫的保镖集中在楼下，抑扬断续的诵经声也能起到遮掩作用。他没有迟疑，像一只深夜觅食的野猫般闪出房间，沿着环形的走廊蹑手蹑脚地进行探寻。

涌云楼共分四层，顶层是一座空旷的露台，三层是若干陈列室，二层才是重点勘查的区域，除了筱艳宝占据的房间，另有五间卧室依次排列。

傅雁尘逐间开门，里面均无人在，却也发现了床脚移动衣橱打开等痕迹，不用说之前已经有人光顾过。当他准备潜入最西面的一间房时，扭转门把却纹丝不动，原来房门已被反锁。

傅雁尘首先想到了杜瞳，这一场交恶似乎在所难免，他从楼梯拐角取来一只放置花盆的三角架，攥在手里充当武器，正要撞开房门，却突然听到筱艳宝的屋内传来一声短促的叫喊。

014

“怎么回事？”傅雁尘匆忙返回筱艳宝的房间，只见她魂飞魄散地蜷曲床头，眼里满含恐惧。

“鬼，有鬼——”她伸手指向窗户，用颤抖的声音说，刚才因为口干舌燥起来找水，还没摸到茶壶，却突然发现从桌底钻出一人，纵身跳上窗台，倏尔消失不见，整个过程无声无息，形如幽灵。

傅雁尘扭头看，本来关闭的窗户果然洞开，冲过去俯瞰楼下并没有异常动静，正犹豫着是否出窗追查，却听筱艳宝深感错愕地说：“你……是什么人，汝康在哪里？”

再看她眉尖紧蹙，星眸闪动，似乎惊吓之下醉意消散了大半。

“我是你酒后选中的倾诉对象，”傅雁尘答道，“汝康大概在你梦里吧。”

“啊，刚才我一定很失礼吧，希望您不要介意。”筱艳宝惭惶道，却慌忙低头检视自己的衣裳，看到旗袍盘扣完好如初，紧张的神色才稍稍缓和。

“没有，相反今晚你无形间替我解了不少围。”傅雁尘平心而论。

“怎么可能？汝康都说我是个最没用的女人，否则也不会移情别恋了。”筱艳宝仿佛又陷入颓唐失落的情绪。

傅雁尘未免诧异，汝康何许人也，竟然对眼前这个“我见犹怜”的尤物弃之不顾，其中又牵扯着什么样的恩怨情仇？只是形势紧迫，必须克制好奇心，唯有婉言劝道：“我不敢说汝康有眼无珠，但感情的问题是非难断，得失成败自有上天安排，正好哈同夫人请了高僧在楼下谈因果，你不妨去听听，或许有助于驱散心中的苦闷。”

“像你这么善解人意的男人就快绝种了吧，唉，可惜不是汝康。”筱艳宝幽幽叹道，宛若秋波的眼神楚楚动人。

“我也遗憾自己不是，”傅雁尘脱口而出，说完失悔不已，并且莫名惊奇，妻子遇害后自己就心如死灰，对世上的红颜绿鬓视若无睹，何以面对筱艳宝竟乱了方寸，莫非她身上一股柔媚的韵味格外勾魂摄魄？他暗中自责，连忙收起绮念正色道：“好吧，既然你恢复了精神，我就失陪了。”

“你要去哪里？”筱艳宝轻问，留恋之意溢于言表。

“你不是说有鬼么，我去做钟馗。”傅雁尘淡淡笑道，摆摆手转身离去。

重新来到最西边的房间，用随手捡来的一枚曲别针捅开锁眼，屋里仍然空无一人，靠近敞开的窗户观察，依稀瞥见楼下一条人影朝着西南方向迅速移动，片刻间消失在夜色中。

“如果这是杜瞳，刚才筱艳宝见到的又是什么人？”傅雁尘暗自猜想，也许潜入楼内的密探不止一人，既然搜寻的结果显示蔡锷不在这里，罗迦陵也有防范之意，此地就不宜久留。何况对手去势匆忙，是否获取了新的线索，必须追踪查证一番。

思谋已定，他立即跨出窗台，沿着楼外的下水管滑下，快步奔向西南。顺利躲过保镖的监控脱离禁区，刚走不远，却在一处垂花门前偶遇一名巡捕，因为他孤身游荡而上前盘诘。

“我在贵宾区吃得太饱，想去天演剧场看戏消食，转了两圈迷路了。”傅雁尘信口编造。

“我要去剧场换班，正好可以给先生带路。”

“啊，劳驾了。”傅雁尘道了声谢，心想，这真是“有钱能使鬼推磨”，都说租界里的巡捕蛮横无赖，原来在豪门大宅里当差也会变得温和有礼。

但没走多远就不对了，傅雁尘凭着对爱俪园蓝图的了解，发觉那巡捕引领的方向并非天演剧场，细心察看，他身上的制服也不大合体，于是收住脚步。

“先生，怎么不走了？”那“巡捕”问。

“恐怕你带我去的不是剧场吧。”傅雁尘说。

“那会是哪里？”“巡捕”笑得很不自然。

环顾周围，光线暗淡，曲径通幽，道路两边的树木间隐约有身影晃动，傅雁尘冷笑：“月黑风高夜，杀人放火天，带我去哪里你心里还没数吗？”

“有数，我带你去的地方是鬼门关！”“巡捕”忽然目露凶光，伸手摸向腰间，道路两旁也同时有人扑出。

傅雁尘早有防范，一个飞腿将他踹翻，又挥动几拳逼退增援的两人，然后扭身就跑，刚跑到道路转角，“噗噗”连响的子弹就从身后射来，几乎擦着他的肩头掠过。

三人紧追不舍，一边乘隙开枪。傅雁尘腾挪闪跳，连续躲避，虽然极其狼狈，但他的优势在于熟悉园内布局，岔路拐弯都能预判，所以始终能将追兵甩开一段距离。

不一会儿跑到天演剧场西侧的挹翠亭，按照和罗景宽的约定，武器就藏在亭边第一棵柳树上。傅雁尘看到了那棵细柳树，身后的脚步声也越发逼近，他提足一口气，冲刺，纵起，单足朝着树干一踩，借力在半空扭转身体，再落地时树上的枪也恰好掉在手里。

这一套动作迅捷无比，衔接巧妙，“巡捕”等三人不禁目瞪口呆，他们清楚傅雁尘的来历，见他握枪在手，就好像看到一只受困平阳的猛虎陡然恢复了元气。然而傅雁尘更加吃惊，因为当他勾动扳机时，忽听“咔嚓”一响，子弹居然卡壳了。

仓促间来不及退弹上膛，趁“巡捕”三人尚自迟疑，他顺势把枪向前扔去，正中一人的额角。他随即向东逃窜，本想跑进剧场混入看戏的人群，但对方似乎已经识破他的意图，抢先拦住去路。

不得已折向西行，奔逃之际发现这三人绝非等闲之辈，一人正面跟进，两人迂回包抄，战术配合相当熟练，显然是训练有素的高手。渐渐地，傅雁尘被逼到一条狭长廊道上，两侧是瘦石嶙峋的假山，尽端是一大片池塘，三人成品字形围拢过来，眼看已无可转圜。

无奈下只好孤注一掷，傅雁尘借助廊柱的掩蔽，从地下拾起一块鹅卵石，瞅准东面的“巡捕”最先靠近，飞石打掉他的手枪，接着纵身跃出，将对方拽倒后抱紧顺势翻滚，一气滚出十几步远，耳边听到枪声如麻，起身感觉居然毫发未伤。

犹自暗称侥幸，却发现“巡捕”的两名同伴竟已双双倒毙，诧异间又看见申玉彦缓步走出，这才明白，原来自己化险为夷并非出于上天眷顾。

“说起来你是要救人的，怎么总是被人撵得像兔子跑呢。”申玉彦微微笑道，侧脸吹散了枪管上的一缕硝烟。

“也许正像你所说的，救人远比杀人困难吧。”傅雁尘摇头叹道，刚把被砖石硌得昏死过去“巡捕”踢开，又听到一阵急促的脚步声接近。

傅雁尘藏身廊柱后，申玉彦也举枪警戒，不料匆匆跑来的却是消失半夜的罗景宽。

“你不会真给红牡丹捧场去了吧。”傅雁尘现身质问。

“哪有那份闲心，我被人暗算了……”罗景宽气急败坏地解释，他藏好枪支后正准备重返贵宾区，无意间却发现一条行踪诡秘的身影酷似杜瞳，于是暗中尾随，跟到烟水湾不见了目标，正在迷茫张望，湖面上忽然射出一道水柱，重重打到他的脸上，他只觉得头晕眼花，当即不省人事。

“说得也太玄了吧，”申玉彦轻笑，“就算水鬼显灵，水柱也能把人打昏吗？”

“怎么不能，”傅雁尘说，“别忘了‘过江龙’薛让就有这本事，能用一根竹管把水流压得像子弹一样强劲，幸亏他从不免费杀人，景宽才算拾一条命。”

望着罗景宽印堂间的乌紫痕迹，申玉彦沉吟道：“如果得到的消息确切，为什么园里没有目标人物的活动迹象？如果蔡锷根本不在园中，为什么又有那么多杀手混进来？”

“这一点我也困惑，想要弄清楚恐怕还得从消息源头入手，”傅雁尘若有所思地说，“有一个人到了必须验明正身的时候了。”

“谁？”

“千日红，”傅雁尘说，“我这就返回贵宾区找她。”

“不必回去，刚才我见到她了。”罗景宽说，他从水边苏醒后，本想找傅雁尘会合，还没来到贵宾区入口，远远看见千日红步履匆忙的走在路上，而且有一个男人如影随形地挽着她的手臂。

“什么人？”

“唐乐天。”罗景宽继续陈述，他见两人直趋西门，就跟在后面察看究竟，却又被一批散席的宾客遮挡了视线，等他拨开人群继续寻觅，千日红和唐乐天早已不知去向。

“和唐乐天在一起，难道执法处的麾下也招收女人？”傅雁尘疑窦丛生，申玉彦提醒说：“出了园子就更不好找了。”

傅雁尘也感到惆怅，却又听到旁边地上的那名“巡捕”发出一声呻吟，不禁庆幸道：“还好咱们手边还有一个活口。”

谁知他的想法过于乐观了，当俯身讯问唐乐天在上海的据点时，那“巡捕”却表现得极其强硬，任凭威逼恐吓也不开口，傅雁尘未免束手无策。

“我来试试，”申玉彦蹲下身子，脱下“巡捕”的一双袜子，对罗景宽说：“兄弟，摁住这家伙的两条腿。”

罗景宽不解其意，依言照办，只见申玉彦先用膝盖压住“巡捕”一条胳膊，再把袜子卷成一团塞进他的嘴里，然后双手拉过他另一条胳膊，攥紧其中一根手指，发力一掰，就听“咔”的一响，那根手指竟被生生撅断。

由于发不出呼喊，“巡捕”的额头胀得青筋暴跳，黄豆大的汗珠滚滚冒出，周身中电般地抖动弹腾，险些将罗景宽蹬翻。傅雁尘不由得皱眉，仿佛感受到了那股钻心的痛楚。

申玉彦的神色沉静如初，冷冷地对“巡捕”说：“我把袜子拿出来，如果第一句听到的不是实话，就接着撅你的手指，直到把十根都撅断为止。”

“巡捕”目露惊恐，拼命点头，等到取出袜子，他声嘶力竭地喊道：“安南路，江南公寓——”

话音没落就被申玉彦一掌劈昏，也算暂时中止了痛苦。

得到了答案三人不再耽搁，即刻撤出爱俪园，刚刚钻进停放在西墙外的汽车，耳边忽然传来“蓬蓬”的声响，继而周边骤然变亮。透过车窗察看，才知道是园内正在点燃烟花，无数焰火升腾绽放，把夜空渲染得色彩缤纷。

随着光线明暗交替，傅雁尘偶尔瞥见园墙斜对面的巷口走出两人，一人中等身材，英姿挺拔，另一人高大魁伟，背负一个长条形包裹。两人步伐稳健，似乎对漫天绚丽的烟花毫无兴趣，径直走到路边一部汽车前，动作敏捷地开门上车，而后朝着东北方向行进。

傅雁尘心念一动，这两人的身影似曾相识，只是不容他仔细回想，申玉彦已经发动引擎疾驰而去。

再次落在唐乐天手里，除了悲叹时乖命蹇，千日红感受最多的就是无边的恐惧，“笑面无常”的残忍家喻户晓，自己将要承受怎样的屈辱和折磨，如何应对周旋才能守住秘密，直到被唐乐天带回寓所，双手反绑在椅子上，还没想出一条权宜之策。

看到那张令人生畏的笑脸接近，千日红知道苦难的历程已经开始，不由得双肩微微抽搐。

“呵呵，别紧张，”唐乐天拉过一只凳子坐在前面，“外面的流言不可靠，其实我本质上也没那么凶狠，尤其对待你这样标致的女人，更不忍心辣手摧花。当然，前提是需要回答我一些问题。”

“什么问题？”

“很简单，蔡锷途经上海的中转站选在哪里？离开的具体时间和交通工具？傅雁尘下一步有什么打算？”

“先生，我想您一定搞错了。”千日红抱屈衔冤地说，“我不过一个倚门卖笑的胡同姑娘，专供大爷们消遣的玩意儿，怎么可能知道那什么重大机密？”

“这么说就奇怪了，”唐乐天笑道，“傅雁尘千里迢迢把你从北京带来上海，难道只为充当随军营妓？一个刀头舔血的杀手至于摆这么大谱吗？”

“不是的，”千日红急切分辩，“就因为我陪阿凤姐去过两趟天津，姓傅的就误认为我了解蔡将军的行踪，所以不由分说地挟持我上路，事实上我每天担惊受怕，一直在找机会逃跑，也根本不清楚他到底想干什么。”

“如果你真的想跑，这一路上的机会也太多了吧。”唐乐天不紧不慢地说，“津浦线上火车断成两截的时候，傅雁尘自顾不暇，怎么也没见你溜掉？你声称不知道内情，又怎么在福煦路的咖啡馆里说出蔡锷的下落，总不会是讲梦话吧？”

千日红神情顿变，当时自己使用“唇语”，为的是引诱对面的杜瞳上当，没想到却成了和傅雁尘同舟共济的明证。

“装傻充愣是行不通的，还是老实交待吧，免得发生不愉快的事情。”唐乐天笑着说。

千日红的眼里陡然怒气充盈，昂首呵斥：“省省吧，别说我不知道蔡将军在哪，就算知道，你也休想问出一个字。动手吧，大不了一死。”

“嘿，还是位女中豪杰，知不知道，你生气的样子更加好看，可惜屋子里没有镜子，你自己看不见。”唐乐天伸出手缓缓抚摸着她的面颊，口中絮絮叨叨，千日红只觉得脸上如蛆虫爬过，有一种说不出的憎恶反感。

“哟，有办法了，你等着啊。”唐乐天仿佛突发灵感，转了一圈返回，取来几样东西，包括一只盛满清水的搪瓷盆，一杆戏子用来勾脸用的彩笔，还有一把西洋医院做手术用的柳叶刀。

“你要干什么？”千日红莫名所以。

“帮你欣赏一下自己的美貌呀。”唐乐天说。

“怎么……欣赏？”千日红迟疑道。

“把你这张俊俏的脸皮剥下来，不就可以拿在手里仔细端详了？”唐乐天轻松笑道。

千日红不禁毛骨悚然，虽然自己对即将遭受的摧残已有无数猜测，却还是没料到对方会使用如此血腥变态的手段，生剥脸皮，她简直无法想象，只觉得一股无以伦比的阴寒之气沿着四肢迅速蔓延，惊恐之下嘶声道：“你快杀了我吧！”

“杀人有什么乐趣，征服一颗坚强的心才有成就感。”唐乐天掬起一捧清水泼在千日红脸上，轻轻拍打几下。“估计你这会儿热血上头，用冷水激一下才好动刀。”

千日红周身颤栗，翕动着嘴唇哀乞：“求你……别这样。”

“求人不如求己，你知道怎样才能教我停手。”唐乐天一边说，一边用彩笔在她的脸上勾勒轮廓，口中啧啧叹道：“好一张标准的瓜子脸，在我剥过的脸皮里也算是极品了。”

千日红的心突突乱跳，根据接头人的留言，蔡锷确实去往了爱俪园，唐乐天在此施展淫威，说明密探杀手还没有发现目标，但若一经自己证实，他们势必返回加强搜检，蔡锷能否顺利脱身就成疑问了。想起当初接受使命，自己曾抱定誓死不渝的信念，只是面前的考验似乎比死亡艰难百倍，眼看着明晃晃的柳叶刀举到额前，她的精神已到了崩溃的边缘，绝望的泪水滚滚涌出，撕心裂肺地发出一声尖叫。

突如其来的叫声吓了唐乐天一跳，更令他惊奇的是，叫声里似乎夹杂着一声枪响，同时看到手中的柳叶刀断了一半，紧接着东西两侧的窗户各有一人闯入，自然是傅雁尘和申玉彦。

“你们哥儿俩也太败兴了，不能等我露完了手艺再出现吗？”唐乐天摇头苦笑，若无其事地丢掉刀子，看似放弃抵抗，却忽然伸手入怀拔出手枪。

他的动作快的令人目不暇接，却还是没有快过傅雁尘和申玉彦，“砰砰”两响后，他的身子晃晃悠悠地着仰面摔倒，脸上居然还保持着僵硬的笑容。

“这么个歹毒东西，偏偏生就一副至死不改的笑脸，也不知道老天爷是怎么合计的。”申玉彦打量着唐乐天的尸体，似乎苦思不解。

傅雁尘无意瞻仰遗容，上前替千日红解开绳索，见她花容惨淡，声噎气喘，失神的双眼泪流不止，像是仍未从深度竦惧中挣扎出来。

“别害羞，你不妨痛快哭一场吧。”傅雁尘了解这种劫后余生的虚脱感受，好比喜极而泣的失控，胸中郁结的情绪必须得到宣泄。

不料千日红只是长长吸了一口气，用手擦干泪水，神情已趋于清醒，匆匆道：“哪有工夫多愁善感，快说说爱俪园的情形怎么样了？”

一份镇静果敢的气度令傅雁尘刮目相看，当即如实相告：“没找到目标，我怀疑你提供的情报有假。”

“本来有假，后来就弄假成真了。”

这句话的意思难以捉摸，傅雁尘正要追问，千日红又说：“还有多少军警密探留在园子里？我们不能坐等对方的搜寻结果，一定要抢先与蔡将军取得联系。”

“依照唐乐天和杜瞳的动向，密探杀手们不会长时间滞留在爱俪园，他们的搜寻范围应该已经改变。”傅雁尘说，“目前的关键问题是，我们的手边毫无线索，又怎么和蔡将军取得联系？”

千日红凝眉沉思一下，喃喃道：“也许线索还剩一条。”

“什么？”

“走，快去华美旅社！”

傅雁尘早已断定千日红绝不简单，但强烈的反差还是让他深感意外，处乱不惊的神态，指挥若定的口吻，哪里还是先前那个庸脂俗粉？虽然加重了困扰，暂时却无暇追究，因为形式迫人，当务之急还是尽快挖掘新的线索。

驱车赶到华美旅社，罗景宽在外望风，千日红领着傅申两人入内。时近凌晨，旅社里阒然无闻，上下两层房间的灯光俱灭，只有门口柜台后一人在打盹，听到动静抬眼张望，还是千日红上次见过的那名伙计。

“请问，二零五的高先生回来没有？”千日红问。

“好像回来了吧。”伙计揉着眼睛说。

千日红心头暗喜，正要走去楼梯，却被伙计拦下。“慢着，小店的规矩，晚上过了十二点谢绝不相干的人来访，以免打搅顾客休息。”

“怎么是不相干的人，”千日红皱眉，“我是高先生的亲戚，有急事找他，前天不是给你证明过了？”

“前天的证明早该失效了吧。”伙计皮里阳秋地笑道，右手的三根手指轻轻一搓。

千日红恨得牙根痒，难怪都说“车船店脚牙，无罪也该杀”，这贪得无厌的家伙还想重复索贿。正要发作，申玉彦的手枪已经抵上了伙计的脑门。“这个会不会失效？”

伙计的笑脸顿时变成土黄色，惶急道：“不会，不会……”

三人径直上楼，打开二零五的房门，揿下电灯开关，屋里却空无一人，只是床铺凌乱，桌椅翻倒，犹如傅雁尘在涌云楼看到的情形。

怎么总有人抢先一步？疑惑中四下搜寻，抽屉，桌角、床底均无发现有价值的痕迹，只是靠近盥洗室的衣橱一下子没拉开，门柄后似乎被什么东西卡住了。

申玉彦掏出匕首撬弄了一番，“啪”的一响橱门开启，同时一具中年男子的尸体缓缓栽了出来，他的喉咙已经被割断，仍未干涸的鲜血还在汩汩渗出，几乎染红了整个胸膛，而且面孔扭曲，目眦欲裂，仿佛有满腔的冤屈无从诉说。

又一次近距离面对血淋淋的惨象，傅雁尘再度被莫名的眩晕感觉袭扰，脸色苍白，冷汗涔涔，颤抖的手扶住盥洗室的门框，极力克制着呕吐的冲动。这副萎靡脆弱的模样千日红第二回见到，惊奇之余流露出一丝关切，“傅先生，你还好吧？”

“是不是这两天太累了？”申玉彦也留意到他的反常。

傅雁尘摆了摆手，指着尸体问千日红，“是不是你要找的人？”

千日红仔细审视，“国字脸，连鬓胡”，正是先前牢记的接头人高允诚的特征，于是沉重点头。

“这么说唯一的线索也断了？”申玉彦不免失落。

千日红默然无语，但沮丧的神情已给出肯定答案，正在彷徨无计，傅雁尘忽然做出一个噤声的手势，“嘘，外面什么声音？”

两人侧耳倾听，窗外隐约有一些声音传来，断断续续，十分微弱，像是有人在痛苦的哼叫。推开窗察看，楼下是一条细长的甬道，其间似乎蜷伏着一条身影，正抑制不住地发出阵阵呻吟。

又听了片刻，千日红感觉那人的声音何其熟悉，禁不住俯身叫道：“小何，是你吗？”

等他们下楼把人救起，果然是与千日红秘密会晤过的何觉云，英俊的面孔憔悴不堪，一条右腿似乎伤的不轻。

“你的腿怎么样了？”千日红扑上前询问，焦灼之情溢于辞色。傅雁尘伸手在何觉云的右腿上捏摸了一遍，说：“不要紧，腿没断。”

“唔，我没事，”何觉云像是刚刚恢复了神志，看到傅雁尘和申玉彦不由得满脸疑虑，“这是……”

千日红明白他的心意，安抚道：“没关系，事到如今，我们应该相信傅先生不是敌人。”

“理由呢？”何觉云却仍然保持警惕。

“如果他的目的是搜集情报加害蔡将军，刚才就没必要制止唐乐天对我的酷刑了。”千日红说。

何觉云释然，才急问道：“高大哥逃掉了么？”

“没有，”千日红遗憾地宣布了接头人的死讯。何觉云不禁痛心疾首，千日红说："我们遭遇的困境不止是人员伤亡，还有联络中断的局面，快讲讲你这一天来的经历吧。"

"前天和你分手后，我就赶来旅社守候，直到昨天晚上才见到高允诚……"何觉云详细陈述，查验身份无误，双方开始沟通，高允诚说，蔡锷确实于两天前乘船离开了日本，而他事先也准备了落脚处，但在轮船抵沪的前夕，忽然又收到密电，对方临时通告把会面地点改为爱俪园。

"为什么会这样？"千日红不解。

"高允诚后来得知，"何觉云说，"蔡将军前脚登船驶离横滨，执法处的密探后脚就追到港口，消息被革命党领袖孙文获悉，他担心军警杀手在上海早有布置，蔡将军先前的行程规划或许有失稳妥，于是发急电劝告蔡将军改变部署，并推荐把爱俪园当作中转接洽的地方。"

"原来出自中山先生的建议。"千日红恍然道，她知道孙文在就职临时大总统前和"二次革命"失败后曾两进爱俪园，与哈同夫妇的交谊相当深厚，有这样的提议也顺理成章。

"因为计划有变，所以高大哥才给你留言，但见你迟迟没有露面，就又返回了旅社等待。"何觉云继续说。

"其实我已经进入了爱俪园，不幸的是撞在'笑面无常'手里。"千日红叹息，又问，"高先生没说蔡将军打算什么时候启程吗？"

"说了，就在今天早上，但没等他说出地点，房门就被踢开了……"何觉云愀然道，闯进来的是杜瞳为首的四名密探，他和高允诚起身应战，无奈力不能敌，交手不到两三回合，何觉云就被对方一脚踹出窗外，重重摔落在甬道里，当时就失去了知觉。

接下来的情形不言而喻，高允诚必定被杜瞳俘获，刑讯逼供后惨遭杀害。那么，高允诚临死前有没有吐口，蔡锷离开上海的具体地点又在哪里，由于何觉云的昏厥都成为谜团了。

"目前掌握的只有一个大致时间，想要赶在密探前面找到蔡将军，只有沿着江岸逐个排查了。"傅雁尘说。

"这办法也太笨了吧，何况时间上也来不及呀。"千日红不以为然，上海扼居水路要冲，江海汇流，码头林立，如此查找无异于沙里淘金。

"女诸葛，你拿出个聪明的法子试试？"傅雁尘冷冷道。

千日红顿口不语，困心衡虑，实在是别无选择。于是不再耽搁，几人纷纷上车，看着何觉云拖着伤腿，犹自气喘不匀，千日红说："小何，你就别去了。"

"不，多一人多一份力量，再说我留下来也不能安心。"何觉云坚持道。

千日红只得扶他坐在后座，为避免气闷，又特意把车窗摇下一半。傅雁尘看在眼里淡淡一笑，心想，千日红的身份虽然没有完全解密，但看似蔡锷出逃计划的负责人，可惜年轻姑娘的弱点毕竟明显，险象环生之际还不忘儿女情长。

汽车朝外滩方向开去，因为一夜之间太多的疑点悬而未决，车上的人难免费神思量，也少不了彼此交流意见。

“真想不明白，”申玉彦说，“蔡将军选择爱俪园不过是临时起意，为什么这么快就被密探截取了讯息？”

“这个责任在我，”千日红懊悔无及，“当时出于猜疑，本想耍个花招，没料到弄巧成拙，唉，回头我再向大家解释吧。”

“好，不提这个，”申玉彦又说，“说说华美旅社吧，高允诚的落脚点应该没几个人知道，怎么会被杜瞳找到？”

千日红低头沉吟，坚信自己和何觉云方面不致泄密，蔡锷更不可能出卖同志，那么肇祸的原因惟有一条，“高先生离开爱俪园时，不小心被暗中窥伺的杜瞳察觉行踪，一路尾随而来。”

“这个理由未免牵强，”傅雁尘忽然开口，“如果杜瞳在园内就识破了高允诚，更该做的是反向倒查蔡将军的下落。”

“没错，这也是最奇怪的一点，”申玉彦附和道，“如果蔡将军真在爱俪园，为什么双方人马整晚搜寻都没有结果。”

“偌大的园林，谁能担保没有遗漏的地方？”千日红说，“何况哈同夫妇接受了重托，也会格外关照，加倍提防。”

“我不敢说一草一木都没放过，至少贵宾区内的每座建筑都搜遍了。”傅雁尘说，“我所见到的男主人在和客人把酒言欢，女主人则带着一帮居士在涌云楼讲经论法。”

“不对吧，在涌云楼讲经？”千日红突然皱眉。

“怎么不对？”

“爱俪园里有专门斋戒礼佛的频伽精舍，经书法器一应俱全，为什么要另起炉灶因陋就简呢？”

经此一提傅雁尘也感觉蹊跷，如果基于安全起见，涌云楼的位置并不比频伽精舍更靠近贵宾区，把前者划进重点警戒范围难道别有深意？

冥思苦想之际，汽车恰巧又经过爱俪园西侧的道路，随着车灯的光晕扩展移动，围墙对面的巷口再次映入眼帘，而两条身影也蓦然兜入脑海，他当即喊道：“停车——”

驾驶座的罗景宽猛踩刹车，众人不免惊讶，“怎么回事？”

傅雁尘先不吱声，伸手扭开车内小灯，又掏出园林草图仔细查看，同时左顾右盼，像是在判断方向，不一会儿拊额叫道：“咳，明白了，哈同夫妇表面上显得若无其事，其实早就谋划好了一套‘明修栈道，暗度陈仓’的计策。看，这条路线贯通涌云楼，为什么在园内始终找不到，因为这本来就是一条地下密道，入口在涌云楼一层大厅的屏风后，迦陵夫人借讲经之名掩护蔡将军进入地道，然后直达西墙对面的小巷。刚才离开园子的时候，我偶尔发现两条熟悉的身影从巷口走出来，应该就是天津德义楼见过的两人，现在可以肯定，其中一个就是蔡将军。”

千日红等人豁然开朗，却也仍存隐忧。“就算看到了蔡将军，你能确定他从什么地方离开上海吗？”

“当然，”傅雁尘轻笑，“我见他乘车直奔东北方向，你们想想还会去哪里？”

众人相顾默忖，随即不约而同地断定：“吴淞码头！”

上海开埠以来，商贸兴盛，航运发达，吴淞码头几乎成了繁忙喧嚣的代名词，也许只有午夜到黎明的一段时光相对宁静，所以最懂得及时行乐的美籍调度员托马斯才有空灌下半瓶朗姆酒，并从宝山路上招来一名蜂腰肥臀的咸水妹，拉回值班室开展一场“外交活动”。

谁知风言浪语的铺垫刚结束，还没进入实质阶段，朦胧间却听到外屋一阵窸窣响动，于是披上外套出来，看见有个男人坐在办公桌前翻阅调度表册，神情显得焦急而专注。

“你怎么进来的，没看到门外‘闲人莫入’的牌子？”托马斯操着生硬的汉语质问。

“赶船的乘客不能算闲人吧。”桌前的男人头也没抬，正是刚刚抵达码头的傅雁尘。

“那也没资格乱动我的东西，赶快滚出去……”托马斯喷着酒气怒斥，却又立刻默认了对方的“资格”，因为忽然发现，他翻动纸页用的不是手指，而是一支“马牌橹子”的枪管。

“您……是不是来早了？第一班客轮八点才起航。”托马斯缓和了语气。

“货轮呢？”

“末班货轮一个小时前离港了。”托马斯说。

傅雁尘估算时间，蔡锷赶不上最后的货轮，但如果提前太早就来码头等候客船，似乎又不符合保障安全的宗旨，难道自己的判断有误？迷惑间留意到托马斯一对蓝灰色的眼珠溜溜直转，透出几分狡黠意味，当即心思一动，问道：“据说吴淞港常有走私船进出，贿赂了工作人员就不必报关登记，是不是？”

“您的话我不懂。”托马斯干笑道。

“看样子你不想再回到床上去了。”傅雁尘的枪管直指他的小腹，“啪哒”一响子弹上膛。

托马斯脸色顿变，迟疑了片刻嗫嚅道：“有一艘‘隆升’号六点发船……”

“在几号泊位？目的地是哪里？”傅雁尘追问。

“零号泊位，去往香港。”

这就对了，傅雁尘欣然起身，托马斯吓得后退一步，“我说了实话，您不会再伤害我了吧。”

傅雁尘瞥了一眼屋里半裸的女人，夷然不屑地轻笑：“早酒晚茶五更色，要命的三样嗜好你独占两样，用得着再伤害你吗？”

话音未落，人已出门，钻进在外等候的汽车，向几位同伴通报情况。千日红先是振奋，继而担忧，“零号泊位在最北面，还剩三分钟，恐怕来不及了。”

“杜瞳他们同样来不及，”傅雁尘说，“目送着保护对象脱离险境也算不错的结果了。”

话虽如此，还是催促罗景宽加大油门，引擎轰鸣着向北疾驰，转眼间接近零号泊位，借助港内灯标的光亮，看到一艘形制颇巨的木壳铁肋货轮，乌黑的船身上隐约可见“隆升”字样，舷梯跳板已经撤掉，岸边的一名码头工正准备解开最后一根缆绳。

然而，他刚刚弯下腰，身前的江面突然射出一道笔直强劲的水柱，把他整个人打得倒翻跟斗当场昏死。傅雁尘等人不禁瞠目结舌，尤其罗景宽更是惊心悼胆，陡然想起了自己在爱俪园烟水湾边的遭遇。

“不好，对手已经到了。”傅雁尘愀然道，紧接着看到浪花翻涌，一条轻捷的身影从水底腾起，恰好落在已经抻直的缆绳上，正是“过江龙”薛让，此刻展开双臂保持平衡的样子更像一只振翅待飞的鱼鹰。

在他跳上缆绳的同时，对面两座仓库间的夹道里窜出十几名黑衣人，奔跑的过程迅即分成两组，一组直扑“隆升号”，另一组由杜瞳带领着依托货架和防波堤的遮掩，向罗景宽驾驶的汽车发起攻击。

子弹射来，罗景宽急打方向，刺耳的啸叫声中，汽车一头扎进旁边的货场。车上的人纷纷下来，各自寻找掩体应敌。看到对方火力凶猛，傅雁尘一边还击，一边乘隙打开行李箱补充武器，离开汇中饭店前，他曾关照罗景宽把装满枪弹的行李包放在车上，想不到果真派上了用场。

“给我一支枪。”千日红嚷道。

“你会用吗？”傅雁尘迟疑道，还是丢过去一把柯尔特左轮和一副备用弹夹。只见千日红推出弹巢，稍作检查后“啪”的合上，动作相当熟练，接着就要冲出货场围栏，却被傅雁尘拦住。“慢着，发给你枪不是让你去耍威风的。”

“没看到他们就快上船了吗？”千日红惶急道，看到三四名黑衣人紧随薛让，正手足并用沿着缆绳向上攀爬，相隔虽然不远，杜瞳等人的阻截却在岸边构成了一道无法逾越的屏障。

“那也不能白白送死，”傅雁尘审视了一下态势，嘱咐千日红，“你和景宽、小何从正面牵制，尽量朝缆绳上打，延缓他们登船。”随后又招呼申玉彦，“玉彦，该干活儿了。”

申玉彦会意点头，和傅雁尘相继跨越围栏，沿着仓库边缘货堆辗转推进，时而交叉换位，时而隐蔽射击，精准的枪法不分伯仲，仅凭两人之力就把杜瞳一帮人搅得阵脚大乱，慌忙丢下三五具尸体，后退到一道石砌斜坡后。

“这两家伙的配合也太默契了，难怪‘杀手榜’上的排名那么高。”何觉云射击之余啧啧称叹。

“这不意外，一个是保定学堂的高材生，一个是聂士成麾下的资深武官，又一起受过禁卫新军的‘特训’，合作起来自然得心应手。唉，只可惜当初都误入歧途。”千日红说。

“你那老气横秋的语气真可笑，把枪打准点再来总结好不好。”罗景宽讥嘲道。

千日红顿口不言，眼前的形势确实越发严峻，他们的持续开火虽然拖延了对方攀爬缆绳的进程，毕竟准头无法和傅申两人相比，杀伤力也有限，黑衣人前赴后继围拢在缆绳上下，“过江龙”薛让更是腾转闪避，渐渐已接近船身。

在此危急关头，船舷后突然出现一个身材伟岸的大汉，背负一只长条包裹，他极其利落地摘取解开，手中已多了一柄五尺长刀，挥舞着跨出船舷，一道精亮的光芒扫向薛让头顶。

薛让吃了一惊，即刻向后翻滚，身形盘旋摇晃，居然没从缆绳上跌落，并且趁机抽出手枪，对准了大汉勾动扳机。距离不过六七步，所有人都以为持刀者必死无疑，然而不可思议的事情发生了。

枪响的刹那，只见寒光闪动，光花四溅，“叮”的一声，子弹竟被长刀挡飞。薛让不由得震骇莫名，甚至忘记了继续射击，眼见刀锋又至，慌忙纵身跃入江里。

大汉沿着缆绳腾挪而下，一路劈砍勾挂，团团白光耀眼生辉，如同一架快速移动的风车，缆绳附近的黑衣人或被接连斩翻，或是跳水逃生，不消片刻已溃不成军。那大汉毫无懈怠，挥刀砍断了碗口粗的缆绳，伸手抓住绳子末端，双足在岸边奋力一蹬，身体骤然荡起，在空中翻滚了两圈，稳稳落在甲板上，然后横刀屹立在船舷后，目光冷冷盯向岸边，沉毅威猛的气势活似《单刀会》里的关云长。

汽笛鸣响，“隆升”号缓缓起航，这一幕看得交战双方都惊奇万分，而稍有见识的人也确定了大汉的身份，能够把刀使得如此出神入化，唯有当年“杀手榜”上的“刀卷风”蓝锦川。

“蓝八爷应该六十多了吧，真没想到还能如此英勇。”何觉云犹自感叹，忽听身旁的千日红匆匆道：“你掩护我。”

“你干什么……”何觉云不解，却见她转身跑向一座高耸的锥形货堆，手脚麻利地顺着木箱向上攀爬，很快就爬上了高达两三丈的顶端，随后站直身体，冲着“隆升”号大喊一声，继而双臂不停挥舞，仿佛欢庆雀跃的样子。

这个古怪举动不但吓得何觉云神色大变，连正在寻机回撤的傅雁尘也错愕不已，此刻曙色已透，周边敌情未除，如此登高张扬岂不成了显著标靶？果然，本来追杀失败的杜瞳带着残部正在岸边望洋兴叹，看见了货堆上手舞足蹈的千日红，满腔怒火顿时找到了发泄的渠道，当即乱抢齐射，子弹横飞。

险些被击中的千日红连忙卧倒，但想从原路下来已被火力封锁，正要挪动身体另辟蹊径，忽听两三声巨响传来，她感觉到一阵强烈的震撼，刺鼻的硝烟扑面而来。回头看才知是杜瞳等人掷出了手榴弹，伴随着爆炸燃烧，货堆中部的木箱逐次坍塌，趴在顶端的千日红摇摇欲坠。

这一下她悚然心惊，照眼前的情形看来，自己的结局不外乎两种，不是葬身火海，就是摔落在坚硬的水泥地上。子弹在头顶掠过，火势越发蔓延，身陷绝境的千日红手足无措，这时却听到货堆下方有人高喝：“快跳下来——”

神昏意乱间瞥见傅雁尘不知从哪里推来了一辆运货的板车，上面似乎铺垫着厚厚的草荐，于是她拼尽全力挺身一跃，落在板车上的同时身后的货堆也忽喇喇彻底崩塌，烟尘火焰四散飞扬。

傅雁尘推着板车发足狂奔，冲向围栏边沿，罗景宽几人协同御敌之际，也早已经发动了汽车，等傅雁尘搀扶着千日红坐上，便立刻踩下油门，朝南面的空旷地带一溜烟驶去。杜瞳本想继续追赶，却又听到不远处传来一阵阵尖锐的哨音，他知道是水警营已经闻讯出动，只得悻悻地率领手下掉头撤退。

罗景宽驾驶的汽车风驰电掣逃离了码头，车上的众人总算松了口气，傅雁尘也有了空暇向千日红兴师问罪，“船都已经开走了，你又抽什么风？”

“你说过，目送保护对象脱离险境是不错的结果，”千日红平静开口，“但如果就此和保护对象失去联系，我们的存在还有什么意义？”

傅雁尘先是一愣，随即恍然大悟，她刚才不顾一切地登高冒险，原来是向船上的人传递“旗语”之类的信号，为的是保持联络，以便执行未尽的使命。揣摩回想，不得不钦佩这份细致和勇气，而困扰已久的疑问也如鲠在喉，“你究竟是什么人，现在可以开诚布公了吧。”

“急什么，”千日红嫣然一笑，“我们马上也要上船，到达香港起码三天，路上有的是时间答疑解惑。”

015

吴淞码头的角逐虽然激烈，因为大多局外人不明底蕴，注定造成不了广泛的影响，但在蔡锷南下的第二天，上海法租界又发生了一件举世瞩目的大事，就是由革命党人策划的“肇和舰”起义。

“二次革命”失败后，袁世凯下令解散国民党，废除《临时约法》，改内阁制为总统制，新兴的民国仅剩下一块民主共和的空招牌。孙文、黄兴等人遭到通缉，被迫流亡海外，但一直在暗中筹备力量积极反袁，另组“中华革命党”的同时，不断派遣骨干同志返回国内潜伏，相机起事，其中就有被孙文称作“革命首功之臣”陈英士。

陈英士的总部设在上海霞飞路渔阳里，并拟定了《淞沪军事起义计划书》，首要目标是夺取驻防长江的“肇和”、“应瑞”、“通济”等兵舰，继而抢占江南制造局、警察局、电话局等机构，控制整个上海。

计议已定，但在实施前必须除去一块绊脚石，就是袁世凯委任的上海最高军政首脑，受封彰武将军的郑汝成，因为他镇压革命党手段残酷，曾几度威胁陈英士的秘密行动，势必给即将进行的起义构成隐患。于是利用郑汝成前往日本领馆庆贺天皇寿辰的机会，陈英士指派王晓峰、王明山两名同志事先埋伏在外白渡桥，出其不意将其一举击毙。

平心而论，郑汝成的被刺确实起到了震慑北洋政府的效果，但对于革命党在上海的整体军事部署，却产生了打草惊蛇的弊端。事发后袁世凯“龙颜震怒”，当即任命杨善德署理淞沪护军使，加强戒备之余，又决定调离包括“肇和”在内的几艘兵舰。

本来革命党已经做好了舰上将士的策反工作，面对突然的变化，不得已只能把起义日期提前。当天下午，一路同志从法租界码头乘汽艇开往目标，顺利夺取了肇和舰，按照计划向江南制造局开炮，陆上的革命党人闻声响应，开始进攻电报局和警察局。但遗憾的是，另一组队伍受租界巡捕房干涉，无法及时占领“应瑞”“通济”两舰。不久上海守军集结就绪，动用猛烈的炮火大肆围剿，陆路攻击的革命党人因为联络不畅寡不敌众而伤亡惨重。紧接着受到收买“应瑞”“通济”两舰阵前反戈，炮口一致朝向“肇和”舰，“肇和”舰陷入了孤立无援的绝境，幸存者眼看事已不济，只得泅水逃生，至此，一场精心谋划的起义不到半天功夫便宣告失败。

消息传到北京，正在政事堂巡视的大总统袁世凯决定临时召开了一个“检讨会”，但纵观各位枢机大员的表现，气氛多少有些怪异。

首先领衔政事堂的“国务卿”徐世昌仍旧抱病缺席，顶替段琪瑞出任陆军总长的王士珍号称“北洋之龙”，不知为什么如今成了一条“哑龙”，每逢会议常常闭目安坐，缄口无言，一副徐庶进曹营的样子，其实他心里明白，老长官不过借助自己的声望压制逐渐桀骜不驯的段琪瑞和冯国璋，真正的军国大事根本无需自己操劳。此外有着进步党背景的张謇、汤化龙因为和梁启超交好，已经不在参商要闻的范围内，而机要局长张一麐原本闲静少语，外交部长孙宝琦因公事外出，相形之下，并非执掌军务的政事堂左丞杨士琦和财政部长周自齐显得格外活跃。

“肇和舰叛乱暴露了孙文逆党的野心，也可以当作是对政府东南防务的一次检验。”杨士琦侃侃而谈，“总体看来，上海护军应变迅敏，调度有方，完全有实力稳定长江流域的局面。”

“嗯，杨善德这次很得力，只是子敬的被刺实在可惜，唉，简直是失我肱股！”袁世凯扼腕叹息，子敬是郑汝成的表字。

“郑子敬战功赫赫，该当恤典隆盛，不过大总统也无须为替代人选发愁，有冯华甫坐镇南京，东南半壁可保无虞。”杨士琦说。

提到江苏督军冯国璋，袁世凯的心里若有隐忧，从他上半年偕同梁启超进京责问帝制，以及后来不肯在“军人推戴书”上列名的表现看，这个手握四省重兵的老部下似乎与自己有些貌合神离，沉思片刻，扭头望向垂首发呆的王士珍，“聘卿，最近跟华甫通过信没，都谈点什么？”

“上个月接到一封，”王士珍坐直回答，“也没什么要紧事情，无非叙叙旧，拉拉家常之类。”

“哦，”袁世凯眯着眼睛问，“照你看来，华甫今日的地位不同了，还肯不肯真心替我办事呢？”

“大总统怎么会有这样的顾虑？”王士珍像是始料不及，“我们老弟兄多年来追随您同甘共苦，从来都是黾勉从事，何况华甫受恩最重，一份至亲深情所系，他也不敢存有轻忽懈怠的念头。”

“一份至亲深情”指的是去年的故事，袁世凯见冯国璋丧偶多年，出于刻意笼络，便将自家的女教师周砥许配给他作续弦。周砥是淮军名将周盛传的孙女，知书达理，仪态娴雅，与袁家的关系非同寻常，因为自视甚高，年届三十还待字闺中，但也有传闻说她眷恋着文采风流的袁二公子。起初她坚决不愿嫁给行伍出身的冯国璋，但禁不起袁家太太小姐们的再三苦劝，最终含泪应允。出嫁当口，已被袁夫人认作义女的周砥由大公子克定和袁家三姨太护送，连同一百二十余担的妆资陪嫁抵达南京，“老树开新花”的冯国璋喜心翻倒，亲自前往下关码头迎接，并下命江上军舰鸣放二十一响礼炮致敬，规格形同国家元首。

有了这样一层姻亲关系，加上至交同僚的观感，袁世凯也觉得让冯国璋镇守东南门户应该问题不大，当时愁怀一宽，但随即又想起了另一件烦心事。“蔡锷已经离开日本了，据说从上海换船继续南下，这么一来他出洋就医的托词就不攻自破了。”

“我早就看出蔡锷人不可靠，生的一脸反骨，而且是短命相……”杨士琦说。

“现在不讨论面相，”袁世凯打断他的话，“他的意图已经很明确，必定是重返云南和旧部会合，下一步或许有什么异动，不能不早做防范。”

“大总统难道担心他真的会反？就凭云南那几千条破枪，胆敢跟政府作对吗？”杨士琦质疑。

“单纯的实力对比不是判断事态发展的唯一根据，”袁世凯说，“蔡松坡年纪轻轻就跻身名将之列，凭的就是智勇兼备，胆气过人，如果不是图谋不轨，他也不会叛逃出京了。所以，我们不能坐等局势恶化，未雨绸缪的部署还是有必要的。”

“说起未雨绸缪，其实大总统早有一步先手妙招，怎么不记得了？”周自齐插口道。

“哦？”袁世凯一怔。

“上半年陈二庵就职四川巡按使，到任后整饬军纪，修复交通，清剿匪患，显示出非凡的才具，加上他曾当过四川讲武堂提调和云南讲武堂堂长，西南军界要人多半出自他的造就。更难得的是，二庵对大总统始终忠心耿耿，由他扼守西陲，还怕有谁弄兵潢池？”周自齐说。

陈二庵即成武将军陈宧，袁世凯向来视作心腹，当初派他会办四川军务本是为了威慑两广，此时想想，用他来对付云南可能出现的状况再合适不过。“没错，二庵倒是个可以倚重的人。”

看到大总统首肯，周自齐越发起劲，又补充道：“当然，为防不测，还请大总统电谕二庵密切留意川滇边境的动向，另外军需粮饷也需及早筹措。”

“呵，子廙，你不但具备度支之才，军事方面也越发深谋远虑了。”袁世凯忍不住夸赞，仿佛吃下一颗定心丸，却又忽然瞥见旁边的张一麐嘴唇翕动，像是欲言又止，于是问道：“仲仁，你有什么见教？”

“呃……”张一麐踌躇了一下说，“去年国家刚刚经历战乱，百姓不堪苦累，当前实在不宜再兴兵戈。既然蔡松坡出走起源于对国体变更的猜疑，大总统何不发布一道公告以正视听，也算是杜绝祸患的有力举措。”

不等袁世凯表态，杨士琦不屑一顾地说：“笑话，就个人而言，蔡锷擅离职守，其曲在彼，按说应该负荆请罪，听候处置，哪有让长官屈从迁就的道理？就国家而言，云南是地方，敢于开衅就是公然反叛，中央政府自会大张挞伐，如果事先就姑息示弱，中央的威信何在？”

“言之有理，”周自齐也附和道，“我一直认为，进入民国以来兵连祸结，扰攘不休，根本原因就是正朔不明，中国人已经习惯了有皇帝的日子，骤然缺失只会导致政令松弛，时局动荡，所以恳请大总统顺应民意，早登大位，才能平靖天下，四海归心。”

“这是什么话，国体并非儿戏，哪能说改就改？”张一麟喝问。

“只要顺天应时，世上没什么事情是一成不变的。”周自齐辩驳。

“好了，两位跑题了。”袁世凯拦住了他们的争执，缓缓地环顾左右，像是要发表什么训示，但沉吟了片刻只是淡淡道：“今天的会就到这里吧，我还有个重要约见，先失陪了。”

说完起身离开，众人也四散而去，心存不满的张一麟在走廊拐角拉住周自齐，“老周，你怎么搞的，今天一个劲地煽风点火，是不是唯恐天下不乱呀。”

“天下乱不乱不是我说了算的，”周自齐似笑非笑，“我只知道，想要继续在政事堂坐一把交椅，就不能像你老兄那样跟大总统唱反调。”

“我怎么唱反调了？”张一麟诧异道，“是你功名心切，认不清形势吧，没看到大总统这些天对鼓吹抵制的‘筹安会’越来越冷淡了？”

“是吗，”周自齐的笑容里忽然透出几许神秘，迅速朝两旁扫视一眼后小声说，“仲仁，我给你看样东西。”

他从西服口袋里掏出一张折叠整齐的纸条递了过来，张一麟展开看，上面写着“凭条支银贰拾万元”，却没有署名。

“这是昨晚杨皙子交给我的，上面的字迹你可认得？”周自齐说。

上面的字末笔上挑，是袁世凯书写的显著特征，张一麟不由得眼张失落，半晌说不出话来。

袁世凯口中的“重要约见”出自长子袁克定的安排，说是不久前曾礼聘一位道行深厚的风水先生去袁家原籍项城“望气”，今日返回京城，特来禀告结果。

袁世凯是相信天命神佑的，这样的会见自然非常重视，匆匆来到颐年堂旁的春藕斋，相关人等已经在静坐等候，除了风水先生两侧的袁克定和袁府总管袁乃宽，还有多日不曾露面的杨度。

袁克定起身引荐，那位风水先生姓郭，身材颀长消瘦，倒有几分仙风道骨的风采，令人讶异的是，面对大总统他居然不揖不拜，一双眼睛只顾直愣愣地上下打量。

这是很失礼的情形，袁乃宽正要提醒，却见他忽然甩了甩袖子，又掳了下衣襟，直趋扑倒，行了一套很标准的三跪九叩大礼。

这是朝见至尊的礼节，袁乃宽和杨度等人不禁暗暗吃惊，脸色也变得越发沉凝。袁世凯也颇感意外，只是尽量表现得矜持，不动声色地说："郭先生辛苦，快请起吧。"

重新归座，先由陪同南下的袁乃宽叙述此行的经过，袁家的祖坟共计十七座，这趟郭风水一一细看，发现在第七座上大有讲究。

"啊，那不是先祖母的长眠之地吗？"袁克定脱口道。

"正是刘太夫人的坟茔。"郭风水恭敬答道，袁世凯的母亲姓刘。

"怎么样？"

"大发，"郭风水简短有力地说了两个字，继而解释，"这座坟的外形，来脉雄长，经九叠而结穴，每叠山上加冕——"

"且慢，请问什么叫加冕？"袁克定问。

"大山上加一个小山，就叫加冕。"

"加冕又如何？"

"应九五龙飞之象，"郭风水说，"不仅如此，地形左右迎送护卫，层层拱立，如同各路诸侯，正好符合帝王肇基的形势。明十三陵及东、西陵，我还未曾瞻仰，不敢胡说，就南方来讲，只有凤阳有这样的气象。此外再谈内形，这座坟四面包围，以流泉为暗沙，汇于明堂，也就是龙源了……"

"内形从外面怎么看得见，难道只是先生的猜测？"袁克定再次插言。

"看不见可以掘地试验嘛，"袁乃宽接口道，"郭先生简直一双火眼金睛，断定坟地周围五丈必有龙源伏流。果不其然，就在东面四丈开外挖下去不到三尺就见泉水出现，对了，郭先生，那两句诗怎么说？"

"诗曰：'相彼阴阳，观其流泉'，"郭风水应声答道，"当然，这是指建都而言，但建都尚且看重流泉，何况墓地呢？"

这一下似乎信而有征了，袁克定抑制不住兴奋，期待的眼神偷窥父亲，袁世凯的面容也仿佛沉静的湖水荡起一层涟漪，犹豫了一下开口问："以先生所见，龙兴之运，年数多少？"

在杨度听来，这话里有点宋太祖请教陈希夷，明太祖垂询刘伯温的意味，只见郭风水郑重其事的伸出右手，缓缓掐捏了片刻，肃然答道："八二之数。"

"是八百二十年，还是八十二年？"

"八二之数，"郭风水重复一句，摇了摇头说，"天机不可泄露。"

越是如此，袁世凯越忍不住刨根问底，他改用套问的方式，"这么说是八年两个月？"

郭风水只得答道："帝位长久，事后自知。"

答案虽然隐晦，袁世凯却深感欣慰，看来帝位不止八年两个月，自从野心萌动，他就没承望能够坐拥周朝八百年的天下，就算八十二年，已经绵延三世，可以称得上心满意足了，于是吩咐儿子，"郭先生的勘舆是好的，你要替我多多致谢。”

“是，”袁克定答应着，把早已准备好的一张支票双手呈给郭风水，看到上面一万元的金额，郭风水禁不住心花怒放，表面却诚惶诚恐地又给袁世凯磕了个头，口称：“天子万年！”

袁世凯温和地摆摆手，让袁乃宽带领郭风水下去安歇，而后询问杨度：“晳子，你怎么看？”

“我对君主立宪矢志不渝，大总统何必多问，如果非要再次重申，我只想送您八个字，‘天与弗取，反受其咎。’”杨度正色答道。

“天与弗取，反受其咎……”袁世凯拈着胡须轻声念叨，不一会儿像是决心下定，沉声道：“好，既然如此，我就不逆天行事了。朱桂辛搞了个大典筹备章程，你去和他们商量着办吧。”

“是。”杨度奉命唯谨，朱桂辛即内务总长朱启钤，也是热衷复辟帝制的要员之一。

看到袁克定眉飞色舞，袁世凯警诫道：“云台，你先别沾沾自喜，马上就到年底了，这件事能不能顺利举办，一定程度上取决于你手边案子的进展程度。”

袁克定明白，“手边案子”指的是阻截蔡锷的密令，而暗示期限也等于正式表态，明年即将改朝换代。得此收获他不禁志得意满，感觉什么事情都可以迎刃而解了，当下挺胸承诺：“您放心吧，我立刻加大力度催办，绝不会影响到大典如期举行。”

收到约请的消息，况梦非匆匆赶来张宅，看见独坐书房的张一麟面容憔悴，愁眉锁目，一副六神无主的样子。

“仲老，您这是怎么了？”况梦非问。

“唉，小况，”张一麟沉重叹息，“一切被你料中了，项城果然要孤注一掷。”

“哦，已经‘昭告天下’了吗？”况梦非并没有表现出异常惊奇。

“暂时没有，但征象已经很显著了。”张一麟说，首先确定了袁世凯即“筹安会”的幕后主使，又提供了另一佐证，刚从政事堂秘书处看到的“总统令”，追封在上海被刺的郑汝成“一等彰威侯，照上将阵亡例从优议恤。”

“呵，大总统封侯，这可算是海内奇闻了。”况梦非轻笑。

张一麟的脸上没有半分笑容，沮丧愤慨的表情如同最后一个发现真相的戴绿帽的男人。“我简直有眼无珠，宦海沉浮了几十年，对于时局的变化居然没有你一个布衣义士看得透彻。”

“仲老无需懊恼，您之所以迟迟没有洞见症结，只因本性过于仁厚，从来不肯把人心想象的如此险恶。另外袁某人也下足了矫情造作的功夫，几番惺惺作态表示绝不称帝，不是有许多追随多年的心腹部属也被他蒙蔽了么。”况梦非说。

“可惜的是，他最终还是选择了掩耳盗铃的行径。”张一麟叹道。

“不是盗铃，是盗国。”况梦非纠正道，“其实从去年祭天大典过后，袁世凯的司马昭之心已经无从遮掩了，甚至连名士派的袁寒云也有察觉，哦，对了，我给您看看刚从琉璃厂抄来的他的新作。”

袁寒云即袁世凯次子克文，与热衷政治的长兄克定不同，他为人风流蕴藉，才艺出众，诗词歌赋以外，对碑帖古钱的研究也颇有造诣，而且还是昆曲名票，又是个放荡不羁的情种，除了五位姨太太之外，据说“一度春风”的情妇多达七八十位，时下被称作“民国四大公子”之首。

张一麟接过况梦非递来的诗笺，是一首七绝：

乍著微棉强自胜 阴晴向晚未分明

南回寒雁掩孤月 西落骄阳黯九城

驹隙存身争一瞬 蛩声警夜欲三更

绝怜高处多风雨 莫到琼楼最上层

“好个‘绝怜高处多风雨，莫到琼楼最上层。’”张一麟叹道，“这真是知父莫若子，袁二既有先见之明，怎么不早点劝劝他老子？”

“如果劝谏顶用，徐相国和段合肥也不会称病引退了。”况梦非说。“人心不足蛇吞象，做了皇帝想神仙，一旦迷恋上了权欲，远比瘾君子看到‘黄、松、高’的烟泡更加难以自制。”

“没错，这就是佛家所说的‘走火入魔’吧。”张一麟凄然苦笑，“都说隋文帝夺天下最容易，如果项城面南坐北，倒是比杨坚来得更轻松呢。”

况梦非仔细琢磨，这种论调确实有道理，杨坚迫使自己的外孙北周静帝退位，然后取而代之，好歹算是一场兵不血刃的政变。袁世凯却是利用革命党推翻满清的契机，从朝不保夕的下野闲员一跃成为国家元首，继而觊觎帝位，虽说有经营多年的北洋势力作依恃，但脱运交运转换之快也堪称异数。只是，“太容易得到的江山坐不安稳，隋朝不过三十多年就垮台了，袁氏无视民心僭居帝号，又能够支撑多久？”

“管他支撑多久呢，”张一麟心灰意冷地说，“反正我是要挂印封金了。”

“为什么？”

“身为机要局长，连国家的头等机要都不得而知，我还有什么资格待在这个位子上。”张一麟自嘲似地说。

“仲老，我劝你先不要轻率决定。”况梦非说。

“怎么，”张一麟不解，“我又不指望封妻荫子，难道留下来像‘筹安会’那帮人一样拥戴献媚？”

“不，”况梦非说，“我知道您耻于和帝制派为伍，但暂时委身政事堂，也许能够发挥不少积极作用。”

“什么作用？”

“前些日子名目繁多的‘推戴团’搞得挺热闹，营造出一片万民呼应的假象，其实都是自欺欺人的把戏，各省督军有的随波逐流，有的冷眼旁观，但更多的人还捉摸不透袁世凯的本意。如果您借用职务之便，及时向地方大员披露复辟帝制的内幕，或许有利于心存不满的人早做筹划，争取在国体改变之际尽快形成抵御力量。”况梦非要言不烦地解释。

“恐怕缓不及急了，凭我对项城的了解，他一生做事谨慎，精于权谋，即使退隐洹上的日子也从不忘审时度势，如今既然敢越雷池，想必一切都铺垫周全了。”张一麟气馁道。

“挽救国家危亡的义举永不嫌迟，不管他铺垫的多么周全。”况梦非说，“事实上已经有太多仁人志士开始行动了，梁任公发表过《异哉所谓国体问题者》后，在国内激起了强烈反响，在这样一枝如椽大笔的引导下，反对帝制的舆论必然声势浩大，至于军事方面的抗争，他的高足早已视为己任了。”

梁启超的学生正是蔡锷，张一麟凛然道：“据说松坡在上海中转也是侥幸过关。”

“是啊，军警密探轮番阻截，多亏有一批义士舍死相助。”况梦非说，“随着蔡将军反袁的目的公开化，执法处的追杀也会不遗余力，推算行程蔡将军就快抵达香港，迎接他的大概又是一条荆棘丛生的险途。”

“香港是英国人的地方，执法处不敢胡作非为吧？”张一麟说。

“不然，”况梦非说，“复辟帝制的过程中，袁世凯外交上的努力偏重于日本和英国，他通过‘二十一条’已经换取了日本的支持，如今则在拉拢英国，而双方一旦达成交易，附加一个协助缉捕逆党的条件也就不足为奇了。”

“嗯，我想起来了，”张一麟说，“最近梁燕荪频繁出入英国公使馆，行踪又显得极其隐秘，应该就是奉项城之命去洽谈什么协议。”

梁燕荪就是素有“财神”之称的交通系首领梁士诒，也是帝制派的要角之一，前不久的全国请愿联合会就是他率先发起。

“这就对了，梁士诒向来嗜赌，这次筹措经费拥护帝制，也是拿国家的命运当作赌注。”况梦非说，“值此微妙时期，如果袁世凯和英国人之间暗通款曲，由他来做传话人最合适不过。请仲老设法打探一些细节，也许就可以帮助蔡将军对面临的困境做出预判。”

这个忙张一麟自然愿帮，只是，“就算我打听到了内情，又有什么渠道传递给身在逆旅的松坡呢。”

“不是还有我么，”况梦非微微笑道，“我的一杆笔除了编点花边故事糊口，关键时刻也能千里示警。”

"哦，无冕之王！"张一麐恍然憬悟，自己的小同乡可以通过报界发布讯息，于是沉思了一下说："好吧，我就暂且降心相从，看看这一出闹剧如何收场。"

在天津判断错了蔡锷出逃的方向，在上海的拦截又告失败，执法处精心选派的行动组屡屡受挫，雷震春难免心神不宁，想当面向袁克定表达一下歉意，接连两天又不见他的人影，辗转查寻，最后在西城的旃檀寺找到了"瘸子大爷"。

旃檀寺原名弘仁寺，相传寺内的大雄宝殿原本供奉着一尊旃檀香木佛像，其色沉碧，在京城佛教界名气极大，可惜庚子年寺院毁于战火，旃檀佛像也不知去向，随后寺址辟为禁卫军营房，如今成了模范团的驻地。

走进训练场，一对士兵正在列队操演，袁克定被几名军官簇拥着站在东面的高台上检阅，瞥见雷震春过来微微点了点头，继续正视前方。他身穿一件笔挺的德式军服，胸前的铜纽扣锃明发亮，外加一副金丝眼镜和踌躇满志的神态，颇有几分儒将的风范，只是一走动就糟糕了，脚步一深一浅的大失威仪，若非那根黄梨木手杖的支撑，险些从台下掉下来。

雷震春看在眼里，忽然想起一则坊间传闻，袁克定因见二弟克文不问政事，整日只和一班文人骚客诗酒唱和，就忍不住教训呵斥，不料反遭寒云公子奚落："你要做曹丕，还不许我做曹植吗？再说你也别做梦当东宫太子了，想想看，世界上哪有瘸皇帝，聋皇后？"

袁克定的妻子是前清湖南巡抚吴大澄的女儿，双耳失聪。兄弟的讥讽让袁克定恼羞成怒，当时就挥动手杖敲烂了一只明官窑花瓶，而腿跛的也就更厉害了。

雷震春正暗自好笑，忽见袁克定转过身来，连忙绷紧面孔，装作惶恐不安的样子。

"雷处长，干嘛哭丧着脸，姨太太跟人跑了吗？"袁克定似乎毫无察觉，还有开玩笑的心情。

"卑职办事不力，辜负了大总统的重托。"雷震春愧疚道。

袁克定清楚他说的是什么事，但和前一阵子接到败报的苛责态度不同，这次表现得十分洒脱，语气温和地说："没关系，凡事要朝好的方向看，虽然这回让蔡锷溜掉，但也暴露了他的真实动机和逃亡路线，今后的追捕就简单多了。以前的小挫折不必放在心上，再说这件案子是咱俩会办，有什么失误我也该承担一半责任。"

雷震春还不知道，袁克定是因为变更国体已成定局才如此宽宏大量，所以颇觉受宠若惊，却又仍难释怀。"大爷明鉴，只是上海的损失实在不小，连您的手下爱将老唐也丢了命。"

"嗨，"袁克定不在乎的一摆手，"咱们和蔡某人的较量好比一场博弈，下棋哪有不丢子儿的，只要最后把对方将死就是了。”

“明白，”雷震春肃然道，“那么，我把下一步的安排给大爷汇报一下？”

“好，”袁克定扭头向旁边的军官交待几句，带着雷震春去往自己的办公室，屋子的格局不大，摆设也不甚奢华，而西侧墙壁上一桢十八寸的照片格外引人注目，那是袁克定和德国皇帝威廉二世的合影。

民国二年，袁克定因为腿疾远赴德国就医，威廉二世出于在远东扩张势力的野心，对中华民国大总统的长子相当优容，盛宴款待之余曾经建言，共和制不适合当前的中国国情，若想崛起于世界之林，应该效仿德国实行帝制，并亲笔写信请他转交袁世凯，其中就有中德亲善及奉劝称帝的内容。袁克定目睹了德国突飞猛进的发展，对帝制之功自然深信不疑，于是次年归国，一条腿虽仍是跛的，心中的帝王梦却已经挥之不去。

“大爷请看，”雷震春从公文包里取出一张地图铺在桌上，“既然明确了蔡锷的去向，我推测他的企图是借道香港北上，寻机穿越两广西进云南。目前我已经增派探员南下，同时电告广东封锁九龙边界，在粤汉铁路及各个要道关隘严密布控，并调集炮艇在珠江口游弋巡逻。”

看着地图上密密麻麻的标识，袁克定轻轻颔首，“不错，这样就从水陆两方面堵死了他潜回内地的通道，龙济光是个很识时务的人，一定会积极配合。”

龙济光是当今的广东宣抚使，被袁世凯授为振武上将军，并将侄女嫁给其第九子象乾，基于这层关系，在北洋政府遥制无力的南方军阀中，龙济光是跟袁走得最近的一个。

受到赞许的雷震春正感到得意，却又听袁克定话锋一转，“你的部署看似周详，却还是有疏漏的地方，顶多只能算是外围防范。想一下，如果蔡锷选择了向南迂回，在三面环海的香港又如何拦截？或者，他迫于压力暂时在租界潜伏，我们又该怎么办？”

“他的目的地是西边的云南，怎么可能再往南走？”雷震春诧异道。

“怎么不可能，最初他假借求医东渡日本，兜得圈子岂不更大？”

雷震春恍然想起，沉吟着说：“言之有理，必须立刻电令杜瞳加紧防备，另外，我先前布置的‘暗桩’也快该起作用了。”

“这些还不够，”袁克定说，“咱们的人手毕竟有限，若想万无一失，还需要当地政府的支持。”

“可是，”雷震春顾虑重重，“英国佬向来牛气烘烘的，不一定肯听咱们的使唤吧。”

“风水轮流转，英国佬也有求人的时候。”袁克定胸有成竹的笑道，“事实上昨天我就取得了香港官方的保证，即日起出动精锐警力，根据执法处颁发的通缉令对车站、饭店、旅馆、港口进行全面搜查，加上杜瞳他们的追捕，蔡锷除了客死异乡，已经没有第二条路可走了。”

雷震春顿感迷惑，港英当局何以甘供差遣，但见袁克定没有解释的意思，也就没敢贸然征询，只是面带迟疑地表示钦服。

“剩下的就是具体的人员调配了。”袁克定又说，“据上海反馈的消息，协助蔡锷逃脱的几名帮手十分了得，尤其为首的傅雁尘，行踪飘忽不定，应变能力极强，你要尽量多搜集他的资料，让下面的人做到‘知己知彼’。”

“就是那个‘霹雳手’吧，放心，对他的情况我早有掌握，相信杜瞳他们能够对付。”雷震春说。

“你不过是道听途说，对他的性格习惯、优势弱点等各项细节都了解吗，这样吧，我替你找个知根知底的人。”袁克定说着，拨通桌上的电话吩咐：“请老奇来我这里一趟。”

等了一会儿，一个鬓发微白、目光深邃的中年人走进办公室，听袁克定介绍是模范团的参事官奇士修。

“雷处长，我也是刚知道老奇跟傅雁尘渊源深厚，你不妨听他开解一番。”袁克定说。

“是，”雷震春见袁克定对来人相当客气，自己也就不便摆官派，尽量装出虚心求教的样子，交谈片刻得知，原来奇士修和傅雁尘以前同在“宗社党”效力，并且曾经是后者的教官。

“嘿，找到了菩提老祖，还怕制服不了孙猴子？”雷震春笑道。

“雷春长的譬喻不敢当，当年我只是教了他一些格斗技巧，至于枪械、伏击、脱困等其他科目另有专人负责训练。”奇士修恭敬应答，简略说明了傅雁尘的背景履历。

“风传傅雁尘枪法如神，当初是不是也曾‘夜练打香头’？”雷震春问。

“打香头只能算作入门功夫，傅雁尘的枪法起码要高出两个层次。”奇士修说。

“哦，都有什么层次？”

“第一层次，静止状态下打固定的目标，只要懂得三点一线的射击原理就不难完成；第二层次，静止状态下打活动的目标，这就要考验枪手对弹道线路的预判能力；第三层次，移动状态下打活动的目标，如果对枪支的感觉不是极其纯熟，寻常人根本上升不到这个阶段。”奇士修讲述了当年“宗社党”下辖特训处的考核模式，在操场上立一根木桩，抓来二十只活麻雀，分别用丝线紧缚一爪，末端绑在木桩上，以此为中心三十步外有一辆飞驰的马车反复兜圈，枪手就站在车上进行射击。

“啊，打那些上下乱飞的小鸟？”雷震春惊问。

“不，打丝线，伤到小鸟就算输。”奇士修说，当时的规则是车行三圈子弹三十发，一般人或是误杀麻雀，或是瞄不准丝线，傅雁尘却能做到车停之后放飞全部的麻雀。

雷震春和袁克定相顾骇然，心想，能够通过这样的测试，不但目力准头已臻化境，还需严格控制勾动扳机的节奏和稍纵即逝的间隙。

“难怪叫做‘霹雳手’呢，”雷震春咂舌道，“有这样的对头可真麻烦。”

“雷处长不必担心，他的本事再大，也不过是匹夫之勇，岂能挡住大势所趋。早年‘宗社党’麾下有多少成名杀手，最后还不是随着满清一起垮台。”奇士修安慰道。

“嗯，老奇看得透彻，只要运筹有方，调度得当，一两个浪荡江湖的蟊贼构不成阻碍。”袁克定露出赞赏的神色，看着奇士修说，“时间仓促，这次任务拜托你多多用心吧。”

“大爷言重了，我深受知遇之恩，正愁没有机会报答，怎么敢不竭诚效命？”奇士修慨然承诺。

袁克定颇感欣慰，又鼓励了两句示意他退下，等奇士修关门离去，雷震春忽然若有所思地说：“大爷，有句话我不知当不当讲？”

“你不必讲我也知道你想说什么，”袁克定淡淡一笑，“在我们下达追杀令的同时傅雁尘就得到了消息，你是不是怀疑泄密的人是老奇？”

“没错，”雷震春说，“如果是那样，这次行动可就危险了。”

“让你猜中了，泄密的人就是他，”袁克定镜片后的眼神里忽然透出几分诡异的光芒，“不过，这件事我已经知道了。”

016

冬日的阳光仿佛慈母的呵护，带来温暖的同时却没有刺目灼痛的附加伤害，望着船舷外波涛起伏的海景，傅雁尘的心情格外平静，因为相对早晨吴淞码头惊心动魄的争逐，此刻的颠簸摇晃简直就是一种难得的享受。

千日红如约来到甲板上，经过一番梳洗，原本沾满尘灰的面孔恢复了光滑洁净，却又多了几分初次领略的矜持和羞涩。

“一直抽不出空道谢，昨晚到现在可真亏你……”她轻声开口，脸上流露出由衷的感激。

“俗套就免了，”傅雁尘打断说，“咱们还是开门见山吧。”

“好吧，”千日红说：“其实我也挺意外的，没想到这么早就被你识破。”

“小姐，”傅雁尘微微诧异的看着她，“难道你认为自己乔装假扮的功夫还很高明吗？”

“当然，至少在昨晚之前没什么破绽。”千日红自信地说。

“我来问你，”傅雁尘苦笑道，“津浦线上面临追杀时，你可以轻松自如地爬上车顶，如果没有受过专门训练，一个娇弱女子怎么可能办到？”

“这还不好解释，狗急跳墙，人急上房嘛。”千日红说。

“随后你能脱口讲出火车过桥的共振隐患，”傅雁尘接着说，“一个‘清吟小班’里的姑娘能懂得这些吗？”

千日红不禁一呆，忸怩了片刻翘首强辩，“胡同里偶尔也会去洋学生呀，我听个一句半句也很正常吧。”

“就算去学生也不敢招呼你的生意，”傅雁尘笑道，“想想前天晚上我拉你陪酒时的情形，还没挨着身子就如临大敌，恐怕谁也没见过这样凛然不可犯的窑姐儿吧。”

千日红顿时面红耳赤，这才明白，当晚傅雁尘表现得轻薄放浪，原来是在故意试探自己，仔细回想，本以为数月的耳濡目染足可以假乱真，但事实证明神形具备的风尘气息并不容易摹仿。

“看来我缺乏表演天分，”千日红颇显沮丧，继而言归正传，“以你的缜密细致，开始行动前想必会对目标人物的背景经历有一定研究吧。”

“你指哪一方面？”傅雁尘问。

“蔡将军早年在日本留学期间的人际关系。”

“当时蔡将军交游广泛，”傅雁尘回忆着奇士修提供的资料，“除了和同为‘士官三杰’的张孝淮、蒋百里关系密切，与同盟会成员以及立宪派精英也有来往，哦，交情最深厚的是一位叫做乔传琪的同乡学长，但后来不知为什么没了联系。”

“因为乔传琪不幸亡故，”千日红的泪水在眼眶里盈盈欲滴，黯然神伤地述说，乔传琪和蔡锷志趣相投，义结金兰，本来约好学成后一起回国报效，不料毕业前夕乔传琪遭遇了严重的车祸，送到医院已然不治，弥留之际他勉励蔡锷大展宏图，并恳求照料自己年幼的女儿依兰。蔡锷含悲应允，此后无论身在何地，始终不忘记履行诺言，除了常去乔家探望，也一直倾力资助依兰接受良好的教育，并曾经送她就读日本的实践女校，以期继承父志。

“毋庸置疑，你就是乔依兰了，”傅雁尘恍然道，“难怪敢以女儿之身铤而走险，原来是为了回报一份托孤之义。”

“这是什么话，”乔依兰蹙眉反驳，“蔡将军赤心报国，拯救危亡，即便素不相识，我也不该袖手旁观吧。”

多少年来，傅雁尘对于冠冕堂皇的大道理早已感觉乏味，但此刻也没有抵触的表示，只是话锋一转，“说说你是怎么摇身一变成了千日红的?”

“当然是为了策应蔡将军的出逃行动，”乔依兰说，自从去年冬至闹出了大总统祭天行祀的丑剧，蔡锷已经看穿了袁世凯称帝的本意无可扭转，便下决心反戈一击，力挽狂澜。他一面装成走马章台的荒嬉模样，一面秘密筹划离京，无奈军警监视严格，总是找不到合适的机会。适逢乔依兰归国，看到蔡锷积郁难释，不免关切询问，面对爱如己出的晚辈，何况又是学识有成的大姑娘，蔡锷没有隐瞒心迹，乔依兰听罢积极响应，并且提出建议，既然和云南旧部接触容易暴露形迹，何不争取本地帮会的帮助脱逃樊笼。

“有头脑，”傅雁尘夸赞道，“正面攻防受阻，剑走偏锋不失为好主意，于是就引出了‘白龙会’吧。”

“这不是什么奇思妙想，”乔依兰说，“中山先生投身革命期间，也曾多次接受帮会势力的支持。帮会成员虽说良莠不齐，但最大的特点就是重义守信，‘白龙会’的蓝八爷就是例子，听过请求不仅一诺无辞，而且还表示要亲自护送蔡将军到达云南。”

“有蓝八爷出马和‘白龙会’门徒的配合，你还留在陕西巷干什么？”傅雁尘问。

“这不难理解，敌情险恶，路程漫长，迈出第一步的同时就要考虑到尽量断绝后患。”乔依兰说，出逃计划制定后，起初蔡锷并不同意她参与执行，但架不住再三央告，因见她聪敏慧黠，足堪大任，而且可共机密的人选实在不多，最后总算勉强答应。

于是乔依兰暗地接受了射击、格斗、通讯等强化训练，三个月前买通“云吉班”的本家春芍老五，假冒小凤仙的巾帕交，来往京津进行秘密联络，但发展到后来任务就变了。蔡锷出京当日，本来一切都挺顺利，但武坤的被俘让乔依兰颇感担忧。武坤并不知道具体方案，却清楚天津德义楼里有一个事先安排的圈套，为的是让追踪者误入歧途，如果熬刑不过如实招供，军警不但可以避免上当，还可能因势利导判断出蔡锷的真正去向。

蔡锷虽然出城，但若被窥破行踪也难逃远，此时负责掩护的小凤仙已经按计划转移，而又必须有人留下来迷惑对手，前思后想，乔依兰决定重返陕西巷守株待兔。

“看来我一进‘云吉班’就被你认出了身份，”傅雁尘说，“并且断定系执法处委派，所以串通春芍老五和邱二演了一出好戏，为的是让我确信你的重要价值。”

“行动开始之前，我们预料到军警的的追捕必定迅猛，”乔依兰说，“而且就在蔡将军离京的当晚，‘白龙会’已经探得风声，说是执法处招募了排名‘杀手榜’前列的高手前来行刺，第二天你就出现在陕西巷，我又能作何感想？”

“嗯，非友即敌，你的推测也不算武断，”傅雁尘说，“但我想不通的是，既然德义楼的二零六房是预先设下的陷阱，为什么不直接引我入彀，却又拖沓了几个钟头，难道只为让我主动上钩？”

“那是一次意外，”乔依兰说，德义楼里虽然布置了陷阱，但也确实是蔡锷出京后的中转站，藏身处就在二零六隔壁的二零四。他们在二零六房留下误导方向的纸笺，并在保险箱内安放了炸弹，本来设想军警在蔡锷离开后赶来，即使不被全数炸死也将陷入迷途。不料当傅雁尘抵达天津，蔡锷却因接洽“山东丸”货轮的日本友人迟到而尚未启程，这时若任由傅雁尘搜检或许就会泄露底细，而万一提前引爆炸弹更加麻烦，审时度势，乔依兰和同伴只得尽量制造羁绊。

“明白了，”傅雁尘说，“二零四的‘烟贩’也是你们的人，为了拖延我下楼才故意去餐厅找茬。那么，又是谁把烟膏塞进我的口袋的？”

“除了我还有谁，”乔依兰不无得意地笑道，从大堂得到警讯，她便及时和同伴调整了对策，紧接着趁刚进房间和罗景宽嬉闹之际，迅速完成了“嫁祸”的步骤。

“惭愧，人人都说我手快，没想到轻易就着了你的道儿。”傅雁尘摇头轻叹。

“不必沮丧，”乔依兰说，“其实你应该感谢我才对，要没有这片刻的拖延，没准首先被炸弹报销的就是你了。”

“这个情我承不起，”傅雁尘说，“你并没有想到会有替死鬼代我送命，而且随后的所有举措也无不是把我引向更凶险的境地。”

"津浦线上的经历的确惊险，"乔依兰心有余悸地说，"但我也没有置身事外，作为对手间的较量还算公平吧。"

"嗯，对于一个妙龄女郎而言，实际上你所承担的艰险更多一些。"傅雁尘感喟道，无须赘言，乔依兰当初的谋划已逐渐清晰，在邱二和何觉云等人的协助下，伪造线索呈现出蔡锷乘车南下的假象，牵制军警杀手的力量。只是"还有一点疑问，在车上你对我的戒备从未放松，关于联络方式的供述也应该是信口雌黄，但为什么后来果然在《申报》上看到了内容相符的启事？"

"唉，假作真时真亦假，我哪里想到世上竟有这么巧的事情。"乔依兰叹道，当时为了应付傅雁尘的盘结，她惟妙惟肖地编排了一段"内幕"，虽说和接头人的联络渠道正是《申报》，但规定的暗语信号完全不同。

"哦，那么'顺缘增长，六时吉祥'又是基于什么灵感？"傅雁尘问。

"那是我偶尔瞥见车厢内的月份牌上有一幅弥勒佛像，下面恰好印着这几个字，就随口照搬过来。"乔依兰淡淡苦笑。

"没想到笃信佛教的哈同夫人真把这八个字用在了庆生的启事上。"

"这层阴差阳错的巧合倒不可怕，至少我还能将计就计，策划一场杀手之间的火并。"乔依兰坦言了自己在福煦路诱导杜瞳的经过，失悔叹道："但当我随后得到情报，蔡将军的中转站居然就是爱俪园，才一下子傻眼了。"

"难怪你那天的表现像热锅上的蚂蚁，"傅雁尘回忆前事，也觉得因缘机巧，匪夷所思，"看来编造撒谎不仅是门学问，还需要借助一些运气。"

"我的运气也不算糟糕，"乔依兰说，"没有了这几重波折，我也不可能认清你的真面目。"

"此刻你就敢确定认清我的真面目了？"傅雁尘悠悠道。

"如果你是为了行刺的目的而打探蔡将军的下落，昨晚就没必要从唐乐天手里救我，只须在门口稍等片刻，我就可能禁不住酷刑和盘托出。"乔依兰说。

"如果我居心叵测，只是想利用你更近一步接近目标呢？"傅雁尘说。

乔依兰不由得一怔，忖思了一下又摇头道："唐乐天不是小角色，只为得到我的信任就除掉他代价太大。再说凭我对你的了解，行事作风简单明快，确定了目标就单刀直入，基本上不会玩阴谋诡计。"

"呵，看来你前期的准备功课做的也挺足呀。"傅雁尘轻笑。

"事先我估计到执法处会召集杀手进行拦截，"乔依兰说，"所以特意参照'杀手榜'做了调查，对排名前几位的情况都有所掌握，自然也不会放过大名鼎鼎的'霹雳手'。"

"这么说你对我早已了如指掌了？"傅雁尘微微惊讶。

"也不尽然，"乔依兰说，"直到如今，我也不清楚你援助蔡将军的行为是出于深明大义，还是受到什么人的指使？"

“这个不重要，你只知道我并非对手就够了。”

“既然大家站在同一阵营，为什么不能开诚布公呢。”乔依兰诧异道。

“开诚布公的前提是不能危及别人的安全，”傅雁尘考虑到奇士修的处境，不肯随便透露内情，但见乔依兰心有不甘，就顾左右而言他地说：“这会儿风浪挺大，你该回去照看一下自己的小情人了。”

他指的自然是何觉云，乔依兰面色泛红，嗔怪道：“你怎么知道是我的情人？”

“看你俩在车上目招心许的腻歪劲儿，瞎子也看得出来。”傅雁尘笑道。

乔依兰的脸红得更厉害，轻轻啐了一口，头也不回地朝船舱方向跑去。

傅雁尘也下到船舱，看到申玉彦侧卧床头，神容萎顿，对面的铺位空荡无人。

“景宽还没回来？”傅雁尘问。

“没，去了两个钟头了，也不知你给他派了什么差事。”申玉彦的嗓音有些沙哑。

“第一次去香港，两眼一抹黑，我让他先探探路。”傅雁尘说，登船以后，他吩咐罗景宽四处查看一遍，确保环境安全，顺便找到电讯室，寻机和奇士修联系，听取下一步的指示。只是没等详细解释，却见申玉彦突然上身前倾，从床底拉出一只面盆，紧接着一阵剧烈干呕，却也没吐出什么东西。

“没想到你还有晕船的毛病。”傅雁尘皱眉，倒了杯热水递过去。

申玉彦喝了两口水，翻转身体喘息着说：“真他娘的难受，肚子里都掏空了。”

“体会一下害喜的感觉也好，”傅雁尘笑道，“回头要当爹的时候，就知道心疼媳妇了。”

申玉彦尴尬地笑了笑，问道：“刚才跟那小娼妇谈得怎么样？”

“这个称呼可以改了，人家可是正经姑娘。”傅雁尘纠正一句，简略介绍了乔依兰的身世背景及出京以来的种种经历。

“就算是正经姑娘，也不是个省油的灯，”申玉彦说，“没觉得她在跟你耍心眼吗？”

“什么？”

“她所说的都是已经发生过的事情，对于接下来的联络方式和行动计划却只字不提，明显还对你抱有戒心。”

“这很正常，”傅雁尘说，“眼前的情势下，蔡锷的行程路线应该严格保密，如果不具备守口如瓶的素质，乔依兰就没有资格参与核心部署。更何况，凭我以往的声名狼藉，想要取得别人的绝对信任也不大容易。”

“那你又何必来凑热闹，”申玉彦苦笑，“更窝囊的是我，被你拉着趟这一池浑水，却又不清楚深浅多少。”

“以前咱们趟过的浑水也多了，哪一次知道深浅？”傅雁尘说，“我来凑热闹是为了履行一份承诺，你肯帮我自然出于兄弟之情，你弄清楚这一点是不是就够了？”

“嗯，足够了，”申玉彦的眼里闪动着诚挚的光芒，郑重点了点头，又补充道：“我也只是想提醒一声，那丫头鬼灵精怪，你要多加留意，不能总让人牵着鼻子走。”

“是啊，那姑娘的脑筋确实够灵活，随机应变的能力也不同反响。”傅雁尘想起昨夜爱俪园的情形，虽然最后弄巧成拙，但探究乔依兰的初衷，促使各路杀手汇聚争斗却是一招清扫障碍的妙棋。他不由得笑道：“可惜煞了哈同夫人的风景，好好一场寿宴搞得杀气重重，想想看，园子里本来有蓝八爷和沙威，又混进来了唐乐天、杜瞳、薛让，再加上你我，‘杀手榜’前十位差不多到齐了。”

“最狠的一位还没露面呢。”申玉彦淡淡道。

傅雁尘一怔，像是恍然想起似地问：“你指的是不是目前排名‘杀手榜’第一的‘催命符’？”

“没错。”

“据说此人的形迹比蓝八爷还神秘，你对他有什么了解吗？”

“一无所知，”申玉彦说，“事实上我也从没听说有谁见过他。”

“哦，”傅雁尘纳闷道，“那么这独占鳌头的名号又是怎么来的？”

“小傅，我先问你，”申玉彦说，“以前行刺的时候有没有失过手？”

“这还用说吗，”傅雁尘答道，“‘瓦罐不离井沿破，将军难免阵前亡’，这一行干久了谁都有可能出现偏差，你不是没见过我行藏败露反遭追杀的狼狈样子。”

“‘催命符’就没失过手，”申玉彦峻然道，“出道两年一共做过十三起案子，从来是一击致命，分毫不差。”

傅雁尘不禁吃惊，默忖了一会儿说：“既然从来没人见过，会不会这个人根本就不存在，只是那个编纂‘杀手榜’的广闻子为了制造噱头，凭空虚构的一个字号？”

“不会，”申玉彦说，“虽然都没见过本人，但一件件血案不容造假，而且被杀者事先也会接到同样的通知。”

“什么，杀人前还要先打招呼？”傅雁尘诧异莫名。

“这也是他被称作‘催命符’的来由，”申玉彦说，每当他锁定目标，被杀的人都会在不知不觉间收到一面重约一两的金牌，上边刻着一个头戴冠旒，狮鼻豹眼，络腮胡须，右手持笏的形象。

“那不是庙里的阎罗王吗？”傅雁尘说。

“正是，”申玉彦说，“收到金牌的人三天之内必遭灭顶之灾。”

傅雁尘满腹疑惧，“阎罗王”是传说中阴间的主宰，掌管生死轮回，以此当作“催命符”倒也十分贴切，但身为一名杀手，出其不意往往是成功的先决条件，像这样明目张胆地行刺岂止是狂妄自负，难道就不怕对方加强警戒而无从下手？

“要不然怎么会被列作第一呢，拿到金牌的人无论如何防范，最终都难逃厄运。”申玉彦举例说明，去年四月，陆军部军需署的副署长廖应魁收到了金牌，吓得魂飞魄散，再也不敢回家，搬进了戒备森严的陆军部大院，并调派十二名全副武装的卫兵轮班保护，吃饭睡觉都不离人。三天下来足不出户，本以为已做到无懈可击，不料最后一夜当他坐在马桶上出恭时，忽然枪声响起，廖应魁的脑壳当即碎裂，守卫的士兵上前查看，才发现马桶旁边的墙角被凿开一条冬枣大小的洞隙，刚好能容一枚子弹穿过。

“防不胜防！”傅雁尘叹道，“真是应了那句话，‘阎王叫人三更死，谁敢留你到五更。’”

“正是从那时候起，”申玉彦说，“再有接到金牌的人就彻底断绝了侥幸求生的念头，早早的安排后事束手待毙，拮据者甚至把金牌换成现钱，替自己打造一副棺材。当然，必须把金子熔化才能兑换，否则那面刻有阎王的牌子扔在街上也没人敢要。”

傅雁尘骇然变色，犹豫着问：“‘催命符’杀人的动机是什么？”

“这也是让人百思不解的地方，”申玉彦说，“杀手取命或者是谋财，或者是求官，总有一定原因，这个‘催命符’的动机却难以分辨，死在他手里的人既有显赫高官，也有落魄流民，毫无章法可循，似乎他行刺的目的就在于享受被杀者惶恐万状的反应。”

“为了乐趣杀人，这也太不可思议了。”傅雁尘瞠目结舌。

“是呀，这样的嗜血魔头百年难遇，今后可得格外小心，最好时常检点一下身上，丢了什么东西不要紧，千万别多出了一块金牌。”

申玉彦的话本有玩笑的意思，傅雁尘却觉得不寒而栗，忍不住下意识地摸了摸自己的衣袋。

看到乔依兰进门，在床上仰卧的何觉云缓缓闭上双眼，把头歪向一边，神情之间透出几许惆怅。

“腿上的伤好些了吗？”乔依兰来到床边坐下，关切地问道。

“腿上的伤不要紧，这里的伤更严重。”何觉云伸手指向自己的胸口。

“怎么回事？”乔依兰讶异。

“我不明白，你跟姓傅的怎么会有那么些话要说，莫非朝夕相处了十几天产生了共同语言？”何觉云倏尔睁眼，皱眉质问。

“嘿，你的酒量不大，醋劲儿倒不小。”乔依兰笑着捏了捏他的鼻尖，简单讲述了和傅雁尘的谈话内容，“从明争暗斗的对手转变成合作伙伴，总需要一个和解释疑的过程。”

“如果他是真诚合作，为什么不肯透露参与行动的原因，会不会还隐藏着什么不良动机呢？”何觉云提出疑问。

“不会，如果动机不良，他尽可以随便捏造一个理由搪塞，避而不谈或许是真有隐情。”乔依兰说，“其实这件事也不必深究，比‘听其言’更重要的还是‘观其行’，何况帮助蔡将军本来也不需要什么具体的原因，关心民族危亡的人都会义不容辞。”

“傅雁尘怎么可能关心民族危亡？”何觉云轻蔑道，“别忘了他以前可是‘宗社党’的人，专门替封建余孽卖命。”

“搜集资料准备任务的时候，我也曾关注过傅雁尘的人生历程，”乔依兰说，“就秉性而论，他并不是一个良知泯灭的恶人，至少在保定陆军学堂期间，还是本着报效国家的意愿，后来明珠暗投加入‘宗社党’，也是为了回报良弼的恩情，而他对自己的杀手身份从不迷恋，始终像是在层层束缚下无奈挣扎，良弼遇刺后立刻归隐就是明证。当然，妻子的惨死给他的打击更加沉重，选择销声匿迹也似乎在表达一份忏悔。”

“这么说他还是个挺重情义的人？”何觉云说。

“嗯，据我的观感，傅雁尘外表淡漠，内心敦厚，绝不是传说中的那般冷血残暴。可以设想，当初他毅然放弃杀手生涯，如今怎么肯重蹈覆辙？”乔依兰说。

“不能凭直觉判断一切，”何觉云说，“就算此人本质不坏，毕竟有过一段不光彩的历史，拉他做帮手不是不行，但也不能完全不设防，起码有关蔡将军行止的核心机密不可以轻易透露。”

“放心吧，你以为我还是那个单纯的女学生吗，”乔依兰嫣然一笑，“在‘云吉班’待了那么久，卖弄风骚的手段虽然没学会，谨言慎行的功夫却懂得不少，闯荡江湖第一要诀：‘逢人只说三分话，未可全抛一片心’。”

“这一点我毫不怀疑，事实上接受任务以来，你对我也从来都是隐约其辞。”何觉云苦笑道。

听他其词若憾，乔依兰连忙解释：“小何，你也知道这次行动事关重大，稍有闪失危及的不仅是蔡将军的人身安全，还有可能彻底颠覆新生的共和制度，所以计划的关键环节必须严格保密，即使我对你绝对信任，执行的过程中也不能坦言相告，这一层禁忌还请你不要介意。”

“嗨，你多虑了，”何觉云温和笑道，“我怎么会不体谅你的职责呢，只是看着你独自承担艰险，难免有一种力不从心的焦灼。”

“不要这么想，”乔依兰劝解，“计划进行到这一步，你已经做了很多贡献，而且我相信以你的才智，在复兴民族的道路上还能干出一番宏图伟业。”

“我可没有那么远大的抱负，”何觉云笑道，“只求这次任务圆满结束后，你能够早日兑现诺言。”

“什么诺言？”

“还记得吗，”何觉云微笑提醒，“去年春天，奈良吉野神宫外的樱花树下，你曾答应过我什么？”

乔依兰的思绪飘扬，一幅旖旎画面映入脑海，时值仲春，日本奈良县的吉野山上，远处怪岩峥嵘，宫瀑飞流，放眼樱花烂漫，灿若朝霞。同为留学生的何觉云和乔依兰结伴踏青，“看花兼看看花人”，已经相爱半年的他们沉浸在一份柔情蜜意里，兴会淋漓之际，何觉云鼓起勇气开口求婚，芳心暗许的乔依兰含羞应允，缤纷绚丽的樱花见证了两人的海誓山盟。

往日的回忆包含太多美妙的憧憬，至今想起犹觉如沐春风，只因国家有难，不得不暂且收束儿女私情，乔依兰看看窗外天色已晚，柔声道：“你饿不饿，听说船上餐厅的‘雪菜黄鱼’做得很地道，我去替你买一份。”

“我不想吃鱼，”何觉云轻轻拉过她的手臂，“想吃你。”

乔依兰顿时满脸绯红，作势挣脱，却又使不出力气，最终身子一软扑倒在何觉云怀里。

傅雁尘照顾饱受晕船折磨的申玉彦吃了碗糯米粥，叮嘱他早点安歇，自己本来也打算回房休息，但刚刚出门又改变了主意。

他们搭乘的“靖波号”是一艘英国太古公司的万吨级客轮，由于行色匆忙，只买到几张二等舱位，而且相对分散，经过商议，申玉彦和罗景宽同舱，傅雁尘与何觉云做伴，乔依兰则和上海基督总会派往香港布道的两名修女合住另一间客舱。

因为已看出何乔两人是一对恋人，历险之余难得独处，为了多给他们腾出一点互诉衷肠的空隙，傅雁尘决定尽量延迟归寝，先去餐厅小坐片刻。

当然，抛开成人之美的念头，还有一层想法在内，不久前罗景宽报告，已经查明电讯室的位置，但因人员流动频繁不易接近，只有等到夜深时再寻机会。头等舱的餐厅正好处于罗景宽回返的途中，在此守候也方便随时接应。

头等餐厅的装潢相当奢华，璀璨的灯光下舒适的座椅错落有致，琳琅满目的吧台前是一片宽敞的舞池，除了供应餐饮，另有弹子房、棋牌室等休闲场所，不少精力旺盛的客人正在各得其乐。

民国杀手

傅雁尘挑了一个靠窗的座位，要了一瓶和“五月黄梅天”成为无情对的“三星白兰地”浅斟慢饮，耳边充斥着欢声笑语，目光若即若离地留意着门外的过道。其实许多时候人多反而更寂寞，傅雁尘也擅长在喧嚣的环境里保持清醒，只不过“树欲静而风不止”，没等他品味出白兰地的出厂年份，一桩烦扰就无端降临了。

舞池内有一位二十五六岁的女郎在施展歌喉，据旁边的琴师介绍名叫姚丽莎，原本是上海“水晶宫”舞厅的歌女，因为嗓音曼妙，容貌甜美，特意被轮船公司重金延聘，当作吸引游客的招牌。

姚丽莎的歌艺确实不凡，西洋旋律伴奏江南小调的演绎方式也别具一格，再加上舞姿优雅，声情并茂，无疑给单调的旅程增添许多兴味，可惜粗俗的人根本不懂得欣赏。

傅雁尘邻座有一个秃顶的中年男人，生得肥头大耳，身材粗壮，穿着一件价格昂贵的貂皮毛领大衣，面前餐台上的一瓶酒已下了多半，姚丽莎献唱之际，和其他客人鼓掌称赞的反应不同，婉转悦耳的歌声似乎对他只能起到催情作用，一边大呼小叫，一边恣意评判，下流不堪的字眼随口而出。

丑态百出的表现引起众人反感，但见他一脸横肉，形象凶恶，又都敢怒不敢言，于是纷纷离座而去，转眼间餐厅已变得空荡。秃顶男人像是毫无察觉，情绪也越发亢奋，趾高气扬地吩咐侍者叫姚丽莎过来，说是“顾老板”有请。

姚丽莎刚刚走近，就被顾老板一把抓住了手腕，龇牙笑道：“唱得真不赖，喏，这些是赏你的，先陪我喝一杯。”

说着将一卷钞票塞进姚丽莎手里，又递过去一杯酒，热辣的目光开始上下打量，色迷迷的样子令人作呕。

姚丽莎感觉浑身不自在，但混迹欢场又不得不曲意逢迎，她端起酒浅啜一口，不料接下来顾老板更加得寸进尺。

“跟我回房吧，”顾老板涎着脸说，“你的声音这么嗲，叫起床来也一定好听得很。”

姚丽莎神情骤变，正想转身而去，却被顾老板使劲一拽，身不由己地坐在了他的怀里。“怎么，钱不够数我可以再加价嘛。”

“顾老板，您大概误会了，”姚丽莎满面通红的辩解，“我只是一个歌女，规矩是‘卖嘴不卖身’的。”

“啊哈，那我就买你的嘴好了。”顾老板猖狂笑着，一手搂住姚丽莎的脖子，一手把酒杯送到她嘴边。“来，咱们玩个‘皮杯’。”

所谓“皮杯”，是让姚丽莎先含一口酒，然后嘴对嘴地哺给他。姚丽莎不禁花容失色，哭喊挣扎，无奈顾老板身强力壮，硬生生地将一杯酒灌进她的嘴里。侍者和琴师上前劝解，却遭到顾老板的厉声喝斥。“都给我滚远点，知道我每年给你们船务公司带来多少利润吗，连你们董事长也不敢大声跟我讲话。”

这一切落在傅雁尘的眼里，不由得暗叹，都说上海滩是滋生暴发户的地方，姓顾的也许就是其中之一，有了钱而不懂得提高道德修养，证明骨子里还是个穷鬼。虽然他不忍目睹女人受到欺凌，但重任在肩更不愿招惹是非，于是只得推开酒杯苦笑着起身离开。

谁知这一笑出了毛病，正在大发淫威的顾老板突然拦在他面前，直眉瞪眼地问：“乡巴佬，你笑什么？”

“没什么。”傅雁尘说。

“没什么你干吗咧嘴，”顾老板不依不饶，揪住傅雁尘的衣领，“是不是从没见过像我这么气派的男人？”

如果露怯服软，或许就会化解挑衅，但见他粗鄙蛮横的模样，傅雁尘心里忽然涌起极度的厌恶，同时看到姚丽莎无助的眼神，更觉得一阵无名火起，当即淡淡道：“老实说，我从没见过像你这么下贱的男人。”

“混蛋！”顾老板勃然大怒，“不给你点苦头尝尝，就不知道马王爷长了三只眼。”

说着抡拳就打，傅雁尘闪身避过，捉住他的手腕来个顺手牵羊，脚下轻轻一绊，对方站立不稳栽倒在地。傅雁尘本以为简单教训一下就能让他知难而退，没想到这家伙竟是个犟脾气，从地上爬起更加暴跳如雷，张牙舞爪的猛冲过来，口中嚷嚷道：“老子跟你拼了。”

傅雁尘没工夫跟他死缠烂打，飞起一脚将他踹翻，随即单膝压在他的胸口，随手抄起一只酒瓶，在桌沿磕碎半截，作势朝他的脸部扎下。顾老板顿时面如土色，吓得哇哇大叫，然而傅雁尘的力道拿捏的分毫不差，尖锐的玻璃瓶刚刚抵住他的眉心就戛然而止。

顾老板心惊肉跳，连声告饶，傅雁尘若无其事地问：“这次你打算去哪里？”

“香港……”

“真巧，我也是，”傅雁尘说着，一只手用酒瓶在他的额头比划，另一只手指向旁边的姚丽莎，“下船以前，如果你再来骚扰这位姑娘，我就真得让你变成三只眼。”

顾老板不迭答应，脑袋摇晃之际露出毛领下一件皱巴巴的粗布夹袄，傅雁尘不由得纳闷，穿着顶级皮草的人里面怎么会搭配如此质地低廉的衣服，但没容他细想，忽听餐厅外传来一阵急促的脚步声，抬头瞥见一人从门口跑过，看身影似乎是罗景宽。

傅雁尘心中疑惑，立刻丢下顾老板追了出去，在通往客舱的楼梯口喊住了罗景宽。“出什么事了？”

“出鬼了……”罗景宽穿着一身船务公司报务员的制服，气喘吁吁地述说方才的经历，原来，经过他的侦查，得知电讯室晚十点后只留一人值班，于是决定故技重施——傅雁尘知道，此次行动他随身携带着一种致人昏睡的迷药，前两天在汇中饭店就曾放倒过三位参加寿筵的嘉宾。

罗景宽等到报务员药性发作，把人背到附近的休息室，扒下衣服自己换上。

“嗯，很细心。”傅雁尘明白，他这么做的目的是防备有人路过电讯室外察觉破绽。

“但接下来的事情就出乎意料了，”罗景宽说，当他料理完毕重返电讯室，竟然从门缝发现有一名报务员端坐桌前，虽然背对舱门看不清面貌，身上的制服却如出一辙。

“会不会是其他报务员接到命令临时加班呢。”傅雁尘问。

“不会，”罗景宽肯定道，为提防不测发生，事前他已经给船上的三名报务员都下了药，而且亲眼看到他们昏睡如死。

“这就奇怪了，”傅雁尘蹙眉道：“难道还有别人也想利用电讯室秘密联络？”

“如果是的话应该不止一个，”罗景宽神情凝重地说，当时他也想查明对方的身份，可是没等观察清楚，忽听走廊里传来脚步声，听说话像是值夜的水警。他连忙后撤到走廊转角隐蔽，并探出半拉脑袋窥望，只见两名水警途径电讯室外并没有异常反应，但他们前脚刚离开，电讯室内就悄然掠出一条人影，正是那个不明来历的“报务员”，迅速拐入走廊中间的一条岔道。

罗景宽疾步追赶，沿着岔道来到甲板上，但或许已经察觉到身后有人跟踪，那名“报务员”的身法敏捷无比，几次腾挪闪转，就消失在通向客舱的楼梯旁。罗景宽失去了目标，心里未免惘然，却也没忘记自己的职责，于是再次返回电讯室，然而刚到门外就莫名惊诧，因为他赫然看到又有一名制服鲜明的“报务员”坐在里面。

罗景宽如坠云雾，大惑不解，立刻掣出手枪就想直接踹门进去盘问，但没等他完成动作，脑后突然遭到重重一击，当即天旋地转，不省人事。醒来后他发现自己被塞进一间储物室，身上的衣服似乎有被翻动过的痕迹，再去电讯室察看已经空无一人，震骇之余他慌忙赶来通知傅雁尘。

傅雁尘听罢忧形于色，揣测情势，八成是杜瞳的人跟随上船暗中作祟，看来这一趟旅程也不会轻松，必须及早警告同伴加紧防范。他吩咐罗景宽速去照看申玉彦，自己则前往乔依兰的卧舱。

乔依兰的住处相对较远，位于二楼客舱最西侧，傅雁尘还没到门口，就听见迎面响起了脚步声，接着看到何觉云拖着一条伤腿缓缓走来。

“傅先生，这么晚了有什么要紧的事吗？”何觉云迟疑着问，神色颇显不悦。

这副表情让傅雁尘未免纳闷，但稍作思量就不难理解，看到别的男人三更半夜来找自己的恋人，他的心里当然不会痛快。

“确实挺要紧，”傅雁尘只好摆出秉公无私的姿态，峻然道：“如果你还走得动，就请亲自转告乔小姐一声，有件事需要大家商议。”

由于晕船的申玉彦行动不便，碰头的地点就定在他的房间，听过罗景宽的陈述，众人无不吃惊，却也疑惑重重。

“你遇到的情形让人觉得眼花缭乱，简直像是在看‘拉洋片’，”何觉云说，“你确定所使用的迷药没有失效吗？”

“确定，这种独门秘方配制的迷药可不是街边叫卖的大力丸，一小匙足以放倒一匹马。”罗景宽从怀里取出一只紫色的玻璃瓶子介绍，听起来像是十字坡上孙二娘用过的蒙汗药。

“那么会不会是你夜深困倦，一时看走了眼？”何觉云又问。

“你干脆说我梦游去了，顺便给自己留了点记号。”罗景宽气恼道，偏着头展示脑后的肿包。

“景宽别多心，”乔依兰婉言道，“没人怀疑你经历的真实性，只是这件事太不可思议。想想看，早上我们从吴淞码头撤离，马不停蹄地赶往十六铺乘船，其间没有丝毫耽搁，最初背道而驰的杜瞳怎么来得及搭上同一条船？”

“参与追捕的杀手并非杜瞳一人，保不准有另一路人马及时跟进呢，”罗景宽说。

“就算发生了这种情况，仔细分析却有许多环节难以捉摸，”乔依兰说，“军警杀手南下是冲着蔡将军而去，只要悄悄跟随着我们或许就可以实现意图，又何必匆忙暴露形迹？如果是只是偶遇，以他们的毒辣手法，又怎么可能留下活口？”

“偶遇的可能也不大，”何觉云说，“对方更换制服，选择人最少的时候潜入电讯室，显然不是仓促上阵，估计事先对环境已有过全面勘察，否则偷袭景宽也不会轻易得手。”

“没错，他们确实早有布置，”傅雁尘忽然想起餐厅遇到的“顾老板”，“此刻看来，那个无事生非的恶棍应该是个‘托儿’，想要尽量缠住我，以便他们专心对付景宽。”

根据他谈起的细节，乔依兰也认为判断合理，可是“他们对付景宽的目的何在呢？”

傅雁尘不免踌躇，似乎对此也莫可究诘，如果对方仅仅为了利用设备，可以错开时间进入电讯室，如果试图截获罗景宽接收的讯息，为什么不等他联络结束再动手？“不过，解开这个迷题也不难，只需做一番调查即可。”

“怎么个查法？”

“设法拿到乘客名单，找出滥竽充数的‘顾老板’，然后顺藤摸瓜……”

“傅先生想当然了吧，”乔依兰打断他的话，“照你的描述，那位‘顾老板’多半是个临时雇佣的流浪汉，办完了差事自然返回底舱。上船时的光景你也见过，底舱的乘客不下六七百，而且铺位混乱，拥挤肮脏，想在那里找一个人不比在墙角旮旯逮耗子更容易。”

“费点工夫无所谓，我担心目标是否还存在，”何觉云插口道，“别忘了咱们正在无边的大海上航行，万一他们已经实施了灭口，根本不会留下一丝线索。”

“这些都不重要，”乔依兰又说，“调查一旦展开，势必闹出不小动静，我们本该隐秘的行踪就彻底无法掩盖。即便推论正确，但眼下敌情不明，如果他们的图谋在于牵制我们，打击援助蔡将军的有生力量，轻举妄动岂不是正合其意？何况，我们此刻战斗力受损，正面交锋又有多少把握？”

这句话不假，一个腿伤未愈，一个晕头转向，倘若接敌难免处境被动，傅雁尘沉吟片刻，问道：“按你的意思怎么办？”

“不如小心戒备，以静制动，等过两天上了岸，可供周旋的余地增多，再考虑进一步的对策。”乔依兰泰然自若地说。

“好吧，”傅雁尘表示同意，微微笑道：“谁说头发长见识就一定短，你有这份老谋深算，难怪蔡将军委以重托了。”

“傅先生谬奖，”乔依兰浅浅一笑，“前途艰险，今后仰仗你的地方更多。”

计议既定，接下来各自检查武器，补充弹药，彼此关照保持警醒，并讨论了遇险时的配合举措。

安排就绪乔依兰协同何觉云先行离去，一直恹恹不语的申玉彦忽然开口：“不愧是留过洋的，这姑娘的一张巧嘴真够伶俐。”

“她的主张也算明智，”傅雁尘中肯评价，“如果对手潜藏不露，在这么庞大空间挖掘蛛丝马迹就好比白天捉鬼。”

“捉住船上的鬼不难，”申玉彦喃喃道：“难得是捉住藏在心里的鬼。”

傅雁尘不由得怔住，问：“你这话有所指吗？”

“你想过没有，”申玉彦不紧不慢地说，“乔依兰的提议也许另有缘故？”

“什么缘故？”

“当罗老弟在执行你指令的时候，恰好他们也想借用电讯室，为了不使联络方式泄露，就装神弄鬼地玩了个花样。或者，她不是很想追查你的上线吗？既然当面问不出结果，会不会采取其他手段呢？”

“不会吧……”傅雁尘陡然变色，暗想，自己和乔依兰之间虽然算不上坦见肺腑，但还不至于引发如此阴险的刺探。

“防人之心不可无，”申玉彦肃然道，“除此以外还有一种假设……”

“什么假设？”

申玉彦却没有回答，深邃的目光从旁边的罗景宽身上轻轻掠过，仿佛有什么窒碍似的。傅雁尘莫名其妙，犹豫道：“玉彦，我知道你心细如发，但也没必要把简单的事情想得复杂了。”

“嗯，把简单的事情想得复杂很愚蠢，但如果把复杂的问题想得简单也很可悲。”申玉彦淡淡苦笑。

傅雁尘越发懵懂，但见他谈兴索然，也就没有继续追问，只不过自己的心境就此紊乱，返回客舱苦思冥想，辗转难寐，如何摆脱阴魂不散的军警杀手，怎么样才能及早化解与乔依兰之间的嫌隙，申玉彦言犹未尽的隐忧又是什么？头脑中迷离倘恍，茫然无绪，最后甚至怀疑夜里的种种景象是否属实，会不会只是微醺状态下产生的幻觉？就这样反复揣摩，直到凌晨才沉沉睡去。

一觉睡到次日正午醒来，傅雁尘独自走上甲板，四周平静如常，丝毫看不出危机潜伏的迹象，凭栏远眺，无垠的海面波澜壮阔，似乎令人愁怀一宽，犹自心旷神怡，忽听身后传来一声怯生生的呼唤，“先生……”

蓦然回头，一个年轻的女人站在面前，俏丽的容貌似曾相识。

“有什么事吗？”傅雁尘问。

“昨晚乘蒙先生救助，实在感激不尽。”那女人颔首致意，声音轻柔婉转。

“姚丽莎，”傅雁尘恍然想起，见她一袭素衣，未施脂粉，已经没有了霓虹灯下妖娆的风韵，而多了几分小家碧玉的娴静。“噢，没什么，如果你不出现，我都忘了昨晚还有那么一回事了。”

这话并非矫情，而是一夜心思烦乱所致，但姚丽莎不免微微诧异，说：“看来先生惯常打抱不平，救人一命，居然都没放在心上。”

“没那么严重吧，举手之劳而已。”傅雁尘淡淡笑道。

“有那么严重，”姚丽莎神色沉郁，“我答应过人一定会保持清白，如果受辱惟有以死谢罪。”

傅雁尘略感惊奇，答应过什么人不言自喻，估计是丈夫或者情深意重的相好，只不过抛头露面卖唱谋生坚守这个承诺的难度太大。“常在河边走，哪能不湿鞋，也许你应该换个行当。”

姚丽莎眼皮低垂，黯然道：“我也知道这一行的辛酸，可惜无法选择自己的命运。”

傅雁尘不禁动容，暗忖，自己何尝不是被命运裹挟着随波逐流，如果能够选择，也不会成为一个恶名远扬的杀手，即便如今改弦易辙，又有多少意愿发自内心？感喟之际，瞥见姚丽莎的一只手伸进腰间的衣袋。傅雁尘顿生悚惕，一把捉住她的手腕，厉声道：“你干什么？”

姚丽莎脸色苍白，缓缓抽出手，掌中多了一串沉香手珠，她嗫嚅着辩解，“这是我从普陀山求来的开光法物，想送给先生表达一份谢意，顺便祝您一路平安。”

傅雁尘当即惭惶不安，昨夜还责怪申玉彦把简单的事情复杂化，何以自己也陷入杯弓蛇影的状态，正想开口致歉，受了惊吓的姚丽莎已经无意逗留，放下手珠道声珍重就匆匆离去。

怅然若失的傅雁尘握着手珠伫立船舷，口中默默念诵，一路平安，祝愿固然美好，只是设身处地的境遇暗流涌动，一如眼前波谲云诡的大海，不由得让他强烈预感，这一趟香港之行注定不会平安。

017

两天后的下午，傅雁尘一行抵达香港，刚刚上岸就分别乘坐人力车在街上反复兜绕，意在摆脱可能存在的跟踪者。然而，就像在船上除了扑朔迷离的“电讯室风波”外安然无事一样，穿插迂回的过程中也没有异常发现，最后入住筲箕湾一家临海的旅馆。

安顿了行李，罗景宽长出一口气，“嘿，坐船还没晕，这七八圈转得够呛，咱们是不是摸着屁股过河，有点过分小心了。”

“广东俗语，小心驶得万年船，”乔依兰说，“来到人生地不熟的新环境，有必要做一番初步勘察，相信以诸位锐利的眼光，也许已经留意到一些值得琢磨的迹象。”

说着，她的目光缓缓地抛向傅雁尘，傅雁尘若有所思地说：“街面上的警察好像多了些，印象中的香港不应该是这样子。”

鸦片战争中香港沦为英国殖民地，开埠伊始首任港督砵甸乍曾发出告示：“香港乃不抽税之埠，准各国贸易，并尊重华人习惯。”此后依据《英皇制诰》全面治港。数十年间，多家西方洋行在此设立，也吸引了不少华商来往贸易，香港逐渐取代广州成为中国南部沿海最大的转口港。而随着基础设施完善，公用事业开办，本地人口也急剧增长，从当初不足四千人的小渔村发展成为将近五十万人口的大都会。尤其辛亥年前后，由于国内局势动荡，大批富商巨贾以及遗老遗少携带着丰厚资金从内地涌入，更加刺激了香港的繁荣昌盛。

在这么个方兴未艾的自由港，按理应该是一派宽松祥和的气象，但从码头出来随处可见巡逻的警察，主要干道都设有拦路关卡，刚才登记房间时也被盘问了许久，说是最新法令规定加强防范。

“满街的警察确实成了一道别样的风景，在路上车夫还教了我一句顺口溜：ABCD，大头绿衣，捉唔到贼，吹BB。”何觉云笑道。

原来香港警员的编号前都加有英文字母，用来分辨不同的国籍背景，A代表着英国人为主的欧洲籍；B代表印度人，又称摩罗差；C代表香港华人；D则是从内地招募的警员。华人警员身穿深绿色制服，头戴圆锥状竹帽，靠吹笛相互联络，所以这句民谣既形象又滑稽。

但乔依兰的脸上没有丝毫笑意，沉吟道：“如果说如临大敌的阵势针对我们，未免有些自作多情。但若说是对付蔡将军的举措，似乎也不大合理。”

“是啊，”傅雁尘也感到困惑，“英国人怎么可能听北洋政府的指使，把自己的地盘搞得风声鹤唳？”

“不必胡乱猜疑，”何觉云说，“立刻与蔡将军取得联系，尽快离开这是非之地就是了。”

“嗯，我这就出门。”乔依兰表示同意。

“不用我陪你一起？”何觉云征询。

“不用，你的腿伤还没好利索，最好先去找个跌打医生看看。我单独行动更加方便，也不容易引起别人注意。”

何觉云不免失望，只得关切叮嘱：“你自己要格外留神。”

“放心，”乔依兰报以温存的一瞥，回头关照傅雁尘三人，“连日饱尝风浪颠簸，几位不妨待在旅馆休整一下，养养精神。”

“可惜没那个福气，”傅雁尘淡淡笑道，“别忘了咱们是来谈生意的，总窝在房里算怎么回事。”

进驻旅馆时，他们自称是上海华泰商行的代表，来香港洽谈桐油出口贸易，如果足不出户，没准就会引起旁人的怀疑。乔依兰说：“还是傅先生考虑得周到，那就在附近逛逛吧，行动千万当心。”

约定了晚间汇合后乔依兰离去，何觉云也外出求诊，罗景宽则去执行尚未完成的任务——在船上为了防备意外冲突没有再和奇士修联系，此事已不可延误。只剩下傅申两人相对安闲，却也不便在房内苦等，于是结伴出行，坐上一部由筲箕湾开往坚弥地城的电车，意在继续考察本地的交通线路。

沿途观光，触目所及是平整拓宽的道路，鳞次栉比的店铺，风格新奇的楼宇，规模浩大的填海工程，而浮华之下殖民地的烙印也昭然若揭，那就是尊卑迥异的华洋之分。无论行走，购物，或是出入公共场所，凸鼻凹眼的外国人总能享受到更加优越的权利，就连有轨电车上也是华西分座，头等票不卖中国人。

“唉，中国人有能力让一个荒僻小岛改头换面，却没能力在自己的家园充当主人。”傅雁尘感慨万千。

“逆来顺受大概是民族特性，”申玉彦说，“你被姓乔的姑娘指使得团团转，不也是一副甘之如饴的态度？”

“这两者扯不上边吧，”傅雁尘轻轻笑道：“目前为止，我们与乔依兰的合作还算正常。”

“正常？”申玉彦嗤之以鼻，“咱们是来救人的，却被人当贼一样防着，连目标人物的面都见不上。”

“目标脱离险境以前，接触的人越少越安全，乔依兰的谨慎可以理解，请求同行的何觉云不是也被回绝了吗。”傅雁尘说。

“你可真是宅心仁厚，以为她留下自己的相好只是为了杜绝泄密吗，回头朝车下看看。”申玉彦说。

傅雁尘侧过脸去，蓦然瞥见不远处的街道上有一辆黄包车正与电车同向行进，车上的乘客脑袋低垂，衣领高耸，但仍一眼认出就是何觉云。

“不是我吹毛求疵，在这种氛围下，舍生忘死的努力又有什么意义？”申玉彦幽幽叹息。

傅雁尘凝眉忖度，何觉云的出现是赴医途中的不期而遇，还是为了监视自己的活动，如果是后者，是否出自乔依兰的授意？假如屡历艰险后的今日还遭猜忌，倒真有些费力不讨好的冤屈了。揣摩之际未免情绪低沉，但申玉彦的烦躁似乎比他更加强烈。

车到铜锣湾上来两个三十岁左右的女人，一个身材矮胖，一个长脸卷发，看样子才从商店出来，手里拿着大包小包，其中卷发女人还牵着一个三四岁大的男孩，长得瘦瘦小小，一双大眼睛满含稚气。就座以后，两个女人余兴未尽，一边拿出包里的衣饰观摩对比，一边咭咭呱呱的品评讨论，站在座前的小男孩感觉无聊，也想凑近观看，却被卷发女人相当粗暴地推开，像是生怕弄脏了刚买的衣料，倒是另一个胖女人还算和善，从口袋里摸出一块桂花糖递给男孩，男孩笑嘻嘻地剥开塞进嘴里，一时相安无事。

谁知没过多久，电车转弯时连续晃动，小男孩立足不稳，一下子扑倒在卷发女人身上，不但碰翻了她手里的一只银质粉盒，嘴上的糖渍还沾染了一件崭新的洋绸面坎肩。

“衰仔，你作死呀。”卷发女人喝斥，劈面就给那男孩一记耳光，男孩哇哇大哭，伸出两只小手拉扯乞怜，不料无意间把那件坎肩抓弄得更加皱巴，卷发女人越发恼怒，不顾女伴的拦阻，揪住男孩的耳朵就是一顿猛揍。

男孩痛哭流涕，气噎声惨，卷发女人却恨意未消，一边不停咒骂，一边继续打那男孩。车内的乘客多流露出厌恶之色，却无人上前干涉，傅雁尘也有些看不下去，但又不愿多事，只得把目光偏向一侧，却忽然听到旁边的申玉彦发出一声厉喝：“还不住手——”

卷发女人吃了一惊，随即满不在乎地问：“你想干乜野？”

“为了件破衣服把孩子往死里打，你于心何忍！”

“你少管闲事，”那女人一脸不屑，又扬起手来，却被申玉彦一把捉住，感觉就像套上了一副铁钳，疼得呲牙大叫，“你好沙胆，知我老公系乜人咩？”

“我管你老公是谁，只知道你这种女人根本不配做母亲。”申玉彦冷冷道：“再敢动这孩子一指头，我马上把你的手扭断。”

他的神色凛然，透出一股无形的震慑力，卷发女人顿时怯惧，不迭服软告饶。当申玉彦松开手，车速也正好减缓，卷发女人连忙拉着孩子偕同女伴匆匆下车。

民国杀手

这件事做得大快人心，不少乘客拍手称赞，守在车门边的售票员却显得拘忌不安，缓步走到已经归座的申玉彦面前，看着他和傅雁尘说："两位先生从内地来的吗？"

"是的。"傅雁尘代为回答。

"打算在这里住多久？"

傅雁尘不免迟疑，问："有什么指教么？"

"哦，别误会，"售票员说："我的意思，如果没什么要紧事，你们还是赶快启程返乡吧。"

"为什么？"傅雁尘一头雾水。

"因为这位先生刚才得罪的是'义胜堂'二当家的女人，"售票员看着申玉彦，压低声音说，"如果不立刻动身，只怕就没有机会离开香港了。"

从皇后大道东段的大王洪圣庙下车，傅雁尘回味着售票员的话，若有隐忧地说："不知道'义胜堂'什么来头，也许你不该招惹那女人。"

"扯淡，就算她是王母娘娘又怎样，"申玉彦不以为然，阴沉着脸说："难道我能眼看着那可怜的孩子受虐待？"

"呵，记得你以前的脾气没这么大，是不是水土不服呀。"傅雁尘笑道，心里盘算，即使"义胜堂"是本地的帮会组织，凭自己和申玉彦的身手，对付几个地痞流氓也绰绰有余，况且时而可见巡街的"大头绿衣"，一般的混混儿也不敢滋事。

但是一念未了，就被四五名精壮汉子迎面拦住，为首的一个皮肤黝黑，长着一张"瓦刀脸"，粗声粗气地开口："喂，跟我哋走一趟。"

"什么事？"傅雁尘问。

"乜野事你自己明白，开罪咗我家二嫂，仲有心情行街呀。""瓦刀脸"斜睨着说。

麻烦来了，傅雁尘暗想，本着息事宁人的原则，他赔笑着拱手致意，"不知道电车上的太太是你家二嫂，一时冒犯实在抱歉，还请各位网开一面。"

"冇鬼咁便宜，快跟我走咗。""瓦刀脸"毫不通融，看样子一定要让两人尝点苦头，说着从腰间抽出一把明晃晃的尖刀。

但没等他继续催促，申玉彦已迅即夺过尖刀，双手轻轻一折，刀身立刻断成两截，随后讥笑着摇头，"真不明白，你拿个破铁片想吓唬谁？"

"瓦刀脸"及其同伴不由得面面相觑，神情悚然，傅雁尘仍保持着微笑，心平气和地说："朋友，看起来你想带走我们也不容易，不如大事化小，小事化了，真要闹出动静，把警察招来了大家都不好下台。"

本以为这番劝解绵里藏针，对方必然知难而退，但事实上"瓦刀脸"确实后退了几步，却又扯开嗓子大叫："'义胜堂'开片，所有兄弟现身，怕见血嘅都闪开——"

仿佛一石激起千层浪，只听街头巷尾呐喊声不绝，连同附近的水果铺、擦鞋摊，以及行进中的车夫挑工也群起呼应，片刻工夫竟冒出了不下百余人，手拿各种器械，纷纷向傅雁尘两人围拢，再看还在视野内游荡的警察，早已经躲得无影无踪。

"这下子捅了马蜂窝了。"傅雁尘触目心惊，申玉彦也惶然色变，面对蜂拥而至的人群，已经没有了商谈妥协的余地，只得揎臂抡拳全力抵抗。

原本平静的街道变成了鸡飞狗跳的战场，"瓦刀脸"的弟兄们虽然勇猛，一时却近不得傅申两人身前。但傅雁尘清楚形势十分危险，因为众寡悬殊，死缠烂打终究会体力不支，而且也不能开枪，万一酿成血案更加不可收拾，所以当务之急是寻机摆脱。好在他和申玉彦都训练有素，明白逃离困境的诀窍，首先绝不可置身封闭角落，其次尽可能分散对方的力量，于是搏斗之际冲着申玉彦使了个眼色，申玉彦会意，当即抢过一根扁担扫翻两人，顺着洪圣庙前的山路向西飞奔，傅雁尘则左突右闯，朝着反方向的德辅道跑去。

单纯比拼脚力，傅雁尘不会输给一帮市井莽汉，但若论对道路地形的熟悉程度就差多了，因此辗转穿梭三五条街巷也未能脱身，继而进入一条喧闹的路段，回头张望追兵仍在，耳边又响起尖锐的鸣笛声，紧接着看到前方出现一队警察，正手持警棍迎面赶来。

看样子随着事态扩大，本来作壁上观的警察也不得不出面维持秩序。要不要想向警方求助？傅雁尘的念头刚起又马上打消，且不说对这些"大头绿衣"的能力表示怀疑，倘若被发现自己携带武器，即使避免了帮会的追杀，只怕也会被送进班房。

眼看着双方人马前后逼近，傅雁尘已经无路可走，情急之下瞥见路边有一家门面装潢非常考究的茶楼，便不假思索地拐了进去。

径直上去二楼，早有侍者上前招呼："阿生几位，有冇订座？"

"呃……"傅雁尘本想敷衍一句就奔向楼顶另辟蹊径，不料视线游移之间，一条似曾相识的倩影蓦然兜入眼底，虽然难以置信，定睛看却又真切无误，临窗独坐的一个女人仪态妖娆，神情忧郁，果然是几天前在爱俪园遇到的筱艳宝，他不禁心中一动，对侍者道："我来找人的。"

言毕施施然走了过去，轻轻笑道："人生何处不相逢。"

正在发呆的筱艳宝陡然一惊，看清了傅雁尘的面貌不由得诧异莫名，"你……怎么会在这里？"

"我也觉得不可思议，"傅雁尘说，"两个陌生的人能够在不同的地方再度邂逅，可见善缘不浅。"

民国杀手

“聚散离合多半出于一念之差，男人却总喜欢拿缘分当借口。”筱艳宝夷然不屑地说，紧蹙的眉尖又笼上一层浓重的伤感。

这副幽怨的表情傅雁尘记忆犹新，而第一次在白天目睹芳颜更感到美艳动人，只是此刻不容仔细品鉴，因为他还惦记着身后没有甩掉的“尾巴”。

“你在等人吗，不介意我陪你消磨片刻吧。”傅雁尘温和征询，看到桌上摆着典型的英式茶点，包括一壶锡兰红茶，以及几碟精致的果塔松饼之类。

“我早已无人可等了，如果你有兴致就不妨同坐，但前提是请不要再讲一些云山雾罩的话。”筱艳宝淡淡道，吩咐侍者添加一套茶具。

“好，我一定相见以诚。”傅雁尘含笑就座，耳边听到楼梯间传来急促的脚步声，接着看见两名警察进来，拉过侍者低语了几句，侍者不住摇头，口中像是在激烈争辩，警察仿佛面有难色。

傅雁尘心怀戒惧，但也注意到这间茶楼不同寻常，在座的顾客大多衣冠楚楚，而且有不少金发碧眼的洋人，所以警察也不敢恣意妄为，只是在门口翘望寻觅。傅雁尘借斟茶之际悄然靠近筱艳宝，佯作一对喁喁低语的情侣，警察四下打量了一阵，没有发现可疑目标，随即掉头退去。

警象解除，傅雁尘的情绪稍稍松弛，于是打起精神应对筱艳宝，为示诚意先做一番自我介绍，当然，用的还是事前编造的身份。“敝姓傅，从事桐油贸易，今天刚到香港。”

“商人重利轻别离，难怪你转徙千里如同儿戏。”筱艳宝说。

“你的影踪同样飘忽不定，”傅雁尘笑道，“推算行程，你应该从爱俪园酒醒之后就直接上船了吧。”

筱艳宝的脸色泛红，垂头道：“那一夜我酒醉失态，一定让先生见笑了。”

“我不觉得可笑，只感到纳闷，”傅雁尘一本正经地说，“当晚见你神摇意夺，愁苦不堪，似乎正缠绵于一段‘剪不断，理还乱’的情感，怎么转眼之间又选择了背井离乡？”

“唉，情到尽时转无情，无情更比多情累。”筱艳宝幽幽叹息，看到傅雁尘一脸迷茫，又苦笑道：“好吧，反正今后也难再有见面的机会，我就满足一下你的好奇心。”

说着开始娓娓叙述往事，原来她是上海一家杂货店老板的独女，自幼被父母爱若掌珠，衣食供养外还送去新兴的女校读书，力图栽培成一朵秀外慧中的名葩。筱艳宝不负期许，几年下来不但出落得风姿绰约，学识修养也不同俗流，于是登门提亲的人纷沓而至，筱艳宝的父亲不乏小生意人的精明，抱着奇货可居的心态精挑细选，但结果让女儿大失所望。

筱父确定的人选叫做叶凤卿，是上海滩屈指可数的商界大亨，名下拥有印染、纺织、印刷等诸多产业，家资巨万，富甲一方。筱艳宝拒绝的理由倒不是对方年岁过大，嫁过去做姨太太，而是心中另有所属。早在求学期间，她偶尔结识了一个名叫庄汝康的男青年，两人一见钟情，很快就坠入爱河，只因庄汝康家境清寒，根本不在筱父的考虑之列。

一段苦恋饱受着考验，筱艳宝起初矢志不渝，但经不起父母百般劝告，甚至以死相逼，加上叶某人的金钱攻势极具诱惑，而且庄汝康守望支撑的热忱也逐步冷却，她的心思渐渐活络，最后洒泪委身豪门。

出嫁以后，起居奢华的生活满足了她的物欲，但心灵的空虚始终无法弥补，何况“以色事人者，能得几时好”，短短两年过去，原本拿她当玩偶看待的叶凤卿就兴趣褪减，目光又转向“小巴黎舞厅”一名“花国皇后”身上。加上叶家元配的刁难和仆佣的白眼，筱艳宝越发落寞悲凉，禁不住又和昔日的恋人庄汝康恢复了联系，两人频频幽会，互诉衷肠，虽然享受了无限风情，却也不免偷合苟容的惶恐，筱艳宝终于横下决心，请求庄汝康带自己远离苦海，庄汝康也信誓旦旦满口承诺，然而事态的发展竟出乎预料。

“怎么回事？”傅雁尘忍不住问。

“都说女人心是海底针，没想到男人的心更加捉摸不透。”筱艳宝凄然感喟，正当她满怀憧憬计划与情郎出走，却察觉庄汝康推三阻四，态度暧昧，经过查证得知，其实庄汝康对她早就恩断情绝，旧梦重温目的不过是骗取财物，而且背地里也已经和别的女人另结良缘。这一下筱艳宝痛不欲生，如同坠入了无底黑渊，因此才有了爱俪园那晚的几近痴狂的表现。

“既然如此，为什么还要启程远行？”傅雁尘不解。

“没有了伴侣，一个人就不能私奔吗？”筱艳宝继续陈述，宿醒醒来，她痛定思痛，感觉上海再无任何留恋，也许飘然远翥才能化解烦忧。适逢她的挂名丈夫半年前在马来西亚开办了一座橡胶场，近期打算派员视察，她便提出随行，说是想去海外散散心。叶凤卿正忙着追逐新欢，已经不在乎她的动向，当时爽快答应，于是她收拾行装，在哈同夫人的寿筵次日登上了南下的客轮。

“多亏你在香港中转，否则也不会有这次巧遇了。”傅雁尘不无庆幸地感慨，面前的女人虽然佳偶难觅，却可以称作自己的命中贵人，如同不久前爱俪园的情形，她的出现似乎总能无意间替自己化解围困。

“本来我没准备逗留，只是他的合作伙伴执意要尽地主之谊，所以才有两三天的耽搁。”筱艳宝口中的“他”自然指的是丈夫叶凤卿，据称叶凤卿与怡和洋行常年有业务往来，听说叶家姨太太途经香港，本地的怡和支行不肯放过拉拢示好的机会，供应食宿安排船票以外，又由华人总经理何福出面举行一个盛大的欢迎酒会。

“何东的弟弟何福？”傅雁尘问。

“是的。”

“排场不小呀，”傅雁尘惊叹，来时的船上他通过报纸了解，何东兄弟先后就任怡和洋行的华人总经理，也是首批获准在太平山居住的中国籍人士，其家族的财势在本地影响深厚，以致时下港人有句俗语，形容一个人自不量力就会说：“你估话你系何东阿？”如此超级富豪，居然刻意款待一名失宠的姨太太，可见筱艳宝丈夫的地位何其显赫。“你已经钓得金龟婿，却不知安富尊荣，是不是有点可惜？”

“你看那里，”筱艳宝轻轻扬头，目光瞥向窗户前悬挂的一笼画眉，“即使笼子是纯金打造，里面的小鸟会快乐吗？锦衣玉食的生活并不能带来真正的慰藉，这个道理只有亲身体验才能领悟。”

“看来你的问题不在于改变环境，”傅雁尘说，“如果精神上的桎梏无法打破，走到哪里还不都是伤心地？”

“那我该怎么办呢？”筱艳宝惆怅发问，眉宇间积郁难消，柔弱无助的模样惹人怜爱。

“也许你应该尝试着忘却，既然汝康的感情已不再真挚，你又何必敝帚自珍?不如把从前的烦恼彻底抛开，以开朗恬静的心境面对人生，说不定很快就能发现更加美好的事物。要知道女人的丰盈年华极其短暂，总是在自怨自艾中蹉跎岁月未免太遗憾了。”傅雁尘婉言劝解。

筱艳宝专注倾听，宛若秋水的双眸晶莹闪动，踌躇了片刻喃喃叹道：“也许你就是我新的发现。”

她的语气并无造作，仰面直视的神态妩媚中透着多情，傅雁尘不由得胸臆间一热，连忙侧过脸庞，装作给红茶加糖的样子避开了那片灼热的目光。

天色昏暗，傅雁尘回到旅馆，看到罗景宽正在房间享用晚餐，一盘干炒牛河外加两只烧鹅腿，吃得满嘴流油。

“我发现自从在天津喝了那碗‘西施舌汤’，你好象一下子开了窍，以后不论走到哪儿，都能准确地找到当地名吃。”傅雁尘轻笑，“有了这门绝技，如果再不缺钱的话，相信你这辈子会过得很充实。”

“嗯，既然是拎着脑袋做事，为什么不先把自己伺候得舒服一点？”罗景宽讪笑着抹了抹嘴。

“其他人呢？”傅雁尘问。

“乔小姐回来过，又和小何出去了，申大哥不是跟你一起吗？”罗景宽说。

“玉彦还没回来？”傅雁尘不禁诧异，自己在茶楼滞留了半天，按说申玉彦早该返回，迟迟未归莫非发生了意外？正自猜疑，乔依兰与何赏云联袂而至，乔依兰神色凝重，关上房门匆匆道：“情势不妙，大家赶紧拿个主意。”

“人没到齐，你还是等会儿再开会吧。”傅雁尘提醒。

乔依兰这才注意到申玉彦不在，而且傅雁尘又要出门寻找，连忙阻拦道：

“没必要吧，偌大的香港，你去哪儿找？何况听说天黑还要实行宵禁，你再有什么闪失就更不划算了。”

“别忘了玉彦也是这个合作团体的一员，难道就任由他自生自灭？”傅雁尘颇觉不悦，一半出于对申玉彦的担忧，一半也在宣泄着曾被“监视”的不满。

“傅先生别多心，”何觉云劝解道，“依兰的意思，堂堂的‘双响炮’有什么难题应付不了，也许你的担心纯属多余。”

“如果见过我们遭遇的场景，你就不会有这么乐观的想法了。”傅雁尘说。

“你们遇到了什么麻烦？”乔依兰追问。

没等傅雁尘回答，忽听房门响动，申玉彦安然无恙地走了进来，看到大家如释重负，不由得纳闷发问：“走廊里就听到大声喧哗，出什么事了么？”

“如果你再不回来，明天的报上就会出一则寻人启事了。”何觉云说。

乔依兰见他神色疲惫，额头汗渍犹存，显然经历了一番辗转奔波，但身上却散发出一股淡淡的幽香，于是轻轻笑道：“申先生真够潇洒，害得老友牵肠挂肚，自己却去逛脂粉店了。”

申玉彦微微一怔，低头闻了闻自己的衣领，苦笑着脱下外套，“我哪有那份闲心，被一帮泥腿子追得满街乱跑，最后躲进了石塘咀的‘大寨’里，谁知又沾上了这一身气味。”

石塘咀位于港岛西部，原本是一处废弃的花岗岩矿场，十几年前，时任香港总督弥敦下令所有妓寨迁至此处，以色情业促进该地区发展，从而娼寮云集，莺歌燕舞，“塘西风月”名噪一时，所谓的“大寨”即相对高级的妓院。

“呵呵，飞入花丛都不见，”何觉云笑道，“申先生倒是会挑地方，消灾避难之际顺便依红偎翠，简直一举两得。”

申玉彦听出话里揶揄的意味，反唇相讥道：“这就是孤家寡人的自由了，你有佳人做伴，想要飞入花丛怕是还得掂量掂量。”

“那些下作的场合我根本没兴趣，”何觉云面色胀红，刚要开口辩驳，却被乔依兰截住了话头。“好了，归入正题吧。”

两人不再逞口舌之利，随即察看环境，关门闭窗，围坐一团展开密议。

“当下的紧张局面诸位都有了察觉，但实际情况比看到的还要糟糕……”乔依兰首先通告，蔡锷已经抵达香港，并顺利与云南方面赶来接应的同志取得联系，只不过同时也陷入了进退失据的困境，港英政府近日忽然一改常态，对于进出车站码头的人员仔细勘验，在大街小巷加紧搜寻，水警舰艇以防范海盗之名在港岛四周日夜巡查，渔民捕捞也被限定在近海区域。

“这一切能确定是针对蔡将军吗？”傅雁尘说。

“确定，我已经见到配发照片的通缉令，并且警察对操云南口音的人又特别留意，显然是想通过策应者追查蔡将军的踪迹。”乔依兰说，因为突发变故，事先安排的中转站以及交通线路都已作废，蔡将军只得临时藏在一处落脚点暂避风头，随着警方搜捕力度加剧，每一刻都有暴露的危险。

“蔡将军目前的藏身地在哪里？”傅雁尘问。

“这一点不重要，”乔依兰说，“当务之急是尽快找出一条护送蔡将军离港的途径，云南的同志因为也在缉捕范围不便出面打探，这个任务就落在我们肩上了。”

“既有重任委托，却不肯透露底蕴，看来乔小姐至今对我们抱有戒心。”申玉彦淡淡苦笑。

“申先生多虑了，大家有目共睹，蔡将军一路走来伴随着多少凶险，稍有疏忽就可能酿成不堪设想的恶果，所以慎终于始的原则是确保成功的关键，相信对此我们可以达成共识。”乔依兰说着，目光缓缓抛向傅雁尘。

傅雁尘本来有一丝不快，听她语气诚恳，也就不再计较，只是“为什么英国人忽然对北洋政府奉令承教，实在让人费解。”

“是呀，我也想不通这葫芦里卖的是什么药。”乔依兰怅然叹息。

“我知道，这是一次秘密交易的结果。”罗景宽应声道，随即陈述了自己接收的情报，因为当前的欧洲大战如火如荼，英国本土的军事力量供给不暇，致使孤悬海外的香港防务薄弱，英国驻华公使朱尔典就要求袁世凯接济一批军火。袁大总统表示乐意帮忙，并传谕交通系首脑梁士诒具体经办，这批军械除了由陆军部库存调拨，还从湖北、湖南、浙江、安徽、山东等省抽拨，据说仅步枪就有两万四千条，现已集中在上海和汉口，由海军部派军舰承运。

“明白了，”傅雁尘恍然道，“英国人得偿所愿，付出的酬佣自然是支持帝制，在统辖地区协助缉捕乱党则是附带条件。”

乔依兰颔首认同，又不免惊异，“按照袁世凯目前的处境，一定不敢公开得罪德国，所以援助英国的协议必然极度隐秘，你们的眼线究竟是何许人？居然能刺探到如此深层的内幕？”

“这一点也不重要，”傅雁尘针锋相对地回应，“认清事实就该应机制变，我们抓紧时间替蔡将军寻找脱困的出路就是了。”

“没错，”乔依兰也没再刨根问底，附和道：“既然官方渠道行不通，只得另辟蹊径，好在小何下手早，经过下午的查访，他打听到一条有价值的线索。”

原来下午出现在电车附近的何觉云并非跟踪，而是为了搜集讯息，傅雁尘不禁向申玉彦投去一瞥，示意先前判断失误，申玉彦却毫无反应。

“就香港的社会状况而言，除了英国殖民政府占据着统治地位，还有一股潜在的阶层不可小觑，那就是无处不在的帮会势力。”何觉云侃侃道，香港开埠时期，西环和上环一带多为码头，搬运工人云集，多是些四肢健硕的青壮男子，经常为了争夺活计相互械斗，打着打着难免拉帮结派，几经整合发展，演变成各霸一方的帮会堂口，他们的触角不断延伸，染指的行业也越来越多，其中就包括海陆交通，而且因为门徒广布，纵有违令犯禁的行径当局也无可奈何。“目前最大的帮会叫做‘义胜堂’，如果能够搭上关系，或许就可以化解燃眉之急。”

“义胜堂？”傅雁尘和申玉彦不约而同地惊呼。

“看来两位也有所耳闻？”何觉云说。

“嗯，印象还挺深刻。”傅雁尘自嘲似地笑道，简述了下午和“义胜堂”发生冲突的始末缘由。

“你们开罪的应该是二当家黄茂英的太太，”何觉云说，“‘义胜堂’的大当家叫韦绍荣，年轻时好勇斗狠，叱咤港九，如今处于半隐退状态，虽不大具体管事，但在帮中仍然一言九鼎，只要他肯帮忙，蔡将军离开香港就有眉目了。”

“这件事怕是指望不上我和小傅，”申玉彦说，“有了下午的过节，韦老大不会轻易答应同我们‘吃讲茶’。”

“吃讲茶”是句江湖术语，常指发生争执的双方到茶馆里请公众评判是非，最终达成谅解。

“不见得，帮会人物讲究气量宽宏，不打不成交的例子也有很多，前提是要投其所好，设法让他找回面子。”傅雁尘说着转向乔依兰，“相信你们就此也做过了细致调查。”

“韦绍荣平生好赌，尤其痴迷麻将，”乔依兰说，“现今他安享清福，每天会去北帝庙附近的‘福满楼’吃早茶，随后就支摊开局，打发时光，而且他笃信牌品见人品，所以无论考察手下弟兄，或是处理帮系纠纷，都喜欢在牌桌上进行。”

“呵，麻将，这倒是正中下怀了。”傅雁尘喜不自禁。

“哦，莫非你还是一位雀战高手？”乔依兰问。

“高手不敢当，但应付一般的场面绰绰有余。”傅雁尘说，自述在“宗社党”效力之际，因为感觉前途渺茫，不免满怀颓唐落寞，执行任务的间隙常常沉溺酒馆赌坊，借以排遣内心的郁苦，这期间他接触到麻将、牌九、摇摊押宝等多种赌术，并凭着眼疾手快的特质样样精通。只是，“如果同韦老大对局，估计还需要一位牌搭子，不知你们谁愿意自告奋勇？”

申玉彦等三人面面相觑，暗自忖度都无把握，乔依兰嫣然笑道：“都别大眼瞪小眼了，这个角色舍我其谁。”

“你……行吗？”何觉云质疑。

“怎么不行，别忘了我在‘云吉班’待过几个月，周旋在高官显要之间，见过多少一掷千金的豪赌场面，当然也不缺乏实战经验。”乔依兰说。

确定了上门接洽的人选，进一步商榷细节，“义胜堂”老大的据点虽非龙潭虎穴，但鉴于存在一层龃龉，不能不有所防范，申玉彦等人自然负责把风接应。

谋划就绪夜色已深，众人各回房间，罗景宽却悄悄拉住傅雁尘禀告："傅大哥，奇长官的电报上还传递一个消息。"

"什么？"

"杜瞳等军警杀手已经抵港，住在尖沙嘴钟楼一带，扼守着九广铁路。"

"刚才你怎么不说？"傅雁尘诧异。

"我看乔依兰对咱们深藏不露，也就故意留了一手，先让你心里有数。"罗景宽说。

"唉，"傅雁尘苦笑叹气，着眼于防护大局，他感觉这种彼此隔阂情形有害无益，而罗景宽的保留意义也不大。虽说掌握对手的动向十分有利，但尖沙嘴隔海相望，暂时构不成威胁，倘若明日一切顺利，蔡锷如愿成行，也许根本没机会和杜瞳之流见面，盘算至此他安然归寝，却没有想到，事态的发展又一次出乎预料。

018

相当于晚清江南的饭馆里专供漕帮大哥使用的“马头桌子”，“福满楼”的二楼东侧包间也永远只有一个主顾，那就是威风港岛的“义胜堂”堂主韦绍荣。

此刻他刚把半笼虾饺塞进嘴里，又端起一碗皮蛋粥呼噜呼噜喝得底朝天，然后轻抚着肚子打了个饱嗝。看样子是饱了，旁边侍立的黄茂英见机斟满一杯普洱茶，毕恭毕敬地端了过去。

“阿茂，一大早叫你过嚟，知为咗乜野系啩？”韦绍荣问道。

“知。”黄茂英点点头，清楚是因为昨天下午聚众斗殴的事情。

“我早劝过你，忍一步风平浪静，点解遇事还呢么冲动？”韦绍荣说。

“嗰两个外地人太可恶，必须让佢食点苦头。”黄茂英气冲冲地说。

“好似食苦头嘅系你啩。”韦绍荣轻轻冷笑。

“放心，我经已吩咐弟兄哋四处寻揾，绝唔好砸咗帮会嘅字号。”黄茂英慨然表示。

“我唔放心嘅即系呢个，”韦绍荣怫然变色，“你有冇脑子，如今满街绿衣，你偏偏乱搞事，想让英国佬执拾我哋咩？记住咪制再胡闹咗。”

一顿训斥如雷霆发作，黄茂英心中纵有不甘，也不敢再开口申辩，虽说自己表面上统领着“义胜堂”，但韦绍荣的地位仍然无可动摇，帮内的多数元老级人物唯其马首是瞻，一旦真的动怒，把自己打回原形易如反掌。他正琢磨着如何转圜才能挽回影响，忽听门口手下人禀报：“有客来拜。”

“系边个？”韦绍荣问。

“即系昨日和二哥开打嘅嗰个外乡人。”

黄茂英闻言眉毛一挑，切齿道：“还敢送上门嚟，今日叫佢有嚟无回。”

“咪住轻举妄动，等我会一会佢。”韦绍荣沉声告诫，吩咐请来人进门。黄茂英不敢造次，却向身旁的自己的心腹“瓦刀脸”丢了个眼色，“瓦刀脸”会意离开，自然是去调集人手。

紧接着傅雁尘和乔依兰联袂而至，呈上四色礼物后谦恭问候，傅雁尘仍称是来自上海的生意人，乔依兰是自己的秘书。

“傅先生造访有乜野事咩？”韦绍荣问道，态度还算温和，黝黑的脸上却没有半点笑容，鬓发虽已斑白，但双目炯炯有神，举手抬足间沉稳从容，颇有几分虎老雄风在的气势。

“早听说韦老大是港岛名流，可惜无缘结识，也就没敢轻易打扰。碰巧昨天和贵帮发生了点小摩擦，只得不揣冒昧上门致歉，还请韦老大海量宽容。”

一番表白言辞恳切，语气却不卑不亢，韦绍荣淡淡道：“傅先生倒系会避重就轻，昨日惊动咗几条街，唔能算小摩擦啩，而且我也唔相信你系普通嘅生意人，唔然点得一下子打伤我哋二三十名弟兄。”

为了方便沟通，韦绍荣有意避免使用方言，只是“天不怕地不怕，就怕广东人说官话，”傅雁尘听起来并没有感觉轻松。

“‘义胜堂’唔好恃强凌弱，但也唔好受人欺负，”韦绍荣接着说，“你肯主动登门，显然系个有胆识嘅，我们就嚟谈谈呢单事嘅解决办法。”

“嗯，我们绝对是诚心谢罪，”傅雁尘说，“不知道怎么做才能让您满意？”

“三刀六洞！”旁边的黄茂英断然喝道，韦绍荣声色不动，平静的目光直视傅雁尘。

傅雁尘未及反应，乔依兰已悚然色变，“三刀六洞”的赔罪方式起源于上海“小刀会”，即用利刃在小腿肚上对穿三刀，形成六洞，是一种仅次于自裁的严酷刑罚。

“呵呵，也不是什么深仇大恨，至于这么残忍么，”傅雁尘泰然笑道，“另外我担心韦老大刚刚用罢早饭，见到血淋淋的场景难免反胃，不如换一种平和的法子吧。”

“哦，傅先生有乜野好主意，讲嚟听听？”

“这样行不行，我们陪您打几圈麻将，如果侥幸取胜，就请既往不咎。”傅雁尘说，进门的时候他已经留意到房间西侧摆放着一张正方形红花梨牌桌。

“如果你输咗点呀？”黄茂才追问。

“如果输了，情愿接受一切责罚。”

韦绍荣诧异之余又颇觉好笑，自己迷恋麻将且手段高明，港内几乎无人不知，对方竟选择用这种方式了断恩怨，如果并非不明所以，那简直就是自讨苦吃了，于是他略带好奇地应承道：“好啊，既然傅先生有雅兴，咱哋就来比比手气。”

当即铺摆桌椅，挑风排座，按照区分对家的原则，韦绍荣和黄茂英占据东西，傅雁尘和乔依兰分列南北，继而发放筹码，限定十二圈一底港币三百元。时下港币的市值等同于内地银元，所以算起来赌面很不小，但令乔依兰忌惮的并非这一点，而是麻将的打法，本以为韦绍荣会打广东麻将，她事先特意对规则做了一番研究，不料黄茂英临时提议结合宁波麻将的打法，韦绍荣和傅雁尘均无异议，乔依兰就有点无所适从了。

从马吊演化成麻将，据说就是明朝以来，宁波人不断琢磨改进的结果，因为最初发源于船上，风浪颠簸，空间狭小，没有多余的地方容纳废牌，所以出过的牌会丢进一只吊篮里。此刻就遵循旧法，命人在包房顶梁系一根绳子，末端的铁钩挂上一只竹篮，垂落在牌桌正中高于头齐伸手可及的位置，乔依兰首次接触这种怪异的打法，却明白对记忆力是种极大的考验。

就座开打，前两圈战局平稳，但乔依兰已明显感觉力不从心，回想昨晚自诩个中好手更像是井底之蛙，且不说韦绍荣和傅雁尘的水准望尘莫及，就连稍逊一筹的黄茂英出牌之际也深具章法，只有格外聚精会神才可勉强战成平手。

然而又过了两圈，她的注意力渐渐难以集中，因为忽然听到窗外的走廊里传来轻微而杂乱的脚步声，再看下首的黄茂英，眼角隐隐有杀气浮现。她陡然心惊，油然想起汉高祖刘邦在鸿门宴上的遭遇，抑或其后代子孙刘备在甘露寺内历险情形，莫非房间周围也掩藏着刀斧手，只等掷杯为号就蜂拥而上。虽说身怀绝技的傅雁尘就在眼前，楼外还有申玉彦三人望风，但毕竟“强龙难压地头蛇”，一旦翻脸动手，只怕局面就无法控制了。

宁波麻将讲究的是出牌迅捷，过目不忘，容不得半点分神，乔依兰稍有轻忽，手下的牌路就开始混乱了，根本记不住其他三家的发牌，不免张子松垮，接连放铳，片刻之间就输了两底。而随着手风败落，情绪也大受影响，不由得蛾眉紧蹙，啧啧抱怨。

“乔小姐不必沮丧，”傅雁尘相机劝导，“如果你不打算当职业赌徒，一时输赢就别放在心上，再说今天的钱全算公账，你也不需要担心赔了自己的嫁妆。”

乔依兰脸色发红，嗔怪着白了他一眼：“你怎么就看出我在担心了，难道你是人家肚子里的蛔虫？”

羞恼娇憨的样子在韦绍荣看来十分滑稽，不由得笑道：“呵呵，作为女人，乔小姐嘅牌经已打得好好咗。唔过赌能唔输才系天下第一营生，但乜人又能永远唔输呢？”

“是啊，”傅雁尘说，“与其斤斤计较输赢，不如心平气和地享受过程，麻将之所以长盛不衰，是因为易学难精，充满乐趣，想想看，世上有拳谱、剑谱、棋谱，为什么没有麻将谱，可见其千变万化，奥妙无穷。”

这句话搔得韦绍荣痒处，咧嘴附和道：“讲得冇错，乔小姐，做职业赌徒没有前途，跟着这样明理嘅老细才叫运气，外场漂亮，人又爽脆，保你一世唔食亏。”

乔依兰苦笑叹息，搞不懂为什么他们认准自己要做职业赌徒。但听了韦绍荣的赞赏，又禁不住向傅雁尘抛去一瞥，那份沉稳自信的气度虽然早已不陌生，此刻看来却有一种无可抵挡的吸引力，意念甫动她顿时芳心大乱，一张俏脸越发绯红。

傅雁尘没有留意到她的神情变化，全副精力都投入牌局，由于乔依兰的懈怠，韦绍荣和黄茂才斩获颇多，四五圈下来渐居上风，尤其韦绍荣逢庄必连，桌边的筹码已堆成小山。傅雁尘表面安之若素，实则使出浑身解数，为了阻遏下家，几乎把把门清，同时运用自己掌握的诀窍扭转局势，其中就包括对“动牌”“不动牌”的甄别。

所谓“动牌”，是指麻将里二十种正反有别的牌，比如字牌里的四风、箭牌里的中、发，全体万子，一三七条，六七筒等，这类牌倒置不符合视觉习惯，人们摸到后会下意识地动手摆正。“不动牌”则指另外十四种正反不分的牌面，如箭牌里的白板，一二三四五八九筒，以及二四五六八九条，抓到这类牌时无须进行调动。当然，道理浅显易懂，但要在实战中判断各家牌面，还需要超强的观察和心算能力。

韦绍荣受到克制，随即变换路数，放弃吃碰专做大牌，傅雁尘也相应改变策略，尽量以平胡搅局，并且不惜拆搭子放铳，以干扰韦绍荣胡牌。

韦绍荣原本气定神闲，但眼看着叫停的牌面连续功亏一篑，也不免稍感烦躁，紧接着傅雁尘又放铳给黄茂英，破坏了自己精心设计的“混一色小四喜”，终于忍不住发起了牢骚。

“阿茂，打牌要讲稳准狠，总是贪图小利，永远成唔咗高手。”他教训了一句又转向傅雁尘，“傅先生舍卒保帅嘅好高明，只唔过就剩一圈，你好象败局已定咗。”

“不要紧，俗话说‘牌里有鬼’，没准最后会出现奇迹呢。”傅雁尘微笑道。

说起来轻松，面前的形势却不容乐观，计算筹码，傅雁尘和乔依兰一共输了将近四底，即便乔依兰专心致志不再掣肘，想要翻盘也绝非易事。转眼进入第十二圈，傅雁尘胡了一把“大三元”和一把“清一色”，乔依兰也有一把平胡，勉强把差距追至两底以内，最后轮到傅雁尘上庄，本指望一举逆转劣势，谁知抓起来是一手不靠张的烂牌。

韦绍荣的手气却出奇的好，揭牌第一张就开了暗杠，傅雁尘稍觉慌张，但马上告诫自己，牌面无好坏，牌技有高低，首先自己不能泄气，于是重新审视，发现风箭几乎凑齐，又根据起牌的位置默忆了一番，随即心里有了主意。

乔依兰也清楚这一把牌极其关键，从开始就拼命克扣下家，以致黄茂英难以进张，到了中段还是一盘散沙，但乔依兰为此也付出代价，离叫停还差得远。韦绍荣的牌势最旺，又开了一回暗杠，并且杠底连杠，手边只剩四张牌，显然已经叫停。他的脸上不无得色，注意到上家傅雁尘只打中间张，轻轻笑道：“看起来傅先生喺做‘十三幺’，真系想扭转乾坤呀。”

“您太高看我了，‘十三幺’是好打的么，不被您胡了‘十八学士’就算万幸了。”傅雁尘笑着，很随意地打出了一张红中，而且过了一圈又打出一张，韦绍荣顿时安心了许多，暗忖，哪里是在做牌，根本是在“划船”嘛，鉴于其他两家的牌势也弱，干脆寻求自摸。

他的牌面确实是“十八学士”，三副杠落地，还有三张四万，单吊二筒。倒数第三巡，黄茂才打出一张二筒，因为杠未开出，韦绍荣没有叫胡，傅雁尘紧接着跟打二筒，由于不隔圈无法胡牌，却也不免扫兴，“傅先生盯牌好紧，想必打定主意荒庄咗。”

傅雁尘笑而不答，再轮到摸牌时，却鬼使神差地打出了一张四万。

“哈哈，年纪后生毕竟马虎，划船冇上岸系件好可惜嘅事。”韦绍荣应声开杠，杠底抓牌，却是一张红中，他以为再没有人要，正欲丢进竹篮，不料傅雁尘摊牌道：“不好意思，韦老大，我上岸了。”

三人目光汇聚，只见傅雁尘的牌面是一九万、一九条、一九筒、东南西北中发白，加上韦绍荣的红中，赫然标准的“十三幺”赢面。

黄茂英眼张失落，即刻意识到这副牌不仅让傅雁尘转败为胜，粗略统计上百倍的番数，至少反过来赢了五六千元，几乎相当于一爿颇具规模的店铺。韦绍荣也愕然无措，却并非破财的缘故，而是牌局的诡异变化，仔细回想，其实傅雁尘早就做好了打“十三幺”的准备，并且也记牢了杠尾第四张牌，所以故意拆掉一副红中杠头，旨在迷惑自己放松提防，当自己心无旁骛地做大牌时，他的牌面已悄然成型，并且叫停的同时打出早就捏在手里的四万，诱使自己不假思索地开杠放铳。

虽然这副牌赢在运气，但更多的还有心思巧妙，铺垫缜密，韦绍荣叹服之余又不免尴尬，干笑了两声掏出支票本道：“好厉害，我呢这就跟傅先生算账。”

“韦老大别客气，”傅雁尘一把拦住，并迅速兑换了自己和乔依兰的筹码，一并拿到韦绍荣面前，“昨天误伤了贵帮弟兄，这些钱就当作医药费吧，不够的话我再添，只希望您不再追究。”

他手里的钞票已经不少，再加上应得的赢利，这一笔赔偿相当可观，韦绍荣落的不止是实惠，更有十足的面子，当即翘起大拇指赞道：“还追究乜野，呢叫做唔打唔相识，傅先生牌技人品一流，实在佩服。”

“不敢当，初临贵地，一切还请韦老大多照应。”傅雁尘抱拳道。

“好讲，有乜野需要即管开口，能办到嘅我绝唔推托。”

有了这句承诺，傅雁尘趁热打铁，当时就提出有一批货想要尽快运出香港，苦于关防严密无从着落，不知能否给予方便。

“呵呵，呢单事揾我比揾梅含理顶用。”韦绍荣提起现任港督的名字，不无炫耀地透露，目前港内的走私船八成以上都归“义胜堂”掌控，由于长期重金贿赂，水警执法时也网开一面，所以提供一条远航的货船不在话下。

“太好了，租船的费用我一定加倍支付。”傅雁尘表示。

“谈乜野钱，”韦绍荣摆摆说，“你呢么睇起我，唔通我就唔晓义气，你呢个朋友我交定咗。”

傅雁尘喜出望外，感激不尽，乔依兰也眉目舒展，正要进一步洽谈具体事宜，韦绍荣却说："唔著急，船一定俾你，今天呢么开心，大家先饮顿酒再讲。"

对方诚心结交，傅雁尘和乔依兰却之不恭，只好耐下性子客随主便。于是韦绍荣一声吩咐，牌桌撤下，张罗酒席，落座之际继续表达了倾慕之意，顺便也提到了昨天冲突的原因，傅雁尘婉转陈述始末。

"咳，真系小题大做，"韦绍荣笑道，回头告诫黄茂英，"你新娶嘅女人脾气系大咗点，我早就睇出佢当唔好后妈，你唔能只顾自己快活，苦咗亲生仔，回头你要多多管教。"

黄茂英点头称是，脸色未免羞惭，也不无怨恚，看样子化解干戈并非他的本意，只不过碍于老大的号令，不得不敷衍塞责。

傅雁尘恍然忖度，原来电车上的卷发女人是黄茂英的续弦，难怪对小男孩那样刻薄。须臾席面备好，韦绍荣举杯笑道："套用戏文里嘅话讲，识得傅先生三生有幸，嚟我先干为敬。"

傅雁尘正要回应，却忽然感觉一丝异样，在他的印象里，南方人大多精瘦黧黑，但刚才替大家斟酒的"福满楼"伙计却伸出一只极其白皙洁净的手，且不说地域特点，寻常的饭庄跑堂也不该保养得这般娇嫩，而且转身离开时脚下没有声息，竟像具备深厚的轻身功夫。他顿生疑惑，立刻高喊阻止："韦老大，先别喝——"

可惜，他的提醒还是晚了一步，韦绍荣已经一饮而尽。

乔依兰和黄茂英酒未沾唇，韦绍荣拿着空杯发愣，但没等开口询问，脸部的肌肉忽然急剧抽搐，随即嘴角鼻孔冒血，一头扑倒在桌面上气绝身亡。

众人大惊失色，傅雁尘来不及勘验尸体，一个箭步冲出房门，瞥见那名"伙计"的身影在东侧走廊拐角倏尔消失，赶过去发现正前方并无通道，而廊壁有一扇窗户敞开，傅雁尘纵身跳上窗台，手抓房檐翻上屋顶，看见那"伙计"正沿着屋脊向东飞窜，身法轻盈的如同一只夜间溜过墙头觅食的野猫。

为了应付搜查，也为了表示友善，傅雁尘来拜访韦绍荣时并未携带武器，此刻只有穷追不舍，转眼跨越了两三座房顶，前面出现了一片开阔地，无路可逃的"伙计"并不慌张，身形疾转，朝着房顶南面一株大叶相思树腾空扑去。那株树相距房屋足有丈余，他却一下子抓住了一根枝杈，继而扑向另一根，三五次转移后顺着树干滑到地面，灵活无比的动作像极了一只深林腾跃的长臂猿。

傅雁尘看得目瞪口呆，正掂量着自己是否有能力如法炮制，忽然两发子弹擦着耳边掠过，他慌忙卧倒隐蔽，倾听了片刻再没有枪声，"福满楼"方向却传来了沸反盈天的响动，他猛然憬悟，韦绍荣之死使得局面陡然改观，乔依兰独自留在现场或许凶多吉少，于是他顾不得追踪嫌凶，一边回身重返"福满楼"，一边吹起尖锐的口哨，向附近守望的同伴发出讯号。

其实不用他警示，接应的同伴也知道情势恶化，因为乔依兰的危险境遇已经有目共睹。韦绍荣中毒暴毙，乔依兰本来不知所措，餐桌边的黄茂英突然翻脸斥责：“你哋居然上门害死我哋大佬，真系胆大包天。”

“你傻了吗，”乔依兰匪夷所思地辩驳，“刚才要不是傅先生提醒，大家都难逃一死，凶手怎么可能是我们？”

“少啰嗦，”黄茂英不知是真傻，还是有意装傻，厉声喝令手下：“先捉住呢臭女人，再搵姓傅嘅算账。”

眼看无可理喻，乔依兰只得先下手为强，抓起桌上的餐具向对方掷去，然后扭身就跑，出了房间看到楼梯口已被封堵，就径直穿过走廊西侧的一道小门，来到一座杂物堆积的天台上，身后的“义胜堂”徒众纷纷涌至，乔依兰顺手抄起一根木棍展开攻击，虽然之前她也接受过格斗训练，对付一两人的袭扰还算勉为其难，而面对一大帮孔武有力的壮汉未免力不从心，迎战了没几回合就落于下风。

楼上的呐喊声惊动了在外把风的申玉彦和何觉云等人，立刻现身赶来支援，但刚冲到门口就遇到阻截，原来刚才黄茂英暗地里召集了五六十人，手持砍刀斧头等各种武器，个个气势汹汹。申玉彦等人虽然怀揣枪支，却又不敢轻易使用，这是因为事先商定的原则，傅雁尘和乔依兰曾共同强调，一旦发生冲突，尽量避免开枪射击，一是不愿扩大事态，引火烧身，二是大家本来出于救人的目的，凭空添一笔血债也有悖情理。

只是徒手搏斗的困难就大多了，申玉彦和何觉云拼争了半天，非但没有闯进大门，连自身也渐渐陷入重围，左突右挡，苦苦支撑。这时傅雁尘从房顶赶到了天台，却见乔依兰已遭俘获，正被两名“义胜堂”门徒反扭臂膀，押向站在天台西侧指挥围攻的黄茂英。

傅雁尘不由得惶然，如果奋力营救，恐怕乔依兰受到伤害，但若继续胶着缠斗，形势只会越来越糟糕，犹自委决不下，忽听楼下何觉云发出一声春雷般的怒喝，伸手夺过旁边食摊上一根遮阳伞杆，挥舞抡动，刹那间扫翻了三五个人，随后急跑几步，双手握紧伞杆朝地面一戳，接着一撑之力腾身跃起，在一片惊呼声中，像一只大鸟似的飞上天台，刚巧落在黄茂英面前。

黄茂英还没回过神来，已经被何觉云的手枪抵住了额头，凛然叱道：“不想脑袋开花，就马上下令放人！”

黄茂英悚然变色，频频点头，手下人见势停止了厮斗，等到乔依兰挣脱束缚，楼下正好驶来一部“亨斯美”马车，何觉云清楚，那是罗景宽临时找来的交通工具，于是招呼傅雁尘上前，两人一面挟制黄茂英，一面扶助乔依兰，慢慢靠近天台围栏，然后相继跳上车顶，申玉彦随即也跨上车沿，并掏出手枪威慑四周，罗景宽立刻朝着一条宽阔大道飞驰而去。

辗转回到住所，众人默然相觑，除了艰难脱险的余悸，更有突发变故的惊诧和功败垂成的懊丧，叹息了片刻，乔依兰先提出疑问："傅先生，我还没想明白，你是怎么发现凶手的破绽的？"

"他的手白净细嫩，哪里像个听使唤的下人？"傅雁尘说，"现在可以肯定，那是常年在药水里浸泡的缘故。"

"哦，你看清那人的面貌了吗？"

"没有，但也不难判断出他的身份，"傅雁尘说，"你不是对'杀手榜'深有研究吗，精通下毒放蛊，轻身功夫一流的是哪一个？"

"'飞天蝎子'皇甫笙！？"乔依兰脱口道，其余三人也愀然变色，皇甫笙善使苗疆蛊毒，药性诡秘恐怖，被害者或是七孔流血，死相极惨；或是疯癫失常，无药可治，由于他身轻如燕，来去如飞，应付起来十分棘手，所以在江湖上令人闻风丧胆。

"看来咱们的对头也到了香港，并且壮大了队伍。"何觉云说。

"奇怪呀，杜瞳他们应该也是刚到不久，怎么一下子就能准确破坏我们的行动，难道计划事先已经泄露？"申玉彦蹙眉自语，质疑的目光环顾左右。

沉凝的气氛让人感觉压抑，乔依兰似乎不愿造成彼此猜忌的局面，开口譬解道："不要低估军警杀手的阴险程度，既然他们试图全面封锁香港，获得官方支持的同时，必然在民间渠道上加强防微杜渐的举措，'义胜堂'名头响亮，自然成为首选的目标。"

"这样一来咱们的处境就可悲了，"申玉彦颓然道，"一方面要防备官差的搜捕，一方面又要躲避'义胜堂'的讨伐，简直成了风箱里的老鼠。"

"所以要继续寻找出路，尽快协助蔡将军远走高飞。"乔依兰说。

"绊脚石太多，只怕找到了出路也难成行。"傅雁尘忽然说。

平淡的一句话似乎弦外有音，乔依兰迟疑道："傅先生什么意思？"

"我一直在想，"傅雁尘沉吟道，"我们总是在追杀围剿中苦苦挣扎，随时面临着全军覆没的危险，但如果反行其道出动出击的话，说不定就能够取得事半功倍的效果。"

乔依兰长长的睫毛微微眨动，她明白傅雁尘的意图，与其提心吊胆被动防御，不如釜底抽薪强势反击，思路虽然新奇，但问题是"我们根本不知道敌人的方位，又谈何主动进攻？"

"我知道，他们目前在尖沙嘴。"傅雁尘坦言了罗景宽收到的讯息。

乔依兰略感惊讶，何觉云不无讥讪地说："傅先生的合作诚意真够含蓄，要不是今天的 场火并，想必你也不会和盘托出吧。"

傅雁尘钳口不语，申玉彦却冷笑着反讽道："这条消息我也是第一次听到，似乎和今天的事情扯不上关系吧。提起合作诚意，别忘了你们讳莫如深的表现，哼，大家心照不宣，何必这么矫情？”

何觉云神情顿变，正要发作，却被乔依兰阻止，“没必要为此争执，如果我们今天顺利撤离，这条线索也就失去了价值。现在就事论事，明确了对手的位置，我们要不要采取行动？”

“你是整个计划的核心人物，进退行止就由你来定吧。”傅雁尘仰首以望，仿佛面前站的是挂帅西征的穆桂英。

乔依兰倒也当仁不让，凝神思索了一会儿，喃喃分析道：“就算我们不取道广九铁路，军警杀手的存在也始终是心腹大患，如果突袭成功，估计短时间内他们组织不起有效的力量，而一旦扫清了障碍，余下的行程就是一马平川了。”

“这么说你主张打？”傅雁尘问。

“嗯，”乔依兰毅然决然地点头，“要打就趁早，皇甫笙毒害了韦老大刚刚返回，估计他们还要筹划新的阴谋，咱们正好出其不意一击制胜。”

决议形成，接下来准备武器，制定战术，策划往返线路，等到乘坐天星小轮秘密抵达尖沙嘴，锁定了钟楼附近的一处目标，已经将近两个钟头过去了。

箭在弦上，越发认识到了这一仗的重要性，经过侦查得知，杜瞳及其同伙的据点并非旅馆公寓之类，而是位于车站西北角的一座陈旧的仓库，看似毫不起眼，细心审度才发现绝不容轻视，首先此地毗邻广九线，方便随时监控北上的乘客，其次这里距天星码头不足半里，只须配置船只，即可扼守海路要冲，一旦察觉了蔡锷的动向，无论水陆两面都能够尽快实施拦截追击，就好比围棋里的“先手官子”，若不设法拔除，势必后患无穷。

从不同角度观察了片刻，仓库内悄然无声，围墙外的环境也波澜不兴，看情形对方并无防范，出于关照之意，傅雁尘建议乔依兰不必亲临险境，只留在附近守望策应，然而遭到了拒绝。

“放心，我不会成为累赘的，”她不服气地表示，“既然是突然袭击，就该集中全力放手一搏。”

傅雁尘无奈，挥手下令行动，五人溜进院门后迅速分成两组，凭借露天堆放的货箱掩蔽逐次接近库房，只见库房正南面开着两扇门，各有一人伫立把守。

午后的阳光格外温煦，催人犯困，东门的守卫禁不住打了个哈欠，不料再合上嘴时发觉到口腔里塞进硬梆梆一物，等他意识到是一支枪管，还没看清傅雁尘的面目，就被凌厉的一掌切中颈部，整个人软软地倒下。西门的守卫听到轻微响动，刚想侧目回望，也被疾趋而至的申玉彦两记重拳打得失去了知觉。

随即进入库门，光线顿时暗淡下来，视野内是高低错落的破旧货柜，杂乱的如同一个迷魂阵，其间灰尘厚积，蛛网交织，似乎废弃已久。蹑手蹑脚地前行搜索，偌大的库房空无一人，来到北面看见一架楼梯，楼上有三间顶部贯通的简易屋子，众人持枪破门而入，依然是不见人影。

"会不会搞错地方了？"何觉云小声质疑。

"不会，"申玉彦在一张床铺下面翻出了两个备用弹夹和一册电报密码本，又甄辨了旁边桌上吃剩的食物和空酒瓶，断然定论道："中午的时候人还在。"

"这次突袭从决定到实施之间几乎没有耽搁，不可能泄露风声，"傅雁尘分析，"莫非他们有了新的重大阴谋，才又全体出动？"

"有一点不对，"乔依兰忽然自语道。

"怎么不对？"

"就算杜瞳他们居心险恶，也没必要把住所弄得阴森恐怖，待在这么暗无天日的环境难道不觉得别扭吗？"

这么一说大家也有同感，今日天气晴朗，库房内却光线微弱，环顾勘察，原来是所有的窗户都被木板封死，可是如此隐秘的原因何在，难道库房里存放着什么贵重货品？于是下楼开箱查验，但连续开启两只货箱，里面除了草垫木屑别无它物，困惑之际，乔依兰皱了皱鼻子说："什么味儿？"

确实有一股刺鼻的气味，傅雁尘抓起一把木屑细闻，脸色骤然大变，嘶声道："不好，是火油和硫磺粉，快跑——"

众人悚然心惊，立即撒腿就跑，但没跑几步，就听"嘭嘭"连响，东西两扇铁皮包裹的库门同时关闭，紧接着是落锁的声音。

傅雁尘从地上捡起一根三尺长的铁钩，冲到近前用力撬挖，铁门却纹丝不动。

"有朋自远方来，不亦乐乎？"门外传来杜瞳的干笑，"省省劲吧，两道'铁将军'加固，鼓捣一天也白搭。哦，对了，也许诸位身上带着手榴弹，不如丢一颗把门炸开好了。"

这绝对是个馊主意，库房内充斥着易燃物，一旦使用手雷势必引起连环爆炸和熊熊大火，不等逃出门外就会被烈焰吞噬。

"杜瞳，"傅雁尘轻蔑道："好歹你也是一位成名高手，怎么连与我们正面交锋的胆量都没有？只会玩这种见不得人的鬼把戏。"

"哼，这招'激将法'用得真无聊，"杜瞳冷笑，"你们先来偷袭暗算，凭什么让我摆堂堂之阵，葬身火海的下场只是自食其果。不过，诸位也有免死之道，就看能不能提供给我感兴趣的消息了。"

杜瞳感兴趣的消息自然是蔡锷的下落，众人不约而同地把目光投向唯一掌握内幕的乔依兰，却见她一副凛然无畏的神情，不必开口已知毫无通融的余地。傅雁尘也认可她的坚强，提醒大家道："事到如今，说与不说都难逃此劫。"

"既然这么消沉，我也就不废话了，"门外的杜瞳悻悻道，"有什么体己话赶紧沟通吧，留给你们的时间不多了。"

说完再无动静，傅雁尘等人犹自迟疑观望，忽听两门之间的墙壁上"哗啦"

作响，露出一个两尺见方的洞口，随即掷进来三四只点燃的由玻璃瓶灌装汽油制造的燃烧弹，瓶子落地粉碎，顿时火苗四窜，罗景宽脱下外衣试图扑打，然而徒劳无功，沾染了火油硫磺的木箱一经燃烧，立刻势不可挡，迅速升腾蔓延。

“快撤!”傅雁尘招呼大家向后跑，又退回北面楼下，但堆积如山的货箱接连起火，“噼噼卜卜”的声响不绝于耳，仿佛红蛇乱舞的烈焰转瞬即至。眼见形势危急，傅雁尘大声喝令众人上楼，然后拔出匕首，在楼梯口前方划拉出一道弧形沟槽，接着取来一些木屑干草填充，又掏出打火机点燃。

“你这是干什么，玩火自焚？”乔依兰大惑不解。

“少见多怪了吧，这叫以火攻火。”旁边的申玉彦看出了玄机，解释说，在火势无法控制的情形下，在附近主动引燃一条火线，反而能起到阻遏的奇效。

果然，当熊熊火焰逼近，遇到傅雁尘制造的“火墙”，迅猛的势头竟戛然而止，飘曳的火苗随后向两侧伸展，看起来就像是《西游记》里孙悟空用金箍棒给唐僧划下的保护圈。但这毕竟只是权宜之计，虽然暂时延缓了火情，却无法抵挡滚滚浓烟和强烈的炙烤，众人只得捂着口鼻仓皇躲进二楼屋内。

“都不要怕，”罗景宽自我安慰地说：“刚才在路上我看到消防处的招牌，他们应该很快就会赶来救火。”

“别天真了，”傅雁尘说，“杜瞳他们既然取得了港英政府的支持，和本地的消防队达成默契也不是难事。”

言下之意，只要火灾不殃及其他区域，消防队完全有可能配合军警的部署，任由他们把一座废旧仓库烧得干干净净。时间的推移证实了这个判断，而眼前的险情也越发加剧，如果不能及早脱困，最终的结果不外乎两种，或者因为吸入大量烟尘窒息而亡，或者被烧焦坍塌的房屋活活砸死。

面对乔依兰抛来的征询求助的目光，同样茫然无措的傅雁尘唯有扭头闪避，谁知顾盼之间却突然发现了一点异常，就在封闭的窗户斜上方，有一片墙壁显得凹凸不平，爬上隔断墙细看，该处的砖墙横七竖八极不规则，初步估计，这里本是一个装有排风扇的通风孔，因为设置陷阱而临时拆除风扇填充了砖头。

傅雁尘利用匕首撬动，匆匆拼凑的砖墙并不牢固，很快就掘开了一个面盆大小的洞口，正好可供一人通过。新的发现令傅雁尘倍感振奋，其余同伴也欣喜不已，但当他探出脑袋上下观察，又不禁倒吸了一口冷气。

通风口距地面并不算高，本来可以一跃而下，但是库房以北丈余内的范围铺满了钉板和铁蒺藜，人一落地即便不死，伤痛呼叫的声音也会惊动附近守候戒备的军警。

“什么情况？”看到傅雁尘忧形于色，乔依兰急切发问。

傅雁尘置若罔闻，只顾纵目四望，瞥见东北角围墙外的一棵高大的棕榈树时，心中略微一动，回头问道：“景宽，那把弓带来了没有？”

“带来了。”罗景宽从背囊里取出一副强力弓弩，不知傅雁尘作何打算，而且当他递过去时，对方脸上刚刚焕发的光采忽然又归于黯淡。

“究竟怎么回事？”乔依兰满腹疑惑，索性也踩着桌椅登上隔断墙。

“你看，”傅雁尘腾出空间指点说明，“如果在弩箭后系上绳索，射向那棵棕榈树，或许就能建立一条逃生通道。但前提是……唉，现在也只有望洋兴叹了。”

前提是什么，乔依兰稍加审视就不难得出答案，必须有人在围墙外接应，把绳索固定在树上，库房内的人才有可能摆脱困境。想起事前不听劝阻执意同行，以致此刻势孤计穷，她不禁愧悔莫及，嗫嚅道：“对不起，我的逞强好胜断送了大家唯一的生路。”

“不必道歉，”傅雁尘缓缓道，“事情的转变出乎每个人的预料，谋划不周的责任应该我们共同承担。与其懊恼抱怨，不如静心想想还有什么别的出路？”

一番温和的宽慰如熏风解愠，乔依兰内疚不安的情绪平复了许多，面临越发危厄的局面也显得无比镇定，她一面嘱咐同伴靠近洞口，尽量避免烟熏火燎，一面冥思苦索，左顾右盼，试图寻找一线生机，正是有了这份从容的心态，她才能从嘈杂的环境中分辨出一两下戛玉敲金般的锐响，其中还夹着几声厉喝。

“傅先生说得没错，”她的双眸陡然一亮，“越是在性命攸关的时刻，越不能乱了方寸，否则就算等来了绝境求生的希望也可能白白错过。”

“什么希望？”傅雁尘不由得发怔，其他人也满脸迷惘。

乔依兰却没有解释，径自挤到洞口边，探出头高声大叫：“八爷，八爷，我们在这里——”

019

乔依兰的呼喊令众人始料不及，也感觉匪夷所思，还以为她是在极度惊惧下精神紊乱，得了失心疯之类的急症，直到“刀卷风”蓝八爷的矫健身影出现在围墙上，才猛然意识到峰回路转的机遇真正来临了。

不需要言语交流，经验老到的蓝八爷就已认清乔依兰等人的处境及应急措施，当傅雁尘射出带绳索的弩箭时，他毫不犹豫地冲了过去，抓住绳索固定在墙外的树干上，随即继续迎敌。

傅雁尘把绳索末端绑牢，解下腰带套在绳子上，双足猛踩洞口边缘，整个人迅即滑向对面围墙。此刻埋伏在库房两侧的军警已经赶到，杀声四起，子弹横飞，容不得他片刻迟缓，所以刚一落地就举枪射击，又接连投掷了两颗手雷，硝烟弥漫间，申玉彦和罗景宽也相继滑出洞口。

三人联手牵制火力，傅雁尘乘隙折断了一根棕榈枝叶，本想扫除地面上的铁蒺藜，以便乔依兰和何觉云直接跳下，仓促间却瞥见蓝八爷正身陷重围，于是把树枝丢给了罗景宽前去救助。

蓝八爷虽然武艺超群，所持的武器毕竟只是一口钢刀，如果持续移动变化身法还能与枪手周旋，但若被限定在一处狭小范围就难以抗衡了。四五名军警大概也看出了这一弱点，分头包抄扑向目标，尤其一名蓄有“八字须”的黑衣汉子，不但气势凶猛，手中的“盒子炮”也威力十足，渐渐把蓝八爷逼进一处墙角旮旯，如果没有几只货箱的阻碍，只怕早已中弹身亡。

眼见对手无路可退，“八字须”扬手示意同伙形成合围，正打算发起最后的攻势，忽听连续几声枪响，身边的军警纷纷倒地，他急忙伏身缩颈，一枚子弹几乎擦着头顶的发梢掠过。

这份勾动扳机的节奏和准头让他不寒而栗，就地翻滚到一堆木桶后，微微侧脸偷窥，看到傅雁尘的身影腾挪而至，保护蓝锦川撤出角落，立即又举枪回防，以货箱作掩体朝自己喊话：“还是枪对枪比较公平，我来陪你玩一会儿吧。”

“算了，霹雳手’果然了得，在岸上我惹不起，回头咱们水里面见。”“八字须”冷笑着应答，在浓烟的遮蔽下狼狈逃窜。

这句话让傅雁尘想起了张顺和李逵在浔阳江上打斗的场景，感觉未免好笑，却也明确了此人的身份，就是在吴淞码头远远见过的“过江龙”薛让。

既然是劲敌，不如及早除掉，傅雁尘正要拔腿追赶，却又听到身后枪声大作。回头察看，乔依兰和何觉云已经跳出库房，但同时杜瞳也率领手下从东北角杀来，而且人数越来越多，申玉彦一面组织大家奋勇抵抗，一面用手雷在围墙上炸开了一道缺口，傅雁尘见状也不敢恋战，赶紧上前配合还击，招呼同伴从缺口迅速撤离。

十五分钟后，傅雁尘等人登上了蓝八爷事先预备的一条舢板，运桨如飞，朝着港岛方向划去。惊魂甫定，检点查验，除了轻微的灼伤和皮外伤，众人居然均无大碍，万分庆幸之余，自然还要感谢及时驰援的救星。

“不必谢我，多亏了依兰姑娘办事细致，在字条上注明了你们的去向。”蓝八爷嗓音浑厚，须眉皆白的面容沉肃刚毅，给人一种坚实稳重、值得信任的感觉，丝毫看不出英雄迟暮的气象。

“八爷，实在惭愧，我的任务至今还没有眉目。”乔依兰惶然道。

“别这么说，一个女孩儿家敢挑这副担子已经太难得了，有什么麻烦大家再想办法。好了，先把这几位好朋友介绍给我吧。”蓝八爷蔼然道。

于是乔依兰正式引见，众人依次施礼，再度表达敬慕，蓝八爷含笑致意，没有半分江湖泰斗的倨傲。轮到傅雁尘时，蓝八爷显然听过“霹雳手”的名头，客气道：“久仰久仰，有傅老弟这样的高手加盟，还有什么难关过不去？”

“不敢当，能够追随八爷是我的荣幸。”傅雁尘欠身道。

最后是申玉彦，只见他倏尔起身，屈膝垂臂，冲着蓝八爷十分边式地打了个千，看起来竟像是前清的军礼，弄得大伙一头雾水。

“这位朋友是……”蓝八爷也颇觉纳闷。

不等乔依兰开口，申玉彦提醒道：“八爷，你老不记得我了，十五年前夜闯廊坊，我给您打过下手……”

“刀卷风”的这一段历史广为传颂，庚子年抗御八国联军，一夜间力斩洋兵二十九名，当时他曾经得到清军聂士成部的协助，而申玉彦正是负责带路的哨官。

“啊，你是申老弟，”蓝八爷恍然想起，喜出望外地拍着申玉彦的肩膀，“隔了这么多年又一起并肩作战，咱爷俩可真有缘分。”

久别重逢固然是一大快事，轻松愉悦的气氛却没有维持太久，火场脱险的余悸犹在其次，面临的难题更像无法驱散的阴霾，映衬得每个人的脸上都黯然失色。

“八爷，蔡叔叔的住处还安全吧。”乔依兰问，从亲切的称呼上就能看出，她在蓝八爷面前毫无挂碍。

“暂时安全，但再待下去就难说了，这也是我去旅馆找你的原因。”蓝八爷怅然道，简略评说了当前的恶劣境况，除了军警杀手的威胁，英国人的搜捕也越发严密，不但在港九地区加大力度，对周边小岛也派缉私艇逐个清查，如果不赶紧设法转移，蔡将军随时有可能陷入罗网。

根据蓝八爷的话风，傅雁尘已能大致推断出蔡锷的藏身地，应该就在筲箕湾附近的小岛渔家里，因为没有可供远航的船舶，只得困守待援。

“今天的运气太糟，”申玉彦叹道，“得罪了‘义胜堂’，等于多树了一道强敌，无疑给查找出路的行动造成诸多不利。”

“下午的袭击更是得不偿失，差点全军覆没不说，惊动了那帮鹰犬，往后怕是步步维艰，唉，也不知是谁出的天才主意。”何觉云补充道，略带埋怨的眼神瞟向傅雁尘。

傅雁尘视若无睹，淡淡苦笑，乔依兰慨然道：“突袭失败的责任应该由我来负，但现在不是自怨自艾的时候。我在想，作为闻名世界的自由港，港英当局不可能长久保持高压封锁政策，否则先不说毁坏国际形象，直接导致的巨大经济损失也承担不起。”

傅雁尘虽然不在乎别人的责怪，但对乔依兰的维护之意仍然心存感念，更加赞赏的是她着眼大局的气度，于是微笑着投去一瞥。

“也许大宗的贸易并不受影响吧，”申玉彦犹豫着开口，“我在来时的轮渡上看过报纸，至少英资的太古、怡和等洋行每天都有货船离港。”

“货船离港前也要接受严格检查，”乔依兰说，“况且毫无瓜葛，商家本身也不会允许我们登船。”

“如果制造一层瓜葛呢，”傅雁尘说，“取得洋行的同意，把人藏进货箱里偷运上船，不就可以悄悄地离开香港了。”

“哦，傅先生还有这路神通？”乔依兰半信半疑。

“这路神通是否灵验还很难讲，首先要赶上今晚七点钟的一场豪华酒会。”傅雁尘若有所思地说。

商讨中偶尔听到“怡和”的字眼，傅雁尘油然想起了有过两面之缘的筱艳宝，还记得这个多愁善感的女人当晚参加怡和洋行的招待酒会，审时度势，利用她的关系搭上货船，似乎已成了蔡锷逃离香港的唯一渠道。

酒会的举办地定于太平山上，舢板靠岸后傅雁尘独自前往，乘坐缆车抵达维多利亚港，然后安步当车直奔山顶酒店。

作为香港的最高峰，太平山原名“硬头山”，清代嘉庆年间曾被海盗张宝仔当成监视商船动向的瞭望台，英国人统治后易名柯士甸山。自从第六任港督麦当奴爵士在此兴建避暑别墅，富豪显贵趋之若鹜，纷纷选址移居，发展至今已经成为上流社会的聚集地，除了林木葱茏，清凉宜人，山顶还是俯瞰海景的好地方，尤其夕阳西下之际，远眺水天一色，行船仿佛被贴上一层金箔，更是别有一番情趣。

但傅雁尘无心观赏，一路上琢磨着如何应付筱艳宝，彼此不过泛泛之交，在不能透露内情的前提下请求鼎力协助，确实还需要动一番脑筋，好不容易想出了一套托词，人也来到了酒店大门外，刚要迈步却又踯躅不前，他猛然发觉，由于行色匆忙，自己出现了一个很严重的疏漏。

华灯初上，富丽堂皇的山顶酒店外十分热闹，三五成群的宾客谈笑风生，鱼贯入内，无论男女都衣着光鲜，油头粉面。傅雁尘再看自己，一件深灰色西服本来还不算寒酸，但经过下午厮杀拼斗，上面遍染污渍，皱皱巴巴，袖口和肘部都已破损，即使酒会门禁不严，这副穿戴闯进高级场所必然引起众人刮目相看，还怎么找筱艳宝秘密洽谈？

太大意了，上山前居然没想起更换装束，傅雁尘懊丧叹息，正不知何以为计，暮色中看见一部马车飞驰而来，像是上午罗景宽用过的“亨斯美”，此刻的驾驭者面目清秀，身披斗篷，车到近前停下，才发现竟是乔依兰。

“乔小姐，你怎么来了？”傅雁尘惊喜不已。

“我不来，你进得去吗，”乔依兰微笑道，“看你的样子，‘满面尘灰烟火色，’活脱脱白居易笔下的卖炭翁，怎么可能跻身绅士淑女的行列？”

“一时马虎，我也正犯愁呢。”傅雁尘尴尬道。

“别愁了，赶紧上车打扮，都给你预备好了。”乔依兰说。

傅雁尘拉开车门进去，看见车座上除了一套崭新的燕尾礼服，另有毛巾、梳子、发蜡以及一大瓶可供洗漱的清水。于是麻利擦拭更衣，片刻工夫就收拾停当。

“嘿，真是人靠衣装，这下子气派多了。”乔依兰打量着修整后的傅雁尘，嫣然笑道。

“难怪蓝八爷夸你细心，”傅雁尘恭维了一句，舒展了一下双臂，“随意选购的衣服也这么合体，就像是量身订做的一样。”

“你以为我真是大小姐吗？”乔依兰说，“从十三岁开始我就学会给自己做衣服，相处了这么久，凭目测也能判断出你的尺寸。”

“呵，小何好福气，回头能娶到一位贤妻良母。”傅雁尘说。

乔依兰稍显忸怩，嗔怪道：“少耍贫嘴，省点口舌办正经事吧。”

娇羞气恼的情状令人心动，傅雁尘似乎不忍就此分手，当即提出请求，“你看，今晚的来宾大都携眷同行，我孑然一身未免扎眼，不如你送佛到西天，陪我进去逛一圈怎样？”

“早知道你得寸进尺，我也不介意去开开洋荤。”乔依兰慧黠一笑，随手脱去玄色斗篷，露出一袭西式翻领的艳丽旗袍。

整束完毕，把马车停放在一处阴暗角落，两人沿着酒店侧门走向举办盛会的餐厅，衣饰华贵的作用果然不同，肃立在外的印度门卫非但没有盘问，反而毕恭毕敬地行礼开门。

餐厅大堂灯光璀璨，喧嚣非凡，看起来最初的致辞仪式已经结束，进入到酬酢交际、尽兴享乐的阶段，留声机播放着曼妙旋律，一张蓝绒布铺设的环形长几上陈列丰盛，包括色彩缤纷的酒水，精致的冷盘糕点，寻常百姓难得品尝的锦绣龙虾和黑海鱼子酱，也有成打的吕宋烟和各类新鲜水果，总之一应俱全，任取所需。

宾客华洋共处，言语各异，除了商界精英和本港名流，还有不少体貌姣好的年轻女郎，穿花蝴蝶般地点缀着欢快的气氛，不用说是从塘西大寨征召的莺莺燕燕，她们围绕着大腹便便的士绅阔佬撩拨调笑，谈拢了条件就携手离去，很明显是上楼开房同圆好梦。

“无论身家地位如何显赫，人们追逐的方向也不外乎四个字，酒色财气。”傅雁尘冷眼旁观，轻声感喟。

“这种观念只适合庸俗浅薄的男人，”乔依兰鄙夷道，“如果没有精神层面的追求，人和禽兽有什么区分？”

“可能我从骨子里就是个庸俗的男人。”傅雁尘苦笑。

“现在没空讨论你的秉性，找到你的朋友没有？”乔依兰说。

“还没有，”傅雁尘摇头，事实上从一进门他就左顾右盼，始终不见筱艳宝的身影，于是侧耳倾听，想从客人的交谈中发现端倪。酒会上的话题五花八门，严肃的有欧战对世界格局的影响，袁世凯复辟帝制的进展，轻松的有查理·卓别林在《威尼斯儿童赛车记》里的精彩演出，甚至还提到了下午尖沙嘴的火灾枪战，称作是香港开埠以来最大的恶性事件，却偏偏没有只言片语涉及筱艳宝。既然是本次酒会的女主角，如此默默无闻岂不奇怪，傅雁尘正困惑不解，忽然感觉一只手轻柔地搭上自己的肩头。

回头看，曼颊皓齿的筱艳宝就站在面前，身穿一件款式新奇的鹅黄长裙，胸前颈下的佩饰溢光流彩，虽然双眉间的阴郁气质挥之不去，千娇百媚的眼波里却荡漾着几分意外之喜。

“叶太太……”傅雁尘含笑招呼。

“嘘，跟我来。”筱艳宝用右手食指在傅雁尘嘴上一按，继而挽着他的胳膊朝餐厅西北方向的一道角门走去。

附近的乔依兰未免惊讶，只听说傅雁尘来求助一个结识不久的朋友，没想到竟然是一位绝色佳丽。当筱艳宝经过自己身边时，散发的淡淡幽香如麝如兰，中人欲醉，袅袅婷婷的步履如风摆荷叶，仪态万方，让她颇有一种“我见尤怜”的感受，只不过目睹结伴而来的傅雁尘被别的女人招之即去，亦步亦趋的样子好比被磁石吸附的一枚铁钉，她的心头蓦然涌起一层难以言喻的失落。

角门外是一座宽敞的露台，摆放着若干藤椅茶几，因为晚间风凉人迹罕至，倒成了密约偷会的的理想场所，傅雁尘被筱艳宝拉来，略感纳闷地问："干吗这么神秘？"

"看见那个水桶腰的女人了吗，"筱艳宝冲着大堂努努嘴，淡漠而无奈地叹道："叶家的雌老虎也来了。"

顺着她的目光望去，透过玻璃窗依稀可见一位披金戴银体态臃肿的中年女人，正与几个宾客举杯言欢，不用说就是叶凤卿的发妻。傅雁尘恍然醒悟，难怪筱艳宝言行拘谨，并且在酒会上悄无声息，原来是大妇驾到，小星自然退居次席了。

"这么说你的行程将会改变？"傅雁尘关切道。

"不相干，她的女儿嫁在香港，这次是专程探望，和我没什么关系。"筱艳宝解释，叶妻对丈夫的妾侍虽然憎恶刻薄，但只要不构成名分上的威胁，原则上还是"井水不犯河水"，何况目前筱艳宝已经失宠，就更没闲心干涉她的自由了。

"哦，"傅雁尘释然点头。

"对了，你怎么会出现在这里，好像对我的去向还挺在意？"筱艳宝问。

"我也不知道自己怎么就鬼使神差地来到这里，大概是心境使然吧。"傅雁尘说。

"什么样的心境？"筱艳宝追问。

"说不好，"傅雁尘含糊其词，"反正从昨天分手后，一些百思不解的疑问就困扰在我脑海，一个天生丽质的女子，本身并没有对别人造成伤害，只因一念之差，就要沦落到飘零天涯的地步，这样的现实是不是太残酷了。"

"红颜薄命的话你没听过吗，上天在赐予我俏丽姿容的同时，也就注定了我饱受凄苦的命运。"筱艳宝哀叹。

"怎么又是这种消沉的语气，"傅雁尘愀然道，"也许就因为担心你萎靡不振，才促使我必须赶来见你一面。"

"多见一面顶什么用呢，萍水相逢，明天还不是天各一方？"筱艳宝惆怅道，又忽然微微扬起脸，"既然你有怜香惜玉的情怀，为什么不索性跟我一起远走高飞？"

傅雁尘不由得怔住，他表现出关怀体贴的样子，本想拉近距离后更加顺利地引入正题，不料对方忽然报以脉脉含情的回应，搞得他有点措手不及。

"是不是把你吓坏了？"筱艳宝嗤嗤轻笑，眼角流露出一丝轻蔑，"男人们总是这样，为了讨取女人的欢心，花言巧语张口即来，真正到了承担责任的时候就退避三舍了。"

"哦，不，"傅雁尘暗想，千万不能给她留下一个懦弱可鄙的印象，慌忙譬解道："我只是受宠若惊，扪心自问品貌无一，从不曾奢望得到你的垂青，再说，你刚刚经历过感情创伤，我以为……”

“以为我会‘一朝被蛇咬，十年怕井绳’吗？”筱艳宝浅浅一笑，柔声细语道：“可是，你这段‘井绳’何其可爱，就算明知是圈套，也让人忍不住自投罗网。老实说，自从第一次见面，我已经感觉到你才是可以托付终身的男人，唉，就是不晓得你肯不肯接受我这样的残花败柳。”

“恨不相逢未嫁时”的表白令傅雁尘越发局促不安，但事已至此，不得不临机制变，于是装作诚心实意地说：“何必妄自菲薄，凭你的模样人才，值得任何一个男人倾心仰慕，其实我也早就想结束漂泊无定的日子，找一个情投意合的伴侣安享人生。”

“这么说你答应跟我走了？”筱艳宝双眸闪亮。

“固所愿也，不敢请耳。”傅雁尘微笑道，感觉面颊一阵火辣辣的发烧。

“没想到从上海南下竟是我平生做出的最正确的选择，”筱艳宝心满意足地感喟，轻轻依偎在傅雁尘肩头，“明天下午有一艘货轮离开香港，届时你会得到一间舒适敞亮的舱房。”

“简直梦寐以求，”傅雁尘梦呓般地应承，抚弄着她的秀发，尽量收摄摇曳的心旌，“不过，陪你比翼双飞，毕竟还不是‘跳出三界外，不在五行中’，有一件庶务必须解决。”

“还有什么要紧事放不下？”筱艳宝问。

“你也知道，我和朋友合伙做生意，”傅雁尘提出事先编好的借口，“不管今后是否继续，当前的业务账目都该料理清楚，特别是有一箱货已经收了定金，如果不能及时交付，损失利润倒无所谓，背上不守信用的名声就难听了。”

“嗯，有肩胛的男人应当注重信誉，你交货需要耽搁多久？”筱艳宝说。

“唉，这正是我犯难的地方，”傅雁尘皱眉叹气，“不知什么原因，港英当局加强了海面封锁，出关验货格外严格，那箱货因为手续欠缺被拒绝放行，接下来疏通关节重新勘验说不定还要花费多少时间。”

“别着急，慢慢想办法，”筱艳宝安慰道，“先说说你的货要发往哪里？”

“孟买。”

“哦，那在大马停一站也不算背道而驰了。”筱艳宝说。

“当然，事实上我的客户在整个南洋范围都有销售点。”傅雁尘盘算着，发货地点不是问题，只要蔡锷藏在货箱里安然离港，甚至可以胁迫船舶中途转向，去往自己的目的地。

“这就好办了，交给我处理，包你明天一帆风顺。”筱艳宝胸有成竹地说。

“嘿，我怎么忘了你跟怡和的关系，”傅雁尘像是如梦方醒，“能帮我去掉这块心病，真是感谢不尽。”

“什么话，你肯抛开一切和我分享未来，难道我就没有义务替你免除后顾之忧吗。”筱艳宝假意责怪，继而温存一笑，“稍等片刻，我去去就来。”

说着翩然离去，估计是找洋行的负责人接洽，独守露台的傅雁尘却不免神思恍惚，倘若筱艳宝举措得力，果然帮自己完成了使命，到了底细拆穿的时刻，言不由衷的承诺却无法兑现，一颗本来伤痕累累的心灵再遭重创，会不会就此一蹶不振？想到这里他惭惶莫名，不由自主地走进大堂，从侍者的托盘里拿了杯酒大口喝下，似乎要镇定一下悸动的情绪。

“谈得怎么样？”随着一声低声询问，乔依兰飘然而至。

“还算有效果吧，明天应该能够成行。”傅雁尘答道。

“从你的表情上看不出一丝成功的喜悦嘛。”乔依兰留意到他神色迷惘，仿佛魂不守舍。

“那是因为付出的代价太大，我被迫要扮演一个罪孽深重的负心汉。”傅雁尘叹道，简单复述了刚才和筱艳宝的交谈内容。

“哟，艳福不浅，”乔依兰轻笑，“既然这样，西天取经你不要去了，就留在高老庄过小日子吧。”

傅雁尘微微诧异，感觉乔依兰的戏谑虽然俏皮，却也带有几分做作，于是自我解嘲似地说：“请示老大，如果今夜我不幸捐躯，算不算力疾从公呢？”

“少来这套，”乔依兰嗤之以鼻，“以为我没看见你俩卿卿我我的样子吗，分明巴不得以身相许，还装得其词若憾，真是虚伪透顶！”

一顿排揎如春霆发作，傅雁尘只觉得生动有趣，淡淡笑道：“原来一切都躲不过您的法眼，我再不敢自作聪明了。”

乔依兰猛然一愣，随即双腮飞红，声色俱厉的斥责虽然过瘾，无意间却等于自曝破绽，首先偷窥别人亲昵的举动就有欠磊落，而语气里拈酸吃醋的意味又显露无遗。她不禁匪夷所思，自己正与何觉云相恋，怎么会对傅雁尘有这种暧昧不明的反应，震惊加上愧疚，让她不敢正视对方的目光，扭身不迭向门口逃去。

“事情还没有结果，为什么急着走？”傅雁尘上前拦住去路。

“你一个人就能搞定，我留下来也是多余，莫非你担心找不到下山的路？”乔依兰讲完就发觉负气的色彩太重，连忙又压低声音补充说明：“来之前我和八爷商量过，如果渠道有把握，就设法通知蔡将军明早到旅馆汇合，以免撤离的时候过于仓促。”

这条理由切实充分，傅雁尘无可挽留，只得目送着她的背影离去，随后取了只果盘和酒水重返露台，一面好整以暇的浅斟慢饮，一面回顾着当天纷杂离奇的经历，紊乱的思路还没有理出头绪，就见角门开启，筱艳宝迈着轻盈的步伐款款走来。

“看你神采飞扬的样子，一定马到成功了。”傅雁尘笑道。

“嗨，总算不负重托，但也并不容易，那个主管航运的洋鬼子挺难缠，害得我费了半天口舌……”筱艳宝兴冲冲地说，大概口干舌燥的缘故，她瞥见傅雁尘面前的高脚杯里盛有琥珀色的饮品，不假思索地抓起来就喝了一口，不料被呛得面红耳赤，连连咳嗽，“咳，咳，什么东西呀。”

傅雁尘赶紧替她轻轻捶背，又换了杯果汁解渴，忙过一阵才细问详情。据筱艳宝说，刚才她找到洋行的运输部经理，婉言告知自己有一箱贵重物品，想要通过非官方途径上船，一来避免检查时受损，二来也可以省去不少关税。但那位名叫布鲁斯的经理是个刻板的苏格兰人，耸耸肩表示爱莫能助，并声称怡和之所以享誉世界，就是因为各个机构都严格遵守规章制度。筱艳宝苦劝无果，正自沮丧无奈，恰逢一名姓梅的洋行股东经过，这位梅先生和叶凤卿交情不浅，了解到筱艳宝的诉求立即伸出援手，并拿出一个折中的方案，布鲁斯照常验货起航，另外由梅先生提供一条私人游艇，将筱艳宝的“私货”运至公海再换装大船，因为梅先生身兼香港华籍议员，他的游艇绝无被搜捡的可能。布鲁斯不必承担逃避关税的责任，加上知道筱艳宝的背景颇深，也就没有了反对意见，最后的定议是，明天上午梅先生将游艇派往铜锣湾沿岸等待，再通知筱艳宝装载货箱。

“真是难为你了。”傅雁尘郑重致谢，感觉这个办法比预想的更加圆满，既可应付港英当局的稽查，也能避开军警杀手的追剿。

“这也许是我最后一次依仗叶家的权势了，”筱艳宝说，“到了大马，你也不会希望我们在那座橡胶园里落脚吧。”

“当然，你早就该彻底摆脱束缚了。”傅雁尘脱口道，“自古以来有多少华人下南洋后创业兴家，凭你的智识才干还怕不能开辟一片新天地。”

“我一个弱质女流有什么才干，还不是要靠你的供养呵护。不过，历经了太多的坎坷磨难，我对生活的本质也有了清醒的认识，是否席丰履厚并不重要，关键是拥有真正属于自己的温暖环境，包括心爱的男人和孩子。知道么，我最喜欢的是男孩子，圆圆的脸蛋，大大的眼睛，就算常常调皮捣蛋，也让人时刻牵挂……”筱艳宝软语呢喃，目色迷离，仿佛完全沉醉在美妙的幻想里。

傅雁尘不由得心乱如麻，没想到对方用情如此之深，不知道回头怎样安抚补偿，头脑昏沉地敷衍了几句，他乘隙看了下手表，像是恍然警醒地说：“呀，这么晚了，我该回去了。”

“急什么，多陪我坐一会儿嘛。”筱艳宝似乎意犹未尽。

“我得为明天发货早作准备，再迟就怕赶不上下山的缆车了。”傅雁尘委婉解释。

“赶不上也不要紧，”筱艳宝腻声笑道，“我的客房就在二楼，大不了你今晚留下来‘借干铺’。”

傅雁尘微露惊疑，“借干铺”是江南风月人家的一个名词，客人初次上门打茶围，还没到一亲香泽的程度，照例不许留宿，但遇到夜深酒醉，或者风雪载途，老鸨会网开一面，让客人在相好姑娘的房内暂住一晚，当然，等到携手入罗帐，床铺是“干”是“湿”也就无从细究了。筱艳宝有此说法，实际上等同灭烛留髡的暗示，看着她媚眼含春的神态，傅雁尘未免有几分心猿意马，难不成来一番假戏真做，但随即暗暗告诫自己，已经身陷感情欺诈的泥淖，如果不能斤斤自守，导致的恶果更加无法承受，于是悠然笑道：“来日方长，还是等一切安定下来再说吧。”

乔依兰追随傅雁尘上山之际，返归筲箕湾旅馆的同伴有了一段难得的松散时刻，由罗景宽张罗了一桌酒菜，公推久负盛名的蓝八爷居首，大家围坐闲谈。

“来，八爷，我先敬您一碗，”申玉彦双手端酒，“这次您辗转千里，济危扶难，堪比当年大刀王五护送安御史的壮举，真叫人由衷佩服。”

他说的是光绪二十年的往事，甲午战争失败后，有“陇上铁汉”之称的监察御史安维峻连续上折，陈述议和之弊端，要求严惩误国者，言辞最激烈的是一道《请诛李鸿章疏》，结果触怒了慈禧太后，几乎性命不保，最后被革职治罪，发往军台效力，当时朝野上下既为他的忠直感动，也为他的前景担忧。在北京开办顺源镖局的王五闻知消息，主动承担起护送的责任，自备了车马川资，一路陪同安维峻到达张家口的戍所，从此“大刀王五”名满北道。

“过奖了，”蓝八爷举酒微笑，“王五爷一代豪侠，我哪里比得了，再说任务还没有完成，更不敢大言不惭。”

“八爷太谦虚了，”何觉云接口道，“在我看来您的侠义风范比起王五有过之而无不及，援助谏臣毕竟是因循守旧，维护共和却是大势所趋，两者的境界大有区别，并且遭遇的艰险程度也不可同日而语，何况皓发暮年而不辞劳苦，您的慷慨豪迈就更胜一筹了。”

“呵呵，听你这意思是不是觉得我老了，”蓝八爷笑道，“别忘了黄忠七十能上阵，廉颇八十能杀敌，我今年刚满六十五，对付一帮为虎作伥的鼠辈还不在话下。”

“别误会，”何觉云说，“八爷宝刀不老的神采大家有目共睹，如果今年的‘杀手榜’更新，估计“刀卷风”的名号还是独占鳌头。”

“嗨，那些虚名我从没放在心上，”蓝八爷摆摆手说，“况且长江后浪推前浪，我也不敢自居魁首。下午看到你们几个年轻人都够威猛，特别是小傅，果然出手如电，枪法如神，当时我就想，幸亏这小子不是敌人，不然我这口刀可真的招架不住。”

众人相视而笑，罗景宽忽然道：“八爷，时代不同了，您就没想过换把枪使使？”

“使刀有什么不好，至少不必担心卡壳，也不会打光子弹。”蓝八爷笑了笑，又轻声感喟道：“老实讲，我早已经没有了好勇斗狠的劲头，手里的刀也有十几年没有沾过血了，这次重出江湖，只盼望尽量少开杀戒吧。”

“说到底都是袁大头造的孽，连累您老不得在家安享清福。”罗景宽恨恨道。

“是呀，”何觉云附和道，“当了大总统还不满足，偏偏还要做皇帝，搅得举国动荡，人心惶惶。”

提及袁世凯称帝话题就多了，蓝八爷鄙薄笑道：“在日本我听到一个传说，有天袁世凯午睡，一名丫环前来送茶，不小心打碎了一只玉杯，袁世凯惊醒后正要发作，丫环急忙跪下解释，说是因为进门时看到床上盘踞着一条五爪金龙，心里害怕才会失手，袁世凯听罢立刻转怒为喜，当场赏赐了丫环一百大洋，并且嘱咐不可外传，有了这一段情节，袁大总统就更深信自己称帝是天命所归了。”

“呵，还五爪金龙，如果多些微服察访，他就知道民间更多把他比作蛤蟆转世了。”申玉彦笑道，“前不久我也听到一则秘闻，说是袁氏家族有一个定律，上数四代的男子都寿不满六十，有个相命先生提出，想要打破此劫，惟有登临九五之尊。”

“难怪他觊觎大位的野心越发昭彰了，”何觉云说，“湘绮先生作过一副对联讥讽，‘民犹是也，国犹是也，何分南北；总而言之，统而言之，不是东西。’，有人又加上一个横批，‘旁观者清’。”

“哈哈，这一联看似平淡，寓意着实隽妙。”申玉彦啜了口酒称赞点评，上下联暗指“民国总统不是东西”，横批又隐喻了逊清小朝廷目睹国事变更的纠结心态。

湘绮先生即清末经学大家王闿运，因为学生杨度的关系，被袁世凯罗致入京，出任国史馆长，然而受聘之初就让袁世凯大为难堪，有次经过“新华门”，故意抬头道：“我眼睛花了，这座门上三个什么字？好像是‘新莽门’。”他有意误华作莽，自然是把袁某人比成篡逆的王莽，一时传为笑谈。

罗景宽显然对这些逸闻掌故缺乏兴趣，忧心忡忡地说：“八爷，今天您老单独出来，蔡将军身边的防卫力量会不会太薄弱了？”

“不会，”蓝八爷说，“这次来港接应的云南弟兄一共六人，都是从昆明起义旧部里挑出的忠勇死士，有他们陪着蔡将军，我才敢放心外出联络。”

“死士？”罗景宽的脸上露出一丝不屑，“军营里是有一个说法，‘重赏之下必有勇夫’，其实真到了性命攸关的当口，能够舍身忘死的有几个？”

“不用担心，”蓝八爷说，“是不是真够胆色，凭我的眼光还不至于看错，回头你们也会见到那几位朋友，相信一定不会失望。”

“我不敢怀疑八爷的眼力，只不过在争取更稳妥的局面。”罗景宽说，“想必蔡将军的落脚地离这里不远，我们为什么不集中人手加强保护呢？”

蓝八爷正踌躇着不知如何解答，申玉彦抢先开口道：“目前集中人手不见得更加稳妥，经过下午的恶战，香港警察和密探杀手正在大力搜捕，贸然接近保护目标反倒容易招致隐患，而且转移在即，尽量减少联系环节也有助于掩藏行踪。”

“没错，”蓝八爷说，“依兰姑娘临走时也嘱咐过，在交通线路确定以前，我们千万不可轻举妄动。”

“嘿，没想到以您老的身份地位，居然甘心听从一个黄毛丫头的指使。”罗景宽讪笑道。

“话不能这么说，”蓝八爷温和笑道，“依兰虽然是个年轻姑娘，论胆识和精明却是巾帼不让须眉，这次计划多亏她的运筹调度，否则不知道能不能走到这一步，哎，我平生阅人无数，还从没见过这么机灵的女娃儿呢。”

话音刚落，就听到门口传来一声轻笑，“能够得到八爷这样的评语，我这一趟就算没白忙活儿。”

紧接着乔依兰闪身入内，蓝八爷笑着招呼：“奔波了一天，一定又累又饿，先坐下来吃点东西。”

“我陪着傅先生出席盛宴，怎么可能填不饱肚子，”乔依兰笑着说，随即环顾左右，“只怕我还得打扰各位的酒兴。”

“哦，撤离时间敲定了？”蓝八爷停箸道，众人也纷纷搁置酒杯，其实大家任务在身，本来也没有放怀痛饮。

“是的，我刚去见过蔡将军，明早在此会合出发。”乔依兰说，“请大家做好一切准备，抓紧功夫多休息一会儿。”

“小傅怎么还没回来？”申玉彦问道。

“他需要稳固洽谈成果，也许今晚就不回来了。”乔依兰似笑非笑地说。

“什么，”申玉彦不免困惑，“他那边的求助还没有落实，你怎么就先定下了撤离时间？”

“傅先生的路子牵扯到一段感情纠葛，在上山待得时间越长，成功的把握就越大。”乔依兰说，“另外，香港的环境越来越危险，已经不容继续滞留，加上北京方面复辟帝制的闹剧紧锣密鼓，再拖下去也不利于扭转局势，所以蔡将军决定，即便交通渠道没有足够的安全保障，明天也必须设法离开。”

一番解释让众人默喻于心，撤离行动仍然存在着无法预知的凶险，于是匆匆果腹后各自检查武器装备，相继回房安歇。

何觉云跟随乔依兰进屋，上来就揽住腰肢索吻，却被她轻柔而又坚决地推开了。

“怎么了？”何觉云略显尴尬。

“别胡闹，”乔依兰小声道，冲着隔壁努努嘴。

这是在提醒蓝八爷就住在隔壁，不可恣意放纵，但从疲乏萧索的神态上，何觉云察觉得出是她本人缺乏热情，于是满怀关切地说：“看你心力交瘁的样子真让人心疼，是不是有点撑不住了。”

“我还没那么脆弱，”乔依兰浅浅一笑，“事到如今，就算千辛万苦，也再没有了半步退路。”

“明白，我会陪着你一路走到底的。”何觉云慨然表示。

“谢谢，这也是我最感到欣慰的事情。”乔依兰拉住他的手，报以温存的一瞥，又正色道，“明天是关键的一天，如果能顺利度过，也许今后的路就会好走许多。”

“我已经做好了心理准备，只是还有一丝隐忧。”何觉云说。

“什么？”

“明天如果遭遇围剿，难免又是一场苦战，”何觉云说，“蔡将军能否在掩护下逃脱，交通工具至关重要，现在你把全部希望都压在傅雁尘身上，是不是有点太冒险了？”

“我们一路到此，无时无刻不在冒着巨大风险，傅雁尘因势利导，至少眼前看来找到了一条比较可靠的渠道。”乔依兰说，脸上又浮现出一抹慧黠的微笑，“当然，明天的成败干系太大，我也不可能孤注一掷，否则就配不上八爷夸我的那些话了。”

“哦，原来咱们的‘女诸葛’另有妙计？”何觉云笑问。

“谈不上妙计，”乔依兰说，“备用方案同样不是万无一失，而且需要你的鼎力协助。”

“说吧，我等待担负重任的时刻很久了。”何觉云挺胸昂首。

“是这样……”乔依兰刚刚开口，忽听房外有轻微的动静，拉开窗帘望去，看见旅馆前路边的树影下伫立两人，“好像是傅雁尘回来了，我先去问问情况。”

傅雁尘确实从山顶返回，走到旅馆门外，就看到了在树下徘徊守候的申玉彦。

“这么晚了怎么还没睡，除了晕船，再添上择席的毛病，你可就成了林黛玉了。”傅雁尘笑道。

“你有心情开玩笑，证明差事办得还挺顺手。”申玉彦说。

“算不算顺手现在还难说，但节外生枝的局面已经无可避免。”傅雁尘摇头轻叹，简略讲述了和筱艳宝接触的过程。

“呵，解难脱困之余又赢得了美人心，这可是一件意外之喜呀。”申玉彦说。

“什么意外之喜，等到真相大白的时候，内心沉重的负罪感恐怕没人替我分担。”傅雁尘苦笑道。

申玉彦顿口不语，偏着脑袋凝视着老友，神情略显古怪。

“为什么这样看我？”傅雁尘迷惑。

“我只是有点奇怪，如果心思不动，也就根本扯不上什么负罪感，”申玉彦说，“但凭我的印象，除了芸珠以外，你似乎从来没有对哪个女人动过真情。”

傅雁尘不免诧异，难道自己真的已经神思不属，以致于痴态毕现，究其原因，也许“这个女人确实与众不同，模样标致倒在其次，骨子里就透出一股勾魂摄魄的味道，任何男人见了都会忍不住心生怜惜。”

“哦，世上还有这样的女人，你怎么没有留在山上共销于飞之乐？”申玉彦笑着说，目光微微闪动，说不出是惊疑还是遗憾。

“大概我时乖命蹇，无福消受吧，”傅雁尘挥了挥手，“再说明天不知道又要面临多少艰险，哪还有这份闲情逸致。”

“我也正在为明天的事担心，所以躺在床上睡不着觉。”申玉彦改换一副沉肃的面容，转述了乔依兰刚才的部署。

“你是担心军警杀手再度来犯？”

“那倒不可怕，兵来将挡，水来土掩，大不了跟他们拼命。”申玉彦说，“让我放心不下的始终是内部安全，明日的转移行动蔡将军将亲临现场，稍有纰漏就会前功尽弃。”

申玉彦的忧虑从上海南下以来就已经反复表达，傅雁尘虽然也极为重视，但总认为在缺乏明确佐证的情形下，没必要“疑心生暗鬼”，无端在自己人中间制造嫌隙反而处处束缚手脚。此刻听他再次重申，不由得凝神沉思，想起白天的分歧争执，低声问道：“你是不是因为对小何有些成见，就觉得他有问题？”

“我还没那么小肚鸡肠，”申玉彦说，“小何的问题暂且不论，另一个人的疑点却越发明显了。”

“谁？”

申玉彦刚要回答，忽见眼前倩影移动，乔依兰盈盈走来，当即缄口不言。

“站在这里说话，两位也太缺乏保密常识了吧。”乔依兰皱眉道。

“这里不是风口，小声说话声音传不过十步。而且视线可以控制四周，不必担心隔墙有耳，岂不比躲在房里更安全。”申玉彦说。

“嘿，果然是老江湖。”乔依兰翘指称赞，又转向傅雁尘道：“傅先生辛苦。”

“彼此彼此。”傅雁尘微笑道。

相敬如宾的对答略显滑稽，也让乔依兰有些茫然无措，于是欲言又止地着看了申玉彦一眼。

“夜深了，”申玉彦识相地打了个哈哈，“我不妨碍两位首脑商谈军国大事，先去会周公了。”

等到申玉彦的背影消失，乔依兰反倒更不知如何开口了，因为她本想打听傅雁尘与筱艳宝的协议结果，却又忽然害怕刨根问底的语气流露出妒嫉的痕迹，不免犹豫不决，而令她惶惑不安的是，以自己伉爽明快的性格，这种患得患失的感受似乎生平未有。

最后傅雁尘主动和盘托出，要言不烦地复述了筱艳宝的承诺。

“真是‘柳暗花明又一村’，”乔依兰抑制不住欣喜，“目前的情势下，这应该是我们所能期望的最佳途径了。”

“事实呈现之前，先不要高兴太早，”傅雁尘淡淡道，“别忘了人心难测，更何况是女人心呢。”

“女人心怎么了，注定阴险毒辣吗？”乔依兰怫然作色，“如果那位叶姨太果真出于一片痴情，你的猜疑是不是就显得太卑鄙了。”

傅雁尘自知失言，连忙解释道：“我不是胡乱猜疑，只是刚刚想起玉彦的提醒，明天的行动也许是整个计划的转折点，稍有不慎就功败垂成，所以有必要在各个层面上小心防范。”

了解到申玉彦的担忧，乔依兰也神情凝重，轻轻叹道：“是啊，艰巨的任务需要众人协力完成，但参与者增多又难免暗流涌动，想来这简直是一个悖论，对此你有什么更好的建议吗？”

“你这可是问道于盲了，”傅雁尘苦笑，“我从来不是足智多谋的人，以前实战的过程中也没有介入过类似的团体配合，置身于错杂不清的环境，我的态度就是‘萝卜吃一截剥一截’，与其杯弓蛇影，瞻前顾后，不如集中精力克服眼前的危难，只要自己的心意不动摇，总会一步步接近目标，就好比在漫天大雾里赶路，行程又不能耽误，除了硬着头皮闯下去，我似乎也没有了第二种选择。”

乔依兰默默品味，这些话听上去平庸迂腐，却又透露出一层明确的含义，用八字概括就是“坚心守志，临机应变”，而在朽索驭马的紧要关头，执着的意念或许比敏锐的头脑更起作用。乔依兰蓦然发觉，自己匆忙跑出来相见，探问消息不过是个借口，真实的原因却是为了寻求一份心灵的抚慰，用以舒缓或许是大战前夕的紧张情绪，几度涉险过关的经历，总能从傅雁尘身上感受一股顽强不屈的气质，甚至比何觉云的柔情蜜意带给她更多的依赖和安宁。

“看起来明天真的要下雾，”乔依兰仰望夜空星光黯淡，缓缓叹道：“好吧，就让我们一起闯下去。”

020

乔依兰的预测居然应验了，次日清早浓雾弥漫，到了曙色透露的时候，窗外仍是暗无天日，一片浑沌。

糟糕的天气更利于掩蔽行迹，大家不约而同地认为这是一个撤离成功的吉兆，然而稍过不久又都改变了观感，因为尚未动身就出现了重大意外，蓝八爷莫名其妙地失踪了。

据同屋的罗景宽反映，蓝八爷昨晚打坐调息了片刻就安然入睡，早上醒来发现床铺已空，还以为他出去洗漱，随后遍寻旅馆不见才感觉异常。

“先别大惊小怪，”申玉彦仔细查看后说，“八爷的刀也不在，说不定先去岸边探路了。”

众人颇有同感，乔依兰却疑窦丛生，基于保密的原因，事先她没有宣布具体的行动时间，只是将大致的计划透露给了蓝八爷，即蔡锷的船悄然接近筲箕湾，等待傅雁尘确定线路后立刻转移，如果蓝八爷贸然去岸边迎候，等于提前暴露了目标，而且没有通知自己一声，似乎也不合情理。

“一定出事了，”她紧蹙眉头道，“大家拿好装备，去岸边找找看。”

旅馆向北不足半里就是海岸，本来一两分钟即可抵达，但由于雾气浓重，视线模糊，众人只得缓缓前行，一边尽量瞪大眼察看着周遭的景象。

筲箕湾位于港岛东部，相对于繁华的中环湾仔，此地是渔民聚集的区域，环境简陋荒僻，这也正是当初选作落脚地的原因。小心翼翼地行进不远，忽听何觉云小声喊道：“看，那是不是八爷？”

顺着他指点的方向望去，影影绰绰瞥见路边的蒿草丛中站立一人，身形姿态酷似蓝八爷，只是连续呼唤却无应答，竟仿佛泥塑木雕一般。

心怀疑虑的众人赶到近前，不由得大惊失色，蓝八爷目眦欲裂，却已然气绝身亡，胸前中弹的创口仍在汩汩淌血，只是凭着手中的钢刀支撑，一幅铮铮铁骨才没有倒地。

“八爷——”乔依兰放声一恸。

“现在不是伤心的时候，”傅雁尘沉声阻止，提醒大家加强警戒，四下搜索追查，但几个人在附近兜绕巡视一圈并无异常发现。

回到原地，乔依兰已经将蓝八爷的尸身放倒，含泪替他抹闭了双眼，检点遗物，腰间的荷包里除了零散钞票，还有一只精巧的青花瓷鼻烟壶。豪气干云的一代名侠遭此惨祸，在场众人无不唏嘘伤感，但也存在着无数的疑问，行凶者究竟是什么人？如此恶劣的天气，无法远距离瞄准，但若近在咫尺，以蓝八爷的精湛刀术也不可能轻易罹难，而且事件似乎刚刚发生，对方却已无影无踪，如此迅捷的身法何其诡异。

“你们真以为是外来的凶手吗？”申玉彦忽然幽幽开口。

众人惶然一惊，不禁面面相觑，傅雁尘道：“玉彦，你什么意思？”

“这里没有明显搏斗的迹象，”申玉彦分析道，“蓝八爷正面中枪，又是死不瞑目的表情，说明凶手是他熟悉的人，而根据时间判断，此人应该就在我们中间。”

“没有确凿证据，先不要做这样的臆测。”傅雁尘神情严峻。

“证据很快就会有的，”申玉彦从容道，忽然倒持手枪轻轻举起，“正因为时间紧促，凶手来不及调换武器，还记得大家昨晚都整理过枪弹，拿出来查验一下即可澄清事实。”

他的用意很明确，通过检查枪管弹夹是否发射不久，从而认定嫌凶。众人虽然觉得匪夷所思，但为了自陈清白，只得依言行事，纷纷拿出武器。

彼此勘验均无使用痕迹，轮到申玉彦检查罗景宽的枪支，拿在手里摆弄了两下就陡然变色，随即交给了傅雁尘，傅雁尘略作审视也面露惊奇，犹疑的目光投向罗景宽。

“怎么啦？”罗景宽怔怔地问道。

不等傅雁尘开口，申玉彦冷冷道：“景宽老弟，请你解释一下，为什么你的弹夹里少了一发子弹，而且根据枪口的磨损印痕，射击时间不会超过十分钟。”

“不可能！”罗景宽愕然道，激动地伸手上前，看似想要继续申辩，倒更像是意欲夺枪发难。

“别动——”申玉彦机警地后撤一步，做出一个防护动作。

傅雁尘思绪混乱，正不知如何控制事态，忽听“砰砰”两响，罗景宽的身体剧烈的抖动几下，便一头栽倒在地。

“快趴下，”傅雁尘招呼同伴隐蔽，侧目寻望，子弹从西面射来，朦胧间看不清开枪的人，却听到一片纷沓杂乱的脚步声向岸边跑去。

“不好，一定是杜瞳的人来了，”乔依兰翻滚靠近傅雁尘，心急火燎地说：“千万不能让他们接近蔡将军，记住，是一条白底船，船头挂着一串红灯笼。”

毋庸置疑，由于消息泄露，军警密探前来截杀蔡锷，这也是傅雁尘自接手任务以后，面临的最直接也是最重要的营救行动，如果说比作一出堂会，之前的经历只是摇板过门，眼下就该真正登场亮相了。认清了形势，他反而镇定下来，环顾左右，即刻作出了战术布置，根据地形特点和实力强弱，吩咐乔依兰带着何觉云抢占东侧一片岩石林立的坡地，居高临下压制火力，自己则和申玉彦分头扑向海岸。

作为避风良港，筲箕湾沿岸船舶密集，不少渔民以船为家，由于天色昏沉，此时大多尚未出海，只在附近的捕鱼围栏拉网作业。傅雁尘跑到岸边，隐约望见杜瞳为首的七八名密探正分别跳上快艇，朝着海面上一艘小型的白底船划去。

木船长时间浸泡在海水里，船底难免结长苔藻、贝类，滋生蛆虫，以致影响航速，刷上一层白蛎灰则会有效预防，所以白底船是一种常见的近海船只，但船头挂上红灯笼就是别具一格的标志了，这自然是蔡锷事先与乔依兰约好的记号，可惜此时已被一帮穷凶极恶的杀手识破。

白底船上的“艄公”已经察觉到了危险，正在调转船头远离海岸，但军警的三四条快艇更加灵便，在后面紧追不舍，渐渐形成合围之势。傅雁尘不敢怠慢，找到蓝八爷留下的舢板，解开缆绳直冲过去，一边划桨一边开枪射击。

白雾氤氲的海面上子弹纷飞，除了傅雁尘的正面进攻，申玉彦的侧翼包抄和乔依兰的火力支援也桴鼓相应，军警分兵反击，追截白底船的速度稍微延缓，但因为人数众多，仍有一两条快艇劈波斩浪直奔目标。

傅雁尘审时度势，暗淡的光线影响了射击的准头，盲目开火只能起到暂时的牵制作用，等到弹药耗尽，人力上寡不敌众，白底船还是在劫难逃。于是他断然改变策略，不作无谓的纠缠，俯身行船绕开旁边的羁绊，持续向白底船挺进，而且抱定擒贼擒王的宗旨，只向杜瞳压阵的快艇射击，两副弹夹打光，对方的舵手接连倒毙，杜瞳惊慌失措，连忙转向逃窜。

傅雁尘奋力划桨，转眼间就要接近白底船，舢板右舷的海面下却突然射出一道激流，裹挟着一股强劲风力向他的咽喉打来，他慌忙侧身闪避，水柱正中左边肩头，其中夹杂着尖针之类的暗器，深入皮骨，痛彻肺腑。

傅雁尘踉跄着险些跌倒，又见海面上波浪翻涌，骤然冒出一条水淋淋的身影，不偏不倚的落在船头。

“‘霹雳手’，没想到这么快又见面吧，这回该轮到你尝尝苦头了。”来人赤足挺立，面带狞笑，鼻子下端的“八字须”格外引人注目，赫然正是昨天遭遇过的“过江龙”薛让。

傅雁尘骇然变色，正要抬臂开枪，却见薛让脚下猛然一踩，舢板剧烈摇晃起来，傅雁尘顿时失去了平衡，一个跟头栽进海里。

薛让紧接着跳入海水，直扑傅雁尘而来。傅雁尘坠落之际遗失了枪支，只得徒手展开搏斗，其实他的水性并不算差，但和薛让相比竟形同一只旱鸭子。薛让的身体滑如泥鳅，翻转自如让人无从下手，更加不可思议的是，在水里穿梭游动似乎根本无须换气。几个回合下来，傅雁尘已经筋疲力尽，难以招架，薛让瞅准时机将他的双臂反扭，用一条橡皮绳捆扎结实，又从附近的船上取来一根三尺长的铁杵绑在绳上，眼看着傅雁尘无可挣脱，就转身向白底船游去。

傅雁尘惊惧万状，双腿拼命弹腾，无奈受重物牵累，身体不由自主地下沉，两三口咸涩的海水呛入喉咙，只感到胸闷气滞，求生无望。然而，当他的意识几乎丧失，却透过水面依稀瞥见一只小船飞荡而来，紧接着一根长长网杆插入海水。

犹如一条落网的大黄鱼被捞上船板，傅雁尘看清了搭救自己的人是申玉彦，等到解开绳索，完全恢复了知觉，又立刻担心起白底船的安危。

侧目寻望，白底船的处境已经相当凶险，两条快艇斜向逼近，艇上的军警一边高声叫嚣，一边疯狂开火。白底船的首尾各有一名精悍黝黑的“艄公”，还击之余伺机摇橹，试图加快速度撤离，但因为去路被挡，一时难以摆脱，两人抵抗的间隙尽量掩护居中的船舱，显然众矢之的的目标人物就在里面。

战局胶着之际，一道强烈的激流从白底船边的海面射出，击倒了船头的“艄公”，随即薛让飞身跃上，双手紧紧扼住了“艄公”的脖子。而船尾的艄公错愕失神，当即被一发子弹命中，身子顿时瘫软。

傅雁尘触目心惊，正为来不及救助而五内如焚，却又见到了难以预料的一幕，船尾的“艄公”硬撑着站起，张开双臂趴上舱盖，用血肉之躯挡住了密集飞来的枪弹。船头的“艄公”则猛然扑向薛让，死死抱紧他的腰跳下船去，落水的刹那只听一声轰然巨响。

毫无疑问，“艄公”引爆了缠在自己腰间的手榴弹，导致的后果不仅是和薛让同归于尽，连同旁边的一艘快艇也被激荡的海浪打翻。与此同时，白底船的舱门内又遽然钻出来两人，操起船橹竭力摇动，撞开了另一艘快艇，朝着北面迅即划去，片刻间就消失在茫茫雾色中。

半个钟头过后，漫天的云雾还没有消散，又洒下了一阵紧似一阵的冬雨，浇在身上寒意难耐，正应了那句“雾起不收，细雨不休”的民谚。

确定了敌情解除，傅雁尘等人又回到蓝八爷被害的地方，回顾刚才的激战，无不感觉心有余悸。

“杜瞳他们应该追不上那条白底船吧。”乔依兰忧心如捣，喃喃自语。

“肯定追不上，”何觉云安慰道，“我看得很清楚，军警被那一下玉石俱焚的爆炸吓破了胆，一时停滞不前，这样的天气，稍有耽搁就会错失目标。”

“蓝八爷所言不虚，那些云南来的弟兄都是真正的‘死士’。”申玉彦叹道，想起两名“艄公”在充当“肉盾”和“肉弹”的时刻竟没有丝毫犹豫，惨烈的场面实在震撼。

“傅先生，你的伤不要紧吧？”乔依兰问。

“嗯，没事，”傅雁尘缓缓摇头，在申玉彦的协助下，他从自己左侧的锁骨下剜出一枚尖细的钢针，所幸没有淬毒，经过包扎已无大碍。其实此刻皮肉之苦无足萦怀，让他忐忑不安的是尚未解开的悬疑，于是目光落在不远处罗景宽的尸身上，纡郁难释地说："玉彦，昨晚你本来要提醒我留意的人就是罗景宽吧。"

"是的，当时他旁敲侧击地向八爷打探蔡将军的下落，就引起了我的注意，再结合近来的动向琢磨，感觉就越发可疑。"申玉彦说，从上海南下的船上，罗景宽声称在电讯室遇袭，搞得人心惶惶，但随后的反复勘查并无异常，会不会是他凭空捏造危言耸听呢？此外，根据罗景宽提供的情报，进攻尖沙嘴反遭埋伏，对方显然准备充分，会不会是他事先暗通款曲？申玉彦虽有疑惑，但因为没有傅雁尘要求的切实证据，加上昨夜乔依兰临时出现，也就没有深入探究。但今早的迹象足可证明，罗景宽只身外出向同伙报信，被蓝八爷察觉，所以才动了杀心。

"唉，也许我们早该警醒，如果一个人诚心加入营救行动，何必要带这种下三滥的玩意儿。"乔依兰找来一块油毡替蓝八爷的遗体盖上，又开始翻检罗景宽的尸身，搜出一只墨绿色的玻璃瓶，正是那种类似"五更迷魂香"的药水，此外还有一本电报密码。

申玉彦拿过密码本，又从怀里掏出另一本小册子，对比翻阅后递给傅雁尘，"这一下确凿无疑了，瞧，昨天在尖沙嘴仓库找到的密码本，内容和罗景宽的完全相同。"

傅雁尘微微变色，明白这意味着在军警杀手眼里，罗景宽接发的讯息毫无秘密可言。

"怪不得我们的行踪总是逃不出对手的掌握，"何觉云质问，"身边一直潜藏着内奸，莫非傅先生从来没有察觉？"

"也不是没有一点察觉……"傅雁尘紧锁眉头，若有所思地追忆，"除了船上那段无法印证的波折，罗景宽另外两次受伤也莫名其妙，一次是在天津德义楼，一次是在上海爱俪园，尤其是后者，他能在薛让的暗算下保全性命似乎不合常理，另外，为什么由他放置的武器突然出现了卡壳现象？"

"咳，这么多疑点怎么没有引起你的重视，非等到酿成惨剧才恍然大悟？"乔依兰厉声斥责，仍然为蓝八爷的不幸深感痛心。

傅雁尘默然垂首，愧悔不已，申玉彦紧盯着他说："你之所以对罗景宽的破绽视而不见，恐怕还是出于对他背后主使的绝对信任吧。"

傅雁尘不置可否，神容凄楚，乔依兰说："傅先生，时至今日，关系到整个任务的成败，你也没必要再掩饰幕后发号施令的人了。"

傅雁尘踌躇了片刻，抬眼望向申玉彦，"在上海的时候我就差点告诉你，其实这个人你也熟悉，而且我们身上的这点本事也有不少出自他的传授。"

"你是说奇大人？"申玉彦脱口道，看见傅雁尘沉重点头，又慨然喟叹，"既是昔日的师长，又是患难与共的同袍，放眼世上，也只有他能够让你的心里完全不设防了。"

"你们说的奇大人可是当年'宗社党'的教官奇士修？"博闻多识的乔依兰

追问，得到证实后又表示诧异，“如今他似乎在‘模范团’任职，怎么可能参与救助蔡将军？”

“正因为在袁克定麾下效力，他才及时了解到蔡将军出京的动态，随即委托我沿途营救……”傅雁尘讲述了最初奇士修鼓动自己出山的过程。

“扶危济困，维系共和，好一套冠冕堂皇的理由，”申玉彦冷笑，“你也不仔细想想，作为资深的满清余党，奇大人对共和体制能有几分热忱？反倒是因为受聘于‘模范团’，更应该报答袁克定的栽培之恩。况且，目标人物自始自终毫不知情，这样的营救计划也太离谱了吧。”

“事情已经很明显，”乔依兰说，“奇士修表面上恳请傅先生伸出援手，真实的意图却是利用他追查蔡将军的行踪，并且委派罗景宽随时报告进展，一旦确定下落，即可联络军警实施捕杀。”

当罗景宽的形迹败露，傅雁尘已经隐隐预感到奇士修存在的问题，等到推论切实形成，却又陷入了难以置信的错落迷惘，愁眉锁眼地叹息：“真不明白，为什么偏偏挑上我？”

“很简单，”乔依兰说，“凭你的敏锐嗅觉和丰厚经验，无疑是进行追踪的最佳人选，加上‘霹雳手’的鼎鼎大名，如果自称配合营救，也更容易让真正的护送人员引为援奥。”

“更重要的原因，”申玉彦补充道，“‘宗社党’培养的杀手只懂得服从，从不去思考，更不会质疑指令的是非曲直，再有昔日的恩义作束缚，你就很难看穿这是一场阴谋了。”

“我扮演的角色也太复杂了，既是逢场作戏的诱饵，又是搜寻目标的猎犬，唉，实在是可笑又可悲。”傅雁尘摇头苦笑，迷离闪动的目光交织的愤懑、伤感还有无奈。

乔依兰看着于心不忍，婉言劝解道：“先不要难过，目前我们还不算全盘尽输，抓紧时间行动，未必没有扭转局面的机会。”

“是啊，”申玉彦也鼓励道，“被动的时候更应该沉住气，罗景宽就因为显形太早而没有命中我们的要害，你的当务之急是赶紧上山确定转移线路，争取让蔡将军尽快离开香港。”

赶紧上山自然是去找筱艳宝，傅雁尘犹豫地看着乔依兰，“蔡将军的船已经不知去向，筱艳宝提供的途径还有用吗？”

“怎么没用，”乔依兰说，“你不必担心我和蔡将军失去联络，只把撤离路线安排妥当就足够了。”

言下之意她和蔡锷之间另有备选的联系方式，申玉彦提示道：“小傅落实消息之前，我们应该在交接地点早作部署，以免届时措手不及。”

“这一层我也考虑过了，那位梅先生的游艇不是开去铜锣湾吗，我们事先要对环境彻底勘查一遍，如果发现军警出没，必须设法引开，只是……”乔依兰的目光投向地面，略显为难地说：“八爷的遗体不能弃之不顾，我还得去联络蔡将军，时间上怕是有些仓促。”

“这件事交给我吧，”申玉彦主动请缨，“对付大批军警不敢说有把握，‘调虎离山’的差事我还不至于办砸。”

“太好了，咱们说定，十一点整在铜锣湾的炮台会合。”乔依兰欣然道，铜锣湾的炮台正是怡和洋行所建，每日正午负责鸣放报时，炮声响彻维多利亚港两岸。

商议已毕，傅雁尘和申玉彦分头离去，何觉云却发现乔依兰呆立不动，一张俏脸凛若冰霜，仿佛思绪万端的样子。

“依兰，你怎么了？”何觉云迟疑问道。

“我在想，”乔依兰沉吟道，“昨晚你提醒得没错，形势波谲云诡，我们不能把宝押在一处，也许是时候启用候补方案了。”

“你打算怎么行动，我一定全力以赴。”何觉云说。

“我的行动用不着你配合，只不过需要一点运气。”乔依兰说。

“大家都有事干，难道让我当‘甩手掌柜’？”何觉云颇觉失望。

“不，你的任务更重要。”

“哦，什么任务？”何觉云追问。

“来到香港短短两天，我们遭遇了太多的挫折，究其原因还是筹备策应不够得力，这个教训不能不吸取。”乔依兰郑重其事地说，“所以，在转移计划执行的同时，拜托你先去打个前站。”

从筲箕湾到太平山的一路上，傅雁尘内心的苦闷无可言喻，头脑也昏沉恍惚，直到抵达山顶酒店，站在筱艳宝的房间外，紊乱的情绪才稍稍平复，于是调匀了呼吸轻叩房门。

连敲了几下无人应答，他不由得感到困惑，手拧门柄发现没有上锁，便缓缓推开迈步入内，只见宽敞奢华的客厅空无一人，浴室里却断断续续飘出一阵歌声。

透过没有合闭的门缝，傅雁尘听出来是筱艳宝的声音，哼唱的曲调轻柔悦耳，宛若春莺，但其中还夹杂着哗哗的水声，似乎歌者正在沐浴。

傅雁尘不禁尴尬，虽说昨晚两人已经“私订终身”，毕竟尚未熟稔，在对方洗澡的时候贸然闯入未免唐突，但转身退出更显得做贼心虚，只有捂着嘴轻轻咳嗽了一声。

“是小傅吗？”浴室里的筱艳宝问。

“是的。”

“哦，你先在外面坐一下吧。”筱艳宝的语气亲昵而自然，又解释道，“不晓得船上的条件怎么样，我只好提前洗个澡了。”

“你至少也该把房门关上，”傅雁尘在客厅的沙发上坐下，“如果酒店的侍者不小心撞进来，可就让他大饱眼福了。”

“怎么可能，你以为是一毛钱入住的大车店呀。”筱艳宝说，“这可是英国人的买卖，侍者最守规矩，不经召唤绝不会打搅客人。”

“呵，擅闯香闺，倒显得我不守规矩了。”傅雁尘笑道。

“装什么洋蒜，我早晚逃不出你手心，还怕你这会儿不守规矩？”

一声软语娇笑，相比于清晨的腥风血雨形成了强烈反差，令傅雁尘颇有恍若隔世的错觉，想象着浴室内活色生香的光景，只须挪动几步就有机会上演鸳鸯戏水的好戏，他似乎按捺不住男人本能的冲动，但放浪形骸的念头稍纵即逝，归根结底还是胸臆间的块垒壅塞难除。

垂首忖度，这是考验自己定力的时刻，当即保持着正襟危坐的姿势，一边和筱艳宝漫无边际的闲聊，一边静下心来回顾前事，随着思绪飞越，近期的离奇际遇历历在目，凝神揣摩之际，一些从未留意的细节仿佛退潮时的暗礁隐约浮现。

半个钟头过后，筱艳宝终于从浴室出来，身上裹着一条深蓝色的毛巾，越发衬托肌肤如雪，她没有进入卧室更衣，而是径直走到沙发边坐下，饶有兴味地进行着刚才的话题。

经过沐浴，原本秀丽的面孔越发粉嫩细滑，还在滴水的发稍紧贴面颊，别具一番撩人的风情。

“我说，”近在咫尺的傅雁尘感觉极不自在，“你是不是先把衣服穿上，免得着凉。”

“等我穿好衣服，万一你又想把它脱掉，岂不是太折腾了。”筱艳宝腻声轻笑，媚眼含波，说着还伸了个懒腰，恰如明朝人吴耳的两句描述“皓腕高抬身宛转，销魂双乳耸罗衣。”

傅雁尘的一颗心霍霍乱跳，好容易压制下去的欲念几乎瞬间升腾，这种感受难以捉摸，不知什么原因，筱艳宝轻描淡写的一言一行，似乎总能透出无法抗拒的魅惑。

“咳，”他自我解嘲似地说，“鱼水交欢的时候讲究的是心无旁骛，现在我满脑子都是运货上船的事情，只怕打不起精神来伺候你。”

“嘁，听你这口气，好像我巴不得你扯掉人家身上的毛巾呢。”筱艳宝假作嗔怪地瞪了他一眼，扭身站起走向卧室，大概是穿衣去了。

谁知时隔不久，又听筱艳宝呼唤：“小傅快来。”

傅雁尘匆匆赶去，刚进门就呆住了，筱艳宝忙活了半天只穿了一条绯红色丝织短裤，曲线玲珑的上半身几乎全裸，只不过双手正在穿戴一件精巧的葱绿色胸罩，一边对着镜子嘟囔，“美国货真不实用，穿起来麻烦得要死，劳驾你替我系上后面的扣子。”

这样的请求何以拒绝？傅雁尘只觉得喉头发干，移步上前效劳，面对羊脂玉一般的脊背，几乎不敢逼视，而素以灵活敏捷著称的手法，此刻也变得无比笨拙。

“你的脸怎么红了，”筱艳宝嗤嗤笑道，“看上去就像个未经人事的毛头小伙儿。”

傅雁尘越发局促，却也有几分纳闷，莫非筱艳宝抑制不住春心荡漾，启程前一定要同偕好梦才肯甘休？但当他艰难地扣上了胸罩，抬头匆匆一瞥，无意中却发现，镜子里的一双大眼睛明澈平静，哪里有半分意乱情迷的样子。迟疑之际，脑海里仿佛划过一道闪电，刹那间照亮了他的思路，只是没等有所反应，客厅里的电话铃陡然响起。

筱艳宝快步走去，拿起话筒接听。

“梅先生吗，嗨，你叫我等得好苦。”她的声音激动，眉目舒展，但在傅雁尘看来，与其说是喜出望外，倒更像是如释重负。

“一切都办妥了？太感谢您了，嗯，嗯，好的，我马上就过去。”

筱艳宝又讲了两句挂掉电话，返回卧室迅速穿衣，整束完毕拿上一只挎包准备出门，才忽然留意到傅雁尘的神情略显古怪，似乎并没有难题解决后的兴奋。

“咦，你怎么还在发愣，不是急着装货吗。梅先生的游艇已经到位，不好让别人等太久。”

“我只是觉得，咱们最好分开出门。”傅雁尘慢悠悠地说。

“为什么？”

“要是被怡和的人看到，一定误以为咱俩有一腿，你就不怕累及名声？”傅雁尘一改刚才的拘谨，露出近乎狎昵的微笑。

筱艳宝先是一怔，随即笑咪咪地说，“一腿怎么够，起码也得两三腿。都要私奔的人了，哪还管什么名声？”

于是两人携手同行，潇潇洒洒走出酒店，并肩撑起一把花绸洋伞，像煞一对琴瑟和谐的爱侣。稍后来到缆车站，此时下山的乘客寥寥无几，傅雁尘注意到有一胖一瘦两个男人在月台边抽烟，等他买过票带着筱艳宝踏入车厢，那两人也紧随其后在邻排就座。

缆车启动，周边的山景在迷蒙的雨气中别有风味，相对于沉默寡言的傅雁尘，筱艳宝的兴致似乎格外高涨，眼望着窗外轻叹：“冲破樊笼的感觉是不一样，即便在阴雨天气，心情也格外舒畅。”

“一个人心情容易转换，年深日久的习性却无法改变。”许久没开口的傅雁尘忽然搭腔。

这句话略显突兀，筱艳宝不解地问：“你想说什么？”

“我想起了近来结识的一个姑娘，”傅雁尘不慌不忙地说，“出于特殊原因，试图在我面前冒充招蜂引蝶的青楼女子，可惜妖冶入骨的风情不是随便就能模仿，到头来还是露出了马脚。呵呵，同样道理也适合你，任凭如何装扮，以往的痕迹总是难以磨灭。”

“以往什么痕迹？”筱艳宝蹙眉追问。

“一个正经人家的女儿，大概不会讲出‘借干铺’的话来，”傅雁尘似笑非笑地说，“刚才你为了表现轻松惬意，在浴室里一展歌喉，哼唱的扬州小曲却是近年来长三堂子里时兴的调调儿，至于肉麻的歌词我就不赘述了。”

“嘿，你倒成了顾曲周郎了，因为这些鸡毛碎皮的小节，就认定我出身娼门？”筱艳宝用冷笑掩饰着紧张，“长三堂子”是江南一带比较高级的勾栏人家，得名的原因是恩客上门需要首付三块大洋。

“我对你的出身并不在意，”傅雁尘说，“只不过见微知著，太多解释不通的细节串联在一起，就不难推断出一个人的本来面目了。”

“你……什么意思？”筱艳宝脸色一变。

“比方说，一个习惯灯红酒绿的贵妇，昨晚怎么连寻常的苏格兰威士忌都尝不出来？这一点只能证明，其实你根本滴酒不沾。那么，当初在爱俪园你又怎么可能喝到醺然大醉的程度？”傅雁尘连续质问。

筱艳宝眼张失落，嘴唇翕动着无话可说。

“交浅言深，江湖大忌，”傅雁尘又说，“在我们第二回见面你就把自己缠绵悱恻的情感经历和盘托出，是不是有些奇怪？更荒谬的是，旧日的创伤尚未痊愈，你移情别恋的节奏也太过轻快了。结合前后的反常迹象，让人不得不怀疑你别有用心，而且我可以肯定，刚才你在房间里的百般挑逗也是在拖延时间，想必就是为了等待那个作为讯号的电话打进来吧。”

对方洞察症结，筱艳宝的神情反而平静下来，淡淡笑道：“‘霹雳手’的悟性果然不凡，遗憾的是，你明白的还是太晚了。”

话音未落，她的身体突然向旁边一闪，露出了后排的两支枪管，持枪者正是刚才上车的那两个男人。不料傅雁尘早有防备，随着筱艳宝的移动陡然发难，一把扣住了那瘦子的手腕，同时一拳砸在胖子的面门上。

两人负痛惨呼，失去准头的子弹射向车壁，打得车窗玻璃纷纷碎落。乘客的尖叫声中，筱艳宝也大惊失色，想不到傅雁尘出手之快令人目不暇接，根本联系不上帮她穿戴胸罩的迟钝样子。慌乱之际她尽量向后退避，紧贴敞开的车窗，上半身几乎探出窗外。

傅雁尘跨过座椅，三拳两脚击昏了胖子，那瘦子见势不妙，夺路扑向车窗，打算跳车逃去，却被傅雁尘一枪命中了腰眼。然而，他栽倒在地的时候，手里也掉下来一枚黑黝黝的东西，嗤嗤作响着在车厢里滚动。

“不好，快跳车!”傅雁尘认出是一颗已然拉弦的手雷，仓促间无可遏制，只得冲着筱艳宝厉声高喊，继而飞身跃出窗外。

一声轰响震彻山林，傅雁尘落地后不停翻滚，直到抓住一棵树干才稳住身体，抬头张望，烟火弥漫的缆车正摇摇晃晃的向山下滑去。

返回察看，筱艳宝被强烈的气浪掀落在另一侧的斜坡上，口鼻出血，面容痛苦，蜷曲着身体轻轻抽搐，看起来内脏破损严重。

“坚持住，我带你下山看医生。”傅雁尘上前轻轻托起她，尔虞我诈的争斗早已抛在脑后，唯一的念头就是设法让怀里的女人活命。

但这个愿望显然已无法实现，筱艳宝微微张嘴，似乎有话要讲，但是声音低不可闻，只见大口的鲜血不断涌出。

“什么，你想说什么？”傅雁尘俯身倾听。

“果儿……救救果儿……”筱艳宝费尽全力说，泪水沿着腮边缓缓淌下。

“谁是果儿？”傅雁尘追问，但已经得不到答案，筱艳宝眼里的光采归于黯淡，急促的气息也戛然而止，雨水落在她惨白的脸上，和泪痕血迹混杂一起，显得异常凄婉。

021

一个钟头过后，小雨渐渐停歇，天空却没有放晴，依然云迷雾锁，阴沉昏暗，傅雁尘没有如约赶往铜锣湾炮台，而是只身来到了港岛西陲的坚弥地城海岸。

筱艳宝的死带给他的感受不止是惋惜，还有许多揣摩不透的困惑，毫无疑问，这个女人的乘伪使诈应该是官府追杀计划的一部分，但从临终前的表现看，她的助纣为虐似乎又迫于无奈，那么背后的具体操纵者又是什么人，如果无法粉碎整个阴谋，蔡锷的撤离行动就仍然面临着难以预测的危险。翻检遗物，傅雁尘从她的挎包里找到了两张通往西区的电车票根，于是一路寻觅至此。

坚弥地城南靠摩星岭，北临卑路乍湾，西望大小青洲，东接石塘咀，虽然属于港岛开发较早的区域，但由于遍布焚化炉、水泥厂、屠宰房、废物转运站等扰民工业，环境相对偏僻落后，论地位就好比北京城西直门内大街一带的“穷西北套”，平日达官贵人很少涉足。

沿着海岸迤逦前行，傅雁尘来到一处废弃的码头，放眼皆是破旧的渔船、网架以及错落排列的木桩，低矮倾斜的草棚等等，看起来是个适合密会接头的地方，但环顾四周阒然无闻，他正怀疑自己判断有误，身后却传来一声轻微的响动。

傅雁尘警惕回头，就被一张迎面抛来的渔网兜头罩住，他的反应极快，立刻掏出匕首割破网绳，闪身后退两步，不料刚刚站稳，又觉得脚踝处一紧，原来不小心踩进了一个麻绳结成的圈套，随即被一股劲力拖向旁边一根两人多高的木桩，没等他再次反抗，就听到有人低声厉喝：“别动，丢掉武器！”

被倒吊在木桩前的傅雁尘落于下风，只得先扔掉手里的枪和匕首，仓促间就觉得说话的声音极其熟悉，犹自纳闷猜测，随着一条人影缓缓走近面前，他不禁感到诧异莫名。

申玉彦？没错，即使视角颠倒，他也一眼认出了与自己情同手足的老友，顿时失声惊问：“玉彦，怎么是你……”

“咳，我不知道该怎么开口，相信你只要看到我在这里出现，一些事情就无须解释了。”申玉彦试图保持镇静的语气，但青白不定的神色却显得惴惴不安。

“这么说给筱艳宝打电话的人就是你，你俩什么关系？”傅雁尘匆匆问道，随即自做譬解，“想起来了，当年你脱离‘宗社党’，就是因为迷恋一位风尘女子。”

“她现在怎么样了？”申玉彦急切反问。

“唉，你看到我在这里出现，有些事情也无须解释了吧。”傅雁尘叹息。

“什么……是不是你已经杀了她？”申玉彦眼角充血，蹲下身子怒不可遏地揪住了傅雁尘的衣襟。

“用得着我动手吗，”傅雁尘淡淡道，“一个柔弱女子卷入凶残血腥的争斗，就等于把一条鲜鱼扔进了油锅，有什么样的结果你还想不到么？”

“想到了，早就想到了。”申玉彦无力地松开手，表情痛苦不堪，突然又愤懑质问：“但是你想到没有，我让小宝涉险赴难，只不过是为了避免与你正面为敌。”

傅雁尘凝神回忆，当时在爱俪园内，自己曾目睹一条酷似杜瞳的黑影潜入涌云楼，正想跟踪查探，却被醉态迷离的筱艳宝纠缠不休，而随后撞见了从相反方向赶来的杜瞳，使得之前的发现悬疑莫解，此刻可以确定，最先看到的黑影正是身材同样瘦弱的申玉彦。他的目的自然是寻找蔡锷的下落，而用娇美动人的筱艳宝作羁绊，除了不愿与故人直接交锋，也有降低行动难度的原因。

“朋友妻，不可欺，”傅雁尘苦笑道，“让大嫂以这种方式和我接触，简直是陷我于不义嘛。”

申玉彦闭口不语，眉头深深纠结。

“一个风情万种的女人，加上一段凄艳哀婉的故事，实在是转移视线的绝佳诱饵。”傅雁尘说，“而你在欲擒故纵方面也下足了功夫，分明一开始就想知道全部计划，却又摆出与世无争的姿态，处处装得谨慎多疑，实际上在掩藏自己的祸心，爱俪园的那把枪卡壳是你做的手脚吧，还有今天早上罗景宽的败露，应该也是你暗中构陷。哦，对了，‘双响炮’以擅使双枪得名，这次你却总是只拿出一把，估计另一把就是为了在移花接木的时候派上用场。你极尽离间嫁祸之能事，将疑点引向奇先生，无非想混淆真相，扰乱大家的思路，从而进一步接近目标。”

“哼，你的头脑太简单了，”申玉彦冷笑，“即便我置身事外，奇士修就一定清白吗？我并没有向杜瞳通风报信，尖沙嘴的伏击却是不争的事实，而且那两本相同的电报密码也并非我伪造。想想吧，像奇士修那样混迹行伍的老油条，怎么可能忽然充当起共和制度的卫道士？真相是什么，你和我的处境不分彼此，仍然无法摆脱被人利用的宿命。”

傅雁尘憬然忖度，自己面临的局面确实真伪莫辨，申玉彦的险恶动机也并不能证明奇士修的无辜，只是“姑且不论我是否受到蒙蔽，你早已脱离了杀手行当，和心爱的女人相伴余生，为什么又要回来重操旧业呢。”

“唉，这就叫‘树欲静而风不止’了，”申玉彦怅然叹道，“如果不是迫于无奈，谁愿意再干这种短命的差事，何况还要和自己的兄弟作对。”

见他神情悲苦，眼中泪光隐隐，再想起筱艳宝的临终遗言，傅雁尘油然心动，脱口问：“你是不是有个孩子叫‘果儿’？”

“嗯，我们三岁的儿子被关在执法处的牢房，随时可能性命不保，除了俯首顺从，我还能有什么选择？”申玉彦切齿愤恨。

傅雁尘不禁动容，想不到袁氏政府的手段竟如此卑劣，难怪前日申玉彦在电车上看到男童受虐会无名火起，昨晚筱艳宝谈起孩子时也深情流露，亲生骨肉被扣作人质，这对苦命夫妻只得任人驱使。

“玉彦，我能够理解你的苦衷，但这并不是为虎作伥的借口。”傅雁尘恳切道，“请你相信，等蔡将军的事情了结，我会尽全力帮你救出孩子。嫂子已经遭遇不幸，你就不该在错误的路上越走越远了。”

“说什么都晚了，”申玉彦凄然摇头，“官府的势力你根本无法抗拒，蔡锷也不可能活着离开香港。”

“这么说你已经通知了杜瞳在铜锣湾布置了陷阱？”傅雁尘悚然色变，“那么，你打算怎么处置我？”

申玉彦没有回答，只是“吧嗒”一声扳开了手枪的保险。

“既然你要杀我，早上又何必把我从海里救起？”傅雁尘喃喃叹道。

“我救你的时候完全出于真心实意，如果你仍然蒙在鼓里，也许咱们的交情就能延续一辈子。只可惜……唉，小傅，请你不要怨我，我必须拿到换回儿子的筹码，不能容许任何意外发生了。”申玉彦痛心疾首地说。

傅雁尘明白，底蕴尽泄的时刻，申玉彦已无法面对老友诘责的目光，又害怕他趁机逃脱阻挠计划，唯有硬下心来一条道走到黑了。

“我这条命本来就是你救回的，现在还给你也没什么可抱怨的。动手吧，但愿你早日和儿子团聚。”傅雁尘平心静气地说，缓缓地闭上了双眼。

他感觉得到申玉彦呼吸粗重，动作迟滞，似乎勾动扳机的霎那间又改变了主意，但猜疑之际枪声还是响了，只是自己的身体竟毫无异状，倏尔张开双眼，看见申玉彦微微晃动了一下，随即仰面跌倒。

傅雁尘如坠云雾，又见一条苗条的身影飞奔而至，替他解开了脚上的绳索。翻身站起，发现来人居然是乔依兰，他越发莫名其妙，但来不及细问，目光匆忙投向了地上的申玉彦。

申玉彦脑后中枪，子弹从右眼眶穿出，半只眼球斜吊在面颊上，不住流淌的鲜血染红了身下的泥沙，这副惨相看得傅雁尘心惊肉跳，不知是恩怨情仇的交汇刺激，还是倒挂许久的不良反应，只觉得一阵头晕目眩，胸臆间翻江倒海，忍不住弯下腰去大口呕吐。

这一吐搜肠刮肚，连墨绿色的胆汁都淅沥喷出，于心不忍的乔依兰上前替他轻轻捶背。直到腹内已空，傅雁尘才精疲力尽地坐在地上，失神地瞪着远方不停喘息。

“好点了吗？”乔依兰递来一方洁净的手帕。

傅雁尘摇头不取，意识却渐渐恢复了清醒，声音沙哑地问道：“你怎么会来这里？”

“如果我还没出现，”乔依兰说，“这次任务就已经宣告失败，此刻躺在地上的人也应该是你了。”

这话绝非夸大其词，但前提是“你早就察觉出玉彦的破绽了吗？”

“也不算太早，”乔依兰说，“而且最初无法确定，所以推敲求证也费了一些周折。”

“哦？”傅雁尘翘首以望。

“昨晚在山顶酒店，我和筱艳宝擦肩而过，闻到她身上有一股浓郁的香气，当时就觉得有几分熟悉，仔细辨别，好像前天申玉彦返回旅馆时身上也带着相同的气味，只是凭此还不能作出更多的判断。”乔依兰说。

“没错，当晚玉彦姗姗归迟，后来声称去石塘咀避难，实际上就是去和筱艳宝秘密见面了。”傅雁尘回忆起在茶楼偶遇筱艳宝的情形，时间地点正合推论，申玉彦和妻子久别重逢，自然少不了一番亲热，身上沾染香气也在所难免。

“还有就是今天早上，虽然申玉彦认定罗景宽是凶手，但因为死无对证，我总觉得八爷的被害过程没那么简单，就对他的遗物进行了查验。”乔依兰所说的是那只青花瓷鼻烟壶，经过检测，发现其中掺杂着罗景宽的迷药，表面上看来证据确凿，但转念分析就有了疑点，如果是罗景宽作案，暴露的痕迹也太过明显，加上弹夹上的纰漏，如此轻疏大意哪有资格充当细作？况且，蓝八爷清晨用鼻烟提神的习惯很少人知道，只有一面之交的罗景宽怎么可能清楚，不明底细的情况下，放置迷药岂不等于授人以柄？思前想后，蓝八爷的旧识申玉彦的疑点就呼之欲出了。心存警戒的乔依兰赶去了铜锣湾炮台，却没有公开露面，而是潜踪匿形暗中窥测，果然发现了军警密探布控的身影，以及申玉彦悄悄会晤杜瞳的情节，于是她及时撤出险境，一路尾随申玉彦来到了坚弥地城。

言简意赅的陈述听起来轻松，傅雁尘却知道其中利害攸关，无论观察力还是行动配合，任何环节稍有不慎就可能酿成无法挽回的悲剧，当即钦服感喟：“还是你明察秋毫呀，可怜我有眼无珠，死到临头才如梦方醒。”

“话不能这么说，”乔依兰安慰道，“感情因素往往成为洞见症结的障碍，许多事情并非你想不到，而是根本不愿朝着讳背心意的方向去想，好比医不自治的道理，就是因为太多的顾虑容易导致误诊误断。”

“是啊，”傅雁尘回顾叹息，“早上玉彦把我从海里捞起的时候，我只有满怀感激，哪里会想起一个有晕船毛病的人不可能在水上奔走如飞。”

“可见晕船的样子是装出来的，”乔依兰也恍然记起，“那么他的目的仅仅是为了陷害罗景宽吗，还是另有用意？”

“命归黄泉，什么用意都无法实现了，况且和我也再没有关系。”望着地上申玉彦的尸体，傅雁尘慢慢起身，意态萧索萎顿。

他的话有些暧昧不明，乔依兰纳闷道：“你什么意思？”

“我的意思还不明白吗，”傅雁尘漠然道，“请你善自珍重，这场游戏我不打算再玩下去了。”

“为什么？”乔依兰瞠目失惊。

“因为我已经受够了，”傅雁尘悻悻道，“本来我在山里过着平和宁静的日子，再也不会招惹世上的纠缠纷争，接手这件差事完全出于对故人的感恩图报，想不到为一句承诺付出的代价竟如此惨痛。尊敬的师长俨然是幕后黑手，亲密的弟兄也成了阴险狡诈的对头，最荒唐的是，说起来我执行的是救助任务，辗转千里却见不上保护对象一面，捕风捉影的情形和那些密探杀手有什么区分？唉，就算我愚蠢到家，也没有兴趣继续扮演这个两面不讨好的角色了。”

一顿宣泄包含了太多的委屈和怨愤，设身处地着想，乔依兰也感慨万千，险象环生的压力已经让人不堪负重，连续得知师友的欺蒙更使得精神涣散，于是她委婉劝抚：“傅先生，我能够体谅你的苦涩心境，但更加相信你的坚强意志。其实你也早就认识到这次行动的艰难，并且作出了居功至伟的贡献，如今袁世凯的野心显露无遗，蔡将军反抗帝制的义举也即将发轫，这种紧要关头怎么能打退堂鼓呢？”

“算了，”傅雁尘心灰意冷地摆摆手，“袁世凯爱做皇帝就由他去吧，反正不碍我什么事。蔡松坡逞强好胜，也是出于建勋立业的雄心，是非成败自有定数，和我也沾不上边，又何必替人家充当炮灰？”

乔依兰怫然变色，鄙夷斥道：“傅雁尘，你太让我失望了，原先还以为你是个见识不俗的男人，现在看来不过一个鼠目寸光的蠢货，你也接受过新式教育，怎么除了拘泥私恩小义，竟没有一点爱憎分明的信念。如果蔡将军的抗争只是为了建功立业，怎么可能有那么多人倾力追随，且不说蓝八爷，邱二爷，高允诚等死难壮士，连身在事外的哈同夫人、宗仰法师也无私伸出援手，公道人心所向，莫非你一点也看不出来？”

当然看得出来，但因为长期陷于逆境，又主动谋求与世隔绝，使得当初的热忱良知渐趋淡薄，此刻面对乔依兰的苛责，傅雁尘才猛然发觉自己的心胸已变得何其狭隘，当下垂头不语，若有所思。

“袁世凯当皇帝真的不关你的事吗？”乔依兰继续道，“除非你不承认自己是中国人，否则你的生存环境必定受到影响。”

“这话怎么讲？”傅雁尘怔怔问。

“你大概也听说过，作为支持复辟帝制的酬佣，袁世凯同日本签订了‘二十一条’密约，你知道核心内容是什么吗？”

“什么？”

“二十一条件共分五号，第一号，日本要求接收德国在山东的权益而继续扩大；第二号，要求在满洲蒙古范围行使特权；第三号，要求插足中国最大的国防工业汉冶萍公司；第四号，要求中国政府不得将沿海港湾岛屿租让他国；第五号，要求中国政府聘请日本顾问合办警政，购买日本军械，允许日本人建造铁路、寺院、学校等公共设施，并享有土地所有权。”

“啊，这是亡国的条件。”傅雁尘骇然。

“不错，”乔依兰说，“若照这些条件施行，过不了多久，你在国内已经找不到避嚣习静的乐土了。”

傅雁尘方寸大乱，暗暗品味，越发觉得乔依兰对自己的评价入木三分，以前降心相从替“宗社党”效命，正是受到一份个人恩义的束缚，这次应邀出山，多半也是基于私谊的感召。以他的学识素养，本来具备审思明辨的能力，没想到最终却沦为昧于大势的井底之蛙。困心衡虑，愧悔不安，同时也深切担忧蔡锷当前的处境，既然筱艳宝提供的线路纯属骗局，逃离香港的计划又如何执行？

但没等他发问，乔依兰匆匆道：“这里不宜久留，还是换个安全的地方谈吧。”

四面楚歌，哪里还有安全的地方？傅雁尘迷惑不解，却被乔依兰轻拉衣角，顺着海岸向西走去。

傅雁尘茫无头绪，亦步亦趋，走不多远，忽然看见岸边停靠着一艘蟹背船，船尾一名黝黑精悍的年轻人，正在将一张跳板放下来。

被乔依兰引领上船，傅雁尘更加莫名所以，问道：“乔小姐，这究竟是怎么回事？”

乔依兰却没回答，嘱咐那年轻人说：“人到齐了，可以开船了。”

“是。”年轻人恭敬应答，随即收起跳板，解开缆绳。

等到船身启动，乔依兰才扭过头看着发呆的傅雁尘，恳切说道：“傅先生，你一定懂得‘机事不密则成害’的道理，所以对先前的防范举措也应该理解，即使我早已认定你值得完全信任。”

“嗯。”傅雁尘懵懵懂懂地支吾一声。

“那么请进舱吧，”乔依兰轻轻笑道，“有位朋友正期待着和你相会呢。”

傅雁尘迟疑着踏入船舱，只见狭小的空间收拾得相当整洁，昏暗的光线下，一名穿着浅灰色西服的中年男子正坐在铺板上看书，看到有人进来放下书本，沉静的目光从乔依兰身上转向傅雁尘，微笑着起身致意。

他的五官端正，留有一抹平直的短须，清瘦的面容略显疲惫，却掩饰不住勃勃英气，肩膀算不上厚阔，但挺拔的身姿犹如渊停岳峙，透出一股不怒自威的意味。不必乔依兰介绍，傅雁尘已猜出八九分，脱口问道：“是……蔡将军？”

“傅先生吧，”此人果然是蔡锷，上前握着傅雁尘的手说：“久闻大名，今天总算见面了。”

其实这正是傅雁尘的心里话，被蔡锷讲出，自己反而不知如何开口了，踌躇了片刻来了句很俗套的寒暄：“蔡将军一路辛苦了。”

“和你相比，我的辛苦不算什么。”蔡锷说，“依兰谈起过你们出京后的历程，无时无刻不在危机中度过，和军警密探的斗法中，傅先生的智勇兼备充分展现，真正是‘怀菩萨心肠，行霹雳手段’，呵呵，这倒是应了你那个如雷贯耳的雅号了。”

“不敢当，”傅雁尘矜持道，“山野草民，能够替蔡将军效力是一种荣幸。”

“傅先生太谦虚了，时逢乱世，草莽间英雄辈出，就像义薄云天的蓝八爷，年过花甲还亲涉险途，自然出于一份忧劳国事的情操，可惜壮志未酬……”蔡锷眉宇沉凝，伤感流露。

“蓝八爷的高风亮节必定流芳后世，我想，只要蔡将军能够不负期许，匡扶乾坤，他老人家就会含笑泉下了。”傅雁尘婉言劝慰。

“我明白自己肩头的重任，也一定矢志不渝。”蔡锷决然自勉，又黯然表示，“只是南下以后，累及不少义士伤亡蒙难，想来心里未免不安，比如素昧平生的傅先生，据说本已归隐江湖，这次又舍身相助，几度九死一生，蔡某真不知何以为报？”

亲和的态度加上诚挚的语气，使得傅雁尘忘记了最初的拘谨，故作轻松地笑道：“蔡将军不必客气，等到您拨乱反正、挥师凯旋的一天，请我喝一杯庆功酒就行了。”

“呵呵，”蔡锷也笑了，但笑容里却包含着些许悲凉和无奈，“抱歉得很，庆功酒我怕是陪你喝不上了，如果有缘，可以请你参加我的葬礼。”

傅雁尘惊诧莫名，高举义帜之前，理应昂扬斗志，何以出此不祥之语？迷茫无措地回望乔依兰，却见她神情忧戚，泫然欲泣道：“蔡叔叔在日本检查出很严重的喉疾，按医生的话说，抓紧时间诊治或许还有转机，如果继续奔波操劳，生命顶多只能维持一年半载。”

傅雁尘惶然变色，仔细察辨，确实留意到蔡锷嗓音嘶哑，病容憔悴，不仅愀然道：“既是这样，蔡将军怎么不谨遵医嘱，安心调养？”

“时局艰危，已经容不得我稍有懈怠。”蔡锷坦言。

“咳，时局再坏也总有否极泰来的时候，生命一旦失去可就万事皆空了，您如此自苦，到底是为什么呢？”傅雁尘不可思议地说。

“为了争人格。”

“人格……谁的人格？”傅雁尘追问。

“当然是四万万同胞的人格，”蔡锷凛然道，“袁世凯篡位窃国，逆天行事，难道不值得我们舍死抗争吗？”

“明白，”傅雁尘肃然道，“但我觉得，袁世凯的倒行逆施已经激起举国公愤，就算蔡将军保重病体，也总会有仁人志士挺身而出吧。”

“天塌下来有长人顶？如果大家都抱着这样的想法，只怕天就真的要塌下来了。放眼南北各省，军阀林立，派系纷争，虽然都认清了袁世凯的真面目，但或是企望攀龙附凤，加官进爵，或是明哲保身，作壁上观，而大多有识之士和平头百姓更是心余力绌，徒唤奈何，这时候就需要有人燃起一把烈火，使得全国上下形成合力，掀起一片反对帝制的浪潮。”

蔡锷侃侃而道，神色泰然，除了一股舍我其谁的豪气，更有一份“我不下地狱，谁下地狱”的悲壮。傅雁尘犹豫道：“道理我都清楚，但是您想过没有，这样不顾一切的投入，也许您根本等不到……”

“等不到成功的一天是吗？”蔡锷淡淡一笑，“只要吹响了冲锋的号角，看不看得到胜利的结果也无所谓了。而且我对此充满信心，因为这一路来的见闻让我感受到民意沸腾，如暗流涌动，似乎都在期盼着雷霆一击的时刻。所以，一年半载已经不算短了，也许只需要三个月，我就能够完成使命。”

多少年来傅雁尘已经没有被真正感动过，此时五脏六腑却似乎受到了一种无与伦比的震撼，世间竟有如此光风霁月的情怀，为了苍生福祉可以抛开所有的私欲杂念。感慨良久却惟有默然喟叹，因为任何语言已无法表达内心的敬重。

呆立之际，乔依兰拉着他的衣角说：“话多伤神，还是让蔡叔叔歇一歇吧，我带你去参观一下这条船。”

于是傅雁尘告辞蔡锷出舱，在乔依兰的陪伴下前后察看，顾名思义，蟹背船的后舱顶部形如梭子蟹的背壳，船上还载有四只窄小的舢板，相比白底船而言更具远海捕捞能力。

除了刚才接应他们上船的那个年轻人，傅雁尘又见到了三名精壮汉子，不用说都是云南过来的“死士”，上午已经牺牲了两位，剩下的四人年纪都不满三十，个个机警干练。经乔依兰引见傅雁尘和大家互致问候，然后走到船舷旁坐下。

激荡的情绪稍有平复，心底却产生了一层浓重的疑惑，傅雁尘问乔依兰：“这条船是怎么来的？”

“你猜猜看。”乔依兰诡秘一笑。

“我可猜不出，”傅雁尘苦笑，“这半天来一波三折，你还嫌我的头不够大吗？”

“估计你也猜不出来，”乔依兰说：“这条船是‘义胜堂’新任堂主黄茂英馈赠的礼物。”

“啊，这怎么可能？”傅雁尘瞠目结舌，因为韦绍荣之死，黄茂英与他们反目成仇，还曾号令手下大肆围攻，何以忽然转变了态度？

“你有没有察觉到，”乔依兰说，“其实昨天黄茂英已经看出韦老大的死和我们无关，故意表现得怒火中烧，无非是想借此立威，从而坐稳堂主的位子。”

“嗯，有道理。”

“领悟出这层微妙关节，‘义胜堂’的路子就成了我的备选方案。”乔依兰说，今早突发变故，她预感到傅雁尘的努力方向并不保险，就径自找到黄茂英，摒弃闲人谈判，或者按照韦老大生前的承诺提供船只，或者双方继续展开火并，同时她又不无倨傲地宣告了己方的阵容。听到“霹雳手”“双响炮”“刀卷风”的名号，黄茂英不禁悚然变色，回想昨日的争斗情形，也相信她所言不虚，于是暗自掂量，如果强行发难，未必搞得定这几位声名赫赫的杀手，一旦落败，自己在徒众前的颜面何存？不如悄悄送走这帮“瘟神”，对外只说他们畏惧潜逃算了。打定了主意，便与乔依兰达成和解，随后献出了一条改装过的走私船。“看到船头那面杏黄色的三角旗了吗，就是‘义胜堂’和水警暗通款曲的信号。”

“我算服了你了，这可真是死棋肚子里走出的仙招。”傅雁尘由衷赞道。

“一时运气罢了，行百里者半九十，也许接下来的路程更加艰苦。”乔依兰心平气和地说，“当然，我也不会勉强你坚持到底，如果去意已决，等船靠岸的时候就请自便吧。”

傅雁尘窘困不堪，叹气道：“你不如痛痛快快再骂我几句呢，这时候退出，我还有一点心肝吗？”

“有这么夸张吗？”乔依兰轻笑。

“怎么没有，”傅雁尘神色郑重，“以为我还糊涂着吗，其实你解决了交通工具后，本来可以扬长而去，专程赶到这里救我，完全出自一片真诚的情义。”

“乱讲，我对你哪来什么情义？”乔依兰脸色一红，仓促解释，“那是蔡叔叔的意思，他不肯抛下一个曾经患难与共的朋友。”

“蔡将军的仁厚自然可感，但如果没有你的机敏判断，追踪到玉彦的方位，恐怕这会儿我就像晾晒的鱼干一样倒毙在沙滩上了。”傅雁尘恳切道。

乔依兰抿嘴不语，忽然发觉，承情会意是男人身上最可爱的品质，自己的付出得到认可，带来的欣慰足以抵消奔走驰援时的辛劳。

“感激报答的话你一定不爱听，我也讲不出什么豪言壮语。”傅雁尘说，“但从即刻起，只要一息尚存，我就会全力护送蔡将军去往目的地，这和任何承诺无关，只是我真正想要完成一件应该做而一直没有机会做的事情。”

说着他侧转身体，面朝大海，乔依兰没有吱声，却对这番表白深信不疑，顺着他的目光望去，视野内云雾尽散，波澜壮阔。

022

蔡锷乘坐的蟹背船扬帆离港的当天，北京虎坊桥的参政院热闹非凡，陆续到达的参政人头攒动，入座之际交头接耳，无论是否打探到底细，都有一种强烈的预感，也许即将讨论的是本院成立以来最重要的议题。

主席台上坐着两人，一个是副院长汪大燮，另一个是秘书长林宗孟，都是一副懒散而古怪的神情。九点一到，摇铃开会，汪大燮首先发言。

“今天，”他有气无力地说，“参政员代行立法院，举行解决国体问题总开票，一切情形请秘书长向各位同仁报告。”

林宗孟缓缓起身，先向主席一鞠躬，又向台下一鞠躬，清了清嗓音，用一口福建官话宣告：“第一，全国国民代表总计一千九百九十三人，投票一千九百九十三张，全体一致赞成君主立宪；第二，各省国民代表，一致恭戴当今大总统袁世凯为中华帝国皇帝；第三，本院受各省国民代表委任为总代表，进行恭戴事宜。”

他的话一完，台下响起很复杂的声音，有掌声、有低语、有诧异、也有叹息和冷笑，但最突出的是两个人异口同声地举手高喊：“主席！”

汪大燮看到是杨度和孙毓筠，便不作声了。研究国体问题的“筹安会”发起者一共六人，分别是杨度、孙毓筠、李燮和、胡瑛、刘师培以及严复，时称“六君子”。汪大燮知道，筹安会真正的灵魂人物是杨度，孙毓筠也是中坚力量，两人想说的话应该一样，由他们自己协调发言次序好了。

“皙子，请你先讲吧。”孙毓筠放下右手客气道。

“好，”杨度当仁不让，不等主席允许，就起身朗声道：“既然全国一致赞成君主立宪，并推戴袁大总统为皇帝，本院理应据实咨报政府。”

汪大燮不作主张，侧脸问：“林秘书长，该怎么办，请你答复。”

林宗孟木然道：“杨参政的意见，符合本院办事规制，秘书厅自当照办。”

“还有，”杨度接着说，“本院既承各省委托为总代表，就应该以总代表的名义，恭上推戴书。”

“附议！”孙毓筠当即表态，此外也有人疏疏落落地响应，而沉默的占大多数，但沉默也可算是“默认”，最后林宗孟代替主席宣布，杨度的建言无异议通过。

于是一出双簧正式开演，杨度提议由秘书厅草拟推戴书，而秘书厅立刻就拿了出来，仍然由林宗孟当场宣读："奏为国体已定，天明攸归，全国国民吁登大位，以定国基，合词仰乞圣鉴事……"

刚读了开头，会场中就"嗡嗡"作响，聚讼纷纭，众人暗自惊奇，怎么会是奏折的格式？但转念一想，这时候不用奏折又用什么？窃窃私语之际，台上的声音仍在继续："……共和国体，不适国情，上无以保世之大之宏规，下无以谋长治久安之乐利。盖惟民心有所舍也，则必有所取；有所去也，则必有所归。今者天牖民衷，全国一心以建立帝国；民归圣德，又全国一心以推戴皇帝。我中华文明礼义，为五千年帝制之古邦；我皇帝睿智神武，为亿万人归心至元首。"

终于念完，孙毓筠领导高呼"万岁"，表示全体赞成，当时秘书厅将预先抄好的奏折，用前清的规矩，黄面红里表示喜庆，由林宗孟亲呈公府。

公府早就预备好了一道"申令"，不久就带回参政院颁发："本大总统于正式被举就职时，固尝掬诚宣言，此心但知救国救民，成败利钝不敢知，劳逸毁誉不敢计，是本大总统既以救国救民为重，故不惜牺牲一切以赴之。"接下来又说："但自问功业既未足言，而关于道德信义诸大端，又何可付之不顾？在爱我之国民代表，当亦不忍强我以所难也。尚望熟筹审虑，另行推戴，以固国基。"

看样子诚心实意谢绝不受，但明眼人都悟出了玄机，大总统虽然谦辞帝位，却并没有声明反对帝制，这就给事态的发展留足了余地。果然，孙毓筠一马当先发言："此事既然是全国一致的公意，大总统一定不会过拂舆情，本院应当以总代表名义，呈递第二次推戴书。"

紧接着还是无异议通过，仍然由秘书厅起草，决议已定，许多参政起身准备离席，却见秘书长林宗孟挥动双臂喊道："各位参政先生请到休息室暂时休息，还有第二次推戴书需要宣读通过。"

时过正午，大家都饥肠辘辘，有个参政气鼓鼓地发牢骚："都什么时候了，推戴书又是四六文章，弄好了天都黑了，还让不让回家吃饭了。"

"很快，很快！"林宗孟叠声道，另有人拉了拉那位参政的衣角，小声道："别啰嗦了，这阵势你还瞧不出门道，今天皇帝推戴不出来，谁也别想回家。"

那参政钳口不言，秘书厅也体恤下情，吩咐听差去附近的西餐厅采办食品，买回了一些面包咖啡，等众人匆匆果腹，一篇将近三千字的文章也脱稿了。

第二次的推戴书针对大总统的谦让之词颂扬了一番，又总结其一生功绩，分为"经武、匡国、开化、靖难、定乱、交邻"六项，最后又表达了万民的迫切拥戴之意。

秘书长读完，又是孙毓筠领头三呼万岁，表示通过，继而送交公府，不料半天过去，等来的消息仍是"坚辞不受"。

这一下会场乱作一团，有人迷惘、有人急躁，更多的还是反感这种矫情造作的套路，孙毓筠痴心不改地嚷道："大总统一再谦让，彰显虚怀厚德，我辈更应该表现出一份诚意，才能不负全国代表的重托。”

在他的怂恿下，很快达成新的意向，还是仿照前清的仪式，与会代表联名上书，齐往新华门跪拜“劝进”。

出乎意外地是，这一次起劲的人并不很多，杨度和梁士诒等人注重实际，知道大局已定，也就不愿再玩这类公开拥戴的把戏，汪大燮甚至借口腹痛提前开溜，只留下林宗孟维持秩序。当然，也有热衷攀龙附凤的人自告奋勇，纷纷排队签名。

闹哄哄一阵，纠集了数十名代表，在孙毓筠的率领下呼啸而去。宫门递折，在前清是送交内奏事处，此刻则是预定为“宫内大臣”的袁乃宽出面接纳，依照大内仪注，用一只黄匣子盛放着转呈“御前”。

大总统袁世凯正由表弟张镇芳陪伴着喝茶静候，看到推戴书再次送来，连手也没有伸，端起茶碗轻啜了一口，征询的目光望着张镇芳。

“三推三让，差不多了吧。”张镇芳踌躇着请示。

袁世凯表面上声色不动，内心却暗潮汹涌，惴惴不安的感受甚至超过戊戌年出卖维新派，以及辛亥年遥制南北和谈的焦灼时刻，这也难怪，一生的权谋施展到了登峰造极的关头，患得患失的意念岂可轻易遏止。于是深吸一口气，尽量以平和的语气说：“嗯，你去吧，天气挺冷的，也别让他们跪太久了。”

张镇芳奉命唯谨，立即出了新华门，走到长跪听信的代表面前，表示大总统已经俯顺舆情，同意接受大位，并拿出一份早就拟好的“申令”宣读：

“天下兴亡，匹夫有责，予之爱国，讵在人后；但亿兆推戴，责任重大，应如何厚利民生，应如何振兴国势，应如何刷新政治，跻进文明，种种措置，实予薄德，所克负荷？前次掬诚陈述，本非故为谦让，实因惴惕交萦，有不能自已者也。乃国民责备愈严，期望愈切，竟使予无以自解，并无可避诿。”

这等于是一道“明发上谕”，请愿代表顿时兴高采烈，举手欢呼：“中华帝国万岁！万岁！万万岁！”至此，折腾了一天的拥戴压轴戏总算落幕。

第二天消息一出，自然震惊九城，有人兴奋，有人愤慨，有人麻木，还有的是无比沮丧，本来对袁世凯不敢贸然称帝还残存着一线希望，此刻也彻底破灭了，怀有这种心态的人就包括张一麐。

虽然没有辞职，他也不再是机要局长了，而因为几次忤逆上意的言行被调任到远离枢密的教育部，值此从龙献功之际，更无用武之地，于是这天上午只去衙门转了一圈，就约了小同乡况梦非回家畅饮消闲。酒入愁肠，却又闷声不响，反倒是客人先挑起了话头。

“‘竟使予无以自解，并无可避诿。’虚伪的情态简直活灵活现了。”况梦非轻蔑笑道，“据说这篇文告是总统府内史夏寿田捉刀，换作以前，‘制诰’的差事应该由仲老动笔吧。”

“我宁肯做方孝孺，也不会去炮制这些昧心的东西。”张一麟忿忿然。

“别冲动，那样一来我不是也要跟着倒霉了？”况梦非笑着劝解，方孝孺因为拒绝替明成祖草诏而被诛杀十族，其中就包括学生，况梦非这么说也是以弟子自居。

“真是想不通，一个人放着‘中国的华盛顿’不当，为什么偏偏要做当代的王莽？”张一麟摇头叹息，显然是替袁世凯感到惋惜。事实上，三年前南京参议院选举袁世凯为临时大总统后，就曾在通告电文中称其“中华民国之第一华盛顿”。

“这大概要归咎于中国人根深蒂固的帝王梦想了，”况梦非说，“就连当年穷途末路的宇文化及都慨叹，‘人生故当死，岂不一日为帝乎？’更何况雄霸大半壁江山的袁世凯，只怕再多的警示和劝阻也抑制不住他登上九五之尊的渴望。”

“唉，仕途险峻，只为满足一人私欲实在无趣，不如回到苏州邓尉看梅花去。”张一麟颓然道，举杯啜饮。

“咦，怎么又起了归隐之念？”况梦非皱眉道：“上次不是谈过，目前还不到您闭门高韬的时候。”

“已经是无用之身，拖下去徒增烦恼。”张一麟神色黯然。

“没必要悲观，”况梦非安慰道，忽然岔开话题，“早上您去部里点卯，一定听到不少新闻吧。”

“新闻很多，不一而足，先说即将成立的‘大典筹备处’吧。”张一麟介绍，其实这个机构早已存在，只不过如今才浮出水面，顶多三四天就正式挂牌。确定的人选是处长朱启钤，处员有梁士诒、周自齐、张镇芳、杨度、孙毓筠、唐在礼、叶恭绰、曹汝霖、江朝宗、吴炳湘、施愚、顾鳌，这些人中挂名的居多，真正抓权的是张镇芳和充当会计科主任的袁乃宽。

“接下来他们还要进行一番铺排筹划，比如议定国号，安抚清室、封赏功臣等等，三四天功夫也够紧张的。”况梦非说。

“不紧张，许多事情酝酿已久，结果出来的就很容易了。”张一麟说，实际上昨天他们连夜开会，已经圈定了“国号”。

“哦，是什么？”

“洪宪。”张一麟说，“洪”字出自朱启钤的建言，并以梅花数述周易卦理，附有判诗曰：“洪水乍平洪水起，清光元向汉中看”。“宪”字则是杨度的提议，彰显君主立宪的国家体制。经过袁世凯许可，决定明年为“中华帝国洪宪元年”。

“真是迫不及待呀。”况梦非冷笑。

“再说清室方面，统一的国家不应该出现两个皇帝称号，所以宣统的帝号就只能去除了，但项城毕竟是前清旧臣，为了避免物议，特示恩典，一边尊奉溥仪为‘懿德亲王’，一边亲笔写下保证书，承诺民国以来的优待条件不会更改。至于其他方面……”张一麟讲到一半，隔壁书房的电话铃忽然响起，他告个罪离席接听，一通电话足足打了二十分钟才结束。

“不好意思，害你久等了，”张一麟返回就座再次致歉，脸上表现出一种获取独得之秘的凝重，“不过，这下子咱们又添了不少谈资。”

“是不是有人向您透露内幕？”况梦非问。

“没错，”张一麟说，正是一位知交同僚通报讯息，袁世凯还没有真正黄袍加身，大封功臣的行动已经全面开展了，“御案”上开列的名单总计两百多人，包括各省将军、巡按使、护军使、镇守使，师旅长，爵位分作公、侯、伯、子、男五等，之上有郡王、亲王，另外又下了命令，“旧侣、耆硕、故人均勿称臣”，仿照汉初“商山四皓”的名称，搞了个“嵩山四友”的花样。

“看起来像个眷怀故旧的仁主，实际上是内心发虚的反映，”况梦非结合着名单分析，“把署理广东军务的龙济光封作一等公，无非想借助其力量牵制西南，而对徐世昌、黎元洪等人特加优容，更是笼络人心化解分歧的手段。”

“天差地远的分歧岂可轻易化解，而且有人也根本不领这份情。”张一麟说，最典型的例子是黎元洪，因为武昌首义之功，又居副总统高位，被袁世凯封为“武义亲王”，他写了一封辞谢函连同册封匣子一起退回。袁世凯心有不甘，又命步兵统领江朝宗带着一道策令亲往东厂胡同的黎宅，黎元洪干脆不见，甚至躲进了姨太太黎本危的香闺，谁知江朝宗死乞白赖，硬闯进去跪在地上举着龙檀方匣高呼：“请王爷受封！”气得脾气敦厚素有“黎菩萨”之称的黎元洪跳脚大骂：“你们还要不要脸！？”最后吩咐副官卫士连拖带拽地把江朝宗赶出大门。

“呵呵，这可太煞风景了，”况梦非笑道，“如果是心安理得的富贵，谁又会拱手相让？估计徐世昌、段琪瑞等旧属故交也不会买这个账吧。”

“虽然没有打回票，但貌合神离的痕迹越来越明显了，徐菊老南下河南水竹村，段芝泉仍在西山‘养病’，前两天还约我过去下了几盘棋。”

“约您下棋是假，真正的用意恐怕还是打探时局，”况梦非说，“冯国璋不是也曾发电咨询吗，您是如何答复的？”

“自然是如实回复。”

“看，这就是您留下来的作用了，”况梦非说，“连昔日的肱股之臣都离心离德，‘洪宪皇帝’的位子还能牢固吗？这些北洋旧部不愿陪着玩火，又十分关注事态进展，就需要有一位您这样的见证者及时沟通了。”

张一麟目光闪动，类似的话以前也听况梦非说过，只是“我不觉得当个‘传话筒’有多大作用，段、冯等人虽然心里不满，也并没有什么过激表现呀。”

“稍安勿躁，”况梦非说，“试想，冯国璋上半年进京觐见，袁世凯当面承诺绝不称帝，如今得知了截然相反的真相，内心的感受岂止是不满。遭受愚弄的部属，加上流亡散落海内外的革命党人，以及关怀国事的千百万民众，正在形成一股反对帝制的潜流，迄今没有发难，或者碍于情面、或者实力不足，或者心存忌惮，但更多的是在等待一个成熟的时机，因为大家都认识到，目前的中国就好比一间装满火药的大房子，一旦引爆，代表腐朽体制的梁柱砖瓦就会顷刻灰飞烟灭，而且，有一个即将点燃引线的人越来越接近目标了。”

“你指的是蔡松坡？”张一麟问。

“正是，”况梦非说，“经过一番卓绝苦斗，蔡将军已经冲出重围，顺利离开香港了。”

“这件事我也有耳闻，”张一麟说，脸上却并无喜色，“但摆在他前面的道路仍不平坦，先不说云南督军唐继尧已经接受了一等毅勇侯的封爵，就算最后顺应了松坡的主张，仅凭区区一省之兵，恐怕也很难对抗中央政府。”

“您的眼光不妨放开阔些，”况梦非说，“重压之下，蔡将军几度瞒天过海，唐继尧暂时接受封爵又何尝不是麻痹对方的手段？其实兴兵举义不在于规模大小，行动本身的影响更加深远，就好比荆轲刺秦虽然失败，但几十年后反抗暴政的浪潮此起彼伏，难道不正因为这一次喋血五步的感召？所以，蔡将军的成败已不重要，只需他率先登高一呼，唤醒天下的公道人心，袁世凯复辟帝制的丑行就注定是一场白日梦。”

“嗯，说得没错，邪不压正，也许天下人都在翘首期盼着一声平地惊雷，”张一麟的思路豁然开朗，举杯祝祷，“但愿松坡早日抵达云南，能够把这一声雷劈得更加响亮。”

雷震春从中南海跑到旃檀寺，到处不见袁克定的身影，四下打听，最后总算在大栅栏“庆和”戏园的的一间包厢里找到了“瘸子大爷”。

见面之后不由得吃惊，袁克定意态懒散地斜靠在座椅上，身前的梨木圆桌上摆着四只果碟，一把白瓷酒壶，楼下戏台上正在上演一出“秦琼卖马”，袁克定却没有专注观赏，眼光时而瞟向旁边陪坐着的一位花枝招展的姑娘。

雷震春认出那姑娘是胭脂胡同“百合楼”的一个红倌人，名字叫做水仙阿七，模样生得并不算标致，只不过皮肤粉嫩水灵，脸上一对酒窝笑起来格外讨人喜欢，而且应酬功夫十分了得，此刻她正在剥松子，雪白的牙齿轻轻一嗑，纤纤玉手搓去外皮，露出光滑完整的果仁，攒成满满一碟后递到袁克定嘴边喂下。

“嗨，大爷，都是么日子了，你怎么还有闲心泡戏园子？”雷震春纳闷道，在他的印象里，携酒征花是袁二的作派，袁克定一向热衷权势，而如今国体改制，大典筹备处的人正忙着造玉玺，做龙袍，身为“皇长子”的袁克定何以摆出一副轻忽懈怠的架势。

“老雷，来，坐下喝一杯，要不要先替你叫张条子。”袁克定招呼道，又转身嘱咐水仙阿七，“阿七，最近你们那里有没有什么出色的人才，回头也替雷处长做个媒吧。”

“包在我身上，”水仙阿七笑着应承，“上个月挂牌的大同姑娘‘小金燕’，面相身段一流，肯定适合雷老爷的口味，就是有一点不好……”

“什么？”

“听说‘小金燕’在床上是一匹烈马，不晓得雷老爷吃不吃得消。”水仙阿七嗤嗤笑道。

“没关系，赶明儿我送老雷两贴出自大内的狗皮膏，保管不会闪了他的老腰。”袁克定笑道。

语气轻浮，言不及义，越发不合贵重的身份，雷震春困惑道：“大爷，你该不是遇见什么烦心事了吧？”

“有什么烦心事，今朝有酒今朝醉，明日愁来明日愁，还是及时行乐吧。”袁克定故作潇洒的举杯劝饮。

“不对，一定有事，”雷震春目光炯炯，“大爷，如果这时候有什么疙瘩解不开，于公于私都贻害无穷。”

“不如意事常八九，可与人言无二三，”袁克定喟然，视线缓缓移向戏台，脸上的神情甚至比英雄末路正在受店小二刁难的“秦琼”更加落寞无奈。

听他话里有话，雷震春冲水仙阿七使了个眼色，心有灵犀的阿七当即会意，起身笑道：“两位爷慢用，青云阁门口的糖炒栗子该出摊了，我去买一包尝尝。”

说着翩然离去，雷震春又关照包厢外的卫兵严守门禁，然后才郑重追问：“究竟出什么事了？”

袁克定犹豫了片刻说：“新拟的年号你知道了吧。”

“知道，不是‘洪宪’吗，字义深刻，念起来也琅琅上口……”

“上什么口？”袁克定怫然打断道，“你知道最先拟的两个字是什么吗？”

雷震春茫然摇头。

“武定，”袁克定没好气地说，讨论年号之初，大典筹备处援引汉光武朱洪武的例子，认为开国之主宜用“武”，并由杨士琦提出“武定”两字，定字不言自喻，用的是袁克定的名字，暗寓储位有定，当时大家都鼓掌赞成。不料呈送“御览”，袁世凯却否决了，认为自己并非以武力定天下，应该改换其他字眼。

雷震春恍然大悟，袁克定竭力促成复辟，自然期盼有朝一日继承帝位，如今因为这个变故，心里未免极度失落，于是劝解道：“大爷是不是多虑了，储位传承乃万世之基，不会取决于年号上的两个字的。”

“不止年号的问题，”袁克定颓然道，最近袁乃宽向他透露一则秘辛，年初袁世凯委派陈宧总领四川军务，临行前曾特意叮嘱一句，“经营川地切须用心，将来我打算把云台放在西南。”这就意味着，袁克定今后顶多成为一方藩王，而且据传闻陈宧到任后大修成都皇城，似乎就是预备当作“蜀王府”。

“不会吧，那么皇上心目中的储君是哪一位？”雷震春问，此刻他口里的“皇上”就是尚未登基的袁世凯。

“我猜八成是老五，”袁克定叹息，“采得百花成蜜后，为谁辛苦为谁忙，唉，我真是何苦来哉？”

“老五”即袁世凯的第五子袁克权，生母是二姨太朝鲜人李氏，岳父是前清两江总督端方，民国二年曾随严修出游欧洲，并就读于英国齐顿汉姆公学一年。袁世凯平日对五子的喜爱溢于言表，说他天命攸归倒也不算空穴来风。

看着袁克定沮丧的面容，雷震春沉声警诫：“大爷，你可别犯糊涂！”

“怎么？”袁克定怔怔地问。

“世事难料，一切都没有定论，你就先表现出萎靡不振的态度，除了触怒龙颜，还能有什么用处？”雷震春提醒。

袁克定悚然一惊，喃喃道：“那……我该怎么办？”

“安心做事，一如既往，”雷震春说，“皇上把‘模范团’交给你，又委托你追捕叛逆，倚重才干以外，更是出于绝对的信任，只要把这些差事都办好了，不但深获圣心，声望威名也会让百官宾服，加上国赖长君的古训，日后入继大统还不是水到渠成？想想看，不论平民百姓还是巨室望族，最后顶门立户的往往不是最讨巧的孩子，说到底具备实力才是确保地位的关键。”

袁克定凝神倾听，频频点头，最终舒了口气叹道：“朝彦，没想到你看事情这么透彻，这番话真叫我茅塞顿开。”

“大爷过奖，”雷震春说，“谁都有钻牛角尖的时候，当务之急是集中精神料理正事，千万不能在大典期间出一点纰漏。”

“这一点我心里有数，”袁克定说，“就算一时赌气，也从没耽搁正事，局面尽在掌握中。”

见他如此轻松，雷震春不以为然，忧形于色地说：“香港传来了消息，咱们的人又失手了。”

“知道了。”

“但你知不知道蔡锷逃向哪里去了？”

“哪里？”

“越南！”雷震春蹙眉叹道，“那边距离云南只有一步之遥了，这两天愁得我都睡不着觉。”

“蔡锷够下劲的，这个圈子兜得可真不小，”袁克定沉吟着，又胸有成竹地说，“不过你先别发愁，就算他是能腾云驾雾的孙行者，最后也逃不出如来佛的手心。”

雷震春瞠目无语，不明白他的自信从何而来。

“没有金刚钻，不揽瓷器活，”袁克定微微笑道，“当初谋划周详，这条线路也并没有出乎预料，只需及时调整即可完成部署，刚才你去旃檀寺没有看到老奇吧，其实他早在两天前就南下了，同时带去的还有一道新赏格，除掉蔡锷者加封爵位，赐金十万大洋。”

他说的“老奇”正是宗社党旧人奇士修，雷震春顾虑重重地说：“老奇的方案我也有所了解，总感觉太玄乎了点，实际效果也并不显著，这可是我们最后的机会，完全指望他来收官是不是太冒险了？”

“疑人不用，用人不疑，”袁克定说，“什么是实际效果，别光看到我们在香港又损失了两名杀手，蔡锷的贴身保镖蓝锦川不是也了账了吗？最后的机会常常就是最佳机会，离开京城的二十多天里，蔡锷哪一天不是在担惊受怕中度过，虽然连续逃脱了追捕，但早已经身心俱疲，你应该清楚，到了不堪负重的时刻，一根稻草也能压垮一匹骆驼。”

“明白，”雷震春若有所思地点头，“何况我们的武器也不是稻草。”

“当然，”袁克定眯着眼睛轻笑，“老实说吧，事到如今老奇的方案已经不重要了，因为我的手里还握着一张王牌，只要打出去，蔡锷留在世上的日子就屈指可数了。”

023

“义胜堂”的三角旗看起来不算起眼，功效却不可小觑，就好比贴上了“姜太公在此百无禁忌”的神符，很轻松就通过了水警巡逻艇的封锁。

驶入古称天涯海角的北部湾已接近黄昏，绕过吉婆岛，从海防上岸，抵达了数千里奔逃的又一站——越南。

“越南”的国号得名于清朝嘉庆帝的册封，咸丰八年，法国人从越南中部的岘港登陆，相继攻占西贡和南圻，为了拥有整个宗主权，与清廷爆发了中法战争。光绪十一年，中法签订天津条约，清廷被迫承认越南独立，至此，从秦始皇设置象郡起，千余年来位列藩属的越南脱离了中国的版图，而今与寮国、高棉以及被强租的中国广州湾等地合称为法属印度支那。

傅雁尘在船上得知，早在蔡锷离京以前，这条迂回环绕的线路就已确定，当初考虑将大部分行程放在海上，中转站选择租界或境外，就是为了最大限度的摆脱威胁，但没想到层出不穷的军警密探仍如附骨之蛆，一路上连番袭扰，祸不旋踵，好在几次转危为安，没有让对方的图谋得逞，而如今目标在望，只需趟过眼前这一关进入云南境内，袁氏的鹰犬爪牙就无计可施了。

海防是越南北方最大的港口，阮朝景宗时期开始修建码头，开办商馆，设立兵站，随着法军入侵，相对于清廷的遥制，法国人的殖民政策更加严厉，阮朝沦为真正的傀儡，海防也成了法国人掠取南亚资源，镇压民众反抗的重要据点，而为了加强统治，扩大势力范围，又积极营造了一条滇越铁路。

光绪二十五年，法国驻华公使吕班照会清总理衙门，提出割让广州湾的同时要求修筑越南边界至云南省城铁路一道，清廷答复“可允照办”，于是由东方汇理银行为首的几家法国机构承包，历时八年，投资一亿六千余万法郎，建成了一条从中国昆明到越南海防的铁路。

因为滇越铁路沿线地貌复杂，施工艰险，据统计宣统二年全程通车时，前后死伤的工人达六七万之多，可谓“一颗道钉一滴血，一根枕木一条命”。法国人修路的本意在于侵略掠夺，但客观上也起到了促进中国西南地区开发的作用，从此云贵川各省的商品贸易贴近了世界市场，大批进步青年也可以坐车直达海防，再乘船出洋留学，便利的交通也推进了革命运动的发展，辛亥年前，孙中山领导的“同盟会”就曾在中越边境策划了反清的河口起义，而如今这条铁路又成了蔡锷抵制复辟挽救危亡的捷径。

当然，“捷径”绝不等于坦途，眼下远没到高枕无忧的时候，所以乔依兰的一招“先手”铺垫并非多余，她关照何觉云提前赶赴越南，联系上来自云南的同志，勘查环境之余，办妥车票及相关离境手续，争取蔡锷一到即可继续启程。

然而，计划总是赶不上变化，当一行人按照约定时间来到车站，却不见何觉云的踪影，经过商议，决定先买票上车，去往河内的联络点。

候车大厅通常不会平静，何况港口城市国际铁路的终点，更是人来人往热闹非凡，傅雁尘等人掩护着蔡锷在一处角落就座，机警的目光环顾四周。

频繁进出的乘客形形色色，有洋装革履的欧洲人，布袍竹帽的越南人以及长衫马褂的中国人，噪杂交流的语言也各有不同，越南方言之外，另有法语，云南话和广东话等等。相形之下，蔡锷的装束并不算引人注目，浅灰色的西服，头上戴一顶盔式太阳帽，外加一副墨镜眼镜遮脸，看上去就像一个闯荡南洋的普通商人，而伴随左右的四名“死士”俨然跟班伙计的样子。

这四名“死士”的头目叫做杨立山，原本是当初追随蔡锷昆明起义的卫士班长，他和同伴的责任极其明确，转移期间从衣食起居到出行工具无不仔细勘验，昼夜轮流值守紧贴目标，一旦危险降临，随时做好充当“肉盾”的准备。

有了这些赤胆忠心的卫士，傅雁尘和乔依兰就可以拉出外围策应，若即若离地守护目标，反而占据了“旁观者清”的优势，而且乔依兰相信，凭傅雁尘的出手之快，只要不超出射程范围，紧急时刻就可以施展威力。

傅雁尘本身却并不乐观，因为以他的经验，车站码头出口众多，人流稠密，往往是行刺的最佳场所，而且根据复杂的环境，对方可以采用多种花样翻新的手段，防范起来难乎其难。

见他不停看表，一副局促不安的神色，乔依兰小声提醒：“别看了，还有半个钟头才开车呢。”

“唔……还有那么久。”傅雁尘怅然道。

“奇怪，”乔依兰纳闷道，“以前多少次身处险境，我也没见过你心神不宁的样子。”

“你不知道，我曾经三次在这种地方执行过任务，每一次都没有失手。”傅雁尘低声道。

“明白了，从狩猎者到守护者的角色转换，你的心里难免有些不适应。”乔依兰恍然道。

“不止是适应问题，”傅雁尘沉吟道，“小何的爽约也叫人担心，另外，你留意到前面的那些兵吗，怎么感觉越南的局势比香港还要紧张。”

顺着他的目光望去，通往站台的检票口附近站着七八名头戴铜尖顶斗笠，身穿黑色制服的越南士兵，有的手执藤牌木棍，有的背负法式“甘勒”步枪。他们时而拦下持票过往的旅客，叽里呱啦盘诘几句，随手翻检几下行李，倒也不算十分刁难，但对于无票滞留的闲人以及衣衫褴褛的乞丐就不同了，或是厉声斥骂，或者殴打驱赶，态度极其凶恶。

“几十年以来，越南的局势从来没轻松过，”乔依兰向傅雁尘解释，“自从被法国人占领，越南的反抗运动风起云涌，殖民当局只有采取高压政策，军警横行的情形见怪不怪了。”

果然，在检票口旁边的墙壁上，傅雁尘看到了几张附带图像的通缉令，只是没等看清案犯的相貌，眼前忽然走来了一名妙龄少女。

她的身材娇小玲珑，穿着一袭类似旗袍的浅紫色“奥黛”，模样白净秀气，笑起来眼睛像两爿弯月，右臂挽着一只竹篮，里面插满色彩各异的鲜花。

她先讲了一句越南话，看到傅雁尘和乔依兰一脸愕然，又改用略带南方口音的汉语说：“先生，给太太买一束花吧。”

乔依兰未免发窘，傅雁尘微微苦笑：“我可没那福分，这位美丽的小姐不是我太太。”

“那就更应该舍得花钱了，”那姑娘展颜笑道：“鲜花供养，才能赢得美人心嘛。”

听她撺掇得有趣，傅雁尘越发好笑，却也无意借题发挥，而乔依兰的脸上有些挂不住了，蹙眉嗔道：“别在这里胡扯了，我们急着赶车呢。”

“不着急，去河内的车从来没有正点发过，不如买点花打扮打扮自己。”卖花姑娘继续缠磨。

傅雁尘倏尔收敛笑容，沉声道：“你怎么知道我们要去河内？”

威严的语气加上凌厉的眼神，让卖花姑娘不由得面露怯惧，嗫嚅道：“你们去哪里也不关我的事，干嘛这么凶呀。”

说着扭身离开，又去别处兜揽生意，傅雁尘盯着她的背影，若有所思地说：“这姑娘不大对劲。”

“不至于吧，这种场合的小贩嘴碎一点也很正常。”乔依兰说，虽然被那姑娘惹弄得面红耳热，却也并没有留下厌恶的印象。“你该不是因为近来吃过女人的亏，心里就产生了抵触情绪吧。”

这指得自然是受筱艳宝蒙骗的事情，傅雁尘没有理会，眼睛的余光只顾随着卖花姑娘移动，只见她东游西逛，却并没有高声叫卖，不一会儿候车厅的后排座椅站起一个裹着黑色头巾的年轻人，与那姑娘默然对望一眼，继而掉头离去。

傅雁尘暗感蹊跷，而另一个细节更令他疑窦丛生，他发现短时间内那姑娘提花篮的手接连交换几次，仿佛很吃力的样子。一只竹篮就算装满鲜花也没有多少份量，难道其中还藏着什么重物？

正自揣摩不定，忽见候车厅东侧的一间房门开启，一名趾高气扬的法国警佐昂然走出，身后跟着八名越南警察，他们在检票口排列成队，高喊口令，像是在准备着什么迎接仪式。周边的旅客见状纷纷退避，那卖花姑娘也像是受了惊吓似地坐到了座椅上，位置偏巧与蔡锷仅有一排之隔。

傅雁尘的目光毫不眨动，瞥见那姑娘略坐一下就起身回走，一步不停奔向门口，但她的花篮却像是无意中遗留在了座位底下。

“不好，”傅雁尘骇然变色，已经来不及排除隐患，只有紧急喝命：“快撤！”

杨立山等四名卫士时刻处于高度警戒状态，听到指令立即做出反应。乔依兰虽然不解，却也绝不怀疑傅雁尘的感觉，当众人夹护着蔡锷刚刚冲出候车厅大门，身后也响起了剧烈的爆炸声。

气浪卷着火光碎屑喷薄而出，弥漫的硝烟里，傅雁尘等人正要迅速撤离，车站外一架告示牌后突然蹿出六七个头裹布巾精瘦黧黑的汉子，气势汹汹地扑上前拦截，只不过他们手里的武器只有少量枪支，更多的是长矛和砍刀，而居中指挥的竟然就是刚才那个卖花姑娘。

傅雁尘顾不得细想，拔枪在手连续射击，瞬间撂倒了冲在最前面的三个人，但没等夺路而逃，对面又跑来一队头顶斗笠的武装人员，看样子是在附近巡逻的官兵闻风赶来。

不可思议的是，这些官兵也成了卖花姑娘及其同伙攻击的目标，刀劈矛刺，奋不顾身。傅雁尘一行却没有得到解脱，因为与此同时，随着候车厅内生还的旅客四散涌出，里面的军警也纷沓而至，他们似乎认定提前外出的傅雁尘等人同属肇祸嫌犯，呐喊着包围抓捕，傅雁尘和乔依兰等人只得围护着蔡锷拼力抵抗。

车站前的广场原本不大，却有三股力量交织缠斗，刀光弹火间充斥着旅客路人的仓惶惊叫，局面极度混乱。乔依兰五内如焚，正不知如何摆脱险境，耳边忽然响起一连串马的嘶鸣声，定睛望去，由东南方向疾驰而来了一群快马，数量大约十几匹，最前面的两匹各骑着一名青年男子，一人头裹黑巾，身穿蓝袍，另一人面目英俊，身姿潇洒，赫然是迟迟不见的何觉云。

乔依兰惊喜莫名，何觉云已经引领着马群冲到眼前，将举枪围攻的官兵撞得东倒西歪，一边大喊道：“依兰，快上马！”而那名蓝袍男子也高声呼叫，似乎在喝止卖花姑娘及其同伴。

乔依兰和傅雁尘当机立断，还击之余和四名卫士簇拥着蔡锷跨上马背，趁着官兵立足未稳，一阵旋风似地朝着西北方向奔逃而去。

一口气跑出城区，天色已逐渐灰暗，众人在一条乡间小道旁下马，心存感激的蔡锷本想向驰援的朋友表达谢意，但恪守职责的乔依兰不许他过多抛头露面，何况还不知道同行的蓝袍青年等人的底细，简单引见了何觉云后，便请蔡锷前往附近一棵枝繁叶茂的榕树下休息，由如影随形的四名卫士环卫警戒。

看到一代名将被一位年轻女郎指使得言听计从，傅雁尘未免感觉诧异，但瞥见蔡锷的嘴角浮现出宽容而无奈的笑意，又立刻释然了。与其说蔡锷在乎自己的安危，倒更像是在迁就一个至亲晚辈的心愿，既然当初禁不起执拗答应了乔依兰参与行动的请求，为了避免加重她的心理负担，只好做出一副处处配合的姿态。

安排就绪，乔依兰才腾出功夫与何觉云搭话，劈面质问："你是怎么搞的，这么重要的约会也不守时？"

何觉云未及开口，追随蓝袍青年而来的卖花姑娘大声抗辩："你怎么不分青红皂白就发火，知不知道，何大哥能活着赶来就是万幸了。"

刚才在车站险些被炸，乔依兰正对那姑娘懊恼不已，此刻又来抢白，自然越发动怒，针锋相对地斥道："我发不发火，这次真的不关你事。"

"大家都冷静些，有话慢慢讲。"傅雁尘上前调解，留意到何觉云脸上伤痕宛然，关切问道："小何，究竟出什么事了？"

"唉，一言难尽，"何觉云喟然，"我先来介绍两位新朋友吧。"

他所指的朋友就是那名蓝袍青年和卖花姑娘，两人本是同胞兄妹，分别叫做黎文俊和黎妙香，都是越南光复会的骨干成员。

"光复会？"傅雁尘茫然。

"越南光复会是近十年来兴起的抗法组织……"博闻多识的乔依兰代为解释，法国人占领越南后，划分为东京、安南、南圻，派遣总督驻扎河内，副总督驻扎西贡，全面加强统治，而随着越南人民"尊王攘夷"的意识不断高涨，抗法活动遍布各地，并于成泰十八年，也就是西历 1906 年成立了越南光复会。光复会的总部设在广州，首脑多为忠臣志士，包括皇族疆柢亲王和爱国革命家潘佩珠等人。

一年前，趁着欧战爆发，法国无暇东顾之机，疆柢亲王和潘佩珠在广州组织光复军，试图兵分三路大举进攻驻越法军，开始形势发展颇为顺利，后来却由于法国取得了暹罗的支持，加上叛徒泄密，接济中断等诸多因素，最终遭到了残酷镇压，疆柢亲王和潘佩珠也双双被捕，目前羁押在广州。

"说起来我和他们兄妹的结识也是巧遇……"何觉云接着陈述，当他提前离港，搭乘太古公司的"海龙号"客轮驰往越南，恰逢黎文俊兄妹也在船上，他们是受光复会总部之命，返回国内组织同志，继续策划反法斗争。船到海防港口，也许是接到密报，一队水警忽然封锁了码头，并对全体乘客进行盘查，黎文俊兄妹及同伴眼看混不过去，只有挺身而出强行闯关，双方交火之际，急于登岸的何觉云也加入了战团，在他的协助下，黎文俊等人总算化险为夷，相继突出重围。

有了这层交往，黎文俊兄妹对何觉云奉为恩公，感激不尽，并表示愿意竭诚报答，为他的越南之行提供方便。但基于保密原则，何觉云并没有透露自己的任务，婉言谢绝后就单独去往河内。

根据乔依兰的交代，他找到了云南派来的联络员，此人名叫卢友森，已经办好了所有出境手续，并且带给何觉云一个好消息，说是云南督军唐继尧在确定了蔡锷的行踪后，决定派其堂弟，讲武堂教官唐继虞亲率一支警卫连赶来越南迎接，估计次日即可到达。

何觉云大喜过望，有了如此级别的护卫，剩余的行程可谓万无一失了。但是过了一天，却不见警卫连的踪影，而与乔依兰约定的接应时间也快到了，不得已何觉云惟有请卢友森留在河内等待，自己只身返回海防接船，不料这一去竟大祸临头。

原来，由于在港口的搏斗中露了相，何觉云早已上了警察机关的黑名单，当他乘车赶往海防的途中，被一批密探跟踪并实施抓捕，因为寡不敌众而落网。投入监狱后，警察认定他也是光复会成员，当即严加审讯，何觉云无可招供，又不肯暴露自己的真实身份，于是很吃了一番苦头。

看着他额头上的青肿血渍，乔依兰的目光里满含怜惜，但内心的疑团仍未解开，追问道："后来你是怎么逃出牢房的？车站的爆炸又是怎么回事？"

"我来替何先生回答吧，眼前的糟糕局面完全是我们的失误造成的。"旁边的黎文俊忽然开口，相比于妹妹妙香，他的五官轮廓也相当清秀，只不过眉宇间更多了几分刚猛之气。

他简要叙述，回到越南后，他积极奔走，积聚力量对抗殖民政府，并且很快获得一条重要的线索，有个名叫范太贤的人今天下午将会从海防站上车去往河内，而此人是去年抗法战争中向当局告密的叛徒，正是因为他的出卖许多同志才惨遭屠戮。为了给死难烈士报仇，也是为了向法国人示威，黎文俊决意采取锄奸行动。就在谋划部署之际，却收到了何觉云被捕的消息，想起两天前慷慨支援的情形，黎文俊哪能坐视不顾，打听到何觉云被关押在距海防不远的海阳，就亲自带人前往营救，又命令妙香先去车站埋伏侦察。

赶到监狱，黎文俊通过内线巧妙救出了何觉云，但同时也获悉一条切实的情报，今天将从海防站上车的并非叛徒范太贤，而是一位旅法归来的皇室宗亲。黎文俊大惊失色，阮朝贵族向来不是光复会的打击目标，贸然发难只能导致无谓的损失。何觉云了解情况后更加震骇莫名，因为估算时间，蔡锷也是乘坐同一列车，一旦爆发火并，难免池鱼之殃。

何觉云恳求黎文俊立即终止计划，并坦诚相告了自己的使命，黎文俊听罢同样惶恐不安，其实越南光复会和中国的革命志士素有关联，比如潘佩珠就和孙中山、黄兴等人交情深厚，还曾经参与过同盟会反清抗争。随着报业兴盛，交通发展，黎文俊对中国的时局也不隔膜，知道蔡锷是当初昆明起义的发起者，此次辗转回滇可能对中国的形势变化产生巨大影响，如果因为己方的过失而半途而废，实在是难辞其咎。认识到问题严重，他连忙偕同何觉云返回海防，争取阻止妙香的行动，没想到还是晚了一步。

回顾方才的风波，众人无不心有余悸，若非傅雁尘及时识破端倪，一场意外之灾就无从化解了。黎文俊拉下脸来责备妹妹：“妙香，你也太莽撞了，我不是告诉过你，确认目标前不要轻举妄动吗？”

“我在候车厅转了半天，感觉差不多有把握了……”黎妙香支吾着辩解，当时她观察到蔡锷身边的随从虽是便装，却个个干练稳健，神情沉肃，便判断此人来头不小。借机打探时，傅雁尘对目的地又讳莫如深，让她更加重了怀疑，然后看见军警摆出如临大敌的阵势，就促使她下定了动手的决心。

“感觉差不多？”黎文俊越发恼火，厉声喝斥：“差一点你可就酿成大错了。总是这么马虎，还能干什么大事，干脆以后不要跟着我了！”

自知理亏的黎妙香愧悔不已，但一个女孩儿家当众挨骂毕竟颜面无光，于是凄惶地垂下脑袋，双肩微微颤抖着，委屈的泪水断线似地滴落。

乔依兰看着于心不忍，刚才的怨愤早已一扫而光，连忙劝解道：“算了，好在最后化险为夷，就别再责怪这姑娘了。”

“是呀，一场误会，没必要过多追究。”傅雁尘附和道：“在车站我伤了贵方的几位弟兄，不知道要不要紧？”

“不碍事，都没伤到要害。”黎文俊说，“看得出你是手下留情，谁都清楚傅先生的厉害，如果动真格的我们就惨了。”

傅雁尘颇感惊诧，自己的名号居然远播域外？转念一想也就不奇怪了，为了躲避追捕，光复会成员时常游走两广地区，大概也看过以“杀手榜”为噱头的华文报纸。但他没有因此沾沾自喜，心里考虑的只是尽快继续赶路，当下温和致意：“黎兄弟太客气了，既然大家相安无事，不如就各自奔前程吧。”

黎文俊一愣，问：“你们这就要走？”

“是啊，”傅雁尘说，“车站发生了爆炸案，难保没有官兵四面搜捕，此地已经不宜久留。”

话是不错，但乔依兰提出疑问，“火车站回不去了，咱们怎么个走法儿？”

傅雁尘也不由得发呆，海防距离河内两百余里，如果无法乘坐火车，想要赶在明天与云南派来的警卫连会合就困难了。因为此刻拥有的交通工具只有黎文俊带来的马匹，而那些东亚矮种马身小腿短，以灵活轻便，善爬坡道著称，但若论长途驱驰的行速就不是强项了。

正在一筹莫展，黎文俊说：“我来替你们想办法吧。”

“有什么办法？”傅雁尘问。

“我去找一部军用汽车来，保证你们明天中午以前到达河内。”

“不好，”傅雁尘当即否决，“刚刚闹出那么大动静，军营一定戒备森严，再回去偷车岂不是自投罗网？”

“哦，你理解错了，”黎文俊笑道，“我不是去偷，而是去借。”

“借？”傅雁尘匪夷所思，“军队的人肯把汽车借给你？”

“当然，越南新军表面上替法国人效力，但暗地里同情革命的居多，有不少人愿意帮助光复会。”黎文俊解释，法国殖民者为了加强统治，按照本国的陆军模式在越南建立了一支新军，但应募者多为生计所迫，实际上却背负着亡国奴和“越奸”的双重压力，内心饱受煎熬，所以执法期间常常阳奉阴违，甚至有人利用手里的枪炮走上抗争道路。

“文俊的话绝非虚言，”何觉云插口证实，“我们骑来的这些马就是海阳兵营的朋友提供的。”

统治集团的瓦解往往从先内部开始，就好比大清王朝的覆灭，也是下属的武昌新军打响的第一枪，类似情形傅雁尘并没有质疑，他所顾虑的是，护送蔡锷本来就是一项极其艰巨而秘密的任务，如果再和腥风血雨的越南抗法运动绞缠一起，岂不是增加了难以预料的风险？

“傅先生别犹豫了，”黎文俊说，“其实这么办一举多得，既能够加快行程，军车的幌子在路上也可以避免‘清乡团’的骚扰，而且又成全了我们补偿过失的一份心意。”

听他言辞恳切，傅雁尘似乎不便拒人千里，实际上也别无选择，于是用征询的目光投向乔依兰，乔依兰拍板道：“黎先生盛情可感，我们就恭敬不如从命了。”

次日正午，蔡锷一行抵达河内，虽然比预计行程晚了半天，整夜奔波转徙也劳乏不堪，但一路上平安无事，倒也相当顺利，多亏了黎文俊“借”来的一部雷诺牌军用货车，攀坡过河，马力十足，否则这一趟不知道还要延误多久。

因为司机职权所限，车到河内外城必须原路返回，众人下车徒步入城，光复会的其他弟兄已经提前散去，只剩下黎氏兄妹依然跟随，看他们的意思，似乎打算恪尽地主之谊，一定要把蔡锷安全送走才算功德圆满。这份好意并非傅雁尘所愿，却又不知如何回绝，毕竟刚刚受人恩惠，淡漠的话难以出口，只得暂且隐忍不言。

自从唐朝交州总管府辖下的宋平县开始建城，河内的历史已逾千年，最早称为“紫城”，“罗城”，后来随着李、陈、后黎等朝代相继在此定都而多次易名，如今作为阮朝的陪都，法属印度支那联邦总督府所在地，是越南乃至整个印度支那的政治中心。

河内分为内城和外城两部分，内城又分禁城、皇城和京城，皇室居住在禁城；环绕禁城的皇城是朝臣官吏的办事所在地；皇城之外是平民的居住区京城。

云南代表卢友森准备的落脚点在京城东南的皮行街，是一座“曲尺型”越南传统民居，主屋一侧是三间辅屋，附加一个小院，房子紧邻一道丁字路口，看上去既隐蔽而又便于疏散，显然选址前动过一番脑筋。

卢友森是一个中年胖子，粗看起来憨厚拙实，一双不大的眼睛却透出精明之气，而且举手投足也格外利落，他原来是蔡锷旧部的一名军需科长，与老长官重逢自然欣喜万分，倾诉离情之际，问及行程安排，只说一切都办妥当，很快就可以上路，但傅雁尘留意到，他的笑容带着一丝勉强，似乎有什么难言之隐当着蔡锷的面不愿透露。

傅雁尘悄然向乔依兰递了个眼色，灵心慧性的乔依兰也察觉到这一层窒碍，当即催促道："颠簸了一夜，蔡叔叔也该去安歇了，有什么话回头再说。"

蔡锷本来谈兴正浓，还想多打听一些云南的情况，看到乔依兰神色坚决，只得自嘲般地笑道："好吧，押解官发话，我奉命唯谨。"

于是在四名卫士的陪护下，蔡锷前往最东端的主屋安置。傅雁尘也去勘察了一番环境，确保无虞后才返回来对卢友森说："卢科长，我明白你的心思，蔡将军身系重任，许多细致末节无须让他分神，由我们这些跑龙套的操办就是。"

"是啊，我看到将军气色欠佳，也不愿增加他的烦恼，"卢友森微微叹息，"老实说，护送蔡将军回国的事情出了点麻烦，我正想和诸位商量。"

"哦，有话不妨直言。"

"是这样的……"卢友森详细陈述，云南方面原本派遣了由唐继虞率领的警卫连赶赴越南接应蔡锷，并且也取得了河内总督府的同意，谁知事到临头法国人忽然变卦，声称武装人员不许入境，否则立即缴械扣押。

"法国人为什么出尔反尔？"乔依兰问。

"表面的理由是维护境内治安，但实际的原因并非如此。"卢友森说，经过多方打探，他得到确切消息，法国人的态度转变完全出于北洋政府施加的压力，由于越南光复会的几名要犯都在广东拘押，法属印度支那当局几次提出引渡要求，而广东宣抚使龙济光又是拥护帝制一派，正好借此为筹码与法国人谈判。

"这么说北洋的军警密探已经清楚了蔡将军的行踪？"乔依兰惊呼。

"执法处的密探广布眼线，这件事早晚瞒不住，只不过因为海防车站的延误，我们本来领先的时间优势正逐渐丧失。"傅雁尘怅然道，又问卢友森，"针对这一变故，云南有没有采取什么权宜措施？"

"有，"卢友森说，"唐继尧将军下命驻蒙自司令刘祖武在碧色寨、阿迷等地沿滇越铁路布防，随时准备护卫蔡将军乘坐的火车，又令昆明宪兵一分队十八人改换便装先行赶来河内。"

傅雁尘暗忖，十八人的警卫级别足够可靠了，只是"大概哪一天到达？"

"因为是临时调整，夹带武器过境还需要费一番周折，估计路上至少要走三四天。"

"三四天的耽搁太长了。"傅雁尘皱眉道。

乔依兰似乎不解，说："怕什么，凭我们现有的力量还不能担负防卫任务吗？”

“如果是潜踪匿形，也许根本用不了这么多人手，”傅雁尘分析道，“但现在因为法国当局作梗，我们的行藏很可能已经暴露，却又不清楚军警密探的人数和动向，我明敌暗的状态下，这点防御力量还有几分把握？”

深思熟虑，乔依兰也张皇失色，由于何觉云曾被盯踪，这一处中转站已经不算保险，既然法国人和北洋暗中媾和，未必不会互通声气，袁氏政府对蔡锷志在必得，眼看到了最后一站，自然倾力而为，这一天来涌进越南的军警杀手不知多少，回想起一路上的飞灾横祸，确实没有一丝乐观的理由。

“摆在我们眼前的有两条路，”卢友森肃然道，“第一是尽快出发，明天就上火车，但要面临无法预知的危险；第二是留下来等待增援，只是需要苦撑三四天，这期间同样吉凶难卜。何去何从，诸位拿个主意吧。”

两条路都不轻松，着实委决不下，坐困愁城之际，一直在旁听的黎文俊忽然开口：“大家别急，我可以召集光复会的弟兄前来帮忙，或者先把蔡将军转移到一个更安全的地方。”

“对呀，”黎妙香也踊跃献计，“不如去我们家的老宅吧，那边环境隐蔽，易守难攻，绝对是个藏身的好地方。”

没等其他人有所反应，傅雁尘立刻婉言谢绝，“不必了，贤兄妹的热情心领了，这件事还是由我们自己解决吧。”

“朋友之间应当患难与共，还分什么彼此？”黎文俊慨然道。

“牵累过多于心不安，黎兄弟就不要再坚持了，”傅雁尘固执己见，突然又转向卢友森道：“卢科长，请借一步说话。”

卢友森懵懵懂懂地跟着他走去隔壁屋子，嘀咕了一阵双双回返，傅雁尘手里已多了一只看似沉甸甸的小布袋，递到黎文俊面前说：“黎兄弟，昨晚承蒙关照，想必疏通关节少不了开销，这点不腆之仪权作补报吧。”

黎文俊茫然无绪，打开布袋一看，里面满满当当装的是当前印度支那通行的货币，一种印有法国自由女神头像的“皮阿斯特”银钱，他的神色顿变，“傅先生，你这是……什么意思？”

“亲兄弟，明算账，”傅雁尘微笑道，“我们也没道理让你白当差。”

“哼，你何尝把我们当成兄弟，顶多看作一伙图财卖命的佣兵。”黎文俊勃然大怒，何觉云连忙劝解，一面用充满反感的目光瞪着傅雁尘，卢友森和黎妙香都不知所措，乔依兰也是一脸惶惑，搞不懂通情达理的傅雁尘何以做出这么庸俗无聊的举动。

“黎兄弟不要动气，我也是出于善意……”傅雁尘解释。

“什么善意，早就看出来你是存心和我们划清界限，但也用不着这种羞辱人的方式，既然高攀不起，就敬而远之好了，妙香，咱们走！”黎文俊越发愤懑不平，说完把钱袋扔在桌上，拉起妹妹大步离去。

何觉云阻拦不及，扭过头来横眉立目地责怨：“傅先生，你也太过分了吧，我就不明白，黎文俊一片热诚，提出的方案也切实可行，我们为什么不能接受他们的帮助？”

“切实可行？”傅雁尘淡淡笑道，“光复会自身好比泥菩萨过河，正处处受到官方的围剿，凭什么来帮助我们，还是尽量保持距离，反而能够减少麻烦。”

何觉云遽尔一愣，恍然道：“原来你是怕沾包呀，但你怎么就忘记了人家的尽心照顾呢？要知道光复会进行的也是正义的民族抗争，难道不值得同情和支持吗？”

“他们的照顾基于弥补前愆，实际的效果功不抵过，此刻也不必提了。”傅雁尘平静地说，“光复会的行动我自然同情，但支持就免了，如今大家都身处困境，交往过密有害无益，还是各扫门前雪吧。”

何觉云不由得心寒齿冷，鄙薄道：“好一个冷血杀手，大概从来不知道世界上有‘道义’两字，这么神圣的任务让你参与简直就是玩笑。”

说着拔腿就走，乔依兰喊道：“小何，你要去哪里？”

“我去负荆请罪，不能眼看着朋友承受天大的委屈。”何觉云悻悻地撂下一句，人已飞奔出门。

一场讨论不欢而散，乔依兰郁闷无比，仔细辨别竟不知孰是孰非，前思后想之际又感到神思困倦，毕竟经历了一段长途跋涉，娇弱的身躯早已不胜负荷。她清楚及时养精蓄锐是完成重任的前提保证，于是索性抛开烦乱的心事，简单用餐以后，去往卢友森特意替她预备的卧房补了一觉。

醒来日影西斜，推门出屋，一股凉风迎面扑来，顿觉神清气爽，她瞥见傅雁尘手拿一只瓷杯坐在院内，身旁的石几上摆着一把白铜制的滴漏圆壶。

“怎么没去睡一会儿？”乔依兰上前搭讪。

“哦，我不困，”傅雁尘说，又举了下手里的杯子，“再说，卢科长找来的这东西也足够提神。”

“是什么？”

“来，你尝尝看。”傅雁尘说着，又取出一只杯子，斟满了深褐色的饮品。

浅啜一口，顿觉香味浓厚，乔依兰自然识货，轻呼道：“这咖啡的口感真地道。”

“是呀，据说咖啡是几十年前法国耶稣会的传教士带入越南的，因为发现本地的气候土质适宜就大量种植，如今喝咖啡在越南已渐成风气。”傅雁尘说。

“这大概和街上看到的香水店，各类法式建筑一样，都算是殖民者文化入侵的反映吧。”乔依兰说。

“没错，”傅雁尘说，“可惜法国人没想明白，形式上的变更并不重要，越南也从不是一个轻易屈服的民族，连拥有上千年宗主权的泱泱中华都没有将它彻底同化，何况一个远隔万里的外邦了。”

“嗯，所以才有了光复会那样斗志昂扬的组织，相信他们的反抗运动最终会取得胜利。”

傅雁尘倏尔扬眉，问道：“你是不是也认为我对待黎文俊的态度过于刻薄？”

“当时觉得有点不近人情，”乔依兰说，“但事后回想，你的做法也是最明智的抉择，从光复会的武器装备到行动调配都不难判断，他们目前确实处于一个低落艰难的阶段，而我们面临的威胁又无时不在，两重危险重叠，无疑增加了招灾惹祸的几率。现在碍于颜面混淆不清，真到了彼此牵连的地步，局面就更不好收拾了。”

“嗨，”傅雁尘的眼里透出无可言喻的欣慰，似乎有冲动轻抚乔依兰秀丽的脸庞，但手伸到一半自知失态，只有连连摇晃几下，套用一句《草船借箭》里的戏词笑道：“知我者，孔明也。”

乔依兰忍俊不禁，能够领会出他获得理解的强烈感受，一份由心意相通引发的情愫也在自己胸中悄然蔓延，她不免脸生红晕，连忙岔开话题：“你独坐冥想了半天，不会只是在追忆越南历史吧。”

“当然不是，玉彦有句话讲得很正确，‘宗社党’培养的杀手只懂得服从，从来不去思考，想起这一路来的历程，因为轻忽大意导致的失误实在太多了。”傅雁尘垂头叹息，目光凄迷黯淡。

从香港登船以后，乔依兰就时常见到这副萧索落寞的神情，此刻才知道他是在回顾前事，整理思绪，而那绝对是一种锥心泣血的体验，肉体受到的伤害总有愈合的时候，精神上的沉重打击却往往无药可救。

“被多年的至交好友欺骗出卖，你的心里一定塞满了苦涩和愤恨吧。”乔依兰柔声道。

“苦涩免不了，但我并没有恨过他们。”傅雁尘说。

“哦？”乔依兰略显惊讶。

“可怜天下父母心，玉彦夫妇的铤而走险原本出于无奈，”傅雁尘怅然道，“如果我能活着完成这项差事，一定要设法找到他们的孩子。”

乔依兰微微动容，又问：“那么，被你奉为师长的奇士修呢，他的阴谋策划算得上罪大恶极了吧。”

“也不至于，”傅雁尘说，“奇长官是职业军人，遵从命令几乎成了本能，站在他的角度，执行上峰委派的任务也无可厚非。”

“嘿，你倒真想得开，忘了自己险些被害死了。”乔依兰摇头苦笑。

“不是想得开，而是感同身受，因为过去我也做过许多违背意愿的事情，知道什么是身不由己。”傅雁尘说，“其实这些恩怨纠葛都无足挂怀，真正让我头疼的是迄今难以破解的谜团。”

“什么谜团？”

“比如津浦线上的邱二被杀和上海华美旅社高允诚遇害，凶手究竟是什么人？还有，既然玉彦对罗景宽的指控有嫁祸的成分，罗景宽在‘靖波号’上的遭遇就有可能真实存在，他看到电讯室接连出现两个来路不明的‘报务员’，一个应该是佯装晕船的玉彦，那么另一个又是谁呢？”

乔依兰凝神苦思，也感觉悬疑纠结，却又快刀斩乱麻似地摆了摆手：“算了，北洋政府对我们采用的手段五花八门，不可能事无巨细逐一识破，例如你还无法洞悉奇士修的整体部署，也不能推断申玉彦介入此事的具体时段。所以，与其呕心绞脑彻查揭秘，不如集中精力应付眼前的形势。”

“我也想像你一样洒脱，可惜现实总归无法逃避，”傅雁尘喃喃叹道，“过去未解的疑团往往就是眼前的隐患，如果不能梳理分明，我们就始终处在‘盲人骑瞎马，夜半临深渊’的凶险境地。”

乔依兰愀然变色，明白这绝非危言耸听，当即点头道：“是啊，彻底摆脱围困以前，容不得半点懈怠，等下小何回来，我们赶紧商定一个对策，争取尽快踏上归程。”

掌灯时分，何觉云匆匆返回，径直走进乔依兰的屋子，摘去头上用来遮挡面目的斗笠，抓起桌子上的半碗冷茶一饮而尽。

“回来了，快坐下歇会儿。”乔依兰上前问候，一边拿过一条毛巾替他拭汗，一边问道：“黎家兄妹怎么样啦？”

“唉，受到如此待遇，谁的心里也不会舒服，”何觉云说，“不过，这兄妹俩都是深明大义的人，经过好言安抚，情绪已经安定下来，并且表示，如有需要仍会鼎力相助，相比之下咱们亏欠人家的太多了。”

“这件事确实有伤情面，”乔依兰轻叹，“但你也该体谅傅先生的苦衷，他这么做也完全为了大局着想。”

“我能体谅，”何觉云平心静气地说，“傅雁尘的处事方式看似决绝，实际上却缜密细致，这大概是他多年杀手生涯养成的习性。现在我们还没有化解危机，保护对象的动向自然是越隐秘越安全。”

“你能这么想太好了，”乔依兰欣然道，“紧要关头自己人千万不可以闹意气。”

“不会的，”何觉云微微笑道：“我长着一张小白脸，却不一定就是小心眼吧。”

“嗯，你是一个胸怀似海的小白脸。”乔依兰笑道。

“但是，”何觉云又正色道，“凡事不能拘泥不化，收缩防御范围不等于拒绝一切外来帮助，否则在人生地不熟的异国他乡寸步难行，所以我在文俊兄妹的配合下，又去河内火车站进行了仔细探查。”

难怪他出去了这么久，乔依兰恍然憬悟，河内车站是蔡锷离境的必经通道，事先勘察环境也很有必要。“情况如何？”

“因为海防的突发变故，河内官方加紧了对车站的控制，警察士兵随处可见，对乘客的盘查也严格了许多。”

这也是意料中事，乔依兰并不觉得惊讶，只是想到有伤在身的何觉云连续奔波，不由得婉语慰劳：“这几天真是辛苦你了。”

“辛苦什么，”何觉云叹道，“你交待的任务都没办利索，我心里正觉着窝囊呢。”

“快别这么说，”乔依兰劝解，“情势纷杂交错，谁也无法估测下一步的变化，你尽心竭力的表现已经配得上嘉奖。”

“是吗，”何觉云仿佛始料不及，却又悠然一笑，“只有口头上的嘉奖？”

“你还想怎样？”乔依兰一愣。

“我还想领略一番‘小别胜新婚’的风味。”何觉云说着，一把揽住乔依兰的细腰。

“去你的，我又没嫁给你。”乔依兰桃腮飞红，扭身摆脱他的怀抱。

“早晚的事，预先演习一下不好吗，”何觉云继续缠磨，扳过她的肩膀涎着脸说：“来嘛，先香香面孔。”

“不行，快别闹了……”乔依兰奋力挣扎，执意不从，何觉云只得罢手，心灰意冷地坐了下来，神色既失望又迷惘，因为在印象里，这是近期内乔依兰第二次拒绝自己亲昵的举动了。

看见他垂头丧气的样子，乔依兰反倒不忍，轻声问：“生气了？”

“不生气，只是有点怕。”何觉云颓然道。

“怕什么？”

“怕你已经变心了，”何觉云沉重地说，“男女间的情爱也许能够冲破门第悬殊的界限，可以经受两地分隔的煎熬，却往往无法抵挡第三者不经意的诱惑。”

“你什么意思，”乔依兰愕然，“谁是第三者？”

“平心而论，傅雁尘沉稳而睿智，坚韧又不失仁厚，这些气质对于女人都极具吸引力，尤其在艰苦险恶的氛围里。”何觉云意味深长地说。

“胡说八道，我什么时候被他吸引了？”乔依兰面色通红的反驳，惶恐不安的神情却像是被击中了要害，“刚才你还自诩心胸宽广，怎么现在又钻牛角尖？”

“关乎自己的终生幸福，如果我还装聋作哑，岂不等于白痴了？”何觉云说。

“咳，你不要无中生有，”乔依兰又羞又急，继而沉下脸来告诫，“接下来的路还不知道怎么走，你却在这里儿女情长，是不是也太不合时宜了？”

面对她的严词厉色，何觉云不禁呆住，踌躇了片刻问：“接下来的行动是怎么安排的？”

“我和傅先生、卢科长的观点基本一致，都认为应该及早动身，免得夜长梦多，现在就想听听你的看法。”乔依兰说。

“我的看法不重要吧，”何觉云苦笑，“既然各位决策者拿定了主意，我也只有服从的份儿，以后要做的就是证明一件事了。”

“证明什么？”乔依兰不解。

“我要证明给你看看，儿女情长的男人未必英雄气短。”何觉云掷地有声地说。

望着他慷慨激昂的神态，乔依兰的目光中流露出欣喜和感动，想起刚才的龃龉，不免有一丝歉疚，正在讪讪地不知所措，何觉云又说：“其实，咱们的认识统一固然重要，我觉得也该征求一下蔡将军的意见，毕竟他才是整个计划的主角，也许对进退行止有着更全面的考虑。”

乔依兰默忖，自己总想大包大揽，让蔡锷少些操劳，但到了关键时刻，当事人的意向还是无法忽略，于是点头道：“你提醒得很对，我这就去找蔡叔叔谈谈。”

说着她转身离去，何觉云留在屋里等候消息，谁知过了没多久，忽听门外出来乔依兰的一下惊呼，声音虽不算大，却透出一种胆颤心寒的恐惧。

024

何觉云慌忙冲到客厅，看到乔依兰正从蔡锷的房内跑出，身上并无异状，脸色却苍白无比，而且颤抖的双手捧着一件东西，仿佛力不能支的样子。

“出什么事了？”何觉云惊问。

“看……在蔡叔叔的外套里发现了这个。”乔依兰的嗓音嘶哑。

何觉云接过来看，原来是一枚闪闪发亮的纯金打造的牌子，沉甸甸的手感相当诱人，但仔细辨认上面镌刻的图案又不禁毛骨悚然，那是一个头戴冠旒，狮鼻豹眼的阎王形象。他的面色立刻也变了，脱口道：“催命符——”

两人正瞠目发呆，傅雁尘和卢友森也相继进门，他们刚才在院外巡视，听到了动静分头赶来。

传看金牌，卢友森也不寒而栗，傅雁尘的神色却一如常态，乔依兰不由得奇怪，问道：“大概傅先生还不认识这个吧？”

“听说过，”傅雁尘淡淡道：“似乎叫什么‘催命符’，收到的人三天之内必遭灭顶之灾。”

“可是，”乔依兰纳闷道，“你好像并没有感觉紧张。”

“紧张顶用的话，这玩意儿也就不可怕了。”傅雁尘微微苦笑，一边轻轻摊开自己的右手，“实际上就在两分钟前，我在自己的口袋里摸到同样的东西。”

众人目光汇聚，只见他的手心里果然也放着一枚金牌，和在蔡锷外衣里发现的毫无二致。

好比臆想中的妖魔鬼怪，无形的恐怖事物最让人神慌意乱，大家震骇之余又不免疑窦丛生，“催命符”怎么也到了河内？戒备严密的前提下，又是通过什么渠道放置的金牌，而且以傅雁尘的机警敏锐，居然事先也毫无察觉。

“中午进城后穿街走巷，少不了接触来往的行人，估计对方就是在那个时候趁乱下手。心无旁骛反而更容易顾此失彼，因为我们急于赶来落脚点，就忽视了周遭的细微变化，类似情形我在天津的德义楼也遇到过。”傅雁尘说，当时他曾被乔依兰“栽赃”，偷偷在衣袋里放了包烟膏。

“天地良心，这次可真不是我干的。”乔依兰眼张失落地说。

“是你干的我就笑纳了，还嫌金子的分量不够呢。”傅雁尘自嘲似地掂了掂那块金牌，又蹙眉道：“还有两个问题让我想不通，首先，‘催命符’介入此事，无疑也是替北洋政府效力，那么他的目标应该锁定蔡将军，为什么额外给我发一块金牌？其次，既然曾经贴身逼近，为什么不就势解决，难道就不怕我们密谋逃脱？”

“估计‘催命符’也清楚咱们的人员配置，”卢友森说，“知道傅先生是防卫的中坚力量，对你实施打击，自然能起到巨大的震慑作用。”

“第二个问题更好回答，”乔依兰花容惨淡地说，“因为那是‘催命符’的一贯作派，不知出于什么目的，总会在真正发难之前留下一段间隔，但残酷的事实是，接到金牌的人无不千方百计的提防躲避，最后却无不在三天以内命丧黄泉。”

“传说是很邪乎，但也不能成为坐以待毙的理由，”傅雁尘暗吸了口冷气，故作镇定地问乔依兰，“看到这东西，蔡将军什么反应？”

“一个堪破生死的人，是不可能被一块金牌吓倒的，”乔依兰说，“蔡叔叔满心牵挂着国内局势，只想早日站在反抗帝制的最前线。”

“既然蔡将军不避艰险，我们的责任就是帮他达成意愿，如果各位没有异议，准定明天清早赶往车站。”傅雁尘说着，征询的目光环顾左右，似乎有意无意地在何觉云脸上多停留了一下。

“傅先生不必担心，我绝对配合行动部署，”何觉云昂首表示，又略带歉意地说：“先前言语失当，还请你不要放在心上。”

“咳，都是同舟共济的兄弟，提那些干什么？”傅雁尘轻笑着摆了摆手。

化解了隔阂，接下来制定出行方案，火车站在驻地东北二十里外，他们选择了一条岔口最少的途径，划分了各人的职责，然后整装待发。

当晚，众人轮流在蔡锷的屋外值守，房顶窗下不放过任何死角，虽然有替换休息的空隙，但基于“催命符”的沉重压力，几乎每个人都不曾合眼。

次日黎明，卢友森先行去往车站踩点，留下了一辆特制的人力车，外表看起来与普通车子并没有区别，但撑开的雨搭下暗藏玄机，座位周边各有一块白铁包裹的木板，足可抵挡飞射而来的子弹。

蔡锷上车后，由脚力强健的杨立山担任车夫，其余三名卫士紧随扈从，此外乔依兰前导，何觉云殿后，傅雁尘的位置则自由把握，总归不离车子左右。

出门朝北迤逦前行，也许时辰太早的缘故，一路上人迹稀少，风平浪静，工夫不大来到了还剑湖附近。河内城区湖泊广布，还剑湖是其中最著名的一个，湖名起源于黎朝太祖黎利归还金龟宝剑的传说，湖水清澈如镜，岸边树木葱茏，并有玉山祠、栖旭桥和镇波亭等多处名胜。

河内的街道大多以还剑湖为中心向外辐射，穿过一条珠宝街沿岸向东即可直达车站，因为一切顺利，乔依兰不自觉地加快了脚步，不料刚刚拐出路口，却不禁吃了一惊。

原来呈现在眼前的竟是一个集市，货摊林立，熙熙攘攘，她踯躅不前，迟疑着回望着旁边的傅雁尘。

傅雁尘也正在驻足观望，同时暗自盘算，如果改道而行，需要兜绕一个大圈，即使不耽误发车时间，但应付进站验票的过程未免仓促，万一出现波折就没有了回旋的余地，倒不如提高戒备径直通过，好在这一段路程并不算太长。

想到这里向乔依兰投去坚定的一瞥，乔依兰会意点头，随即用眼神提醒其他同伴多加小心。

因为人流涌动，车行的速度明显减缓，沿街而设的摊位品目繁多，各类小吃有虾饼、牛肉粉、芭蕉干、绿豆糕；源于中国的茶叶和来自法国的香水，以及精巧别致的首饰，银制挂件，象牙和牛角雕刻成的工艺品等等，由于新年将至，还有年画春联，金橘桃花等应节之物。

穿梭来往的人群形形色色，服饰穿戴各有不同，有褐色布衣，有锦罗沙葛，也有西服革履。河内的民族多样，乔依兰分不清京人、岱人、泰人的区别，但见不少人口嚼槟榔，嘴角流汁，还有一些妇女把牙齿染得又黑又亮，而最为奇特是站在街边维持秩序的阮朝官吏，身穿团领长袍，腰间束带，头顶乌纱帽，活脱脱是中国明代士绅打扮，给人一种时空错乱的感觉。

如果没有重任在肩，徜徉在还剑湖畔，品味着异国风情，倒也不失为新鲜有趣的体验，乔依兰默然感喟，忽见不远处的傅雁尘侧目凝望，眉头紧皱，仿佛有什么意外发现。

“怎么了？”乔依兰跨上一步悄悄问道。

“那边有个女人……背影好熟悉。”傅雁尘喃喃道。

顺着他的目光看去，乔依兰隐约看到一条穿玄色旗袍的清瘦身影，步幅轻缓的反向独行，不一会儿就消失在喧闹的集市里。

越南境内华人广布，类似的打扮无足为奇，乔依兰低声说：“我看你是落下心病了，总不会认为‘催命符’是个女人吧。”

“既然从来不识庐山真面目，为什么不能是一个女人呢？”傅雁尘反诘，似乎穷思极想也没有结果。

乔依兰仔细琢磨，他的话不无道理，诡秘的“催命符”无迹可寻，真实的身份也就存在着无数可能，犹自心绪不宁，蓦然察觉侧前方一个卖肉粽的小贩有几分古怪。

寻常的肉粽摊为了保持温度，都是在一只土炉上放置搪瓷盆，而他的炉子毫无热气散发，显然并没有生火，搪瓷盆又被一面锅盖罩住大半，而本人的面目也被一顶宽大斗笠遮住，既不展示，又不吆喝，只是佝偻着身子围炉而坐，好像生怕被谁抢去了粽子似的。

乔依兰满腹困惑，傅雁尘也留意到了这一异象，而且视线左右游移，发现附近一个坐在擦鞋摊上的男人形迹同样可疑，他用报纸挡住了面貌，但偶尔转动之间，可以瞥见报纸后隐藏着一双极其锐利的眼睛。

“不好，是杜瞳！”傅雁尘骇然示警。

杨立山闻讯立即掉转车头，而杜瞳及其手下也纷纷现形，人数不下十三四个。傅雁尘先发制人，一枪击毙了那个想从肉粽盆里取出炸弹的密探，紧接着连发数弹，逼得杜瞳仓皇躲避，然后在乔依兰的配合下保护蔡锷的车子迅速撤离。

军警最初受挫，但人数优势很快显示出来，纠集靠拢穷追猛打，密密麻麻的枪声响起，集市上顿时炸开了锅，商贩和顾客奔逃四散，哭喊尖叫此起彼落，慌乱的人群虽然延迟了撤退的速度，却也影响到军警射击的精准度，不少人惨号中弹，成了无辜的“挡箭牌”。

勉强闯到路口，却没有甩掉军警的追赶，贴身跟从人力车的一名卫士也挂了彩，乔依兰正和傅雁尘协力阻敌，何觉云跑过来说：“依兰，你快和傅先生带着车子向西冲，我来断后。”

“你一个人怎么行？”乔依兰惶急道。

“怎么不行，”何觉云不容置疑地说，“别再耽搁了，等下本地的官兵赶来，大家都走不了。”

眼前的局面确实不可恋战，而且为了应付难以预测的形势，蔡锷身边的防卫力量也不能削弱，乔依兰略加考虑，只得切切叮嘱：“你千万要当心，车走远了就赶紧撤退。”

何觉云匆忙答应着继续投入还击，乔依兰招呼傅雁尘后撤，夹护着蔡锷的车子向西面的道路疾行，但没跑多远，就听到身后传来一下痛苦的呼叫，似乎是何觉云的声音，乔依兰惊悸回头，视野里却并没有何觉云的身影，正自焦灼不安，又听到前方响起了一片呐喊声。

只见一批头戴铜尖顶斗笠的越南士兵，在一名法国尉官的率领下蜂拥而至，前有拦截，后有追击，境况万分危急，乔依兰等人奋勇抗拒，无奈寡不敌众，一时难以脱困，施孤计穷之际，斜刺里的一条小巷突然杀出一队人马，气势凶猛地扑向官兵，为首的正是黎文俊，而随后出现的黎妙香站在巷口冲着乔依兰招手：“乔小姐，快跟我来！”

乔依兰惊喜不已，也无暇询问，立刻和傅雁尘几人护卫着蔡锷的车子直奔小巷。

大约一个钟头过后，在黎妙香的带领下，蔡锷一行逃出外城折向东南，通过一座横跨红河的吊桥，来到一个偏僻宁静的村落。

下桥不远进入一座宅院，篱笆墙包围的院内是一排相当气派的门字型房舍，居中堂屋，两侧的辅屋有七间之多，门楣梁柱虽然漆皮脱落，但从上面精细的雕纹可以看出以往的富庶，而附近的果园鱼塘已经荒芜干涸，显然许久没有人居住，不用说这里就是黎妙香曾经提起的“老宅”了。

妥善安顿了蔡锷，替受伤的卫士止血包扎，喘息稍定，乔依兰才正式致谢：“妙香妹妹，今天真多亏了你们，实在感激不尽。”

“依兰姐别客气，大家都是自己人。”黎妙香也改了称呼。

“唉，也不知道你哥哥和小何他们怎么样了。”乔依兰忧形于色。

“我这就回城打听消息，”黎妙香抓起刚刚摘下的斗笠重新戴上，安慰道：“放心吧，今天参加行动的‘光复会’成员都是精锐，救出何大哥不成问题。”

说着正要出门，却被傅雁尘拦住，“妙香姑娘，请等一等。”

“傅先生还有什么吩咐？”

“一事不烦二主，”傅雁尘说，“既然你要进城，能不能拐去车站一趟，告知卢科长我们的方位。”

乔依兰这才想起还有一位同伴失去了联系，不禁再度钦佩傅雁尘的临危不乱，而黎妙香也见过卢友森，当即满口答应。

黎妙香走后，乔依兰犹自魂不守舍，在屋内来回踱步，长吁短叹，傅雁尘忍不住劝道：“小何是个机灵人，估计最后可以趁机脱险。”

“不一定，”乔依兰愁眉锁眼，“当时我好像听到他中弹呼喊的声音。”

“场面混乱不堪，没准你听错了呢。”傅雁尘说，“这时候最需要的是冷静，想想看，如果发生不测，已经无可挽回，但如果安然无事，你此刻的担心不是纯属多余吗？”

“道理我懂，”乔依兰叹息道，“可是控制不了自己的情绪。”

“那就设法转换思路，”傅雁尘说，“回顾一下这件事的来龙去脉，也许会感到还有不少疑点需要澄清。”

“什么疑点？”乔依兰遽尔抬头。

“比如，”傅雁尘缓缓道，“推算日程，杜瞳及其同伙到达河内的时间不会太久，却能够准确掌握我们的出行线路，究竟是通过什么渠道获得的讯息？既然他们知道我们的位置，为什么不在驻地动手，反倒在一个人迹稠密的闹市埋伏，岂不是舍易而求其难？”

乔依兰沉默了一下，沉吟道：“我们在皮行街的落脚点早已不安全，而法国总督府又和北洋暗中勾结，向他们透露情报也就不足为奇。杜瞳选择在户外发动进攻，大概是认为可以直观的锁定目标，袭击成功的机会也更大吧。”

“站在刺客的角度，移动中的目标远不如固定中的容易对付，”傅雁尘说，“何况杜瞳他们的攻击也不像是全力以赴的样子。”

“为什么这么说？”乔依兰诧异。

“根据事实推测，”傅雁尘说，“他们应该清楚我们的去向，一旦搭上驰往云南的火车，实施暗算就更加困难。那个从不失手的‘催命符’不是已经到了河内了吗，今天为什么没有参与行动，紧要关头他还墨守成规，岂不是严重违抗了军政执法处的旨意？”

乔依兰凝神细想，也感觉无法理解，傅雁尘又说：“还有，黎文俊的出现固然是一场及时雨，但他事先怎么会知道我们的计划呢？”

“哦，昨天下午他曾向小何表示，在我们离境以前，‘光复会’都将义无反顾地提供帮助。”乔依兰说。

“但是我们的出行方案是在小何回来后制定的，其间也没有人外出，他们怎么可能获悉具体的时间路径？”傅雁尘连续发问。

“‘光复会’对城区的情况了如指掌，或许不难做出大致的判断，”乔依兰胡乱解释道，瞥见傅雁尘目光闪烁，仿佛戒心重重，不由得惊问：“你该不是怀疑文俊兄妹居心叵测吧？”

“那倒没有，”傅雁尘说，“我只是觉得这次遭遇有太多蹊跷，采取进一步行动前，必须把模糊不清的环节梳理分明。”

“形格势禁，我们不可能明察秋毫，而有些细节也无足轻重，再说眼下小何生死未卜，哪还有功夫想那么多？”乔依兰不以为然地说。

见她心烦意乱，确实不适宜从容商讨，傅雁尘体谅地说：“好吧，你先歇一会儿，我去随便走走。”

蔡锷入住的房间已经由杨立山等人仔细搜检，傅雁尘打算对其余屋子进行彻查，逐次巡视均无异常发现，来到末尾一间却看到里面砌着一座神龛，供奉的居然是面如重枣，长髯垂胸的关公，两侧还贴有一副楹联：“大义秉春秋，辅汉精忠悬日月；威灵存宇宙，干霄正气壮山河”

关二爷的忠义威名真可谓积厚流广，傅雁尘感喟着继续打量，神龛西侧的墙壁上有一扇残破的窗户，透过窗孔瞭望，外面的河流吊桥一览无余，佛龛东侧斜放着一架竹梯，直达上方一面井盖大小的木板，傅雁尘扶梯而上，推开木板纵身踏上房顶。

登高远眺，傅雁尘对周边环境有了更清晰的认识，据说黎家老宅所在地就叫作河东村，似乎位于两道堤坝之间，第一道堤坝年久损毁，只有正西吊桥的桥墩部分还算完整，那也是村子唯一与外界相通的途径，正东是另一道高耸的防洪堤坝，南端有一大片枝叶繁茂的红树林，而北端的河岸由于水流侵蚀已经贴近堤坝。

或许是常闹水患的缘故，这里的住户并不多，草木掩映间散布着稀落的房舍，初看起来确实是一处理想的藏身之地，但仔细揣摩，傅雁尘的心里忽然生出一份警醒，而且随着反复观望，越发感觉惶悚不安。

这时候他看见两条人影顺着吊桥奔来，似乎正是黎文俊兄妹，不一会儿跑到院内，刚刚进屋，就听到黎妙香大放悲声。

傅雁尘莫知所以，连忙从屋顶下来，赶去乔依兰房间，只见她和黎妙香正相拥而泣，黎文俊则是一脸沉痛。

“出什么事了？”傅雁尘紧张问道。

“何大哥他……”黎妙香只说了一句，就泪如雨下哽咽难言。

“小何兄弟遇难了，”相对镇静的黎文俊陈述，当黎妙香返回城内，还剑湖畔的厮杀已经结束，由于法属当局调集了大批兵力，“光复会”的攻势最终被瓦解，但撤离战场清点人员并没有发现何觉云的身影，于是派人回去打探，却得到一个十分不幸的消息，原来何觉云已然中弹身亡，连同四五名牺牲的“光复会”弟兄被官军斩下头颅，正挂在总督府所在的巴亭广场示众。

“啊，”傅雁尘愀然失色，扼腕叹道。“小何太可惜了。”

“傅先生不必难过，”黎文俊劝慰，“小何的仇我们一定会报，眼前你们就守护着蔡将军安心住下，等风头过了再做计较。”

“唉，黎兄弟，”傅雁尘迟疑道，“经过这一场波折，有些话我真不知如何开口。”

“傅先生切莫见外，不愉快的事情就别提了。”黎文俊以为他要为昨日的芥蒂表达歉意，当即摆出一副豁达宽容的姿态。

谁知傅雁尘的话完全出乎意料，“‘光复会’的仗义救助我们铭感肺腑，但恐怕这次仍然不能接受你的好意。”

“为什么？”黎文俊错愕。

“因为就躲避风险而言，这地方不宜久留，我劝你们兄妹也尽快离开。”傅雁尘说。

“这是什么话，河东村的地势易守难攻，当年我祖上随刘永福大帅的黑旗军抗击法兵，在此据守了四个月都平安无事，怎么到你嘴里就不保险了？”黎文俊愤然抗辩，摇头叹息，仿佛从没见过如此不识好歹的人。

“时过境迁，有些事情不能相提并论，而且我们的目的也不是据险固守……”傅雁尘还想婉言解释，却被乔依兰突然打断：“你还有完没完了？”

傅雁尘不由得一怔，只见双眼含泪的乔依兰横眉斥责：“小何刚刚身首异处，你就不能少玩些花样吗？”

“这怎么是……玩花样？”傅雁尘啼笑皆非，紧接着温和劝导，“小何的罹难大家都感到悲痛，但也应该保持头脑清醒，一切还要以任务为重吧。”

“没觉得你的头脑有多么清醒，如果不是你固执己见，非要今早上路，说不定小何就能躲过这一劫。哼，一切以任务为重，难道行动人员的性命就不值得珍惜？小何说得没错，你根本就是一个冷血杀手……”乔依兰面孔通红，越说越恼，却又怕激烈的争吵引来隔壁蔡锷的担忧，慌忙戛然收声，恨恨地跺了下脚，扭身冲出门外。

察觉到傅雁尘追了过来，乔依兰索性跑出院外，沿着一条曲折小径向南飞奔，断线似地泪水也顺着面颊不停滑落。

虽然早有不祥的预感，何觉云的惨死还是让她震恸莫名。“儿女情长未必英雄气短，”小何的那句豪言壮语犹在耳边回荡，想不到印证的代价竟是抛尽热血，追忆往昔的柔情蜜意，乔依兰除了哀婉痛惜，还有一份浓重的的歉疚，因为扪心自问，近来和傅雁尘朝夕相处，她的情感世界确实起了一些微妙的变化，而此刻羞愧难当，甚至深深懊悔昨日不该拒绝何觉云的索吻，刚才口沸目赤的一顿发作，似乎就是要宣泄淤塞于胸中的苦涩。

一口气跑出三四里远，直到进入一片树林，感觉双腿酸软才停下脚步，不经意回头，发现傅雁尘仍不离不弃地尾随身后。

“你一直跟着我干什么？”乔依兰没好气地说，一边擦拭着脸上的泪痕。

“这里人地生疏，我担心你出事。”傅雁尘说。

“我出不出事，与你有什么关系？”乔依兰不屑一顾。

“唉，乔小姐，你这是何苦……”傅雁尘试图劝解，但刚说了半句就钳口不言，就像被人一下子卡住了喉咙。

乔依兰不免纳闷，抬头一看，却见傅雁尘目光迟滞，神容震惊，仿佛突遭雷击一般，顺着他的视线望去，只见不远处的树后缓步走出来了一个女人。

那女人大约三十几岁，身穿一袭黑色的宽袖旗袍，左腋下系着一条月白色丝帕，头上梳着一个略显过时的“燕尾”发髻，一抹刘海儿遮住双眉，模样虽然白净端庄，神色却冰清水冷，乍看起来就像一具毫无生气的木雕瓷器。

想起集市上的仓促一瞥，再结合此刻的表情，乔依兰知道傅雁尘遇见熟人了，只是这个女人是敌是友，一时还难以猜度。

傅雁尘呆立了片刻，忽然疾趋两步，来到那女人面前单膝下跪，极其恭敬地称呼：“夫人……”

那女人侧身一避，拒不受礼，口中漠然道：“傅先生不必这样，我可万万当不起。”

傅雁尘只得起身，显得犹豫不决，似乎有太多疑问不知从何谈起，反而是那女人又主动开口：“看见我感觉很意外吧。”

“是啊，”傅雁尘点头承认，“过去我几次打探夫人的下落都没有结果，想不到在这偏远的异国他乡见面了。”

“我来收一笔陈年旧债，即使天涯海角也不算远。”那女人淡淡道。

“旧债？”傅雁尘一怔。

“辜恩负义的人总是忘性比较大，自己亏欠的债务居然毫无印象。”那女人冷笑道。

傅雁尘目色迷惘，仿佛陷入沉思，乔依兰的脑筋也在飞快运转，基于对傅雁尘身世背景的研究，加上两人之间的交流，她已经大致判断出来者的身份，世上能让傅雁尘如此敬重的女人只有一个，那就是清末大臣兼“宗社党”首领良弼的妻子宛苏。

果然，又听傅雁尘拘忌不安地问：“夫人说得是良大人遇刺的事情吧。”

“没错，”那女人说，“你曾经亲口向我承诺，愿以性命担保良大人的安全，但如今的事实是，大人已经命归地府，你却安然无恙的活着。”

“这件事我难辞其咎，只因当初突发变故……”傅雁尘惭惶道。

“不必解释了，”宛苏不由分说地拦住他的话，“欠债还钱，欠命抵命，这是天经地义的公理，你不是已经收到通知了吗，就只管静心等死吧。”

“这么说……您就是‘催命符’？”傅雁尘骇然失色，乔依兰也惊异不已，似乎无论如何也没有料到，眼前身材纤弱的女人竟然是近年来令人闻风丧胆的“杀手榜”魁首。

“世事无常，每个人的生命历程也会随之变化，而我的改变正是拜你所赐，不要以为自己是大名鼎鼎的‘霹雳手’，这次也不要抱一丝侥幸心理。”宛苏不慌不忙地说。

“咳，就算夫人手无缚鸡之力，想要我的命也只凭一句话就是了，”傅雁尘恳切表示，却又百思不解，“但我不明白，您为什么同时又把蔡将军当作目标？”

“想不明白就省点精神吧，目前你最需要考虑的是如何替自己安排后事，估计那块金子也足够置办一副好棺材了。”

宛苏的话音刚落，树林间又响起轻微的脚步声，只见杜瞳及其两名手下鬼魅似地冒了出来，乔依兰立刻拔枪怒视，并且不由自主地靠近傅雁尘，宛苏则沉下脸质问：“你们来干什么？”

“怕夫人以一敌二忙不过来，想过来帮把手。”杜瞳赔笑说。

“多此一举，我还用得着你们帮手？”宛苏嗤之以鼻。

“我知道夫人神通广大，怎么会需要别人帮忙，只不过上峰催得紧，日子耽搁不起呀。”杜瞳面有难色。

“你接到的指令跟我无关，我只按照自己的时间表做事，”宛苏说，“到现在为止，他们收到金牌刚好过去了一天。”

言下之意，蔡锷和傅雁尘还有两天活头，杜瞳婉言劝道：“夫人，凡事都要懂得权宜变通，不能太死板了吧。今天机会难得，除掉了‘霹雳手’，剩下的问题就迎刃而解了，您也清楚上头的赏格又加了码，十万银洋受封爵位，难道一点也不动心吗？”

“那些悬赏我根本没放在眼里，”宛苏鄙夷道，“两天后我交出两条命，你们自己去加官进爵吧，只不过在此之前敢来添乱，就是跟我过不去了。”

见她毫不通融，杜瞳的脸色就变得难看了，阴阳怪气地说：“夫人淡泊名利的风范令人佩服，我们一帮刀头舔血的莽汉就没这么潇洒了，眼前看到了实惠，总怕不小心错过。”

“听杜先生的意思，好像要跟我打擂台？”宛苏凛然侧目。

“我当然不敢跟夫人叫板，”杜瞳皮笑肉不笑地说，“只不过人为财死，鸟为食亡，万一手下哪个弟兄耐不住性子，恐怕我也不好约束。”

他的话就好比信号，两名随从不约而同跨上前一步，伸手摸向腰间的枪柄。乔依兰和傅雁尘并肩警戒，准备应对随时可能出现的险情。

宛苏却声色不动，只是摘掉腋下的丝帕在嘴角轻轻擦抹了两下，而后慢条斯理地开口：“约束不了部下是真够难为情的，看样子我有必要替你管教一下了。”

她的语调虽然不高，却透出一股慑人魂魄的阴寒之气，同时像是不经意地松手，月白色的丝帕悠悠荡荡地随风飘落，就在触地的刹那，她的右臂骤然扬起，一声枪响也划破林间。

众人惶然变色，查验身上却并无损伤，紧接着听到三十步开外的一棵树上传来惨叫，一名灰衣人重重跌落，双手捂在一起痛苦翻滚。

“转告你的弟兄，谁还在我面前有扣扳机的冲动，他的手指头就别想要了。”宛苏对杜瞳说，已然恢复了睥睨自若的仪态，就好像什么事也没发生过一样。

“是，是，我一定关照弟兄们，再不敢违背夫人的意愿。”杜瞳不迭应承，汗出如浆，不用说中枪落地的人也是他事先安插的密探。

傅雁尘始料未及，不由得瞠目结舌，印象中的良夫人虽然爽朗泼辣，却似乎从来没有使用武器的经验，何以短短几年不见，竟然练就了如此神乎其技的枪法。乔依兰自然也惊惧莫名，且又忧心忡忡，见证了“催命符”的威力，就好像看到了一道天堑鸿沟，如果不能设法消灭，壮志未酬的蔡锷只怕插翅难逃，情急中她心生一计，趁着宛苏和杜瞳说话，悄然贴近傅雁尘低语道：“留意她的破绽，准备开枪。”

不等傅雁尘有所反应她就横移一步，直眉瞪眼地冲宛苏嚷道：“既然是你死我活，就不要故弄玄虚了，干脆今天就做个了断吧。”

说着举起手枪就要射击，不料被眼疾手快的傅雁尘一把夺下，连推带搡的挤到一边，满面焦灼地告诫：“乔小姐，不要这样。”

宛苏冷眼旁观，非但没有被激怒，反而露出了一丝苦笑。

“看来你怜香惜玉的秉性一点没变嘛，”宛苏看着傅雁尘说，又转向乔依兰，“傻丫头，何必跟我耍花招呢，我不是嗜杀的魔头，但主动找死就另当别论了，只是没有金牌可收的。”

乔依兰负固不服，还想冲过来争辩，却又被傅雁尘拦腰抱住，厉声喝止，继而犹犹豫豫地望着宛苏，仿佛在等候着什么指示。

“好了，你们可以回去了，”宛苏说，“留在阳世的时间不多，可千万别浪费了。”

傅雁尘如蒙大赦，拉起乔依兰向林外匆匆走去，杜瞳虽然心有不甘，却也不敢轻举妄动，脸上青一阵白一阵，最后干笑着对宛苏说：“河对岸已经预备了住处，请夫人前往休息吧。”

“我独来独往惯了，不用你们操心。”宛苏冷冷道，轻迈脚步，翩然而去。

看着她逐渐消失的背影，杜瞳缓缓地摇了摇头，旁边的一名手下忿忿道：“这娘儿们也太嚣张了吧。”

“你要是有刚才那一手绝活，也可以这么嚣张。”杜瞳无奈叹道。

“可是，杜爷，咱们不能一切都迁就她吧，两天的时间，难保不会节外生枝。”

“按说接到‘催命符’的人已经死定了，”杜瞳沉吟道，“但也不能掉以轻心，最好先解决了‘霹雳手’，蔡锷一伙就成了待宰的羔羊了。”

“那家伙可是个硬茬，再说有‘催命符’挡横，对付起来恐怕不大容易。”

“蠢货，强攻不行，难道就不会智取？”杜瞳驳斥道，又问：“那只‘蝎子’什么时候能到河内？”

“最迟不超过今天下午。”

“很好，”杜瞳微微狞笑，“上次在香港的差使没干利索，这回也该他将功补过了。”

返回住处，傅雁尘首先找到在蔡锷门外值守的杨立山，拉到一边悄悄问道：“立山，你们四个是怎么排的岗？”

“两人一班，分守门前屋后，八个钟头轮换一次，保证蔡将军左右时刻不离人。”杨立山答道。

“两个人不够，”傅雁尘断然道，“至少房顶还得添一处暗哨，要确保方圆半里的风吹草动尽收眼底。”

“是。”因为一路上领教过傅雁尘的智勇忠诚，杨立山等人都心折首肯，奉令唯谨。

“对了，那位受伤的弟兄要不要紧？”傅雁尘又问。

“不碍事，子弹没伤到骨头。”

“嗯，反正我和乔小姐也不出院子，随时可以顶替。”傅雁尘说。

看他神情严峻，杨立山不免紧张，问道：“情况很糟吗，我们还要在这里待多久？”

“现在说不好，”傅雁尘若有所思地说：“你先去安排吧，顺便检查一下装备，等会儿来隔壁碰个头。”

杨立山领命回身，傅雁尘径直走进旁边的屋子，乔依兰正和黎氏兄妹小声交谈，脸色无比凝重，显然是在陈述刚才的险遇，看到傅雁尘，乔依兰缄口不语，轻轻把头偏向一旁，似乎余怒未消的样子。

年轻姑娘的气量毕竟小了些，傅雁尘暗自好笑，开诚布公地说："乔小姐，大敌当前，先前的争执就一笔勾销吧，免得内耗分神。"

"别把我当作不识大体的人，"乔依兰瞪着一双杏眼说，"本来早就没事了，却又让你错失良机的行为惹恼了。"

"错失良机？"傅雁尘先是一愣，旋即醒悟："你是不是觉得，在你挑战的同时，只要我趁势开枪，就可以威胁到良夫人？"

"当然，一心不能二用，那么近的距离两人配合还干不掉'催命符'吗，"乔依兰笃定道，"哼，也不知你是念及故旧，还是胆小怕死。"

傅雁尘微微苦笑，说："先别忙着给我下定论，我来问你两件事吧。"

"哪两件事？"

"第一，开枪之前良夫人的丝帕掉在地上，你以为只是不小心吗？"傅雁尘说。

"还会是什么？"

"那是她在测量风速，"傅雁尘说，"影响子弹飞行的因素有很多，包括风力、湿度、温度、弹头形状等等，本来手枪短距离射击的弹道几乎接近直线，她却仍然设置风向标参考，可见对精准度的要求已经达到极致。"

乔依兰恍然惊叹："难怪她能在三十步外打断别人的手指。"

"第二，你看清楚良夫人使用的是哪一种枪了吗？"傅雁尘又问。

"好像是……"乔依兰刚刚开口又不禁怔住，因为枪响前后只是恍惚记得宛苏随随便便地抬了下手臂，其余的细节居然毫无印象。

"这种电光石火般的出手别说你没见过，连我都想象不到。"傅雁尘沉声道。

是啊，乔依兰暗忖，自己曾目睹过傅雁尘拔枪，手法之快已堪称绝，但至少还能分辨出手中的武器类型，而宛苏的动作却似羚羊挂角，无迹可寻，就好像子弹是从身体里射出去的一样。

"所以，"傅雁尘说，"干扰良夫人的意图根本是徒劳，不但我无机可乘，最直接的后果就是你白白丢命。"

乔依兰悚然醒悟，傅雁尘是因为洞见症结才极力阻止，他不是怕死，而是怕自己无谓地送死，难怪宛苏说他"怜香惜玉"了。想到这里不由得心有余悸，还有一份莫可言喻的感动，但此刻不便表白，只是轻轻喟叹："一个前清的宗室贵妇，半路出家才接触武器，怎么可能练成如此匪夷所思的枪法。"

傅雁尘也苦思不解，只能尝试着分析，"也许良夫人对于枪械本来就别具天分，只不过以前没机会展示，身逢变故才改弦易辙，因为对'宗社党'的训练手段耳熟能详，加上一股冲天怨恨在心中鼓荡，终于激发出了最大的潜能。”

“她对你的怨恨毫无道理吧，”乔依兰打抱不平地说，“据我所知，当年良弼遇刺的时候，你正被仇家追杀，妻子也惨遭牵连，根本无法分身，宛苏不分青红皂白把罪责加在你头上，简直是冥顽不灵。”

“别这么说，良夫人以前是个通情达理的人，而且对我恩深义厚，毕竟是我违背了承诺，受到怎样的处置也不过分。”傅雁尘目光沉肃，“何况，当一个女人失去了最爱的人，理智早已被愤恨取代，哪还有心思明辨是非，想必这一点你也深有体会。”

乔依兰脸色微红，想起刚才因为小何之死迁怒于对方的情形，不禁流露出忸怩的神色，傅雁尘却并未借题发挥，而是转向黎文俊说：“黎兄弟，几次交流总有分歧，你不会认为我对你们有什么成见吧。”

“有成见也应该，”黎文俊沮丧道，“都怪我们办事不力，本想给各位提供一个安全的地方，谁知竟没有甩掉密探杀手。”

“这件事责任不在你们，”傅雁尘说，“也许在集市展开伏击之前，军警已经做好了盯踪的准备，当时我们只顾保护蔡将军，难免疏忽了尾随的眼线。”

“我这就去调集人手，掩护蔡将军转移。”黎文俊慨然表示，作势欲走。

“万万不可，”傅雁尘喝止。

“为什么？”黎文俊驻足回望，这时正好杨立山进门，看到众人神情抑郁连忙询问，傅雁尘简要讲明了目前的处境，他也惴惴不安地说：“怎么不赶紧冲出去？”

“已经来不及了，”傅雁尘叹息道，“首先，我们不清楚杜瞳的人数多寡，部署方位，也就无从制定转移计划。其次，我观察过这里的环境，也许确实易守难攻，但若试图突围，可供正常通行的只有一座吊桥，如果贸然硬闯，就完全暴露在对岸的射程内。”

“啊，怪不得你刚才就提出撤离，”乔依兰如梦方醒，却也明白，这个建议在军警抵达后已经失去了意义。

“黎兄弟的办法也使不得，”傅雁尘接着向黎文俊解释，“今天在还剑湖边发生了枪战，估计法属当局已经宣布戒严，如果你召集‘光复会’成员，再把河内的官兵引来，可就帮了倒忙了。”

黎文俊暗想果然如此，万一形迹不密即成火上浇油，可是“我们也不能作壁上观吧。”

傅雁尘沉吟未语，乔依兰也急切道：“是呀，情急如火，最好先拿出一条应对之策。”

“应对之策只有四个字，”傅雁尘说，“固守待援。”

“待援……援在哪里？”乔依兰迷茫道。

傅雁尘不即回答，看着黎妙香说："妙香姑娘，上午我托你通知卢科长的事情有什么结果？"

"哎呀，真对不起，"黎妙香像是陡然惊醒，愧悔不及地说："听到何大哥的噩耗，我一时六神无主，这件事全忘了。"

黎文俊沉下脸正想斥责，傅雁尘劝道："不必埋怨，事情还有补救的机会。"

"怎么补救，恐怕这会儿卢科长已经离开车站了。"黎文俊说。

"卢科长在河内还有一处落脚点，"傅雁尘说，昨天卢友森透露过，他刚来越南执行任务时，以一个华侨富商家为居停，此人名叫段毓平，原籍云南，如今定居河内文庙后街，因为经营烟茶制糖业大发利市，在北圻商界颇有名望，与总督府的上层高官也交情不浅，卢友森在搜集情报传递讯息方面多有求助，因为蔡锷的行踪需要保密，加上不愿给朋友招惹麻烦，所以才另觅住所，但今天和大家中断了联系，无处容身的卢友森必然再次投奔段老板。

"明白了，找到卢科长，没准能获取云南接应宪兵的消息，这就是我们要等的后援。"乔依兰说。

"嗯，"傅雁尘点点头，又对黎文俊说，"河东村虽然已在密探的监视下，估计暂时还不会为难本地村民，联络卢科长的事情就拜托你们兄妹了。"

"放心吧，一定不辱使命。"黎文俊一诺无辞。

"我还有一个请求，"傅雁尘紧接着叮嘱，"见到卢科长以后，你们兄妹就不必再回来了。"

黎文俊眼张失落，不无寒心地叹道："看来傅先生对我们还是缺乏信任，唯恐带来更多的危险。"

"恰恰相反，"傅雁尘说，"正因为我认定贤兄妹都是热血义士，才不肯把本该我们承担的风险强加给你们。"

这句话听似敦信明理，仔细品味却不免牵强，至少乔依兰感觉得出，傅雁尘并没有完全消除对黎家兄妹的戒备，虽然心中歉然，但因为防微杜渐是此行的原则，也就没有表示异议。黎文俊见状无奈地叹了口气，领着妙香出门而去。

025

听到脚步声渐渐远去，乔依兰微微感喟：“我不相信这俩兄妹有什么问题。”

“我也不相信，但目前的形势，已经没有多余的时间和精力去验证了。”傅雁尘说，继而问起杨立山关于装备的情况。

“六支毛瑟手枪，两支汉阳造步枪，不到一百发子弹，八颗手雷，还有几把匕首。”杨立山一五一十地说。

“火力够充足了，我还有一支左轮和二十发子弹呢。”乔依兰说。

“打劫银行是充足了，应付阻击战可就太寒酸了。”傅雁尘苦笑，经过几次火并消耗，他身边只剩下一支马牌“橹子”和一副备用弹夹。

“你是说，”乔依兰陡然变色，“他们敢在法国人的地盘实施强攻？”

“这有什么稀奇，”傅雁尘说，“上午在集市里的动静闹得还不够大吗？”

“那我们在此坚守岂不是死路一条？”乔依兰心里清楚，一旦军警密探群起围攻，只凭眼前的这点枪弹很难支撑太久。

“不一定，”傅雁尘说，“既然杜瞳已经掌控全局，就会想方设法避免己方的伤亡，此外又有良夫人的警告，估计他们一时半会儿还不会公然发难。”

“顶多也就拖上两天，到时候不必杜瞳动手，‘催命符’就来收账了。”乔依兰黯然道。

“不要小看这两天，”傅雁尘说，“按照卢科长的说法，从昆明赶来的十八名警卫已经上路，两天后也差不多就到了，如果能坚持到与援兵汇合，我们就有希望脱离困境了。”

是有希望，但也太渺茫了，虎狼环伺，谁知道两天内会发生什么样的变化，乔依兰凝眉默忖，不由得颓然叹息。

“天无绝人之路，首先我们自己不能放弃，即刻起开始全力坚守，每个人都要调整到最佳状态。”傅雁尘鼓励了一句，又对乔依兰说，“你把情况婉转禀报蔡将军，请他切勿焦虑，一切以行程安全为主。”

其实用不着傅雁尘交待，乔依兰也没打算对蔡锷和盘托出，因为凭她的了解，天生将才的蔡锷本身临危不惧，但若认识到前景极度凶险，反倒会担忧护卫人员的处境，没准还会力劝她及早离开。经过细想，她把上午激烈的枪战淡化为一场虚惊，甚至隐瞒了小何的死讯，只说稳妥起见，还需要在此滞留两天。而以蔡锷的明敏睿智，从乔依兰闪烁凌乱的目光中已不难察觉，事态比对方陈述的更加严重，但苦思忖度也无良策，只得一面下定慷慨赴难的决心，一面表现出豁达开朗的样子，说是多享受两天田园之乐也不错。

生怕言多有失，乔依兰不敢深入交谈，关照了些保重身体之类的话就告辞退下，刚刚出门，却见傅雁尘手持铁铲在院子的角落掘坑，专心致志，挥汗如雨。

“忙活什么呢，黎家老宅的地下埋有财宝？”乔依兰走过去招呼。

“命都保不住了，要财宝有什么用，”傅雁尘说，“我得准备点礼物款待不速之客。”

乔依兰细看，才明白他是在布置一个简易的陷阱，深约两尺的土坑内埋设若干尖利的竹钉，上面用树枝草叶虚掩，如果踏入难免足底刺穿。随着左顾右盼，她又留意到院内的其他地方也有改观，四周的篱笆墙串结着几股麻绳，其间捆扎着破瓷碗和空酒瓶，一旦有敌来犯即可提前预警，而且配搭严密。几乎不存在死角。

“呵，手真巧，亏你想出来这些招数。”乔依兰笑道。

“你忘了我曾经就读保定陆军学堂了，”傅雁尘说，“当年我的工兵科目回回优等。”

“上过什么学校不要紧，懂得学以致用才难得。”乔依兰由衷夸赞，同时内心不免一阵迷惘，小何遇难以后，她一直警诫自己疏远傅雁尘，似乎想尽量避免落入移情别恋的窠臼，此刻却猛然发现，那份基于依托信赖的好感根本无法摆脱，伴随而生的丝丝爱慕也难以泯灭，就好比掉入一片松软湿润的沼泽，越是拼命挣扎，越是深陷不拔。

“你有工夫在一边发呆，还不如帮我搭把手呢。”傅雁尘微笑着说。

“哦，哦。”乔依兰回过神来，赶紧捋起袖子上前帮忙。

在她的协助下，傅雁尘的效率明显提高，不到天黑即告完工，除了院落内外的机关布置，又用木板沙袋在房顶搭建了两处隐蔽的射击工事。

“好了，我得去吃点东西，小睡片刻，半夜来换立山的岗。”傅雁尘拍打着身上的灰土说。

“嗯，快去休息吧，我先在外面盯着。”乔依兰说，相比先前的苛责埋怨，此刻的口吻已变得无比温柔。

大概是疲累至极，傅雁尘匆匆果腹后倒在床上，只不过身处倒悬之急，毕竟睡不踏实，躺下不到三个钟头就一跃而起，开门出去，屋外已是乌云遮月，不辨五色，左右寻望，乔依兰持枪独坐在房西的一根廊柱下，俏丽的身影在夜风中略显瑟缩。

这样花信年华的女郎，本该在温暖舒适的香闺中憧憬美梦，此刻却只有停辛伫苦，面临难以预知的险恶，怜惜感叹之余，靠近催促她回房休息。

“我还不困，”乔依兰说。

“不困也去养会儿神，”傅雁尘说，“谁知道还要耗多久，留住本钱才有可能扩大赢面。”

乔依兰清楚，他故意用一种轻松的语气，是想缓解自己紧绷的情绪，当即听从劝导，“好吧，早上我再来替你。”

乔依兰转身离去，傅雁尘径直走进供奉关公的屋内，看到杨立山正趴在烟囱旁的射击点警戒，炯炯闪亮的双眼好似林间觅食的猫头鹰。

“没什么异常吧。”傅雁尘轻声问。

“一点没有，”杨立山说，“也许是周围太安静了，我的心里反倒没底。”

“嗯，平静表面下潜藏的杀机才最可怕。”傅雁尘说。

“这帮兔崽子也太讨厌，”杨立山切齿骂道，“熬鹰似的折腾咱们，真不如痛痛快快地来干一场。”

“这时候考验的是耐性，如果轻举妄动可就正中他们的下怀了。”傅雁尘告诫道，提醒他下去歇息。

杨立山走后，傅雁尘跨入工事，打开手枪的保险，又把两颗手雷和一支子弹上膛的汉阳造步枪放在伸手可及的位置，举目四望，感慨良多，类似的情形何其熟悉，虽然从前是等候猎物出现，而今充任的是守护者，但内心承受的压力同样沉重。

思绪飘荡，耳目却保持着警醒，朦胧间听到宅院东侧传来一下轻响，顺声望去，瞥见院外的一株榕树后黑影摇晃，当他举枪瞄准，那黑影又倏尔消失，却又隐约听到两三声类似布谷鸟的啾鸣。

傅雁尘诧异莫名，那是以往“宗社党”惯用的秘密联络讯号，莫非是军警的诱敌之计？但纵使危险存在，近在咫尺的威胁也必须设法排除，于是他悄然溜下房顶，蹑手蹑脚地绕出篱笆墙，逐渐逼向那棵榕树，眼前阒无人声，却见树后的一丛蒿草无风自动。

“什么人，再不出来我就开枪了。”傅雁尘低喝。

“别开枪……否则你满腹的疑团就无可破解了。”有人匆匆道。

傅雁尘惊愕变色，因为一下子就听出来，说话的人正是促使自己卷入漩涡激流的奇士修。

果然，随着草丛分开，奇士修缓缓现身，为了显示没带武器，空着的一双手臂轻轻上扬。

但傅雁尘毫无懈怠，双手握枪直指他的胸口。

“放松点，小傅，”奇士修轻轻叹道，“无论如何，咱们之间也不该以这种方式会面。”

“这大半个月来，不该发生的事情我也经历得太多了，”傅雁尘横眉立目，“难道你以为我还会延续任人摆布的愚蠢吗？”

“啊，不，”奇士修说，“我明白遭受欺骗的滋味不好受，你心里一定怒火中烧，只不过在开杀戒之前，能不能留给我一点解释的时间。”

“此时此地，我还能指望在你嘴里听到实话吗？”傅雁尘冷冷道。

“咳，这件事情确实复杂，”奇士修踌躇着说，“但以你的机智，只需细心品味，相信最终能够分清真相。”

傅雁尘报以沉默，枪口微微偏斜，做出一个“姑妄言之”的手势。

“小傅，抛开私交不提，你感觉我是一个穷凶极恶的败类吗？”奇士修先问了一句。

“我的感觉早就麻木了，眼下只认事实。”傅雁尘漠然道。

“好吧，咱就只谈事实，”奇士修喟然，“上月底去古北口请你出山，我是编造过一套冠冕堂皇的托词，但其中一层表述也并非虚伪，那就是我愧悔补过的初衷。当年效力‘宗社党’，你因为理想破灭而郁郁寡欢，我又何尝心甘情愿，密谋行刺，草菅人命，以往的种种罪孽总让我寝食难安。”

傅雁尘暗忖，这段告白倒也不是矫情造作，当初“宗社党”成立，除了溥伟、铁良和良弼一批满清贵族矢志不渝，麾下的部属成员大多士气低落，虚应故事，也许正因为人心涣散的缘故，这个抱残守缺的组织才注定失败，但联想到奇士修的所作所为，“从满清权贵的干将摇身变成袁氏独裁政府的鹰犬，恐怕称不上洗心革面的表现吧。”

“乱世动荡，是非难辨，就算我存心做一件匡扶正义的壮举，也看不出明确的方向，只得随波逐流，暂且安身立命，直到一个人出现，给我深入剖析了当前的时局变化，蔡将军的身系重任以及危难处境，我才决定利用职务之便暗中施救。”奇士修说。

“你遇到的是什么人？”傅雁尘不免好奇。

“这个人你没见过，但也一定耳熟能详，”奇士修说，“他就是编纂‘杀手榜’的《东方早报》记者，笔名‘广闻子’。”

“哦，”傅雁尘感到惊奇，“一个寻章摘句的文人，居然敢来掺合这种扭转乾坤的争斗。”

“不要小瞧了文人，”奇士修说，“‘广闻子’的学识见解非比寻常，忧心国事的赤诚也令人钦佩，由于在报界从业多年，他在政府高层和南北各省多有消息渠道，加上我从‘模范团’内部策应，很快在一起制定了周密的计划。”

“什么样的计划，为什么又牵扯上我？”傅雁尘问道。

“因为你就是整个计划成败的关键角色，”奇士修略显尴尬地说，进一步解释，“当时的形势，袁世凯虽然扭捏作态，称帝的野心却已昭然若揭，蔡将军看似仰俯由人，但维护共和的意图也掩饰不住，所以‘广闻子’判断，一旦蔡将军破壁而去，北洋政府必然竭力阻截，派遣军警密探之外，还会启用不少心狠手辣的成名杀手，蔡将军和部下拟定的出逃线路难保危机重重，但如果找出一个够分量的人物进行牵制，也许就能极大的减轻蔡锷方面的负担。”

“你苦口婆心地劝我加入，本来是想找一个转移视线的诱饵？”傅雁尘似有所悟。

“这也是我和‘广闻子’商议的结果，”奇士修说，“认为放眼当世，有能力和众多刺客周旋抗争的也只有你‘霹雳手’了，而且念及一段故交，你也不会拒绝我的邀请。”

傅雁尘的头脑有些混乱，浑然不解地说：“可是，万一我从开始就与蔡将军会合，你们的疑兵之计岂不是完全落空？”

“不会，对此我们心里有数，”奇士修说，“首先，蔡将军的行踪极其隐秘，连讯息畅通的我们都无从参详，你一个三年来隐居山林的人怎么可能轻易识破；其次，在你答应请求的同时，‘广闻子’已经暗地散布消息，说是‘霹雳手’受聘于执法处重出江湖，也是追杀蔡锷的行动组成员。”

“有了这样的警示，保护蔡将军的人自然视我为敌，绝不会泄露目标的行藏。”傅雁尘恍然道，难怪乔依兰最初对自己严加防范。

“作用不仅如此，”奇士修说，“消息发出，因为没有接到通知，真正的密探杀手会认定这只是一个‘障眼法’，基于你响亮的名头，反而坚信你就是蔡将军的首席保镖，随即跟踪追击，寻求顺藤摸瓜。”

“嗯，这一招确实一举两得，”傅雁尘轻哼一声，又问：“可是，你引我入局易如反掌，又拿什么借口去应付上官的盘诘，据说追杀行动由袁克定和雷震春联手会办，这两人不可能是一对饭桶吧。”

“哦，这一点事先也有准备，”奇士修说，随着事态发展，袁克定少不了向“参事官”垂询问策，奇士修及时阐述自己的方略，就说可以假借私谊唆使傅雁尘救助蔡锷，实际上要通过“霹雳手”的加盟吸引蔡锷的扈从人员，进而确定目标的动向，引领刺客进行围剿。结合奇士修的经历背景，了解到傅雁尘在“杀手榜”上的地位，袁克定也认为此计巧妙，值得一试。

“真是巧舌如簧呀，一套方案两种说辞，善恶动机只在你一念之间了。”傅雁尘感觉不可思议。

“为了迷惑对方，隐藏身份，我们在设定计划之初就留有回旋掩盖的余地，至于居心如何，全凭你的审思明辨了。”奇士修惴惴然。

傅雁尘仔细琢磨，见到蔡锷之前，与其说自己在驰援施救，倒更像是追杀者的指路明灯，从津浦线到上海的爱俪园，军警密探的跟踪如影随形，本以为祸起杜瞳的犀利目光，如今想来也不乏奇士修的暗示，因为使用相同的密电码，操作起来也并不麻烦。接着在香港尖沙嘴的中伏历险，则完全是奇士修的刻意误导，按照他的说法，就是要利用自己的拼斗延缓消耗杀手的追击，从侧面协助蔡锷脱困。这样的解释看似成立，却也存在着不少疑问，比如："你和'广闻子'的铺排定计，当事人竟然毫不知情，听起来也太不合乎常理了吧。"

"非常时期免不了非常之举，"奇士修说，"蔡将军对袁氏的抵制本来就深藏不露，素昧平生的我们岂可事先道破玄机，等到事情发生，任何一点纰漏都可能危及全局，更没有尝试联络的必要，何况，从开始我们就认为此次救助义不容辞，也无须向人表明心迹。"

这倒是有点功成弗居，不图回报的侠士襟怀，只是"为什么对我也隐瞒实情，莫非认定我根本不具备拯救国难的觉悟？"

"不，不，小傅，你的品行胆识我毫不怀疑，只是这件差事对你而言太过苛刻，我们都经受过克服恐惧的训练，知道求生的本能无法泯灭，一旦有所选择，没有人宁愿陷入绝境……唉，就算看在往日的情分上，有些话我也难以启齿。"奇士修支吾着说。

"这和往日的情分无关，你是怕万一遭到回绝，难免泄露内情，到时候图谋灭口更加费事，还不如趁早把我蒙在鼓里，任由自生自灭。"傅雁尘目光迷离，内心五味杂陈，说不出是震撼，委屈还是凄凉，毋庸置疑，对方替自己设计的轨迹等同死路，既是军警杀手的标靶，起初又是蔡锷保护者的铲除目标，夹缝间苟延残喘，能够坚守到此刻简直是奇迹。

"扪心自问，我的本意无负国家民族，但对你的亏欠就太多了，不管你信不信，我早已下定主意，等到一切结束，我会前往你的葬身之地自裁谢罪，可是万万没想到，情势的变化远远出乎预料。"奇士修愁眉锁眼地叹道。

"没想到我的命这么硬，还能活着与你见面吗？"傅雁尘说。

"不，你能活命我当然求之不得，"奇士修辩解，"我没想到的是，也许你的精诚所至吧，蔡将军及其部属居然真的接受了一位陌生杀手的帮助，只可惜同仇敌忾并没有增加化险为夷的机会，当初我自以为算无遗策，却还是严重低估了北洋政府阻杀蔡将军的凶猛势头。"

"你指的是'催命符'的出现吧，"傅雁尘说，"我也纳闷，既然良夫人为报私仇，冲我来就是了，何必要针对蔡将军呢，以她的性格，不该替北洋张目呀。"

"这是袁克定开出的条件，"奇士修说，"经过多方打探，前不久他们找到良夫人，表示可以提供仇家的下落，但作为报答，必须把蔡将军也当作刺杀目标。"

"一箭双雕，"傅雁尘摇头叹道，又感觉诧异，"这项协议是什么时候达成的？"

"应该就在你们离开香港的前夕。"

"不对，那会儿内外交困，连我自己都不清楚下一步的动向，北洋方面怎么可能确定我的下落？”傅雁尘满腹疑云，想到当时罗景宽已死，奇士修也无从获取情报。

“所以说他们的阴谋策划超出想象呢，”奇士修说，“通过悬赏、胁迫、外交谈判等多种手段，几乎聚集了可以利用的所有力量，除了你所知道的各路杀手，申玉彦夫妇，以及沿途殖民当局，还有不少行踪诡秘的爪牙，其中包括雷震春手下的一名得力密探。”

“是谁？”傅雁尘追问。

“具体是谁不清楚，”奇士修说，“只知道此人极富心计，狡诈无比，目前军警的部署态势就出自他的策划，行动代号‘铁门闩’。”

“铁门闩？”傅雁尘不由得发怔，这是象棋中的一个绝杀术语，比如形成了一炮镇中，车兵下底的局面，被攻方根本无法解救。他的心中虽然惶恐，嘴上却故作轻蔑，“口气太大了吧，此地河面宽阔，林木葱葱，想要一步‘将死’也没那么容易。”

“问题是他们步步紧逼，已经布控到位，”奇士修颓然叹道，“就在这两天内，参与追剿行动的三十名军警分别由海防和凉山方向入境，都是从执法处和‘模范团’抽调的骨干，武器装备也格外精良，其中还带来两支最先进的毛瑟98 式狙击步枪，配备四倍望远镜，有效射程一千码。河东村看起来平静如常，事实上已经水泄不通，不仅唯一的通道上有‘催命符’坐镇，其余三面也处在严密的监视下。”

“这么说，”傅雁尘悚然变色，“他们随时会发起进攻？”

“暂时还不会，”奇士修说，“一则是法国人的地盘，他们不便大张旗鼓，二则良夫人已经发过了‘死亡通知’，他们也乐得隔岸观火。”

形势不出所料，只不过更加严酷，傅雁尘怅然思忖了片刻，皱紧眉头问：“你千里迢迢南下河内，就是来为我送终的吗？”

“唉，但愿这不是此行的结局，”奇士修叹道，“其实随着献议不见成效，我已经渐渐失去了袁克定的信任，留在京城迟早露出破绽，所以这次借督阵之名，赶来越南提醒你一声，面对军警的封堵，切不可盲目突围。”

“你的提醒纯属多余，”傅雁尘面无表情地说，“无论前景多么凶险，蔡将军也绝不甘心困守异国他乡，拼死一战在所难免，除非你能有什么锦囊妙计。”

“锦囊妙计还谈不上，”奇士修犹豫着说，“不过，我在‘模范团’任职期间，也刺探出一些秘辛内幕，没准这一次能够派上用场，只是此刻还不敢说有十分把握……”

“那就不必说了，本来我也没抱指望。”傅雁尘夷然不屑地打断道。

望着他凛若霜雪的目光，奇士修未免气馁，但转念一想，经受过太多的欺罔蒙蔽，若非付出切实的努力，已经不可能得到昔年故交的充分信赖了。

“好吧，听其言，观其行，请再给我一天时间，明晚……”奇士修抬头看天月影东移，改口道，“今晚十一点，咱们还在这里碰面，到时候看看有什么变化。”

说着，不等傅雁尘答应就迅速转身，悄无声息地消失在草丛里。

清晨，一名卫士上房顶换岗，傅雁尘回屋休息，但躺在床上久久无法入眠，奇士修的话反复在耳边萦绕，警示的危险倒不可怕，毕竟近来已经习惯了祸患频生，而如果来访本身就是一个阴谋，往后的局面就更难对付了。就情感而言，傅雁尘不愿相信对方歹毒如此，但历尽磨难，头脑中紧绷的神经已不敢有丝毫松懈，再三揣摩难辨真伪，他想起了秀外慧中的乔依兰，或许站在不同的角度分析研判能够得出更确切的结论。

一念甫动，却已听到乔依兰在院里说话，像是在跟什么人打招呼。莫非是卢友森回来了？傅雁尘连忙起身，出门察看，才发现来的是黎文俊兄妹。

“你们这是……”傅雁尘迟疑着上前，看到两人身背竹篓，手里掂着蛇皮袋，走得气喘吁吁。

“傅先生，我来交差，”黎文俊擦着汗说，昨日他们出村后，找到了那位华侨富商段毓平，卢友森果然在他家里暂避，听黎文俊通报了蔡锷的情况也焦灼万分，但又表示，自己正在设法打探消息，等待云南方面的回音，所以需要稍作耽搁才能赶来会合。

“嗯，卢科长办事够老到，”傅雁尘微微点头，却又蹙眉诘问：“我不是叮嘱过两位，消息送到就不必再返回了吗？”

“哦，我想到你们需要补充给养，必须回来一趟。”黎文俊笑着说，和黎妙香分别放下竹篓皮袋，打开看，里面塞得满满当当，包括活鸡鲜鱼，肉蛋菜蔬，甚至还有一部分弹药。

“呵，这可真是雪中送炭。”乔依兰展颜笑道，忙请兄妹两人进屋。

这句话绝非一般客套，当前的境况确实艰难，如果说火力单薄的隐患尚未显现，食物匮乏的窘迫已无可掩盖，昨日匆匆启程，行囊中只预备了少许食物，一天过后所剩无几，而黎家老宅久未住人，除了院内的一口水井别无积粮，倘若继续困守，不等强敌来犯也无法支撑。傅雁尘不愿黎氏兄妹归返，也是想避免悬疑丛生的事态更加错综复杂，但看在对方盛情可感，纵然心存芥蒂，也不好再提出异议。

于是，他尽量表现得安然如故，一边帮着分拣东西，一边打听村外的情形。据黎文俊介绍，他们一路上仔细观察，河对岸桥头一带的房前树后确实游荡着一些可疑的身影，却并没有显出戒备森严的样子，来往过桥的村民行走自由，也没有人上前盘查询问。“也许局面没那么糟糕，北洋密探人生地不熟，想要围困河东村也不大容易。”

“错了，”傅雁尘反驳道，“相比如临大敌的阵势，外松内紧的封锁更加有效，你们兄妹能够轻松过桥，是因为体貌特征和目标不符，又没有携带可供藏人的器具，军警何必横生枝节呢。不知你留意到了吗，从昨天下午起，附近沿岸的渔船几乎清空，河面一下子变得视野开阔，仅此一点就能看出对方下足了功夫。”

黎文俊恍然一惊，却又眨动着目光说：“一条路走不通，还可以走别的路子嘛。”

“目前的难题是，无论走哪条路，都需要付出血的代价。”傅雁尘叹道。

“流血怕什么，”黎文俊昂然表示，“面对挫折，最重要的就是不能丧失勇气。”

没有明确的思路，只懂得逞强好胜，无非匹夫之勇，傅雁尘感觉话不投机，当即默不作声，却又突然察觉黎妙香不知何时已经离开，他不免心中纳闷，趁着乔伊兰向黎文俊打探总督府的情形，便悄然走出门外。

听到走廊北端的屋子传出动静，傅雁尘疾趋而至，来到门口才发现这是一间废弃已久的厨房，黎妙香正在里面操持张罗，收拾灶台，清洗锅碗，铺排食材佐料，忙得不亦乐乎，看到傅雁尘回眸一笑，却也没空说话。

“呵，妙香姑娘这是打算露一手？”傅雁尘笑着进门。

“是啊，贵客临门总得尽一点心意，”黎妙香浅笑应承，将一把洗净的韭菜在案板上切成长段，“当然，前提是傅先生别再赶我们走。”

“咳，”傅雁尘未免尴尬，讪笑道：“本来就是你们提供的避难所，我似乎不该提出过分的要求。”

“傅先生别介意，”黎妙香开始动手把一块熟牛肉撕成细丝，“其实从昨天对依兰姐的呵护，我已经看出你是一位仁厚君子，极力劝我们置身事外，也出于一片不肯连累无辜的好心。”

“嗨，难得你这么善解人意，”傅雁尘颇感欣慰，蹲下来归拢柴草，帮她点燃炉火。“我也没想到，你的汉话讲得这么流利。”

“这不奇怪，我们本来就是汉人。”

傅雁尘不禁一愣，黎妙香随即解释，历史上华人大规模移居越南的风潮共有两次，第一次在明末清初，满族铁骑入关，横扫九州，不愿臣服的明朝遗民纷纷逃难；第二次发生在清代中叶，由于洪杨起兵，荼毒生灵，不堪践踏的岭南百姓大批迁移；黎妙香祖籍广西梧州，咸丰五年因避长毛祸乱举家南下，迄今已历四世。

“天下汹汹，乐土难觅，越南也不见得就是桃花源呀。”傅雁尘喟然。

“没错，我祖上定居河内，本希望耕读传家，光大门庭，没成想此地战火延绵，竟也没过上几天太平日子。”黎妙香叹息，自从法国人入侵，数十年间越南境内兵事不断，她的父祖也接连投入到当地人抗击殖民统治的斗争，甚至在刘永福痛歼法军的纸桥一役中建立奇功，也许正因为饱经战火的洗礼，黎家兄妹自幼果敢坚强，尤其是黎文俊更是侠肝义胆，兼勇过人。“所以，你也该体谅我哥哥的心情，他坚持帮助蔡将军渡过难关，就是想证明自己是一个不负朋友重托的男子汉。”

“不负重托？”傅雁尘困惑，“我们并没有托付文俊兄弟呀。”

“是何大哥……”黎妙香神情悲戚，“遇难的前一天，他曾经关照过哥哥，万一自己发生不测，请我们务必协助蔡将军脱险。”

“哦，”傅雁尘也面色沉凝，可见小何始终心系任务，昨日的无畏气魄也有目共睹，但不幸英年早逝，令人不胜惋叹。伤感之余，他看到黎妙香把若干四方形的糯米皮放进热水锅烫软，而后捞起平铺在案板上，接着码放准备好的菜条、鸡蛋皮丝、牛肉柳等，然后从一端卷起，按压结实后再系上一根韭叶。“原来做的是春卷呀。”

“嗯，这是何大哥爱吃的，只可惜他再也吃不到了，也许眼下能做的只有替他完成遗愿了。”黎妙香泫然欲泣，包裹米皮的双手微微颤抖。

语气伤痛，俏生生的脸上满含留恋，傅雁尘不由得惊奇，莫非短暂的接触后，面前的少女已经对小何芳心暗许？他一时思绪紊乱，正想开口劝解，耳边却忽然传来两三声枪响。

傅雁尘陡然变色，拔出手枪一个箭步纵出门外，看到乔依兰和黎文俊也冲到院内，四下打量并无异状，抬头看去，只见房顶值守的卫士持枪半蹲，手指并拢向右平推。

傅雁尘看懂了这个军用手语，表示三点钟方向出现警象，当即告诫乔依兰等人加紧防卫，自己前往院外视察。

潜出篱笆墙搜寻前进，又有一下枪声响起，绕过两所房舍，发现一座破旧的牛棚后躲着一个人，虽然头戴斗笠，穿着越南服装，傅雁尘还是一眼认出正是卢友森，而且从迟滞笨重的姿态可以断定已然受伤。

牛棚侧前方有两条身影正缓缓移动，傅雁尘借助草木隐蔽，等到来人逼近连发两枪，两条身影应声倒下，目测倾听再无后援，就快步奔向牛棚，背起卢友森迅速撤离。

返回黎家老宅，众人把卢友森搀扶到在床上，只见他的左小腿有一处弹洞，犹自血流不止，人也疼得满头大汗，呲牙咧嘴。“当兵八年，还是第一回挨枪子，真他娘的不是滋味，哎哟……”

“好在只是贯通伤，落不下残疾。”傅雁尘安慰道，从行囊里找出金创药和绷带替他包扎。

“那帮混蛋的眼睛真够毒的，我换了副打扮也没混过去。”卢友森说。

“你吃的是身材的亏，看看本地的村民，大多低矮黑瘦，哪见过你这么富态的人物。”傅雁尘看着体态丰硕的卢友森说，又向乔伊兰和黎文俊投去一瞥，两人相顾悚然，似乎认识到了周边监控的严密。

喘息了片刻，开始询问情况，卢友森神情沉重地摇头叹道：“没什么好消息……”

接着详细陈述，一天下来，通过段毓平的鼎力支持，大致探听到一些内幕，针对蔡锷在越南过境，北洋政府和云南方面正在展开一场暗中的博弈。北洋政府掌握的筹码不仅是拘押的反法运动领袖，鉴于欧战形势激烈，出于对在华总体利益的考虑，协约国纷纷拉拢中国参战，其中之一的法国也不例外，有了这层关系，北洋政府就持续向法属印度支那总督施压，敦促其协助缉捕在逃要犯。而另一方面，云南的唐继尧将军也向法国人提出交涉，警告他们不许伤害蔡将军的人身安全，否则将无法保证滇越铁路的畅通。

这的确是一招有效的牵制手段，傅雁尘暗忖，滇越铁路好比法国人攫取中国西南资源的吸血管，每年有大批矿产由此输出，一旦截断损失不计其数。那么，“法国人是什么态度？”

“还不清楚，”卢友森说，“但参考他们纵容军警杀手的情形，好像并没有把云南的警告放在心上。”

“洋人最势利，”乔依兰说，“目前即将称帝的袁世凯毕竟实权在握，他们不可能因为一个地方政府而得罪名义上的中央首脑。”

“嗯，外交斡旋基本指望不上，还是做好殊死搏斗的准备吧。”傅雁尘说，又问道：“那一队宪兵卫队什么时候能来？”

“早上接到的回话，说是最快明天下午两点抵达河内车站。”

“太迟了，”傅雁尘脱口道，“从车站赶到这里差不多也得两个钟头。”

“是啊，”乔依兰也忧形于色，“到明天中午为止，就是‘催命符’规定的最后期限了。”

这一点傅雁尘倒没过多在意，并非轻视“催命符”的恐怖力量，而是随着时间的拖延，也许不等良夫人再次露面，各种致命威胁也会层出不穷。

“对了，”黎文俊忽然说：“不如把蔡将军藏起来如何，昨天忘记告诉各位了，我家老宅有一个秘密地窖。”

“在哪里？”傅雁尘追问。

“就在供奉神龛的屋子，关公像的底座下。”

傅雁尘颇感诧异，自己也曾仔细查看过那间屋子，竟然毫无发现，可见是个极隐秘的地方，但转念一想，这个办法根本行不通。“我们的目的不是龟缩躲避，而是尽快出逃，即使能藏个十天半月有什么意义？何况军警杀手不会善罢甘休，一旦发起攻击，必定是生要见人死要见尸，就算掘地三尺也不会放过目标。”

分析得合情合理，乔依兰和黎文俊都不免泄气，茫然无措之时，蔡锷在杨立山的陪同下走了进来。虽然接受乔依兰的建议尽量留在房间内，但听说部下负伤，蔡锷还是坚持过来探视，而他的出现使得气氛趋于微妙，因为大家都有心照不宣的共识，当着蔡锷的面不可流露太多悲观失落的情绪，以免让他本已焦灼的心情增加烦恼。

既然不便据实商谈，傅雁尘索性退出门外，略加斟酌，走进那间供奉神龛的屋子，来到关公像前俯身勘查，果然在底座边缘发现了蹊跷，用匕首撬开一块活动的青砖，看到一只半圆形的铁环，伸手一拉，机关启动，连同底座的一块地板瞬间平移，露出一个井盖大小的洞口。

沿着土阶下到洞内，揿开打火机四下环顾，地下的空间着实不小，足以容纳七八人藏身，墙壁上涂有防潮的泥灰，呼吸之际也不觉得憋闷，估计边角留有气孔。

可惜的只是地窖而非地道，否则就解了燃眉之急了。傅雁尘暗自遗憾，但转念又想，难道这个绝妙所在就没有一点利用价值，然而苦思冥索了半个钟头，也没有想出一条稳妥的良策。

等到从地窖出来，返回刚才的房间，杨立山肃立门口，蔡锷仍在和卢友森谈话，并且手拿一张地图，似乎在讨论着云南的交通现状，乔依兰和黎文俊却不在屋里，再去厨房察看，黎妙香也没了踪影，唯有案板上摆放着两盘春卷。

傅雁尘心中疑惑，慌忙把杨立山拉到一边询问。

“乔小姐和黎家兄妹刚刚出去了。”

“唉，这会儿出去不是找死吗，”傅雁尘气急跺脚，“你怎么不拦住她？”

“她说继续困守也不是办法，要去探探路子……”杨立山嗫嚅道。

“纯粹添乱！”傅雁尘皱眉道，问清了他们的去向，又叮嘱杨立山小心警戒，就匆匆追出院外。

本以为很快就能截住他们，谁知跑出很远也没看见人影，最后辗转来到村子的最北端，眼前是一座草木稀疏的台地，踏步而上，乔依兰和黎文俊从树后一闪而出，各自握枪，神色机警。

“你搞什么名堂，”傅雁尘兜头责问，“忘了昨天达成的决议了？”

这指的是“固守待援”的方针，乔依兰辩解道：“援兵已经不能按时赶来，与其坐困愁城，不如想法子寻找一条出路。”

“就算援兵迟到，”傅雁尘说，“与强敌对峙也应该以静制动，轻出阵营不仅自身危险，也可能给整个撤离计划造成麻烦。”

“话是不错，但凡事不能一成不变，你不妨先听听我们的思路。”乔依兰说。

傅雁尘哪有心思听她高谈阔论，只想赶紧返回驻地，但左右打量却发现少了个人，忙问道：“妙香呢？”

“在那边——”乔依兰伸手遥指，傅雁尘纵目望去，毗邻红河的高台以北是一片泥沙淤积的洼地，半里外是高耸的堤坝，黎妙香正从堤坝底部攀援而上，身上似乎还背着一捆麻绳。

“她在干什么？”傅雁尘不解。

“是这样，”黎文俊开口介绍他们的方案，让黎妙香沿着堤坝探索，找出一处适宜攀爬的位置，上去固定绳索，再把蔡锷接来由此出逃，当然，事先黎文俊也会安排人手在坝顶策应。

“看这里，”乔依兰补充说明，“台地和堤坝的距离已经超出射程，只要留两个人在此坚守十五分钟，蔡叔叔就有足够的时间冲出包围圈。”

听她信心满满，傅雁尘简直啼笑皆非，迷茫怅惘的目光投向黎妙香的身影，黎文俊以为他顾虑妹妹的安全，就说：“放心吧，妙香从小就擅长爬树，这点高度不算什么。”

“想出这么荒唐的主意，亏你们还能自鸣得意。”傅雁尘摇头叹息，“难道从老宅到这里的路程就可以忽略不计，其间面临凶险只怕难以预测。而且在此阻击也并没有优势，你们只考虑了手枪的射程，莫非断定军警杀手就不会使用长距离武器？”

乔依兰不由得一呆，黎文俊却辩驳道：“紧要关头的决定，不可能每一次都有十足把握，但至少应该勇于尝试。”

又是这种轻率鲁莽的论调，傅雁尘大起反感，却又尽量耐住性子开导：“我们的任务和那些杀手正好相反，一次失误就可能全盘皆输，所以容不得半点闪失，文俊兄弟，请听我一句，快把妙香喊回来，此刻不知道有多少目光正在盯着她呢。”

“不，”黎文俊却执拗不从，“我们兄妹都是勇往直前的人，既然走到了这一步，绝没有放弃的道理。”

傅雁尘一筹莫展，还想继续苦劝，却听到一下锐响破空划过，遽尔抬头，看见顺着堤坝爬到一半的黎妙香应声栽落，掉入底部的浪花拍岸的河水中。

“妙香——”黎文俊色变惊呼，正要冲过去，却被傅雁尘厉声喝止，“你俩都别动，我去！”

说着他跑下台地，先是借助一棵矮树的遮蔽侧目回望，发现半里以外的坝顶隐约冒出半只脑袋，随即闪身而出，腾挪纵跃着避开了两发冷枪，发足奔向河堤下部，尽量不给对方留出射击角度，继而向北移动，从水里拉起妙香背在身上，沿着原路迅速返回。

把黎妙香放在地上，人已经毫无知觉，查验伤口，子弹打断了右侧肋骨直入肺腑，鲜血仍不断涌出，乔依兰试图抢救，忙乱了许久也无济于事，最后触摸颈部已无脉动，忍不住泪如雨下。

黎文俊也大放悲声，却被傅雁尘一把揪住衣领，指着黎妙香苍白的遗容，怒不可遏地斥道：“睁眼看看吧，你不是一直要证明自己的勇气吗，面对这样的惨景你的勇气何在？如果这件事里必须有人去死，也不该是这个可怜的姑娘！”

黎文俊捶胸顿足，无言以对，乔依兰被傅雁尘目眦欲裂的样子吓得呆住，但理解他痛惜懊恼的感受，想到由于自己的轻举妄动导致了眼前花季少女的遇害，也不禁愧悔莫及。

纵使哀思如潮，现实也无可更改，由于村落被封锁，自己又受到当局通缉，黎文俊不可能替妹妹举办风光大葬，最后只得求告乡邻捐助几块薄板就地掩埋。傅雁尘和乔依兰虽然伤感不已，却因惦记着蔡锷的安危不便久留，趁村民帮忙装殓之际，恳切安抚了黎文俊几句就黯然离去。

也许是惭惶不安的缘故，乔依兰无颜与傅雁尘搭腔，只顾垂头丧气地顺着河岸向南跑去，没料到慌不择路，途经一个沿河围筑的鱼塘时，居然不小心被横亘在地面的网杆绊了一下，立刻身体失衡，扑通一声摔落鱼塘，随后又被水下的渔网缠住，反复扭摆难以挣脱。

鱼塘西侧的河边原本停靠着一只舢板，上面一个渔夫正在睡觉，脸扣斗笠，四仰八叉，大概被一连串声响惊扰了美梦，连忙跑过来救人，手拿一根鱼竿递给乔依兰，但不知是鱼竿过于光滑，还是乔依兰用力过猛，拉拽之下不但她没有上来，反而把立足未稳的渔夫拖下水中，幸好鱼塘不深，但两人同时呼喊扑腾的场面也极其狼狈。

随后赶到的傅雁尘看到这戏剧化的一幕，不由得好气又好笑，当即快走两步上前施助，因为渔夫的位置更加靠近岸边，就先冲着他伸出手去。

然而，刚刚拉住了渔夫的手，他的心底疑云顿起，因为发现那只手白皙洁净，似乎和身份极不相称，而且头脑中倏尔闪过一念，岸边的渔船不是已经被军警驱散了么，此人怎么还会有一只舢板？

只不过稍稍发愣的瞬间，就感到手掌心微微一麻，仿佛被蚊虫叮咬了一下，继而周身僵硬，不由自主地跌坐在地。

“咦，你怎么了？”站在水里的乔依兰看到傅雁尘面色赤红，双目呆滞，不禁诧异叫嚷，对方却毫无反应，就好像已经完全丧失了意识。

这时“渔夫”回过身来，斗笠下是一张隆长脸，五官模样极其普通，只是嘴角浮现的笑意显得格外诡秘，他手法麻利地替乔依兰去除了渔网，不紧不慢地说：“姑娘，你可以回去了，我不为难女人。”

乔依兰闻言色变，自然明白遇到了敌人，连忙伸手拔枪，却发现手枪已不在身上，估计“渔夫”刚才拉扯渔网之际顺便替自己解除了武装，但她也毫不示弱，紧随着“渔夫”上岸，就要徒手进行搏斗。

“渔夫”灵巧地一闪，似笑非笑地说：“别犯傻了，沾上我的身体可没有好果子吃，连赫赫有名的‘霹雳手’都禁不起轻轻一碰，你真的想试一试吗？”

察言观色，再结合傅雁尘的症状，乔依兰蓦然意会，一张脸也骤然煞白。

“你是……‘飞天蝎子’皇甫笙！”乔依兰骇然惊呼，惶恐的目光瞥向地上如同木雕泥塑的傅雁尘，“你把他怎么样了？”

“还能怎么样，”皇甫笙淡淡道，“苗疆蛊毒，杀人无形，如果你不想陪着他走上黄泉路，就躲得我远远的吧。”

说着缓缓迈步，抓住傅雁尘的腰带，轻松地将整个人提起扛上肩头。乔依兰五内如焚，却又进退失据，以皇甫笙的毒辣手段，自己上前无疑是白白送死，但若袖手旁观，心中的感受又何其煎熬，惊惧和愤恨之外，还有深深地自责，万万没料到，盲目行动带来的恶果竟如此残酷，折损了妙香不算，居然还要眼睁睁地看着傅雁尘送命。

026

看到傅雁尘命悬一线，乔依兰却无计可施，泪水迷蒙了双眼，犹自悲痛绝望，但意想不到的事情又发生了。

皇甫笙正要驮着“猎物”向舢板走去，或许是因为上身倒垂的缘故，刚走了两步，傅雁尘的衣袋里突然掉出了一件东西。皇甫笙低头看去，不由得驻足发呆。

他立刻把傅雁尘放下，捡起地上的东西细看，脸上露出惊奇不已的表情。乔依兰也不免惶惑，定睛望去，他紧攥的是一串紫褐色的沉香手珠，印象中并没有见傅雁尘戴过。

“姑娘，过来搭把手。”皇甫笙忽然开口，态度居然相当温和，却又透出一股不容置疑的气势。

乔依兰本来也没有离去的打算，却又感觉浑然不解，看到皇甫笙再次扛起傅雁尘匆匆奔向舢板，只得亦步亦趋地跟了过去。

皇甫笙将傅雁尘拖进舢板的狭小的船舱，随手拿起一只瓢勺扔给乔依兰，说：“快去舀一些河水。”

乔依兰已经毫无主意，懵懵懂懂地依言行事，等到端水过来，看见皇甫笙拿着一只小白瓷瓶，拔开瓶塞倒出一颗墨绿色的药丸，撬开傅雁尘的牙关塞进去，然后接过乔依兰递来的水灌了两口。

过了不久，傅雁尘的胸腹间咕噜作响，紧接着翻身而起，难过的神情像是饮酒过量，随即趴在船舷哇哇呕吐，这一吐好比开闸泄洪，只见他双肩抽搐，涕泪四流，乔依兰不免心生怜惜，忙凑近替他轻轻摩挲背部。

终于倾泻一空，傅雁尘先用瓢勺里的水漱了漱口，喘息着坐直身体，看到神情自若的“渔夫”，回忆起刚才的遭遇，不由得如坠云雾。“你是……这究竟怎么回事？”

“傅先生别来无恙，”皇甫笙轻轻一笑，“咱们在香港有过一面之缘，我差点就栽在你手里。”

傅雁尘思绪飞驰，恍然想起香港“福满楼”里的情形，即刻断定面前的人就是“飞天蝎子”，但揣摩不透的是“这次我落在你手里，为什么网开一面呢？”

皇甫笙却没有回答，拿起那串沉香手珠反问：“这东西对你有什么意义吗？”

“没什么意义，”傅雁尘说，“不过是一件小礼物，我看到做工精致，就没舍得丢掉。”

“幸亏没丢，不然今天你连命也丢掉了。”皇甫笙感喟道。

“你能说得明白点吗？”傅雁尘一脸茫然。

“从上海南下香港，傅先生搭乘的是太古公司的‘靖波号’？”皇甫笙又问。

“是啊。”

“那么，你还记得船上有一位名叫姚丽莎的歌女吗？”

“当然，”傅雁尘说，“这串手珠就出于她的馈赠。”

“这就没错了，”皇甫笙欣然笑道，冲着傅雁尘抱了抱拳，“傅先生行善积德，合该得此回报。”

暗自回顾“靖波号”上解救姚丽莎的情形，傅雁尘似有所悟，“这么说，那位姚小姐是你的……”

“她是我这辈子最心爱的女人，”皇甫笙语气笃定，神色却又掩饰不住抑郁，“只可惜时乖命蹇，飘零红尘，就好比一朵陷入泥淖的鲜花。”

“既然放心不下，为什么不帮她摆脱困境呢，”傅雁尘说，“凭你的能力，应该足够保护自己的女人吧。”

“唉，一言难尽，”皇甫笙沉重叹息，“这其中包含着一段辛酸曲折的故事，我也没心思讲，你也不见得有兴趣听。”

傅雁尘依稀记得，当初姚丽莎似乎也讲过“身不由己”之类的话，但具体是怎样的故事，对方无意吐露，自己也就不便追问。

“我在香港和丽莎匆匆一会，才得知了她在船上的经历，”皇甫笙解释，“真没想到，作为大名鼎鼎的快枪手，傅先生还具备一副侠义心肠。”

“我也没想到，”傅雁尘回敬一句，“毒性猛烈的‘飞天蝎子’居然是一位痴情的男人。”

“我用的毒并不可怕，真正的歹毒人心才无药可解，”皇甫笙峻然道，“傅先生应该清楚，就算今天我不动手，你也已经频临绝境了。”

“嗯，我还算耳聪目明。”傅雁尘平静道。

“所以，我暂时把你救起，也并不能保证你长命百岁，以后的运气就很难说了。”皇甫笙开诚布公。

“皇甫先生高抬贵手，已经感激不尽了，就怕你回去交不了差。”傅雁尘客气道。

“交得了，”皇甫笙笑道，“我回去宣布你的‘死讯’，凭我的信誉谁也不会怀疑，而且这么做对你也大有好处，‘催命符’就算再厉害，拿一个‘死人’也没办法，只要瞒住了这个女魔头，说不定你就有机可乘了。”

“多谢帮忙，”傅雁尘笑道，目光微微闪动，“既然皇甫先生这么仗义，不如再卖点人情给我。”

“哦，傅先生还有什么吩咐？”皇甫笙问。

“如果方便的话，这条小船能不能留下？”

一条赏格不菲的性命都可以归还，一只临时租用的小船又算什么，皇甫笙不但满口答应，甚至又额外奉送了一顶斗笠及本地衣裳，以便傅雁尘在归途中掩人耳目。

傅雁尘致谢拜别，似乎志得意满，乔依兰却不以为然，因为在她看来，上午的遭际已经表明河东村内外杀机四伏，如果从驻地到河边的转移过程无法确保安全，留下一只小船也形同镜花水月。而且，至此她对瞬息翻覆的变故仍然摸不着头脑，返回老宅后忍不住刨根问底。

“姚丽莎是谁，怎么从来没听你提起过呀。”

“举手之劳，无足挂齿。”傅雁尘简明扼要的追述了那段往事。

“难怪皇甫笙对你感恩戴德，原来你曾经避免他的心上人受辱。”乔依兰豁然开朗，钦佩之余又感慨万千，“可见善恶有报的话一点不假，要不是你当初种下一方福田，明年的今天恐怕就是你的忌日了。”

“我平生造孽太多，即便横死也无可抱怨，”傅雁尘叹道，“可惜了妙香姑娘，年纪轻轻的就过早夭折。”

谈到妙香，乔依兰又沉浸在深深的愧悔哀伤，凄惶不安地说：“这件事都是我的错，不该违背你的忠告……”

“事实无法挽回，认错也毫无用处，只有保持警醒，一切多加小心了。”傅雁尘说，“比如此刻，你怎么不赶快去换一套衣服呢，白白让我饱了眼福倒不要紧，万一得了肺炎，可就连反省自责的机会也没有了。”

乔依兰恍然想起，刚才失足落水，浑身上下已经湿透，当时险象环生浑然不觉，现在才感到凉冰冰的十分难受，不但拖延下去易生病患，衣衫贴身也凸现了曲线玲珑的身材，于是面色一红，赶忙回房更换。

傅雁尘找到留守的同伴，询问离开后的情况，回答仍然是毫无异常，但这并不能给他带来一丝轻松，相比“山雨欲来风满楼”的情景，也许惨剧爆发前的沉寂氛围更加可怕。

等到乔依兰出屋，时间已过正午，大家开始替换进餐，厨房虽有黎妙香留下的美味春卷，但睹物思人，谁也不忍食用，最后还是乔依兰亲自动手，整治了一锅蛋炒饭简单充饥。

一顿饭还没吃完，忽听房顶的卫士发出警讯，出门查看，只见三个男人正缓步走近篱笆墙，服装打扮各不相同，一人身穿越南官袍，一人是浅色西服，而另一个是戎装笔挺凸鼻凹眼的洋人。

傅雁尘立刻吩咐杨立山加紧守护蔡锷的房间，同时关照乔依兰等人扣上斗笠，尽量遮掩面目，随后只身上前探问。

那三人已经在院门口站定，由穿西装的男子阐明来意，看情形他是一名翻译，只不过汉语水平和身上的衣服一样皱巴，费了半天劲才介绍清楚，旁边两位是印度支那总督府的官员约里奥及其属吏，因得知蔡锷将军在此下榻，特来问候致意，同时要传达一份总督府的决议。

既然是本地的官方代表，不可能拒之门外，何况傅雁尘也需要了解法国人态度，于是做了一个肃请的手势，只不过把他们引入自己的房间，而由乔依兰和卢友森作陪接待。

约里奥进门后大马金刀地居中就坐，显得趾高气扬，其余两人只敢侍立旁边，听他都囔一句，那名翻译说："请问蔡将军在哪里？"

傅雁尘冲卢友森使了个眼色，卢友森会意，既然对方身系保驾重任，抛头露面的交涉就该由自己担当，随即婉言道："十分抱歉，蔡将军舟车劳顿，偶染风寒，此刻不便见客，贵官有什么见教就请直言吧。"

听过翻译的解释，约里奥似乎也并不在意，只顾呜里哇啦讲了一通，再由翻译转述内容，说是接到云南的通知，总督府获悉蔡锷将军从越南过境，本当表示欢迎，不料贵方却接连引发了暴力事件，影响极其恶劣，对此惟有遗憾和抗议了。

"这么说很不公平，"卢友森反驳道，"北洋政府的密探杀手才是暴力事件的发动者，我们只是被迫防卫，不应该承担相关责任吧。"

约里奥通过翻译说："对于贵国的政治纠纷，我们保持中立态度，只要遵守印度支那联邦法律，并不会偏袒任何一方，可惜你们牵扯上了本地的反政府势力，这就未免不大友善了。"

他指的自然是"光复会"的介入，乔依兰不禁楸然变色，这才更加体会到傅雁尘峻拒黎家兄妹参与行动的深意，倘若法属当局借机寻衅，简直是雪上加霜。卢友森也感觉事态不妙，支吾着问："莫非……总督府要采取什么惩罚措施？"

"不会的，"约里奥大咧咧地一笑，"看在和云南方面的友好关系上，这次对你们的过错就既往不咎了，而且还愿意提供一个息事宁人的最佳方案。"

"什么方案？"卢友森颇感意外。

"礼送蔡将军出境——"约里奥说，具体形式是，明天上午十点，总督府派来四名士兵，护送蔡锷前往河内火车站，然后启程北上。

"才四个兵？"卢友森迟疑道，"怎么可能保证蔡将军路上的安全。"

"除了万能的上帝，谁也无法预知未来发生的事情，"约里奥皮笑肉不笑地说，"至少我们付出了诚意，也就可以心安理得了。"

卢友森瞠目结舌，约里奥却已起身告辞，临行前让翻译留下一句话，"记住，是明天上午十点，如果延误后果自负。"

等到他们的背影消失，屋内的三人面面相觑，六神无主，除了遭受愚弄的懊恼，还有对突发变故的无尽忧虑。

“法国佬太可恶，”乔依兰恨得牙根发痒，“什么‘礼送出境’，分明是‘强行驱逐’，所谓的保护也只是装个样子，根本起不到一点作用。”

“那不过是为了敷衍云南的请求，表面上看似以礼相待，实际上更加迎合北洋政府的意思，对我们而言就等于釜底抽薪。”卢友森痛心疾首地说，目光投向傅雁尘，却见他眉头紧皱，神情恍惚，沉默了许久喃喃叹道：“铁门闩……果然是铁门闩啊。”

“什么铁门闩？”乔依兰一怔。

傅雁尘这才腾出工夫把昨夜和奇士修见面的事情讲述一遍，卢乔两人都听得惊心动魄，尤其是乔依兰，想起傅雁尘任人摆布的苦涩境遇，以及历尽磨难终未消沉的坚韧秉性，不禁由衷地喟叹：“这些日子真是难为你了。”

“收起你的同情心，仔细想想如何破解眼前的‘死局’吧。”傅雁尘满面怅惘。

见他纡郁难释，乔依兰也感同身受，本来已经形格势禁，期盼着捱到援兵出现，或许还有一线生机，不料法国人的搅局扼杀了最后的希望。明日时限一到，如果拒不出门，自负的“后果”将是在当局的纵容下，军警杀手展开全面强攻，因为众寡悬殊，黎家老宅的陷落是迟早间事。但若遵令出发，依照法国人承诺的走过场似的保护规格，别说坚持不到火车站，只怕村口的那座吊桥就是通往阴曹地府的“奈何桥”。

“唉，”也许是绝望至极，傅雁尘反而流露出一丝苦笑，摇头叹道：“说来也真滑稽，在香港是想走走不了，在这里是想留留不成，老天爷似乎专门跟咱们做对，眼看到了最后一道坎，偏偏就是迈不过去。”

乔依兰也愁眉苦脸，凝神思索了片刻，突发奇想似地说：“奇士修不是还要和你见面吗，会不会带来什么突破性的建议，至少他提供的狙击手的消息得到了证实。”

“虚实结合的圈套更加难以防备，换作是你，被人耍得团团转，原先的信任还能维持不变吗？”傅雁尘意态萧索地说，“退一万步讲，就算他的本意确实要协助蔡将军，也未必有什么立竿见影的好主意，否则何苦挖空心思使出那些损招呢。”

乔依兰暗忖，这话没错，断续存亡的关头，冀望一个背景暧昧的人解决问题实在太天真了，当下彷徨无计，也不由得颓然悲叹。

“别泄气，不是还有半天多时间吗，大家利用现有的资源，好好开动脑筋，说不定就能另辟蹊径。”傅雁尘婉转劝导，更像是自我安慰，却又委顿不堪地说：“不过，我得先躺一会儿，再不补上一觉，只怕根本撑不到明天了。”

乔依兰蓦然抬头，看到一张双颊发青眼窝深陷的脸，才恍然想起他已经连续多日未曾安睡，加上灾祸不断，进退失据，身心交瘁的程度几乎达到极限，立即关切道："你快休息吧，决战来临之前，千万不能自己先累垮了。"

乔依兰和卢友森出门，傅雁尘如同一棵被连根斫伐的林木栽倒在床上，虽已筋疲力尽，但因为胸臆间块垒郁积，一时难以进入梦乡。

于是他尽量放松四肢，摒弃杂念，控制呼吸，通过引导气息消除困乏，舒缓吐纳之间，感觉体力精神也一点点恢复。

随着疲劳褪减，意识也逐渐清醒，思绪又不由自主地萦绕眼前的困局展开，大概是厄运缠身的缘故，傅雁尘始终抱有一个无法化解的心结，认为这次步入绝境的背后另含隐情，就象以前的挫折有申玉彦和奇士修暗中鼓动，那么今日道尽途穷的情状也难保没有幕后黑手的操纵。为此他暗自排查，反复推敲，开始甚至怀疑黎家兄妹参与计划的初衷，当然，因为一场惨烈的证明，这层顾忌似乎可以完全解除。

抛开文俊兄妹，还有谁存在乘伪使诈的疑点？再三揣摩之下，一丝闪念倏尔划过脑海，宛若一颗疾驰的流星瞬间照亮漆黑的夜空，但随之而来的是莫名的惊悸困惑，因为照此推断的细节虽然合理，前提却是一个无法自圆其说的悖论。苦思冥想不得其解，焦灼烦乱的感受就像发掘到一只深埋潜藏的宝盒，却又找不到开锁的钥匙。

既然理不清头绪，他也不愿继续耗费心力，探究的重点又转回即将面对的难题。"利用现有资源另辟蹊径，"这是自己对乔依兰说的话，但现有资源又有哪些呢，若干火力单薄的武器，几条苟延残喘的性命，如何应付来势凶猛的围攻。默默伤叹之余，忽然记起释门弟子在追求无我境界常常引用的一句话，"万物非我所属，但皆为我所用"，他的襟怀为之一宽，更多的景象纷纷映入心底，包括隔壁房间的地窖、皇甫笙留下的小船，村口的吊桥以及滔滔奔流的红河……

神思迷离，半梦半醒，傅雁尘的假寐持续了将近三个钟头，一条险中求胜的奇计也大致酝酿成熟，旋即翻身下床，打算找乔依兰商谈定议。

来到房间外正要敲门，却发现虚掩的屋门露着寸许缝隙，目光探视，不禁微微诧异，只见乔依兰单独在内，正对着墙上一面残破的镜子顾影自盼，她身上的装束又一次更换，穿的竟是一套男人的服饰，头上还戴着蔡锷的盔式太阳帽，时而抱臂沉吟，时而昂首阔步，似乎想极力表现出一种豪迈洒脱的气概。

傅雁尘心思一动，大约猜出了几分，只是还不敢确定，便轻轻咳嗽了一下。

乔依兰闻声抬头，立刻拉开房门，不无兴奋地说："快进来，我正好有事找你。"

傅雁尘缓步进屋，悠悠笑道："看样子你已经想出了对敌良策了？"

乔依兰不置可否，拿出一副墨晶眼镜戴上，煞有介事地走动两步，驻足回望道："你仔细瞧瞧，如果我女扮男装混在卫士中间，能不能看出破绽？"

乔依兰的个头足高，衣服倒不显得宽大，只不过体态格外苗条，举手投足还是透出婀娜多姿的韵致，但傅雁尘不忍扫她的兴，微微点头，笑着套用了一句《木兰诗》回答："嗯，双兔傍地走，安能辨我是雄雌？"

"太好了，"乔依兰摘掉眼镜，眉飞色舞地说，"快请坐，给你谈谈我的想法。"

傅雁尘刚刚坐定，乔依兰就急不可耐地说："祸兮福所倚，法国人的命令看起来逼得我们走投无路，实际上也创造了一个将计就计的机会。"

"哦，愿闻其详。"

"法国人所谓的'礼送出境'无非是个形式，并不会严格鉴别驱逐目标的身份，这就给我们留下李代桃僵的空隙。"乔依兰说，"只要有人冒充蔡叔叔出面，不但可以应付法国人的刁难，也能够起到吸引军警注意力的作用，与此同时就有文章好做了。"

"是啊，"傅雁尘忽然接口道，"真正的蔡将军可以趁机藏身地窖，等待外围警报解除，利用皇甫笙留下的小船驶往上游靠岸，然后迂回赶去火车站，估计届时云南的宪兵卫队也到了。"

"咦，"听他直接道破天机，乔依兰惊奇不已，瞪大眼睛问："这么说，咱们是英雄所见略同？"

"略有不同，"傅雁尘纠正道，"看你准备的这身行头，似乎已经把自己设定为偷梁换柱的人选？"

"当然，"乔依兰用一种舍我其谁的口吻说，"作为计划的制定者，这件事我责无旁贷，而且凭我对蔡叔叔的了解，模仿他的行走姿态也并不困难。"

"并不困难？不要自欺欺人了。"傅雁尘摇头苦笑，"你这副扮相上台演文明戏还成，置身剑拔弩张的场合就太荒谬了，莫说连我都瞒不过，别忘了吊桥对面还有一双密切监视的'鬼眼'呢。"

乔依兰略微一怔，却又执拗表示，"大不了我再撑一把雨伞，尽量走在人后。"

"关键问题不在这儿，"傅雁尘沉声提醒，"你想过没有，我们使用的不是寻常的'障眼法'，一旦被对方识破，蔡将军的出逃就会全面受阻，但若没被对方看穿，顶替者承担的后果似乎只有一种。"

"明白，"乔依兰目光凛然，"不过一死而已，于公于私，我都义无反顾。"

"不要执迷不悟，"傅雁尘苦劝，"如果达不到目的，牺牲又有什么意义，这件事别说我不同意，只怕蔡将军也不会答应你的无谓冒险。"

"时局艰危，蔡叔叔即将实现更重要的使命，我们尽到保护他的职责，就不必事事请示了。"乔依兰说，"何况此时时刻，这也是脱险的唯一出路。"

"确实是唯一出路，但并非没有调整的余地。"傅雁尘说。

“怎么调整？”

“你我的位置互换，计划就更加圆满了。”

“不行，”乔依兰断然回绝，“你还要掩护蔡叔叔撤离，责任也并不轻松。”

“如果顶替计划过早败露，接下来军警密探会对河东村进行疯狂搜剿，撤离行动根本就无从谈起。”傅雁尘说。

“可是，”乔依兰横眉质问，“你凭什么确信自己充当替身比我更有把握，同样是喋血桥头，难道你的死比我的死更有价值？”

“和价值无关，咱们只论效果，”傅雁尘耐心解释，“之所以想出同样的方案，我也是考虑到自己的五官轮廓和身量高低与蔡将军有几分相仿，稍作掩饰，应该比你更加神形兼备。其次，别忘了我已经是‘死’过的人，皇甫笙传递的消息或许能够让杜瞳略微松懈，他们绝不会料到一个亡魂能够参与‘掉包计’，这一点就是我迷惑敌人的先决条件。还有，虽然这一趟你也饱经磨砺，但提到短兵交接的经验就差远了，比如说，当子弹射入自己身体的时候，你还能保证方寸不乱，继续扮演既定的‘角色’吗，要知道拖延的功夫越久，蔡将军这边的胜算才越大。”

一番分析切实中肯，乔依兰暗自钦服，但不能接受的实事是，“你这一去，可就没有生还的可能了。”

“连你一个娇弱女子都能视死如归，我又岂可过分贪恋残生？”傅雁尘淡淡笑道，“另外，按照奇长官的说法，他给我的定位也是牵制火力的诱饵，呵呵，大概这次充任替身就是我命里注定的差事。”

傅雁尘故作坦荡姿态，本来为了缓和僵持的气氛，不料最后一句话触动了乔依兰的神经，回想他无端被卷入纷争的情由，以及历尽艰辛的际遇，顿时心生恻隐，柔肠百结，随即否决道：“你不能去，这样子太不公平，没有谁注定应该接受一种苛刻严酷的安排，而且你已经付出了太多，就算此刻退出都足以问心无愧。”

傅雁尘不由得呆了一下，连忙婉言开解：“你的想法太偏颇了，我没觉得这安排有什么苛刻，还记得从香港出发我在船上说过的话吗，只要一息尚存，就会帮助蔡将军达成愿望，如今到了履行诺言的时候了。”

“类似的诺言我也曾经立下，为什么不给我一个履行的机会呢？”乔依兰脱口道。

“咳，大家殊途同归，谁履行还不都一样？”傅雁尘唇焦舌敝。

“一念之差就阴阳两隔，怎么可能一样？”乔依兰情绪激动的反诘，一双秀目隐隐泛着泪光。

傅雁尘无奈叹气，看她强词夺理的架势，短时间说服只怕不容易，必须另想办法，犹自琢磨不定，忽见杨立山推门探望，原来因为乔依兰的语调越发高亢，惊动了隔壁的蔡锷，所以派他过来查看究竟。

“没事，我和乔小姐说会儿悄悄话。”傅雁尘悠悠一笑，看了看手表又说：“哟，轮到我上岗了。”

再次蜷缩在房顶的工事里，傅雁尘的注意力却不能保持集中，回顾刚才和乔伊兰的交谈，心绪始终无法平复。

顶替蔡锷出门分明是一条绝路，争执不下的劲头却像是不肯放弃一个得道成仙的的名额，想起乔依兰固执己见的神态，勇敢无畏的表象下包含的不止是对信念的坚定，还有一份发自肺腑的真切关怀，默然体味，傅雁尘只觉得一团炽热的烈焰在胸中蔓延。

这种感受似乎遗忘得太久，自从妻子遇害，他的心境就好比枯木死灰，没想到时至今日又注入了一股澎湃的暖流，如果说先前筱艳宝的刻意撩拨不过激发了自己几分男人的本能，乔依兰的深情流露带来的则是心灵的震撼。

无比遗憾的是，即使情愫暗滋，却也无缘消受，此刻他和乔依兰之间正横亘着一道无法跨越的沟坎，倘若阻止一方飞蛾扑火，另一方势必舍身成仁。

可有一丝幸存的希望？傅雁尘凝神思忖，立刻就得出了否定的答案，既然法属当局和北洋政府暗通款曲，明日的“礼送”进程自然早在军警密探的掌握中，即便“催命符”良夫人临时改变主意，还有无数的枪口严阵以待。

绝望达到了极点，恐惧的阴影反而渐渐消散，傅雁尘暗暗自勉，抛开任务不提，就算仅仅为了延续那个可爱姑娘的生命，自己也宁愿去当一回活靶子。

但是，想要这一死达到预期目的，还得在细节上不断雕琢，比如，必须在咫尺面对之前诱使对方开枪，还要尽可能避免敌人即刻查验尸体，唯有设法解除了河东村的警戒，才能确保蔡锷顺利转移。

遥望着吊桥河水，心里反复构想，不知不觉日影西斜，半空中云兴霞蔚，绚丽壮阔。傅雁尘驰目流眄，忽发感喟，“夕阳无限好，只是近黄昏，”这岂不是自己的真实写照，刚刚找到了体现价值的机会，人生的终点也悄然来临。

唏嘘未已，就听乔依兰在下面轻唤，傅雁尘从房顶下来，问：“什么事？换岗的时间还没到呢。”

“今晚没必要提心吊胆，”乔依兰说，“杜瞳已经确定了狭路相逢的时间，估计就不会冒险劫营了。”

“有道理，”傅雁尘点头，“那么，你喊我什么指示？”

“看你一天没怎么吃东西，我特意准备了两样小菜，正好还有文俊带来的一小坛酒，一起小酌两杯如何？”乔依兰嫣然笑道。

看她一副好整以暇的样子，完全不同于先前的焦躁激昂，傅雁尘既觉得惊奇，又感到欣慰，当即笑道：“好呀，是该打一场牙祭了，不然‘五脏庙’就要造反了。”

说着随乔依兰走进房间，只见一张圆木桌上已经铺排就绪，冬菇炒肉，红烧鲶鱼，虾米蒸水蛋，还有一壶本地酿制的桂花酒，虽是因陋就简，却也整治的相当精致，色香俱全。

“嘿，瞧着就食欲大振，”傅雁尘欣然就座，拿起筷子说：“既有亲自下厨的兴致，看来你已经想通了。”

“难得清闲片刻，沉重的话题就不要说了吧。”乔依兰婉言制止，替他斟满一碗酒。

“遵命，”傅雁尘朗声应承，端起酒说道：“来，莫谈身后无穷事，且饮身前有限杯。”

乔依兰却脸色一沉，幽幽责怨道：“什么‘身后事’，什么‘有限杯’，你这人也真是的，不提这些丧气话就不过瘾吗？”

一个爽朗明快的姑娘，忽然变得讳深避忌，傅雁尘困惑不解，苦笑道：“处在危如累卵的境地，你一定要在我身上讨口彩，是不是有点勉为其难了。”

“有什么难的，”乔依兰说，“你也曾饱读诗书，难道就不能保持一种超然物外的心态，或者讲讲从前的趣事，也算暂且聊以自慰嘛。”

“可惜我命运寒薄，实在没什么趣事可讲，”傅雁尘摇头叹息，“你不是对我有过研究吗，应该不乏了解吧。”

“一个人的品格性情何其复杂，只凭片面的资料怎么可能妄下定论。”乔依兰说。

“怎么不能，”傅雁尘微微一笑，“昨天早上你不是给出结论了么，我根本就是一个冷血杀手。”

“噢，不，”乔依兰双颊飞红，连忙解释，“那不过是一句气话，事实情况正好相反，你非但不冷血，反而还有明显的晕血症候，真想不明白，作为一个威名远震的杀手，你什么时候落下了这样的毛病？”

“大概有三年了吧，因为一场触目惊心的惨变，从此我就见不得血淋淋的场面了。”傅雁尘喟然，缓缓地喝了口酒。

推算时日，再结合自己掌握的背景，乔依兰有所憬悟，试探着问：“诱因一定是你妻子遇害的那件事吧。”

傅雁尘神情悲苦，轻轻颔首缄口无言，似乎不愿回忆那段伤心往事。

乔依兰也沉默了一会儿，忽然目光迷离，感慨系之。“其实我挺羡慕尊夫人的，能够嫁给你这样知情重义的男人，也算是不负平生了。”

“这是什么话，”傅雁尘蹙眉道：“要不是受我连累，她也不至于早早的离开人世。”

“确实不幸，”乔依兰黯然伤怀，“无奈阴阳两隔常常成为鉴别真情的最佳渠道，比如小何，以前我总觉得他精明有余，沉稳不足，参与营救计划也多半出于对我的关切，但当他英勇就义后，我才切实体会到他维护正义的信念有多么强烈。”

傅雁尘的心底油然一动，踌躇着说：“还记得在香港的海滩上你曾对我说过，感情因素往往是洞见症结的障碍，许多事情并非想不到，而是根本不愿朝着违背心意的方向去想……”

这番话似乎和交谈的内容风马牛不相及，乔依兰莫名其妙：“你想说什么呢？”

傅雁尘本想把内心的疑团和盘托出，但见她神容哀婉，泪光闪动，立即又改变了口风，“我是说，度过了这么多患难与共的日子，你我之间早就应该肝胆相照，也许用不着‘一生一死，交情乃见’的决绝方式吧。”

“但愿如此吧，”乔依兰叹道，忽然眼波流转，柔声道：“傅先生，我想再问你一句话。”

“什么？”

“如果我俩换一个地方相遇，而且都只是一个人，哦，我指的是彼此身无牵挂，你会不会，会不会对我有一点……”乔依兰语无伦次，声音也越来越低，以致最后完全听不到，只见一张俊俏的面孔涨得通红。

“不必说了，”傅雁尘坦言相告，“我也是正常的男人，那种情形下，肯定会对你这样秀外慧中的姑娘一见倾心。”

“嗐，谁要问你这个，”乔依兰矢口否认，脸上的羞色越发动人。

“噢，那是我误会了，”傅雁尘笑着举起酒碗，匆匆道：“好吧，自作多情和口是心非的人都罚酒一杯。”

乔依兰刚刚端起酒便发觉上当，不禁笑骂：“讨厌。”

表面虽然发嗔，却还是浅啜了一口酒，而且内心涌动着一丝甜蜜，只不过在即将生离死别的前夜，这份温存的感觉显得格外凄凉，当她放下酒碗，神色又呈现抑郁，垂头低语道：“人生毕竟有太多无法弥补的缺憾，同气相求未必争取到圆满的结局，有时候慷慨赴死不一定就是勇气的表现，反而可能是因为内心懦弱，无力面对残酷的现实。”

语意晦涩，神态萎靡，傅雁尘似乎一头雾水，犹豫着说：“恕我迟钝，你这两句隐含禅机的话听不大懂。”

“那就再干一杯吧，喝完了我来点化你。”乔依兰浅浅一笑，笑容里却透出一股难以掩饰的辛酸。

傅雁尘言听计从，又和她对饮了半碗，乔依兰郑重其事地说：“我考虑了很久，最后还是打不开自己的心结，无论如何，我不能眼睁睁的看着你去送命，但也清楚在这件事上你绝不肯妥协，不得已只好使用了一点旁门左道。”

“什么旁门左道？”傅雁尘茫然。

“不知道你还有没有印象？”乔依兰说，“当初在查验罗景宽尸体的时候，我找到了他那只催人昏睡的药瓶，就一直带在了身上。”

“你在我酒里下了药？”傅雁尘惊道。

“别担心，只放了一点点，保证你明天上午就能被人叫醒，但是已经来不及阻止我踏上吊桥了。”乔依兰说着，自己却像是无意识地轻轻打了个哈欠。

不知为什么，傅雁尘的表情忽然恢复了平静，声色不动地凝视着对方，目光中的意味深邃含蓄，说不出是忧苦，无奈，还是眷恋。

“趁着药性还没发作，你有什么话尽管说吧，也许这就是我们今生今世最后的交流了。”乔依兰的双眸晶莹闪亮，腮边灿若朝霞，与其说是微醺使然，更像是激情燃烧。

“我只说一句，”傅雁尘感觉眼眶发热，却又极力克制着自己的情绪，恳切宣告：“三年前我因为一个女人的惨死而锥心泣血，时至今日，我又怎么可能容许同样的悲剧发生？”

语调诚挚笃定，却又别具深意，乔依兰迟疑道：“你……什么意思？”

“意思是，我早就看穿了你的预谋，所以在进门后就把酒碗调换了。”傅雁尘说。

“啊，我怎么一点没察觉？”乔依兰惊慌失色，果然感到眼皮涩重，神思昏沉。

“被你察觉，我还能叫‘霹雳手’吗？”傅雁尘淡然一笑，“好了，原定计划不变，明天你要做的事情还有很多，就先安安稳稳地睡一觉吧。”

“你不能……”乔依兰惶然呼叫，挣扎着想要站起来，却抵挡不住一阵紧似一阵的倦意侵袭，娇躯一软向旁边歪倒。

傅雁尘及时扶住，顺势一把抱起，挪动几步平放在床上，替她盖好被子，又轻轻抚平了耳边散乱的秀发，温情投下了一瞥便转身离开。

出门悄悄找到卢友森和杨立山，完整陈述了明日的计划，两人震骇不已，但审时度势，也都认为这是唯一可行脱困之计，除了敬佩感动别无异议，于是傅雁尘又交待了各种需要留心的细节，两人奉命唯谨，都是一副拳拳服膺的神情。

嘱托完毕，夜已深沉，傅雁尘正在院内巡视，听到篱笆墙外传来几下轻响，侧目回望，依稀看到路边的草丛中有一条身影，他立刻拔枪警戒，那身影却又静立不动。

“谁？”傅雁尘举枪低喝，跨上前两步。

“别开枪，是我……”

傅雁尘听出是黎文俊的声音，立即溜出墙外，环顾左右并无异常，疾步闪入草丛，微弱的月光下，看到黎文俊垂首伫立，相比先前的勇猛刚烈，此刻的神态委顿落寞，显然仍未从痛失手足的哀思中解脱出来。

“妙香的后事料理完了。”傅雁尘问，本想宽抚几句，却又不知如何措辞。

“嗯，在乡邻的帮助下草草入土了。傅先生，我是来道别的。”黎文俊忍悲含泪，大概是担心直接出入引起监视者的注意，才没有贸然现身。

“村子周围已经被严密封锁，你现在出去只怕有危险，不如先在这里将就一夜，明天才想法子脱身。”傅雁尘关切道。

“没关系，我泅水过去，应该不会惊动敌人。”黎文俊婉言谢绝，又颓然叹道：“像我这样成事不足败事有余的人，留下来也是累赘。”

“文俊何出此言，”傅雁尘说，“能够结识你们兄妹是我们的莫大荣幸，既然选择了一条艰难之路，流血伤亡就在所难免，妙香的不幸大家都万分伤心，但也不该成为一蹶不振的理由。”

“不必再安慰我了，我后悔没有听从您的劝告，只顾鲁莽逞强，以至于酿成无法挽回的大错。”黎文俊沉痛自责。

“不，谋定后动固然很重要，侠肝义胆更加值得推崇，平心而论，你已经给我们提供了太多的帮助……”傅雁尘说着忽然心思一动，“而且，如果你真有偷渡过河的把握，眼前我还有一事相求。”

“什么事，傅先生尽管吩咐。”黎文俊急切征询，似乎为仍能得到重用而倍觉兴奋。

“这件事难度不大，关键是看准时机。”傅雁尘进一步靠近，低声细述了自己的想法和要求，黎文俊满口应承，随后拜别离去。

傅雁尘刚想转身返回，耳边又传来了两三声类似布谷鸟的鸣叫，他的嘴角禁不住泛起苦笑，这一天下来变故频生，几乎都忘了奇士修之间的约定，虽然不指望对方能够创造什么奇迹，但也无妨和恩怨纠结的故人见上最后一面。

于是他蹑足潜行，绕到宅院东侧，又在那棵榕树下发现了奇士修，身体斜倚树干，双臂环抱胸前，犹自喘息不定，像是经历了一番精疲力竭的奔波。

“小傅，你果然还活着，咳，我就不相信……”看到傅雁尘后奇士修惊喜不已，声音却异常沙哑，而且连连咳嗽，语不成句。

傅雁尘略微疑惑，但旋即醒悟，看来皇甫笙并未失信，已经把自己的“死讯”传递给敌方。

“我还没死，奇长官感觉失望了吗？”傅雁尘淡淡招呼，却又留意到奇士修的身体摇摇欲坠，似乎力不能支。“怎么，你受伤了？”

“不要紧……”

傅雁尘拉开他的手臂检视，看到左胸下侧有一处创口，鲜血正不停渗出。“这还不要紧？如果不赶快止血，你顶多还能活半个钟头。”

“十五分钟就够了，你听我说几句话。”奇士修艰难道。

“不行，我得先设法救你。”傅雁尘焦灼道，就要上前拉拽。

“别再啰嗦了，你想让我死不瞑目吗？”奇士修嘶声喝止。

沉峻威严的气势仿佛当年训练场上传艺授业时的形象，傅雁尘不由得肃然动容，当下不敢违拗，恭恭敬敬地扶着他坐下：“好吧，有什么话奇先生请讲。”

“乔小姐，乔小姐——”

一阵摇撼过后，乔依兰缓缓张开双眼，看到床前的卢友森，一时还没回过神来，但瞥见窗外日上三竿，恍惚间想起昨晚的光景，立刻翻身跃起，惶急问道：“几点了？”

“差一刻十点。”

“傅先生在哪里？”乔依兰追问。

“已经出门了。”

乔依兰眼张失落，僵立原地，内心不由得五味杂陈，既有对自己轻忽失察的愧悔，也有对傅雁尘一意孤行的幽怨，而更多的还是对冷酷现实的愤恨。

“乔小姐，不能再耽搁了，”卢友森催促道，“一切都已安排就绪，傅先生嘱咐过，叫醒你后马上进入地窖。”

这是丝毫不给自己留下争执的机会，乔依兰凄然苦笑，纵使惘然不甘，也不得不顾全大局，随即跟着卢友森出门，伏低身子迅速穿过走廊，来到供奉神龛的房间。

关公像下的地窖封口已经开启，根据卢友森的介绍，傅雁尘昨夜对行动作了详细部署，由两名卫士陪同他应付“礼送出境”的命令，杨立山、卢友森和乔依兰三人扈从蔡锷藏身地窖，另一名卫士事先被派往老宅附近埋伏，等待环境安全后通知大家继续转移。

毋庸置疑，环境安全的保障在于“替身”所起的作用，想要彻底消除军警的戒备，傅雁尘唯有在穿帮之前以死示众。

蔡锷已经在杨立山的掩护下进入隐蔽位置，卢友森也提醒乔依兰尽快下去，但她刚刚迈进一只脚，又遽尔抬起回头说：“我能不能再看他最后一眼？”

哀婉的神情和乞求的语气令人不忍拒绝，其实卢友森的内心何尝不是满含悲痛，于是轻轻点头。

乔依兰靠近西侧的窗户，纵目远望，正好可以看到村口的吊桥，傅雁尘一行也恰巧走上桥头，他已换上了蔡锷的装束，浅灰色西服，盔式太阳帽，外加一副墨镜，身前引导的是四名总督府的士兵，身后紧随的是两名云南卫士。

即使吊桥微微摇晃，傅雁尘也显得身姿英挺，步履稳健，看上去竟和蔡锷的行走仪态并无二致，乔依兰暗暗惊诧，但转念一想也就不觉奇怪，同样接受过严格的军事训练，傅雁尘模仿起将官的气质风度也并不困难，只可惜这次踏上的是一条不归路。

想到这里，乔依兰的目光移向远端，吊桥对面的河岸平静如常，但不知什么缘故，一团浓浓的烟雾正随风飘荡，使得附近的房舍林木朦胧不明，透出几分阴森诡秘的意味。

定睛凝望，烟雾缭绕间忽然闪现一条身影，闲庭信步似地走近桥头，一袭黑色旗袍衬托得体态修长，落落大方。

乔依兰的心陡然收紧，认出那人正是“催命符”宛苏，只不过风韵雅致的贵妇在她眼里等同于凶恶恐怖的勾魂使者。

再看傅雁尘，已经走到了吊桥中段，似乎也发现了宛苏，脚下不自禁地放缓，却只是回头向卫士小声交待了两句，紧接着又毅然朝着对面走去。

乔依兰五内如焚，甚至期盼着傅雁尘油然冒出求生的本能，不顾一切的掉头回跑，或者刹那间有什么意外之喜从天而降，但眼前的一切毕竟无可扭转，因为她已经看到宛苏掏出了丝帕在嘴角轻轻擦拭。

那是死亡的讯号，果然，当傅雁尘又前行了几步，宛苏手里的丝帕飘然滑落，与此同时，枪声骤然响起——

傅雁尘的身体震荡了一下，侧转之际，胸窝处鲜血迸出，宛若一朵绚丽的花朵绽放，而子弹的冲击相当强烈，以至整个人猛地撞向旁边的护栏，依然势头不减，后面的卫士也拦住不及，眼看着他翻身坠落桥下，随着一片浪花溅起，傅雁尘的躯体若隐若现起浮了两次，转瞬间就消失在滚滚的激流中。

乔依兰肝胆俱裂，视线也顿时模糊，已经看不清桥上行人的奔逃四散，前后卫士的匍匐躲避，以及远处宛苏的悄然撤离，只觉得天旋地转，胸口阵阵针刺般的痛楚，但没等她一声撕心裂肺的哀号发出，就被身边的卢友森伸手捂住嘴巴，不由分说地拉进地窖。

027

随着“大典筹备处”的铺排张罗，即将成为“中华帝国大皇帝”的袁世凯终于迎来了接受百官朝贺的日子，居仁堂内花团锦簇，贵人如云，正中的御案上摆放着镶珠嵌翠的“龙袍”和“叠羽冲天冠”，或许是还没有正式登基的缘故，“新科天子”仍然是一身海陆军大元帅的服饰，但这似乎并不影响他轻松的心境，脸上始终保持矜持而温厚的微笑，频频向鱼贯而入的臣属颔首致意。

愉悦的情绪不仅因为京城的艳阳高照，征象极佳，更有一条三天前来自越南关于蔡锷“中弹溺毙”的消息，让他悬悬在念的一层忧虑陡然消散。

据实而论，自从他萌生了觊觎大位的念头，相对于旧部的态度消沉，外交的纷争斡旋，以及平衡各方势力的筹措劳苦，开始也没把蔡锷当作心腹之患。只不过当蔡锷离京出逃，便不免顾忌重重，就好比看到一个孩子玩火并不可怕，但若跑进了树林去玩火，造成的灾祸可就无法预知了。如今隐患既除，纵然西南诸省不大服贴，却已经少了一个深具资历名望的谋主，想必其余众人也会闻风转舵，顺应时势。

看到“龙颜”欣喜，拥护帝制的一班要角儿自然格外振奋，本来极力怂恿今日朝贺的是“太子爷”，事到临头更加起劲的却是有“干殿下”之称的奉天将军段芝贵，主动请缨担任司仪，然而行伍出身的他哪是这块材料，还没等文武官员排列班次，自己先直挺挺地冲着御座跪了下，口中山呼万岁。

事先既无交待，旁边也没有统一指挥，这一下弄得众人手足无措，仓促间只得纷纷行礼，只不过有的伏地跪拜，有的习惯性地三鞠躬，场面参差不齐，口号也喊得稀稀落落。

龙椅附近的袁克定颇觉懊恼，这和自己预想中的“一到金殿双膝地，天威能使万心降”的氛围相去太远，正要开口斥责，袁世凯却表现出极宽容的涵养，摆摆手说：“繁文缛节就免了，大家都起来吧。”

其实他是个注重实际的人，眼前的小打小闹没必要斤斤计较，只是让各部官员有个适应过程，真到了加冕登基，天下咸闻的日子，再放开手来搞一场“旷代盛典”也不迟。

大典筹备处处长的朱启钤似乎猜透了他的心思，双手捧着一本红皮簿册上前禀奏：“皇上，有关大典的各项仪程礼制馆已经草拟完毕，恭请过目钦定。”

“哦，拿来我看看。”袁世凯说，虽然半个月前袁家内部已经改称“皇上”，但在正式场合还是第一次听到，仔细品味，确实比“大总统”更加受用。

于是朱启钤一边上呈“御览”，一边指点解释，袁克定也饶有兴致的凑近倾听。

大典章程足有几十页厚，朱启钤要言不烦地讲解，从新朝建立的“徙居处、改正朔、易服色、变牺牲”谈起，因为紫禁城里还住着满清逊帝，还须缓缓图之，“徙居处”就暂且不提。所谓“牺牲”也就是祭品，变不变的倒也无所谓。“改正朔”则需要大做文章，新印的《洪宪元年历书》已经颁发各省，从明年起废除中华民国年号。至于“易服色”，按照今文经学的“夏黑商白周赤”的三统循环理论，本朝理当崇尚红色，因而登基三大殿的廊柱均应涂刷朱漆，连顶部的琉璃瓦也换成红色。紧接着又介绍了祭天、祀孔、临朝仪仗，以及发行“洪宪元年纪念币”等细节。

袁世凯专注聆听，内心甚感满意，但表面上却皱眉道：“太铺张了吧，国事艰难，还是一切从俭的好。”

朱启钤稍作犹豫，但眼风扫到御案上的“龙袍”，心里就有数了，据说这套由瑞蚨祥承制的衣服就花费了银洋八十万，可见“新皇帝”的黜奢崇俭言不由衷。

“皇上的宽仁厚德令人赞佩，但是礼不可废，开国盛典也不能过于简陋，”朱启钤说，“对了，有一件鄢儒珍烧制的样品刚从景德镇送来，皇上要不要看看？”

“什么东西？”袁世凯问，知道鄢儒珍是当代制瓷名家。

朱启钤却故意卖个关子，回头招了招手，一名筹备处的属官捧着一个紫檀木匣走近，接过来打开，取出一只珐琅彩的白瓷碗，形制极其精致。

袁克定急不可耐地拿在手里把玩鉴赏，只见胎白釉净，色彩明艳，手感温润光滑，底部印有四个醒目的红色篆字“居仁堂制”。“嘿，真是好工艺，什么康熙窑，明官窑，我看统统都比不上这个。”

“是啊，今后的收藏界，‘洪宪窑’就要独占鳌头了。”朱启钤附和道，口气就像相声里的“捧哏”。

袁世凯虽未表态，脸上也露出怡然自得之色，还在仔细端详，却看到袁乃宽一溜小跑赶来，手里攥着一张纸片，仿佛魂不守舍的样子。

“什么事？”袁世凯问道。

“有封电报……云南打来的。”袁乃宽嗫嚅道，双手呈递。

“哦，”袁世凯略微一怔，抓过来看，映入眼帘的第一行字是“北京大总统钧鉴”，首先就是不承认他皇帝资格的表示。果然，接下来的内容是要求取消帝制，惩办“内乱重要罪犯”，一共十三人，筹安会“六君子”以外，还有朱启钤、周自齐、段芝贵、袁乃宽、梁士诒、张镇芳、顾鳌，正是力拥帝制的所谓

“十三太保”。电文采用的是最后通牒的格式，限定本月二十五日上午十点钟之前给予明确答复，而且，发报人除了云南督军唐继尧和巡按使任可澄，还有一个让袁世凯触目惊心的名字——蔡锷。

“你看，这怎么解释？”袁世凯面色一沉，回头质问儿子，自然是指责他办事不力。

袁克定匆忙浏览电报，顿时错愕莫名，手指一松，那只崭新的“洪宪窑”瓷碗不慎滑落，掉在地上打得粉碎。袁克定视若无睹，扶着金丝眼镜喃喃道：“这……是见了鬼了。”

在场百官了解了电文，也无不震骇变色，议论纷纭，袁世凯尽量保持着镇定的风度，沉默了许久，轻轻冷笑道：“对待国家元首，竟然出以‘哀的美敦书’的行为，简直悖逆至极！”

“西南弹丸之地，凭什么对抗中央？只要皇上下一道圣旨，我马上就去带兵征讨。”段芝贵大声嚷道。

没头没脑的一句空话显得色厉内荏，袁世凯未予理睬，旁边的朱启钤试图转移话题，干笑着说：“宵小之辈弄兵潢池，犯不着大惊小怪，咱们还是接着商量登基的事情吧。”

“登什么基？”袁世凯终于掩饰不住懊丧烦乱，叹了口气道：“还是缓缓再说吧。”

不料这一缓就没了尽头，情势的发展再也不受袁世凯的控制。

本来他一面急电四川、湖南加紧防范，一面委托冯国璋牵头联合各省劝告西南，期盼罢兵和解。但到了最后通牒的期限，云南又由唐、蔡联名发来电报，这次直接是一篇檄文，“天祸中国，元首谋逆，蔑弃约法，背食誓言，拂逆舆情，自为帝制，卒召外侮，警告迭来，干涉之行既成，保护之局将定……今若同申义愤，相应鼓桴，所拥护者为固有之民国也；所驱逐者为叛国之一夫也！匕鬯不惊，天人同庆，造福作孽，在一念之危微，保国复宗，待举足之轻重。”

全文义正词严，掷地有声，气势不逊于骆宾王的讨武瞾檄，与此同时，云南宣布独立，照会英法领事自称政府，并且成立了“护国军”。

眼看和平解决无望，袁世凯只得明令褫夺唐继尧蔡锷等人的本兼各职，征调部队大张挞伐。

再说云南方面，独立后的最高长官定名都督，唐继尧提议推选蔡锷担任，因为在同辈之中，他的资望最高，才识最优，膺任此职顺理成章。但蔡锷极力逊谢，并提出了为大局着想的两点理由，首先，他为了反袁而来，如果当上了云南都督，可能会使人误会，他的目的在于争名位，动机不正，号召就不够力量；其次，唐继尧虽说少年得志，有一个影响威仪的外号“唐娃娃”，但到底是本地人，云南以一隅之地“护国”，劳师动众，筹措饷械，需要本地人特别出力，理当由深得云南父老推重，子弟爱戴的唐继尧出任都督。

而唐继尧极敬重蔡锷，再三辑让，两人相持不下，最后只有开会表决，结果蔡锷的主张胜利，唐继尧做了云南都督，兼护国军第三军总司令。护国军的编制一共三个军，第一军总司令蔡锷；第二军总司令李烈钧。

护国军的方略是以云南为根本，先向川黔桂进军，继而会师武汉，然后北上直捣黄龙。

袁世凯命令驻岳阳的第三师师长曹锟、驻南苑的第七师师长张敬尧、驻江西的第六师师长马继增，分别率部向四川、湘西开进，准备对滇作战，湘西方向为第一路军，马继增为司令；四川方向为第二军，张敬尧为司令；受封一等伯虎威将军的曹锟为总司令，负责组织调度。

蔡锷领导的护国军主力第一军主攻四川，本打算在北洋军赶来前抢占叙州、泸州，东取重庆，但由于山路崎岖延缓了行程，北洋援军先行就位，于是蔡锷及时调整部署，决定分兵三路，一路入黔为右翼，一路攻叙州为左翼，中路攻泸州。

民国五年一月十七日，护国军第一军第一梯团在新场与敌接战，袁军一触即溃，护国军连占燕子坡、黄坡耳、捧印村等要点，次日清晨攻下横江城，二十一日占叙州。

叙州失守，袁世凯震怒不已，急令四川将军陈宧集结万余兵马反攻，护国军勇猛顽强，与敌激战七八昼夜，将其各个击破。

二月二十三日，蔡锷亲往纳溪前线，此时泸州守军超过两万，双方鏖战月余，袁军伤亡惨重。而此时国内外形势也发生着转变。继一月份贵州独立后，三月中旬，在梁启超等人的策动下，广西将军陆荣廷也宣布独立，紧接着坐镇百色的龙觐光被围投降，袁世凯进攻护国军后路的计划完全破产。随着战事节节败落，列强对袁世凯也失去了信心，先是日本拒绝“中华帝国”特使周自齐访日，再由法国联络各国公使向袁世凯施压，敦促他延缓帝制。

内外交困，袁世凯起初并未绝望，毕竟镇守西南和长江中下游的还有自己的心腹大将陈宧和冯国璋，兵力装备远远优于护国军，当务之急是在军事上扭转颓势，局面就能可以持下去。这时有人献策，仿照乾隆征讨准噶尔的故事，惩办一两个作战不力的统兵大员，才能振作士气。

袁世凯深以为然，在老表张镇芳的保荐下选派了军政执法处长雷震春，并向清宫内府借来了一把“遏必隆刀”，郑重其事举行了一次“授刀礼”，特颁策令：“命汝雷震春为西征军军政执法大臣，礼授遏必隆刀，星夜驰赴前敌，如朕亲临；凡西征将帅，退缩不前者，执刀行法，先斩后奏。谨遵王命，不得稍逊情面。”

“遏必隆刀”是一口传自乾隆十三年的宝刀，长二尺五寸，刀柄与刀鞘用纯银和宝石混铸，光彩夺目，华美非凡，而且削铁如泥，锋利无比，但雷震春拿在手里却有几分滑稽的感觉，且不说这件冷兵器在遍布毛瑟枪、克虏伯、开花炮的新式战场能起多少威慑作用，在朝野诸侯纷纷趄趑不前，南北各省反对帝制日益高涨的时候，仅凭自己的张牙舞爪就想力挽狂澜也未免太荒唐，反复揣摩，他甚至怀疑是因为截杀蔡锷失误，“皇上”心中迁怒，才变相的把自己送上火线当炮灰。

虽然惶恐不安，却也难违“圣命”，只不过还没等他正式上任，情势又急转直下，被袁世凯寄予厚望的冯国璋联合江西李纯、湖南汤芗铭、浙江朱瑞、山东靳云鹏向各省发表通电，要求南方取消独立，退出战区的同时，规劝袁世凯撤除帝位，以保晚节。

袁世凯气得七窍生烟，这是几年前自己借革命党之力，胁迫清廷就范的伎俩，想不到被老部下运用得青出于蓝。万般无奈，只得恳请徐世昌、段祺瑞重新视事，主持大局，并于三月二十二日宣布取消帝制，恢复大总统称号。

徐世昌发电报给康有为、伍廷芳、唐绍仪、汤化龙，请他们出面与南方护国军议和，但得到的答复是六个条件：

一 袁世凯于一定期限内退位，可贷其一死，但须驱逐至外国。

二 依云南起义之要求，诛戮附逆之杨度、段芝贵等十三人，以谢天下。

三 关于帝制之筹备费及此次军费，约六千万，应抄没袁世凯及附逆十三人家产赔偿。

四 袁世凯之子孙，三世剥夺公权。

五 袁世凯退位后，按约法以黎副总统元洪继任。

六 文武官员除国务员外，一律仍旧供职，但军队驻扎地带，须听护国军都督之指令。

徐世昌明知袁世凯看了会难过，却也不敢隐瞒，果然，等到电文入眼，袁世凯的脸色大变，摇头苦笑：“我为国家跳火坑，个人的牺牲都可以接受，但‘罪不及妻孥’，所谓的子孙‘三世剥夺公权，’他们也太狠了点吧。”

“这当然是漫天要价，”徐世昌劝慰道，“只要肯委屈些，未必不能筹出一条转寰的路子。”

“什么样的委屈？只要不伤国体，不苦百姓，我都可以照办。”

这句冠冕堂皇的话让徐世昌颇感诧异，以为毕生精于权谋的老友终于“悬崖勒马”，不料袁世凯另有盘算，他已经接受了法制局长顾鳌的建议，准备先提出一个掩人耳目的辞职书，然后再操纵参政院挽留，就可以从法理上对抗护国军的苛求。

可惜的是，这出双簧还没有开场，致命的打击就接踵而至了，五月十八日，署理陕西军务的陈树藩通电独立，继而湖南汤芗铭也宣布脱离中央，袁世凯顿时大受刺激，一病不起。

这个病得的既尴尬又痛苦，小便禁闭不出，先请来德国大夫诊断，说是要开刀，袁克定在德国领教过西医精湛的外科手术，赞成开刀治疗。但袁寒云坚决不同意，因为这一刀要开在“命根子”上，万一手术不灵，岂不要担个“杀父”恶名，于是改用中医，由曾经为光绪皇帝“请脉”的陈莲舫主治。

这个症候中医称为“癃闭”，起因相当复杂，除了湿热郁瘀，还有心热下注，所以陈莲舫开过方子后特意叮嘱：病人需要清心寡欲，绝不可思虑过重。

不愧是“御前供奉”过的名医，一剂药下去，袁世凯痛楚顿减，只是好了没三天，又被一封电报彻底摧垮了。

电报是被他当作西南柱石的四川将军陈宧打来的，宣布独立之外措辞严厉：“自今日始，四川省与袁氏个人断绝关系；袁氏在任一日，其以政府名义处分川事者，川省皆视为无效。”

“人心沦丧，事不可为了！”袁世凯惊呼一声，觉得眼前发黑，当即昏厥过去，左右连忙召医急救，一会儿悠悠醒转，双泪交流，喘息着说：“仲仁在哪里？请他过来一下。”

侍从不免疑惑，“仲仁”指的是前机要局长现教育部长的张一麐，因为抵触帝制久受冷落，忽然召唤所为何事？但也不敢违拗，立刻挂电话催请。

张一麐得到消息赶来新华宫，只见袁世凯斜靠病榻，神容萎靡不振，不由得关切致意：“大总统尊体违和，还须珍摄将养，不可过分操劳。”

“唉，如今也没什么值得操劳的了，就想找一位知心的朋友好好谈谈。”袁世凯轻轻叹息。

张一麐颇觉受宠若惊，抚今追昔，感触万千，刹那间对于袁世凯的鄙薄憎恶淡化了许多，于是正襟危坐说：“大总统有什么见教尽管吩咐。”

“‘吩咐’二字请你收回，”袁世凯虔敬地说：“仲仁，你在我幕府几十年，从来没有一个字谈官阶、谈俸给；还有严范孙，和我相交多年，也从不提及功名利禄。你们两位都曾苦口劝我，才真正是爱人以德。国士在前，我竟不能从善如流，想想自己简直愚昧至极！”

严范孙即严修，以奏清光绪帝开设“经济特科”而名闻天下，也曾力谏袁世凯放弃称帝。张一麐说：“‘国士’的称谓不敢当，有一句话，亡羊补牢，犹未为晚……”

“太晚了，”袁世凯打断他的话，“事情到了这步田地，不能全归罪于别人的挑唆，包括我那个不肖子，明知他钻营取巧，也失于纵容，只是当初以为乘时顺势，也许并不妨碍救国济民的本意。”

虽然不肯承认权欲熏心，毕竟已表现了深深的愧悔，张一麐近来也听到一则传闻，为了促使袁世凯复辟，袁克定曾经伪造刊登鼓吹帝制文章的《顺天时报》。此刻看来，对于自己的误入歧途，袁世凯没有将责任都推卸到旁人身上，倒也不失磊落。“大总统心思深密，后世总会有人明白的。”

“身后之名我也管不得了，只是生前难堪！”袁世凯激动地说，“更可叹的是，从前劝进最起劲的人，后来也成了力主取消帝制的人，真是卑鄙不足道了。”

张一麐当然清楚，前日拥戴，今日反对的比比皆是，他所熟识的同僚就有不少，但也不便评论，只有继续倾听。

“总而言之，我从平朝鲜开始，做了几十年的事，也得意了几十年，读书的时候太少，参不透古今成败兴亡之理，一切都是咎由自取，不必怨天尤人。”

“这是大总统的见道之言，遗憾的是，”张一麐忽然如鲠在喉，“稍稍迟了些……”

“对我来说是迟了，”袁世凯喟然，“但误我事小，误国事大，这一点我也是刚想明白。仲仁，你博学致用，今后必有著述传世，可以把我的教训记录下来，用来引起当国者的戒惧。”

这番告白让张一麐大为感动，追随他了几十年，见惯了翻云覆雨的手腕，似乎这一刻才看出几分英雄本色，只是“其言也善”，莫非“人之将死”？抬头望去，瞥见袁世凯双目无神，神色衰败，完全一副作茧自缚而无力脱困的模样，张一麐不免心头微微酸楚，但也油然想起了一句话“天作孽，犹可违，人作孽，不可活”。

果然，拖了不到一个礼拜，就在六月六日凌晨，郁纡难消加上沉疴不治，慈禧之后中国政坛上最具实权的人物袁世凯终于一瞑不视。遗令以黎元洪继任总统，段祺瑞出任国务总理，宣布恢复国会和临时约法。

“项城可惜了，叱咤风云了半世，最后却落得个抱恨终天的结局。”参加过公府祭奠，回到家里见到来访的况梦非，张一麐犹自惋叹。

“福祸无门，唯人自召，他这八十三天的皇帝梦做的也实在荒诞。”况梦非淡淡笑道，“据说后来有人找到曾经替袁世凯测命的郭风水，质疑当初所言的在位‘八二之数’与事实不符，不料郭风水回答，撤销帝制的当日不能算，岂不正好是八十二天？”

“江湖术士的信口雌黄不必提了，”张一麐说，“回顾项城这一生，从小站练兵起，花费了多少心血精力，才把北洋凝聚成一个强势团体，想不到一夕之间就分崩离析。由此说明一个道理，有些东西看不见摸不着，却也容不得丝毫欺蒙戏侮，那就是天下的人心民意。”

“没错，同样是逆流而上，违背人心者即使位高权重，也难逃覆灭的下场。而顺应民意者即使艰难困苦，最终也会得偿所愿。”况梦非叹道。

毋庸置疑，“顺应民意者”指的就是目前声望如日中天的蔡锷，张一麐深有同感地说："再造共和蔡松坡居功至伟，若不是他挺身而出，'洪宪'年号是否这么快终结都很难讲。"

"是啊，当时唐继尧虽然做了军事准备，却还没有下定反戈一击的决心，而革命党背景的李烈钧和云南将领也各有主张，只有等蔡将军赶到，阐明大义，协调部署，才算彻底拉开了反对帝制的序幕，人们常说时势造英雄，其实真正的英雄也可以改变时势。"况梦非说。

"登高一呼，应者云集，天翻地覆的变化似乎在意料之中，"张一麟慨然道，"但回忆起年前松坡离京出逃的光景，一番辗转奔徙的历程也着实不易。"

"进入所谓的'暗杀时代'，那一个月的明争暗斗称得上淋漓尽致，'杀手榜'排名前十位的高手悉数登场，演绎了太多惊心动魄的故事。"况梦非说。

"关于那些杀手的情形，你又知道多少？"张一麟不免好奇。

"如果仲老有兴趣，我不妨略作点评。"况梦非说，得到同意后侃侃而道："十大杀手动机不同，最后的境遇也各不相同，'笑面无常'唐乐天和'鬼眼'杜瞳热衷功名，甘当鹰犬，是追捕行动的中坚力量，只不过邪不压正，前者在上海毙命，后者也没得到想要的高官厚禄；参与截杀的'独角兽'毕横、'过江龙'薛让和'飞天蝎子'皇甫笙都是受重金征召，毕横鲁莽逞强，刚猛易折的特点在高手斗法中注定落败，最先丧生无足为奇；薛让在水里的本领无人匹敌，但若碰上不惜同归于尽的对手，也只能落得个'人为财死'的下场；皇甫笙不知所踪，很可能是主动放弃任务，江湖上名不副实的例子很多，绰号'蝎子'也不见得歹毒异常；另外有两个无端被卷进纷争的，'门神'沙威尽职而亡，'双响炮'申玉彦迫于挟制死于非命，虽然其情可怜，但想想当年双手都沾满鲜血，得此结果也无可抱怨；再说保护人员方面，'刀卷风'蓝八爷年逾花甲不辞艰险，豪气干云的风采必将流芳后世；当然，起到决定作用的还是'霹雳手'傅雁尘，一路上他凭着神勇机智化解了无数危难，最后关头又顶替蔡将军成为'催命符'的标靶，才确保了整个计划顺利完成。"

张一麟唏嘘不已，叹道："一场角逐引出这么多奇人异士，可见其惨烈程度！尤其那个'催命符，'听说以前从未露过面，谁又能想到让人闻风丧胆的第一杀手居然是一位女流，而且还是前清宗室的未亡人。"

"也许早该想到的。"况梦非沉吟道。

"什么意思？"张一麟不解。

"两年来死在'催命符'手下的有十几人，虽然身份各异，但仔细琢磨也不难找出共同点，这些人当初都是'宗社党'的对头，比如陆军部的廖应魁，以前是同盟会北方暗杀团的成员，而西城红罗厂杂货铺的白掌柜，曾经给刺杀良弼的彭家珍提供过帮助，由此推断，'催命符'势必和'宗社党'有着千丝万缕的关联。"

“哦，”张一麟轻轻点头，却又感到纳闷，“既然出于私仇旧恨，怎么又甘受执法处驱使？”

“这就看出袁克定和雷震春的煞费苦心了，”况梦非说，“他们利用‘宗社党’的恩怨纠葛，诱使良夫人出手助阵，本以为拿到了一副大小通吃的‘至尊宝’，不料反而成全了傅雁尘的移花接木之计，正是他的舍生取义，迷惑了军警密探的视线。”

“咳，确实是险中求胜，最初消息传到京城，连我都误认为松坡已遭不测。”张一麟心有余悸，忽然又疑窦丛生，“不对呀。”

“什么不对？”

“小况，你一直置身局外，怎么好像对整个事件洞若观火？”

“这不难理解，”况梦非平心静气地说，“蔡将军的反袁义举牵动着全国上下，凡是良知未泯的人都会默默关注，并且尽量贡献一份力量。比如仲老，及时向冯国璋等人披露内幕，促成他们日后相继反对帝制，事实上也起到了推波助澜的效果。”

“这不一样，我对项城复辟的始末虽然不算隔膜，但对于那段双方都讳莫如深的对决莫知所以，你一个闲散文士，怎么可能对此明察秋毫，而且似乎对每位杀手的根底都了如指掌？”张一麟依然质疑。

“‘位卑未敢忘忧国，’在蔡将军出逃的过程中我确实略尽绵薄，但也无足挂齿，至于对杀手的了解就更不奇怪了。”况梦非说。

“为什么？”张一麟眨着眼睛问。

况梦非微微扬头，矜持笑道：“因为我就是编纂‘杀手榜’的‘广闻子’。”

伏天已过，夜凉如水，乔依兰凭窗静坐，手捧一张当日的《东亚时报》，身前桌上半盏薄荷酒散发着淡淡的清香。

她是半年前回到北京的，当时讨袁战争已经打响，她本想留在军中效力，却被蔡锷坚决阻止，为了催促她上路，又郑重地托付了一件事情。

这件事并不困难，只不过传递一个口信，但念及与收信人的情份，乔依兰也无可回绝。

这个人此刻就坐在对面，曼颊皓齿，肤白如雪，虽然称不上绝色，但气质风韵堪属一流，尤其一双沉静而明媚的眼眸，流转之间仿佛夜空划过的一道闪电，似乎一下子就能洞穿别人的心事，不用说她就是近年来艳名远播的小凤仙。

自从掩护蔡锷出逃，为了躲避军警缉捕，小凤仙也匿影藏形，如今帝制废除，战祸平息，才得以重见天日。当然，她没有再回“云吉班”重操旧业，而是在西城月坛附近赁了间小院住下，洗尽铅华，平静度日。

乔依兰带来蔡锷的口信只有两句话，一是平安到达昆明请勿挂念；二是只怕今后相见无日，请她忘却前情尽早寻觅归宿。

小凤仙听罢面无表情，只是嘴角流露出一丝不易察觉的凄然苦笑，其实这些话无需赘言，蔡锷的心迹她早已明白，既然以身许国，连自己的家小都已经照顾不及，又怎么可能和一个风尘知己再续前缘？眼下旧话重提，想必更多的原因还是找借口支使乔依兰远离烽火。

去年蔡锷出逃前，乔依兰曾在"云吉班"潜伏数月，和小凤仙情同姐妹，久别重逢自然格外欣喜，两人共同关注的还是蔡锷的近况，每天搜集报纸，打探新闻，然后置酒清谈，相互倾诉，倒也排遣了不少烦忧。

"今天有什么新鲜事吗？"小凤仙问，夹了一片凉拌河藕放在乔依兰的菜碟里。

"国务院发布了一道承办祸首令，"乔依兰看着报纸念诵，"自变更国体之议起，全国扰攘，几陷沦亡，贻祸诸人，难辞其咎，均着拿交法庭详确鞫讯，严形承办，为后世戒。下面是名单：杨度、孙毓筠、顾鳌、梁士诒、朱启钤、周自齐、夏寿田、薛大可……"

"这算什么惩办令？真正的罪魁祸首都没上榜嘛。"小凤仙质疑道。

"嗯，报上对此也冷嘲热讽，"乔依兰说，"如今掌权的是'北洋之虎'段祺瑞，念及香火之情，不可能拿同僚故旧开刀，实际上这道政令不过敷衍舆论，不少帝制派要角或是逍遥法外，或是畏罪潜逃，更有甚者，有些人摇身一变，随便搞点花样，就成了拥护共和的功臣。"

小凤仙鄙夷不屑，感觉索然无味，踌躇了一下又问："没有南面的消息？"

这自然是牵念蔡锷，乔依兰的脸色阴沉下来，轻轻道："有，但不是好消息。"

"怎么回事？"

"蔡叔叔动身去上海了，"乔依兰介绍道，南北停战议和以来，蔡锷一直忙于撤兵善后，继而被推选为四川都督，但上任不久即递辞呈。报上对原因莫知所以，只说大总统黎元洪和总理段祺瑞都曾发电劝驾，请蔡锷来京休养，却均被蔡锷婉拒，目前在同窗好友蒋百里的陪同下抵达上海。

"这原因还不明显，"小凤仙叹息，"一定是他的病情加重了，看来这大半年毫无起色。"

"怎么可能有起色，"乔依兰伤感道："作为护国军的统帅，又要指挥打仗，又要筹措粮饷，始终处在身心俱疲的状态，据说泸州一役战狂猛烈，蔡叔叔二十多天食不下咽，不眠不休，就算正常人也会被折腾得够呛，何况本身还有病了。"

"不知道上海的医院能不能治好他的病。"小凤仙喃喃道。

"我估计更有可能去往日本就医，"乔依兰说，"一则亚洲范围内日本的医疗水平最为优良，蔡叔叔的病本来就是在那里确诊；二则蒋百里的日籍妻子出身护理，对日本医药界的情况极其熟悉，也便于安排协调。”

分析得很合理，小凤仙颔首无语。

“阿凤姐，我打算明日启程南下，去上海陪护蔡叔叔，不如你和我一起去吧。”乔依兰说。

“报纸上提到他的具体住处吗？”小凤仙问。

“没有，只说‘下榻哈同路某巨宅’，”乔依兰说，“但不难推断就是爱俪园，迦陵夫人素来好客，一定会留蔡叔叔盘桓几日，我们应该赶得上。”

小凤仙蛾眉一扬，似乎满怀期待，但沉吟了片刻又缓缓摇头，说：“算了，还是你自己去吧。”

“怪了，”乔依兰不解，“分明牵肠挂肚的，为什么又不肯去见一面呢。”

“想是一回事，想得开又是一回事。”小凤仙垂下眼睑说。

“什么意思呀？”乔依兰越发纳闷。

“先不提这个了，说说你去年离京以后的事吧。”小凤仙忽然转换话题。

“我的事都说过多少次了，只怕你早就听腻了吧。”乔依兰说，近来两人时常联床夜话，乔依兰把年前那段惊险离奇的历程详尽陈述，事无巨细，也包括自己和何觉云以及傅雁尘之间生死情结。

“可是，你从来没有明确告诉我，对于小何和傅先生，在你心里更偏重哪一个呢？”小凤仙浅浅一笑。

乔依兰不免茫然无绪，何觉云和傅雁尘的死都让她悲痛不已，但若细究情归何处，一时却模糊难辨。按说她和小何相恋在前，本应毫无争议，然而相比一段略显青涩的情感，傅雁尘带来的感受更加刻骨铭心，为此她惶惑莫名，方寸大乱，愁眉锁眼地说：“我也弄不清楚，有时候甚至怀疑自己是个水性杨花的女人。”

刚刚开口便觉得失言，不由得面红耳赤，嗫嚅道：“阿凤姐，对不起……”

“忌讳什么，”小凤仙坦然笑道，“如果‘水性杨花’就是青楼姑娘的代名词，也不会有杜十娘和关盼盼那样的痴情女了。”

话虽如此，乔依兰犹自忸怩不安，小凤仙接着说：“拘泥从一而终的形式毫无意义，其实女人一旦真正动情，一颗心就像被绳子牢牢拴住，再也挣扎不开。只不过这种情况极其难得，也许一辈子也碰不上，也许碰上了却无从把握。”

“就像你和蔡叔叔？”乔依兰道。

“我和蔡将军身份悬殊，相处的日子也不长，在别人看来无非是逢场作戏，”小凤仙说，“但你最清楚，在年前的那种情势下，我们在一起承担了什么样的压力。”

“嗯，当时军警环伺，动辄得咎，”乔依兰说，“肯以性命相托，自然是基于一份腹心相照的深情厚意。”

“感受到这份情意，就应该一切替对方打算，”小凤仙说，“想想看，如果我这时候出现在上海，对于蔡将军的病非但没有帮助，反而会带来负面的影响。”

暗自揣摩，乔依兰恍然意会，蔡锷已经是举国景仰的名人，他的动向广受瞩目，所以行踪保密，就是不想为外界打扰。小凤仙作为曾经艳帜高张的名妓，本来就是大小报馆留意的对象，如果突然前去探访，且不说悱恻悲切的情怀于病体无益，由此招致的流言蜚语也有损蔡锷的声誉。用情之深无以复加，只是“阿凤姐，这样子你未免太自苦了。”

“怎么会，”小凤仙恬淡一笑，神色又趋于沉凝，“我吃这碗饭，满口仁义道德的达官老爷见过不少，但心里面装着百姓国家，而且言行一致的只有蔡将军一个，他认准了正确的方向，就算眼前是一条死路，也会一步一步走下去。想我一个身世飘零的女子，能够得到这样顶天立地的男人眷顾，还有什么不满足的，又怎么可以拿世俗的标准要求更多。”

乔依兰惊奇不已，一个出身勾栏的女人，居然具备这样深沉开阔的心胸，实在令人钦佩无比。从她的话里似乎也领略到情感的真谛，彼此相爱的人就应该无悔付出，不图索取，回想当初撤离河东村的前夜，自己和傅雁尘争相替对方赴死的情形岂不恰恰如此?

她的眼角渐渐地湿润了，一时神思飞越，意乱情迷，耳畔再度回荡着傅雁尘最后的表白，自言自语道：“他说曾经为妻子的惨死伤痛欲绝，不肯让同样的悲剧发生，言下之意……是不是已经把我当作他的女人了？”

结合以前的谈话，小凤仙明白这个“他”指的是谁，不由得莞尔，但见乔依兰满脸痴缠恍惚，又不忍打搅，乔依兰遐思了片刻，颓然叹道：“是不是又怎样，一切只能成追忆了。”

“相比太多人平淡麻木的度过一辈子，有一份温暖的追忆足慰平生了。”小凤仙劝解道，“依兰，你今后的路还长，不应该把往事当作负担。”

乔依兰轻轻点头，试图尽量振作精神，但内心的凄楚悲怆挥之不去。

“来，这一杯为你饯行，也为那些值得我们梦牵魂绕的人祈福。”小凤仙端起酒说。

乔依兰拭去眼泪，默默地一饮而尽，心里祝祷着蔡锷的病势好转，也在深深地悼念着傅雁尘。

028

残酷的现实面前，美好的祝愿总是显得苍白乏力。蔡锷九月初由上海乘船东渡，先从神户登岸，继而转道福冈，就诊于福冈医科大学病院，经过医生会诊，得出的结论是，病菌感染咽喉，虚弱的身体已经不堪手术，在世的日子要看患者的心境而定。

不幸的是，因为国内局势依然糟糕，蔡锷的心情愁闷难消，这样子拖到十一月初八，终于脉停气绝，享年三十四岁，一颗曾经闪耀出万丈光芒的将星，无可挽回地消失在扶桑落日中。

噩耗传回国内，引起广泛的震动与哀悼，北京政府于两天后发布明令褒扬："上将衔中将蔡锷，才略冠时，志气宏毅，年来奔走军旅，维护共和，厥功尤伟。"身后之事，"着驻日公使章宗祥妥为照料，给银二万两治丧。俟灵榇归国之日，另行派员致祭。"

十二月十八日召开国会，讨论并通过了民国，也是中国有史以来第一部《国葬法》，该法具体规定如下：

一　中华民国人民有殊勋于国家者，身故后经大总统咨请国会同意，或国会之议决，准予举行国葬典礼。已经私葬者，亦得依前项之规定，补行国葬典礼。

二　国葬经费五千元，由国库支出。

三　国葬墓地，由国家于首都择定相当地址，建筑公墓，或由死者遗族自行择定茔地安葬，均由国家建立碑铭，以表彰之。

四　关于葬仪及修墓一切事宜，由内务部派员办理。

五　予国葬典礼者，由大总统亲自或派员致祭。

六　举行国葬之日，所在地之官吏均往与祭，同时全国官署及公共团体均下半旗，设位遥祭。

七　殡葬时，所在地及经过地方之官署及公共团体均下半旗，并由国家派遣军队军乐护送。

新法诞生，接下来商议享受哀荣者的人选，但不等大总统建言，与会议员已然群情激昂，众口一词，因为大家的脑海里不约而同地涌现了一个人的名字——蔡锷。

二十二日，大总统黎元洪正式发布国葬令，指定主丧人为孙中山、唐绍仪、李烈钧、蔡元培等，经过协商，蔡锷的墓址选在岳麓山。

“撒谎！”乔依兰当即拆穿，“唐继尧将军作为地方大员，哪来的权力干预陆军部的任命？再说前不久我刚和唐将军见面，如果他有提拔你的想法，为什么对我毫不透露。”

“咳，有些问题比较复杂，我真不知如何开口……”何觉云神情尴尬，还想继续辩解，却已然理屈词穷。

复杂的问题一旦找到突破口，深藏不露的谜底就无法掩盖了，实际上这些日子回顾往事，乔依兰时常被许多朦胧不清的疑团困扰，只不过悲愁郁苦的情怀抑制了追究探秘的欲望，此刻心念闪动，仿佛一束强光猛然照亮了幽暗的洞穴，使得原本散乱无章的记忆碎片迅速拼凑完整，而印象最深刻的是傅雁尘临死前夜的那句话，“许多事情并非想不到，而是根本不愿朝着违背心意的方向去想。”她不由得倒吸冷气，一个不愿承认却又无可回避的答案揭晓了。

“你本来就是执法处的密探！？”她脱口道。

何觉云的脸色青白不定，踌躇了片刻淡淡苦笑，“什么身份已经不重要了，关键是你了解我并非坏人。”

“充当了可耻的鹰犬，还敢说不是坏人？”乔依兰嗤之以鼻，思路也越发明晰，“邱二爷和高允诚死得不明不白，现在看来你才是真正的凶手。还有在‘靖波号’上，罗景宽见到的‘报务员’之一也是你，估计那会儿正在向主子发送情报吧。”

“生逢乱世，身不由己，你应该体谅我的苦衷。”何觉云叹息着说。

“乱世就能成为丧尽天良的理由？以前你口口声声坚守报国救民的信念，背地里却干着卖身求荣的勾当，简直是狗彘不如。”乔依兰怫然呵斥。

“不要讲得这么刻薄，人不为己，天诛地灭，坚守信念的人又得到了什么结果？看看吧——”何觉云撇着嘴说，伸手遥指蔡锷的墓地，“就算追赠上将如何，就算风光大葬又如何，还不是孤坟一座，徒留虚名。别傻了，依兰，人生苦短，为什么不懂得珍惜呢。”

乔依兰瞠目结舌，似乎眼前站着的完全是一个陌生人，想起从前竟对他付出过柔情蜜意，不由得心寒齿冷，懊悔无及。

看到乔依兰呆立出神，何觉云还以为她心思活络，犹自喋喋不休，“不管我怎样弄虚作假，有一件事无可置疑，那就是对你的一片真情。过去的一切就让它付之东流吧，请你相信一点，凭我的才干，足以保证你一世荣华富贵。”

望着他故作诚恳的表情，乔依兰冷冷道：“我也请你相信一点。”

“什么？”

“如果不是因为中午没吃饭，我一定吐得一塌糊涂，”乔依兰鄙夷道，“你这副惺惺作态的样子让人恶心极了。”

何觉云不禁一怔，面色逐渐阴沉，失望地说道：“都说女人的智慧和容貌成